EDITION **MODERNE**
KOREANISCHE
AUTOREN

Edition moderne koreanische Autoren
Herausgegeben von Chong Heyong und Günther Butkus

SIN Kyongsuk

Das Zimmer
im Abseits

Übersetzt und mit einem Nachwort
versehen von KIM Youn-Ock

Die koreanische Originalausgabe erschien
unter dem Titel „Oettanbang"

Die Übersetzung und Veröffentlichung wurde
von der Daesan-Stiftung gefördert.

Deutsche Erstausgabe
Veröffentlicht im Pendragon Verlag
Günther Butkus, Bielefeld 2001
© by Munhakdongne Publishing Seoul 1995
© für die deutsche Ausgabe
by Pendragon Verlag Bielefeld 2001
Alle Rechte vorbehalten
Lektorat: Martin Hölblinger
Umschlag: Michael Baltus unter Verwendung
eines Fotos von Martin Sasse
Satz: Pendragon Verlag auf Macintosh
Gesetzt aus der Adobe Garamond
ISBN 3-934872-03-4
Printed in Germany

Vorwort der Autorin

Beim letzten Korrekturlesen hielten mich die Sätze, die ich auszulassen gedachte, an den Fingern fest. Ich habe gewünscht, meine Geschichte möge Gestalt annehmen, wachsen und den einsamen Menschen, die in ihr wiedererscheinen und über die man lange Zeit den Mantel des Schweigens gebreitet hat, Lebenskraft einhauchen, und wäre es auch nur ein bißchen. Doch nun?

Ich zögerte aber unentschlossen bei denjenigen Sätzen, die ich nicht mehr in meinem Herzen verschlossen halten wollte und die sich als hartnäckig erwiesen. Denn die Schwierigkeiten, die ich beim Streichen jener Sätze hatte, waren immer noch da. Ein Kollege, der mir gegenübersaß, sagte: „Ja, so ist es, man kann sie nicht weglassen, wenn man daran denkt, was es einen gekostet hat, sie hinzuschreiben." Er sah mir ins Gesicht und zitierte einen Abschnitt des Gedichts der Dichterin und Ordensschwester Lee Hae-In:

Laß mich auch die teuren Worte,
Laß sie mich bitte mutig opfern
Und leben wie ein Gedicht,
Das in seiner Schlichtheit um so schöner glänzt.

Erst nachdem ich, auch auf seinen Rat hin, noch zwei Tage gewartet hatte, konnte ich noch mehr von meinen Sätzen opfern.

Daß ich das Zimmer im Abseits lange in meinem Herzen verschlossen hielt, lag nicht nur daran, daß ich mich schämte, ein Zimmer im Abseits in mir zu tragen. Vielmehr wurde es irgendwann zu einer Art innerem Raum, der zu atmen begann und sich mit Leben füllte, dem meine Sehnsucht galt. Wäre Hi-Chae, die in jenem Raum eingeschlossen war, nicht gewesen, hätte ich noch früher damit begonnen, in unser damaliges Leben einzutauchen. Aber sie lag an jenem ersehnten Ort und verweste. Um dem Geruch der Verwesung zu entgehen, hielt ich mich lange Zeit an das Selbstgespräch der Simone de Beauvoir, nachdem sie Sartre verloren hatte. Sie sagte: 'Der Tod hat uns endgültig getrennt, ich glaube nicht, daß ich ihn je wiedersehen werde...' Doch heute gilt dieser Satz nicht mehr für mich. Heute brauche ich wieder das Versprechen: 'Irgendwann... irgendwann werde ich zu dir gehen.'

In der Geschichte tauchen viele 'Ichs' auf, und es handelt sich auch um einen Roman, der eben solche 'Ichs' aufnehmen kann. Sollte aber dennoch irgendein wirkliches 'Ich' zurückgeblieben sein, möge es nun zu einem 'Sie' oder 'Er' werden und in die Welt hinausgehen.

Noch einmal danke ich Herrn Choi Hong-Ih, der mich angerufen hat, und Frau Han Kyong-Sin, die mir während der Niederschrift dieses Romans Briefe schickte. Ich glaube nicht, daß ich diese Geschichte allein hätte schreiben können. Mein Dank gilt auch all den Menschen in meinem Herzen, deren Existenz mir wie das milde Licht der Sterne wohlgetan hat, die mir weiterhalfen, wann immer ich aufgeben wollte.

Für meinen ältesten Bruder und meine Kusine. Für die Mädchen, die von 1979 bis 1981 in die Sonderklasse für Industriearbeiterinnen der Yongdungpo-Mädchenoberschule gingen. Für den Koreanischlehrer, Herrn Choi Hong-Ih. Und für Hi-Chae, die für mich nicht der Vergangenheit angehören kann, solange ich hier auf dieser Welt weile.

Sin Kyongsuk

Erstes Kapitel

In jedem Leben, besonders in Zeiten
seines Beginns, gibt es einen Moment,
in dem alles entschieden wird.

Jean Grenier

Ich ahne, daß diese Geschichte weder Realität noch Fiktion sein wird, sondern irgend etwas dazwischen. Ob man das aber Literatur nennen kann? Ich will einmal versuchen, über das Schreiben nachzudenken: Was ist für mich Schreiben? Ich bin hier auf einer Insel.

Es ist Nacht, und das Licht eines Fischerbootes auf dem dunklen Meer fällt durch das offene Fenster herein. Ich kam plötzlich hierher, wo ich nie gewesen war, und ich sehe mich wieder in meinem sechzehnten Lebensjahr. Da bin ich, die Sechzehnjährige. Ein Mädchen mit einem rundlichen, unauffälligen Gesicht, wie es überall in unserem Land zu finden ist. Das Jahr 1978, die letzte Phase der Yushin. Während Präsident Carter und Vizestaatsminister Christopher durch den Wunsch nach Aufnahme diplomatischer Beziehungen mit Nord-Korea und anderen Staaten den Präsidenten Park Chung-Hee in Unruhe versetzen, sitze ich auf einer Holzdiele, wie man sie ebenfalls in unserem Land in jedem Bauernhaus findet, höre Radio und warte auf die Post: 'Was soll ich tun, wenn du so plötzlich fortgehst...' Aus dem Radio erklingt der mir völlig fremde Schlager einer Gruppe, die den ersten Preis bei einem Studenten-Song-Festival erhielt: 'Nein, das geht nicht, wirklich nicht, bitte, geh nicht fort.' Während der Wind, der das Land zu verändern versucht, durch die Stadt weht, hört irgendwo, nein, in meinem Elternhaus auf dem Land, ein sechzehnjähriges Mädchen, das nicht auf die höhere Schule konnte, dem neuen Song *Geh nicht fort* zu. Der Frühling, der in voller Blüte stand, daß man hätte verrückt werden können, ist vorbei, und der Sommer naht.

Wenn ich heute *Geh nicht fort* höre, klingt es beinahe schon 'klassisch' im Vergleich zu dem neuesten Song *Ich weiß es genau*, den ich nicht einmal nachsummen kann. - Doch als ich, die Sechzehnjährige, den Schlager zum ersten Mal im Radio höre, schrecke ich entsetzt zurück und schalte den Apparat aus. Die Musik ist so anders als jede Musik, die ich bis jetzt gehört habe. Aber ich bin so weit weg von dort, wo sich die Stimme des Protests gegen das Yushin-System und die Notstandsgesetze erhebt. Ich, die ich nichts anderes zu tun habe, als Radio zu hören, drehe das Radio wieder an. *Geh nicht fort* tönt immer noch her-

7

aus. Vielleicht hat *Geh nicht fort* die Stadt besetzt. Aus allen Kanälen, die Musik senden, dringt *Geh nicht fort*. Nachdem ich den Schlager einige Male gehört habe, singe ich ihn schon mit: 'Wie kannst du, die du mir doch so lieb warst, wie kannst du mir nur so etwas antun?'

Das Mädchen, das den Schlager mitsingt, schaut zerstreut drein. Der Briefträger kommt gegen elf Uhr. Das Mädchen träumt vor sich hin: Schnell diesen trostlosen Ort verlassen und zum ältesten Bruder in die Stadt gehen, dort jemandem begegnen und von diesem hören: Es freut mich, dich kennenzulernen. Aber auch heute geht der Briefträger an der Tür vorbei. Ich bin jetzt hier auf der Insel Cheju. Es ist das erste Mal, daß ich fern von zu Hause schreibe. Wenn jeder seine Eigenart beim Schreiben hat, so ist es meine, daß ich zum Schreiben nach Hause zurück muß, wenn ich unterwegs bin. Selbst wenn mir auf einer spontanen Reise, mit der ich dem Alltag zu entkommen suchte, nach Schreiben zumute war, machte es mich unruhig, nicht daheim zu sein. Ich will nach Hause, sagte ich dann und packte schnell meinen Koffer. Vielleicht war das Schreiben für mich das Zuhause. So ließen mich die Sätze, die aus meinem Innersten heraufdrängten, nach Hause eilen, wo immer ich auch unterwegs war. Zumindest beim Schreiben mußten die gewohnten und vertrauten Dinge da sein, saubere Ohren und die Zahnbürste auf dem Waschbecken. Der heimelige Geruch, das T-Shirt, das ich für gewöhnlich trug, die Hose und die Socken, die ich jederzeit wechseln konnte. Alles Alltägliche mußte an seinem Platz sein, wie die Zunge im Mund und das Waschbecken unter dem Wasserhahn.

Diesmal nun gebe ich meine Eigenart auf. Ich gebe mein Zuhause auf.

Nachdem ich mein Zuhause aufgegeben habe, denke ich an mein Zuhause. An meine Kindheit unter dem Strohdach, das später bei der Saemaul-Bewegung durch ein Schieferdach ersetzt werden sollte, an unsere Familie in diesem Strohhaus und an den Frühling, den Sommer, den Herbst und den Winter - die Jahreszeiten, die sich über dem Dach des Hauses in klarer Reihenfolge ablösten. Ein tiefes Atemholen.

Wieder liege ich, die Sechzehnjährige, auf dem gelb gewachsten, papierenen Zimmerboden auf dem Bauch und schreibe einen Brief: 'Älterer Bruder, hol mich bitte bald von hier weg.' Doch dann zerreiße ich den Brief in kleine Stücke. Es ist schon Juni. Auf dem Feld wird Reis gepflanzt. Auf dem Misthaufen verrottet das Gerstenstroh. Die Sonne sticht im Nacken. Das Portulakröschen neben dem Haustor streckt schon vorsichtig sein Köpfchen heraus. Mir gehen Sonnenschein und Portulakröschen auf die Nerven. Ich zerre die Mistgabel von der Schuppenwand herunter, schleppe sie zum Misthaufen und wühle im fauligen Gerstenstroh. Die Sonne, die mir auf die Stirn scheint, ist stechend. Immer wilder hantiere ich herum. Wie ist es passiert? Kaum sehe ich die

Mistgabel in der Sonne blitzen, als sie sich auch schon in meinen Fuß bohrt. Mir wird schwindlig. Ich denke keineswegs daran, die Mistgabel aus dem Fuß herauszuziehen. Vor Schreck blutet er nicht einmal. Ich sinke zu Boden. Ich spüre keinen Schmerz, aus meinen Augen fließt auch keine Träne. Mit der Mistgabel in meinem Fuß lege ich mich auf das verrottende Gerstenstroh. Der blaue Himmel stürzt mir aufs Gesicht. Nach einer Weile kommt meine Mutter nach Hause. „Du lieber Himmel, was ist los?" schreit sie. „Mama!" Erst jetzt, als ich sie kommen höre, fließen mir die Tränen aus den Augen. Erst jetzt kriege ich Angst, erst jetzt tut es mir weh. Das Geschrei der erschrockenen Mutter: „Mach die Augen zu, ganz fest zu!" Ich mache die Augen zu, ganz fest zu. Aus meinen zusammengekniffenen Augen strömen die Tränen. Mit beiden Händen packt meine Mutter die Mistgabel und schreit noch einmal: „Laß die Augen zu, bis ich das Ding raus habe!" Durch halbgeschlossene Lider erkenne ich schemenhaft ihre Augen. Wahrscheinlich fühlt sich meine Mutter, die das Ende der Mistgabel in der Hand hat, genauso fürchterlich wie ich, so daß auch sie die Augen geschlossen hat. Doch ohne zu zögern, zieht sie mit einem heftigen Ruck die im Fuß steckende Mistgabel heraus. Meine Nerven sind paralysiert, so daß es auch nach dem Herausziehen nicht blutet. „Du unmögliches Kind!" Mama wirft die Mistgabel beiseite und hilft mir auf. „Wie kannst du nur mit dem Ding im Fuß einfach so liegenbleiben? Du schreist ja nicht einmal!" Sie versetzt mir mit ihrer großen Hand einen Klaps auf den Rücken. Meine Mutter legt mich auf die Holzdiele, legt einen Kuhfladen auf den durchbohrten Fuß und verbindet ihn mit Klebeband. Mit dem Rinderkot auf dem Fuß, liege ich bäuchlings auf der Holzdiele und schreibe wieder einen Brief: 'Älterer Bruder, hol mich bitte bald von hier weg.'

Der Frühling, der Sommer, der Herbst und der Winter auf dem Land... Das winterliche weite Feld, der tobende Schneesturm, der vier Tage während Dauerschnee; ich kann mich nicht erinnern, daß es mir im Winter auf dem Land kalt gewesen wäre. Aber wie kann das sein, wo es mich doch immer an den Fingerspitzen fror, da die Fausthandschuhe, die mir meine Mutter aus dem Wollpullover des Bruders gestrickt hatte, recht abgenutzt waren und den Wind durchließen; wo es mich doch an den Füßen fror, da die so vielbeschäftigte Mama manchmal einfach nicht zum Stopfen kam und ich weiter in den Socken ging, aus denen die Fersen herausschauten? Der Winter bringt alle Menschen, ob Mann, ob Frau, ob jung, ob alt, aus dem weiten Feld ins Zimmer. Er läßt sie dort die Kastanien ins Feuerbecken stecken, aus der Reisschüssel die süß gereiften roten Persimonen ausgraben und aus der Batatenkammer die Bataten holen, um sie durch die hintere Tür zum Gefrieren in den Schnee zu werfen und danach zu schälen und zu essen.

9

Aus irgendeinem Grund steht das kleine Mädchen am Bach und schaut hinüber auf das winterliche Feld. Unter dem weiten weißen Schnee, dem von neuem einsetzenden Schneesturm, beherbergt das Feld eine Schar von Enten. Die Entenschar, die keine Grassamen, Früchte oder wirbellosen Tiere mehr zum Fressen hat und im Schnee nach abgefallenen Reisähren sucht, erscheint dem Mädchen schön. Die hungrige Schar, die das winterliche weite Feld bedeckt...

Ich, die mit Rinderkot auf dem Fuß bäuchlings auf der Holzdiele lag und einen Brief schrieb, stehe auf und schleppe mich zum Schuppen hin. Seit mein Fuß durchstochen ist, kommt es mir so vor, als starre mich die Mistgabel mit einem stechenden Blick an, wo immer ich auch bin. Ich reisse die Mistgabel von der Schuppenwand herunter, schleife sie, die mich durchbohrend anzusehen scheint, quer über den Hof zum Brunnen, und lasse sie, ohne zu zögern, in den tiefen Schacht fallen. Das Wasser platscht. Nach einer Weile schaue ich in den Brunnen hinein. Der tiefe, dunkle Brunnen mit der geschluckten Mistgabel hat sich bald wieder beruhigt und nimmt den Himmel auf, als wäre nichts geschehen.

Irgendwann im letzten April, kurz nach Erscheinen meines ersten Romans, lag ich erschöpft im Mittagsschlaf, als das Telefon klingelte. Eine etwas voluminöse Frauenstimme verlangte nach mir. Eine fremde Stimme. Im Moment glaubte ich, die Stimme zum erstenmal zu hören. Als die Anruferin merkte, daß ich die Person war, die sie verlangt hatte, freute sie sich spontan, so daß sich ihr Ton veränderte. Sie fragte, ob ich sie denn nicht erkenne und sagte, daß sie Kye-Suk sei.

„Ich bin's, erkennst du mich denn nicht? Ich bin doch Ha Kye-Suk."

Ungeschickt erwiderte ich „Ha Kye-Suk?" An jenem Tag war ich noch schlaftrunken und konnte nicht wie sonst, wenn ich den Anrufer nicht kannte, etwas wie 'ah ja' murmeln, um mir meine Ahnungslosigkeit nicht anmerken zu lassen. Obwohl es sie enttäuscht haben mußte, daß ich mich nicht an sie erinnern konnte, störte sie sich nicht länger daran und erklärte, wer sie, Ha Kye-Suk, die mich gerade anrief, sei: „Damals in der Schule hast du dich doch gut mit Mi-Seo verstanden, nicht wahr? Und ich war mit ihr befreundet. Na? Die etwas Mollige (sie brach bei diesem Wort in Gelächter aus, vielleicht war sie damals etwas mollig gewesen, inzwischen aber reichlich mollig geworden), die immer eine Stunde zu spät zum Unterricht kam."

Bei ihren letzten Worten erwachte ich schlagartig. Als sie am Anfang des Gespräches die gemeinsame Schulzeit erwähnte, hatte ich mich noch gefragt, ob es sich um die Mittelschule oder Hochschule handeln könne. Aber als sie erzählte, daß sie immer eine Stunde zu spät zum Unterricht erschienen sei, öffnete sich in meinem Gedächtnis vorsichtig die Klassentür der Yongdungpo-Mädchenoberschule, die hinter der Changhun-Oberschule in Shindaebang-Dong in dem Stadtteil Yongdungpo lag.

Ach ja, Ha Kye-Suk, jetzt erinnere ich mich.

Der Unterricht hat bereits begonnen. Das Mädchen mit der roten Unterlippe, das in der Schuluniform mit Schleife leise die rotbraune Schultasche auf den Boden stellte und vorsichtig die hintere Klassentür aufmachte. Ihre Augen, die uns jedesmal um Entschuldigung baten, ihr rundliches Gesicht und ihr lockiges Haar.

Jetzt haben wir das Jahr 1994. Als wir uns zum erstenmal begegneten, war es 1979. Sie rief mich an, als wollte sie mich wegen meines Mittagsschlafs schelten, öffnete gelassen die Klassentür von vor sechzehn Jahren mit den Worten: 'Ich bin's, erkennst du mich nicht?'

Vier Stunden Unterricht pro Tag. Kye-Suks Unterlippe, die immer etwas röter als die Oberlippe war, wurde noch dunkler, wenn sie sich eine Stunde verspätet durch die Hintertür des Klassenzimmers schob. Wie rot sie nur war! Ihre Augen, ihre Nase und ihr Mund sind mir nicht mehr in Erinnerung, bloß ihre rote Unterlippe. Durch diese Unterlippe wurde Ha Kye-Suk in meiner Erinnerung wieder lebendig. Einmal, als sie, wieder eine Stunde zu spät, behutsam die Klassentür aufmachte, flüsterte mir Mi-Seo ins Ohr: „Der Betrieb, in dem sie arbeitet, ist fürchterlich. In den anderen Betrieben läßt man die Mädchen rechtzeitig zur Schule gehen, aber in ihrem dürfen die Schülerinnen erst so spät Feierabend machen, daß sie die erste Unterrichtsstunde versäumen. Weißt du, warum ihre Unterlippe so rot ist? Weil sie jedes Mal, wenn sie eine Stunde zu spät ins Klassenzimmer treten muß, sich vor der Tür hundertmal auf die Lippen gebissen hat." Als ich begriff, daß die Anruferin das Mädchen war, das immer vorsichtig die hintere Klassentür öffnete und eine der Schülerinnen, die von 1979 bis 1981 mit mir zusammen die Schule besuchten, wurde mein Ton versöhnlicher: „Meine Güte, was für eine nette Überraschung, daß du dich mal meldest!"

Ich bin hier auf einer Insel, und in dem Gefühl, die Natur, die mir nach meiner Kindheit fremd geworden zu sein scheint, wiedergefunden zu haben, durchstreifte ich einige Tage lang die Insel. Am ersten Tag fand ich beim Spaziergang durch den Ort sogar eine Buchhandlung. Wegen ihrer auffälligen Schlichtheit blieb ich vor ihr stehen und lächelte. An der Schiebetür hing noch dazu eine Gardine. Der liebevoll genähte Stoff hatte kleine Blumen als Muster. Ohne das Schild hätte ich dieser Gardine wegen nicht wissen können, daß es sich um eine Buchhandlung handelte. Ich war angenehm überrascht, in einem fremden Ort eine Buchhandlung zu entdecken und ging einfach in den Laden hinein, obwohl ich eigentlich nichts Bestimmtes wollte. Und ich lächelte erneut, denn obwohl der Raum schon allein für eine Buchhandlung zu klein war, hatte man auf einer Seite noch Schreibutensilien wie Anspitzer, Bleistifte, Radiergummis und Filzschreiber und auf der anderen dünne Puffreisscheiben, Batatenkekse und dergleichen ausgestellt. Da die Inhaberin der Buchhandlung unerwarteterweise eine hübsche junge Dame war, lächelte ich heimlich noch einmal. Daß ich danach jedoch ein erneutes heimliches Lächeln nicht unterdrücken konnte, lag daran, daß mein Roman, der Ha Kye-Suk zu ihrem Anruf veranlaßt hatte, unvermutet unter den ungefähr hundert Büchern war, die auf dem Regal standen. Ich kaufte ein Gesangbuch, das in einer Ecke des Regals steckte, und verließ den Laden. Zwar gehe ich weder in die evangelische noch in die katholische Kirche, doch ich hatte mir das Buch schon immer gewünscht, um zu erfahren, wie Kirchenlieder eigentlich sind. In der Stadt war es jedoch nicht leicht, außer den dringenden Dingen sonst noch etwas zu erledigen. Ständig war man mit irgendwelchen Beschwerlichkeiten konfrontiert, und es gab stets viele Bücher, die ich mir unbedingt kaufen mußte. Ab und zu entstand in mir wieder der Wunsch nach einem Gesangbuch, und dann sagte ich mir jedes Mal, daß ich mir bei nächster Gelegenheit eines in der Buchhandlung holen würde, lief aber jahrelang an dem Gesangbuch vorbei. Und daß ich mir gerade hier das Buch kaufe... Mit dem Gesangbuch unter dem Arm wanderte ich lange über die Insel. Die Dinge, die mir vertraut sind, die weiten Felder des Binnenlandes, der Frühling, der Sommer, der Herbst und der Winter. Nun aber stehe ich vor den fremden Palmen der Insel, den Munjuran oder den Oleanderbüschen und vor den sich endlos ausbreitenden tiefblauen Wellen. Auf einmal wurde mir klar, daß die Natur für jeden Menschen Nährstoff bietet, daß sie einem die Zeit auf die Schultern lädt und auf dem Weg ins Abseits ihr wahres Ich erahnen läßt, daß ich in der Stadt, in der man kein einziges Mal mit der Erde in Berührung kommt, bis zum Kauf dieses nicht dringend benötigten Gesangbuchs wieder ein paar Jahre hätte verstreichen lassen müssen.

Der Anruf von Ha Kye-Suk war der erste, der von jemandem aus der damaligen Zeit kam. Danach riefen mich ab und zu ehemalige Schulkameradinnen an und fragten, ob ich die aus der und der Schule und der und der Klasse sei. Nachdem sie festgestellt hatten, daß ich es war, sagten sie, „also doch, tatsächlich, du bist's", und erklärten mir, wer sie seien: „Ich bin Nam Kil-Sun." - „Ich bin Choi Chung-Bun. Ich hab dich in der Zeitung gesehen, bei den Buchanzeigen. Zwar war der Name derselbe, und auch das Gesicht sah dir ähnlich, aber daß du's tatsächlich bist, hätte ich nicht gedacht. Oder vielleicht doch, dachte ich mir dann und hab mich beim Verlag erkundigt. Du, die wollten mir deine Telefonnum-

12

mer nicht geben, ich mußte richtig darum betteln." - Die Anruferinnen erzählten meistens, daß sie mich in den Zeitungsanzeigen gesehen hätten und daß sie sich über meine Sache so freuten, als ob es ihre eigene wäre. Mit meiner Sache meinten sie die Veröffentlichung meines Buches. Eine, die sich als Li Chong-Rye vorgestellt hatte, erzählte mir, sie habe ihrem Mann mein Bild in einer Anzeige für mein Buch gezeigt und gesagt, daß das ihre Freundin sei, und habe in dem Moment innigen Stolz empfunden. Jedoch kam schließlich ein Schluchzen in ihre Stimme. „Die Schule habe ich doch besucht, nicht wahr, aber weil kein Mensch aus der Schulzeit wiederzufinden ist, hat mich mein Mann gefragt, ob ich denn überhaupt auf einer Mädchenoberschule gewesen sei... Komisch, wie mich seine Worte getroffen haben, wo er's doch unbedacht und nur so nebenbei hingeworfen hat... Aber wie kann er bloß so etwas sagen, wo ich mich doch trotz tausend Nöten für das Abgangszeugnis abgerackert habe... Seine Bemerkung hat mich so verletzt, daß ich einige Tage Herzschmerzen gehabt und ihm im Bett den Rücken zugekehrt habe. Und gerade in dieser Situation konnte ich ihm bei deinem Bild in der Zeitung sagen, das ist eine Freundin von mir aus der Oberschule, verstehst du, und wie stolz ich dabei war."
Bei diesen Worten der Frau am anderen Ende der Leitung mußte ich lachen, aber als das Gespräch zu Ende war, hatte auch ich Herzschmerzen, so daß ich noch mit dem Hörer spielte und eine Weile sitzen blieb: Nicht nur ihr erging es so, auch ich war keine Ausnahme. Ja, so war es. Auch ich hatte zwar meine Jahre an einer Mädchenoberschule verbracht, aber es gab keine einzige Freundin aus dieser Zeit. Und wenn gar Frauen mittleren Alters in irgendeiner banalen Fernsehserie sich lässig über das Klassentreffen ihrer Mädchenoberschule unterhielten, ob sie hingehen sollten oder nicht, starrte ich sie unverwandt an. Wenn mir eine ihre Begleiterin mit den Worten vorstellt, das sei eine Freundin aus ihrer Zeit an der Oberschule, schrecke ich noch heute leicht zurück und muß sie mit anderen Augen betrachten.
Die Zeit der Schulmädchenromantik, wo die eine schmollt, wenn die andere eine dritte zur Freundin gewinnt, wo man Blätter oder ähnliches trocknet, um dann den Namen der besten Freundin auf die Rückseite zu schreiben, wo man zusammen mit ihr eine Radtour unternimmt, wo man die ganze Nacht hindurch Briefe schreibt, um sie ihr am nächsten Tag heimlich zwischen die Seiten eines Buches zu stecken... Eine solche Zeit haben ich und die Frauen, die mich anriefen, nie gehabt. Für uns gab es keine Zeit, zu schmollen oder Blätter zu trocknen.
Für uns gab es nur Produktionsreihen in der Näh-, Elektronik-, Kleider- oder Nahrungsmittelfabrik.
Daß es mir in meinem Leben bestimmt sei, früh den bergenden Schoß des

Elternhauses verlassen zu müssen, wurde mir von allen Seiten prophezeit. Selbst im Computer-Orakel, auf das ich mich aus Spaß einließ: 'Ich würde früh meine Heimat verlassen und in jungen Jahren ein mühsames Leben führen.' Manchmal frage ich mich ernsthaft, welcher Zeitraum denn mit den jungen Jahren in einem Menschenleben gemeint sein kann. So ernsthaft, als ob ich mir die Frage stelle, was Literatur ist. Ich sage mir dann gleich, die jungen Jahre mögen nicht länger als bis zum dreißigsten Geburstag dauern. Denn jetzt bin ich zweiunddreißig, also wäre mein junges, mühsames Leben vorbei. In meinem sechzehnten Lebensjahr, als ich auf der Holzdiele jenes Hauses mit dem blauen Tor vergeblich auf den Brief meines Bruders wartete und mir dann die Mistgabel in den Fuß bohrte, ahnte ich dunkel, daß das Leben aus bitteren Wunden besteht, daß ich etwas Reines in mir bewahren müsse, um die Bitterkeit zu überstehen, daß ich mich auf den Glauben an dieses Eine stützen und mein Leben leben müsse, daß ich sonst zu einsam bliebe und daß ich mir irgendwann wieder die Mistgabel in den Fuß stoßen würde, wenn ich bloß so aufs Geratewohl dahinlebte.

Ich, die Sechzehnjährige, verlasse am letzten Tag des Reispflanzens das Haus, bei dem der Brunnen steht, der die Mistgabel geschluckt hat. Am Ende des Dorfes verläuft das Eisenbahngleis, das als einziges hinaus in die Fremde führt, und dahinter hat mein Vater einen Laden. Meine Mutter sagt, daß ich mich von Vater verabschieden und von dort aus mit dem Bus fahren soll. Sie werde dann im Dorf in denselben Bus einsteigen. Bevor ich das Haus verlasse, betrachte ich noch das Gesicht des siebenjährigen Bruders, der nach dem frühen Abendessen eingeschlafen ist. Der Bruder, der von seiner Geburt bis zu seinem siebten Lebensjahr wie eine Schildkröte auf dem Rücken der Schwester festklebte, um sich herumtragen zu lassen, ist immer in panischer Angst, daß die Schwester vielleicht allein irgendwohin gehen könnte. Für den kleinen Bruder, der auf dem Rücken der Schwester, mit ihrem Geruch, groß geworden ist, ist sie noch immer die Beste. Für ihn ist die Schule der einzige Ort, zu dem er die Schwester gehen lassen muß. Wenn sie ihm sagt, ich gehe zur Schule, erwidert er: „Komm aber bestimmt wieder." Wenn er in der Abenddämmerung vom Spielplatz ins Haus rennt, ruft er: „Schwester!" Überhaupt ruft er bei jeder Gelegenheit „Schwester!" Etwa beim Eierholen aus dem Hühnerstall oder wenn er auf der Toilette hockt und auch beim Persimonenpflücken. Als er einmal auf der *Neuen Straße* von einem Lastwagen angefahren und mit einer Kopfverletzung ins Krankenhaus gebracht wird, ruft er dort ebenfalls: „Schwester, Schwester, Schwester!" Als seine Wunde am Kopf genäht wird, verlangt er nach der älteren Schwester: „Wo ist sie? Ich will zu ihr!" Schließlich kommt die Schwester, die in die vierte Klasse geht, mit der Schultasche von der Schule ins Krankenhaus. Dort schläft und ißt sie an der Seite des Bruders, von dort aus geht sie auch zur Schule. So ist der Bruder überhaupt nicht auf die Trennung vorbereitet. Da er ganz bestimmt in Tränen ausbrechen wird, wenn er erfährt, daß sie in die Stadt geht, kann sie es ihm nicht sagen und betrachtet bloß sein schlafendes Gesicht. Leise öffnet er die Augen und schaut die Schwester an. Es muß ihm seltsam vorkommen, daß sie nachts zum Weggehen angezogen ist, und so fragt er, wenn auch verschlafen: „Schwester, gehst du noch fort?"

Die Schwester verneint das. Beruhigt macht der Bruder die Augen wieder zu. Sie berührt die Narben, die noch auf seinem Kopf zurückgeblieben sind. Wie wird er morgen nach dem Erwachen jammern!

Als ich noch nicht einmal beim Bahngleis bin, tauchen schon die Lichter des Autobusses auf. Ich habe mich zu lange beim schlafenden Bruder aufgehalten. Ich werde von dem Licht des immer näherkommenden Busses zur Eile angetrieben und rufe: „Vater!" Er stürzt aus dem Laden, genau in dem Moment, in dem der Bus vor mir anhält. „Vater, ich gehe!" Ohne mich richtig vom Vater verabschiedet zu haben, steige ich in den Bus ein. Schnell renne ich im Bus nach hinten und schaue durchs Fenster zurück. Der Vater steht verloren in der Dunkelheit. Sein Gesicht ist nicht mehr zu erkennen, nur noch ein verschwommener Umriß steht einsam da.

Seitdem habe ich mit meinem Vater nie mehr unter einem Dach wohnen können. Auch mit meiner Mutter und dem kleinen Bruder habe ich nicht mehr als fünf Tage hintereinander gemeinsam verbracht.

Meine Mutter steigt im Dorf in den Bus ein und fragt mich: „Hast du dich vom Vater verabschiedet?"

„Ja."

Ob man das Abschied nennen kann? Ich habe nicht einmal sein Gesicht sehen können und nur in Richtung des Ladens geschrien: 'Vater, ich gehe!' Dabei hätte ich doch nur etwas früher das Haus verlassen müssen. Die einsame Gestalt des Vaters, der aus dem Laden stürzte und verloren in der Dunkelheit stand, schwebt mir noch vor Augen. Schon läßt der Bus das Dorf hinter sich. So gehören die Dinge von vor fünf Minuten bereits der Vergangenheit an.

Mutter trägt ihren orangefarbenen Hanbok. Über der Jacke trägt sie eine zweite Jacke mit Futter, und anstelle der Jackenschleife hat sie sich eine chrysanthemenförmige Brosche angesteckt. „Die hast du mir von einer Klassenfahrt mitgebracht", sagt sie. Der weiße, auswechselbare Kragen ist schmutzig. Meine Mutter glaubt, meinen Blick auf ihrem schmutzigen Kragen ruhen zu sehen, und sagt: „Ich wollte ihn eigentlich noch wechseln, aber ich hatte zuviel zu tun."

Auf dem Bahnhof in dem Dorf treffen wir die Kusine mütterlicherseits, die mit in die Stadt fahren wird. Die schicke Kusine hat einen großen Koffer dabei und steht neben der stark abgemagerten Tante. Die schicke Kusine ist neunzehn. Die Hand der Tante, die mir das Gesicht streichelt, riecht nach Fisch. Sie nimmt ihre Hand von meinem Gesicht und faßt nach der Hand der Kusine. Die Hände von Mutter und Tochter, die sich voneinander trennen müssen, greifen ineinander.

„Und ihr werdet doch nicht streiten!"

Der Tante, die die Hand ihrer Tochter losläßt, stehen die Tränen in den Augen. Als man an der Bahnsteigsperre die Fahrkarten zu knipsen beginnt, prägt sie der Tochter ein: „Schreib bald, ja?" Meine Mutter, die Kusine und ich lassen die abgemagerte Tante im Wartesaal zurück und gehen auf den Bahnsteig.

Wenig später im Zug drücke ich meine Handfläche an die Fensterscheibe und schaue auf den Bahnsteig hinaus. Ade, meine Heimat. Ich verlasse dich, um mein Leben zu suchen.

Mutter sitzt schweigsam im Nachtzug. Obwohl sie sich tagsüber wegen der letzten Arbeiten beim Reispflanzen wohl keine Sekunde lang hatte aufrichten können, nickt sie nicht ein. Ab und zu schaut sie zu mir herüber. Der Abschied läßt einen aufmerksamer in die Augen des anderen schauen. Und er versetzt einen in Erstaunen: 'Hatte sie wirklich solche Augen?'

Die Wirtin, bei der ich seit zehn Tagen stets an demselben Tisch das Mittagessen bestelle, hat mich schließlich angesprochen. Zwei Uhr nachmittags. Die Stunden, in denen im Gasthaus der stärkste Andrang herrscht, waren vorbei. Irgendwie kam ich jeden Tag gegen zwei Uhr nachmittags zum Essen. Ich fühle mich bei dem Gedanken schuldig, daß die Wirtin, die sich nach den arbeitsreichsten Stunden gerade zum Verschnaufen hingesetzt haben könnte, vielleicht meinetwegen wieder in die Küche muß. Nachdem sie mein Essen gebracht und sich das Gesicht gewaschen hatte, rieb sie eine Lotion auf das Gesicht und fragte: „Wo wohnen Sie, wenn ich fragen darf?"

„In Seoul."

„Sie scheinen lang zu bleiben."

Statt einer Antwort lächelte ich sie an. Da ich mir gerade Kimchi in den Mund geschoben hatte, konnte ich nicht reden. Die Wirtin fuhr fort: „Hätten Sie gleich zu Anfang gesagt, daß Sie so oft zum Essen kommen, dann hätte ich Ihr Essen auch mit dem für meine Familie kochen und Ihnen dann einen etwas billigeren Preis machen können." Ich schaute auf die Speisekarte. Wieviel billiger hätte sie es denn noch anbieten können? Unter den Namen der Gerichte standen die Preise. Ein Kimchizigae 4000 Won. Ein Tukbegi, zu dem man Seeohren oder Muscheln und Krebse in wäßriger Sojabohnenpaste kocht, 5000 Won. Ein Yukgaejang 3500 Won.

„Sind Sie allein gekommen?"

16

Zum Glück fügte die Wirtin nicht die Bemerkung 'als Frau' hinzu.

„Ja."

„Sind Sie Touristin?"

„Nein."

„Das habe ich mir schon gedacht. Sonst wären Sie ja nicht jeden Tag hier."

Ich lächelte erneut.

„Dann sind Sie zum Arbeiten hier?"

Ich wußte nicht, was ich antworten sollte. Kann ich sagen, daß ich zum Arbeiten hier bin? Bin ich gekommen, um zu arbeiten? Ich konnte nicht antworten und sagte wieder nur lächelnd: „Nun ja, das ist..." Die Wirtin schien mein Lächeln als Bejahung verstanden zu haben. Nachdem sie sich die gewellten Haare gekämmt hatte, brachte sie mir drei Mandarinen auf einem Teller und fuhr fort, mir Fragen zu stellen.

„Was für eine Arbeit haben Sie denn?"

Ich konnte nicht mehr weiteressen. Ich legte das Besteck auf den Tisch und schälte die Mandarinen auf dem Teller. Der frische Mandarinenduft drang mir erquickend in die Nase. Die Wirtin brachte mir die Zeitung, die auf einem anderen Tisch lag. Wahrscheinlich hatte sie sich erinnert, daß ich nach dem Essen zumeist die Zeitung las. Die Stelle, an der sie die Zeitung angefaßt hatte, roch nach Lotion. Mir wurde es peinlich, daß ich der freundlichen Wirtin keine Antwort gab, und so sagte ich schnell, daß ich mich mit der Schriftstellerei befasse. Augenblicklich hellte sich ihr Gesicht auf, ihre Wangen, auf denen sich braune Flecken wie auf einer Landkarte ausbreiteten, schienen zu leuchten.

„Ach, du liebe Zeit, wirklich? Das ist aber eine Ehre für mich!"

Eine Ehre? Ich wurde sogleich verlegen und lächelte beschämt.

...Es ist das erste Mal, daß ich mich einem unbekannten Menschen, einem Fremden als Schriftstellerin vorstelle...

Mutter... Ihre schwarzen Augen. Daß sie den Augen einer Kuh ähneln, stellte ich erstmals in jener Nacht fest. Dieser Meinung bin ich noch heute. Wie kann die Mama, die uns sechs Geschwister großgezogen hat, sich solche klaren Augen bewahren... Manchmal machen mich ihre Augen nachdenklich.

Im Sommer meines sechzehnten Lebensjahrs, im Nachtzug, treten meiner Mutter die Tränen in die Augen. Zum zweitenmal fährt sie mit dem Zug nach Seoul. Einmal hat der Bruder in Seoul in einem Brief gebeten, einige Dokumente für die Aufnahme an der Universität bei der Gemeinde zu besorgen und ihm zu schicken. Aber Gott weiß warum, der Brief kommt erst am Tag vor dem Termin an, zu dem der Bruder die Dokumente braucht. Per Post würde er sie also zu spät erhalten. So wird die Mama zur Botin. Mit den Dokumenten in der Tasche nimmt sie den Nachtzug. Sie hat nur den einen Gedanken: noch heute nacht ihrem Sohn die Dokumente, die er morgen braucht, auszuhändigen. Dabei weiß sie jedoch von Seoul nur so viel, daß ihr Sohn im Yongmun-Dong-Haus arbeitet. Wenn sie von ihrem ersten Besuch in Seoul spricht, sagt sie immer, daß es auf der Welt viele gute Menschen gäbe. „Neben mir saß so ein junger Mann, wie dein Bruder, und da hab ich die Dokumente aus der Tasche gezogen, sie dem jungen Mann gezeigt und gesagt, hören Sie mal, junger Mann, mein Sohn will auf die Universität und braucht das hier morgen unbedingt, aber ich kenne mich doch in Seoul kein bißchen aus, nun, was soll ich da machen? Daraufhin hat mich der junge Mann so spät nachts vom Bahnhof bis zum Yongmun-Dong-Haus gebracht. Dabei hatte selbst der Taxifahrer keine Ahnung, wie man dorthin kommt, aber der junge Mann hat sich irgendwie nach dem Weg erkundigt, verstehst du? Und die ganze Welt war so dunkel, und als er sagte, ‘Hier muß es eigentlich sein’, hab ich immer wieder an die Tür geklopft, und da kam dein Bruder aus dem Haus, aber der junge Mann war schon weg, ohne auf mein Dankeschön zu warten, wo er doch solche Mühe wegen mir gehabt hat.“

Meine Mutter, die Seoul schon einmal so mutig besucht hat, kann allerdings diesmal, als sie mich zu ihrem Sohn bringt, die Tränen nicht zurückhalten. Ich weiche ihrem Blick aus und schaue aus dem dunklen Fenster, in dem sich ihr orangefarbener Hanbok widerspiegelt. Ich sehe die Kusine an, die wie ein umgepflanztes Portulakröschen daneben sitzt. Mama streckt ihre Hand aus und streicht mir übers Haar. Die Kusine, die sich bereits auf dem Bahnhof von ihrer Mutter getrennt hat, wendet den Blick ab.

„Wollt ihr etwas essen?“

Mutter bietet uns aus ihrer Tasche gekochte Eier an. Ich sage nein. Die Kusine nimmt ein gekochtes Ei, das meine Mutter geschält hat, zieht aus ihrer Tasche ein Buch heraus und gibt es mir zum Anschauen.

„Was ist das für ein Buch?“

„Ein Fotobuch.“

Die Kusine, an deren Lippen etwas von dem gekochten Ei klebt, fügt leise hinzu: „Ich möchte Fotografin werden.“

„Fotografin?“ Ich wiederhole das Wort. Mir fällt ein, daß die Fotografen in den Fotostudios alle Männer sind. Ich schaue die Kusine an und sage: „Alle Fotografen sind doch Männer.“ Sie erwidert schmunzelnd, sie meine nicht die, sondern solche, die Fotos wie diese hier machten. Dabei blättert sie für mich Seite um Seite des Fotobuches um, das sie auf meinen Schoß gelegt hat. Jede Seite, die sie aufschlägt, zeigt eine schöne Landschaft. Eine Sandwüste, Bäume, den Himmel und das Meer. Bei einer Seite hört die Kusine mit dem Blättern auf und flüstert mir zu: „Da, schau.“ Eine nächtliche Waldlandschaft, in der sich unzählige Sterne auf den Bäumen niedergesetzt haben, um dort weiß zu leuchten.

„Das sind Vögel."

Voller Verwunderung ziehe ich das Fotobuch, das sie inzwischen wieder an sich genommen hat, von ihrem Schoß auf meinen herüber. Bei genauem Hinsehen stellt sich heraus, daß das, was da auf den Bäumen im nächtlichen Wald sitzt und leuchtet, nicht Sterne, sondern weiße Reiher sind. Die Vögel haben sich in dem in Dunkelheit versunkenen Wald da und dort auf einem hohen Ast niedergelassen und leuchten hell und weiß.

„Sie schlafen. Sind sie nicht schön?"

Ich nicke zustimmend. Unter dem weiten Nachthimmel beleuchten die weißen Vögel anmutig den Wald und schlafen friedlich.

„Nicht die Menschen, sondern die Vögel möchte ich fotografieren."

Die Kusine erscheint mir geheimnisvoll, so daß ich sie mit großen Augen anschaue.

Als sie sagt: „Ich möchte die Vögel fotografieren", sind ihre Wangen hochrot, als wären sie ganz durchdrungen von dem erquickenden Duft des Gebüschs, der Erde oder der Blätter des Waldes, in dem die Vögel schlafen.

„Wenn ich Geld verdiene, kaufe ich mir als erstes eine Kamera."

Der Nachtzug fährt mit dem Traum der Kusine dahin. Ich achte nun nicht mehr auf ihr Flüstern. Innerlich verspreche ich mir bereits die weißen Reiher, die in der Dunkelheit unter dem weiten Nachthimmel anmutig den Wald beleuchten und friedlich schlafen. Irgendwann werde ich mich bestimmt aufmachen, um die weißen Vögel auf den hohen Ästen zu sehen, um die Schönheit und Friedlichkeit der schlafenden Vögel zu sehen, deren Köpfe den Sternen zugewandt sind.

Ich kann das Daewoo-Building, das ich an diesem frühen Morgen zum erstenmal erblickte, nicht vergessen. Das war das Höchste, was ich bis dahin in meinem Leben gesehen hatte. An jenem Tag wußte ich noch nicht, daß es das Daewoo-Building war. Ich folge Mama und trete aus dem nächtlichen Bahnhof von Seoul heraus. Dann laufe ich, so schnell ich kann, meiner Mutter, die einige Schritte vor mir geht, hinterher und klebe an ihrer Seite. Doch das genügt mir nicht. Ich ergreife auch noch ihre Hand und drücke sie ganz fest.

„Was hast du?"

„Ich habe Angst."

Es kommt mir vor, als marschiere das ferne Daewoo-Building, das wie ein riesiges Untier aussieht, mit großen Schritten daher, um meine Mutter, die Kusine und mich zu verschlingen. Die neunzehnjährige Kusine zeigt sich angesichts des riesigen Ungetüms gelassen. Ich bin verängstigt, aber Mama sagt mir, das sei doch nichts.

„Es ist bloß ein Stahlblock, nichts weiter."

Mit sechzehn Jahren betrete ich zum ersten Mal die Stadt. Trotz Mamas Versicherung blicke ich mit angsterfüllten Augen auf das Daewoo-Building, das in der Morgendämmerung wie ein mächtiges Ungeheuer erscheint.

Der Bruder hat noch kein eigenes Zimmer. Das ist der Grund, warum wir den Nachtzug nehmen müssen. Denn in Seoul wäre eine einfache Pension der einzige Ort, an dem wir übernachten könnten. Obwohl der Bruder kein Zimmer hat, sieht er sehr gepflegt aus. Seine Fingernägel sind sauber und sein Hemd glänzt weiß. Man käme nicht von alleine darauf, daß dieser junge Mann tagsüber für die Entsorgung des Mülls im Dong-Haus zuständig ist und nachts an der Abendhochschule Jura studiert. Denn seine Gesichtszüge lassen eher vermuten, daß er mit den alltäglichen Beschwernissen nichts zu tun hat. Nun aber besorgt dieser junge Mann vor dem Dong-Haus seiner Schwester, seiner Kusine und seiner Mutter, die mit dem Nachtzug zu ihm in die Stadt gekommen sind, Reis und warme Suppe mit Sojabohnenkeimlingen. Sein Quartier ist das Nachtdienstzimmer im Dong-Haus. Seitdem er im Dong-Haus arbeitet, brauchen die anderen keinen Nachtdienst mehr zu machen. Er übernachtet ja sowieso immer dort. Gleich wird er mich und meine Kusine zu unserer Ausbildungsstätte bringen. Heute werden dort nämlich die Mädchen aufgenommen.
„Die Arbeit wird mühselig sein."
Wie der Bruder das sagt, klingt es mühseliger als die noch nicht begonnene Arbeit.
„Aber wenn ihr die Ausbildungskurse dort abschließt und dann im Industriekomplex eine Stelle erhaltet, könnt ihr auf die Schule gehen. Nächstes Jahr wird eine Sonderklasse für Industriearbeiterinnen eingerichtet."
Dann fügt er wie als Entschuldigung hinzu: „Wenn ihr nicht über diesen Weg in die Schule kommt, könnt ihr nur noch eine private Schule besuchen, weil ihr vom Land stammt. Aber die ist keine reguläre Oberschule."

Die Ausbildungsstätte liegt vor dem Eingang des Kuro-Industriekomplexes. Wir verlassen die Garküche und fahren mit dem Bus dorthin. Auf dem Sportplatz der Ausbildungsstätte nehmen wir Abschied von meiner Mutter. Ich erinnere mich an den Sportplatz der Ausbildungsstätte an jenem Tag. An das Orange, das sich in der Ferne verlor. Die große Hand von Mama ergreift meine. Mit der anderen drückt sie der Kusine einen Schein von tausend Won in die Hand.
„Hungert euch nicht krank, kauft euch Joghurt, wenn ihr Hunger habt."
Der Kusine treten die Tränen in die Augen. Mutter verläßt uns, geht zum eisernen Tor der Ausbildungsstätte, kehrt aber immer wieder zurück. Sie ist ein orangefarbener Fleck auf dem Sportplatz. Der Fleck entfernt sich von uns, kommt

aber wieder auf uns zu, damit wir uns gegenseitig bei der Hand nehmen, und sagt: „Haltet ihr nur zusammen. Jetzt müßt ihr selbst auf euch aufpassen. Macht dem Bruder keine Sorgen, ihr müßt nur zusammenhalten, habt ihr mich verstanden?"

Der orangefarbene Fleck, der sich endgültig entfernt. Und einen Schritt davor geht der deutlich größere Bruder mit gesenktem Blick. Aus der Menge der Auszubildenden starre ich dem Fleck und dem Rücken des ältesten Bruders nach, die immer kleiner werden. Meiner Mutter und dem Bruder, die sich immer weiter entfernen. Immer weiter, immer weiter, immer weiter, bis sie sich ganz in der Ferne verlieren. Ich stoße hilflos mit dem Fuß in den Boden.

So begann mein Leben in Seoul. Es sollte allerdings noch lange dauern, bis ich Ha Kye-Suk und jenen Mädchen begegnete, denn es war nicht leicht, ihnen zu begegnen.
Was liegt noch zwischen mir und den Mädchen, denen ich damals noch nicht begegnet war?
Eines Tages sagte Ha Kye-Suk, mit der ich anfangs nur schwer warm werden konnte, dann aber oft telefonierte: „Aber über uns schreibst du ja nicht."
„Ich habe Bücher von dir gelesen. Nur dein erstes hab ich noch nicht. Es ist etwas schwierig, zur großen Buchhandlung zu fahren. Ich meine, das Buch ist in der kleinen Buchhandlung hier bei uns nicht zu kriegen. Und deswegen konnte ich es noch nicht lesen... Du schreibst wohl über deine Kindheit, deine Studienjahre und auch über die Liebe, aber über uns hab ich gar nichts gefunden."
„..."
'Vielleicht gibt es auch was über uns', dachte ich, 'und ich habe eigens danach gesucht, weißt du?'
Als ich schwieg, nannte mich Ha Kye-Suk leise bei meinem Namen und fragte mit gedämpfter Stimme: „Schämst du dich etwa dafür, daß du eine solche Zeit durchgemacht hast?"
Vor lauter Anspannung nahm ich den Hörer von einer Hand in die andere. Ha Kye-Suk, die so unterhaltsam gewesen war, daß sie etwas geschwätzig gewirkt hatte, mißdeutete meine Anspannung als ablehnendes Schweigen und wurde traurig.
„Ich hatte den Eindruck, daß du ein anderes Leben hast als wir."
Ob ich mich vielleicht erleichtert gefühlt hätte, wenn ich ihr hätte erwidern können, das sei nicht wahr? Aber ich habe es nicht gekonnt, ich konnte ihr nicht sagen, daß das nicht wahr sei. Auch wenn ich auf jene Zeit nicht stolz gewesen war, habe ich mich ihrer dennoch nicht geschämt. Oder ich weiß es nicht.

Vielleicht schämte ich mich doch für jene Zeit. Aber solche Gedanken waren nicht ernsthaft, nein, es wäre treffender zu sagen, ich hatte keine Zeit, solchen Gedanken nachzuhängen. Ich habe überhaupt nicht daran gedacht, daß meine Verhältnisse zu schwer und unerträglich seien. War ich doch von Tag zu Tag nicht mit Denken, sondern mit Überleben beschäftigt. Immer rannte ich hin und her, morgens gab es etwas für den Morgen und abends etwas für den Abend zu erledigen, so blieb mir keine Sekunde übrig, um an etwas anderes zu denken. Wenn ich bloß das Alltägliche und die dringendsten Dinge erledigt hatte, mußte ich mich sofort zum Schlafen hinlegen oder aufstehen. Erst später, als ich schon fast dreißig war, kam ich auf den Gedanken, daß ich damals übermüdet und erschöpft gewesen sein muß.

Ausbildungsstätte... Ich, die Sechzehnjährige, stehe morgens um sechs Uhr im Heim auf. Beim Aufwachen fällt mir ab und zu die Mistgabel ein, die ich in den Brunnenschacht geworfen habe. Wie mag sie jetzt wohl aussehen, tief unten im Brunnen? Aber diese Gedanken währen nur kurz, schon höre ich die Glocke läuten, die die Mädchen zum Sammeln auf dem Sportplatz auffordert. Nach aufmunternder Musik macht man Gymnastik. Dann säubert man für die Gemeinschaft den Raum, der einem zugeteilt worden ist, reiht sich in die Schlange zum Waschen ein und sitzt dann beim Frühstück. Ich sehe zum ersten Mal das Essenstablett, auf dem Suppe, Reis und Beilagen zusammen gereicht werden. Das Geschirr ist mir fremd, und auch das Kimchi schmeckt merkwürdig. Ich kann wegen des fremden Geschirrs und des merkwürdigen Kimchi am Anfang nichts essen. Auf die Frage der Kusine, warum ich nichts esse, schiebe ich es auf das Kimchi. Man habe eine komische Sorte von eingesalzenem Fisch in das Kimchi getan, während die Mama doch immer Hwangsaegi hineintue. Zum eigenartigen Geschirr sage ich nichts, weil ich kein passendes Wort dafür finde. Daheim auf dem Land werden meine Schüsseln für Reis und Suppe jetzt auf der Ablageleiste an der Küchenwand ordentlich aufgehoben sein. Die Kusine holt mir aus der Imbißbude süßes Brot. Sie versucht, mir gut zuzureden: „Du darfst nicht zu oft süßes Brot essen. Wir haben doch wenig Geld, und das wird sich auch nicht ändern, ehe wir eine Stelle kriegen und den ersten Lohn."
Ich zwinge mich und versuche einen Löffel Suppe aus dem fremden Geschirr. Wieder fallen mir meine Schüsseln auf Mamas Ablageleiste daheim ein, und sofort treten mir die Tränen in die Augen. In der Suppe des fremden Geschirrs schwebt das verschlafene Gesicht des siebenjährigen Bruders, der an jenem Abend des heimlichen Abschieds fragte, wo die Schwester hingeht. Trotzig löffle ich den Reis. Auch die Suppe schlürfe ich schnell aus. Und selbst das merkwürdige Kimchi kaue ich widerstrebend und schlucke es hinunter.

Die Ausbilder nennen uns unisono 'Industrielle Arbeitstruppe'. Wenn sie uns das Löten beibringen, sagen sie auch, als Industrielle Arbeitstruppe seid ihr... Im Heim der Ausbildungsstätte klebt, wie im Kindergarten, an jeder Zimmertür ein Schild mit dem Namen einer Blume. Wie hieß das Zimmer, in dem ich war? Rose? Lilie? Lediglich eine Erinnerung, daß über dem hölzernen Schlafplatz ein Schließfach für privates Eigentum angebracht war. Einige Jahre nach meinem Leben im Heim begann im Fernsehen eine Nonsensserie mit dem Namen *Stillgestanden*, deren Text ein ehemaliger Kommilitone schrieb. Das Heim, in dem ich als sechzehnjähriges Mädchen war, und die Stube in *Stillgestanden* sahen sich ähnlich. Nur, daß wir zweistöckige Betten haben, zu deren oberem Teil man eine Leiter hinaufsteigen muß. Fünf Mädchen müssen sich je ein Zimmer teilen. Die Kusine und ich halten zusammen, wie die Mama es uns ans Herz gelegt hat, und hausen Seite an Seite in den oberen Betten, zu denen wir über eine Leiter hinaufsteigen. Nach dem Appell um neun Uhr abends müssen alle Mädchen das Licht ausmachen. Wenn ich schlaflos in der Dunkelheit zur Zimmerdecke starre, fällt mir, wie morgens beim Aufwachen, wieder die Mistgabel im Brunnen ein. Beim Gedanken an das Schweigen der Mistgabel, die unten im Wasser liegt, bekomme ich Schmerzen im Fuß, so daß ich mich zur Seite wende und mit der ausgestreckten Hand nach der Stirn der Kusine taste. Auch ihre Augenlider streichle ich. Wenn sie zu schlafen scheint, rüttle ich sie wach.
„Was hast du denn?"
Ich will ihr von der Mistgabel erzählen und tue es doch nicht. Aber weil ich nicht allein mit wachen Augen liegen möchte, berühre ich wiederholt ihre Stirn und ihre Augen, bis sie mit ihrem Handteller meine Hand wegstößt.
Die Kusine ist neunzehn Jahre alt. Sie reibt sich die Hände mit duftendem Schönheitswasser ein. Wenn ich vom Waschen zurückkomme, drückt sie mir den Wattebausch mit dem Schönheitswasser sanft unter die Nase. Dabei flüstert sie: „Du, den Herrn Kim, findest du ihn nicht auch toll?"
Ich nicke. Herr Kim ist für Allgemeine Bildung zuständig. Zum erstenmal, seit ich in der Ausbildungsstätte bin, höre ich jemanden vom Leben sprechen, statt von der Industriellen Arbeitstruppe. Herr Kim sagt, daß das Leben schön ist. Ob er auch gesagt hat, warum es schön ist? Ich erinnere mich nicht daran. Er sagt nur, das Leben sei schön. Er sagt nicht, was uns das Leben deswegen geben, was uns das Leben deswegen nehmen werde. Er sagt lediglich, das Leben sei schön.
In meinem Kopf hellt es sich auf. Mir fällt der Name *Eingang zum Industriekomplex* ein. Ich stehe am Eingang zum Industriekomplex. Neben mir die Kusine. Wo sind bloß die anderen geblieben, warum sind wir allein? Damals lebten zwanzig Mädchen zusammen in einem Raum, aber kein Gesicht zeichnet sich

klar ab. Plötzlich taucht eines mit Brille auf, verschwindet aber gleich wieder. Ich erinnere mich deshalb an dieses Gesicht, weil es nicht nur in jenem Raum, sondern überhaupt unter allen Heimmädchen das einzige war, das eine Brille trug. Ich erinnere mich also nicht an das Gesicht, sondern an die Brille. Die Brille aus schwarzem Kunststoff auf dem weißen Gesicht. Und ein Name, Kim Chung-Rye. Auch Kim Chung-Rye bleibt nur als Name, ihr Gesicht ist mir entschwunden. Nur eine dunkle Erinnerung ist geblieben, daß ihr Gesicht im Vergleich zu ihrem Körper relativ groß war. Kim Chung-Rye, das Mädchen mit diesem Namen, war elternlos. Jeden Samstag, an dem die Mädchen die Nacht über ausbleiben dürfen, verläßt sie die Ausbildungsstätte und sagt, sie gehe ins Waisenhaus. Eines Samstags, als sie wieder ins Waisenhaus ging, bricht im Heim Unruhe aus.

„Mein Gebäck ist weg!"

„Bei mir fehlt die Geldbörse!"

„Meine Kleider!"

Die Mädchen machen Kim Chung-Ryes Schließfach auf. Es ist leer. War Kim Chung-Rye wirklich elternlos? Jedenfalls hat sie sogar das Schönheitswasser der Kusine mitgenommen und kommt auch zum Appell am Sonntagabend nicht zurück. Sie ist davongelaufen. Auch sieben neue Unterhosen und drei Taschentücher, die die Mutter im Dorf gekauft und mir kleingefaltet in die Tasche gepackt hatte, kommen nicht zurück.

Die Kusine und ich haben niemanden, den wir besuchen könnten, auch wenn wir eine Nacht ausbleiben dürfen. Nicht einmal in der Straße hinter der Mauer der Ausbildungsstätte kennen wir uns aus. Die Mädchen, die nirgendwohin gehen können, spielen auf dem Sportplatz Volleyball. Auch die Kusine und ich rennen mit den anderen hinter dem Ball her. Als wir müde geworden sind, nehmen wir im gemeinschaftlichen Waschraum der Ausbildungsstätte ein Bad. Wir schrubben uns gegenseitig den Rücken. Normalerweise ist die Zeit zum Waschen genau eingeteilt, aber jetzt, wo so viele weg sind, sind wir nicht in Eile. Nach dem Bad liegt die Kusine, mit reichlich eingecremtem Gesicht, bäuchlings auf unserem Lager im Heimzimmer und schreibt einen Brief an ihre Mutter. Ich liege daneben, schaue zur Zimmerdecke und lasse meinen Fuß kreisen. Ich stoße wiederholt die schreibende Kusine an. Sie findet es langsam lästig und sagt mir, ich solle auch Briefe schreiben. Ich lege mich auf den Bauch und flüstere ihr ins Ohr: „Nicht Briefe, sondern etwas anderes werde ich schreiben."

Die Kusine sieht mich unverwandt an, wobei sie den Kugelschreiber auf dem Briefbogen festhält.

„Etwas anderes?"

Ich flüstere ihr mein Geheimnis ins Ohr, das ich noch niemandem anvertraut habe.

„Ich meine Gedichte oder Erzählungen."

Die Kusine macht große Augen.

„Du meinst, du willst Schriftstellerin werden?"

Besorgt, daß meine Worte vielleicht nicht ernstgenommen werden könnten, erkläre ich auf unserem hölzernen Lager im Heim eifrig, daß ich schon seit langem so etwas schreiben wolle und daß ich mich mit nichts anderem abgeben möchte. Die Kusine führt den Kugelschreiber, den sie auf dem Briefbogen festhielt, an ihr Kinn und neigt zweifelnd den Kopf zur Seite.

„Nun ja, wird so ein Mensch nicht anders geboren?"

Ich werde unruhig bei dem Gedanken, sie könnte vielleicht hinzufügen, du wirst also keine Schriftstellerin werden. Deshalb ereifere ich mich noch mehr.

„Man wird nicht anders geboren, man denkt anders."

Die Kusine schweigt und ist eine Weile in Gedanken vertieft. Ich rücke dicht an sie heran, voller Besorgnis, daß sie mich nicht verstehen könnte.

„Es ist doch genauso wie bei dir, denn du möchtest jemand werden, der Vögel fotografiert."

Die Kusine faltet den Brief, schiebt ihn in ihr Schließfach und legt sich neben mir hin, den Blick zur Zimmerdecke gerichtet. Ihre ebenso zur Zimmerdecke gerichteten und übereinandergelegten Fesseln sind elegant.

„Und worüber willst du schreiben?"

Vor meinen Augen erscheint kurz die Mistgabel, die im Brunnen versunken liegen muß.

„Das weiß ich auch noch nicht."

An diesem Tag ist die Kusine unsagbar liebevoll zu mir. Ich werde durch ihre Verbundenheit angeregt und erzähle ihr von der Mistgabel, die sich mir in den Fuß gebohrt hat. Auch den Fuß selbst zeige ich ihr.

„Da, schau. Es ist zwar zugeheilt, aber wenn ich lange laufe, tut es mir so weh, als reiße die Sehne."

Die Kusine mustert meinen Fuß und fragt: „Was hat das damit zu tun, daß du schreiben willst?"

Ich werde sogleich verwirrt. Ich weiß nicht, wie ich mich ausdrücken soll, wie ich ihr klarmachen soll, daß ich mir wieder die Mistgabel in einen Fuß bohren werde, wenn ich nicht etwas Reines in meinem Herzen hege. Jedenfalls sage ich: „Nur das wird mir Kraft geben."

Da ich es mit übermäßigem Nachdruck gesagt habe, wird es mir selbst peinlich, so daß ich hinzufüge, von der Mistgabel sei nichts zu fürchten, denn ich hätte sie in den Brunnenschacht geworfen. Die Kusine setzt sich auf.

„Was sagst du da?"
„Ich meine die Mistgabel, die hab ich in den Brunnenschacht geworfen."
Die Kusine schaut mich verständnislos an.
„Du meinst, absichtlich?"
Ich nicke zustimmend.
„Und warum hast du das getan?"
Ich kann keine Antwort finden. Ich weiß nicht, wie ich ihr erklären soll, daß ich das getan habe, weil ich vielleicht eines Tages die Mistgabel wieder von der Schuppenwand herunterzerren und das Gerstenstroh umwenden würde, mich dabei aber in den Fuß stechen könnte. Die Kusine schaut nach wie vor verständnislos drein und sagt in belehrendem Ton: „Wenn du daheim bist, erzähl gleich dem Onkel davon, damit er den Brunnen auspumpen kann. Wie schmutzig muß das Wasser geworden sein! Sie trinken es doch."
„Das Wasser?" Ich habe nie daran gedacht, daß das Wasser schmutzig geworden sein könnte. Ich schweige nur.

Als der älteste Bruder uns am Besuchstag in eine Konditorei vor dem Eingang des Industriekomplexes ausführt, weist die Kusine auf mich und sagt laut: „Sie will Schriftstellerin werden."
„Schriftstellerin? Du?"
Weil der älteste Bruder mich äußerst verwundert ansieht, werfe ich der Kusine einen vorwurfsvollen Blick zu.
„Wieso? Das muß doch kein Geheimnis sein."
Der Bruder läßt uns Zajangmyon essen und dann noch Milch und süßes Brot mitnehmen, bevor er uns wieder zurückbringt. Dann macht er seine große Gestalt auffällig klein, indem er mit gesenktem Kopf geht, und verschwindet hinter dem Tor des Sportplatzes der Ausbildungsstätte.

Erst jetzt nimmt der Schreibstil seine Form an. Einfacher Satz. Ganz schlicht. Die vergangene Zeit im Präsens und die gegenwärtige im Präteritum. Wie beim Fotografieren: scharf. Damit das Zimmer im Abseits nicht wieder in meinem Inneren verschlossen wird. Die Einsamkeit des Bruders, der mit gesenktem Kopf zum Tor der Ausbildungsstätte schritt, in den Schreibstil einbeziehen.

Als ich von Ha Kye-Suk deutlich die Worte 'ein anderes Leben als wir' hörte, spürte ich, daß mir das Herz irgendwie weh tat. Die Worte hatten mich im Herzen getroffen. Es gab noch einen Menschen, der zwar nicht wie Ha Kye-Suk von 'einem anderen Leben als wir' sprach, aber in einem ähnlichen Sinne sagte, du bist ein anderer Mensch als ich. Das war die Mutter.

Sechzehn Jahre nach meinem sechzehnten Lebensjahr arbeitete ich, inzwischen Schriftstellerin geworden, eines Tages an einem wichtigen Manuskript. Die Mutter, die nach Seoul auf Besuch gekommen war, wollte immer wieder mit mir sprechen. Da holte ich aus dem Regal ein Buch von mir und gab es ihr.
„Da, lies bitte mal eine Weile da drin, ich bin gleich fertig."
Als ich mit dem Schreiben fertig war, schlief die Mutter.
„Mutter!"
Vielleicht tat es der Mutter beim Aufwachen leid, daß sie eingeschlafen war, anstatt in dem Buch zu lesen, denn sie gab es mir mit den Worten zurück: „Du bist ein anderer Mensch geworden als ich." In dem Moment erschienen mir ihre Worte noch selbstverständlich. „Ja, selbstverständlich, du bist in den dreißiger Jahren geboren und ich im Jahr 1960." Ich interpretierte 'anderer' nur als Unterschied der Generation. Aber sie meinte es nicht so. Es gab etwas, was ich damals noch nicht wußte. Das einzig Geschriebene, was die Mutter las, war das Vaterunser auf der Umschlagseite der Bibel, und daß sie selbst dieses nur aufgeschlagen vor sich hatte und das Gebet in Wirklichkeit auswendig konnte, erfuhr ich erst ein Jahr später von dem kleinen Bruder. Er versuchte nämlich, der Mutter das Alphabet beizubringen.

Während des Frühlings und des Sommers blieben mir die Sätze aus, nur Ha Kye-Suks Stimme pochte wie Wassertropfen in meinem Herzen.
„Aber über uns schreibst du ja gar nicht."
„Schämst du dich etwa dafür, daß du eine solche Zeit durchgemacht hast?"
„Ich hatte den Eindruck, daß du ein anderes Leben hattest als wir."
Wenn ich aus einem erholsamen Schlaf erwachte, verwandelte sich ihre Stimme jedesmal in Eiswasser und tropfte von der Zimmerdecke eindringlich auf meine Stirn: Aber - über - uns - schreibst - du - ja - gar - nicht. - Schämst - du - dich - etwa - dafür - daß - du - eine - solche - Zeit - durchgemacht - hast? - Ich - hatte - den - Eindruck - daß - du - ein - anderes - Leben - hattest - als - wir.

Der älteste Bruder, der am Besuchstag kommt, studiert ein Blatt Papier, auf dem die Fabriken stehen, in denen wir nach der Ausbildung arbeiten können. Nachdem er die Liste lange geprüft hat, umkringelt er die Firma Dongnam Elektro AG.
„In der Elektrobranche dürfte die Arbeit immerhin sauber sein."
Ich, die Sechzehnjährige, nehme das Blatt mit dem umkringelten Firmennamen in die Hand und schaue den ältesten Bruder an.
„Man hat mir gesagt, ich muß mir die Papiere einer Älteren besorgen, weil ich zum Arbeiten zu jung bin."

„Wie alt bist du eigentlich?"

„Sechzehn."

„Sechzehn", wiederholt der Bruder und wirkt dabei bedrückt.

„Mach dir keine Sorgen, ich werde das schon schaffen."

Der Bruder steht vom Stuhl der Imbißbude auf, wobei er sich mit der Hand den Schmutz von der Hose wischt.

Es sind etwas über zwanzig Mädchen in der Ausbildungsstätte, die sich für die Dongnam Elektro AG entschieden haben. Obwohl sie in keinen engen persönlichen Beziehungen zueinander stehen, fühlen sie sich doch durch die gemeinsame Ausbildungzeit und die Entscheidung für die gleiche Arbeitsstelle miteinander vertraut. Sie setzen sich zusammen und tauschen ihre Gedanken über die Dongnam Elektro AG aus: 'Wie mag die Firma aussehen? Was würde sie dort erwarten?'

Am letzten Tag in der Ausbildungsstätte schreibt Herr Kim in der Aula ein Gedicht an die Tafel: 'Wie schön ist der Rücken eines Menschen, der mit klarer Einsicht geht, wenn es zu gehen an der Zeit ist.' Herr Kim hat lockiges Haar. Mit der linken Hand stützt er den Ellenbogen des rechten Arms, dessen Hand die Kreide hält. „Das ist ja ein trauriges Gedicht", sagt die Kusine, wobei sie Tränen in den Augen hat. Herr Kim liest das Gedicht vor und hält zum Abschied eine kurze Rede: „Sie sind für die Industrie unseres Landes..." Der Lockige. Auch aus seinem Mund erklingt schließlich doch noch das Wort Industrie. „Sie sind alle Hoffnungsträgerinnen für die Industrie unseres Landes. Nun werden Sie von hier weggehen und in den Produktionshallen arbeiten. Und die werden zur Grundlage Ihres Lebens werden..." Obwohl die Mädchen lediglich einen Monat lang zusammen waren, schreiben sie sich beim Abschied gegenseitig ihre Namen und die Firmen auf, in denen sie von nun an arbeiten werden. Wir nehmen Abschied voneinander. Die Verse vor uns hinsprechend: „Wie schön ist der Rücken eines Menschen, der mit klarer Einsicht geht, wenn es zu gehen an der Zeit ist."

Die Firma Dongnam Elektro AG liegt im Ersten Kuro-Industriekomplex.

Etwa zwanzig Mädchen, die in die Firma Dongnam Elektro AG aufgenommen wurden, ziehen nun vom *Eingang zum Industriekomplex* in den Industriekomplex selbst um. Nachdem sie ihren Arbeitsplatz zugeteilt bekommen haben, erhalten sie eine Woche Urlaub. Der älteste Bruder bringt die Kusine und mich in das Zimmer, das er in der Siedlung vor dem Dritten Industriekomplex gemietet hat - eine Siedlung, in der es eine Bahnstation gibt.

Ob es das Haus noch gibt? Das Haus, in das ich nie wieder hineingegangen bin, seit ich es verließ. Die Zimmer in dem Haus. Obwohl ich weder das Haus noch das Zimmer, ja nicht einmal die Umgebung des Hauses jemals wieder betreten habe, sehe ich jenes Haus und jenes Zimmer so klar und deutlich vor mir wie in einem Film.

Der Zug nach Suwon fährt über die Station, in deren Nähe das Haus liegt, weiter in die Provinz Kyonggi. Bei der Fahrt mit der Bahn nach Suwon ist diese Station die letzte innerhalb von Seoul. Vor sechs Jahren schrieb ich darüber: Die Bahnstation, durch die die Bahn nach Suwon fährt, sei der Eingang zum ganzen Dong. Vor dem Bahnhof hätten sich die Wege in drei Richtungen geteilt. Aber welchen man auch immer eingeschlagen habe, stets sei man im Industriekomplex gelandet. Lediglich von der linken Straße, die zu jenem Haus führte, sei zwischen einem Fotostudio und dem Café *Gerstenfeld* noch eine Gasse abgezweigt, und auf deren beiden Seiten hätten sich dann die Häuser aneinandergereiht. Wenn man diese Gasse mit ihren Häusern und dann die Überführung zum Marktplatz hinter sich gelassen habe, sei man am Ende des Marktplatzes auch wieder im Industriekomplex angekommen. Das Haus mit seinem Labyrinth von siebenunddreißig Zimmern. Der dreistöckige rote Ziegelbau, in dem gerade dort, wo man nach dem Treppensteigen und am Ende der langen Windungen nichts mehr habe erwarten können, noch ein Zimmer mit kleiner Küche gewesen sei.

„Hier ist es."

Der Bruder läßt die Kusine und mich durch die offene Haustür eintreten. Seine Worte, daß es hier sei, klingen mir noch heute im Ohr. Dort war es. Eines von den siebenunddreißig Zimmern, unser Zimmer im Abseits. Obwohl das Haus von anderen Häusern mit unzähligen Zimmern umgeben war, sah man, sobald man das Fenster aufmachte, eine riesige Menschenmenge aus der Bahnstation strömen. Der Tante-Emma-Laden oder der Eingang zum Marktplatz, aber auch die Überführung waren immer voller Menschen, und ich weiß nicht, warum ich heute wie damals bei dem Gedanken an das Zimmer trotzdem immer zuerst das Gefühl habe, daß es sich in einer unbeschreiblichen Lage befand, daß wir allein und in völliger Einsamkeit gelebt hätten.

Ich schrieb weiter, drei Meter vor der Treppe, die in die oberen Stockwerke führte, habe es, von oben betrachtet in der Mitte des zementierten Hofes, eine Waschstelle mit Wasserhahn gegeben. Links von der Treppe zwei gelbe Holztüren. Und die kleinen Fenster an den Holztüren seien von einer dicken Staubschicht bedeckt gewesen. Darunter habe in weißer Ölfarbe 'HERREN' und 'DAMEN' gestanden. Morgens seien die Leute verlegen bei der Waschstelle auf und ab gegangen und hätten so getan, als warteten sie auf etwas ganz anderes.

Nur um diese Zeit habe man sich gesehen. Ohne sich zuzulächeln und auch ohne sich zu grüßen. Die zweite Tür auf der rechten Seite der Treppe... Dahinter habe Hi-Chae allein gewohnt.

Hi-Chae... Der Name, der sich schließlich doch hervordrängt. Wir stellen, Hi-Chae stellt ein Gemälde dar, das jene Industrielle Arbeitstruppe am Ende der Yushin-Ära festhält. Wie war doch ihr Familienname? Mir kommen die Genrebilder von Kim Hong-Do in den Sinn. Wenn er an der Straße, an der Anlegestelle, vor der Dorfschule, in der die chinesischen Klassiker gelehrt wurden, im Wirtshaus, neben dem Ringkampf- oder neben dem Wäscheplatz saß, um rasch ein paar Striche hinzupinseln, sollen die Zeitgenossen auf seinen Bildern lebendiger gewirkt haben als in Wirklichkeit, so daß jeder voll Bewunderung in die Hände klatschte und rief, wie wunderbar das sei und wie einer nur zu solcher Kunstfertigkeit gelangen könne. Wie er wohl Hi-Chae dargestellt hätte?
Auf den Genrebildern werden die Menschen normalerweise in Bewegung gezeigt, aber Hi-Chae ließe sich wohl nur mit einem vagen Lächeln darstellen. Ich denke an die Genrebilder der Koguryo-Dynastie: Wandmalereien aus den Grabkammern der Dynastie sowie Jagd-, Reit-, Tanz-, Wettkampf- und Akrobatikszenen. Auch die Darstellung von Mühle, Metzgerei, Kuh- und Pferdestall. Aber wir können, Hi-Chae kann nicht in einer dynamischen Szene und mit kräftigem Pinselstrich festgehalten werden. Aber wir werden, Hi-Chae wird hinter dem pausenlos fortlaufenden Fließband oder der stets eingefädelten Nadel der Nähmaschine erscheinen. Statt mit großen gutmütigen oder runden munteren mit schmalen müden Augen, statt in einem von Heiterkeit geprägten gemütsvollen Lebensgefühl als fahle Schattengestalt, die erst in der Mittagspause auf der Dachterrasse ein wenig in die Sonne gehen darf. Und in der Geschichte der Bekleidung werden wir in der blauen Arbeitskleidung, in deren Rückenpartie Falten genäht sind, festgehalten sein.
Ich kann es nicht mehr aushalten und stehe auf.

Nein, ich kenne ihre Gesichtszüge nicht. Daran kann ich mich nicht erinnern. Ausgelöscht. Nein, ich kannte sie von Anfang an nicht. Sieh einer an, ich fliehe. Ich ertappe mich beim Fliehen. Setz dich hin, du kannst nicht mehr davonlaufen. Schon damals konntest du's nicht, so wenig wie heute und für immer. Setz dich also hin.
Was ich oft an den einsamen Tagen in jenem Genrebild in meiner Erschöpfung von den Erlebnissen wiederaufleben ließ, waren die Vögel aus dem Fotobuch, das mir die Kusine in der Nacht unserer Fahrt in die Stadt gezeigt hatte: Vögel, die hoch oben unter dem unendlich weiten Nachthimmel saßen und, den Ster-

nen zugewandt, anmutig schliefen. Ich hielt die Tage in jenem Genrebild nur durch, indem ich mir, völlig übermüdet, immer wieder den Tag versprach, an dem ich hingehen würde, um mit eigenen Augen die Vögel zu sehen. Auch später, wenn mich Alltagsmüdigkeit und Einsamkeit einholten, gab ich mein Herzensversprechen nicht auf, die Vögel, die weißen Reiher aus dem Fotobuch, das die Kusine in jener Nacht vor sich gehalten hatte, mit meinen eigenen Augen zu sehen. Die Schar jener weißen Reiher, die sich im Wald, in dem nächtlichen Wald, aneinanderschmiegen und den Wald so anmutig mit Schlaf erfüllen, als hätten sie allem und jedem in der Welt vergeben. Je verzweifelter und einsamer die Tage waren, desto fester versprach ich mir heimlich, eines Tages den Arm aus dem Zugfenster baumeln zu lassen und den Bergrücken, der meine Sicht abschneidet, zu überschreiten.

Sechzehn Jahre sind seit dem Versprechen vergangen.

Noch immer konnte ich mich nicht aufmachen, um die Vögel zu sehen. Nicht, daß ich sie vergessen hätte. Vergessen, o nein... Vielmehr gab es Jahr für Jahr immer mehr Tage, an denen die weißen Reiher in meinem Herzen noch strahlender leuchteten und ich mich an meinem Versprechen aufrechthielt. Auch beim Massieren meiner müden Fußsohlen machte mir die mit der Müdigkeit einhergehende Erschöpfung überhaupt nichts aus, wenn ich an die weißen Reiher dachte, die in dem noch ungesehenen Wald auf den Bäumen schliefen, den Sternen zugewandt. Selbst in der Freude, die mir hin und wieder zuteil wurde, konnte ich unerklärlicherweise ganz ruhig bleiben. Und sowohl das schmerzliche Unglück wie auch die Einsamkeit, die einem tagelangen kalten Dauerregen glich, kamen mir irgendwie unwichtig vor, und dank dieser Empfindung konnte ich die nächsten Tage überstehen.

Aber jetzt dieser Name: Hi-Chae. Ob die weißen Reiher auch in die tiefe Traurigkeit hineinflogen, damals, als ihre Existenz ausgelöscht wurde? Ob ich mich auch damals an meinem heimlichen Versprechen aufrechthalten konnte, daß ich eines Tages in den Wald gehen würde?

Ich, die Sechzehnjährige, trete in das abgelegene Zimmer und öffne das Fenster. Vor Staunen mache ich dann aber große Augen. Hat die Bahn genau in dem Moment gehalten, in dem ich das Fenster öffnete? Durch die handtuchgroße Öffnung, die zur Bahnstation am anderen Ende des unbebauten Platzes geht, sehe ich das Gemenge unzähliger Menschen. Lediglich die Köpfe der herausströmenden Menge sind zu sehen, bis sie sich über die Treppen der Station wie eine Flut in die drei Scheidewege ergießt. Aber in weniger als fünf Minuten hat sie sich irgendwo in ihnen verloren, und der Platz davor ist völlig leer. Interessiert sehe ich zu, wie sich diese Stelle innerhalb von fünf Minuten mit Menschen füllt und dann wieder leert, so daß man sich fragen muß, wohin die vielen Leute verschwunden sind und ob alles nicht vielleicht nur ein Traum war, bis ich höre, wie die Kusine das kleine Fenster in der Küche aufmacht. Die Kusine und ich kehren und putzen das abgelegene Zimmer. Wir fegen die Spuren, die unsere Vorgänger hinterlassen haben, auf die Kehrichtschaufel, räumen die roten Ziegelsteine, die wohl als Stütze für den Tisch gedient haben, und das herumliegende Papier und einen alten, weggeworfenen Petroleumkocher aus dem Dachboden hinaus.

Der Bruder drückt der Kusine Geld in die Hand.

„Fragt mal die Vermieterin, wo der Markt ist, und kauft ein, was ihr zum Kochen braucht.“

Nachdem der älteste Bruder weg ist, liegen die Kusine und ich bäuchlings auf dem Zimmerboden, um auf einem Zettel die Sachen aufzuschreiben, die wir zum Kochen benötigen: ein Kochtopf, ein Reissieb zum Aussondern der Steinchen, eine Schüssel zum Reiswaschen, drei Schälchen, drei Paar Eßlöffel und -stäbchen, fünf kleine Teller, einen Petroleumkocher, drei Reis- und drei Suppenschalen... Wir gehen zum Markt, der sich hinter der Überführung am Ende der Gasse befinden soll, und kaufen die Gegenstände, die wir uns notiert haben. Die Sachen des Bruders werden aus dem Nachtdienstzimmer im Yongmun-Dong-Haus in unser abgelegenes Zimmer geschafft. Er hat einen Schreibtisch und einen Stuhl. Aus der Tasche nehmen wir die Gesetzessammlung der sechs wichtigen Gesetze und die Bücher über Strafrecht heraus. In der kleinen Tasche finde ich die zusammengerollte Unterwäsche, die noch zu waschen ist. Der Bruder sieht sich einen Moment lang im Zimmer und in der Küche um, geht dann gleich wieder fort und kommt mit einem zusammenklappbaren Plastikkleiderschrank, einem kleinen Tisch und Reis zurück. Er setzt die Metallstangen des Kleiderschranks zusammen, stellt ihn neben dem Tisch auf, läßt uns dann unsere Kleider aus der Tasche nehmen und sie darin aufhängen. Zu dritt ziehen wir wieder los, um Bettzeug zu kaufen. Der Bruder geht mit gesenktem Kopf, so wie er schon über den Sportplatz der Ausbildungsstätte davongegangen war. Hin und wieder stößt er einen Seufzer aus. Wir kaufen eine Matratze, eine mit Kunstbaumwolle gefütterte Decke und drei Kopfkissen und tragen dann die Sachen zusammen nach Hause. Der Bruder spricht nur das Nötigste und lächelt auch nicht. Heute abend essen wir auswärts, sagt er, und nimmt die Kusine und mich in die Gasse vor dem abgelegenen Zimmer mit und kauft für uns Schweinefleisch-Kalbi. Er selbst ißt nichts. Mit einem Gesichtsausdruck, der verärgert oder auch einfach erschöpft wirkt, schaut er der Kusine und mir lediglich beim Essen zu.

Man wird nicht einfach in einer Abfolge von Zahlen älter. An einem Tag kann man mit sechzehn auch gleich zweiunddreißig werden. Es war an dem Tag in der Garküche, daß ich, die Sechzehnjährige, plötzlich dreißig oder zweiunddreißig wurde. An dem Tag, an dem ich den Bruder sah, wie er der Kusine und mir Schweinefleisch-Kalbi kaufte, ohne selbst etwas zu nehmen, und im Essensdunst müde dasaß, bin ich wohl auf einen Schlag zweiunddreißig geworden, so alt wie heute.

Fünf Tage unseres einwöchigen Urlaubs wollen wir daheim auf dem Land verbringen. Es ist unsere erste Heimfahrt aus Seoul. Da die Kusine und ich nur die Wege zur Ausbildungsstätte und zum abgelegenen Zimmer kennen, bringt uns der Bruder zum Bahnhof, kauft die Fahrkarten für uns, sucht für uns die Plätze im Zug aus und versorgt uns für unterwegs mit süßem Brot und Getränken. Jetzt, wo ich außerhalb der Geschichte daran zurückdenke, werde ich traurig. Damals ging es vor allem ums Essen. Es fällt mir immer wieder ein, daß der älteste Bruder uns mit irgend etwas Eßbarem versorgte. In der Garküche vor dem Dong-Haus kauft er uns Reis und Suppe mit Sojabohnenkeimlingen, in der Imbißbude der Ausbildungsstätte süßes Brot und Milch und in der Garküche vor unserem Mietzimmer Schweinefleisch-Kalbi. Der erst dreiundzwanzigjährige Mann, der, ständig überanstrengt, tagsüber im Dong-Haus arbeitet und abends zur Hochschule geht, drückt der jüngeren Schwester Geld in die Hand, nachdem die Kusine in den Zug eingestiegen ist. Ich soll unterwegs eine Stange Zigaretten für den Vater sowie Kekse für den jüngsten Bruder besorgen.

Die Mutter will sich gerade mit dem Essenskorb auf den Weg zum Vater hinter dem Eisenbahngleis machen, aber als sie mich durch das Tor hereinkommen sieht, fällt ihr der Essenskorb aus der Hand. Der jüngste Bruder, der die Stimme der Schwester erkennt, reißt blitzschnell die Tür auf. „Ältere Schwester!" Der Siebenjährige, der barfuß herausgesprungen kommt, klammert sich an den Arm seiner Schwester.
„Wo bist du denn gewesen?"
Mamas Augen stehen voll Tränen.
„Nun gehst du aber nicht mehr weg, ja?"
Der Bruder springt der Schwester auf den Rücken.
„Komm runter, Kind, du tust deiner Schwester ja weh."
Der Bruder kümmert sich nicht um die Mama.
„Jetzt gehst du aber nie mehr fort, ja?"
Die Ärmchen des Bruders schlingen sich fest um den Hals seiner Schwester. Die Mutter packt den Essenskorb wieder zusammen.
„Nachdem du fort warst, hat er überall nach dir gesucht und furchtbar gejam-

33

mert und geklagt. Wie soll ich ihn nur das nächste Mal beruhigen in seiner Verzweiflung?"

Ich nehme den kleinen Bruder und gehe hinter der Mutter her zum Vater.

„Nachdem er dich hatte weggehen lassen, hat er sich drei Tage lang ins Zimmer gelegt, ohne seinen Laden aufzumachen."

„Wie, der Vater?" Mir fällt wieder ein, wie er an jenem Abend verloren in der Dunkelheit stand, und ich spüre vor Rührung einen Kloß im Hals. Als der Vater mich sieht, läßt er sich jedoch nichts anmerken. „Du bist es", sagt er lediglich. So wird auch mir wieder leichter ums Herz. Abends kommt der Vater heim in das Dorf. Die Mutter ist zur Tante mütterlicherseits gefahren, um bei einer Chesa für ihre verstorbene Mutter dabeizusein. Der Vater kocht nicht oft, aber gut. Die Mutter behauptet, das Essen schmecke bei ihm deshalb so gut, weil er nicht an Gewürzen spare.

„Wenn dein Vater einmal gekocht hat, ist hinterher soviel an Gewürzen weg, wie ich sonst an zehn Tagen verbrauche. Wenn er mit den Gewürzen so großzügig umgeht, muß das Essen ja schmecken."

Der Vater taucht das in Streifen geschnittene Schweinefleisch in die rote Sojasauce, die er mit Lauch, Knoblauch, grobgemahlenem Chilipulver, gerösteten Sesamsamen und Sesamöl gewürzt hat, und brät es dann auf dem Rost. Der zweite Bruder ist Kadett beim Militär, und der dritte Bruder wohnt in Chonju in einer Pension. Wir, die jüngere Schwester, der jüngste Bruder und ich, lassen uns vom Vater wie junge Vögel mit dem gewürzten Schweinefleisch füttern. Der Vater sagt zu mir, morgen werde er Zajangmyon kochen. Ich sage, er solle sich bitte nicht soviel Mühe machen, worauf er antwortet, dein Gesicht ist doch so schmal geworden.

Als ich sechzehn Jahre später dem Vater zusah, wie er in meiner Küche Bratreis mit Kimchi zubereitete, ahnte er wohl nicht, daß ich mich an damals erinnerte. Er nahm aus meinem Kühlschrank saures Kimchi, schnitt es auf dem Küchenbrett klein und bestrich die heiße Pfanne mit Butter. „Es wäre schön, wenn ich soviel Rindfleisch hätte", sagte er und legte dabei zwei Finger zusammen. Ich holte ihm das Fleisch aus dem Gefrierfach und blieb schmunzelnd hinter ihm stehen. Da drehte er sich von der Pfanne um und fragte, was es da zu schmunzeln gebe. „Nur so, Vater", sagte ich. „Nur so, ich bin einfach glücklich."

Nur wenn der Vater kochte, kümmerte er sich nicht darum, was die Leute von ihm hielten.

Im Augenblick macht mich das Schreiben glücklich.

Während ich schreibe, 'nur wenn der Vater kochte, kümmerte er sich nicht darum, was die Leute von ihm hielten', fühle ich mich glücklich. Denn ich bin die einzige in der Familie, die den Vater so beschreiben kann. Wenn die Mutter wüßte, daß ich den Vater so schildere, würde sie mich vorwurfsvoll anschauen: 'Werden die Leute nicht schlecht über deinen Vater reden, wenn sie lesen, daß er gekocht hat?'

Ich versuche, mich einmal über den engen Pfad der Erinnerung in die Lebensweise unserer Familie zurückzuversetzen, die in unserem Land wohl als typisch bäuerlich gilt. Und ich wundere mich dabei. Zu keiner Zeit ist mir der Gedanke gekommen, daß unsere Familie arm sein könnte. Zwar habe ich sie nie für reich gehalten, aber arm finde ich sie auch nicht. Je weiter ich über jenen engen Pfad in der Zeit zurückgehe, desto weniger arm bin ich. Zu Festtagen hatte die Mama immer ein neues Kleid aufgetrieben und holte es für mich aus dem Schrank (es gab viele Kinder, die zu Festtagen kein neues Kleid bekamen). Sie kaufte mir neue Sportschuhe (es gab viele Kinder, die nur Gummischuhe trugen) und ließ mich nicht aufs Feld gehen (es gab viele Kinder, die mit verbranntem Gesicht auf dem Feld arbeiteten). Und jedesmal, wenn einer von uns die Schule absolviert hatte, tat sie alles, um ihn auf die nächsthöhere Schule zu schicken (es gab viele Kinder, die nur die Grundschule besuchten). Deswegen mußte sich die Mama auch von den Nachbarsmüttern sagen lassen, sie übertreibe es mit ihrer Großzügigkeit. Es hieß auch, sie sei anmaßend. Doch Mamas Glück bestand darin, all das für uns zu bewerkstelligen, und sie gab nur im äußersten Notfall auf. Immer wieder war ich es, die die Mama in Verzweiflung stürzte. Aber weder die Mama noch ich sind daran schuld. Als ich nach der Grundschule in die Mittelschule will, steht der zweite Bruder gerade vor dem Eintritt in die Oberschule und das Schulgeld reicht nur für ein Kind. Trotzdem schickt mich die Mama in die Schule, nachdem sie den einzigen Ring, den sie besitzt, verkauft hat. Als ich aber in die Oberschule will, bereitet sich der dritte Bruder gerade auf die Aufnahmeprüfung für die Universität vor, und die jüngere Schwester soll ebenfalls in die Mittelschule. Der älteste Bruder überlegt lange hin und her und sagt schließlich, er wolle mich nach Seoul mitnehmen. Die anderen Geschwister kämen sowieso zum Studium nach Seoul, und da sei es gut, schon frühzeitig für einen Stützpunkt zu sorgen, deshalb wolle er mit mir zusammen einen Haushalt gründen. So fand der älteste Bruder im jungen Alter von dreiundzwanzig Jahren eine Lösung, um das, worin Mamas ganzes Glück lag, nicht von vornherein scheitern zu lassen.

Wann immer ich während der Urlaubstage allein bin, gehe ich unruhig an dem Brunnen auf und ab. Ich lege die Arme auf den Brunnenrand und schaue in den Schacht hinunter. Der Brunnen ist zu tief, als daß ich die Mistgabel im Wasser sehen könnte. Die Sorge der Kusine, daß das Wasser schmutzig geworden sein müßte, will mir zwar nicht aus dem Kopf, aber ich kann dem Vater nicht sagen, daß ich die Mistgabel in den Brunnenschacht geworfen habe und daß man das Wasser auspumpen soll.

Der kleine Bruder bemerkt instinktiv die Anzeichen meines Aufbruchs in die Stadt. Er klebt an mir. Ich nehme ihn mit zu der Mutter, die auf dem Feld am Berghang arbeitet. Nach dem Regen duftet der Berg stark nach Bäumen. Haselnuß, Kiefer, Eiche, Kastanie. Der gelbe Lehm klebt an den Schuhsohlen. Am Fuß dieses Bergs bin ich aufgewachsen. Und vor diesem Feld. Im heftigen Sommerregen und in den langen Schneefällen im Winter wurde ich groß. Noch heute kann ich nicht ganz nachvollziehen, daß man sich angesichts der Natur frei und friedlich fühlt. Für mich hat die Natur etwas Anstrengendes und etwas Schreckliches. Ich habe sie ganz hautnah kennengelernt. Wenn ich bei der Kartoffelernte in der Erde wühlte, krochen Regenwürmer heraus, und wenn ich auf den Kastanienbaum kletterte, stachen mich Insekten. Das Gebüsch zerkratzte mir den Arm, und der Bach im Tal ließ meinen Fuß ausrutschen. Die Höhle oder der Platz auf dem Grabhügel gefielen mir, aber wenn ich in die Höhle hineinging, breiteten Fledermäuse bedrohlich ihre Flügel aus, und wenn ich mich lange auf den Grabhügel legte, juckte es mich im Gesicht. Dennoch fühlte ich mich in der Natur wohler als auf der Straße oder im Haus. Denn in der Natur klopfte mein Herz öfter als im Haus. Es gab in der Natur mehr Dinge, die verboten waren, als im Haus. Und in den verbotenen Zonen lagen immer Faszination und Verletzung zugleich. Der Ellenbogen oder das Knie gewöhnen sich an Verletzungen, aber nicht an die Natur. Der Taifun und der heftige Regen wuschen die Reisfelder und die Äcker, die die Mutter und der Vater bebaut hatten, im Nu aus, und der anhaltende Schneefall knickte spielend die kräftigen Bäume am Berg. Das menschliche Vermögen, das augenblicklich machtlos wurde. Der morsche Geruch, der sich in der entfesselten Natur ausbreitete. Die Furcht, die bei allem freien Gefühl der erhabenen Natur und Naturlandschaft gegenwärtig bleibt, zieht mich, die sonst nur nach oben strebt, nach unten. Die Natur lehrt mich, daß ich ein Mensch bin, daß ich ein schwaches Wesen bin, das dieser gefährlichen Natur ausgeliefert ist. Dennoch liebe ich es, über das Maisfeld zu gehen oder den schmalen, von Felsen umgebenen Pfad zum Tal zu nehmen. Denn wenn ich auch nicht weiß, wann und wo die Giftschlange auftauchen kann, bleibt mir die Erinnerung an das erfrischende Gefühl am Arm, das ich spürte, wenn der Wind durch das Sesamfeld strich. Ich biete dem Bruder, der auf noch kleinen Füßen geht, meinen Rücken an, um ihn huckepack zu tragen, aber er schüttelt den Kopf. Doch meine Hand läßt er nicht mehr los. Er denkt wohl, um von der Schwester nicht getrennt zu werden, brauche er nur immer hinter ihr herzulaufen.

Die Mutter ist jenseits des Windes. Die Mutter, die auf dem Feld am unteren Ende des Berghangs die Chilisämlinge setzt. Die Natur müßte eigentlich Angst vor ihr haben. Mag auch nachts der Sturm die Reissämlinge an ihren Wurzeln entblößt haben, sobald der Wind aufhört, drückt die Mutter die Pflänzchen eines nach dem anderen wieder fest, stellt sie auf und bindet sie an, so daß sie sich wieder aufrecht halten können. Der Dung kann nach Fäulnis stinken, soviel er will, die Mutter gräbt ihn mit der Mistgabel um, damit er trocknet, und verwendet ihn dann wieder zum Düngen. Auch wenn die Sonne unerträglich sticht, stemmt die Mutter die Füße in den Boden und hackt die roten Chilis.

An dem Tag, an dem ich in die Stadt zurückfahren muß, bringt die Mutter den kleinen Bruder, der sich nicht von mir trennen lassen will, zur Tante väterlicherseits: „Bleib einen Augenblick hier, Kind, Mama holt gleich deine Schwester." So kommt die Mutter ohne den Bruder zurück und begleitet mich zur Straße: „Geh nur, Kind." Ich fahre mit der Tasche, die die Mutter gepackt hat, in die Stadt zurück. Dabei schaue ich einmal in Richtung des Hauses von Chang, der mir inzwischen etwas fremd geworden ist.
Daß ich mich verwirrt fühlte, mag nicht daran gelegen haben, daß ich plötzlich in die Stadt gekommen war, sondern an unserer Stellung in der Stadt. In unserem Elternhaus, in dem viele Chesa zu begehen waren, gab es reichlicher zu essen als in jedem Nachbarhaus. Unser Haus war der Mittelpunkt des Dorfes. Es hatte den größten Hof, und in ihm gab es die meisten Töpfe mit allerlei Pasten, Hühner, Enten und Fahrräder. Aber in der Stadt gehören wir zur Unterschicht. Mit diesem Widerspruch sieht sich bereits der älteste Bruder konfrontiert, und ich, erst sechzehnjährig, werde ebenfalls damit fertig werden müssen.

Die Firma ist groß. Es sind wohl über tausend Beschäftigte. Vom Eingang aus gesehen, sind die Gebäude in einer Art π-Form angeordnet. In einem dreistöckigen Bau, der so groß ist wie eine Schule, befindet sich die Fertigungshalle, in der Fernsehgeräte hergestellt werden, und in einem einstöckigen Haus die für Stereoanlagen. Die Mädchen aus der Ausbildungsstätte werden auf diese beiden Fertigungshallen verteilt. Die Kusine und ich stehen hintereinander in der Reihe, damit wir nicht getrennt werden. Ehe die Arbeitsplätze zugewiesen werden, kündigt der stellvertretende Fertigungshallenleiter eine Begrüßungsrede des Chefs der Abteilung für Allgemeine Angelegenheiten an. Diese Rede endet damit, daß uns der stämmige Mann einbleut, ja nicht der Gewerkschaft beizutreten. Wir sollen ihm auch melden, wenn jemand von den Kolleginnen der Gewerkschaft beitritt. Gewerkschaft? Obwohl mir das Wort völlig unbekannt ist, flößt es mir, wohl wegen des Tons, in dem der Chef davon spricht, Angst ein. Was für eine Gruppe soll das denn sein, wenn unser Beitritt verboten werden muß, und wessen Beitritt genau sollen wir denn melden?

Wie wir es uns gewünscht hatten, werden die Kusine und ich zusammen der Fertigungshalle für Stereoanlagen zugewiesen. Hier gibt es drei Produktionsreihen. Reihe A, Reihe B und Reihe C. Außerdem gibt es eine Gruppe für die Vorbereitung. Die Kusine und ich stellen uns wieder Hand in Hand auf, um nicht in verschiedene Reihen zu kommen. Wir werden der Reihe A zugeteilt. Auch während wir Hand in Hand dastehen, läuft das Fließband ununterbrochen. Ich werde Nummer eins in der Reihe A. Die Kusine ist Nummer zwei. Der Vorarbeiter setzt sich neben mich und zeigt mir, was die Nummer eins zu tun hat. Die Arbeit der Nummer eins besteht darin, das innere Bodenteil der Stereoanlage von der Vorbereitung zu holen und sieben PVC-Spezialschrauben mit der Preßluftpistole einzusetzen. Da die Schrauben für jede Stelle unterschiedlich groß sind, muß ich mir merken, welche Schraube wohin gehört. Mein Arbeitstempo, das ohnehin langsam ist, wird immer langsamer, weil ich bei jedem Festschrauben über das Zischen der Preßluft erschrecke. Erst wenn ich mit meiner Arbeit fertig bin, kann die Nummer zwei am Fließband weitermachen. Die Kusine, die die Nummer zwei ist, und ich sitzen etwa zwei Meter auseinander. Ich müsse, so der Vorarbeiter, mein Arbeitstempo derart halten, daß die festgeschraubten Bodenteile der Stereoanlage ohne Unterbrechung über diese Distanz hin fließen. Um das Arbeitstempo zu halten und die Schrauben jeweils an die richtige Stelle zu setzen, strenge ich mich am ersten Tag so an, daß ich das Läuten zum Arbeitsschluß überhöre. Da ich als Anlernkraft ohnehin langsam bin und die Schrauben oft an den falschen Stellen befestige, bringen mir die geübten Arbeiterinnen, die an den von mir verschraubten Stellen andere Teile anzubringen haben, wiederholt die falsch verschraubten Bodenteile mit einer Reklamation zurück. Der Vorarbeiter, der allmählich ungeduldig wird, stellt sich öfters hinter mich. Als ich von hinten seinen Blick spüre, geht die Arbeit unter meinen Händen noch langsamer voran. Ungeduldig nimmt er mir die Preßluftpistole aus der Hand und setzt die Schrauben selbst zügig ein, oder er holt mir von der Vorbereitungsgruppe die Bodenteile und stapelt sie neben mir auf. Aber die Anzahl der produzierten Stereoanlagen, die an diesem Tag der Inspektionsabteilung übergeben werden, liegt um über zehn Stück niedriger als normal. Wegen der geringeren Produktionsleistung der Reihe A im Vergleich zu den Reihen B und C erhält das Team der Reihe A vom stellvertretenden Hallenleiter eine Rüge.

In unser abgelegenes Zimmer bringt die Post einen Brief. Er ist von Chang vom Land. Als ich den Namen des Absenders lese, werde ich sofort rot. Chang ist ein Schüler, der in unserem Dorf am Ende der *Neuen Straße* wohnt. Vor der Hoftür seines Elternhauses blühen zu jeder Jahreszeit andere Blumen. Forsythien und Azaleen oder Wunderblumen und Kosmeen. Chang schreibt:

'Erst von Deiner Schwester habe ich erfahren, daß Du nach Seoul gezogen bist. Daß Du schon über zwei Monate weg bist und inzwischen einmal daheim warst, habe ich auch gehört. Ich habe mich schon gewundert, daß Du gar nicht mehr zu sehen warst, aber ich wußte nicht, daß Du nach Seoul gegangen bist. Es hat mir leid getan, denn ich hätte mit Ik-Su eine Abschiedsfeier gegeben, wenn Du nur ein Wort gesagt hättest. Vermutlich wirst Du von meinem Brief überrascht sein. Ich habe Ik-Su gebeten, bei Deiner Familie nach Deiner Adresse zu fragen. Du weißt ja, mich mag Deine Mutter nicht, aber Ik-Su schon. Außerdem dachte ich, daß er Deine Adresse bestimmt bekommen würde, weil er mit Dir verwandt ist. Ich hoffe, daß wir nun oft Briefe wechseln. Was geschehen ist, soll vergangen sein, und es wäre schön, wenn wir uns in Zukunft gut verständen.'

Ich bin überglücklich über den Brief von Chang. Was vergangen sein soll, wie er schrieb, ist folgendes. Er und ich, die wir uns seit Kindertagen kennen, werden, seit wir in die Mittelschule gehen, einfach rot, wenn wir einander begegnen. Die Mutter kann es nicht leiden, daß ich mit Chang zusammen bin. Ich erfahre den Grund dafür nicht, und da sie Chang nicht mag, tut er mir um so mehr leid. Er weiß, daß die Mutter ihn nicht leiden kann, und kommt nicht einmal am Neujahrstag zum Sebae zu uns. Ich kann ihn besuchen, aber zu uns nach Hause kommt er nie. Eines späten Abends begegne ich Chang. Er ist mit dem Fahrrad unterwegs, und ich gehe zu Fuß. Er steigt ab, packt meine Schultasche auf den Gepäckträger seines Fahrrads und geht neben mir her. Auf der Brücke, von der aus man das Licht im Dorf sehen kann, stellt er das Fahrrad ab und sagt, wir könnten uns hier doch ein wenig unterhalten. Unterhalten, sagte er, doch dann steht er lange schweigend in der Dunkelheit. Am Himmel leuchten die Sterne. Sie kommen mir blau vor.
„Weißt du, warum deine Mutter mich nicht mag?"
Seine Stimme klingt traurig.
„Nein."
„Es ist..."
Chang will etwas sagen, hört aber auf. Schließlich fährt er fort: „Es ist wegen meines Vaters."

„Was ist mit deinem Vater?"

„Er lebt noch."

In der Dunkelheit schaue ich zu Chang hinüber, kann aber nicht erkennen, was er für ein Gesicht macht. Er lebt mit seiner Mutter allein. Zwar habe ich nie etwas von seinem Vater gehört, aber ich nahm an, daß er gestorben sei. Mit einem Toten lebt man eben nicht zusammen.

„Wo lebt er?"

„In Kyongsang-Do", antwortet er.

In Kyongsang-Do? Das sagt mir aber nicht viel.

„Wo in Kyongsang-Do?"

„Das weiß ich auch nicht. Meine Mutter sagt es mir nicht. Sie sagte bloß, Kyongsang-Do."

„Warum lebt er denn nicht mit euch zusammen?"

Chang spricht nicht. Auch ich sage nichts. Als das Schweigen langsam peinlich zu werden beginnt, fängt er wieder an: „Mein Vater kann nicht mit uns leben."

„Warum?"

„Er hat eine Krankheit, die es ihm nicht erlaubt."

„Krankheit?" Ich verstehe immer weniger, und so sage ich nichts mehr. Plötzlich fällt mir ein, daß die Mutter, die meine Freundschaft mit Chang nicht haben will, einmal sagte, die Krankheit soll doch erblich sein... Chang zieht aus seiner Hosentasche einen weißen Briefumschlag heraus.

„Kannst du das bitte für mich aufheben?"

„Was ist das?"

„Ein Brief, den mir mein Vater geschrieben hat... In den letzten Tagen ist mir etwas komisch zumute. Ich muß oft an ihn denken und kann überhaupt nicht lernen. Wenn es so weitergeht, dann ist es nicht ausgeschlossen, daß ich bei der Aufnahmeprüfung für die Oberschule durchfalle. Kannst du ihn also aufheben und mir zurückgeben, wenn ich in der Oberschule bin?"

„..."

„Meine Mutter hat mir nämlich auch versprochen, daß sie mir, wenn ich die Aufnahmeprüfung schaffe, sagt, wo der Vater ist, und mir auch das Fahrgeld gibt, damit ich ihn besuchen kann."

Als ich meine Hand ausstrecke, um den Briefumschlag entgegenzunehmen, sagt er zu mir: „Heb ihn bitte gut auf. Du darfst ihn nicht verlieren. Für mich ist er sehr wichtig."

Ich nicke mit dem Kopf.

„Darf ich ihn lesen?"

Chang sagt ja. Langsam gehen wir weiter und kommen in das Dorf. Als die Mutter, die auf der *Neuen Straße* auf mich wartet, mich mit Chang zusammen in das Dorf kommen sieht, packt sie mich einfach bei der Hand, ohne Chang auch nur eines Blickes zu würdigen. Als wir zu Hause sind, stellt sie mich heftig zur Rede, von woher ich mit ihm käme.

„Wir haben uns auf der Brücke getroffen."

„Habt ihr euch dort verabredet?"

„Nein, er war mit seinem Fahrrad unterwegs, und ich ging zu Fuß, und dann haben wir uns dort gesehen."

„Halte dich in Zukunft von ihm fern", sagt die Mutter seufzend. „Ach, Mutter, was sagst du denn da..." Wie gekränkt muß sich Chang gefühlt haben, als die Mutter mich auf der *Neuen Straße* einfach bei der Hand gepackt hat. Ich fühle mich ihm gegenüber schuldig, und er tut mir leid. Als ich auf ihre Aufforderung, mich von nun an von ihm fernzuhalten, nichts erwidere, erhebt sie ihre Stimme: „Was für ein Dickkopf du doch bist!" Dennoch schweige ich, hartnäckig.

Spät in der Nacht falte ich den Brief auseinander, den Chang mir zum Aufbewahren gegeben hat. Er muß ihn lange mit sich herumgetragen haben, denn das Blatt ist völlig zerknittert. Bei dem Gedanken, daß die Knitterfalten wohl die Spuren von Changs Händen tragen, werden sie mir herzlich vertraut. Die alte Schrift auf dem alten Papier und die Spuren von Tränen, die nicht erkennen lassen, ob sie vom Schreiber oder vom Empfänger stammen. Bis auf einen Satz sind die Schriftzeichen wegen der Flecken nicht zu lesen, und dieser Satz lautet: 'Wir wollen viel Geld verdienen und glücklich miteinander leben.' Ich falte den Brief wieder zusammen, stecke ihn in *Die Leiden des jungen Werther* und lege das Buch ins unterste Fach des Schreibtischs. Und ohne etwas von dem darin versteckten Brief zu ahnen, leiht die jüngere Schwester das Buch ihrer Freundin aus, der es verlorengeht. Seit mir der Brief abhanden gekommen ist, stockt mir das Herz vor Schreck, wenn ich auf der Straße Chang sehe. Seine Worte, 'heb ihn bitte gut auf, du darfst ihn nicht verlieren, für mich ist er sehr wichtig', lassen mich nicht mehr los. Auch nach seiner Aufnahmeprüfung für die Oberschule gehe ich Chang aus dem Weg, bis ich ihm schließlich eines Abends am Eisenbahndamm gestehe, daß mir der Brief abhanden gekommen ist. Ich habe kaum ausgeredet, als er mich auf dem Eisenbahndamm stehenläßt und mit großen Schritten davongeht. Er wird schon zurückkommen, denke ich, doch er kommt nicht zurück. So werden wir einander gegenüber zurückhaltend und wenden den Blick ab, wenn wir uns zufällig auf der *Neuen Straße* begegnen. Danach bin ich in die Stadt gezogen.

In jenem Genrebild hängt die Preßluftpistole vor mir in der Luft. Wenn ich die Schraube zur Befestigung des PVC in der linken Hand halte und die Preßluftpistole herunterziehe, um draufzudrücken, dann wird die Schraube unter dem Zischen der Preßluft angezogen. Die Kusine muß ihrerseits mehr als zehn

Schrauben anziehen. Nur daß meine Preßluftpistole vor mir hängt und die der Kusine seitlich angebracht ist. Ich ziehe also die Schrauben in der Mitte an und die Kusine die von vorne. Am Anfang starrt sie verbissen auf das Fließband, denn sie findet es erniedrigend, die Preßluftpistole herunterzuziehen und die Schrauben anzuziehen. Sie hat keine Lust, ihre Arbeit zu machen.

„Ich wäre lieber bei der Lötung, das hier ist doch so, als ob man ein Mann wäre."

Ich erwidere nichts. Mir ist der Rauch beim Löten genauso zuwider. Je erfahrener wir in der Arbeit werden, desto unwichtiger werden unsere Namen. Man nennt mich Nummer eins in der Reihe A der Fertigungshalle für Stereoanlagen und die Kusine Nummer zwei. Der Vorarbeiter schreit: „Nummer eins und zwei, was macht ihr? Die Arbeit stockt doch!"

Auch wenn man mich nicht Nummer eins nennen würde, hätte ich meinen Namen nicht mehr. Mein Name, mit dem ich sechzehn Jahre lang gerufen wurde, darf gerade wegen dieser sechzehn Jahre nicht mit mir in die Firma eintreten. Nach den Richtlinien der Personalabteilung in der Dongnam Elektro AG bin ich mit sechzehn noch nicht zur Arbeit zugelassen. Man muß mindestens achtzehn Jahre alt sein, wenn man arbeiten will. Der Bruder hat es, wie weiß ich nicht, auf irgendeine Weise fertiggebracht, mir die Unterlagen einer gewissen achtzehnjährigen Lee Yon-Mi zu verschaffen, und so heiße ich eben Lee Yon-Mi, wenn man mich ausnahmsweise einmal nicht 'Nummer eins' nennt. Miss Lee Yon-Mi! Wenn jemand mich mit diesem Namen ruft, begreife ich nicht, daß ich damit gemeint sein soll, und antworte nicht. Erst wenn mich die Kusine ein paarmal in die Seite stößt, sage ich, ach so..., und hebe den Kopf. Ob Preßluftpistole nun vor einem in der Luft hängt oder seitlich angebracht ist, die Kusine und ich können nur ungeschickt damit umgehen, so daß das Band vor Nummer drei oft leer bleibt, auch wenn wir uns noch so abhetzen. Wenn wir dann abends vom Ersten Industriekomplex zu unserem Zimmer beim Dritten laufen, massieren wir uns gegenseitig die Schultern.

„Mir ist, als wären die Muskeln völlig verspannt."

Die Kusine ist den Tränen nahe.

Unser Tageslohn beträgt siebenhundertundsoundsoviel Won. Nach drei Monaten werde er um fünfhundert auf etwas über tausendzweihundert Won erhöht, sagt der Vorarbeiter, nach weiteren drei Monaten wieder um zweihundert und nach wiederum drei Monaten...

So ist meine Arbeit sicherlich auch bezahlt worden, aber heute scheint mir das nicht glaubhaft, kommt es mir vielmehr höchst unwahrscheinlich vor. Die Arbeitskraft in der Produktion steht im Tageslohn, und wie sieht der pro Monat aus, wenn man die Tage ohne Sonntag und halben Samstag zusammenrechnet, was kommt also bei 1280 mal 25 oder 24 heraus? Wieviel soll ich bekommen haben, wenn davon noch das Mittagessen abgezogen wurde? Kann es nicht sein, daß ich mich täusche? Mit dem Geld haben die Menschen einen eigenen Haushalt geführt, etwas Geld nach Hause aufs Land geschickt und jüngere Geschwister bei sich aufgenommen. Da das wiederum schwer zu glauben ist, forsche ich hier und da über die Arbeitslage des Jahres 1978 nach. Ich lese: ʻDas Arbeitsministerium hat den Mindestlohn für die Arbeitskräfte während der Anlernzeit, meistens junge Arbeiterinnen, auf vierundzwanzigtausend Won festgesetzt.ʼ Aber in Wirklichkeit zeigte sich, daß der Tageslohn abzüglich des Essens und der Fahrtkosten lediglich fünf- bis sechshundert Won und der monatliche Durchschnittslohn nur noch neunzehntausendvierhundert Won betrug. Waren es für uns vielleicht deswegen immerhin mehr als neunzehntausendvierhundert Won, weil wir vom Dritten Industriekomplex zum Ersten zu Fuß gingen und auf diese Weise keine Fahrtkosten hatten und weil wir außerhalb der zwölfstündigen regulären Arbeitszeit Zuschüsse für Überstunden, Nachtarbeiten und Sonderschichten am Sonntag erhielten?

Seit dem Tag, an dem die zu Eiswasser verwandelte Stimme von Ha Kye-Suk eindringlich auf meine Stirn tropfte, fühlte ich mich den ganzen Frühling und Sommer ohne besonderen Grund krank. Anfangs spürte ich einen Klumpen glühender Holzkohle in der Mitte meines Herzens, und später stieg er dann hin und wieder plötzlich bis zur Kehle hinauf und wollte durch den Mund hinaus, ehe er wieder nach unten fiel. Trotz des Brennens in meinem Inneren war meine Stirn von kaltem Schweiß bedeckt. Als ich einmal nachts vier- oder fünfmal von diesem Aufstoßen überfallen wurde, war ich morgens dermaßen erschöpft, daß ich einen Arzt aufsuchen mußte. Er zeigte mir die aufgehängte Röntgenaufnahme meines Brustkorbs und sagte, es sei alles in Ordnung. Dennoch fing ich bald darauf an, anstatt der Glut Schleim auszuspucken. Ich ließ in den verschiedenen Apotheken Arzneien für eine Woche anfertigen und nahm sie auch so lange, aber mit dem Schleim wurde es nicht besser. Mit diesem Schleim fuhr ich von zu Hause weg und kam hierher.

In meinem Koffer liegt das Pulver für vier Tage, das meine jüngere Schwester, die Apothekerin ist, nun für mich zubereitet hat. Als sie mich jedes Mal, wenn sie anrief, am anderen Ende der Leitung qualvoll ausspucken hörte, fragte sie, was denn mit mir los sei. Ich stotterte verlegen herum. Daraufhin kam sie am Abend, da sie die Apotheke erst gegen neun Uhr abends schließen konnte, mit ihrem inzwischen zwölf Monate alten Kind auf dem Rücken, gab mir das Medikament und erklärte mir, es handle sich um einen nervösen Streßzustand. „Gibt es etwas, was dir so zu Herzen geht, Ältere Schwester? Mit den Worten der Väter und Mütter ist es Herzeleid. Es muß herausgelassen werden."

43

Um die Stimme von Ha Kye-Suk nicht mehr hören zu müssen, packe ich einfach meinen Koffer und gehe von zu Hause fort. Ich überlege, welche Gegend in diesem Land von meinem Haus am weitesten entfernt liegt. Ich entscheide mich für das Fliegen. Aber letztendlich sitze ich nun hier und schaue auf die Lichter der Fischerboote auf dem nächtlichen Meer. Und ich schreibe: 'Ich ahne, daß diese Geschichte weder Realität noch Fiktion sein wird, sondern irgend etwas dazwischen. Ob man das aber Literatur nennen kann? Ich will einmal versuchen, über das Schreiben nachzudenken: Was ist für mich Schreiben? Ob ich wirklich die Anfangszeit der Sechzehnjährigen, die lang verriegelte Tür zu ihr mit meinen Sätzen aufschließen kann? Und noch dazu hier, wohin ich mich weg von den Sätzen geflüchtet habe, und nachdem ich meiner Gewohnheit untreu geworden bin, von wo auch immer nach Hause zurückzukehren, sobald die Sätze aus meinem Inneren heraufdrängen? Gerade hier, wo das Alltägliche nicht vertraut ist wie die Zunge im Mund, sondern fremd und abermals fremd, wo ich zum erstenmal bin, hier vor dem wasserzerstäubenden, nächtlichen Meer, hier, wo die Tür auf einen dunklen Korridor führt und nicht einmal das Handtuch mein eigenes ist?'

Immer wieder versuche ich, gewisse Momente in Worte zu fassen und sie wie in einem Bild aufzubewahren, doch ich spüre nur um so verzweifelter, daß das Leben, das die Literatur gar nicht einzufangen vermag, jenseits der Worte seine Bahn geht. Je mehr ich schreibe, um so kläglicher muß ich mir eingestehen, daß ich nicht sicher bin, ob die Literatur ein Weg zu Gerechtigkeit und Hoffnung ist. Ich wäre glücklich, wenn die Hoffnung aus meinem Inneren emporstiege und auch ich von der Hoffnung erzählen könnte. Ich glaube jedoch, daß die Literatur in den Grundfragen des Lebens wurzelt und daß diese weniger mit Gerechtigkeit und Hoffnung als vielmehr mit Ungerechtigkeit und Verzweiflung zu tun haben. Das Leben muß ja gelebt werden, selbst wenn man in hoffnungslosem Unglück steckt. Manchmal raubt mir diese Erkenntnis den Mut, das Wesen des Lebens in peinlicher Genauigkeit zu untersuchen und zu ergründen. Schließlich entscheide ich mich anstatt für eine exakte Definition für ein vielschichtiges Netz von Bedeutungen: 'Laß dem Leben so viele Hüllen wie möglich. Es ist schließlich nicht die Aufgabe des Schreibenden, sondern die Sache des Lesenden, Hülle um Hülle abzustreifen und das herauszulesen, was darin steht. Laß lieber jeden Leser bei der Lektüre seinen eigenen Gedanken nachhängen. Ist das Leben nicht genauso unterschiedlich, gibt es nicht auch ein Leben, in das die Literatur nicht einmal andeutungsweise eindringen kann?'

Ob es eine Rechtfertigung gewesen wäre, wenn ich an jenem Tag Ha Kye-Suk, die sagte, ich hatte den Eindruck, daß du ein anderes Leben hattest als wir, erwidert hätte, ich habe nicht über euch schreiben können, weil es mir leid tat, ich konte einfach nicht schreiben, weil mir das Herz bereits beim Gedanken an euch beinahe zerspringen wollte? Wenn ich gesagt hätte, es tue mir leid, aber ich sei doch erst sechzehn gewesen? Ich habe mich nicht für sie geschämt, sondern ich konnte vielmehr dieses Leben nicht einfach hinter mir zurücklassen. Ich war diejenige, die vor einem bösen Geschick voll Schrecken davongelaufen ist und diese Gegend dann nie wieder auch nur betreten hat. Ohne klares Bewußtsein habe ich die Trittsteine hinter mir gelassen, und doch lagen sie nicht hinter mir. Das Zimmer im Abseits lebte in mir fort, wann und wo ich auch immer weilte, als Gegensatz zu dem Dorf, in dem ich geboren und aufgewachsen war, aber mit dem gleichen Gewicht. Daß ich mich nicht schreibend mit euch auseinandersetzen konnte, lag daran, daß ich nirgends auf das Glücksgefühl stieß, wie ich es beim Gedanken an meine Heimat empfinde, daß mir immer nur das enge Zimmer einfiel, das ich mit dem Bruder und der Kusine teilen mußte, die Hilflosigkeit, in die man auf einem verschlossenen Dachboden gerät, und die schweren Schritte, die ich aus Sorge um mein Überleben tun mußte, und daß sich mir obendrein das Bild von Hi-Chae unverrückbar in den Weg stellte. Solange Hi-Chaes Gestalt dort so auftauchte, wußte ich nicht, wie ich zurückgehen, wie ich mich denen, die meine Kameradinnen waren, nähern sollte.

Sechzehn war ich, als ich in jenes abgelegene Zimmer eintrat, und neunzehn, als ich von dort weglief.

Es ist mir immer noch nicht gelungen, mich mit dem Leben während dieser vier Jahre auszusöhnen.

Ich wußte nicht, wie ich mit den Fesseln, die mir und den gleichaltrigen oder ein paar Jahre älteren Mädchen dort angelegt wurden, fertig werden sollte. Ich, die ich auf einmal aus dem naturverbundenen Leben in die Fabrik mußte, in die große Stadt, in der es keine Natur mehr zu geben schien.

Ich erinnere mich an die Mittagspause am ersten Arbeitstag. Der Vorarbeiter gibt die Essensmarken mit dem Stempel *Mittagessen* aus. Die Kantine ist auf der Dachterrasse. Die Kusine und ich gehen nebeneinander die Treppen hinauf. Die Leute stehen im blauen Kittel in einer Schlange, die schon in der Kantine beginnt und auf der Dachterrasse weitergeht. Ein scharfer Geruch dringt aus der Küche. Auf dem Tablett, das ich nach langem Warten erhalte, findet sich ein Häufchen Reis mit etwas Seltsamem darauf.

„Was ist das?"

„Das ist Curry."

Dabei sieht mich die Kusine verständnislos an: „Na, was ist damit?" Ich sehe das zum ersten Mal. Curry? Was für ein Essen! Die gelbe Farbe macht mich mißtrauisch. Ich führe vorsichtig etwas an die Lippen. Mir wird übel.

„Ich kann nicht."

Ich lege den Löffel weg.

„Das ist nur am Anfang so, aber sobald du dich daran gewöhnt hast, schmeckt es dir bestimmt, also versuch's nochmal."

Ich versuche es noch einmal, aber mir wird dermaßen übel, daß ich beinahe auch noch das Frühstück erbreche.

„Du mußt allein weiteressen."

Wegen des widerlichen Geruchs kann ich es nicht mehr in der Kantine aushalten, und so schütte ich das Essen in den Resteeimer, bringe das Geschirr zur Sammelstelle und verlasse die Kantine. Nachdem ich eine Weile auf der Dachterrasse herumgestanden habe, gehe ich in die Fertigungshalle zurück. An Platz eins lege ich mein Gesicht auf das Fließband, das während der Mittagspause stillsteht. Die Kusine schüttelt mich an den Schultern.

„Dann iß wenigstens das hier."

Es ist ein süßes Brot mit Mungobohnenmus.

„Wo hast du das her?"

„Woher schon, ich hab's von draußen geholt."

Sie macht die Tüte auf, um das süße Brot herauszunehmen, und drückt es mir in die Hand.

„Du bist schon komisch, daß du wegen so etwas herummäkelst."

Ein anderes Leben als wir. Ein anderer Mensch als ich. Als ich von Ha Kye-Suk hörte, ein anderes Leben als wir, dachte ich an die Mutter und fing an zu grübeln. Ob ich mich nicht in der Tat, wie Ha Kye-Suk sagte, meiner Jahre in der Oberschule und meiner analphabetischen Mutter geschämt habe. Vielleicht hatte ich ja schon früher gewußt, daß sie nicht lesen kann, und habe es bloß nicht wahrhaben wollen. Sie hatte doch die buddhistischen Schriften vor sich aufgeschlagen und auch in der Bibel gelesen, sagte ich mir wohl. Und ich ließ in meinen Büchern die Mutter nur schemenhaft erscheinen oder versteckte sie ganz. Das habe ich dann vielleicht wieder gutzumachen versucht, indem ich in der Realität so freundlich zu ihr war, daß sie in Verwirrung geriet. Der Mutter gegenüber war ich zumindest auf diese Weise mal offen und mal verschlossen, aber was meine Jahre an der Oberschule betraf? Mein realer Umgang mit dieser Zeit war seltsam, genauer gesagt, ich registrierte nicht einmal, daß er seltsam war, und nur in bestimmten Momenten wurde mir bewußt: 'Du bist seltsam.' Als eine ältere Lyrikerin in meinem ersten Buch meine Kurzbiographie las und erfreut sagte: „Du hast die Yongdungpo-Mädchenoberschule besucht? Das wußte ich ja gar nicht, auf der war ich doch auch, dann bist du ja meine jüngere Ex-Mitschülerin", geriet ich in panische Angst vor ihren eventuellen Fragen, in welcher Klasse ich gewesen sei und wer unser Koreanischlehrer war. Da nutzte ich einen günstigen Augenblick sofort dazu, der unangenehmen Situation zu entkommen. Meine Zeit in der Oberschule führte dazu, daß ich mich selbst für eine Person voller Geheimnisse hielt, und hat mich, die ich eigentlich ein optimistisches Wesen habe, zu einem verschlossenen Menschen gemacht. Mein Gegenüber mußte schon sehr eng mit mir befreundet sein, wenn ich ihm etwas von dieser Zeit erzählte. Dieses mir selbst verordnete Redeverbot war es, das Ha Kye-Suk mit den wenigen Worten gerügt hatte: „Aber über uns schreibst du ja nicht, und ich hatte den Eindruck, daß du ein anderes Leben hattest als wir." Nach dem Telefongespräch mit ihr ging ich im Zimmer auf und ab und ärgerte mich über sie. Wie kann sie mich für eine halten, die ihrer ersten Liebe die Tür vor der Nase zugeschlagen hat, um allein ein anderes Leben zu leben! Aber irgendwie hatte sie doch recht. Ich habe ja nicht von ihnen erzählt. Nur ein einziges Mal habe ich es versucht, und die Erzählung steht am Ende meines ersten Novellenbandes, den Ha Kye-Suk, wie sie sagte, nicht lesen konnte. Doch auch wenn sie ihn läse, würde sie nicht merken, daß es sich dabei um unsere Geschichte von damals handelt. Ich erzählte nämlich nicht offen, stellte mich unwissend, so gut es nur ging. Ein Überspringen, das ich wählte, weil ich mir meiner Jugend, meiner selbst nicht sicher war, während der lebendige Schmerz immer heftiger wurde. Das ist doch eine Erzählung, habe ich mir eingeredet, aber das Herz blutete mir beinahe. Um den Schmerz zu verbergen, erzählte ich mein Leben verkürzt, zehn Jahren später sei es dann so und so gewesen, und das war alles. Da ich nicht den Mut hatte, dem Erzählten direkt ins Auge zu blicken, schlug ich die Seiten schnell zu. Dabei spürte ich jedoch, daß jene Zeit für mich keineswegs zur Vergangenheit geworden war, daß ich die Jahre wie Kamelhöcker auf meinem Rücken trage und daß sie vielleicht noch lange, ja für immer, meine Gegenwart sein werden, solange ich hier auf dieser Welt weile.

Seitdem sind wiederum sechs Jahre vergangen, und jedesmal, wenn mich während dieser Zeit die Ereignisse von damals zum Aufschreiben drängten, holte ich tief Luft, schob sie weg und schloß sie ein. Nicht, weil ich ein anderes Leben hätte als sie. Ich wußte ja nicht einmal, wie meine Kameradinnen lebten. Sondern weil ich, selbst wenn ihre eingeschlossenen Geschichten irgendwie herausgelassen würden, keine Ahnung hatte, wo ich meinen Platz in ihnen hätte. Wenn man einmal den Mut verloren hat, wozu auch immer, ist es wohl schwer, ihn wiederzugewinnen.

Weil es mir nicht genügte, die Seiten einfach zuzuschlagen, bin ich nun von zu Hause weggelaufen, doch Ha Kye-Suk hat mich bis hierher verfolgt und läßt mir unaufhörlich Eiswasser auf die Stirn tropfen und flüstert: 'Wie du dich auch immer rechtfertigen magst, es ist das Schamgefühl, das dir im Herzen sitzt, du schämst dich doch im Innersten für uns.' Und auch jetzt, während ich auf die nächtlichen Boote schaue und jene zugeschlagenen Seiten zu öffnen versuche, finde ich mein Selbstvertrauen nicht wieder. Ich weiß nicht, wie diese Arbeit aussehen wird, sollte sie einmal fertig werden. Zwar sitze ich nun vor ihr, aber auch beim Schreiben halte ich es stets für möglich, daß ich weglaufen werde und daß ich bei jeder Gelegenheit zu einer anderen Geschichte übergehen könnte. Hab ich nicht schon die Gliederung mit Einführung, Entwicklung, Wendung und Schluß aus der Hand gelegt? Wie will ich denn eigentlich weitermachen, wenn ich schon dieser einfachsten Form der Annäherung den Rücken kehre? Im Grunde habe ich auch keinen bestimmten Plan. Ich habe nur das ungefähre Gefühl, daß die Arbeit schon ihr Ende nehmen wird, wenn ich so wie jetzt wegzulaufen versuche, dann aber wieder kehrtmache und auch aus eigenem Willen zurückkomme, nachdem ich bereits weggelaufen bin. Die Ketten und Schüsse im Tuch der Geschichte werden sich schon von selbst weben, wenn ich nicht weglaufe, sondern sitzenbleibe, denn ich trage sie schon so lange in mir und habe deshalb auch weder etwas hinzuzufügen noch wegzustreichen.

Ich denke lange über die Gegenwärtigkeit nach: Was ist eigentlich die Gegenwart, die ich nun ergreifen soll, wo ich doch nicht einmal einen Schlager nachsingen kann, weil er für mich zu schnell gesungen wird? Ich möchte die Dinge hinter mir lassen, aber kann ich überhaupt etwas hinter mir lassen? Wenn man nicht von Anfang an einen Science Fiction oder einen phantastischen Roman im Kopf hat, bleibt das Schreiben schließlich doch immer Rückschau. Werden nicht zumindest in der Literatur all jene Erinnerungen an die Zeit vor dem Moment des Schreibens zum Gegenstand der Reflexion? Ist nicht das Schreiben ein Freilegen des Gestern, das noch ins Heute fließt? Um zu wissen, warum ich jetzt hier bin, was ich nun hier will? Morgen ist Heute schon gestern und wird in ein anderes Morgen weiterfließen. Das ist es ja, was die Literatur unaufhörlich strömen läßt. Ihre Zusammenfassung liefert die Geschichte und ihre Zuordnung die Gesellschaft. Je ordentlicher die Zusammenfassung ist, desto mehr verbirgt sich die Wahrheit hinter ihrer Ordnung. Meist wird die Wahrheit wohl jenseits des Zugeordneten bleiben. Ich denke, die Literatur strömt hinter dem Zusammenfassen und dem Zuordnen, in dem, was nicht gelöst wird. Vielleicht, denke ich mir, ist es die Aufgabe der Literatur, das Zusammengefaßte und Zugeordnete zurückzudrängen und jenen Strom für die Schwachen und Zögernden in der hinteren Reihe neu zu regulieren. Ich meine ein Wieder-Durcheinanderbringen. Ist dies letztendlich auch ein Zusammen-fassen? Und ich? Muß ich nun zurückschauen?

Unser erster Lohn für einen knappen Monat betrug, wenn ich mich recht erinnere, etwas mehr als zehntausend Won. Ich weiß noch, daß die Kusine und ich zum Markt gingen, um Unterwäsche für die Eltern zu kaufen, und sie nach Hause aufs Land schickten.

Es ist September. Nun können die Kusine und ich die Preßluftpistolen schneller bedienen. Wir beeilen uns bei der Arbeit, um dann so lange zu plaudern, bis die Nummer drei mit ihrer Arbeit fertig ist. Wir sind nämlich Facharbeiterinnen geworden. Die Kusine flüstert mir ins Ohr: „Welch ein Glück, daß wir nicht in die andere Halle zum Löten gegangen sind."

Ich frage begriffsstutzig: „Warum?"

„Schau dir doch mal das Gesicht von Nummer dreizehn an."

Ich recke den Hals, um das Gesicht von Nummer dreizehn zu sehen, die mit uns von der Ausbildungsstätte der Dongnam Elektro AG zugewiesen wurde. Vor ihrem Kopf steigt zischend der Lötrauch hoch. In den drei Monaten ist ihr Gesicht gelblich geworden.

„Das kann eine Bleivergiftung sein."

Ich sehe auf der Toilette in den Spiegel. ʻSeit du das Leitungswasser trinkst, ist dein Gesicht weiß geworden', hat die Vermieterin zu mir gesagt. Über mein weißes Gesicht schiebt sich das gelbliche von Nummer dreizehn. Ich finde es auch besser, daß wir nicht dieser Gruppe zugeteilt worden sind.

Nach der Arbeit gehen die Kusine und ich auf dem Markt einkaufen und kommen in das abgelegene Zimmer zurück, um auf dem Petroleumkocher das Abendessen zuzubereiten. An einem Tag kümmere ich mich um das Essen und am andern die Kusine. Wer nicht dran ist, macht die Wäsche und räumt das Zimmer auf. Mit dem ältesten Bruder sitzen wir nur morgens zum Frühstück zusammen. Die Kusine und ich räumen rasch den Frühstückstisch ab und decken gleich den Tisch für den Abend, bevor wir zur Arbeit gehen. Der Bruder besucht nach seiner Arbeit im Dong-Haus die Universität und kommt deswegen erst spät zum Abendessen heim. Selbst wenn er sehr müde ist, wäscht er sich in der engen Küche Gesicht und Füße und dann im selben Wasser noch seine Socken, um sie zum Trocknen aufzuhängen, ehe er ins Zimmer kommt. Auch wenn ich sie für ihn waschen will, sagt er, er mache das aus Gewohnheit, und seift schon die Socken ein. Gewohnheit. Die Gewohnheit, jeden Abend spät seine Socken zu waschen und aufzuhängen, hat er angenommen, als er in die Stadt ging, und daß er keine Mahlzeit ohne Suppe zu sich nimmt, das hat ihm die Mutter auf dem Land angewöhnt. Ihr Speiseplan, nach dem scharfe Brühe und Suppe gleichzeitig auf den Tisch kommen. Die Gewohnheit des Bruders, der auf letztere nicht verzichten kann. Die scharfe Brühe mag ausbleiben, aber ohne Suppe ißt er nicht. Deswegen kochen die Kusine und ich immer Suppe für ihn und stellen sie neben seine Reisschale, auch wenn es dazu noch eine scharfe Brühe gibt. Manchmal wird es der Kusine zuviel, und dann murrt sie, er sei ein Suppennarr.

Nachts schläft die Kusine auf der Fensterseite, der Bruder an der Wand und ich in der Mitte. Meist schlafen die Kusine und ich zuerst ein, und der Bruder sitzt noch an seinem Schreibtisch und legt sich erst später schlafen, ohne daß ich es merke. Er zahlt die Miete für das Zimmer, das, neben einer Kaution von zweihunderttausend Won, zwanzigtausend Won im Monat kostet, und er gibt uns das Geld für die Lebenshaltungskosten. Obwohl wir sparen, so gut es nur geht, reicht es nie. Die Kusine und ich steuern mit unserem Geld ebenfalls zum Haushalt bei.

Weil viele aufgrund des niedrigen Lohns ihre Stellen kündigen und dann wieder neue eingestellt werden, wechseln die Arbeiterinnen am Fließband sehr häufig. Kaum hat man angefangen, die neuen Gesichter voneinander zu unterscheiden, verlassen die Leute den Betrieb, und es kommen wieder neue. Jedesmal, wenn die neuen kommen, wiederholt der Chef der Abteilung für Allgemeine Angelegenheiten seine Mahnung, worauf man zu achten habe: „Tretet ja nicht der Gewerkschaft bei, eure Beiträge werden bloß für die Geltungssucht des Gewerkschaftsvorstands vergeudet."

Bei dem Wort Niedriglohn tut mir das Herz weh. Niedriglohn, Niedriglohn... War das wirklich unser Lohn, an den ich mich erinnere?

Die Wirtin, die nun weiß, daß ich Schriftstellerin bin, sagte, sie hätte genau zwei Fragen. Bei den Worten ‚genau zwei' erschrak ich. Was für Fragen werden das sein, wenn sie sie schon mit den Worten ‚genau zwei' unterstreicht.

„Die erste wäre..."

Die erste von genau zwei Fragen, die die Wirtin stellte, war die, für welches Niveau meine Geschichten seien. Für welches Niveau? Ich begriff ihre Frage nicht und fragte, was sie meine. Die Wirtin neigte den Kopf etwas zur Seite und erklärte treuherzig: „Ich meine... Einmal habe ich ein Buch bekommen. Eine Verwandte hat es mir geschenkt. Also, ich habe es ja nicht selbst ausgesucht, und deswegen wollte ich es auf jeden Fall bis zum Ende lesen. Doch ich konnte es nicht lesen. Ich konnte beim besten Willen nicht begreifen, worum es geht. Vier Jahre sind vergangen, seit ich das Buch bekommen habe, aber ich habe es immer noch nicht ausgelesen. Also, es muß irgendwie Bücher geben, die nur für die gebildeten Leute geschrieben sind. Deshalb habe ich mich gefragt, für welches Niveau Sie wohl schreiben. Ob Sie auch Bücher für Leute wie mich schreiben oder nur für die mit höherer Bildung, das interessiert mich, verstehen Sie?" Die Wirtin sah mich an, während sie auf meine Antwort wartete. Ich fühlte mich verpflichtet, sofort etwas zu erwidern, doch außer einem wiederholten ‚nun ja' brachte ich nichts heraus. Da ich keine Antwort fand und nur noch ‚nun ja' wiederholte, setzte die Wirtin mit der anderen von ‚genau zwei' Fragen an. Die andere Frage sei... Nun wurde ich gespannt. Diesmal mußte ich ihr unbedingt antworten, hoffentlich stellt sie eine leichte Frage, die ich beantworten kann...

„Legen Sie den Titel Ihrer Geschichte vorab fest, oder schreiben Sie diese zuerst?"

Mir fiel ein Stein vom Herzen. Ich sagte, manchmal würde ich den Titel vorab festsetzen, bevor ich mit dem Schreiben anfinge, und manchmal täte ich mich mit dem Titel schwer, weil er mir einfach nicht einfallen wolle, obwohl ich mit dem Schreiben schon fertig sei. Die Wirtin nickte und sagte dann, ach so, der Titel kann einem auch nicht einfallen.

„Es scheint heutzutage, daß ein Roman einfach zu schwer zu lesen ist. Ich kann kaum verstehen, was er erzählen will. Man sollte ihn bitte leichtverständlich schreiben, damit Leute wie ich ihn auch lesen können."

Leichtverständlich? Was für eine schwierige Forderung das nun wieder ist.

Yu Chae-Ok... Die Gruppensprecherin in der Vorbereitungsgruppe müßte auf unserem Genrebild voll Dynamik dargestellt werden, mit starkem Federstrich. Eines Tages wird Miss Choi aus der Reihe C der morgendliche Zutritt zum Betrieb verwehrt. Dies wird damit begründet, daß sie am Vortag ohne Überstunden nach Hause gegangen sei. Der Leiter der Produktionsabteilung zwingt Miss Choi zur Kündigung. Yu Chae-Ok verteidigt Miss Choi, es sei doch ungerecht, daß man eine Arbeiterin zur Kündigung zwinge, bloß weil sie keine Überstunden gemacht habe. Überstunden und Sonderschichten seien doch Leistungen außerhalb der normalen Arbeitszeit. Deswegen gebe es ja auch Zuschläge dafür. Die Arbeiterinnen könnten sehr wohl je nach ihrer persönlichen Situation bei Überstunden fehlen. Es sei doch unerhört, daß jemandem deswegen gekündigt werden solle. Wegen Miss Choi geraten der Leiter der Produktionsabteilung und Yu Chae-Ok immer heftiger aneinander. Der Produktionsleiter überschüttet die Gruppensprecherin mit einer Flut von Schimpfwörtern.

„Du blöde Gans! Wir sind hier in den Fertigungshallen. Alles, was hier passiert, unterliegt meiner Verantwortung, ist das klar? Wen glaubst du denn herumkommandieren zu können?"

Yu Chae-Ok schreit im selben Ton zurück: „Sind wir vielleicht Maschinen? Warum behandelt man uns so unwürdig? Ist es denn menschenmöglich, daß man Miss Choi, die fünf Tage hintereinander Überstunden gemacht hat und mit Nasenbluten nach Hause gehen mußte, zur Kündigung zwingt?" Und Yu Chae-Ok schreit weiter: „Unsere Gewerkschaft, die wir legal zur Verteidigung unserer Rechte gegründet haben, wird sich dafür einsetzen! Wir werden auch noch die Gründung feiern, und wenn die Firma es mit allen Mitteln verhindern will."

Angesichts des beinahe handgreiflichen Streits zwischen dem Leiter der Produktionsabteilung und Yu Chae-Ok steht Miss Choi da und weint. Der Chef der Abteilung für Allgemeine Angelegenheiten eilt dem Leiter der Produktionsabteilung zu Hilfe und donnert Yu Chae-Ok wild an: „Undankbares Ding!" Sie erwidert mit einem stechenden Blick: „Nichts habe ich Ihnen zu verdanken!"

Miss Lee aus der Vorbereitungsgruppe ruft die Kusine und mich. Sie ist nicht bloß klein, sondern winzig, hat einen kurzen Haarschnitt und geht immer mit trippelnden Schritten. Mit ihrem Getrippel lenkt sie ständig die Aufmerksamkeit der anderen auf sich. Wenn sie sich trippelnden Schrittes nähert, sieht sie jedes Mal aus, als brächte sie wer weiß was für Nachrichten, und jeder, der sie daherkommen sieht, hält an, um ihr entgegenzuschauen. Dergleichen passiert auch dann, wenn sie mit ihrem Trippelschritt bloß auf dem Weg zur Toilette ist. Miss Lee lächelt uns freundlich an und hält uns ein Papier hin.

„Das ist die Beitrittserklärung zur Gewerkschaft."

Ich nehme das Papier entgegen.

„Wir haben bereits zweihundertsiebenundzwanzig Leute, die der Gewerkschaft beitreten wollen."

Miss Lee fährt fort: „Die Betriebsleitung behauptet immer, die Firma habe nur Verluste, dabei ist sie ein großes Exportunternehmen. Wir müssen unsere Kräfte zusammentun und unsere Rechte einfordern. Der Tageslohn muß erhöht werden, und um den Zuschlag für den Ruhetag während der Menstruation kämpfen wir auch. Ihr wißt doch, der ist bis jetzt unbezahlt. Aber er steht uns nach dem Arbeitsrecht als freier Tag zu. Also muß er bezahlt werden. Ihr wißt ja auch, was passiert, wenn wir nur eine Minute zu spät kommen. Mit dem Stempel *Verspätung* auf der Stechkarte wird gleich ein ganzer Stundenlohn abgezogen. Unser Lohn ist deswegen so niedrig, weil man uns überall wieder etwas abzieht. Und das geht nur, weil wir die Betriebsleitung ohne jeden Protest machen lassen, was sie will."

Als die Kusine und ich kein Wort sagen, setzt Miss Lee erneut an: „Die Gewerkschaft ist für uns alle da. Ihr glaubt doch nicht, daß Yu Chae-Ok so etwas nur für ihr eigenes Wohl tut. Wir brauchen die Kraft einer Organisation, wir müssen Gewerkschaftlerinnen werden und Yu Chae-Ok unterstützen."

Beim verspäteten Abendessen erzählt die Kusine dem Bruder von Yu Chae-Ok und Miss Lee. Nachdem er sie bis zu Ende angehört hat, stößt er einen schweren Seufzer aus.

„Was nun, sollen wir beitreten?"

Der Bruder fragt, wie die Einstellung der Betriebsleitung sei.

„Unwahrscheinlich hart. Sie wollen einen sofort entlassen, wenn man beitritt."

Der Bruder starrt nur auf das Beitrittsformular.

„Was sollen wir denn machen?"

Nach einer langen Pause sagt er: „Da ihr in die Schule gehen wollt, wäre es für euch ungünstig, wenn ihr euch das Mißfallen der Betriebsleitung zuzieht."

Am nächsten Tag knistert die Atmosphäre in den Fertigungshallen. Jeder flüstert mit dem andern.

„Yu Chae-Ok soll beim Direktor vorgeladen worden sein."

„Und weswegen?"

„Er soll gesagt haben, daß er in der Arbeitsbehörde, im Rathaus, im Zentralbüro des Informationsdienstes, in der Aufsichtsbehörde für Arbeit und in der Zentralbehörde für Sicherheit eine Menge Leute habe, die auf seiner Seite wären, daß man also alle Aktivitäten zur Gründung einer Gewerkschaft einzustellen habe, da diese auf keinen Fall geduldet werde."

„Und dann?"

„Als Yu Chae-Ok unbeeindruckt auf die Gründungsvorbereitungen bestanden hat, soll ihr der Direktor den Aschenbecher nachgeworfen und wild herumgeschrien haben: 'Die Firma kommt an erster Stelle, weit vor der Gewerkschaft. Wenn ihr die Gewerkschaft unbedingt haben wollt, mache ich die Firma für immer dicht.'"

Miss Lee mit dem Trippelschritt kommt zur Kusine und mir.

„Habt ihr es euch überlegt?"

Die Kusine und ich bringen kein Wort heraus.

„Fast alle in der Reihe A haben ihre Beitrittserklärungen abgegeben. Und ihr allein wollt nicht mitmachen?"

„…"

„Wir haben der Betriebsleitung schon den Termin für die Gründungsfeier bekanntgegeben. Sie kann bloß so mit uns umgehen, weil es Leute wie euch gibt. Wir müssen geschlossen handeln. Nur wenn wir zusammenhalten, können wir mit Würde die Gründung auf dem Betriebshof feiern und unser Gewerkschaftsschild auch vor dem Haupteingang der Firma aufhängen."

„Überlegt es euch noch mal", sagt Miss Lee zuletzt. Nachdem sie weggegangen ist, kommt der Vorarbeiter zu uns.

„Was hat Miss Lee zu euch gesagt?"

Mir klopft das Herz bis zum Hals, als wäre ich eine Verbrecherin, und die Kusine sagt mühevoll ausweichend, sie habe nichts gesagt. Verblüfft schaut der Vorarbeiter mit verschränkten Armen die Kusine an, die sich ahnungslos stellt und nur wiederholt, sie habe wirklich nichts gesagt.

„Aber ihr habt doch gerade mit Miss Lee gesprochen, also was heißt hier, sie habe nichts gesagt?"

Die Kusine hat wieder Mühe, ein Wort herauszubringen.

„Nur so, ob uns die Arbeit nicht zu schwer ist…"

„Und wenn sie zu schwer ist, will sie sie dann für euch leichter machen? Will sie euch das Monatsgehalt auszahlen?"

Der Vorarbeiter versucht, uns zu beeindrucken.

„Gewerkschaft? Sie soll sich nicht lächerlich machen. Die Gründung kommt auf keinen Fall in Frage. Der Direktor hat sich bereits bei mehreren Behörden Unterstützung geholt. Yu Chae-Ok kann sich so wichtig machen, wie sie will, das nützt ihr gar nichts. Ich sage euch, wenn ihr euch nicht unnötig das Mißfallen der Betriebsleitung zuziehen wollt, ist es besser für euch, nicht einmal im Traum an einen Beitritt zu denken! Der Direktor hat klargemacht, daß es für die Gewerkschaftler keinen Won Erhöhung des Tageslohns gibt."

Nachdem der Vorarbeiter gegangen ist, kommt Miss Lee, und nachdem sie fort ist, kommt wieder der Vorarbeiter. Diese Quälerei wiederholt sich den halben Tag lang, bis mir die Kusine in der Mittagspause ins Ohr flüstert: „Ich trete der Gewerkschaft bei, und wie sieht es mit dir aus?"

Ich schaue sie an.

„Wenn du das tust, tu ich's auch."

„Aber du willst doch in die Schule?"

„Und du nicht?"

„Nein."

Ich fülle neben der Kusine die Beitrittserklärung aus. Die Kusine bringt Miss Lee unsere Formulare. Dann atmet sie erleichtert auf.

Seit ich das Schreiben unterbrochen habe, verbringe ich mehrere Tage in Unruhe. Mir tut das Herz so weh, als hätte man es mir mit einer Porzellanscherbe zerschnitten. Ich zweifle, ob ich diese Arbeit jemals zu Ende bringen kann. Wie und wo mögen sie nun alle leben? Yu Chae-Ok oder Miss Lee? Auch der Vorarbeiter oder der Chef der Abteilung für Allgemeine Angelegenheiten? In der Firma arbeiteten mehr als tausend Leute, und da könnte es schon welche geben, die inzwischen durch irgendeinen Unfall aus dieser Welt geschieden sind.

Seit ich auf der Insel bin, habe ich immer nur mittags ordentlich gegessen. Ich war ans Meer gegangen und wartete nun auf den Seeohrenbrei, den ich mir in einer Garküche am Strand als Abendessen bestellt hatte. Ich hatte den Brei gerade zur Hälfte gegessen, als ein Mann von ungefähr sechzig Jahren in etwas abgenutzter Kleidung hereinkam. Er fragte, ob man hier für das Yukgaejang Schweine- oder Rindfleisch verwende. Nachdem die Wirtin 'Rindfleisch' gesagt hatte, bestellte er das Gericht. Und als das Essen kam, zog der weniger als schlicht gekleidete Herr eine Schnapsflasche aus der Brusttasche. Die Wirtin sah ihn an, und er fragte: „Ich darf doch?" Sie erwiderte: „Sowas haben Sie extra gekauft, wo wir doch auch hier Schnaps haben." Der Mann sagte: „Ich dachte, Sie haben keinen." Die Wirtin erwiderte kurz angebunden: „Haben Sie schon

einmal eine Garküche gesehen, in der es keinen Schnaps gibt?"
Ob das ein Seemann war?

Obwohl der Herr in etwas abgenutzter Kleidung nicht gerade freundlich behandelt worden war, unterhielt er sich mit der Wirtin über Schiffe: über die Schiffe, die vor den heutigen Passagierschiffen, wohl noch vor meiner Geburt, das Meer von Cheju befuhren. Die alten, unsicheren Schiffe seien bei einem windigen Tag wie heute mitten auf See umgeschlagen und hätten vielen Menschen das Leben gekostet. Sie vergaßen völlig die heutigen modernen Passagierschiffe, sie schienen auch vergessen zu haben, daß sie in einer Garküche saßen, und redeten ausschließlich über die unsicheren, alten Schiffe von damals. Dermaßen in das Gespräch über Schiffe, die es heute nicht mehr gibt, versunken, schienen sie sich auf einer unendlich fernen, unerreichbaren Insel zu befinden, obwohl sie doch bloß einige Tische von mir entfernt waren.

Plötzlich geriet ich in Verwirrung. Ob das Zimmer im Abseits nicht auch eine ferne Insel geworden ist, der ich mich nie mehr nähern kann?

Als ich so in einer fremden Garküche bei ungewohntem Essen saß und Fremde unfaßbare Geschichten erzählen hörte, dachte ich mir, daß ich nun zurück muß, nein, daß ich nach Hause zurück möchte, daß das Fortlaufen keine Lösung ist, daß ich gerade mein Leben in dem Zimmer im Abseits nicht als ein fremdes ansehen darf.

Nach der Gründung der Gewerkschaft... Im Betrieb herrscht jeden Tag Unruhe. Man versucht, den neuen Gewerkschaftsmitgliedern einzureden, daß sie alles haben könnten, was sie sich wünschten, wenn sie nur die Finger von der Gewerkschaft ließen. Dann heißt es aber wieder, man werde es den Leuten schon zeigen, wenn sie weiter bei der Gewerkschaft mitmachen. Yu Chae-Ok wird eine Beförderung zur stellvertretenden Leiterin der Produktionsabteilung angeboten, wenn sie den Posten der Vorsitzenden der Gewerkschaftszweigstelle aufgebe. Man könne unter ihrem Namen auch eine Imbißbude in dem Betrieb einrichten lassen.

Unser aller Augen richten sich auf Yu Chae-Ok. Nun fürchten selbst die Kusine und ich, Yu Chae-Ok könnte es sich anders überlegen. Aber nicht Yu Chae-Ok. Trotz aller Anfeindungen, allen gewaltigen Bedrohungen und allen Beschwichtigungsversuchen der Betriebsleitung, holt sie vom Rathaus ordnungsgemäß die Bestätigung der Meldung über die Gewerkschaftsgründung der Zweigstelle Dongnam Elektro AG. Daraufhin denunziert die Firmenleitung Yu Chae-Ok als eitle, titelsüchtige Frau und drängt sie, die Stelle der Vorsitzenden der Gewerkschaftszweigstelle an den Leiter oder den stellvertretenden Leiter der Produktionsabteilung abzugeben. Die Gewerkschaft schlägt der Betriebsleitung vor, einen Rat der Arbeitgeber und Arbeitnehmer ins Leben zu rufen, was jedoch abgelehnt wird. Der Vorarbeiter geht in der Fertigungshalle auf und ab und fragt, die Hände auf dem Rücken verschränkt, mit kalter Stimme: „Ich habe gehört, auch ihr seid in die Gewerkschaft eingetreten?"

Er fordert uns noch eisiger auf, uns bei der Arbeit noch mehr zu beeilen. „Wie anmaßend ihr bloß seid!" faucht er. Eines Tages führt die Gewerkschaft eine Kampagne für die qualitative Verbesserung der Produkte und eine Steigerung der Produktion durch. Yu Chae-Ok verteilt den Anstecker mit der Aufschrift *Produktionssteigerung* an alle Gewerkschafter, die ihn an der Brust tragen sollen. Weil die Kusine diesen Anstecker auch trägt, bekommt sie vom Chef der Abteilung für Allgemeine Angelegenheiten eine Ohrfeige.

„Warum schlägt er dich?"

Die Kusine streicht sich über die geschlagene Wange und schaut fassungslos dem Chef nach. Den ganzen Tag werden die Leute, die den Anstecker *Produktionssteigerung* tragen, beschimpft und getreten. Aus Furcht, geschlagen zu werden, nehme ich mir schnell den Anstecker ab und verberge ihn in der Hand. Der Gewerkschaftsvorstand ist der Ansicht, daß das Ablegen der Anstecker ein Einlenken gegenüber der Betriebsleitung bedeute, und fordert die Leute auf, sie weiterhin zu tragen. Allerdings tragen am nächsten Tag nur noch die Leute vom Vorstand den Anstecker. Aber auch wenn die andern ihn abgenommen haben, steht der Gewerkschaftsvorstand nicht mehr allein da. Wenn die Gewerkschaftsmitglieder in Bedrängnis geraten, müssen sie sich spontan zusammenschließen, denn sonst können sie ihre Angst nicht überwinden.

Es ist die Zeit der regelmäßigen Zivilschutzübungen für den Fall von Luftangriffen. Die Liste mit den Namen der Leute, die bei diesen Übungen einmal eingeschlafen sind und zugleich der Gewerkschaft angehörten, befindet sich in der Hand des Leiters der Produktionsabteilung. Er fordert sie zur freiwilligen Kündigung auf. Kündigen, nur weil man bei der Zivilschutzübung eingenickt ist? Als sie der Aufforderung nicht Folge leisten, werden sie auf die verschiedenen Fertigungshallen verteilt.

Dreihundert Won Gewerkschaftsbeitrag. Wegen dieses Betrags bricht wieder einmal viel Lärm aus. Die Gewerkschaft ersucht die Betriebsleitung, den Betrag bei der Auszahlung des Lohns gleich einzubehalten, was aber abgelehnt wird. Am Zahltag versucht man dann, den Beitrag in der Fertigungshalle zu kassieren, aber auch das scheitert am Widerstand der Betriebsleitung. Schließlich kommt es zu Handgreiflichkeiten zwischen den Leuten vom Gewerkschaftsvorstand um Yu Chae-Ok, die den Beitrag zu kassieren versuchen, und den firmentreuen Verwaltungsangestellten, die das verhindern wollen. Am nächsten Tag liegt eine Person von der Partei der Betriebsleitung im Krankenhaus. Der Chef der Abteilung für Allgemeine Angelegenheiten bedrängt Yu Chae-Ok aufs neue, sich von der Gewerkschaft zu trennen. Sie lehnt ab, und er schreit laut: „Dann bist du auf der Stelle fristlos entlassen!"

Es kommt zu einem bösen Wortwechsel zwischen dem Chef und Yu Chae-Ok, die auf Gerechtigkeit pocht, und in dessen Folge zu einer handgreiflichen Auseinandersetzung zwischen Verwaltungsangestellten und Gewerkschaftlern. Inmitten des Tumults will der Chef, der von irgend jemandem beim Kragen gepackt wurde, von Yu Chae-Ok und den Gewerkschaftlern zusammengeschlagen worden sein und begibt sich ins Krankenhaus. Nun tritt der geschäftsführende Direktor in Aktion. Er sei bereit, die Kündigung Yu Chae-Oks zurückzunehmen und sie in eine höhere Stelle zu befördern, wenn sie aus der Gewerkschaft austrete. Sie lehnt ab, und daraufhin gibt die Betriebsleitung unter Hinweis auf die im Krankenhaus liegenden Verwaltungsangestellten die offizielle Kündigung der Vorsitzenden der Gewerkschaftszweigstelle Yu Chae-Ok und etwa fünfzig weiterer Gewerkschaftsmitglieder bekannt.

Ich schreibe Chang einen Brief. 'Heute hat die Betriebsleitung plötzlich die Arbeit unterbrechen lassen, um zur Gründung einer firmentreuen Gewerkschaft aufzurufen und Beitrittsformulare zu verteilen. Allerdings haben nur wenige Leute sie ausgefüllt. Dafür sind diejenigen, die ihren Beitritt nicht erklärt haben, beschimpft worden. Ihr werdet es bitter bereuen, hat man ihnen gesagt. Aber wer Mitglied der neuen Gewerkschaft werde, bekomme 100 Won mehr am Tag, hieß es.' Ich schreibe Chang wichtige Dinge über Yu Chae-Ok. Ich schreibe, wie tapfer und zuverlässig sie ist. 'Sie ist ein Mensch, dem ich vertrauen kann wie meinem ältesten Bruder', fahre ich fort, 'aber wahrscheinlich hat sie wohl gegen die Betriebsleitung verloren.'

Allerdings setzt die Gewerkschaft auch ohne Yu Chae-Ok eine Kommission der Arbeitervertreter der Gewerkschaftszweigstelle Dongnam Elektro AG im Gewerkschaftsbund der Metallindustrie ein und organisiert in Anwesenheit zahlreicher wichtiger Vertreter verschiedener auswärtiger Stellen eine Veranstaltung. Der Appell wird den jeweiligen Stellen zugesandt. In ihm stehen vier Forderungen: Wir fordern die sofortige Wiedereinstellung der ungerechtfertigt gekündigten Vorsitzenden der Gewerkschaftszweigstelle.

Wir fordern die Wiedereinstellung der in großer Zahl entlassenen Gewerkschaftsmitglieder und den Verzicht auf weitere Unterdrückung der rechtmäßigen Gewerkschaftsaktivitäten.

Wir fordern den Rückruf der Mitarbeiter, die wegen ihrer Gewerkschaftsaktivitäten in fremde Fertigungshallen versetzt wurden.

Wir fordern, daß die Firma die Gewerkschaft unverzüglich anerkennt und die Gewerkschaftsarbeit zuläßt.

Miss Lee kommt wieder einmal zu der Kusine und mir, um unsere Unterschrift einzuholen. In der Petition, die fast alle Arbeiterinnen aus den Fertigungshallen unterschrieben haben, wird eine Lohnerhöhung von fünfzig Prozent gefordert, außerdem eine Aktion zur Spendensammlung für die entlassenen Arbeiter und die Beendigung der Unterdrückung der Arbeiterschaft. Weiterhin die Bezahlung sowohl der gesetzlichen Feiertage wie auch des gesetzlich geregelten Arbeitsausfalls sowie des Jahresurlaubs, und schließlich die Beendigung der unterschiedlichen Behandlung von Verwaltungsangestellten und Arbeitern. Am selben Tag, an dem man die Petition der Betriebsleitung übergeben hat, wird die Verweigerung der Überstunden angekündigt. Da der Konflikt auch die Aufmerksamkeit der Öffentlichkeit auf die Firma lenkt, erhöht die Betriebsleitung, die bisher die Gewerkschaft kein einziges Mal anerkannt hat, schließlich in einem Rat der Arbeitgeber und Arbeitnehmer den Mindesttageslohn auf achthundertdreißig Won. Sie sagt außerdem zu, die Anbringung des Gewerkschaftsemblems nicht zu verhindern, den Bonus von zweihundert Prozent noch im Laufe des Jahres auszuzahlen und der Gewerkschaft einen Büroraum zur Verfügung zu stellen sowie zwei ständige Arbeitskräfte zuzulassen. Sie erklärt sich zudem damit einverstanden, die Wiedereinstellung der entlassenen Vorsitzenden der Gewerkschaftszweigstelle dem noch ausstehenden Schiedsspruch des Komitees für Arbeit zu überlassen. Doch die Kusine und ich sehen Yu Chae-Ok nie wieder. Sie wird nicht wieder eingestellt.

Auf dem Ankündigungsbrett der Firma, auf dem die Namen der entlassenen Mitarbeiter ausgehängt wurden, wird mitgeteilt, daß man sich um einen Platz in der Sonderklasse für Industriearbeiterinnen bewerben könne. Die Bewerberinnen könnten das Antragsformular in der Abteilung für Allgemeine Angelegenheiten abholen und den ausgefüllten Antrag dann in der Verwaltung der jeweiligen Fertigungshalle abgeben. Die Kusine holt das Formular für mich. Der älteste Bruder sagt ihr: „Du mußt auch ein Antragsformular abgeben." Sie will aber nicht.
„Warum willst du nicht?"
Die Kusine antwortet nicht.
„Ich habe gefragt, warum?"
„Ich und Schule? Was glaubst du denn, wie alt ich bin?"
„Und wie alt bist du?"
„Neunzehn."
„Und du glaubst, da seist du zu alt?"
„Natürlich bin ich zu alt. Meine gleichaltrigen Freunde gehen schon von der Schule ab."

Der Bruder blickt sie wortlos an. Schon durch seinen Blick wird sie so eingeschüchtert, daß sie niedergeschlagen aussieht.

„Willst du dein ganzes Leben in der Fabrik arbeiten?"

Die Kusine macht den Mund nicht auf.

„Willst du, daß die Leute dich ein kleines Fabrikmädchen nennen?"

Sie preßt die Lippen noch fester zusammen.

„Wenn du nicht in die Schule gehst, kommst du aus dem Fabrikleben nicht mehr heraus."

Noch immer macht die Kusine ihren Mund nicht auf.

„Willst du das wirklich?"

Die Kusine senkt den Kopf.

„Na?"

„Alle leben doch so!"

Die Kusine antwortet nur mühsam auf seine bohrenden Fragen.

„Wer alle? Nur ihr lebt so. Die anderen gehen alle in die Schule, auf die Universität und versuchen das zu machen, was sie mögen."

Durch seinen nachdrücklichen Ton ist die Kusine nun den Tränen nahe. Aber der Bruder gibt nicht nach und stellt sie gleich wieder zur Rede: „Du willst also unbedingt dein Leben lang hier so weiterleben, ja?"

„Ach, was heißt mein Leben lang? Ich werde Geld verdienen und eine Kamera kaufen. Und irgendwann muß man ja auch heiraten."

Der Bruder lächelt leicht und mildert seinen Ton.

„Wieso eine Kamera?"

Ich, die ich bisher nur als Zuschauerin dabeistand, antworte: „Sie möchte Fotografin werden."

„Na, das ist ja ein großartiger Traum", entgegnet der Bruder, aber dann tut es ihm scheinbar leid, denn er fährt fort: „Was die Heirat angeht: Wenn du dir dein Geld in der Fabrik verdienst, kannst du nur einen heiraten, der dazu paßt."

Der Bruder fügt sehr bestimmt hinzu: „Wenn man in diesem Land menschenwürdig leben will, muß man zuallererst in die Schule gehen." Da die Kusine trotzdem nicht sagt, sie wolle jetzt doch in die Schule, hebt der Bruder wieder seine Stimme.

„Wozu bist du dann hierher gekommen und führst so ein Leben? Du hättest ja auch in der Nähe von zu Hause in die Fabrik gehen können und leben, wie es dir paßt! Wenn du nicht in die Schule willst, dann pack deine Sachen und geh nach Hause zurück."

Niedergeschlagen holt die Kusine wider Willen aus der Abteilung für Allgemeine Angelegenheiten das Formular. Beim Ausfüllen fragt sie mich: „Warum willst du denn eigentlich in die Schule?"

Mich verblüfft ihre Frage. Ich dachte einfach, man muß die Schule besuchen. Die Kusine ist die erste, die fragt, warum. Ich kann ihr nicht erklären, warum ich in die Schule will, und sage ihr dann nur, es wäre doch schön, wenn wir zusammen in die Schule gingen. Zudem würde die Firma das Schulgeld übernehmen, wenn wir angenommen würden. Die Kusine pfeift auf die Firma: „Glaubst du, die Betriebsleitung tut es für uns? Sie will nur Steuervergünstigungen. Und wir werden die Überstunden vergessen können, wenn wir in der Schule sind. Außerdem müssen wir immer eine Stunde vor dem regulären Feierabend gehen, und du wirst sehen, daß die Betriebsleitung uns den Lohn für diese Stunde vom Gehalt abzieht. Sag mir also, wann ich dann meine Kamera kaufen soll."

Die Kusine, die auf Drängen des Bruders wider Willen den Antrag gestellt hat, zeigt sich nachher doch interessierter als ich. Obwohl nur fünfzehn Schülerinnen aufgenommen werden sollen, gibt es hundertsechzig Bewerberinnen. Die neue offizielle Bekanntmachung besagt, daß es eine Prüfung geben wird und daß aufgrund der Prüfungsnote fünfzehn Mädchen unter Berücksichtigung ihrer geleisteten Arbeit in der Firma ausgewählt werden. Es heißt weiter, daß die Prüfung unter der Aufsicht des Vorsitzenden der Gewerkschaftszweigstelle durchgeführt werde.

Noch heute weiß ich nicht, wie die Betriebsleitung darauf kam, die Durchführung der Prüfung der Gewerkschaft zu überlassen. Ob es nicht vielleicht eine versöhnliche Geste der Betriebsleitung war, die sich unnachgiebig der Forderung nach einer Wiedereinstellung Yu Chae-Oks widersetzte?

Die Kusine, die am Anfang nicht in die Schule wollte, scheint unruhig zu werden, als der Prüfungstermin mit dem Zusatz bekanntgegeben wird, daß wegen der vielen Bewerberinnen an erster Stelle die geleistete Arbeit in der Firma berücksichtigt werde.

„Was können wir bloß machen? Wir sind noch nicht einmal ein halbes Jahr hier."

„Es kann trotzdem gehen, wenn wir bei der Prüfung gut abschneiden."

Die Kusine ist bekümmert. Sie sei sich nicht sicher. Noch einmal fragt sie mich, was wir denn tun könnten. Aber auch ich habe keine Lösung. Zwar habe ich gesagt, es könne schon gehen, wenn wir bei der Prüfung gut abschnitten, aber wir können uns noch nicht einmal auf die Prüfung vorbereiten. Wir haben ja keine Bücher zum Lernen.

„Ich fürchte, daß wir bei der Prüfung durchfallen."

„Wir werden schon nicht durchfallen."

„Du weißt doch, es ist drei Jahre her, seit ich die Mittelschule hinter mich gebracht habe. Meine Lage ist doch anders als deine!"

Ich versuche, die ängstliche Kusine zu beruhigen.

„Bei den anderen ist es fünf oder sechs Jahre her. Wir sind auf jeden Fall die jüngsten. Die sind doch alle drei-, vier- oder fünfundzwanzig."

Die Kusine, die sich trotzdem nicht beruhigen kann, spricht vor sich hin, es wäre ja eine Blamage, wenn man bei der Prüfung durchfiele, und scheint zugleich konzentriert nachzudenken. Dann schlägt sie mir vor: „Wir wollen einen Brief schreiben."

„An wen?"

„An den Vorsitzenden der Gewerkschaftszweigstelle!"

„An den Vorsitzenden der Gewerkschaftszweigstelle?" Als man Yu Chae-Ok aus der Firma entfernt hat, hat die Firmenleitung ein Gewerkschaftsbüro neben der Kantine auf der Dachterrasse einrichten lassen, und der neugewählte Vorsitzende der Gewerkschaftszweigstelle arbeitet dort rund um die Uhr.

„Und was sollen wir schreiben?"

„Daß wir unbedingt in die Schule möchten."

„Das möchten die anderen aber auch."

„Die anderen sind die anderen, und wir sind wir. Wenn die Noten so ungefähr gleich sind, wird er sich für uns entscheiden, weil wir einen Brief geschrieben haben."

Das hört sich tatsächlich überzeugend an. Auch die Kusine scheint erst jetzt von ihren eigenen Worten überzeugt zu werden, ihre traurigen Augen beginnen zu leuchten.

„Du schreibst. Schließlich willst du ja Schriftstellerin werden."

„Nun, wir schreiben jeder für sich. Man kann doch nicht zusammen einen Brief schreiben."

„Warum nicht? Du schreibst, und wir unterschreiben beide, das geht sicher."

Am Vortag der Prüfung schreibe ich am Schreibtisch des Bruders, wie sehr wir uns wünschen, in die Schule zu gehen. Zuerst weiß ich gar nicht, was ich schreiben soll, aber dann wird der Brief lang. Ich schreibe, unser Traum sei es, die Schuluniform zu tragen, und daß ich Schriftstellerin werden möchte und die Kusine Fotografin. Ich schreibe auch, daß, wenn wir die Schule besuchen dürften, wir dem Herrn Vorsitzenden der Gewerkschaftszweigstelle sehr dankbar dafür wären. Unter das Datum schreibe ich dann den Namen der Kusine und meinen, bevor ich den Brief verschließe. Es ist die Aufgabe der Kusine, ihn am nächsten Morgen dem Vorsitzenden der Gewerkschaftszweigstelle in seinem Büro auf den Tisch zu legen.

In der Hand des Bruders, der nachts zurückkommt, sehen wir Yot, mit weißem Pulver überstreut.

„Viel Glück bei der Prüfung!"

Sein Yot schmeckt süß. Die Kusine und ich lachen beide über das Pulver auf unseren Wangen und wischen es uns gegenseitig ab. Der Bruder sagt, nun habt ihr euren Yot gegessen, also putzt euch die Zähne und geht lieber früh ins Bett. Aber wir schlafen in dieser Nacht kaum, wälzen uns bei den Atemgeräuschen des müden Bruders herum. Um die Prüfung abzulegen, müssen wir eine Stunde früher als sonst in dem Betrieb sein. Wir müssen noch eine weitere Stunde früher hin, weil wir den Brief dem Vorsitzenden der Gewerkschaftszweigstelle auf den Tisch legen wollen. Er schaut mich während der Prüfung an. Als er den Namen auf meinem Lösungsblatt liest, lächelt er ruhig. Er nennt den Namen der Kusine und fragt, wo sie sei. Ich deute mit dem Finger auf die Kusine, die etwas entfernt von mir sitzt. Der Gewerkschaftsvorsitzende klopft mir ermunternd auf die Schulter und geht zu den anderen Tischen. Die Liste mit den Namen derer, die bestanden haben, hängt in der Kantine aus. Ich bin die Beste und meine Kusine ist die Zweitbeste. Wir gehen ins Gewerkschaftsbüro, um die Bestätigung über die bestandene Prüfung abzuholen, und bedanken uns beim Vorsitzenden. Er sagt, wir bräuchten uns nicht bei ihm zu bedanken, wir seien die Besten bei der Prüfung gewesen. Dann fügt er hinzu, daß er unseren Brief mit Interesse gelesen habe.

Eines Tages werde ich zum Vorsitzenden der Gewerkschaftszweigstelle bestellt. Als ich in seinem Büro erscheine, fordert mich der Vorsitzende, der in seinem grauen Kittel am Schreibtisch sitzt, auf, näherzutreten.

„Wieso sind Ihre Eintrittspapiere für die Firma und die für die Schule nicht die gleichen?"

Ich kann nicht antworten, sondern stehe unsicher herum.

„Bitte erklären Sie mir mal, wieso."

Er hat eine sanfte Stimme.

„Die Wahrheit ist..."

Ich stammle, daß ich in Wirklichkeit nicht achtzehn, sondern erst sechzehn sei, und mein richtiger Name sei auch nicht Lee Yon-Mi.

„Sechzehn?"

Er mustert mit ungläubigem Blick meine Körpergröße. Mit Vierzehn war ich bereits ausgewachsen, und seitdem habe ich mich nicht verändert.

„Und wer ist Lee Yon-Mi?"

„Das weiß ich nun auch nicht. Ich weiß nur, daß man mindestens achtzehn sein muß, um in der Dongnam Elektro AG arbeiten zu dürfen, und daß ich die Papiere, die mir der älteste Bruder wegen meines zu jungen Alters besorgt hatte, bei der Firma abgegeben habe. Er wird wissen, wer Lee Yon-Mi ist. Ich habe die Papiere einfach genommen und ihn nicht gefragt, wer Lee Yon-Mi sei." Nach einer langen Pause sagt der Vorsitzende der Gewerkschaftszweigstelle: „Es wird wahrscheinlich keine Schwierigkeiten geben, weil Arbeitskräfte heute knapp sind. Außerdem haben Sie ja bereits ein paar Monate gearbeitet. Aber trotzdem können Sie nicht unter dem Namen Lee Yon-Mi in die Schule, bringen Sie bitte Ihre eigenen Papiere."

Obwohl er nett ist, fühle ich mich wie bei einem Verhör. Er scheint das nachzuempfinden, ermahnt mich aber, fleißig zu lernen, wenn ich in der Schule sei. Denn lernen müsse man nun mal, solange man jung sei. Dank seiner Vermittlung bekomme ich meine Identität auch in den Papieren für die Firma zurück. Auf Veranlassung des Gewerkschaftsvorsitzenden steht nun auf der Lohntüte mein eigener Name statt der von Lee Yon-Mi, die ich nicht einmal kenne. Dank des Vorsitzenden kommt es nun nicht mehr vor, daß ich den Ruf 'Miss Lee Yon-Mi' überhöre und erst nachträglich verlegen mit 'ja bitte' antworte. Man spricht mich nun mit meinem eigenen Namen an.

Der Vorsitzende der Gewerkschaftszweigstelle... Hätte ich seinen Namen nicht vergessen, würde ich ihn hier mit eigener Hand festhalten. Seinen Namen habe ich vergessen, aber nicht sein Gesicht, seine geringe Körpergröße, seine sanfte Stimme und seine abgearbeiteten Hände.

Er fuhr mit dem Fahrrad zur Arbeit. Er fuhr durch die Straße, auf der die Kusine und ich nebeneinander zum abgelegenen Zimmer gingen. Wenn er uns sah, stieg er ab und schob sein Fahrrad neben uns her. Manchmal lud er uns in sein Mietzimmer ein, das in einem zweistöckigen Haus auf dem Weg zum Markt lag und in dem er mit seinem dreijährigen Sohn und seiner Frau wohnte, bot uns Früchte oder warmen Yuja-Tee an. Ab und zu, wenn auch ganz selten, ließ er die Kusine zwischen Lenker und Sattel und mich auf dem Gepäckträger sitzen, um uns den Weg zum abgelegenen Zimmer zu verkürzen. Wenn mir jemand bei der Arbeit ermunternd auf die Schulter klopfte und ich mich daraufhin umdrehte, sah ich ihn hinter mir stehen. Wenn ihm dabei meine müden Augen auffielen, streckte er spontan den Arm aus, um mir die Augen zu reiben, zog ihn dann aber zurück.

Ein Mensch voller Güte, den ich jedoch verraten habe.

Im Winter kommt der dritte Bruder, der bei der Aufnahmeprüfung für eine Universität durchgefallen ist und es nun an einer anderen versuchen will. An die Wand unseres engen Zimmers gelehnt, schaut er mich an und wird schwermütig. Der älteste Bruder rät dem jüngeren, sich um einen Studienplatz im Abendkurs einer Universität zu bewerben und sich, wie er selbst, zusätzlich einer Prüfung für die Beamtenlaufbahn zu unterziehen. Der dritte Bruder, noch mit geschorenem Schülerkopf, antwortet nicht. Er macht nur seine Prüfung an der Universität und fährt sofort wieder nach Hause, ohne sich vorher zu verabschieden. Obwohl er dem ältesten Bruder nicht gesagt hatte, daß er seinem Rat folgen würde, steht sein Name unter denen, die die Aufnahmeprüfung für die juristisch-politische Fakultät im Abendkurs einer Universität bestanden haben. Als er zur medizinischen Untersuchung wiederkommt, lächelt er kein bißchen. Beim Abendessen ißt er nichts, sondern murrt bloß kurz angebunden, wie vier Menschen in diesem Zimmer zusammen wohnen könnten, als wäre das die Schuld des ältesten Bruders.

„Ich kann auf dem Dachboden schlafen", sagt die Kusine.

„Ich auch."

Ich sage es ihr nach. Der älteste Bruder meint, das sei nicht nötig, wenn das Zimmer nebenan leer werde, würden wir es dazumieten. Doch die Kusine und ich wissen, daß wir uns mit unserem Einkommen keine zwei Zimmer leisten können. Wenn wir im kommenden Frühjahr in die Schule gehen, können wir keine Überstunden mehr machen, was noch wesentlich weniger Lohn bedeutet. Bei unseren Worten wird der dritte Bruder noch zorniger und blickt dem ältesten Bruder durchdringend in die Augen. Mir stockt das Herz. Denn niemand von meinen Geschwistern hat bis jetzt dem ältesten Bruder auf so herausfordernde Weise direkt in die Augen geblickt, obwohl uns das niemand verboten hatte. Nein, niemand hat es uns untersagt, aber wir sind eben so aufgewachsen. Auch der zweite Bruder, der lediglich drei Jahre jünger ist als der älteste, hat dem älteren kein einziges Mal widersprochen. Das war schon in der Kindheit so und ist bis heute so geblieben. Der älteste Bruder strahlt eine gewisse Autorität aus. Er ist keineswegs einer, der richtig kämpfen kann und überall die Muskeln spielen läßt, und doch hat er eine Ausstrahlung, die es einem verbietet, sich vor ihm schlecht zu benehmen oder mit ihm Streit zu suchen. Er war in einem Maße ordentlich, daß seine Genauigkeit manchem auch als charakterlicher Mangel erscheinen konnte. Von Kindheit an war er den Eltern gegenüber gehorsam und ehrerbietig und auch immer strebsam gewesen. Im übrigen waren seine Gesichtszüge von einer Klarheit, die jedem Menschen einen Eindruck von Distinguiertheit vermittelte. Wenn der Vater oder die Mutter sagten, daß wir uns an dem großen Bruder ein Beispiel nehmen sollten, waren wir beschämt und konnten nichts dagegen vorbringen. Er war ein Mensch, der immer sein Bestes gab. Nicht nur, was die Schule anging, sondern auch in seinem Gehorsam gegenüber den Eltern sowie in der Liebe zu seinen Geschwistern tat er alles, was er von sich aus nur tun konnte.

Und nun blickt ihm der dritte Bruder herausfordernd in die Augen.

Der älteste Bruder nimmt den Blick gelassen auf und sagt: „Iß dein Essen." Dann fährt er fort: „Deine kleine Schwester wird in die Abendschule gehen und tagsüber weiter in der Fabrik arbeiten." Er fügt hinzu: „Sie will Schriftstellerin werden, weißt du?" Erst da wird der harte Blick des dritten Bruders milder, und er greift zum Besteck. Schwermut liegt auf seinem Gesicht. Schweigend ißt er zu Ende. Nach dem Abspülen ist es mir unangenehm, ins Zimmer zu gehen, und so steige ich zur Dachterrasse hoch und sehe am Geländer den dritten Bruder stehen. Er blickt auf die ungleichmäßig emporragenden Schornsteine der Fabriken hinab. Er ist ein sehr stolzer Mensch. Er hat es niemals fertiggebracht, hinter jemandem zurückzustehen, oder richtiger, er konnte einfach vieles zu gut. Es gab auf dem Land kaum ein Kind, das nicht zu ihm aufgeschaut hätte. Er war gut im Sport und stark im Wettstreit, aber er las auch viel und kannte zahlreiche Geschichten. Überall war er der Anführer. Und so einer ist in der Aufnahmeprüfung an einer Universität durchgefallen und ist nun dabei, Student im Abendkurs einer anderen Universität zu werden. Ich möchte den Bruder, der auf die Fabrikschornsteine hinunterblickt und in Gedanken versunken ist, nicht stören und daher gleich wieder umkehren, aber in dem Moment ruft er mich beim Namen. Ich gehe zu ihm hin, und er streicht mir übers Haar.

„Ist das wahr, was der Bruder gesagt hat?"

„Was denn?"

„Daß du Schriftstellerin werden willst?"

Weil es der dritte Bruder ist, der diese Frage stellt, werde ich unsicher. Denn nicht ich, sondern er hätte das Zeug zum Schriftsteller. Er war es, der immer und unwahrscheinlich viel gelesen hat, und ich sah ihm dabei nur über die Schulter. Zu den meisten Autoren, die ich bis dahin kannte, oder den Büchern, die ich las, bin ich durch ihn gekommen. In der Tat hat er nicht nur Bücher gelesen, sondern war auch beim Lernen nicht schlechter als der große Bruder, zudem war er großmütiger als dieser und hatte deshalb auch viele Freunde. Er war es, der stets beim Marathonlauf gewann, er schlug im Schulorchester die große Trommel, er war Kapitän der Handballmannschaft und die ganzen Jahre hindurch Schulsprecher. Er unterschied sich vom ältesten Bruder darin, daß er kein Musterknabe, sondern ein richtiger Junge war, der nicht selten auch Unfug trieb. So war er auch der einzige, den der Vater, ganz gegen seine Prinzipien, ab und zu mit dem Stock schlug. Denn der Sohn ließ gern einmal gleich eine ganze Schachtel Lamyons mitgehen oder klaute aus Spaß mit den Nachbarjungen die Hühner aus dem Nachbargarten. Aber dann schrieb und korrigierte er immer wieder in seinem Heft herum, wenn er Zeit hatte. Auf jeder Seite breiteten sich winzig gekritzelte Wörter wie ein dicker Nebel aus. Er hatte eine solche Leidenschaft für das Schreiben, daß man sich über seine Entscheidung, die juristische und nicht die philosophische Fakultät zu besuchen, nur wundern konnte. Ich getraute mich einfach nicht, so einem zu sagen, daß ich Schriftstellerin werden wolle.

„Da du eine ruhige Natur hast..."

Mit diesen Worten setzt er zum Reden an, als ich nichts sage.

„...wirst du es sicher gut machen. Ich gebe meine Pläne für dich auf."

Dann fährt er fort: „Und ich will unbedingt Staatsanwalt werden und unserer Familie Anerkennung verschaffen."

Eines Sonntags lassen die Kusine und ich uns in der Schneiderei vor der Schule, in die wir künftig gehen werden, die Schuluniformen anpassen. Die Kusine hat eine sehr schlanke Taille. Heimlich mustere ich ihre schmalen Hüften, werde aber dabei ertappt. Sie wirft mir einen vorwurfsvollen Blick zu, und ich weiß mir nicht zu helfen, was dann in beiderseitigem lautem Gelächter endet. Aus Anlaß der Uniformbestellung lädt mich die Kusine, entsprechend ihrer Rolle als Ältere Schwester, auf dem Rückweg am Markt von Karibong-Dong zu einem Lamyon-Eintopf mit vielen dünngeschnittenen Reisklößchen ein. Ich, die ich so gern in die Schule wollte, bin eher gelassen, und die Kusine, die von der Schule nicht viel hielt, ist nun allein durch die Uniformbestellung so aufgeregt, daß ihre Wangen beim schnellen Schlürfen der Toklamyons hochrot geworden sind. Sie verkündet: „Nach der Eintrittsfeier fahren wir in unserer Schuluniform nach Hause."

Ich sage nichts, so daß sie auffordernd fragt: „Okay?" Weil sie mich wiederholt zu überreden sucht, antworte ich: „Das wollen wir, aber es ist noch die Frage, ob wir dazu Zeit haben."

Ich werde siebzehn und die Kusine zwanzig. Inzwischen hat der Januar 1979 begonnen, und mit diesem Monatsanfang passiert sehr viel. Der älteste Bruder schließt sein Universitätsstudium ab, und der dritte Bruder beginnt zu studieren. Er hat auf Anraten des älteren die Beamtenprüfung abgelegt, läßt sie jedoch verfallen, indem er nicht zur medizinischen Untersuchung erscheint. Dafür verspricht er dem Älteren, er werde fleißig studieren, um ein Stipendium zu bekommen und ganz bestimmt das Staatsexamen zu bestehen. Der Ältere, der nun seinen Militärdienst abzuleisten hat, schaut den Jüngeren, der der Untersuchung ferngeblieben ist und dafür fleißig studieren will, müde an und sagt schließlich: „Ich muß nun zur Schutztruppe und bin bald nicht mehr in der Lage, die Miete zu zahlen. Ich wünschte, daß du zumindest für dich sorgen würdest, wenigstens bis ich meinen Dienst hinter mir habe."

Zwischen der Gewerkschaft und der Betriebsleitung, die lange problemlos miteinander auszukommen schienen, ist es seit dem Anfang des neuen Jahres wieder zu Differenzen gekommen. Miss Lee sagt: „Seht euch das Fernsehen an, die Werbung unserer Firma ist ganz toll."

Fernsehen? Wir haben doch nicht einmal ein Radio. In dem Laden, wo wir eines

Sonntags Waschpulver kaufen wollen, zieht mich die Kusine am Arm und ruft plötzlich: „Da, schau!" Auf dem Bildschirm des Fernsehers im Geschäft ist eine schöne Frau in Lederjacke zu sehen, die mit aufgesetztem Kopfhörer voll Leidenschaft einen fremdsprachigen Schlager mitsingt. Dann wiederholt sie lächelnd, Dongnam-Stereo, Dongnam-Stereo. Mit dem Echo von Dongnam-Stereo füllt die Stereoanlage, an der wir mitgeschraubt und mitgelötet haben, eindrucksvoll den Bildschirm aus. Während die Kusine zu Hause die Waschpulverpackung aufreißt, sagt sie: „Du, der Song von vorhin..."
„Welcher?"
„Der, den die Frau mit dem Kopfhörer in der Werbung für unsere Produkte mitgesungen hat."
Gewohnheitsgemäß sagen wir statt Stereoanlage 'unsere Produkte'.
„Was ist mit dem Song?"
„Das ist ein Song von Smokie. *What Can I Do!"*
„Wer ist Smokie?"
„Eine Gruppe, die ich mag. Außer *What Can I Do* gibt es von denen auch *Living Next Door To Alice*, und weißt du, wie traurig dieser Song ist? Fünfundzwanzig Jahre lang soll jemand die Nachbarin Alice insgeheim geliebt haben. Und als der Mann sie nur anschaut, ohne ihr seine Liebe gestehen zu können, kommt eines Tages eine Limousine und fährt mit ihr fort, heißt es."
Die Kusine stellt das Waschpulver auf den Boden. „What can I do!" ruft sie dann aus vollem Hals, genauso laut, wie die Frau in der Fernsehwerbung von Dongnam-Stereo gerufen hat.

Die Lohnauszahlung ist verschoben worden. Zuerst waren es zwei Tage, im nächsten Monat fünf Tage und nun, einen Monat später, zehn Tage. Die Betriebsleitung begründet das mit der schlechten Produktionsleistung. Miss Lee wird ärgerlich.
„Schlechte Produktionsleistung? Glaubt ihr das?"
Wir glauben es nicht. Jeden Morgen läßt der stellvertretende Hallenleiter das Personal der Produktion in Reihen antreten, um die Produktionsmenge des Tages festzulegen, und die Zielmenge wird jeden Tag größer. Um die Vorgabe zu erreichen, läßt man das Fließband immer schneller laufen, und wir müssen die zehnminütige Pause vormittags und nachmittags auf jeweils fünf Minuten verkürzen. Selbst ich als Facharbeiterin kann kaum den Kopf heben; ohne an etwas anderes denken zu können, muß ich ununterbrochen die Preßluftpistole herunterziehen und die Schrauben befestigen. Und nun heißt es 'schlechte Produktionsleistung'!
„Nicht wegen schlechter Produktionsleistung, sondern weil die Firma eine

Tochtergesellschaft gründet. Deswegen wird die Lohnauszahlung verschoben. Meinetwegen kann sie eine Tochtergesellschaft gründen, aber warum muß sie das tun, wenn sie uns deswegen den Lohn nicht rechtzeitig auszahlen kann?" Keiner weiß warum. Alle wissen wir nur, daß die verspätete Lohnauszahlung das Alltagsleben durcheinanderbringt. Da die Arbeiter allein mit dem Monatslohn auskommen müssen, werden sie bei verspäteter Lohnauszahlung die Miete erst im nachhinein zahlen, kein Geld mehr nach Hause schicken und nicht zuletzt die kleine Monatsrate eines privaten Festgelddepots, die von dem niedrigen Lohn noch abgezweigt wird, nicht einzahlen können.

In der Gewerkschaft diskutiert man über eine Verweigerung der Überstunden. Miss Myong arbeitet in der Abteilung für Allgemeine Angelegenheiten. Sie ist es, die die Kusine in der Firma am meisten beneidet. Statt zu löten oder die Preßluftpistole herunterzuziehen, trägt Miss Myong immer Akten unter ihrem Arm und läuft geschäftig durch die Firmenräume oder überprüft unsere Stechkarten. Die Schlüssel für die Fächer, in denen Gegenstände für den täglichen Bedarf aufbewahrt werden, liegen auch in ihrer Schublade. Sie hat welliges schwarzes Haar, das ihr weich auf die Schultern fällt und bis zu den Oberarmen reicht, helle Augen und eine gesunde Haut. Wenn sie ihre klar geschnittenen Augenbrauen hebt und im Sonnenlicht lächelt, glänzen ihre weißen Zähne. Wenn Miss Myong mit dem gelben Aktenordner unterm Arm vorbeiläuft, zeichnen sich ihre eleganten Beine unter dem Rock ab. Der Kusine gefiel alles an Miss Myong, besonders, daß sie keine Arbeiterin in der Fertigungshalle, sondern Verwaltungsangestellte war.

Diese Miss Myong bestellt eines Tages die Kusine und mich zu sich. Mir, die ich kein einziges Mal mit ihr gesprochen und sie nur aus der Ferne gesehen habe, klopft das Herz bis zum Hals, ohne daß ich weiß, warum.
„Was soll's, wir haben ja nichts verbrochen."
Die Kusine gibt sich Mühe, gelassen zu wirken.
„Wir sind ja auch nicht zu spät gekommen. Außerdem sind wir nie vor Arbeitsschluß gegangen. Also bitte."
Miss Myong lächelt uns freundlich an und fragt uns, ob wir die Beitrittserklärung für die Gewerkschaft ausgefüllt hätten. Erst in diesem Moment begreife ich, warum mir bei der Bestellung zu Miss Myong das arme Herz derart geklopft hat.
„Seid ihr auch Mitglieder der Gewerkschaft?"
Miss Myong lächelt uns erneut freundlich an. Die Kusine und ich wissen nicht gleich, was wir antworten sollen.

„Wollt ihr denn überhaupt in die Schule?"
Die Kusine und ich verstehen nicht, was sie meint, und schauen sie mit großen Augen an. Ob wir überhaupt in die Schule wollen? Das war doch bereits beschlossene Sache, und deswegen haben wir die Schuluniformen bereits in Auftrag gegeben. Miss Myong blättert in den Akten und fährt in leisem Ton fort: „Der Herr Direktor ist der Ansicht, daß der Betrieb nicht mit Firmengeld den Schulbesuch von Gewerkschaftsmitgliedern finanzieren kann."
Wir starren Miss Myong weiterhin bloß an. Nach einer Weile fügt sie hinzu: „Das heißt, ihr müßt aus der Gewerkschaft austreten, wenn ihr in die Schule wollt."
Die Kusine und ich gehen mit gesenktem Kopf von der Abteilung für Allgemeine Angelegenheiten zur Fertigungshalle zurück. Sobald wir die Halle betreten, richten sich die Blicke vieler Arbeiterinnen am Fließband auf uns. Auf einmal werden die Kusine und ich für die Leute zu Personen, denen man nicht mehr trauen kann. Miss Lee, die uns zum Eintritt in die Gewerkschaft überredet hat, kommt mit ihrem Trippelschritt her und fragt die Kusine und mich, was Miss Myong von uns gewollt habe. Die Kusine und ich zögern mit der Antwort. Dabei denken wir beide an den Vorsitzenden der Gewerkschaftszweigstelle, dem wir den Brief geschrieben haben. Es gibt nichts, was wir seit unserem Beitritt für die Gewerkschaft getan hätten. Wir haben bloß auf dem Formular den Namen und die Adresse eingetragen. Bis dahin wußten wir gar nicht, was eine Gewerkschaft eigentlich ist und was ihre Ziele sind, und trotzdem fühlen wir, daß unser Austritt einen Verrat am Gewerkschaftsvorsitzenden bedeuten würde. Da ruft uns diese Miss Myong so mir nichts dir nichts zu sich und macht uns ein schlechtes Gewissen gegenüber Miss Lee mit dem Trippelschritt und dem Vorsitzenden der Gewerkschaftszweigstelle mit seiner sanften Stimme...
Als wir von der Arbeit heimgehen, ist es sehr kalt. Der Betrieb liegt im Ersten Industriekomplex, daher leben die anderen zumeist in den Mietzimmern in der Nähe dieses Areals. Aber unser abgelegenes Zimmer liegt vor dem Dritten Industriekomplex, denn dort ist die Station der Bahn, mit der der älteste Bruder zum Dong-Haus und der dritte zur Universität fährt. Ausgerechnet an diesem Tag will der Weg zu unserem abgelegenen Zimmer kein Ende nehmen, und wir frieren um so mehr. Was sollen wir machen, wo die Gewerkschaftsleute doch ab morgen die Überstunden verweigern? Die Kusine und ich zittern. Die Frage Miss Myongs, ob wir überhaupt in die Schule wollen, pfeift uns in den Ohren wie der Wind um den Telegrafenmast. Werden sie uns nicht in die Schule lassen, wenn wir mit den Gewerkschaftsleuten die Überstunden verweigern? Dabei ist die Eintrittsfeier der Schule schon in einem Monat. Tausend Gedanken ge-

hen uns durch den Kopf, und wir fühlen uns ganz elend. Die Kusine zieht ihre Hand aus der Jackentasche und nimmt mich bei der Hand. Sie läßt meine Hand wieder los, um ihr Halstuch abzunehmen und mir fest um den kalten Hals zu wickeln. Dann steckt sie meine Hand in ihre große Jackentasche und drückt sie ganz fest.

„Wo hast du deine Handschuhe?"

Ich antworte nicht. Was sollen in diesem Moment denn bloß meine Handschuhe, denke ich.

„Hast du sie verloren?"

Ich nicke mühsam.

„Wo hast du bloß immer deine Gedanken? Du hast schon dein Halstuch verloren und jetzt auch noch die Handschuhe!"

Ich schaue, den Tränen nahe, im kalten Wind zu ihr hinüber.

„Du willst wohl gleich wieder zu heulen anfangen, was?"

Du doch auch, möchte ich ihr entgegnen, unterdrücke es aber. Die Kusine, die meine Hand in ihrer Tasche fest drückt und kraftlos ganz langsam geht, zieht mich zum Markt, um Handschuhe für mich zu kaufen.

„Paß bloß auf, daß du sie nicht wieder verlierst. Bis in den März hinein ist es in der Schule kalt. Du weißt doch, wir sind nachts unterwegs. Vielleicht müssen wir bis in den April Handschuhe tragen."

Auf der Überführung, über die wir zum abgelegenen Zimmer beim Dritten Industriekomplex gehen müssen, fragt mich die Kusine, vor Kälte fürchterlich zitternd, schließlich doch, was ich morgen machen werde. Ich atme in das Halstuch der zwanzigjährigen Kusine und sage 'Ältere Schwester' zu ihr. Ich habe sie noch nie so genannt.

„Ich werde tun, was du tust, Ältere Schwester."

Noch immer schrecklich zitternd, sagt sie im kalten Windzug: „Aber ich weiß ja selbst nicht, was ich machen soll."

Den ganzen nächsten Vormittag sind die Kusine und ich unruhig. Miss Lee kommt zu uns und sagt mit energischer Stimme: „Denkt daran, von heute an werden wir die Überstunden verweigern."

Als wir zum Mittagessen in die Kantine gehen, merken wir, daß wir nicht die einzigen sind, denen mulmig ist. Den fünfzehn, die in die Schule gehen dürfen, sieht man ihre Nervosität an. Sie fragen sich gegenseitig, was sie am besten tun sollen. Die Kusine und ich sind Nummer eins und Nummer zwei. Wenn wir nicht zu arbeiten beginnen, bleibt das Fließband leer. Unsere Verweigerung der Überstunden wird am meisten auffallen. Die Büroangestellten aus der Abteilung für Allgemeine Angelegenheiten und die Verwaltungsangestellten aus den Fertigungshallen, die den Gewerkschaftsleuten gegenüber Verdacht geschöpft haben, umkreisen den ganzen Nachmittag die Fertigungshallen wie Adler in der Luft. Der Vorarbeiter, der so nett geworden ist, wie er nur kann, steht hinter der Kusine und mir und erzählt, daß wir morgen den Monatslohn bekommen wüden, daß man bei Überstundenausfall das Produktionsziel bis zur Käufer-Inspektion am Wochenende nicht erreichen würde und daß dann der ganze Export ab Anfang März gefährdet sei. Die Firma werde nicht nur wieder einen erheblichen Verlust erleiden, sondern es werde dann auch mit der Lohnauszahlung im nächsten Monat Schwierigkeiten geben. Er fügt hinzu: „Ihr geht doch nächsten Monat sowieso in die Schule, werdet um fünf Uhr, also eine Stunde vor dem regulären Arbeitsschluß um sechs die Fertigungshalle verlassen. Da könnt ihr ja die Überstunden gar nicht mehr machen, selbst wenn ihr wolltet."

Vor den Überstunden ißt man normalerweise zu Abend, aber obwohl die Kusine und ich sie nicht verweigern können, wollen wir auch nichts essen. Als es zum regulären Arbeitsschluß läutet, ziehen die Gewerkschaftler statt zur Kantine zum Ankleideraum, tauschen die Arbeitskleidung mit der Alltagskleidung und verlassen den Betrieb. Die Kusine und ich können nicht weggehen und stehen auf der Dachterrasse herum. Die Gewerkschafterinnen schauen uns an und fragen, ob wir denn nicht gehen. Als die Kusine und ich in die Fertigungshalle zurückkommen, ist sie so gut wie leer. Die paar Leute, die hier und da herumsitzen, sind entweder solche, die in die Schule gehen werden, oder solche, die mit dem Vorarbeiter befreundet sind. Obwohl das Fließband läuft und die Kusine auf dem Platz für Nummer zwei und ich auf dem für Nummer eins sitzen, reichen die Arbeitskräfte nicht aus, um die Produktion fortzuführen. Die Zurückgebliebenen starren schweigend auf das laufende Fließband. Da bricht die Kusine das Schweigen und sagt zu mir: „Das nenne ich eine wahre Schande."

Der Kusine, die auch im kalten Wind ihre Haltung bewahrt hat, stehen bei diesen Worten Tränen in den Augen.

Am nächsten Tag haben die Kusine und ich auf dem Weg zur Arbeit Füße wie Blei. Seit unserem Eintritt in die Firma wird zum erstenmal der rote Vermerk *Verspätung* auf unsere Stechkarte gestempelt. Als wir die Fertigungshalle betreten, starren uns die Leute, die bei der Verweigerung der Überstunden mitgemacht haben, alle gleichzeitig an. Auch ich empfinde es als Schande. Ja, das ist eine wahre Schande. Wegen der bösen Blicke wagen wir es nicht, uns an unseren Arbeitsplatz zu setzen und stehen dann in der Toilette herum. Im Spiegel über dem Wasserhahn sehen wir unsere traurigen Gesichter. Unvermittelt sage ich zu der Kusine.

„Ich werde Schriftstellerin."

Als es zum Arbeitsbeginn läutet, schauen wir uns gegenseitig im Spiegel an und bleiben stehen. Ich rede weiter: „Mir ist alles außer dem Schreiben gleichgültig, jetzt schäme ich mich auch nicht mehr. Mir macht das alles überhaupt nichts aus!"

Die Kusine sagt: „Beiß dir doch nicht so auf die Lippen, das tut doch weh!" Sie geht zum Wasserhahn, dreht ihn auf und spritzt mit der Hand das Wasser gegen den Spiegel. Dann wischt sie es trotzig ab. Erst als der Vorarbeiter vor der Toilette „Nummer eins und Nummer zwei" schreit und uns damit herausholt, hört die Kusine mit ihrem wütenden Spritzen und Abwischen auf.

Der Vater, der mit Mühe und Not das Studiengeld für den dritten Sohn zusammengekratzt hat und zur Abschlußfeier des ältesten gekommen ist, sitzt mit gedankenschwerem Gesicht in der Mitte unseres Zimmers. Er fragt den ältesten Bruder nach verschiedenen Dingen. Muß man eine hohe Kaution hinterlegen, um von den monatlichen Mietzahlungen befreit zu werden, oder zahlt man die Miete monatlich? Wie hoch ist die Monatsmiete? Der Vater, der lange mit bekümmertem Gesicht dasaß, möchte dem ältesten Sohn, der eine Zeitlang nichts verdienen kann, wenn nicht zu einem weiteren Zimmer, so doch zumindest zu den Mitteln für die hohe Kaution verhelfen, damit der Sohn die Monatsmiete sparen kann. So fährt der Vater zu seinem Vetter nach Chongju, um sich Geld zu borgen. Er kommt abends zurück. So etwas hat er noch nicht erlebt. Der Vater, der ohne Geld zurückgekommen ist, sieht noch gedankenschwerer drein. Die Mutter sitzt neben ihm und nennt den Onkel in Chongju treulos. Als dieser, der allein bei seiner Mutter aufgewachsen war, am fremden Ort die Schule besucht hat, habe unser Vater Reis verkauft, um das Schulgeld für ihn zu bezahlen. Aber da sehe man wieder, daß es keinen Dank gebe. Der älteste Bruder sagt, sie sollen sich keine Sorgen machen, irgendwie werde es schon gehen. Plötzlich springt der dritte Bruder, der nur auf den Zimmerboden gestarrt hat, trotzig auf und verläßt den Raum. Stöhnend preßt sich der Vater die Hand auf die Stirn und legt sich auf den Zimmerboden. Der älteste Bruder sitzt aufrecht an seinem Schreibtisch neben dem Plastikkleiderschrank und starrt unentwegt auf die Strafrechtbücher.

Die Mutter weint vor Kummer, und so hocke ich mich neben sie und weine auch. Die Kusine weint ebenfalls mit.

Die Mutter, die diese Sache noch heute nicht vergessen kann, kommt jedesmal unweigerlich auf das Ereignis von vor sechzehn Jahren zurück, wenn der Chongjuer Onkel zum zeremoniellen Besuch seines Ahnengrabs kommt und die Mutter anstelle seiner Frau für das traditionelle Mahl sorgen muß.

„Ihr könnt euch gar nicht vorstellen, was es für euren Vater bei seinem Charakter bedeutet haben muß, wegen einer solchen Angelegenheit sogar nach Chongju zu fahren. Wenn ich bloß daran denke, wird mir der Nacken steif."

Bis zur Eintrittsfeier der Schule sitzen die Kusine und ich jedesmal mit gesenktem Kopf auf unseren Plätzen für Nummer eins und Nummer zwei in unserer Reihe der Fertigungshalle, wenn die Gewerkschaft die Verweigerung von Überstunden ankündigt.

Miss Myong zitiert uns zum dritten Mal herbei, diesmal ins Büro des geschäftsführenden Direktors. Alle, die in die Schule wollen, wurden schon vor uns vorgeladen. Der geschäftsführende Direktor erklärt, an der Gewerkschaft könne die Firma noch zugrundegehen. Plötzlich springt er von seinem Drehstuhl auf, wie um die Unerträglichkeit der Situation zu demonstrieren.

„Es ist unerhört, daß ihr auch noch Gewerkschaftlerinnen sein wollt, wo die Firma sich doch bereit erklärt hat, die Schulkosten für euch zu übernehmen! Wenn ihr nicht auf der Stelle euren Austritt erklärt, könnt ihr die Schule vergessen!"

Wir unterschreiben die Austrittserklärung, wobei wir uns gegenseitig den Rücken zuwenden. Unsere Anträge werden auf dem Ankündigungsbrett ausgehängt. Daneben steht die Belohnung für die Ausgetretenen: Man werde ihre Löhne zuerst auszahlen und ihren Tageslohn erhöhen.

Die Kusine und ich wenden den Blick ab, wenn wir dem Vorsitzenden der Gewerkschaftszweigstelle begegnen. Wir bringen es nicht übers Herz, ihm ins Gesicht zu sehen. Wenn ich fühle, wie schändlich es ist, den Blick abzuwenden, denke ich an die Schar von hungrigen Enten, die auf dem winterlich verschneiten Feld nach übriggebliebenen Reisähren suchen. Dann bekräftige ich meinen Vorsatz, daß ich mich eines Tages aufmachen werde, um jene weißen, schlafenden Vögel zu sehen, die den Kopf den Sternen zugewandt halten... Ich lege einen Bogen Papier auf das Fließband und schreibe an Chang: 'Es ist mir gleich, ob ich in der Gewerkschaft bin oder nicht. Die Austrittserklärung macht mir nichts aus. Ich wäre mit allem zufrieden, wenn ich bloß mit den anderen die Überstunden verweigern könnte. Ich kann dem Vorsitzenden der Gewerkschaftszweigstelle, der so gütig zu mir war, nicht mehr in die Augen schauen. Wenn die Kusine und ich ihn nur von fern sehen, bleiben wir stehen oder kehren um, ohne unsere Sache erledigt zu haben. Wenn wir ihn mit seinem Fahrrad auf dem Markt sehen, schlagen wir schnell einen anderen Weg ein. Und wenn wir zum Mittagessen zur Kantine hinaufgehen und ihn in der Warteschlange entdecken, verzichten wir auf das Essen und gehen gleich wieder hinunter.'

Ich schreibe den Brief, den Kugelschreiber fest aufs Papier drückend: 'Eines Tages werde ich mich aufmachen, um die Vögel, die, den Kopf zu den Sternen gerichtet, hoch oben sitzen und anmutig schlafen, zu sehen. Wie sehr mich die anderen auch verachten mögen, diesen Vorsatz gebe ich nicht auf. Ich werde auf das Versprechen hin leben, mich eines Tages aufzumachen, um mit meinen eigenen Augen die Vögel zu sehen. Die Vögel, die, den Kopf den Sternen zugewandt, im Wald schlafen, würden mir vergeben. Sie würden allem und jedem auf der Welt vergeben. Ich werde mich aufmachen, um die Schar der Vögel, die den Wald so anmutig mit ihrem friedlichen Schlaf erfüllen, mit meinen eigenen Augen zu sehen. Willst du mitkommen?'

Was immer ich auch Chang an diesem Fließband verspreche, mein Weg führt mich doch dazu, Menschen zu verraten und ihnen zugleich aus Schamgefühl nicht mehr ins Gesicht sehen zu können. Ich kann mich also nur, der Kusine folgend, ins abgelegene Zimmer verkriechen.

Auf dem Land war es die Natur, die einem Schmerzen zufügte, aber in der Stadt ist es der Mensch. Das war der erste Eindruck, den ich hatte, als ich in die Stadt kam. Wie es in der Natur viele verbotene Bereiche gab, gab es das auch in der Stadt bei den Menschen. Menschen, die uns verachteten. Menschen, denen man nicht nahezukommen wagte. Menschen, die wie Gift wirkten. Menschen, die ich aber dennoch vermisse.

Ich bin von der Insel nach Hause zurückgekehrt. Seitdem sind zwanzig Tage vergangen.

Nachdem ich für den nächsten Vormittag das Flugticket vorbestellt hatte, kam ich auf dem Weg zum letzten Mittagessen auf der Insel an jener Buchhandlung vorbei, die ich zu Beginn meines Inselaufenthaltes entdeckt und die mich so erfreut hatte. Wenn mein Buch noch da wäre, wollte ich es der Wirtin schenken, die mich fünfundzwanzig Tage lang immer so gut versorgt hatte. Das Buch stand noch an derselben Stelle. Als ich mein eigenes Buch kaufte, empfand ich irgendwie ein sonderbares Gefühl. Nachdem ich Reis mit Kimchizigae gegessen hatte, überreichte ich der Wirtin, die mir den Kaffee brachte, das Buch. Sie strahlte.

„Du liebe Güte..."

Dreimal wiederholte die Wirtin den Ausruf.

„Ich weiß gar nicht, ob ich so ein teures Buch überhaupt annehmen darf."

Meine Sorge war eher, daß sie es vier Jahre lang nicht lesen, sondern auf dem Wandbrett liegen lassen würde. Ich sagte ihr, daß ich nun zurückfahren würde, und sie fragte, ob ich mit dem Schreiben fertig geworden sei. Ich verneinte und fügte hinzu, daß ich heimführe, weil ich mit mir selbst im Zwiespalt sei. Die Wirtin bedauerte den Abschied aufrichtig und sagte, ich solle doch bitte noch zum Abendessen kommen, sie werde etwas Gutes für mich kochen: „Also bitte, kommen Sie bestimmt." Ich sagte: „Das werde ich tun", obwohl ich keineswegs die Absicht hatte, zu Abend zu essen, weil ich mich während meines Inselaufenthaltes neben dem Mittagessen mit Lamyons oder Fertigsuppe und manchmal auch nur mit Obst oder süßem Brot begnügte. Als mir abends die herzlichen Worte der Wirtin wieder einfielen, überlegte ich, ob ich nicht doch hingehen sollte, ließ es dann aber. Statt dessen zog ich das Gesangbuch, das ich nach dem Kauf nicht einmal aufgeschlagen hatte, aus seinem Karton. Auf der Innenseite des schwarzen Deckels war das Vaterunser gedruckt. Ich blieb lange bei einer Stelle hängen: 'Dein Wille geschehe, wie im Himmel, also auch auf Erden.' Die junge Mutter, die seinerzeit ihre sechzehnjährige Tochter nach Seoul brachte, warf kein Auge auf so etwas wie das Vaterunser. Sie hatte immer einen großen Berg Arbeit vor sich. Sie mußte die Perilla-Sämlinge setzen, Chesa vorbereiten, Unkraut jäten, ihren Söhnen Essen mit Suppe vorsetzen, ihren Jüngsten großziehen, den Leuten auf dem Feld die Vesper bringen und nicht zuletzt die Holzdiele schrubben. Heute kann sie das Vaterunser und das Glaubensbekenntnis auswendig. 'Unser tägliches Brot gib uns heute, und vergib uns unsere Schuld, wie auch wir vergeben unsern Schuldigern, und führe uns nicht in Versuchung, sondern erlöse uns von dem Übel.' Ich blätterte die nächste Seite des Gesangbuchs auf. Es schien als Geschenk gedacht zu sein, denn da stand gedruckt: Für _____. Dann war ein Platz für den Eintrag des Datums vorgesehen. Unwillkürlich griff ich zum Schreibstift und trug 'Für Hi-Chae' ein, strich es aber wieder durch und schrieb: 'Für die Mutter.' Dann setzte ich noch das Datum hinzu: 'Am 3. 10. 1994.'

Als ich vom Flugzeug aus auf das Land hinunterschaute, waren die Wasserläufe zu erkennen. Und in der Tat mündeten die Bäche in die Flüsse und die Flüsse ins Meer. Das war Wirklichkeit. Ich dachte, wie es wäre, wenn das Heute ins Gestern und das Gestern wieder in ein Vorgestern flösse, wenn die Zeit auf diese Weise ins Zimmer im Abseits aus dem Jahre 1979 strömte und ich Hi-Chae dieses Gesangbuch auf den Schoß legen könnte. Dann wäre ich im Leben weniger einsam.

Zweites Kapitel

Meine Seele sagt mir,
daß ich nicht größer bin als die Zwerge und
nicht kleiner als die Riesen, daß ich aus dem
gleichen Stoff wie die anderen gemacht bin.
Khalil Gibran

Es ist einen Monat her, daß ich von der Insel zurückgekehrt bin. Als ich in diese Stadt, in meine leere Wohnung zurückkam und das Fenster aufmachte, sah ich, daß sich die Bäume des fernen Bergrückens schon färbten und daß ihre Färbung sich bergabwärts ausbreitete. Wie gewöhnlich machte ich das Radio an. Als ich den Kanalschalter auf FM stellte, tönte daraus *Die Winterreise* von Schubert, obwohl es doch draußen erst Herbst war: 'Am Brunnen vor dem Tore, da steht ein Lindenbaum, ich träumt in seinem Schatten so manchen süßen Traum.' Ich hörte das Lied, während ich die verstaubten Fensterrahmen abwischte und das kaputte Lämpchen im Kühlschrank auswechselte. - 'Ich schnitt in seine Rinde so manches liebe Wort, es zog in Freud und Leide zu ihm mich immer fort. Ich muß auch heute wandern vorbei in tiefer Nacht... Und seine Zweige rauschten, als riefen sie mir zu: Komm her zu mir, Geselle, hier findst du deine Ruh.' - Ich steckte das Telefon ein, wusch mir die Haare und rieb eine Lotion auf das Gesicht. Den Karton vor der Wohnungstür, in den die Nachbarin meine Post gelegt hatte, stellte ich auf den Zweiertisch auf dem Balkon, um sie auszusortieren. Es kamen viele Briefe, Karten und Rechnungen zum Vorschein. Eine bekannte Schrift fiel mir auf: die Schrift einer jungen Frau namens Kim Mi-Chin, die mir seit dem letzten Frühling hin und wieder Briefe schickte. Ich erkannte ihre Schrift, weil sie mit Feder und Tinte schrieb, was heutzutage selten geworden ist. Ich schnitt den Briefumschlag mit der Schere auf, und als ich den Inhalt las, wurde ich einen Augenblick verwirrt, denn sie schrieb, sie wolle sterben; sie schreibe im Büro, neun Uhr abends, und wenn sie den Brief fertig geschrieben und in den Briefkasten geworfen habe, werde sie ins Büro zurückgehen und sterben.
Der Brief war also ein Testament.
Ich prüfte den Stempel auf dem Briefumschlag: 19.9. Er war also schon vor einem Monat abgeschickt worden. Die Briefe, die ich bis dahin von ihr bekommen hatte, hatten alle immer düster und verzweifelt geklungen. Da sie jedoch nie geschrieben hatte, warum sie verzweifelt war, hatte ich auch nichts tun kön-

nen. Diesmal war es wieder so. Sie schrieb, sie wolle sterben, sagte jedoch nicht, aus welchem Grund. Sie schrieb auch nicht, wieso sie mir ihr Testament schickte. Über Nacht hatte sich die bunte Färbung der Bäume bergabwärts weiter nach unten ausgebreitet, und am nächsten Morgen war sie noch etwas weiter nach unten gedrungen. So verging ein Monat. Als die bunte Färbung die Bäume des Tals erfaßt hatte, begannen sich oben die Bäume des Bergrückens zu entblättern. Schon beim leisesten Wind fielen die bunten Blätter gleich haufenweise ab. Ich wechselte die Sommertischdecke auf dem Zweiertisch gegen die grüne, gewebte Wintertischdecke aus.

Manchmal dachte ich auf dem späten Heimweg im Bus oder in der Gasse an sie. Ob sie wirklich gestorben ist?

Das Jahr 1979. In der Erinnerung meines Körpers schmeckt dieses Jahr nach Schnaps, nach dem bitteren Geruch des Schnapses, der aufreizend durch die Kehle floß.

Miss Lee sagt zur Kusine: „Ich glaube, du mußt auf dich aufpassen."

„…"

„Der stellvertretende Hallenleiter soll scharf auf dich sein."

„…?"

„Weißt du, wie aufdringlich der Kerl ist, wenn er auf jemanden scharf ist? Das ist einer, der eine Frau mit allen Mitteln mißhandelt, wenn es nicht nach seinem Kopf geht."

„…?"

„Das ist ein ganz großes Schwein."

„…?"

Eines Tages macht mir der stellvertretende Hallenleiter zu meiner Verblüffung ein Geschenk, obwohl er Miss Lee zufolge doch auf die Kusine scharf sein soll. Ich entferne das Geschenkpapier und halte eine Schachtel in der Hand. Als ich den Deckel öffne, finde ich darin einen Füllfederhalter und einen Zettel. Darauf steht, daß es heute keine Überstunden geben werde und daß wir uns nach der Arbeit im Café *Galaxis* vor dem Eingang des Industriekomplexes treffen sollten. Er habe etwas mit mir zu besprechen, ich müsse also unbedingt kommen, dürfe aber der Kusine nichts davon sagen. Und ich, die Siebzehnjährige, bin den ganzen Nachmittag unruhig. Die Kusine fragt, was mit mir los sei. Daraufhin starre ich sie nur wortlos an oder wende das Gesicht ab. Nach der Arbeit gehe ich dicht hinter der Kusine. So dicht, daß ich ihr fast auf die Fersen trete. Bald sind wir am Markt angekommen. Die Kusine bleibt stehen und stellt mich zur Rede.

„Also los, was hast du?"

„Ich?"

„Na, hör mal!"

Ungeduldig geworden, schreit die Kusine plötzlich auf: „Was in aller Welt ist mit dir los?"

„Was soll denn los sein?"

„Na, willst du vielleicht behaupten, daß bei dir alles in Ordnung ist? Wieso trittst du mir beinah auf die Hacken, daß ich kaum richtig laufen kann? Ist dir denn jemand auf den Fersen? Du zitterst ja sogar. So warst du heute schon den ganzen Nachmittag!"

„…"

„Also heraus damit: Was ist los?"

Erst jetzt halte ich ihr die Sachen hin und sage, daß der stellvertretende Hallenleiter sie mir gegeben hat.

„Was ist das?"

„Ein Füllfederhalter!"

„Ein Füllfederhalter?"

„Wieso gibt dir der stellvertretende Hallenleiter einen Füllfederhalter?"

„…"

Dann liest die Kusine seinen Zettel, in dem von dem Treffen im Café *Galaxis* die Rede ist, und wirft schließlich alles verächtlich in den Mülleimer vor dem Markt.

„So ein verrückter Kerl, der soll warten, bis er schwarz wird."

Nach einigen Schritten scheint ihr etwas einzufallen, sie geht zum Mülleimer zurück und fischt die weggeworfenen Sachen wieder heraus.

„Ich hab eine tolle Idee."

„…?"

„Wir gehen zusammen hin."

„Nein, das möchte ich nicht."

„Wir gehen zusammen hin und fressen ihm die Haare vom Kopf."

„Wie?"

„Er soll uns Tee, Essen und auch Bier bezahlen."

„Und dann?"

„Was dann, wir wollen ihn mal richtig an der Nase herumführen."

Die Kusine nimmt mich am Arm und geht mit mir den Weg zurück. Wir kommen mit einer halben Stunde Verspätung an. Auf der Seite mit dem meisten Zigarettenqualm sitzt der stellvertretende Hallenleiter. Aber statt 'ihm die Haare vom Kopf zu fressen', legt die Kusine, kaum daß sie sich hingesetzt hat, kurzerhand die Sachen, die sie in den Mülleimer geworfen und dann wieder herausgefischt hatte, auf den Tisch. Mir, die ich das mit ansehe, fällt das Herz in die Hosen.

„Wissen Sie eigentlich, wie alt sie ist?"

„…"

„Sie ist erst siebzehn."

„…"

„Sie hat noch nicht einmal ihre Monatsblutung."

Ich fahre zusammen.

„Hören Sie mal, haben Sie keine Schwester? Man kann doch nicht jedes Mädchen anmachen."

„Was führst du denn für ein Theater auf? Eben weil sie für mich eine Schwester sein könnte und zudem auch in die Schule geht, wollte ich sie mal ordentlich zum Essen einladen."

„Für ihr Essen, sollten Sie wissen, sorgt schon unser großer Bruder."

Die Kusine nimmt mich bei der Hand und stürzt aus dem Café.

„Er wollte mich anscheinend wirklich nur zum Essen einladen, oder?"

„Hey, du hast wirklich keine Ahnung von Männern. Soll ich dir mal was sagen, der Kerl hat es schon bei mir versucht, aber umsonst, und jetzt bist du dran."

„Er hat es auch bei dir versucht?"

„Ich bekam allerdings keinen Füllfederhalter, der Kerl wollte mich einfach küssen, weißt du?"

„Wann denn?"

„Als wir das letztemal Überstunden machten. Du weißt doch, da kam ein Mädchen aus der Verwaltung und sagte, daß mich der stellvertretende Hallenleiter rufen lasse."

„…?"

„Der unverschämte Kerl."

„Warum hast du mir nichts davon erzählt?"

„Und? Was hättest du machen können?"

„…"

„Am besten ist es, wenn du nichts mit ihm zu tun hast. Du kennst doch Miss Choi in der Reihe C. Dieser Hund hat sie sogar geschwängert, und sie soll dann noch von seiner Alten an den Haaren gepackt worden sein."

„Was ist dann aus Miss Choi geworden?"

„Keine Ahnung. Sie soll ihre Stelle gekündigt haben."

Unterwegs tönt ein Schlager aus einem Fahrradanhänger, der auf dem Marktplatz steht und an dem jemand Musikkassetten verkauft: 'Meine Liebste, willst du wirklich fortgehen?'

„Dieses unverschämte Schwein. Wenn schon, dann hätte er sie wenigstens einfach gehen lassen sollen. Du, der soll sie des Nadeldiebstahls bezichtigt haben."

„Nadeldiebstahl?"

„Du weißt doch, Miss Choi hat neben dem Angestellten von der Inspektions-abteilung die Nadeln eingesetzt und die geprüften Stereoanlagen gewachst und gebohnert."

Ich sehe wieder Miss Choi vor mir, wie sie mit dem gewachsten Flanell-Lappen die Stereoanlagen fleißig bohnert, Miss Choi mit ihrem geraden Mittelscheitel und dem auf beiden Seiten zusammengebundenen Haar.

„Wo hast du das alles gehört?"

„Nur du weißt es nicht. Wer außer dir kennt denn die Geschichte nicht?"

„Nur ich weiß es nicht?" Aus der Richtung des Eingangs zum Markt, wo der Geruch von Odeng-Suppe, chinesischen Pfannkuchen mit Zuckerfüllung und dünn zusammengepreßten Puffreisscheiben in der Luft hängt, tönt noch immer ein Schlager von Lee Myong-Hun: ʻO Liebste, sag doch noch ein Wort, bevor du fortgehst, sag, daß du nur mich geliebt hast.'

„Trotzdem, wie kannst du ihm nur so was sagen?"

„Was?"

„…"

„Daß du noch keine Monatsblutung hast?"

„…"

„Es ist doch wahr, oder?"

„Ob wahr oder nicht, das hättest du dem Alten nicht erzählen müssen."

„Das wollte ich auch nicht unbedingt, aber es ist mir herausgerutscht."

„Ich hab mich so geschämt."

Die Kusine, die nun die Sache mit dem stellvertretenden Hallenleiter vergessen zu haben scheint, singt den Schlager mit, wobei sie ihre Hände tief in die Tasche steckt. Dann stößt sie mich leicht an und flüstert diskret: „Hey du, seltsam ist es schon, daß du deine Monatsblutung noch nicht hast, wo ich sie doch schon in der zweiten Klasse der Mittelschule hatte."

Die Kusine ist zwanzig, ich bin siebzehn. Wir, Nummer eins beziehungsweise zwei in der Reihe A in der Dongnam Elektro AG, fahren an einem Märztag 1979 um fünf Uhr nachmittags von der Firma weg und dann durch den Eingang des Industriekomplexes mit dem Bus zur Yongdungpo-Mädchenoberschule in Shinkil-Dong. Wir treten durch das Schultor und sehen im Blumenbeet am Ende eines Abhangs eine weiße Bronzestatue, die zum Sportplatz der Schule schaut. Wir nähern uns der Statue und betrachten sie. Das Modell war eine pagenköpfige Schülerin in Sommerschuluniform. Ich bin in der Klasse 1-4 und die Kusine in 1-3.

In der Abendsonne stehen wir in Reihen auf dem Sportplatz der Schule, um den Schuleintritt zu feiern. Als alle die Nationalhymne mitsingen, werde ich irgend-

wie von Ehrfurcht ergriffen. Ich streichle das tulpenförmige Schulabzeichen, das mit einer Nadel am Rockaufschlag der Winteruniform festgesteckt ist. Es war ja in den letzten zwölf Monaten mein Traum, wieder in einer Schuluniform in die Schule zu gehen. Vor einem Fliederbusch, der in einem Blumenbeet vor dem dreistöckigen Hauptgebäude wächst, steht der Schuldirektor auf der Tribüne und spricht vom Staatspräsidenten. Der Präsident habe aus besonderer Liebe zu den Industriellen Truppen die Sonderklassen für Industriearbeiterinnen einrichten lassen. Wir wollen der tiefen Bedeutung seiner Worte folgen und... Die belehrende Ansprache des alten Schuldirektors zieht sich in der Abendsonne lang hin. Der Klassenlehrer tritt ins Klassenzimmer und schreibt auf Chinesisch seinen Namen an die Wandtafel. Choi Hong-Ih. Seine Brillengläser glänzen unter der Neonröhre. In der Namensliste stehen unsere Namen, Nummern und Firmennamen. Er verliest sie nacheinander und schaut dabei jeder Schülerin eindringlich ins Gesicht. Nach dem Verlesen der Namensliste stützt er seine Arme auf das Pult und schaut uns nachdenklich an. Unvermittelt erklärt er dann, was der Schuldirektor gesagt habe, stimme gar nicht.
„Sie haben das nicht dem Präsidenten, sondern Ihren Eltern zu verdanken."
Ich mache vom hintersten Platz aus einen langen Hals, um vorsichtig sein Gesicht zu prüfen. Ich weiß nicht, warum ich seine Worte wie dünne Eisschichten empfunden habe. Klargeschnittene Augen, Nase und ein ebensolcher Mund. Mittelgroß. Schlank. Er schiebt seine Brille auf dem steilen Nasenrücken zurecht. Der schlanke Finger, der auf das schwarze Kunststoffgestell gelegt wird. Er fängt wieder an zu sprechen: „Sie haben den ganzen Tag in den Fabriken gearbeitet, und schon das allein berechtigt Sie, diese Schule zu besuchen."

Das Telefongeklingel aus dem Bücherzimmer holte mich aus dem Schlaf. H., die wie ich bei Tagesanbruch eingeschlafen war, machte die Augen auf und wieder zu, wobei sie zusammengerollt liegen blieb. Sie wußte wohl nicht, daß sie beim Schlafen immer zusammengerollt oder auf dem Bauch lag. Ihre langen gewellten Haare schienen auch beim Schlafen zu schreien: 'Mir ist so kalt, so kalt.' Da ich die Telefonschnur im Schlafzimmer herausgezogen hatte, hätte ich die Tür aufmachen und ins Arbeitszimmer gehen müssen, um den Hörer abzunehmen. Es wird schon von selbst aufhören, wenn niemand kommt, dachte ich, zog dann die Decke über H. und rollte mich wie sie zusammen. Doch das Telefon klingelte hartnäckig weiter.
„Wer kann das denn sein? So früh am Morgen?"
H. legte sich auf den Bauch, ohne ihre Haltung zu ändern, und schob mich hinaus. Eine Geste, die die Aufforderung vermuten ließ, daß ich das Klingeln irgendwie abstellen sollte. Ich rappelte mich auf und öffnete die Tür. Dabei

stieß ich mit meinem Gesicht gegen das der Madame Bovary auf dem Bild, das an der Tür klebte. Als ich, den Backenknochen reibend, den Hörer abhob, war ich noch immer nicht ganz da.

„Bist du noch im Bett?"

„…?"

„Hab ich dich aus dem Bett geholt?"

Es war der älteste Bruder. Was will er bloß um diese Uhrzeit? Ich drückte mit der anderen Hand auf den Lichtschalter für die Neonröhre, um nach der Uhr zu schauen. Sieben Uhr morgens. Der Bruder wartete stumm, nachdem er gefragt hatte, ob er mich aus dem Bett geholt habe. Bei dem kalten Novemberwind, der durch den Türspalt zog, fror mein Nacken.

„Älterer Bruder?"

Schweigen.

„Was hast du? Was ist los?"

Sein Schweigen war sehr ungewöhnlich. Was kann bloß los sein? Auf einmal wurde mir das Herz schwer. Ein Anruf eines Familienangehörigen in der Nacht oder frühmorgens macht mir immer Angst. Die Nachricht, die man um diese Zeit jemandem in der eigenen Familie unbedingt mitteilen will, kann nicht gut sein. Ob vielleicht der Vater krank ist?

„Älterer Bruder?"

„…"

„Was ist denn? Wo bist du?"

„Zu Hause. Du stehst in der Zeitung."

„Ich lese schnell die Zeitung und rufe dich zurück."

Der Vater ist es also nicht. Das aufgeregte Herz beruhigte sich, aber dann wurde ich plötzlich furchtbar neugierig. Was kann wohl in der Zeitung stehen, wenn der älteste Bruder anrufen muß und das auch noch zu solcher Stunde? Da ich noch nicht in die Zeitung geschaut hatte, konnte ich kein Wort sagen und hielt nur den Hörer ans Ohr gedrückt. Ab und zu hatte er mich angerufen, um zu sagen, er habe über mich da und dort gelesen. Doch nun rief er zum ersten Mal so früh morgens an. Zudem klang seine Stimme nicht wie sonst nach großer Genugtuung. Er hatte gestrahlt, als ich nach der Veröffentlichung meines zweiten Buches in aller Munde gewesen war. Er hatte mir erzählt, daß es mein Buch selbst in der kleinen Buchhandlung im Untergeschoß seines Firmengebäudes gebe, daß er der Angestellten dort sogar erzählt habe, die Autorin dieses Buches sei seine jüngere Schwester, und daß er um ihre freundliche Empfehlung gebeten habe. An einem Sonntag hatte er mich auf einen Betriebsausflug zum Bergsteigen mitgenommen, weil seine Kollegen mich kennenlernen wollten, hatte selbstvergessen über das ganze Gesicht gestrahlt und mit stolzer Stimme über mich gesprochen. Verblüfft hatte ich diesem Bruder, damals Anfang Vierzig, zugeschaut, wie er Fotos von mir machte, für mich ein Stück Fleisch grillte und liebevoll Blätter entfernte, die auf meinen Kopf gefallen waren.

Ich hätte nicht gedacht, daß ich für den ältesten Bruder etwas sein kann, worauf er stolz ist.

Ich hatte mit dem ältesten Bruder gelacht, hatte mich mit ihm im Schilf fotografieren lassen und auf jede Frage seiner Kollegen eingehend geantwortet, so gut ich es vermochte. Nun klang die Stimme des Bruders am anderen Ende der Leitung nicht mehr vergnügt, wie damals.

„Es war sehr realitätsnah.“

Als der Bruder das gesagt hatte, rutschte es mir heraus: „Älterer Bruder! Ich weiß nicht, was in der Zeitung steht, aber ich habe es nicht so geschrieben.“

„Hab ich denn was gesagt?“

Nach dem Gespräch mit dem ältesten Bruder konnte ich nicht auflegen, sondern blieb noch eine Weile stehen und lauschte dem piepsenden Signalton. Was soll ich nicht so geschrieben haben? Die Worte, die mir herausgerutscht waren, fielen anstatt auf den Bruder auf mich zurück. Was denn? Was soll ich nicht so geschrieben haben?

Ich machte die Wohnungstür auf, holte die Zeitung und kam ins Zimmer zurück. H. lag noch immer auf dem Bauch und war wieder eingeschlafen. Ich schlug die Zeitung auf. 'Bücher und Gespräche.' Ein Foto von meinem Gesicht, das geschwollen wirkte. Daneben stand mein Name, großgedruckt. Veröffentlichung eines autobiographischen Romans aus der Pubertät. Während ich las, hatte ich große Angst, daß H., die im Bett schlief, aufwachen könnte. Als ich mit dem Lesen fertig war, nahm ich die Seite, auf der mein Gesicht zu sehen war, und steckte sie zusammengefaltet unter das Bett, damit H. sie nicht lesen konnte. Wofür schäme ich mich eigentlich noch immer so? Und das sowohl gegenüber dem ältesten Bruder als auch gegenüber H., mit der ich bereits seit dreizehn Jahren befreundet bin?

Es ist Mittagspause. Die Kusine, die mit mir von der Kantine herunterkommt, freut sich über die Sonnenwärme und setzt sich auf die Bank vor der Fertigungshalle für Fernsehgeräte. Auf dem Sportplatz spielen die Arbeiter Fußball. Ich, die Siebzehnjährige, gehe in die Fertigungshalle zurück, um das Buch zu holen, das ich auf meinen Arbeitstisch gelegt habe. In der Fertigungshalle, wo man das Licht über den Arbeitsplätzen ausgemacht hat, ist es dunkel. Am Ende der Reihe C befindet sich die Inspektionsabteilung. Als ich mühsam hingehe, öffnet sich die Tür, und der stellvertretende Hallenleiter kommt heraus. Wir gehen aufeinander zu. Als ich ihn mit den Augen grüße und rasch an ihm vorbei will, ruft er mich: "Miss Sin?" Ich drehe mich um, und im gleichen Moment tritt er auf mich zu, drängt mich an die Wand des Lagers, in dem das Styropor zur Verpackung der Stereoanlagen gestapelt ist, und drückt seinen Finger unter mein Kinn, um mein Gesicht hochzuheben.

„Na? War der Füllfederhalter nicht gut genug? Ich dachte, der würde dir gefallen, weil du doch so oft irgendwas schreibst."

Mir läuft es vor Angst eiskalt über den Rücken.

„Was haben Sie mit ihr vor?"

Plötzlich taucht die Kusine auf und schlägt mit einem Stück Styropor auf den Rücken des stellvertretenden Hallenleiters ein.

„Was will diese Schlampe?"

Er dreht sich um und verpaßt ihr eine Ohrfeige.

Die Kusine, die meinetwegen vom stellvertretenden Hallenleiter geohrfeigt wurde, hockt in dem Ankleideraum im fünften Stock und weint bitterlich.

„Ich möchte lieber sterben!"

Ich sitze eng an sie gedrückt neben ihr und starre auf den Boden. Es läutet zum Arbeitsbeginn. Ich stehe auf und ziehe die Arbeitskleidung aus. Die Kusine, deren Wange geschwollen ist, hört auf zu weinen und fragt mich: „Was willst du?"

„Ich will nach Hause."

„Das kannst du doch nicht machen?"

„Ich will es aber."

Auf der Straße im Industriekomplex sind am hellen Mittag kaum Menschen zu sehen. Nur schwarzer Rauch steigt zum Himmel. Ich gehe kraftlos die Mauer der Fabrik entlang. Ich vermisse Chang. Wenn ich ihn nur sehen könnte, würde mir so eine Sache nichts ausmachen. Ich laufe an der offenstehenden Tür des Hauses mit den siebenunddreißig Mietzimmern achtlos vorbei, um zum Laden zu gehen. Als ich vom Regal eine Flasche Schnaps nehme, mustert mich der Mann von dem Laden aufmerksam.

„Arbeitest du heute nicht?"

„Ich bin vor Arbeitsschluß heimgegangen."

„Wieso, hast du Besuch?"

„Ja."

„Von wem?"

Ich lächle ihn nur an und bezahle den Schnaps.

Ich hocke in der Küche, öffne die Flasche und schenke die Reisschale halbvoll. Mit geschlossenen Augen trinke ich sie in einem Zug aus. Überwältigt von der Übelkeit, die durch die Speiseröhre aufsteigt, falle ich auf dem Küchenboden auf die Knie. In dieser Lage verschließe ich die Schnapsflasche mit einigen Handschlägen wieder, stecke sie in die gelbliche Tüte und lege sie in das unterste Fach des Tisches.

Das Telefonklingeln ging abermals los. Mir war es zu lästig, noch einmal die Tür aufzumachen und hinauszugehen. Daher schloß ich das Telefon im Schlafzimmer an und nahm den Hörer ab. Eine fremde Frauenstimme wollte mich sprechen. Auf meine Frage, wer denn dran sei, fragte sie zurück, ob sie mit der Autorin selbst sprechen würde. Die Stimme nannte den Namen einer Frauenzeitschrift und wollte ein Interview. Ich sagte nichts, worauf sie noch einmal fragte, ob sie denn mit der Autorin selbst verbunden sei. Ich antwortete nicht, und sie teilte mir nun mit, sie habe heute morgen die Zeitung gelesen und würde mich gern interviewen. Ich sagte, ich sei im Begriff zu verreisen. Sie fragte, wann?

„Gleich jetzt, ich wollte gerade los."

Sie erkundigte sich, wann ich zurückkäme.

„Es wird etwa einen Monat dauern."

„Einen Monat? Dann wird es aber schwierig."

Ich verabschiedete mich gleich.

„Tut mir wirklich leid, auf Wiederhören."

Nachdem ich den Hörer aufgelegt hatte, stellte ich den Apparat auf Anrufbeantworter um. H., die irgendwann aufgewacht war, fragte mich mit heiserer Stimme, um was es sich denn handele. Ich schaute sie, die unter der Decke lag, mit festem Blick an, holte dann die Zeitungsseite unter dem Bett hervor und warf sie ihr hin.

„Die Redaktion einer Frauenzeitschrift hat das hier gelesen und daraufhin angerufen."

„Was ist das?"

„Lies es mal."

Während ich auf die wirren Haare in ihrem Nacken blickte, klingelte das Telefon erneut. 'Bitte, hinterlassen Sie eine Nachricht, ich werde zurückrufen.' Gleich nach dem Signalton meldete sich ein Reporter einer anderen Frauenzeitschrift: „Wir möchten Sie interviewen, bitte rufen Sie uns an." Während die Kassette noch lief, trat ich zum Gerät, um es auf stumm zu schalten.

„Nun, da haben sie aber wieder Gesprächsstoff."

H. schmunzelte.

„Eigentlich wollte ich, daß du den Artikel nicht liest. Deshalb hatte ich ihn unter dem Bett versteckt."

„Ist der Roman gut?"

„Wie kann ich das wissen."

Nachdem H. die Zeitung zusammengefaltet hatte, saß sie ruhig da und fragte, ob ich Hyong-Su kennen würde.

„Wen?"

„Ich meine einen Freund von Kap-Tae."

„Den Maler?"

„Ja. Er soll nun Magenkrebs haben und operiert worden sein."

„…"

„Man sagt, er habe seine Frau wegen ihrer Magenschmerzen zur Untersuchung begleitet und dann gedacht, wenn er schon da sei, sollte er sich auch mal untersuchen lassen. Aber siehe da, der Magen seiner Frau war in Ordnung, aber er selbst hatte Krebs."

„…"

„Man sagt, daß ihm der ganze Magen rausgeschnitten wurde."

„So", sagte ich und schaute H. an, die zerstreut dasaß. Wieso spricht sie auf einmal von Hyong-Su? Ich lächelte vor mich hin. Naja, vielleicht hatte H. gerade das bewirken wollen. Während ich H.s Geschichte zuhörte, wurde mein Herz ruhig. H. setzte wieder an.

„Eine Weile solltest du dich am Telefon nicht melden. Ich finde es nicht schön, daß ein Schriftsteller nicht wegen seiner Bücher, sondern wegen anderer Dinge in aller Munde ist."

Den ganzen Tag verschwanden die zwanzigjährige Kusine, ich, die Siebzehnjährige, und die Gesichter der Mädchen, die 1979 in die Sonderklasse für Industriearbeiterinnen der Yongdungpo-Mädchenoberschule gingen, nicht aus meinem Kopf. Die geschwollenen Gesichter der Mädchen, die abends im Halbschlaf mit bleichen Mienen unter der blassen Neonröhre das Rechnen mit dem Rechenbrett oder das Schreiben auf der Schreibmaschine, die Buchhaltung und Englisch für Kaufleute lernten. Und Hi-Chae.

Auf unserem Heimweg von der Arbeit im Ersten Industriekomplex bis zu unserem abgelegenen Zimmer vor der Bahnstation beim Dritten Industriekomplex kommen wir am Marktplatz vorbei. Wir, die wir nach der Arbeit auf dem Heimweg für gewöhnlich etwas zur Suppenzubereitung kaufen, gehen auch auf den Markt, als wir von der Eintrittsfeier der Schule zurückkommen. Dazu müssen wir eine Station früher aus dem Bus aussteigen. Es ist lästig, aber der älteste Bruder ißt ohne Suppe eben nichts. Nach Marktschluß wirkt der Markt verlassen. Überall ist der Müll aufgehäuft. Einkaufstüten aus Plastik fliegen herum, vom Wind verweht. Nicht im Markt, sondern außerhalb, auf der Straße, sitzt eine alte Frau vor einer Apfelkiste, auf der sie zwei aufgetaute Alaskapollacks mit herausquellenden Augen und aufgeplatztem Bauch anbietet. Sie will sie wohl am Stück verramschen.

„Rettich haben wir zu Hause, oder?"

„Ja."

86

„Dann nehmen wir die Pollacks."

„Sehen die nicht verdorben aus?"

„Ich glaube, sie sind in Ordnung."

Die Kusine ist einen Augenblick lang unschlüssig, als sie das Wechselgeld zurückbekommt. Dann nimmt sie meine Hand und geht schnell weiter. Ich rufe ihr keuchend nach: „Aber was hast du auf einmal? Renn doch nicht so!" Erst als wir vom Fischstand weit entfernt sind, verlangsamt sie ihre Schritte. Die Plastiktüte, in der die Pollacks sind, muß irgendwo ein Loch bekommen haben, es tropft heraus. Die Kusine hebt vom Boden eine andere Plastiktüte auf und legt die Pollacktüte hinein. Dann faßt sie mich wieder an der Hand und führt mich zu einer der Garküchen mit Mehlspeisen, die sich auf dem Markt aneinanderreihen. Da ich jedoch weiß, daß das Geld fast komplett ausgegeben sein muß, weil es schon mehrere Tage her ist, daß der Bruder es uns gegeben hat, und auch unser Zahltag herannaht, versuche ich, die Kusine von ihrem Vorhaben abzuhalten.

„Wenn wir unseren Monatslohn erhalten, leisten wir uns was, aber heute gehen wir gleich nach Hause."

Die Kusine lächelt unbekümmert.

„Ich lade dich ein, zur Feier unseres Schuleintritts."

Sie legt ihre Schultasche auf die lange Bank der Garküche und bestellt Toklamyon-Eintopf und Chapchae. Das letztere kostet doppelt soviel wie der Eintopf. Ich stoße die Kusine in die Seite.

„Laß aber das Chapchae, das ist doch zu teuer."

Die Kusine sagt, das sei egal. Sie läßt sich noch einen kleinen Teller geben, um das Chapchae in zwei Portionen zu teilen, und wir essen es genüßlich zur warmen Toklamyon-Suppe. Die Wangen der Kusine, die durch den nächtlichen Märzwind furchtbar kalt geworden sind, werden wieder weich und rosig. Auf der Überführung, über die wir auf dem Weg vom Markt zum abgelegenen Zimmer gehen, bekennt die Kusine: „Du, als wir vorhin die Pollacks kauften..."

„...?"

„Ich hab einen Tausendwonschein gegeben, aber die alte Frau dachte wohl, es wäre ein Zehntausender."

„...?"

„Sie hätte mir nur fünfhundert Won zurückgeben sollen, aber es waren neuntausendfünfhundert."

Die Kusine dreht die Plastiktüte mit den Pollacks einmal herum.

„Heute hat die alte Frau einen großen Verlust gemacht."

Fröhlich verstellt die Kusine ihre Stimme, läuft weg und läßt mich allein auf der Überführung.

In unserem abgelegenen Zimmer wohnt mit uns nun auch der dritte Bruder, der Jurastudent geworden ist. In diesem Zimmer, in dem es kaum noch Platz gibt, um sich frei zu bewegen. Wenn wir vier uns, den Kopf dem Schreibtisch und dem Plastikkleiderschrank zugewandt, nebeneinander auf zwei Matratzen zum Schlafen hinlegen, steht das Essen stets fertig auf dem kleinen niedrigen Eßtisch. Seit die Kusine und ich in die Schule gehen, essen wir vier kaum einmal zusammen zu Abend. Nur am Sonntag können wir das. Da wir vor Schulbeginn in der Kantine der Firma noch etwas Einfaches essen können, bereiten wir das Abendessen der Brüder bereits morgens zu. Wir richten die Beilagen auf dem Frühstückstisch auch noch für den Abend zu, spülen das Besteck für abends und legen es wieder hin, stellen die Reisschalen neben das Besteck und breiten ein Tuch darüber. Den gekochten Reis stellen wir zugedeckt auf ein warmes Fleckchen auf dem Zimmerboden, er wird aber trotzdem immer kalt.

Wenn die Kusine und ich von der Schule zurück sind, geht eine von uns mit der Brikettzange zum Laden an der Ecke. Dort wird ein brennendes Brikett zum Preis von zwei normalen Briketts angeboten. Spätnachts stehen Leute mit der Brikettzange Schlange vor dem Laden. Wenn der Mann von dem Laden die Kusine oder mich sieht, gibt er uns zuerst das brennende Brikett, obwohl die anderen bereits vor uns warten. Wenn jemand von hinten dagegen Einwand erhebt, sagt er, das ist mein Laden. Dann murmelt er vor sich hin: „Man muß doch mal überlegen, sie kommt erst jetzt von der Schule zurück, und wie kalt muß es ihr sein, wo sie doch keine Kohle im Zimmer hat. Es ist ja wahrscheinlich nicht so, daß ihre Eltern das Zimmer angeheizt und auf sie gewartet haben." Unter dem einen Auge des Mannes, der dies sagt, ist eine Schnittwunde zu sehen. Und an seinem Arm eine tätowierte Schlange. Wenn ich seine Narbe oder seine Tätowierung anschaue, kommt er mir etwas seltsam vor, aber wenn er Gips anrührt und einen Abguß der Madonna oder eines kleinen Engels herstellt, sieht er großartig aus. Während ich das brennende Brikett hole, es in den Herd lege und zwei neue Briketts darüberschichte, räumt die Kusine den kleinen niedrigen Eßtisch im abgelegenen Zimmer ab und wäscht den Reis für den nächsten Morgen. Sie bereitet auch die Suppe soweit vor, daß wir sie dann nur noch zum Kochen aufs Feuer zu setzen brauchen. Nachdem man das brennende Brikett in den Herd gelegt und in den Heizkessel Wasser gegossen hat, fließt das heiße Wasser durch die Röhre unter dem Boden und wärmt das Zimmer. Wenn das Feuer richtig lodert, wird der Boden heiß. Aber sobald das Feuer erloschen ist, sitzt man quasi auf dem kalten Wasser, und das Zimmer ist noch kälter als eines mit normalem Fußboden.

Die Kusine hat eine empfindliche Haut. Wenn ihre Beine auch nur kurz dem Wind ausgesetzt werden, springt ihre Haut auf. Deswegen trug sie immer Hosen, als sie noch nicht in die Schule ging, aber zur Schuluniform gehört eben ein Rock. Seitdem sie den Rock trägt, wäscht sie jede Nacht sorgsam ihre Beine, um sie danach mit der Lotion *Tamina* einzucremen. Um mich zu waschen, versuche ich, so lange zu warten, bis sie ihre Beine fertig gewaschen hat, schlafe jedoch irgendwann ein. Egal, wann wir uns jeweils hinlegen, es sieht morgens immer gleich aus: Der dritte Bruder liegt auf der Seite des Schreibtisches, neben ihm dann der älteste Bruder und ich und die Kusine an der anderen Wand. Schlafgewohnheit. Im großen Zimmer daheim auf dem Land konnte ich beim Schlafen alle viere so von mir strecken, wie es mir paßte, und seit der dritte Bruder nun da ist, schlage ich immer wieder dem ältesten Bruder ins Gesicht oder stoße an seine Beine. Eines nachts fährt er plötzlich hoch. Wahrscheinlich habe ich ihm beim Umdrehen schon wieder auf ein Auge geschlagen. Er bedeckt das geschlagene Auge mit der Hand und schreit wütend: „Menschenskind, was hat das Mädchen bloß für Schlafgewohnheiten?"

Seit dieser schrecklichen Erfahrung drücke ich mir einen Arm auf die Stirn und den anderen auf den Bauch und liege ganz verkrampft. Da ich mich so bemühe, mich nicht umzudrehen, liege ich auch morgens noch genau in der Haltung, die ich nachts eingenommen habe. Eines Tages entdecke ich morgens am Knöchel eine Brandblase.

„Ich hab mir den Knöchel wahrscheinlich am heißen Boden verbrannt."

Ich zeige der Kusine die Blase.

„Wie kann man bloß liegenbleiben, bis man sich am Boden verbrennt? Du hast vielleicht eine dicke Haut!"

Sie weiß aber nicht, wie sehr ich mich jede Nacht beim Schlafen bemühe, mich nicht zu bewegen.

Gedächtnis des Körpers... Seitdem sind sechzehn Jahre vergangen, aber noch heute schlafe ich ab und zu in derselben Haltung wie damals ein und wache am nächsten Morgen genau in der gleichen Haltung auf, obwohl das heute gar nicht mehr nötig ist.

Die Mutter kommt von daheim. In der Tasche ihres Kleides ist das Geld, das sie für ihre Hundewelpen bekommen hat.

„Wißt ihr, unsere Hündin hat tüchtigerweise sieben Junge geworfen. Ich hab sie auch zwei Monate lang ganz schön gefüttert und auf dem Markt für einen guten Preis verkauft."

Die Mutter kauft uns mit dem Geld, das sie auf dem Landmarkt für die Welpen bekommen hat, einen elektrischen Reiskocher und eine Thermosflasche. Es freut mich sehr, daß wir nicht mehr auf dem Petroleumkocher Reis kochen müssen. Bevor die Mutter wieder nach Hause aufs Land fährt, sagt sie zu mir, ich solle mich von diesem Mann aus dem Laden fernhalten.

„Wieso? Er ist doch sehr freundlich zu uns."

„Hast du keine Angst vor seinem Messerschnitt im Gesicht?"

„Wieso Angst? Er macht doch auch schöne Gipsfiguren."

„Geh bitte auf jeden Fall nicht mehr so vertraut mit ihm um. Wenn man irgendwo fremd ist, kann einem so ein Mensch sehr gefährlich werden."

„Du hast aber auch mal gesagt, daß kein Mensch, der mit der Hand irgendwas herstellt, böse sein kann."

„Wann hab ich das gesagt?"

„Ach Mutter, deine eigenen Worte hast du wohl schon vergessen. Als ich noch ein Kind war, da hat doch ein Bettler einige Tage bei uns gewohnt. Ich meine den, der uns aus Stroh einen Dungkorb geflochten hat! Als ich damals aus Angst wollte, daß ihr ihn wegjagt, hast du gesagt, daß man demjenigen, der mit der Hand irgendwas zustande bringt, vertrauen darf."

„Du hast ein Gedächtnis. Das ist so lange her. Eine uralte Geschichte von früher!"

Als die Mutter wieder fort ist, betrachte ich den elektrischen Reiskocher und die Thermosflasche. Kaum zu glauben, daß das Essen schon fertig sein soll, wenn man nur gewaschenen Reis mit etwas Wasser aufsetzt und das Gerät anschließt. Die Kusine und ich haben an dem elektrischen Reiskocher, den die Mutter uns gekauft hat, große Freude, denn wir haben ja jedesmal, wenn wir frühmorgens zum Reiskochen den Petroleumkocher anzündeten, vom sekundenschnell sich verbreitenden Petroleumgestank Kopfschmerzen bekommen. Aber auch an der Thermosflasche, die heißes Wasser bis zum späten Abend warm hält, finden wir Gefallen.

Der älteste Bruder, der sein Studium beendet hat und sofort bei der Schutztruppe dienen muß, läßt sich von seinem Dong-Haus beurlauben und betrachtet nun trostlos die Bücher über Straf- und Zivilrecht und die Gesetzessammlung der sechs wichtigen Gesetze auf seinem Schreibtisch. Vor mir, seiner jüngeren Schwester, stößt er einmal einen tiefen Seufzer aus.

„Wenn mir nur jemand wenigstens für ein Jahr den Rücken decken könnte, noch besser für zwei Jahre, dann würde ich es mit viel Fleiß schaffen."

Aber niemand deckt ihm für ein Jahr den Rücken, nicht einmal für einen Monat. Statt unterstützt zu werden, muß er in Froschuniform und -mütze zur Schutztruppe. Er ist so groß, daß ich seine Gestalt kaum im Ganzen ins Auge fassen kann. Wenn ich bloß nicht so jung wäre, wenn ich doch seine ältere Schwester wäre!

Der älteste Bruder schaut beim Essen hinaus auf die Bahnstation, wobei seine große Gestalt das ganze Fenster ausfüllt. Manchmal geht er auf die Dachterrasse und blickt mit verschränkten Armen auf die Schornsteine im Dritten Industriekomplex unter sich. Er macht seinen Schreibtisch, auf dem noch seine Gesetzessammlung steht, für den dritten Bruder frei und sitzt nun auf dem Zimmerboden. Er sagt dem jüngeren: „Ich werde dir auf jeden Fall den Rücken decken, also..."

Er unterbricht sich kurz.

„...kümmere dich um nichts anderes, tu, als ob du blind und taub wärest, und vertiefe dich nur in dein Studium."

Der dritte Bruder läßt den Kopf hängen, ohne darauf irgendwas zu sagen. Der ältere fährt fort: „Ich weiß, daß draußen alles aus den Fugen ist, und ich weiß auch, daß es dir als jungem Kerl, der Jura studiert, schwerfallen wird, in dieser unruhigen Zeit stillzuhalten. Trotzdem, sei blind und taub, kümmere dich nicht um die anderen Dinge. Du kannst ja auch später alles nachholen, wenn du erst wer bist."

Doch der dritte Bruder, der mit dem Bus von Karibong-Dong nach Myongryun -Dong fuhr, um sich für das erste Semester einzuschreiben, ist schon lange ein echter Demonstrant geworden. Sein Anzug für die studentischen Wehrübungen an der Universität riecht immer nach starkem Rauch, und seine Augen liegen tief wie in einem Brunnen.

Meine Kusine... Die Zwanzigjährige, die sich bereits schminkt und Bescheid weiß, welche Farbe und welcher Konfektionsstil für ihre Figur geeignet sind, scheint es befremdend zu finden, nun das Gesicht nicht mehr zu schminken und die Schuluniform zu tragen. Sie steht jeden Morgen in der Schuluniform, die im Gegensatz zur Hemdbluse mit V-Ausschnitt einen runden Kragen hat, vor dem Spiegel und hantiert mit dem Lippenstift, den sie bis jetzt benutzt hat. Wahrscheinlich würde sie ihn am liebsten gebrauchen. Doch nach kurzem Zögern steckt sie ihn in die Hülse und dann in die Tasche.

Fünf Uhr nachmittags im Jahr 1979... Ich liebte die Zeit um fünf Uhr nachmittags, denn um diese Zeit durfte ich das Fließband, durfte ich die Fertigungshalle verlassen, die vom poltrigen Lärm des Fließbands, dem Geräusch der Preßluftpistole und dem Zischen des aufsteigenden Rauchs vom Löten erfüllt ist. Während wir uns draußen am Waschbecken neben der Männertoilette die Hände waschen oder uns etwas später im Ankleideraum die Schuluniform anziehen, ertönt die Nationalhymne, die die Zeremonie des Einholens der Nationalflagge begleitet: 'Der Himmel möge uns schützen, bis das Ostmeer austrocknet und der Paekdu-Berg abgetragen ist...' Fünf Uhr nachmittags im Jahre 1979, die Zeit, zu der wir bei der Nationalhymne sofort die Schritte anhielten, um eine Hand auf die Brust zu legen und den Blick auf die Flagge zu richten. Fünf Uhr nachmittags, die Zeit, zu der wir das kalt gewordene Essen der Kantine zu uns nahmen, um dann mit dem Bus den Industriekomplex zu verlassen und zur Schule zu fahren. Fünf Uhr nachmittags, die Zeit, zu der auch ein würfelgroßes, englisches Vokabelheftchen in der Hand der Schaffnerin lag, die uns in Shinkil-Dong, der Station, die der Schule am nächsten war, aussteigen ließ.

Damit wir zu dieser Zeit den Arbeitsplatz am Fließband verlassen können, sind die Kusine und ich während der übrigen Stunden wie Taubstumme und beschäftigen uns einzig und allein mit dem Zusammenschrauben von PVC-Teilen. Da wir Nummer eins beziehungsweise Nummer zwei in der Reihe A der Fertigungshalle für Stereoanlagen sind, da die Produktion stillsteht, wenn wir nicht anfangen, und da wir die von uns fertiggestellten PVC-Teile vor fünf Uhr bei Nummer drei aufstapeln müssen, damit es auch während unseres Schulbesuchs mit der Produktion weitergehen kann, kommen wir morgens eine halbe Stunde früher als die anderen zur Arbeit. Auch nach dem Mittagessen kommen wir sofort zurück, um am Band weiterzuarbeiten.

„Ich kann den Arm nicht mehr hochheben."
Eines Tages versucht die Kusine in der Mittagspause in der Kantine vergeblich, ihre Eßstäbchen zum Mund zu führen. Die Kusine, die die freihängende Preßluftpistole herunterziehen und mit ihr die Teile verschrauben muß, hat Tränen in den Augen. Ich rühre einfach den körnigen Reis in die Malvensuppe und füttere die Kusine. Und mit den Stäbchen schiebe ich ihr die süß eingekochten kleinen Sardellen in den Mund. Sie will sich zuerst nicht füttern lassen, aber als ich ihr hartnäckig den Löffel an den Mund halte, ißt sie widerwillig.
„Himmel, es sieht aus, als wärst du die ältere."
„Dann nenn mich auch so."
Sie sieht mich verwundert an und ißt die eingekochten, kleinen Sardellen.
Auf der Dachterrasse der Firma. Als ich dort in der Sonne den Arm der Kusine massiere, leuchtet irgend etwas auf der Dachterrasse des gegenüberliegenden Gebäudes. Die Kusine und ich schauen gleichzeitig hinüber.
„Was machen die Leute da?"
Es sind Frauen, und sie sind nackt. Als wollten sie sofort herunterspringen, stehen sie nebeneinander aufgereiht am Ende des Dachgeländers. Die Leute, die aus der Kantine kommen, schauen auch alle hinüber. Die nackten Frauen scheinen etwas nach unten zu rufen, man kann sie aber nicht verstehen. Hinter ihnen

stürzt eine ganze Schar Polizisten herbei. Ich umklammere die Hüfte der Kusine, die ihren Arm nicht hochheben kann, schließe die Augen und öffne sie wieder. Die nackten Frauen werden von den Polizisten an Armen, Köpfen und Hälsen gepackt und hinuntergezerrt.

Den ganzen Nachmittag sind die Leute an den Fließbändern unruhig.
„Bei denen soll der Leiter der Produktionsabteilung eine Arbeiterin, die in der Gewerkschaft ist, zum Austritt gezwungen haben, und als sie nicht auf ihn gehört hat, soll er sie ins Warenlager gezerrt und dann vergewaltigt haben."
„...?"
„Die Arbeiterin hat wohl alles der Gewerkschaft erzählt. Daraufhin soll der Typ die Betroffene wegen Rufmord angezeigt haben, sie wolle einen unschuldigen Menschen vernichten. Und so ist der Gewerkschafts-vorstand wohl nackt auf die Dachterrasse gegangen: Der Typ solle es doch nicht im Lager, sondern in aller Öffentlichkeit tun."
Die schmerzenden Arme scheinen die Kusine nicht mehr zu stören. Sie zieht, ohne ein Wort zu sagen, die Preßluftpistole zu sich herunter. Nachdem sie eine Zeitlang geschwiegen hat, flüstert sie mir ins Ohr: „Ich will von hier weg, egal wie."
Da wir sowohl in der Mittagspause als auch in der jeweils zehnminütigen Zwischenpause um halb elf beziehungsweise halb vier nachmittags weiterarbeiten, um nachher in die Schule gehen zu können, sagt Miss Lee der Kusine und mir: „Sprecht mit dem Vorarbeiter, er soll euch in die Vorbereitungsgruppe schicken."
Miss Lee ist nett zu uns, obwohl wir uns nicht geweigert haben, Überstunden zu machen und schließlich aus der Gewerkschaft ausgetreten sind. Aber die Kusine und ich denken gleichzeitig an den stellvertretenden Hallenleiter. Es macht uns nichts aus, nicht in die Vorbereitungsgruppe versetzt zu werden. Lieber wäre es uns, wenn sich der stellvertretende Hallenleiter nicht, wie jetzt, um uns kümmern würde, sondern uns in Ruhe ließe.
„Dort wäre es für euch besser, weil es dort kein Fließband gibt."
Die Kusine und ich können Miss Lee mit dem Trippelgang nicht ins Gesicht sehen. Sie merkt, daß wir uns schämen, und so klopft sie uns freundschaftlich auf den Rücken.
„Das ist doch nicht eure Schuld."
Miss Lees Worte bewirken, daß wir die Köpfe noch tiefer hängenlassen.
„Immerhin war es bei euch wegen der Schule. Es gibt aber auch Leute, die aus der Gewerkschaft austreten, weil ihnen die Mitgliedschaft angeblich nur Nachteile einbringt."

Miss Lee mit dem Trippelgang senkt den Blick, wobei sie über irgendwas sehr enttäuscht wirkt.

„Es ist doch so: Selbst wenn wir felsenfest zusammenhielten, stünde es noch in den Sternen, ob wir uns durchsetzen können."

Die Kusine holt aus ihrer Tasche den Lippenstift und gibt ihn Miss Lee.

„Warum gibst du mir das?"

„Das brauche ich nicht mehr. Du sagtest doch einmal, daß dir die Farbe gefällt, und hast mich gefragt, wo ich ihn gekauft habe."

Die Lippen der Kusine, die sich nun nicht mehr schminken darf, weil sie Schülerin ist, sind blaß. Auch an ihren hübschen Beinen trägt sie statt durchsichtiger Strümpfe in Hautfarbe schwarze, undurchsichtige. Sie, die sie pausenlos die Preßluftpistole aus der Luft zu sich herunterzieht und PVC-Teile verschraubt, scheint mittlerweile so etwas wie das Fotografieren gänzlich vergessen zu haben. Nur in meinem Herzen tauchen manchmal die weißen Reiher auf, die sie mir an jenem Tag im Zug in einem Fotobuch gezeigt hat: die Reiher, die friedlich wie die Sterne mit angelegten Flügeln unter dem weiten Nachthimmel schlafen und den Wald erfüllen.

Ich bin die Jüngste in der ganzen Schule. Die meisten sind drei oder vier Jahre älter als ich. Kim Sam-Ok, die oft wegen einer Demonstration fehlt, ist sogar schon sechsundzwanzig. Auch wenn sie den Pagenkopf einer Schülerin hat, in flachen Schülerinnenschuhen geht und eine Schultasche trägt, sieht ihr Gesicht doch nach sechsundzwanzig aus. Die Schuluniform mit dem tulpenförmigen Schulabzeichen steht zumindest Kim Sam-Ok alles andere als gut. Bei ihr passen Uniform und Gesicht überhaupt nicht zusammen. Die Uniform ist zu mädchenhaft und ihr Gesicht zu müde und abgerackert.

Meine Banknachbarin heißt An Hyang-Suk, eine Linkshänderin, die in einem Unternehmen für Konditorwaren arbeitet. Zwar habe ich viele Linkshänderinnen gesehen, aber eine, die auch mit der linken Hand schreibt, sehe ich nun doch zum ersten Mal. An Hyang-Suk scheint aber schon seit langem so zu schreiben, sie zeigt sich dabei geschickt. Heimlich versuche ich, auch mit der linken Hand zu schreiben, aber es ist mir doch zu ungewohnt. Als wir den Lehrstoff von der Tafel ins Heft abschreiben, stoßen ihr Arm und meiner immer wieder zusammen. Jedes Mal, wenn unsere Arme zusammenstoßen, lächelt sie entschuldigend.

„Was ist los mit deiner Hand?"

Eines Tages fasse ich sie an der Hand, lasse sie aber sofort wieder los. Sie ist nicht nur hart, sondern vielmehr fast versteinert. Da ich jedoch gleich fürchte, daß ich ihre Hand zu schnell losgelassen haben könnte, berühre ich sie noch einmal und

lasse sie wieder los. An Hyang-Suk hat mich wohl verstanden, sie sagt lächelnd:
„Ich wickle Bonbons ein. Und dabei hat sie sich abgerieben.“
„Wieviel wickelst du denn pro Tag?“
„Durchschnittlich etwa zwanzigtausend Stück.“
„...“
Zwanzigtausend Bonbons. Das kann ich mir nicht vorstellen. An Hyang-Suk
nimmt meine Hand.
„Deine Hand ist sehr weich. Du mußt für deinen Brötchengeber wohl kaum
etwas tun, was?“
Ihre Hand, mit der sie die meine umschließt, ist rauh wie eine Fußsohle.
„Am Anfang hat es mir Spaß gemacht. Ist doch kinderleicht, dachte ich mir.
Nach einigen Tagen haben aber meine Finger hier geblutet, denn mit ihnen
muß ich doch Bonbons reintun und die Folie zudrehen.“
Sie hält die beiden Daumen und die beiden Zeigefinger links und rechts vor
meine Augen. Weil sie sie selten zeigt, sehe ich erst jetzt, daß ihre Finger krumm
sind.
„Jetzt sind sie abgehärtet, und so geht's schon. Es ist halt so, daß diese Finger
vor zwei Jahren kaputtgegangen sind. Deswegen schreibe ich mit der linken
Hand.“
Sie zieht schnell wieder ihre rechte Hand von meiner weg. Dann schaut sie mir
in die Augen.
„Das von meinen Fingern darfst du aber niemandem weitererzählen.“
„...“
„Verstanden?“
Ich nicke ihr zu.

An einem Freitag im April. Die Kusine und ich sind unterwegs vom Markt, wo
wir etwas für die morgendliche Suppenzubereitung eingekauft haben, zum abgelegenen Zimmer. Unter der Überführung, wo der Markt endet und man zum
Dritten Industriekomplex kommt, hält die Kusine ihre Schritte an, um ins
Schaufenster eines Hutgeschäfts zu schauen, das noch geöffnet hat. Ihr scheint
etwas eingefallen zu sein, sie zieht mich an der Hand in den Laden. Sie probiert
verschiedene Baskenmützen mit Zipfel in der Mitte auf, unter anderem eine
weiße, und stellt sich vor den Ladenspiegel.
„Wie seh ich aus?“
Die weiße Baskenmütze paßt gut zu dem runden Kragen der Schuluniform für
Frühling und Herbst. Ich sage „Schön!“ Die Kusine setzt mir die Mütze auf den
Kopf und lächelt zufrieden.
„Wir wollen sie kaufen, für jeden eine.“

„Wozu denn?"

„Das wirst du schon sehen, also für jeden eine."

„Wozu brauchen wir eine solche Mütze?"

Die Kusine, die sich zum Kauf entschlossen hat, was immer ich auch dazu sagen mag, bezahlt bereits die Mützen. Auf der Gasse zum abgelegenen Zimmer strahlt sie über das ganze Gesicht.

„Hör mal, wir fahren doch morgen nach Hause aufs Land. Und da wir doch immerhin Seouler Schülerinnen sind, müssen wir den Leuten zeigen, daß wir schon irgendwie anders sind. Unsere Schuluniform ist zu normal. So unterscheiden wir uns von den Mädchen dort nicht genug. Deswegen wollen wir diese Mützen tragen."

„Wie meinst du das?"

„Es gibt doch viele Schulen, in denen man Schülermützen trägt. Zum Glück gibt es keine Schule auf dem Land, wo man auch Mützen trägt. Also, wenn wir diese hier aufhaben, werden wir sofort auffallen!"

Plötzlich sehe ich vor meinen Augen das Gesicht Changs. Was für ein Gesicht würde er machen, wenn er mich in meiner Schuluniform mit der Mütze sehen würde?

Am folgenden Nachmittag sitzen die Kusine und ich im Zug. Um nach Hause fahren zu können, müssen wir in der Schule fehlen. Der älteste Bruder ist zum Übungsgelände der Schutztruppe gefahren, und der dritte Bruder zum studentischen Gemeinschaftstraining. Auf meinem Kopf und auf dem der Kusine sitzen die weißen Baskenmützen, die wir gestern gekauft haben. Meine rutscht immer wieder vom Kopf herunter, und die Kusine befestigt sie mir mit einer Haarklammer.

Nachdem wir aus dem Zug ausgestiegen sind, trennen wir uns im Dorf. Die Kusine hat dort ihr Zuhause, und ich muß noch mit dem Bus weiter. Im letzten Bus, mit dem ich noch an diesem Tag heimfahren kann, sitzt Chang. Als er mich einsteigen sieht, macht er große Augen. Sobald ich ihn sehe, schnellt meine Hand wie von selbst zur Baskenmütze hoch. Ich will sie absetzen, aber die festgeklammerte Mütze läßt sich nicht herunterreißen. Chang lächelt unbeholfen. Im Dorf steigen wir schwankend aus, wobei wir uns noch mit den Händen an den Griffen im Bus festzuhalten suchen. Auf der dunklen *Neuen Straße* fragt Chang: „Willst du morgen mit zum Mineralwasserbrunnen?"

„Wo ist der?"

„Auf dem Weg nach Kyoam."

Weil ich nichts sage, fährt Chang fort: „Du kennst doch den Eingang nach Kyoam, morgen gegen zwei Uhr treffen wir uns dort."

Chang läßt mich in der Dunkelheit auf der *Neuen Straße* stehen und läuft geschwind in die Richtung, wo sein Zuhause liegt.

Die kleine Nebentür des Hofs steht offen. Als ich eintrete, melden sich alle Tiere im Hof gleichzeitig. Der Hund, der unter der Holzdiele gerade einschlafen wollte, kriecht hervor, die Enten, die in Scharen in den Blumenbeeten herumtrampeln, schlagen mit den Flügeln, das Schwein im Stall versucht grunzend und knirschend, sich auf die Hinterbeine zu stellen, die Frühjahrsküken im Hühnerstall piepsen alle gleichzeitig, und auch am Dachrand, wo das Schwalbennest hängt, wird es für eine Weile laut. Ich stelle meine Schultasche im Hof auf dem Boden ab, hole die noch hängende Wäsche von der Leine und rufe nach der Mutter. „Es ist die ältere Schwester!" Der kleine Bruder reißt noch vor der Mutter die Tür auf und springt heraus. Erst dann wedelt der Hund mit dem Schwanz und bellt laut.

„Du hier, ohne vorher was zu sagen?"

Die Mutter, die schon fest geschlafen hatte, kommt heraus und nimmt meine Schultasche, die ich zum Wäscheabnehmen im Hof auf den Boden gestellt habe. „Ich wollte dich überraschen."

„Ältere Schwester, du bist ja wieder Schülerin geworden!" Die jüngere Schwester, die etwas später als die anderen aufgewacht ist, schnappt sich die Mütze von meinem Kopf, um sie sich aufzusetzen.

„Tragen die Schülerinnen in Seoul solche Mützen?"

Ich nehme schnell die Mütze von ihrem Kopf und hänge sie an einen Wandnagel.

„Sie ist wunderschön. Laß sie mich bitte noch einmal aufprobieren."

Die Mutter schilt die Schwester: „Die Mütze deiner Schwester ist doch kein Spielzeug." Dann betrachtet sie mich in meiner Schuluniform und wird sogleich zu Tränen gerührt. Die Mutter holt, obwohl es bereits spätnachts ist, einen eingelegten Degenfisch aus dem Salztopf und brät ihn, um mir etwas zum Abendessen vorzusetzen.

„Hättest du nur Bescheid gesagt, daß du kommst, dann hätte ich etwas vorbereiten können."

Während ich in der Alltagshose der Mutter auf der Schlafmatte liege, hat der jüngere Bruder seinen Kopf auf meinen rechten Arm gelegt und ruft nach seiner zweiten älteren Schwester: „Komm mal bitte her, zweite Schwester!" Als die Schwester kommt, muß sie ihren Arm neben meinen linken Arm halten, er vergleicht sie miteinander und ruft dann: „Der Arm der ältesten Schwester ist weißer! Meine Schwester ist eine Schwarze!"

„Weil die große Schwester Leitungswasser trinkt!" Die jüngere Schwester zieht ihren Arm zurück, wobei sie den Mund verzieht.

„Jedenfalls ist der Arm der ältesten Schwester schöner!"

Nun veranstalten sie einen Höllenlärm, schlagen sich mit der Decke gegenseitig auf den Rücken und treten sich gegenseitig mit den Füßen. Dann legen alle beide den Kopf auf meinen Arm, links und rechts, und schlafen ein.

Und die Mistgabel im Brunnen? Ich denke kurz an den Brunnen, zu dem man durch die Zimmertür, dann über die Holzdiele und den Hof gelangt, doch schließlich falle auch ich in tiefen Schlaf.

Zum Mineralbrunnen möchte der jüngere Bruder auch mit. „Das geht nicht", sage ich, doch er wird weinerlich und läuft mir unverdrossen hinterher. Da es nun einmal nicht anders geht, nehme ich den kleinen Bruder an die Hand und flüstere ihm ins Ohr: „Du darfst aber der Mama nicht erzählen, daß wir mit Chang zusammen waren! Verstanden?"

Der kleine Bruder will es verstanden haben, obwohl er nicht weiß, warum er es der Mama nicht erzählen darf.

„Du darfst es wirklich nicht. Also, versprich es mir."

Obwohl er es wieder nicht verstanden hat, verspricht er es, indem er seinen kleinen Finger mit dem der Schwester kreuzt.

Vor dem Eingang nach Kyoam wartet, wie verabredet, Chang, der irgendwie unbeholfen wirkt. Wir drei gehen neben- oder hintereinander her. Je tiefer wir in den Berg eindringen, desto faszinierter ist der kleine Bruder. Er läuft ein Stück voraus und ruft: „Da, ein Eichhörnchen!" Er läuft lange dem Eichhörnchen nach, um es zu fangen, gibt dann aber auf und kommt zurück: „Es ist doch zu schnell, Ältere Schwester." Als wir an den Haufen der Steine gelangen, den die Leute beim Vorbeigehen, mit jeweils einem Wunsch verbunden, aufgeschichtet haben, hebt Chang, der vor mir geht, ein Steinchen vom Boden auf und drückt es mir in die Hand. Ich lege es ganz oben hin. Auf dem Rückweg hebt Chang an derselben Stelle wieder ein Steinchen vom Boden auf und gibt es mir. Ich lege es wieder ganz oben hin. Der kleine Bruder, der das gesehen hat, hebt für mich auch ein Steinchen vom Boden auf, um es mir zu geben. Ich lege es ebenfalls ganz oben hin. Während der kleine Bruder dem Eichhörnchen nachläuft, zieht Chang aus seiner Tasche ein handgroßes Büchlein heraus, um es mir zu geben. Dongseo Paperback Bücherei. *Das Kreuz von Saphan* von Kim Dong-Ri.

„Ich wollte dir etwas schenken, fand aber nichts Passendes, so habe ich eines von den Büchern auf meinem Schreibtisch genommen. Du hast doch schon immer gerne gelesen."

Ob es den Nachtzug nach Seoul heute noch gibt? Den letzten Zug in die Stadt? 23 Uhr 57. Jedesmal, wenn ich nach Hause fuhr, bin ich mit dem Zug um 23:57 Uhr zurückgekommen. Und jedes Mal begleitete mich die Mutter bis zum Bahnhof, wobei sie immer mehrere Taschen voll Essen in der Hand trug.

Es ist kaum vorstellbar, wie die Mutter dann nach Mitternacht auf dem Waldpfad zum Dorf zurücklief.

Unterwegs zum Bahnsteig drehe ich mich um und sehe die Mutter an der Bahnsteigssperre stehen. Sie winkt mich fort: „Geh nur, Kind!" Ich gehe weiter, drehe mich dann doch noch einmal um, und sie bedeutet mir abermals zu gehen. Das wiederholt sich einige Male. Unterdessen finde ich Chang. Er steht nicht auf dem Bahnsteig, sondern lehnt am Zaun vor dem Bahnhof.

Chang steht nur so da. Er winkt nicht einmal.

Nach der wiederholten Weigerung, Überstunden zu machen, ist der Monatslohn ziemlich miserabel. Zudem wird er nur den Leuten, die der Gewerkschaft nicht angehören, ausgezahlt. Diejenigen, die keinen Lohn bekommen haben, stürmen zum Büro der Fertigungshallen. Darin sitzt mit gesenktem Kopf Chae Un-Hi, die von der Produktionsreihe C in die Verwaltung der Fertigungshallen gewählt wurde. Auf die Frage von Miss Lee, was mit der Lohnauszahlung sei, antwortet Chae Un-Hi, sie wisse es auch nicht.

„Es hieß zuerst, die Lohntüten seien abzuholen, und ich bin in die Buchhaltung gegangen, aber nicht alle waren da. Dann habe ich auch nach dem Grund gefragt, aber man hat nur gesagt, die Leute, die den Lohn nicht bekommen haben, können zu Miss Myong in die Abteilung für Allgemeine Angelegenheiten gehen."

„Wer hat das gesagt?"

„Es war der Leiter der Buchhaltung."

Miss Myong, die bekannt für ihren weißen Teint ist, verteilt in der Abteilung für Allgemeine Angelegenheiten je ein Blatt an die herbeigestürmten Leute.

„Der Herr Direktor hat die Anweisung gegeben, daß wir nur den Leuten, die dieses Blatt unterschrieben haben, die Löhne auszahlen."

Auf dem Blatt, das sie verteilt hat, steht die vorgedruckte Austrittserklärung aus der Gewerkschaft:

den 10. 5. 1979

Ich habe am _._.____ auf Zurede einer Freundin mein persönliches Siegel auf ein Papier gedrückt, weil man mich dazu aufforderte, aber ich wußte nicht, daß es sich dabei um den Eintritt in die Gewerkschaft handelte. Mir war nicht klar, was ich tat, und da ich nicht beabsichtige, in der Gewerkschaft zu bleiben und eine Mitgliedschaft für sinnlos halte, will ich austreten.

Die Leute blicken zuerst nur den Gewerkschaftsvorstand an.

„Ist das menschenmöglich?"

Miss Lee macht bei Miss Myong ihrem Ärger Luft, woraufhin diese zu ihrem Schreibtisch zurückgeht, um sich hinzusetzen.

„Was sagst du eigentlich dazu?"

„Was hab ich denn damit zu tun? Ich hab nun mal die Anweisung, nur den Leuten, die unter dieses Datum ihren Namen eingetragen und unterschrieben haben, die Löhne auszuzahlen, und das muß ich befolgen."

„Und wo sind unsere Lohntüten?"

Durch Miss Lees schrille Stimme eingeschüchtert, will Miss Myong die Hand schützend über die Schachtel an der Wand halten, zieht sie aber dann wieder zurück.

„Also da drin sind sie?"

Miss Lee schiebt Miss Myong zur Seite und reißt die Schachtel mit einer einzigen kräftigen Bewegung auf. Bis zum Rande voll sind die Lohntüten mit zahlreichen winzigen Aufschriften wie Festes Gehalt, Überstunden, Sonderschichten, Zuschlag für Menstruationsruhetag und so weiter.

Miss Myong stellt sich vor die Schachtel, die von Miss Lee aufgerissen wurde, und schreit: „Hör auf damit!"

„Was du nicht sagst? Du solltest vielmehr damit aufhören."

„Wenn du deine Lohntüte haben willst, mußt du nur hier deinen Namen eintragen und unterschreiben."

Jemand kommt hinter Miss Lee hervor und stürzt auf Miss Myong los.

„Aus dem Weg!"

Miss Myong stürzt zu Boden, die Leute reißen die Schachtel an sich und wühlen darin, um die Lohntüte mit ihrem Namen herauszusuchen. Miss Myong, die sich wieder aufgerappelt hat, schreit: „Was soll denn das? Das ist ein Verbrechen."

Jemand packt sie an den Haaren.

„Was heißt hier Verbrechen? Verlangen wir vielleicht etwas, das uns nicht zusteht? Was treibt ihr denn für ein Verbrechen, wo wir doch nur den Lohn für unsere Arbeit wollen?"

Miss Myongs feine, wellige Haare, die die Kusine so bewundert hat, sind ganz durcheinander, und ein Augenlid ist zerkratzt. Miss Lee versucht, die wütenden Leute, die Miss Myong nicht mehr loslassen, an den Händen zurückzuhalten: „Hört auf, hört doch auf! Es ist ja auch nicht ihre Schuld."

Auf dem Informationsbrett werden die Namen der Entlassenen ausgehängt. Es sind die Namen der Leute, die an jenem Tag die Abteilung für Allgemeine Angelegenheiten stürmten. Der Name von Miss Lee ist auch darunter. Unter den Namen der Entlassenen steht in großer, roter, aggressiv wirkender Schrift:

Die hier genannten Personen gefährden den Broterwerb von mehr als sechshundert Menschen. Die Firmenleitung wird eher den Betrieb schließen, als die Gewerkschaft zuzulassen.

Seitdem die Namen der Entlassenen auf dem Informationsbrett stehen, vergeht kein ruhiger Tag im Betrieb. Die Gewerkschaft tritt der Entlassung mit Streikdrohung entgegen: Wir fordern den sofortigen Widerruf der Entlassungen. Wir fordern die Zulassung der demokratischen Gewerkschaft, die rechtmäßig gegründet wurde. Wir fordern die sofortige Beendigung der Zerschlagung der Gewerkschaft. Wir fordern die termingerechte Auszahlung der Löhne. Wir werden streiken, wenn es keine eidesstattliche Erklärung gibt, daß diese Forderungen erfüllt werden.

Ob gestreikt werden soll oder nicht, darüber gibt es unterschiedliche Meinungen in der Fertigungshalle für Fernsehgeräte und in der für Stereoanlagen. In der ersten, wo es viel männliches Personal gibt, ist man offensiv. Da man tatsächlich die Arbeit eingestellt hat, ist die Produktionsmenge nicht einmal annähernd halb so groß wie sonst. Daraufhin sucht die Betriebsleitung einen Ausweg aus der Krise, indem sie darüber hinwegsieht, daß die Entlassenen die Arbeit wiederaufnehmen.

Ich habe einmal geschrieben: 'Es war im Frühling jenes Jahres, als ich zum erstenmal Hi-Chae sah.' Ich erinnere mich an die Bluse, die Hi-Chae trug, als sie an der Waschstelle in der zementierten Hofmitte jenes Hauses ihre Schuluniform wusch. Ich weiß nicht, ob wir den Herbst und den Winter in demselben Haus verbracht haben, ohne uns begegnet zu sein, oder ob sie im Winter oder im Frühling eingezogen ist. Selbst wenn in jedem der siebenunddreißig Zimmer nur eine Person gewohnt hätte, wären es siebenunddreißig Menschen gewesen, und dennoch habe ich bis zum Frühling nur drei oder vier von Angesicht zu Angesicht gesehen. Ich konnte einfach nicht wissen, wer in welchem Zimmer wohnte. Die Haustür stand immer offen, und wenn ich hineinging, fielen mir zuerst die Schlösser an den langen Reihen der Zimmertüren auf. Manchmal sah ich, wenn ich in den zweiten Stock hinauflief, den Rücken eines Bewohners, der gerade seine Zimmertür aufschloß.

Es ist Sonntag. Nachdem die Kusine mit ihren Waschutensilien zum öffentlichen Bad gegenüber der Überführung gegangen ist, finde ich es dumm, mit den beiden Brüdern bloß im Zimmer herumzusitzen. So ziehe ich die Bettwäsche ab, lege sie in die Waschschüssel und gehe nach unten. An der Waschstelle in der Mitte des Hauses mit dem Zimmer im Abseits hockt eine Frau und wäscht. Weil ich warten will, bis sie fertig ist, setze ich die Schüssel auf den Boden, und da ich dabei feststelle, daß sie die gleiche Schuluniform wäscht, die auch ich trage, betrachte ich ihr Gesicht genauer.

Ein ausdrucksloses, kleines Gesicht. Ein gleichgültiges, kleines Gesicht. Ein ruhiges, kleines Gesicht.

Von dem Tag, an dem ich zum erstenmal Hi-Chae getroffen habe, lautet es lediglich: Es war ein sonnenklarer Tag. Auf die Waschstelle in der Mitte des Hofes schien immerhin die Sonne, obwohl zwei- und dreistöckige Gebäude ihre Schatten auf den Hof warfen. Ich war wohl angenehm überrascht, weil Hi-Chae ausgerechnet die Uniform meiner Schule wusch. Ich stellte die Waschschüssel neben mich und wartete. Vorher hatte ich sie weder in der Schule noch in der Gasse getroffen. Ich dachte zuerst auch, daß die Uniform vielleicht ihrer Schwester gehören könnte. Ohne sich dafür zu interessieren, was ich dachte, beschäftigte sich Hi-Chae nur mit dem Waschen, wobei sich das kleine Blumenmuster der Bluse, deren unteren Teil sie in den sich weit ausbreitenden Rock gesteckt hatte, verzog, je nachdem, wie sie sich bewegte. Ich betrachtete gespannt ihre schmale, kaum mehr als handbreite Taille und das sich immer wieder verziehende kleine Blumenmuster, bis wir uns in dem Moment in die Augen sahen, als sie, ihre Schüssel in der Hand haltend, den Kopf hob.

Ein gleichgültiges Gesicht, so ausdruckslos wie der Sonnenschein.

Ja, ich habe geschrieben, es sei ein gleichgültiges Gesicht gewesen, so ausdruckslos wie der Sonnenschein.

Wenn sie mir nicht vage zugelächelt hätte, hätte ich aus Verlegenheit die Finger ineinander verkrampft, oder ich wäre Hals über Kopf in den zweiten Stock gerannt oder durch die offenstehende Haustür bis zum Ende der Gasse gegangen und dann zurückgekommen. Das vage lächelnde Gesicht Hi-Chaes wies ein paar Waschpulverflecken auf, die wie Schuppenflechte aussahen. Sie stellte für mich meine Waschschüssel unter den fließenden Wasserhahn und ging dann auf die Dachterrasse. Als ich die Bettwäsche gewaschen hatte und, noch die Gummihandschuhe tragend, auch auf die Dachterrasse hinaufging, hatte sie schon auf einer Seite der Wäscheleine die Schuluniform, Socken, Taschentücher und Unterwäsche aufgehängt und saß nun am Geländer, um sich zu sonnen. Davor lief ich geschäftig hin und her und hängte die Bettwäsche auf, und während der ganzen Zeit ließ sie die Bahnstation nicht aus den Augen.

„Das Handtuch ist heruntergefallen."

Als ich fertig war, drang nur ihre Stimme zu mir, weil ich sie wegen der aufgehängten Bettwäsche nicht sehen konnte. Ich fand das Handtuch, das ich mitgewaschen hatte und das irgendwo auf dem Boden lag. Auch während ich es aufhob, nochmals unten an der Waschstelle ausspülte und dann wieder aufhängte, blieb sie noch immer reglos an ihrem Platz sitzen. Ich ging nicht gleich hinunter, sondern stand nur herum. Da zeigte sie mit ausgestrecktem Arm auf etwas: „Schau mal, da!" Ich trat zu ihr und schaute in die Richtung, in die sie deutete. Dort stiegen schwarze Rauchwolken aus dem Schornstein einer Fabrik gegenüber der Bahnstation.

„Merkwürdig, was?"

Sie zog die Hand zurück und lächelte kraftlos. Erst da entdeckte ich, daß Hi-Chaes Handrücken - sie strich sich immer wieder ihren Rock glatt, der beim Waschen vom Hocken zerknittert worden war - unnatürlich angeschwollen war. Sie schien meinen Blick gespürt zu haben, denn sie lächelte erneut vage.

„Von der Nadel der Nähmaschine gestochen. Und als ich die Hand ins Wasser legte, ist sie angeschwollen. In welchem Zimmer wohnst du?"

„Im zweiten Stock."

„Du bist in der Klasse eins-vier, nicht? Ich hab dich mal im Bus gesehen und einmal auch in der Schule. Aber ich wußte nicht, daß du hier wohnst."

„Ich hab Sie noch nie gesehen."

Wieder lächelte sie vage. Vielleicht erschien ihr mein Gesicht noch zu jung, denn sie redete mit mir wie mit einer jüngeren Schwester, weswegen ich sie auch siezte.

„Dieses Haus ist gut. Man würde nicht einmal merken, wenn einer stirbt."

Sie schaute mich mit rundlich geweiteten Augen an, als wollte sie hinzusetzen: Nicht wahr? Die Waschpulverflecken waren noch immer in ihrem Gesicht, und neben ihrer auffällig flachen Nase sah ich eine Warze.

An jenem Tag haben wir einen Topf mit Lauchblüten, der neben dem Platz für die Töpfe mit Sojabohnen- und Chilipasten herrenlos herumstand, unter die Bettwäsche gestellt und diese darauf ausgewrungen. War es wegen des Sonnenscheins? Ich bemühte mich, einen Vorwand dafür zu finden, warum ich mich so lange auf der Dachterrasse aufhielt, ohne meine Gedanken verraten zu müssen. Sie gefiel mir. Noch heute habe ich Tränen in den Augen, wenn ich daran denke, daß auch sie mich wahrscheinlich mochte. Wir waren an jenem Tag eine Weile glücklich, weil wir uns gegenseitig gefielen. In diesem Moment erfüllte mich so etwas wie eine friedliche Traurigkeit, und ich wurde - ich weiß nicht, wie es ihr erging - unwahrscheinlich sanftmütig. Besonders, als wir das 'Richtig-Spiel' spielten.

'Richtig-Spiel' ist ein Name, den ich mir erst jetzt ausgedacht habe.

Sie schlug das Spiel zuerst vor. Eigentlich kann man es nicht als Spiel bezeichnen. Denn ich brauchte ohne jede Einschränkung lediglich 'richtig!' zu rufen, wenn Hi-Chae irgendwas sagte. Ebenso brauchte sie nur 'richtig...richtig' zu rufen, wenn ich etwas sagte. An das, was ich damals gesagt habe, kann ich mich nicht mehr erinnern. Dennoch höre ich noch immer deutlich ihre ruhige, tiefe Stimme, eine Stimme, mit der sie, manchmal in kurzes gurrendes Lachen ausbrechend, 'richtig, richtig!' rief und die für mich nun für immer mit jener Zeit um fünf Uhr nachmittags verbunden ist. Auch ihr Händeklatschen ist noch immer in mir lebendig.

Ich werde schlafen. Drei, vier Tage lang werde ich ausschlafen, ohne aufzuwachen.

Richtig.

Der jüngere Bruder wird nach dem Schulabschluß nicht auf die Uni gehen wollen, oder?

Richtig.

Wenn er es aber doch unbedingt will, müßte ich auch dafür aufkommen.

Richtig.

Quatsch. Noch länger arbeiten kann ich nicht, denn ein Tag hat doch nur vierundzwanzig Stunden.

Richtig.

Ich kann nicht mehr als jetzt arbeiten. Das wird er schon verstehen.

Richtig.

Der Herr Vorarbeiter wird morgen im Arbeitsraum endlich einen Ventilator installieren lassen, oder?

Richtig.

Schließlich hat er doch selbst gesehen, wieviel Staub die Stoffe machen, oder?

Richtig.

Ob wir später wohl in einem zweistöckigen Haus mit einem Garten wohnen können?

Richtig.

Ihre leicht wulstigen, blassen und hautfarbenen Lippen öffneten und schlossen sich fröhlich. Richtig, richtig, richtig! In dieser kurzen Zeit, die für uns alles möglich machte, fragte Hi-Chae mit gedämpfter Stimme, ob sie ein hübsches Kind zur Welt bringen könne, und ich sagte: „Richtig." In der Zeit, die wie ein Traum war, hat sie die Realität gänzlich verändert. In unserem 'Richtig-Spiel' war sie keine Näherin, wohnte auch nicht in einem der siebenunddreißig Mietzimmer, und auch ihr Bruder ging bereits auf die Universität. Am Anfang bohrte ich den Finger in die Erde des Topfs mit Lauchblüten, wenn ich 'richtig, richtig' sagte, und später nahm ich bei denselben Worten jedesmal eine Handvoll Erde heraus. Das vage Gefühl von Mißtrauen, das aus einer Anspannung des bis vor kurzem unbeschwerten Gemüts erwuchs und das mich jedesmal unaufhaltbar überkam, wenn ich das Haus betrat, verschwand während des 'Richtig-Spiels' ganz und gar. Wie zwei Mädchen auf einer langen Wanderung spielten wir unser schlichtes 'Richtig-Spiel' so lange, bis die Bettwäsche trocken war. Von einem Augenblick zum anderen wurde sie fröhlich, und von Zeit zu Zeit wurde ich sentimental. Ich erinnere mich nicht, wie alt sie war. Sie schien drei oder vier Jahre älter als ich, also neunzehn, zwanzig oder einundzwanzig zu sein. Ich glaube, daß sie, die ab und zu errötete, mir wie ein Mädchen vorkam, und sie könnte tatsächlich noch ein Mädchen gewesen sein. Dann schien sich die Frau, die ich heute so vermisse, zusammenzureißen, sie schaute plötzlich in Richtung Sonne und erhob sich, den Staub von sich klopfend, mit einem Gesicht, wie wenn sie sich über sich selbst lustigmachte.

„Ich muß schlafen."

„Richtig."

„Das ist kein Spiel. Ich bin wirklich müde."

Sie wurde plötzlich kühl und rannte überstürzt von der Dachterrasse nach unten. Nachdem sie weggegangen war, hockte ich da und kratzte die Erde unter meinen Fingernägeln weg. Auch nach ihrem Verschwinden sah ich immer noch ihre Bluse, ihren Rock, ihre Handbewegungen, die Form ihres Mundes, die Adern an ihrem dünnen Hals vor mir, alle Eindrücke flossen wie ein kleiner Bach in mein Inneres. So fragte ich mich, ob ich nur geträumt hätte und blickte mich nach allen Seiten um. Die Bettwäsche flatterte wie ein Vorhang, der ein Geheimnis verhüllt, und ihr Taschentuch hatte der Wind auf den Boden geweht. Ich hob es auf, um es an der Leine festzuklammern, und verließ die Dachterrasse.

Die Kusine, die schon längst vom Baden zurückgekommen ist und sich gerade die Nägel schneidet, starrt mich an, als ich von der Dachterrasse herunterkomme.

„Wo warst du die ganze Zeit?"

„Auf der Dachterrasse."

„Auf der Dachterrasse? Und was hast du da so lange gemacht?"

Ich kann nicht antworten.

„Du scheinst ja auf einmal kein Fünkchen Verstand mehr zu haben? Was hast du bloß?"

„Ich?"

„Irgendwas stimmt doch mit dir nicht."

„Was?"

Sie starrt mich musternd an.

„Was denn?"

Ach, egal, ich weiß es nicht, scheint sie zu meinen, rollt das Papier zusammen, auf dem die abgeschnittenen Nägel liegen, und wirft es in den Papierkorb.

„Ich weiß es nicht, laß uns lieber einkaufen gehen."

Auf der Überführung fragt sie jedoch abermals: „Hast wohl vom ältesten Bruder einen Anraunzer bekommen, als ich nicht da war?"

„Nein."

„Ja, was ist denn dann nur mit dir los?"

„Wieso?"

„Du siehst doch völlig niedergeschlagen aus, als wärst du von jemandem tüchtig ausgeschimpft worden, oder täusche ich mich?"

Stockend erzähle ich von Hi-Chae, wie ich mit ihr auf der Dachterrasse gespielt habe.

„Das muß dir Spaß gemacht haben, was? Wieso bist du dann so niedergeschlagen?"

„Weiß ich nicht."

„Also, du bist vielleicht komisch."

Nachdem ich das erste Kapitel dieses Romans in einer Zeitung veröffentlicht hatte, muß es Klatschgeschichten über mich gegeben haben. Alle Anrufe kamen von Frauenzeitschriften. Ich nahm den Hörer ab, sagte aber, ich sei nicht da. Wenn ich gefragt wurde, wer am Apparat sei, erklärte ich, ich sei die jüngere Schwester der Verlangten. Diese sei nach Hause gefahren, und ich wüßte nicht, wann sie zurückkäme. Weil mir das Abhören des Anrufbeantworters lästig wurde, zog ich einen halben Monat lang den Telefonstecker heraus. Nun müßte es wieder gehen, dachte ich schließlich und schloß das Telefon wieder an. Einen Anruf, der nach Mitternacht durchkam, nahm ich dann schlaftrunken entgegen. Man verlangte mich zu sprechen, und ich sagte, ohne zu überlegen: „Am Apparat." Erst als eine Frauenzeitschrift genannt wurde, ging mir ein Licht auf, doch es war schon zu spät. Sie sind also aus Deutschland zurückgekommen, freute sich die Anruferin. Offenbar hatte ich ihr gesagt, die Schwester sei nach Deutschland gereist. Als sie vorschlug, wir sollten uns treffen, fing ich an mit dem Geständnis: „Nun, wissen Sie..." Ich sei es selber gewesen, die sich damals am Telefon gemeldet habe. Ich hätte den Hörer abgenommen und gesagt, ich sei nach Deutschland gereist. Sie fragte: „Aber warum denn?"

„Weil ich kein Interview geben wollte."

Sie ärgerte sich nicht etwa, sondern lachte.

„Sie sind doch eine öffentliche Person. Sie können nicht mehr nur das machen, was Sie wollen, nicht wahr?"

„...?"

Ich bat sie um Verständnis. Einer Frau, die ich noch nie gesehen hatte, erklärte ich, ich hätte gerade damit begonnen, einen Fortsetzungsroman zu schreiben, und würde mich gern ohne Ablenkung darauf konzentrieren, sie möge mich also bitte in Ruhe lassen. Doch sie war ein Profi. Sie hatte mir bereits Fragen gestellt, und ich antwortete unwissentlich schon etwas. So geht das nicht, dachte ich mir und sagte, ich würde nun das Gespräch beenden. Daraufhin fragte sie mit sehr sanfter Stimme: „Warum haben Sie dann einer Zeitung ein Interview gegeben?" Ich preßte den Hörer ans Ohr.

„Muß ich denn auch Ihnen ein Interview geben, nur, weil ich es bei einer anderen Zeitung gemacht habe?"

„Wie dem auch sei. Wir werden uns entscheiden, ob wir es bringen, ich melde mich wieder bei Ihnen."

Ich war einfach sprachlos. Wer sollte da etwas entscheiden, wo es doch um meine Sache ging, wo ich es doch nicht wollte? Sie hatte vermutlich vor, anhand des Telefonats einen Artikel über mich zu schreiben und irgendwo ein Foto von mir aufzutreiben.

„Ich habe Ihnen ausdrücklich gesagt, daß ich kein Interview will. Ich werde im nächsten Monat in Ihrer Zeitschrift nachschauen, und wenn ich einen Artikel über mich finde, dann sollten Sie wissen, daß Sie großen Ärger bekommen werden."

„Aber es handelt sich nicht um eine Sache, die ich allein entscheiden kann. Morgen werde ich im Büro mit dem Chefredakteur sprechen und Ihnen unseren Beschluß mitteilen."

„Hören Sie, das ist doch meine Sache, da brauchen Sie niemanden zu fragen. Noch einmal: Ich habe Ihnen deutlich gesagt, daß ich keinen Artikel über mich haben will. Das sollten Sie respektieren. Ich könnte sonst sehr ärgerlich werden."

Ich legte schnell den Hörer auf und zog den Stecker aus der Leitung.

Ich konnte nicht mehr schlafen. Die Leitung war tot, aber ich hatte das Klingeln noch immer in den Ohren, weswegen ich mich immer wieder umdrehte. Mir fiel ein Gesicht von jemandem ein, der für die Zeitschrift dieser Reporterin arbeitete. Morgen werde ich ihn anrufen, dachte ich, doch das unangenehme Gefühl wollte nicht verschwinden.

Ich stand auf, legte eine CD mit Harmonikamusik von Lee Oskar in den CD-Spieler und drückte auf den Knopf *Play*. Ich hatte ein beklemmendes Gefühl in der Brust und rasende Kopfschmerzen. Ich machte das Fenster halb auf. Erst nachdem ich eine halbe Stunde lang Musik gehört hatte, beruhigte ich mich. Zuerst machte mir der frische Luftzug nichts aus, aber dann spürte ich, daß meine Stirn und die Nasenspitze ganz kalt geworden waren. Während ich mich zudeckte, wurde ich irgendwie traurig und einsam. Was für ein Leben ist das bloß?

Ich stand wieder auf, suchte nach einer anderen CD und betrachtete das Gesicht Chet Bakers, der seine Trompete in der Hand hielt. - Ja, was für ein Leben ist das bloß? - Aber Chet Bakers Mund blieb fest verschlossen, der leere Gesichtsausdruck und die tiefen Falten in seinem Gesicht zeugten davon, daß er immer noch unterwegs war. Ich ersetzte Lee Oskar durch Chet Baker, drehte die Lautstärke auf und las den Begleittext.

'Erinnerungsalbum für Chet Baker: eine Aufnahme zwei Wochen vor seinem Tod. Dieses Album, das seit 1988 auf dem Markt ist, enthält eine historische Aufnahme, die erst zwei Wochen vor seinem Tod zustande kam.'

Seit 1988? Während wir die Olympiade veranstalteten, könnte er diese Platte eingespielt haben. Ich las den Rückblick von Kurt Giese, dem Aufnahmeleiter und Produzenten, weiter.

'Die Bühne war durch zwei Orchester gefüllt, und Chet Baker, der ganz allein dazwischen stand, wirkte so unscheinbar. Doch es war sein Tag, es war seine Aufführung, und je länger er musizierte, desto mehr wurden wir durch die magische Kraft, die von ihm ausging, in den Bann gezogen. Ich hatte schon unzählige Male sein *My Funny Valentine* gehört und bewundert, aber sein Spiel an jenem Tag war noch schöner.'

Es hieß weiter, er sei zwei Wochen nach der Aufführung aus dem zweitem Stock des Hotels, in dem er wohnte, gestürzt und tot aufgefunden worden. Die Amsterdamer Polizei habe dieses Ereignis als einen tödlichen Unfall erklärt und somit die Akten geschlossen, allerdings sei die Todesursache bis heute nicht eindeutig geklärt worden.

Die Stimme dieses Mannes, der damit quasi sein letztes Wort sagte, stellte ich am Gerät so ein, daß sie auch nach meinem Einschlafen noch zu hören wäre, und legte mich wieder hin.

Es gab ab und zu Momente, in denen ich ganz unerwartet die Stimme eines nicht mehr Lebenden in einem Taxi, einem Bus oder auch auf der Straße vor einem Plattengeschäft zu hören bekam. Die Stimme von Kim Chung-Ho oder Cha Chung-Rak oder Ho Bae oder auch Kim Hyun-Sik. Wenn ich in dem Augenblick, in dem ihre Stimme erklang, zusammenfuhr, dann so ruhig wurde, wie wenn die dahinfließende Zeit stehenbliebe, konnte ich mir das nur so erklären, daß es Lieder waren, die die Verstorbenen uns hinterlassen hatten.

Vor langer Zeit arbeitete ich als Textschreiberin für ein Programm, in dem man eine Stunde lang unsere Oldies sendete. Am Mikrophon war ein Ansager, der kurz vor seiner Pensionierung stand. Er liebte Ho Bae. Am Dienstagvormittag wurde die Sendung für den Sonntag aufgenommen, und nach der Aufnahme bat der alte Herr mich, die junge Person, sich zu ihm zu setzen und mit ihm etwas zu trinken, obwohl es mitten am Tag war. „Am Samgakji-Rondell regnet es ohne Unterlaß, da steht ein einsamer Mann in Schwermut, seine verlorene Liebe vermissend, seufzend, ganz durchnäßt vom Regen...“, der alte Herr sang *Abkehr vom Samgakji* von Ho Bae. Dann fragte er mich, als ich, ohne einen Schluck zu nehmen, vor meinem Schnaps saß, ob ich wüßte, was für ein Mann Ho Bae gewesen sei, warum sein Lied noch immer in den Herzen vieler Fans lebe. „Er singt gut“, sagte ich, und auf meine zu einfache Antwort sagte er: „Nein, weil seine Stimme nach Tod klingt, weil es ein Lied ist, das er, der wegen einer Nierenentzündung schon halb tot dalag und nur schwer atmen konnte, gesungen hat, ein Lied, das er, nicht stehend, sondern im Sessel sitzend, mehr herausgepreßt als gesungen hat. Der Kerl...“ Vom Schnaps berauscht, nannte er Ho Bae nun einen Kerl. Er fuhr fort: „Weißt du, was der Kerl gesagt hat, als er mit neunundzwanzig starb? Meine lieben Fans, ich danke euch, aber mit mir ist es wohl aus..., sagte er. Der verrückte Kerl! Danke? Wofür? Er hätte wissen müssen, daß gerade die verdammten Gesänge ihn umgebracht haben.“

Einmal fragte ich jemanden: „Wie fühlen Sie sich, wenn Sie ein Lied eines Verstorbenen hören?“
An den winterlichen Ästen der Bäume vor den Fenstern des Cafés, in dem wir saßen, waren die kleinen Lichter angebracht, die an Weihnachten erinnerten. Die Lichter, die in der Dunkelheit an den Zweigen leuchteten, weckten in meinem tiefsten Innern einen Heimkehrinstinkt. Wenn es möglich ist, möchte ich dorthin gehen, woher jeder Mensch kommt... Vielleicht kam meine Frage zu unerwartet, er sah mich mit festem Blick nur an. Ich fuhr fort: „Wenn man etwas liest, das ein Toter geschrieben hat, oder wenn man ein Bild sieht, das ein Verstorbener gemalt hat, fühlt man nichts Besonderes. Aber fühlt man sich

beim Hören eines Liedes von einem Verstorbenen nicht eigenartig?"
Nach dieser nächsten Frage setzte sich mein Gegenüber, der sich gemütlich tief in den Sessel gedrückt hatte, gerade hin und sagte: „Vielleicht, weil es die natürliche Stimme ist, weil sie zu lebendig ist. Nicht nur mit Liedern ist es so. Ich meine, ich hörte einmal einen älteren Bekannten ein Gedicht rezitieren, als er schon tot war, und es war sehr seltsam. Unheimlich wäre das richtige Wort dafür. Die Stimme scheint ein Teil des Körpers zu sein. Es war mir so, als stünde er lebendig direkt vor mir."

Ob Hi-Chae als Teil des Körpers in meiner Erinnerung lebt? Denn wenn ich an sie denke, werde ich schlagartig ruhig, wie wenn ich die Lieder derjenigen höre, die nicht mehr auf dieser Welt weilen.

Am nächsten Tag bei Schulschluß. Da die Kusine nach der Schule immer in meine Klasse kommt, um mit mir nach Hause zu gehen, warte ich auf sie. Aber unerwarteterweise ist nicht die Kusine, sondern Hi-Chae durch das Fenster zum Korridor zu sehen. Das kann aber nicht sein, denke ich und bleibe sitzen. Doch Hi-Chae steht am Fenster zum Korridor und schaut zu mir her. Da ich jedoch einfach sitzen bleibe und sie zerstreut ansehe, kommt sie durch die hintere Tür herein und legt mir ihre Hand auf die Schulter.
„Gehst du nicht nach Hause?"
Gerade wollte ich ihr sagen, daß ich auf die Kusine warte, da klopft diese, die durch den Korridor gerannt ist, ans Fenster. Das bedeutet, daß ich schnell herauskommen soll. Weil ich zu ihr hinsehe, schaut auch Hi-Chae in die gleiche Richtung. Die Kusine merkt wohl etwas Ungewöhnliches, sie kommt ins Klassenzimmer.
„Was machst du denn? Warum kommst du nicht?"
Ich stelle ihr Hi-Chae vor, sie sei diejenige, von der ich gestern erzählt und mit der ich auf der Dachterrasse gespielt hätte.
„Ach ja."
Die Kusine sieht Hi-Chae kurz zerstreut an und fragt dann: „Sie wohnen im Erdgeschoß?" „Ja", sagt Hi-Chae und schaut mich fragend an: „Wer ist das?"
„Sie ist meine Kusine. Wir wohnen zusammen."
Irgendwie verlegen gehen wir über den nächtlichen Schulhof. Die Kusine, die sich sonst bei mir einhängt, geht nun etwas unsicher neben mir. Ich versuche, mich bei ihr einzuhängen, lasse es aber gleich wieder bleiben, weil Hi-Chae sich dann allein fühlen könnte, und gehe ebenfalls etwas unsicher zwischen beiden, hinter der Kusine beziehungsweise vor Hi-Chae.

Die Kusine sitzt lustlos am Fließband. Sie ist über irgendwas verärgert. Auch wenn ich sie frage, antwortet sie nicht. Auch zum Mittagessen geht die Kusine allein ohne mich. Ich laufe ihr einfach nach und stehe in der Kantine an, aber die Kusine, die mir normalerweise das Tablett und die Eßstäbchen reicht, sorgt diesmal nur für sich. Ich versuche, in ihrer Miene zu lesen. Was habe ich falsch gemacht? Ich denke tief nach, werde jedoch nicht klüger. Obwohl ich, da ich sonst auch langsam esse, noch nicht mit dem Essen fertig bin, steht die Kusine schon auf, um allein aus der Kantine zu gehen. Ich lege schnell das Besteck weg und laufe ihr nach. Sie wäscht sich allein an der Waschstelle die Hände. Ich gehe zu ihr und remple sie fragend ein bißchen an, will wissen, was mit ihr los sei. Sie ignoriert mich jedoch.

Nachmittags ignoriert die Kusine mich noch immer. Mit fest zusammenge-preßten Lippen zieht sie lediglich die Preßluftpistole herunter und schraubt Teile zusammen. Nun werde auch ich böse auf sie und sehe sie nicht mehr an. Mir ist irgendwie nicht gut, dazu ist mein Kopf ganz benommen. Um fünf Uhr nachmittags geht die Kusine allein aus der Fertigungshalle zum Ankleideraum. Nachdem ich ihr den ganzen Tag nachgelaufen bin, gebe ich nun auf, verlasse später allein die Fertigungshalle, wasche mir an der Waschstelle die Hände und gehe in den Ankleideraum. Als ich hineingehe, kommt gerade die Kusine in ihrer Schuluniform heraus. Sie wendet ihr Gesicht ab, das deutlich ihre schlech-te Laune ausdrückt, und auch ich wende ihr nun den Rücken zu. Ich gehe an der Kusine, die in der Kantine beim Essen sitzt, vorbei und die Treppen herun-ter. Erst da ruft sie mir nach.

„Willst du denn nichts essen?"

Dies sind heute ihre ersten Worte an mich. „Stumm bist du also nicht gewor-den", schreie ich laut und werfe die Schultasche auf den Boden der Kantine.

„Was hast du nur gegen mich? Was hab ich dir denn getan?"

Vor Ärger darüber, den ganzen Tag von ihr ignoriert worden zu sein, schwim-me ich nun in Tränen.

„Pfui, hör doch auf mit dem Heulen, die Leute könnten es ja sehen."

„Sag, was hast du denn gegen mich?"

Die Schülerinnen, die zum Essen kommen, mustern uns neugierig, wollen wis-sen, was mit uns los ist. „Hör doch auf, wir wollen uns nicht blamieren", sagt die Kusine, die auf mich zugeht, um den Arm um mich zu legen. Aber ich reiße mich von ihr los.

„Sag sofort, was du gegen mich hast!"

„Warum nennst du die Frau 'Ältere Schwester'?"

„Die Frau?"

„Hi-Chae oder wie immer sie heißen mag. Wo du mich doch auch nicht 'Ältere Schwester' nennst. Warum läufst du dieser Frau nach, die du kaum kennst, und nennst sie wiederholt 'Ältere Schwester'?"

„Deswegen hast du den ganzen Tag nicht mit mir gesprochen?"

Das kommt ihr wohl selbst etwas übertrieben vor, sie lächelt unbeholfen.

Im Schulbus gesteht die Kusine stammelnd, was bei ihr sonst nicht vorkommt:

„Ich mag nicht, daß du mit ihr so vertraulich umgehst."

„…"

„Ich mag nicht, daß du mit ihr lachst und Hand in Hand, Arm in Arm gehst."

„Und du redest deswegen den ganzen Tag kein Wort mit mir?"

„Was soll ich sonst tun, wo ich mich doch zu Tode ärgere?"

„Den ganzen Tag lang hab ich gedacht, ich werde verrückt vor lauter Kummer."

„Willst du nun weiter so mit ihr verkehren?"

„Was hab ich denn gemacht?"

„Daß du sie 'Ältere Schwester' nennst und so."

„Dann nenne ich dich auch 'Ältere Schwester', ja?"

Die Kusine lächelt etwas verlegen. Vielleicht hat sie den Streit vergessen oder sich ihres Verhaltens geschämt, jedenfalls grüßt sie Hi-Chae, die nach der Schule vor ihr in mein Klassenzimmer gekommen ist, zuerst. Meine Kusine spricht mehr als ich mit Hi-Chae und geht auch dichter als ich neben ihr.

Seitdem nenne ich die Kusine 'Ältere Schwester'. Egal, wann und wo, ich schmeiße damit nur so um mich: 'Ältere Schwester, Ältere Schwester.'

Heute habe ich einen Brief bekommen. Genau genommen habe ich ihn nicht bekommen, sondern gefunden. An der Haustür hängt noch die Tasche, die der Milchmann für meine Vormieter aufgehängt hatte. Auf dem Weg zum Einkaufen schloß ich nachmittags die Tür ab und steckte den Schlüssel in meine Tasche, aber dann dachte ich, er könnte verloren gehen und steckte ihn eben in die Milchtasche an der Tür. Auf der Treppe sah ich zurück, vielleicht ging ich mit dem Schlüssel zu unvorsichtig um, und überlegte mir kurz, ob ich ihn nicht doch mitnehmen sollte. Aber ich ging schließlich ohne ihn, ich würde ja in einer halben Stunde, spätestens in einer Stunde zurückkommen.

Als ich zurückkam und die Hand in die Milchtasche schob, um den Schlüssel zu holen, hielt ich nicht nur den Schlüssel, sondern auch einen Briefumschlag in der Hand. Es war ein Eilbrief mit den 840 Won-Briefmarken. Wahrscheinlich war der Briefträger während meiner Abwesenheit gekommen, und da niemand öffnete, als er klingelte, hatte er wohl den Brief in die Milchtasche gesteckt. Er weiß ja, daß ich hier wohne. Der Absender hatte den Brief per Eilpost geschickt, aber wenn ich den Schlüssel nicht in die Tasche gesteckt hätte, hätte ich wohl nicht so schnell herausgefunden, daß sich ein Brief darin befand. Wer hat mir denn etwas per Eilpost mitzuteilen? Der Absender lautete Han Kyong-Sin, Lehrerin der Yongdungpo-Mädchenoberschule, Shinkil-Dong, Yongdungpo-Gu, Seoul.

Sehr geehrte Frau Sin,
ich bin Lehrerin an der Yongdungpo-Mädchenoberschule und unterrichte die Abendschülerinnen, die in der Industrie arbeiten. Ich habe vor einigen Tagen in der Zeitung einen Artikel über Sie gelesen, was mich zu diesem Brief veranlaßt hat.
Ich möchte Sie bitten, zu überlegen, ob Sie als Schriftstellerin und ehemalige Absolventin unserer Schule vielleicht zu einem Treffen mit meinen Schülerinnen kommen wollen. Nach der Lektüre des Artikels dachte ich zwar auch, daß Sie womöglich noch nicht dazu bereit sind. Aber zugleich dachte ich, Sie könnten vielleicht gar nicht wissen, daß die Abendschule noch besteht, und es würde Ihnen dann eventuell Freude machen, meinen Wunsch zu erfüllen.
Ich habe meinen Schülerinnen erzählt, daß Sie eine ehemalige Absolventin unserer Schule sind. Alle haben daraufhin großes Interesse gezeigt und wollen Ihren demnächst erscheinenden autobiographischen Roman lesen. Meine Schülerinnen sind durch die Schule mit Ihnen verbunden und zugleich eifrige Leserinnen Ihrer Bücher. Wenn Sie kämen, wären auch meine Kollegen und ich als Ihre Leser nicht weniger begeistert als die Schülerinnen.
Ich selbst hatte im Februar dieses Jahres einen Beitrag über die Abschlußfeier unserer Schülerinnen für die Tageszeitung Joong-Ang geschrieben. Den Artikel habe ich meinen Schülerinnen vorgelesen, denen er allem Anschein nach gut gefallen hat. Vor kurzem fragte mich eine Schülerin: „Frau Lehrerin, schreiben Sie nun nichts mehr für die Zeitung? Es wäre doch schön, wenn Sie etwas über uns schreiben würden."

Ich blieb eine Weile stehen, als sei ich von jemandem überfallen worden. Daß die Sonderklasse für Industriearbeiterinnen immer noch besteht... Das wußte ich nicht. Seitdem ich von dort weggegangen bin, hatte ich die Gegend nie wieder betreten. Vielleicht wollte ich unbewußt jene Zeit und jenen Ort hinter mir lassen, so gut ich konnte, wollte den Geruch des Industriekomplexes gründlich von mir abschütteln.

Und nun plötzlich, in der Mitte der neunziger Jahre, dieses Geräusch des rollenden Fließbands, das mir wieder in den Ohren schallt.

Es gibt eine Schülerin, die Hegel liest. Sie heißt Mi-Seo, ist Klassensprecherin und sitzt rechts neben mir. Morgens im Klassenzimmer schlägt sie Hegel auf, und auch in der Pause holt sie Hegel aus dem Fach unter dem Tisch heraus, in dem sie das Buch aufbewahrt. Als sie einmal ins Lehrerzimmer gegangen ist, schlage ich die Seite auf, die sie gerade gelesen hat. Ich lese die Stelle, die sie mit Bleistift unterstrichen hat. Ich verstehe die Zeilen nicht und lese sie noch einmal. Dennoch kann ich sie nicht begreifen. Mi-Seo, die vom Lehrerzimmer zurückkommt, reißt mir wütend den Hegel aus der Hand und steckt das Buch in ihr Fach unter dem Tisch.

„Das ist mein Buch."

Ich starre sie verblüfft an. Warum ärgert sie sich so, schließlich habe ich das Buch doch nicht mitgenommen, sondern bloß kurz hineingeschaut. Kurz vor Schulschluß frage ich Mi-Seo: „Du, sag mal, verstehst du alles, was in dem Buch von vorhin steht?"

„Warum fragst du das?"

„Es scheint mir schwer verständlich."

„Ich versteh es auch kaum."

„...?"

„Was guckst du mich so an?"

„Wie kannst du dann so fleißig darin lesen, wenn du es kaum verstehst?"

Mi-Seo zieht den Hegel aus dem Fach und steckt ihn in ihre Schultasche.

„Das laß nur meine Sorge sein."

Mi-Seo tut so, als fände sie mich komisch, nimmt ihre Tasche und verläßt schnell das Zimmer.

Später, als Mi-Seo mit mir vertrauter ist, erzählt sie mir von Hegel: „Wenn ich in diesem Buch lese, kommt es mir vor, als ob ich anders sei als ihr; ich mag euch nicht."

In den neunziger Jahren. Ob es heute noch in diesem Klassenzimmer jemanden gibt, der Hegel liest?

Wir haben Musikunterricht. Als wir bei Sonnenuntergang in die Schule kommen, putzt der Musiklehrer gerade sein Auto. Schon aus der Ferne blitzt es in der untergehenden Sonne. Es scheint sein Traum gewesen zu sein, Sänger zu werden. Als jemand ihm sagt, seine Stimme habe viel Ähnlichkeit mit der von Um Chung-Haeng, lacht er erfreut. 'In glor- und traditionsreicher Kultur und mit dem Blick auf die ruhige, blaue Wasserader des Han-Flusses...' Nach diesem Lied unserer Schule läßt er uns *Heimweh* singen: „Wenn im blühenden Frühling der April wiederkehrt, ist es mir so, als warte meine süße Liebste an der Biegung eines Pfads hinter dem grünen Berg auf mich…" Da die Prüfung für den Musikunterricht darin besteht, bei Klavierbegleitung des Lehrers *Heimweh* vorzusingen, findet der Singsang der Schülerinnenschar kein Ende, während sie vom Musikraum zum Klassenzimmer zurückgeht. 'Wo ist meine alte Heimat, in der die blühenden Azaleen wie in jedem Frühjahr den Berg bedecken und der Eulenruf aus der Ferne kein Ende nimmt? Wo bleibt meine Liebe…?' Der Musikraum ist im Erdgeschoß des Nebengebäudes, zu dem man am Hauptgebäude vorbeigeht. In diesem lernen die Drittkläßlerinnen aus der Tagesschule, die sich zusätzlich abends auf die Aufnahmeprüfung an der Universität vorbereiten. Und wir müssen an den Fliederbüschen vor dem Hauptgebäude vorbeigehen, um zu unserem Klassenzimmer zu gelangen. 'Oh meine Liebe, die du in meinem Herzen lebst, sag mir, daß du mich liebst. Da es dich gibt, gibt es auch den Frühling…' Aber plötzlich öffnet sich knarrend das Fenster des Klassenzimmers im Hauptgebäude, und die Schülerinnen aus der Tagesschule schreien empört: „He, ihr da, seid endlich ruhig!"

Eine von den Sängerinnen schreit zurück: „Wer soll denn hier laut gewesen sein?"

„Wir lernen hier."

„Und wer hindert euch daran?"

„Wenn ihr so einen Krach macht, können wir uns nicht konzentrieren. Also, geht gefälligst ruhig vorbei!"

„Man wird doch noch singen dürfen, oder?"

„Ihr seid das Letzte!"

Schlagartig wird alles still. Mit den Worten 'ihr seid das Letzte' endet abrupt das Wortgefecht, bei dem keine Seite zurückstehen wollte. Auch der Singsang, der noch leise anhielt, verstummt. Sollten sie bei ihren Worten selbst erschrocken sein? Als die einen in Schweigen verharren, schließen die andern still das Fenster. Zwischen beiden Parteien stehen nur die Fliederbüsche. Nachdem alle draußen zunächst betroffen dagestanden haben, geht endlich jemand ins Klassenzimmer. Die anderen folgen leise, streifen die Fliederbüsche. Fast lautlos gehen ihre Füße an diesem Fenster vorbei, Füße, die den ganzen Tag in den Fabriken umhergegangen sind.

Seitdem singen wir nicht mehr, wenn wir den Musikraum verlassen. Das Lied habe ich daher bis heute klar in Erinnerung: 'Wenn im blühenden Frühling der April wiederkehrt, ist es mir so, als warte meine süße Liebste…'

Eines Nachts mache ich die Tür zum Dachboden auf und erschrecke dabei fürchterlich. Denn von innen fällt etwas auf meinen Fuß, und es ist ganz schwarz.

Da ich vor Schreck laut schreie, schaut mich der älteste Bruder an. Das heruntergefallene Ding ist eine Perücke.

„Was stellst du dich so an?"

Der Bruder hebt die Perücke auf und hängt sie an die Innenseite der Dachbodentür. Er hatte einen Nagel hineingeschlagen, um sie aufzuhängen, und als ich die Tür zu jäh öffnete, ist sie wahrscheinlich heruntergefallen.

„Was ist das, Älterer Bruder?"

Er antwortet jedoch nicht. Meine wiederholte Frage wird vom Getöse der vorbeibrausenden Bahn verschluckt. Als wir uns zum Schlafen hinlegen, obwohl der dritte Bruder noch nicht heimgekommen ist, sagt der älteste: „Ab morgen früh gebe ich in der Anyang-Nachhilfeschule Schülern Unterricht."

„…"

„Ich muß schon um sechs Uhr dort sein, aber ihr braucht deswegen nicht auch aufzustehen."

„…"

„Nach dem Unterricht komm ich heim, um mich umzuziehen, und dann fahre ich zum Dienst. Also, macht mir bis dann bitte mein Lunchpaket fertig."

Die Kusine fragt: „In welchem Fach gibst du Unterricht?"

„Englisch."

Bei Tagesanbruch werde ich dadurch wach, daß der Bruder vorsichtig Licht macht. Er sieht mich und bedeutet mir mit den Augen: Schlaf weiter. Wenn ich auch aufstehe, wird es in dem engen Zimmer nur unruhig. Daher schließe ich die Augen wieder, tue so, als ob ich schlafen würde, verfolge aber dann unter den nur halbgeschlossenen Lidern die Bewegungen des Bruders. Er macht leise die Tür zum Dachboden auf und versucht vor dem Spiegel, der auf der Fensterseite zur Bahnstation hängt, die schwarze Perücke auf seinen kahlen Kopf zu setzen. Irgend etwas scheint nicht in Ordnung zu sein; er nimmt die Perücke wieder ab, um sie sich dann nochmals aufzusetzen. Er schiebt sie mehrmals hin und her. Als er sich umdreht, um seine Tasche vom Schreibtisch zu nehmen, sehe ich sein Gesicht mit der Perücke und muß unwillkürlich kichern. Die Perücke, die in der Mitte einen Scheitel hat, sieht so unecht aus, daß jeder sie sofort als Perücke erkennen kann.

„Seh ich komisch aus?"

Der Bruder streicht die Haare an der Stirn nach hinten. Aber da es eine Perücke ist, bei der die Haare an der Stirn so geknüpft wurden, daß sie nach vorne fallen, fallen sie, auch wenn der Bruder sie zurückkämmt, sofort wieder nach vorne. Er betrachtet sich erneut im Spiegel und fragt mich, die ich unter der Decke liege: „Ist es zu komisch?"

„Du siehst so fremd aus."

„Fremd?"
Er wird vor dem Spiegel ernst.
„Wie fremd?"
„…"
„Sehe ich aus wie ein Student der Seoul-Universität?"
Ich kichere unter der Decke.
„Ich hab mich nämlich als Student dieser Universität ausgegeben. Wenn ich mich als Angehöriger der Schutztruppe vorgestellt hätte, würde bestimmt kein Schüler in meinen Unterricht kommen."
Der älteste Bruder bemüht sich beim Ausschalten des Lichts, nicht auf den Fuß des dritten Bruders zu treten, der erst nach Hause gekommen ist, nachdem wir schon eingeschlafen waren, und der, das Gesicht zur Wand, fest schläft.
„Schlaf noch etwas."
Durch den Spalt der Tür, die der Bruder öffnet, sehe ich die Dunkelheit draußen. Der Bruder zieht die Schuhe an, die er im Dunkeln vom Wandbrett geholt hat und geht mit dumpf klingenden Schritten die Treppen hinunter.

Das Knarren der hölzernen Toilettentür, die der Bruder am Ende der Treppe aufmacht. Das Ächzen der Haustür, die er nach dem Toilettengang aufschiebt. Das Geräusch seiner eiligen Schritte zur Bahnstation.

Fünf Uhr morgens. Der Bruder in der Bahn hat nicht gefrühstückt. Der leere Wagen bei Tagesanbruch hat Ähnlichkeit mit seinem leeren Magen. Nach dem Unterricht kommt er genau den gleichen Weg zurück, den er frühmorgens gegangen ist, er nimmt seine Perücke ab, hängt sie an die Innenseite der Dachbodentür, hängt seinen Anzug in den Plastikkleiderschrank, gibt Reis in die Chinakohlsuppe, die auf dem kleinen niedrigen Eßtisch in dem nun leeren Zimmer steht, nimmt nach dem Frühstück seine Lunchdose und fährt zu seinem Schutztruppendienst im Dong-Haus. Eines Tages erzählt er strahlend, er werde auch für den Abendunterricht eingesetzt. Nun ist er der reinste Verkleidungskünstler. Bei Tagesanbruch geht er mit Perücke und im Anzug zur Nachhilfeschule, kommt nach dem Unterricht heim, geht nach dem Frühstück in der Uniform der Schutztruppe und mit der Essensdose in der Tasche wieder aus dem Haus und kehrt erneut zurück, um in Anzug und Perücke wieder zur Nachhilfeschule zu fahren.

Tief aus dem schlammigen Chaos in meinem Inneren ruft mir eine blasse Stimme zu: Was willst du bloß? Was willst du denn mit dieser Aufzählung einander so ähnlicher Einzelheiten? Bitte versuch nicht, alles chronologisch schön

117

der Reihe nach zu resümieren. Das wird nur immer unnatürlicher. Du verwechselst doch nicht das Leben mit einem Film? Du glaubst doch nicht, daß das Leben aus einer geradlinig ablaufenden Handlung besteht, oder?

„Nach dem Tod des Vaters...", sagte ein Bekannter von mir. „Es war an der Waschstelle, wo ich mir die Zähne putzte. Gewöhnlich hatte sich der Vater beim Zähneputzen geräuspert, und nach seinem Tod räusperte ich mich beim Zähneputzen. In diesem Moment unterbrach ich das Putzen. Ich kam nicht darauf, daß es mein Räuspern gewesen war, und suchte nach dem Vater. Erst nach einer Weile sagte ich mir, ach, nein, der Vater ist doch nicht mehr da. Und dann putzte ich mir weiter die Zähne, wobei mir seltsam zumute war. Es war ja auch ein Moment, in dem mir seine Abwesenheit zum ersten Mal richtig bewußt wurde. Die Empfindung der Abwesenheit eines Menschen entsteht vermutlich in einem solchen unerwarteten Augenblick. Vor allem, wenn der Tod die Ursache der Abwesenheit ist, kommt einem dieses Gefühl zuerst ganz unwirklich vor. Erst im Alltag erkennt man allmählich, daß jemand nicht mehr da ist, daß man ihn nie wieder sehen kann. Es wird einem etwa bewußt durch den Stuhl, auf dem er zu Lebzeiten gern gesessen hat, der aber nun leer dasteht, oder durch die Stelle, an die man die Seife legt und die Art, wie man Socken anzieht, und dergleichen. Solche Sachen werden aus der Geschichtsschreibung ausgeschlossen, auch aus der Chronik."

Der dritte Bruder magert immer mehr ab. Heimlich habe ich ihm 3000 Won in die Tasche gesteckt, aber nun sagt die Kusine, wir hätten keine Briketts mehr. „Was sollen wir machen, wo wir doch kein Geld mehr haben?"
Ich hole aus der Tasche des dritten Bruders die 3000 Won wieder heraus und gebe sie der Kusine.

Er wird immer magerer. Als ich die Essensdose aus seiner Tasche hole, fallen Flugblätter heraus: 'Nieder mit der Diktatur, weg mit der Yushin!' Er kommt spätabends zurück, zieht wortlos seine vom Tränengasgeruch durchtränkten Kleider aus und schläft neben dem ältesten Bruder ein. Er spricht kaum ein Wort. An einem Tag, an dem wir nicht auf den Markt zu gehen brauchen, steigen wir aus dem Bus und gehen durch die Allee zwischen den Fabriken. Da ruft die Kusine plötzlich: „Das ist doch der dritte Bruder!" Auf der Bank unter einem Straßenbaum schläft der dritte Bruder, seine Tasche unterm Kopf. Wir rütteln ihn wach.
„Bruder, warum schläfst du hier?"
„Ich wollte mich bloß kurz hinlegen, muß aber eingenickt sein."

Ganz verschlafen erhebt er sich.

Einige Tage danach will ich morgens seine Essensdose füllen, finde sie aber nicht.

„Bruder, gibt mir deine Essensdose!"

Aber er gibt sie mir nicht. Ich öffne die Zimmertür und verlange sie noch einmal.

„Ich hab sie verloren."

„Verloren?"

„Als ich gestern auf der Bank schlief, hat mir irgend jemand die Tasche geklaut."

„Siehst du? Warum schläfst du dort ein, wo wir doch hier ein Zimmer haben?"

Der Bruder lächelt peinlich berührt: „Das Zimmer ist doch so eng, ich dachte, wenn ich schon vor euch zu Hause bin, stört euch das beim Umziehen oder Waschen."

Der älteste Bruder bringt eine Frau, die wie eine Puppe aussieht, ins abgelegene Zimmer mit.

„Das ist meine jüngere Schwester und das meine Kusine."

Die Frau mit dem puppenhaften Gesicht heißt Mi-Yong. Sie hat große Augen, lange Wimpern, einen zierlichen Körper und einen schlanken Hals, den eine Goldkette schmückt. Ihre Finger sind sehr zart, sie trägt Schuhe mit hohen Absätzen und einen kurzen Rock. Wortlos sitzt sie im Zimmer und geht dann fort.

„Wer war das, Bruder?"

„…"

„Deine Geliebte?"

„…"

„Warum hast du sie hierher gebracht?"

„Gefällt sie dir nicht?"

„Auf mich kommt es doch nicht an."

„Und auf wen dann?"

„Du hättest sie nur draußen treffen sollen. Es ist dumm von dir, sie hierher zu bringen. Wenn ich deine Geliebte wäre, würde ich dir weglaufen."

„Und warum?"

„Weiß ich nicht. Irgendwie glaub ich das."

Der Bruder sagt lachend: „Du Angeberin!" Obwohl er mir versichert, er könne ihr vertrauen, fürchte ich, daß sie ihn eines Tages traurig machen könnte.

Als ich eines Abends in die Schule komme, paßt mich eine Schülerin aus der Tagesschule ab.

„Hast du vielleicht meinen Turnanzug aus diesem Schließfach genommen?"
Ich schüttle den Kopf.
„Wo ist dann mein Turnanzug?"
Nummer sechsundfünfzig. Die Schülerin und ich benutzen denselben Tisch und dasselbe Schließfach. Sie knallt das Schließfach zu, reißt ihre Tasche an sich und geht mit donnernden Schritten aus dem Klassenzimmer.
„Wenn ich nur schon in der zweiten Klasse wäre!"
In der zweiten Klasse braucht das Mädchen nicht mehr mit uns das Klassenzimmer zu teilen. Es wird dann ins Hauptgebäude umziehen. Wir, die wir wenige Klassen haben, werden nicht ins Hauptgebäude ziehen, selbst in der dritten Klasse nicht. Das Mädchen kommt zurück und faucht mich giftig an: „Ich will, daß du die Finger vom Schließfach läßt."
Nachdem sie weggegangen ist, stelle ich mich vor den Spiegel. Darin schauen mich meine Augen verblüfft an. Mi-Seo kommt hinzu und fragt, was los sei.
„Sie hat anscheinend ihren Turnanzug verloren."
„Meint sie, daß du ihn genommen hast?"
„…"
„Warum stehst du nur so rum, wenn sie dir doch unrecht tut?"
„Du, ich stehe nicht nur rum. Ich bin im Moment furchtbar verärgert."
Auf meine barsche Antwort nimmt Mi-Seo, die in einer pharmazeutischen Firma arbeitet, wieder ihren Hegel aus dem Fach und liest darin.

Allmählich habe ich die Schule satt. Ich mag weder mit dem Rechenbrett rechnen, noch Buchhaltung lernen. Ich sage der Kusine, ich würde nicht mehr zur Schule gehen.
„Wie meinst du das?"
„Ich mag nicht mehr in die Schule gehen."
„Ausgerechnet du?"
Die Kusine lacht ungläubig.
„Ab heute gehe ich nicht mehr. Geh du nur allein, Ältere Schwester!"
Die Kusine, die das für einen Scherz hält, zieht mich am Arm, als ich mich um fünf Uhr nicht zur Bushaltestelle, sondern zum Industriekomplex in Richtung unseres abgelegenen Zimmers wende.
„Was hast du?"
„…"
„Willst du etwa wirklich nicht in die Schule?"
Ich nicke.
„Jetzt reicht's aber, Spaß beiseite! Los, komm, beeilen wir uns, sonst kommen wir zu spät."

„Ich mein es ernst. Ich geh nicht."

„Willst du Ärger mit deinem Bruder kriegen?"

„Woher soll er es wissen, wenn du ihm nichts sagst?"

„Was hast du bloß auf einmal?"

„Ich mag das alles nicht mehr."

„Was magst du denn nicht?"

„Ich mag nicht mit dem Rechenbrett rechnen, und auch die Buchhaltung mag ich nicht. Nichts mag ich. Geh du nur in die Schule. Ich werde einkaufen und auch putzen und so."

„Und was dann, wenn der Bruder früher zurückkommt?"

Nachdem ich mich von der Kusine getrennt habe, gehe ich langsam durch den Industriekomplex in das abgelegene Zimmer zurück. Alles deutet darauf hin, daß der Bruder vor kurzem seine Schutztruppenuniform ausgezogen und mit Perücke und Anzug das Zimmer verlassen hat. Ich hänge seine Uniform an einen Nagel und vertreibe mir die Zeit mit Nichtstun. Da es mir irgendwie unwahrscheinlich vorkommt, daß ich in dem sonst immer so engen Zimmer allein bin, sitze ich zuerst mal herum, stehe dann auf und lege mich wieder hin. Auf dem Bauch liegend lese ich ein paar Seiten in *Das Kreuz von Saphan*, das mir Chang geschenkt hat, und drehe mich auf den Rücken, um dann, wieder auf dem Bauch liegend, Chang einen Brief zu schreiben: 'Ich kann das alles nicht mehr ertragen. Ich bin nicht in die Schule gegangen, um mit dem Rechenbrett zu rechnen, und nicht, um auf der Schreibmaschine zu tippen. Ich wollte Bücher lesen und etwas schreiben. Dazu muß ich in die Schule, dachte ich. Aber mir scheint nun, diese Schule sei dafür nicht der richtige Ort.' Ich öffne das Fenster und schaue hinaus zur Bahnstation. Immer, wenn die Bahn hält, tauchen plötzlich die Köpfe vieler Menschen auf, um im Nu wieder zu verschwinden. Ich gehe in die Küche, hole Schnaps aus dem untersten Fach des Küchentisches und trinke etwas davon. Dann komme ich zurück und schreibe den Brief weiter: '...Die Menschen sind alle so schrecklich.'

Ich hocke an der Bahnstation und warte auf den ältesten Bruder. Als die Zeiger beinahe auf zwölf Uhr stehen, sehe ich ihn herauskommen.

„Älterer Bruder!"

Seine Augen, die vor Müdigkeit tief eingesunken sind, werden groß. Wenn ich ihn so mit der Perücke auf der Straße sehe, kommt er mir ganz fremd vor. Ich kann nicht umhin zu kichern, so als begegnete ich einfach einem ulkig aussehenden Mann. Auch der Bruder scheint sich komisch zu finden, jedenfalls nimmt er in der Gasse seine Perücke ab und trägt sie in der Hand.

„Warum bist du hierher gekommen?"

„…“
„Na?“
„Aus Langeweile.“
„Langeweile? Kannst du dir so was leisten?“
Plötzlich lacht der älteste Bruder, der vor mir hergeht, bitter auf.

Am nächsten Tag kommt Hi-Chae nach der Schule zu mir in den zweiten Stock. Sie war wohl noch nicht in ihrem Zimmer, denn sie hat noch die Schultasche in der Hand. In der anderen Hand hält sie eine weiße, prall gefüllte Tüte. Sie fragt mich nicht, warum ich nicht in der Schule war. Sie stellt die Tüte auf den Zimmerboden, lächelt mich lediglich vage an und geht wieder. Der leicht klingende Schritt Hi-Chaes, die in das Erdgeschoß hinuntergeht. Ich öffne die Tüte und finde darin noch warme, weiche Waffeln.

Es ist etwa eine Woche her, seitdem ich nicht mehr zur Schule gehe. Die Kusine, die aus der Schule heimkommt, öffnet die Tür und ruft mich vorsichtig.
„Dein Klassenlehrer ist gekommen.“
Ich mache ein dummes Gesicht.
„Ich hab ihn mitgebracht, weil er dich zu Hause besuchen wollte.“
Ich habe Angst, daß sich der älteste Bruder und der Lehrer begegnen könnten, aber der Lehrer läßt sich Zeit, um sich im Zimmer umzusehen. Dann fordert er mich auf, mit ihm zur Bushaltestelle zu gehen. Ich ziehe Socken und Jacke an und folge ihm.
Unterwegs in der Gasse klopft er mir auf die Schulter.
„Na, was ist los?“
„…“
„Du scheinst Bücher zu lesen, und es macht dir wohl auch Spaß zu lernen, aber warum kommst du auf einmal nicht mehr in die Schule?“
„…“
„Sollte ich mich getäuscht haben?“
„…“
„Nach der Schulordnung muß ich die Firma darüber informieren, wenn du nicht mehr zur Schule kommst.“
Das müßte er wohl. Und auch umgekehrt, wenn ich in der Firma kündige, wird sie die Schule darüber informieren müssen. Nur wer in einer Firma arbeitet, darf die Abendschule besuchen. Wenn ich nicht in die Schule gehe, werde ich wohl das Fließband um fünf Uhr nicht verlassen dürfen. An der Bushaltestelle sagt der Lehrer, ich solle morgen unbedingt in die Schule kommen.
„Laß uns dann dort miteinander sprechen.“

Der Lehrer, der im Bus sitzt, winkt mir mit der rechten Hand. Hinter seiner Hand stehen die unterschiedlich hohen Schornsteine der Fabriken. Es kommt mir vor, als hätte ich zum erstenmal, seit ich in der Fabrik arbeite, einen Menschen getroffen. An der Stelle, wo der Bus abgefahren ist, stehe ich unbeholfen herum. Ich streiche mir selbst über die Schulter, auf der die streichelnde Hand des Lehrers ihre Spur zurückgelassen hat.

Der Lehrer, der mich am nächsten Tag ins Lehrerzimmer bestellt, fordert mich auf, über mein Verhalten nachzudenken und das Ergebnis aufzuschreiben.

„Schreib alles, was du sagen möchtest, und bring es mir in drei Tagen."

Dazu kaufe ich mir in der Schreibwarenhandlung vor der Schule ein Heft. Und so, wie ich einmal dem Vorsitzenden der Gewerkschaftszweigstelle zu schreiben versuchte, warum die Kusine und ich in die Schule gehen wollten, versuche ich nun, dem Lehrer zu schreiben, warum ich nicht mehr in die Schule will. Irgendwann öffnen sich die Schleusen der Worte an meinem Herzen. Ich schreibe, daß weder mein Leben in der Stadt noch mein Schulleben, nach dem ich mich gesehnt habe, so seien, wie ich es mir vorgestellt habe. Ich wolle nicht mit dem Rechenbrett rechnen und auch keine Buchhaltung lernen, sondern mein ganzes Herz sei erfüllt von dem Wunsch, zu meinem jüngeren Bruder zurückzukehren und bei ihm zu bleiben. Ich schrieb ungefähr ein Drittel des Hefts voll.

Der Lehrer, der alles gelesen hat, sagt: „Wie wär's, wenn du es mal mit einem Roman versuchen würdest?"

Das Wort ‘Roman’, das er benutzte, hörte ich damals zum ersten Mal: Ich sollte es mit einem Roman versuchen.

Er fährt fort: „Wenn du nicht mit dem Rechenbrett rechnen magst, dann brauchst du das auch nicht zu tun. Komm nur in die Schule. Ich werde auch den anderen Lehrern Bescheid sagen. Was immer du tust, tu nur das, was du tun magst. Aber du darfst nicht in der Schule fehlen."

Er gibt mir ein Buch.

„Das ist der Roman, den ich in der letzten Zeit am liebsten gelesen habe."

Auf dem Deckel steht: *Der Zwerg* von Cho Se-Hui. Ich gehe ins Klassenzimmer zurück und schlage das Buch auf. ‘1.Kapitel: Möbiusringe. Der Mathematiklehrer kam ins Klassenzimmer. Die Schüler sahen, daß er kein Buch in der Hand hatte. Sie vertrauten ihm. Er war der einzige Lehrer, dem sie vertrauten.’

Herr Choi Hong-Ih... Seitdem gehe ich zur Schule, um ihn zu sehen. Die unerfüllte Sehnsucht, die durch den Weggang von der Heimat in meinem Herz verschlossen blieb, richtete sich auf Herrn Choi Hong-Ih. Ich trage immer *Der*

Zwerg bei mir. Überall lese ich *Der Zwerg*. Ich kann es fast auswendig. Hi-Chae fragt, was für ein Buch das sei.

„Ein Roman.“

„Ein Roman?“ wiederholt sie, interessiert sich aber dafür nicht weiter, sondern läßt den Kopf hängen. Herr Choi Hong-Ih erfüllt mein Herz. Tatsächlich geht der Rechenlehrer einfach an mir vorbei, auch wenn ich nicht mit dem Rechenbrett rechne. Auch wenn ich im Heft für die Buchhaltung keine Bilanz aufstelle, tadelt mich der Lehrer für Buchführung nicht.

Während die anderen mit dem Rechenbrett rechnen, schreibe ich auf der Rückseite der Blätter des Koreanischheftes *Der Zwerg* ab: '...Die Leute nannten den Vater einen Zwerg. Damit hatten sie recht. Der Vater war ein Zwerg. Unglücklicherweise hatten die Leute nur mit ihrer Bezeichnung des Vaters recht. Mit allem anderen hatten sie nicht recht. Ich kann jederzeit bestätigen, daß sie sonst in nichts recht hatten. Dafür würde ich alles, was meiner Familie, meinem Vater und meiner Mutter, was Yong-Ho und Yong-Hi und auch mir gehört, aufs Spiel setzen - alles, auch unser Leben.'

...Nun schreibe ich auch am Fließband *Der Zwerg* ab. 'Die Menschen im Himmelreich brauchten nicht an die Hölle zu denken. Aber wir fünf Familienmitglieder lebten in der Hölle und dachten an das Himmelreich. Es hat keinen Tag gegeben, an dem wir nicht an das Himmelreich dachten, weil wir des Lebens, das wir Tag für Tag führten, überdrüssig waren. Unser Leben glich einem Krieg. Und wir haben in diesem Krieg immer verloren. Dennoch hat die Mutter alles erduldet.'

Wenn er anstatt 'Roman' 'Gedicht' gesagt hätte, als er meinte, ich solle es mit einem Roman versuchen, hätte ich davon geträumt, Dichterin zu werden. Ja, so war es. Ich brauchte den Traum, um in die Schule zu gehen, um die Perücke des ältesten Bruders gelassen zu kämmen, um den Rauch der Fabrikschornsteine zu ertragen, um zu leben.

So kam gewissermaßen das Romanschreiben zu mir.

Bis in den halben Dezember hinein trug ich den Brief von Frau Han Kyong-Sin in der Tasche. Manchmal zog ich ihn heraus und las die Stelle, an der es hieß 'Sie können mich zwischen halb sechs Uhr nachmittags und neun Uhr abends telefonisch unter der Nummer 842-4596 erreichen.' Nach wiederholtem Lesen und Wegstecken des Briefs konnte ich schließlich die Telefonnummer auswendig, ohne mir dessen bewußt zu sein. Aber ich kam nicht zu einem Anruf. Die Zeit verflog, und der von Frau Han Kyong-Sin genannte Termin, zwischen Anfang und Mitte Dezember, verstrich. Als ich annahm, daß in der Schule nun Ferien sein müßten, nahm ich den Brief aus der Tasche und schob ihn in die Schublade, wobei ich überlegte, wie viele Jahre seit meinem Schulabgang verflossen waren. Es waren dreizehn Jahre. Ich dachte, daß ich die Ereignisse von damals nun objektiver sehen könnte. Als ich mich für das Schreiben entschloß, glaubte ich, ich hätte jene Zeit endgültig hinter mir gelassen. Deswegen wollte ich versuchen, möglichst genau über sie zu schreiben, meine Sprache wiederzufinden, indem ich die Erinnerungen an jene Zeit rekonstruierte und meine Fußspuren, die hinter der verschlossenen Tür meines Lebens verschwunden waren, aufspürte.

Aber die Wunde war wohl doch noch nicht verheilt. Es scheint mir, daß ich nichts überwunden hatte. Bevor die Wunde endgültig vernarbt ist, scheint mich ein Verlangen überkommen zu haben. Das Verlangen danach, etwas über jene Zeit zu schreiben, bevor sie sich noch weiter entfernt und ich dann nichts mehr darüber zu sagen wüßte, scheint mich überwältigt zu haben. Könnte ich sonst so unruhig, verlegen und ängstlich sein, daß ich mich über mich selbst wundere? Wäre das Mißtrauen den anderen Menschen gegenüber, mit dem ich mein Inneres vor ihnen schützen will, sonst so stark? Könnten mir sonst ständig die Tränen in die Augen treten, wenn die Wunde bereits vernarbt wäre?

Wenn jemand mir sagte, er habe das bereits veröffentlichte erste Kapitel gelesen, mochte ich auf einmal nicht mehr mit ihm zusammensein. Ich wünschte nur noch, mich möglichst schnell von ihm zu verabschieden und allein zu sein.

Während der Dezember verging und das neue Jahr nahte, wurde ich zu einer äußerst passiven Person. Ich war entweder vollkommen verärgert oder ebenso apathisch. Weder las ich Bücher noch hörte ich Musik, auch sah ich nicht fern. Ich stand oder saß oder lag nur herum, wurde aber wütend auf mich selbst, wenn ich zum Beispiel Haare an der Seife kleben sah. Und immer nach einer Phase innerlicher Unruhe, die sich etwa darin ausdrückte, daß ich mich auch an dem kleinsten Brotkrümel störte und mich erst beruhigte, nachdem ich ihn mit dem angeleckten Finger aufgenommen und entfernt hatte, wurde ich zerfahren. Da ich in Schlaf fiel, wo immer ich mich aufhielt, konnte ich nie richtig tief schlafen. Ich litt Tag für Tag unter schrecklichen Kopfschmerzen, suchte jeden, der mich ansprach, bei einem Fehler zu ertappen und legte jedes zufällig dahingesagte Wort als pure Bosheit aus.

An einem frühen Morgen öffnete ich die Tür, um die Zeitung zu holen, warf diese aber nur in die Wohnung und ging ins Freie. Es war noch sehr früh, der in der Nacht gefallene Schnee hatte die Autos auf dem Vorplatz bedeckt. Ich stand zwischen den Autos und schaute hinauf zu den Fenstern des Hauses, aus dem ich gerade gekommen war. Alle schienen noch zu schlafen, denn nur in meiner Wohnung brannte Licht. Seltsam das Gefühl, von außen das Fenster seiner eigenen Wohnung zu betrachten. Ich ging zur Wäscherei, die noch geschlossen hatte, dann vorbei an der Malschule und an der Garküche, die Kartoffel-Tang anbot. An einer Kreuzung war ich unschlüssig, schlug aber dann den Weg ein, der zum Berg führte. Die fernen und nahen Berge waren ganz verschneit. Auf halbem Weg zum Tempel des Bergs, den ich vor dem Winter oft bestiegen hatte, sah ich eine Gruppe von vier bis fünf Bergwanderern, die sehr aufgeregt zu sein schienen. Neben ihnen lag mit verkrampftem, zuckendem Körper ein Mann - könnte er etwa Mitte Vierzig gewesen sein? - in blauer Wanderkleidung, mit Schaum vor dem Mund.

„Er hat wohl einen Anfall."

Der Bergpfad war verschneit, eng und kalt. Keiner der Umstehenden schien ein Wandergefährte dieses Mannes zu sein.

„Wenn er bloß nicht abstürzt! Was machen wir nun?"

Nach etwa fünf Minuten lag der Mann auf einmal ganz ruhig da. Gerade als ich dachte, wie matt und leblos seine Arme und Beine doch an ihm hingen, setzte er sich ruhig auf. Seine Augen blickten noch ganz hohl. Eine Weile wirkte er verwirrt, schien sich zu fragen, warum er hier wäre, und stand dann plötzlich auf. Er klopfte sich den Schnee von seiner Kleidung und schleppte sich den Berg hinunter, wobei er sich mit dem Ärmel den Schaum vom Mund abwischte. Die anderen Leute waren wohl nicht bergab, sondern bergauf unterwegs gewesen. Sie gingen weiter den Berg hinauf, wandten sich aber immer wieder nach dem Mann um. Ich stand an der Stelle, an der er mit verkrampftem, zuckendem Körper gelegen hatte und sah ihm ebenfalls nach. An seinen Kleidern klebte hier und da noch der Schnee. Als er ganz aus meinem Blickfeld verschwunden war, legte ich die Handflächen aneinander, um die eiskalten Hände warm zu reiben, und wunderte mich wieder über mich selbst. Denn während ich dem Mann nachgeblickt hatte, wie er den verschneiten Bergpfad hinunterging, war ich zu meinem Erstaunen innerlich ganz ruhig geworden.

Wanderweg gesperrt.

Ein hölzernes Schild an dem winterlichen Bergpfad. Als ich vor dem unbegehbaren, gesperrten Weg stand, verging die Müdigkeit, und ich fühlte mich wieder lebendig. Ich drehte mich bergabwärts um. Ich sehnte mich nach meinem schreibenden Ich. Die Sehnsucht wühlte mich im Nu im Innersten auf. Selbst jene schreckliche Beklommenheit beim Schreiben vermißte ich. Vor meinem inneren Auge tauchte, als sei es eine fremde Person, mein anderes Ich auf, wie es am Schreibtisch saß. Ich bekam Lust, schnell nach Hause zurückzugehen und mich ins Schreiben zu vertiefen. Ich lief. An der Stelle, wo der Bergpfad begann, nahm ich ein Taxi.

Endlich sind die Kopfschmerzen verschwunden. Auch wenn auf dem Zimmerboden einmal sechs Haare herumliegen, macht mich das nicht nervös, und auch angesichts der ungewissen Zukunft bleibe ich gelassen. Es wird sich alles finden. Zumindest während ich schreibe, scheint die Natur, die mir gefehlt hat, in mich einzudringen. Der Bergpfad, der Fluß, das flache Land und die Menschen, die mir lieb und teuer sind.

...Ja, irgendwann wird mein Schreiben sie herausziehen: meine Mistgabel, die schweigend in der Tiefe meines Brunnens ruht.

Kurz vor den Sommerferien kommt Kim Sam-Ok, die Klassenälteste, die vor mir sitzt, zur Klassensprecherin Mi-Seo, die gerade wieder Hegel liest, und sagt, sie werde ab morgen nicht mehr in die Schule kommen.

„Und warum?"

„Wir demonstrieren die ganze Nacht im Betrieb."

Obwohl Kim Sam-Ok und wir in dieselbe Klasse gehen, reden wir mit ihr nicht so, wie unter Gleichaltrigen. Denn sie ist schon sechs Jahre älter. Mi-Seo klappt Hegel zu und fragt: „Läßt der Betrieb die Schülerinnen in die Schule gehen, auch wenn sie demonstrieren?"

„Der Betrieb hat ohne jede Rücksicht auf das Personal zugemacht. Das Arbeiterheim und die Kantine haben auch geschlossen. Wenn wir uns unseren Rentenausgleich und unser Entlassungsgeld nicht holen, will der Betrieb das Geld bei Gericht deponieren."

„..."

„Wenn der Betrieb ganz schließt, wie wird es dann mit der Schule?"

„Die Schule ist mir egal. Ich muß arbeiten. Wovon soll ich leben, wenn der Betrieb einfach von heute auf morgen zumacht und das Personal sich selbst überläßt? Ich muß doch auch meiner Familie auf dem Land Geld schicken."

Ich blicke begriffsstutzig Kim Sam-Ok an, die mit Mi-Seo spricht. Wie hoch kann ihr Monatslohn sein, wenn sie davon noch etwas in die Heimat schickt? Mi-Seo muß dasselbe gedacht haben: „Hast du bis jetzt immer Geld nach Hause geschickt?"

„Natürlich. Wie könnte ich anders? Ich hab doch außer der Mutter vier jüngere Geschwister..."

„Wieviel Monatslohn bekommst du denn?"

Kim Sam-Ok lächelt bitter: „Wenn ich mir einmal eine Zahnpasta gekauft habe, bin ich damit drei Jahre ausgekommen. Reicht dir die Antwort?"

Der Sommer... Es ist eine fürchterliche Hitze. In den Ferien fährt der dritte Bruder in die Heimat aufs Land, und der ältere Bruder der Kusine, der in Chonju auf die Universität geht, kommt nach Seoul. Hi-Chae sagt, für vier Leute sei das Zimmer zum Schlafen zu heiß, ich könne gern bei ihr schlafen. Ich sage es dem ältesten Bruder, worauf der jedoch aufbraust: „Ein Mädchen kann doch nicht auswärts schlafen wollen."

„Es ist doch bei Hi-Chae."

„Sei ruhig!"

Der älteste Bruder kauft im Laden Honigmelonen und legt sie in den Plastikwassereimer unter dem Wasserhahn in der Küche. Als ich aus dem Betrieb zurückkomme und die Küchentür öffne, fallen mir die im Wasser schwimmenden Honigmelonen auf. Der Bruder, der spätabends von der Nachhilfeschule zurückkommt, zerschneidet die Honigmelonen und sagt: „Meine Güte, kein Obst auf der ganzen Welt schmeckt so gut wie das hier!"

Es ist an einem Samstag. Gegen Mitternacht springt der älteste Bruder auf. Er springt so heftig auf, daß ich ebenfalls wach werde. Der Rücken klebt unerträglich vom Schweiß. Durch das Fenster fließt das Mondlicht einer Sommernacht, und so ist die Tür zum Dachboden auch ohne Licht zu erkennen. Der älteste Bruder schreit fast: „Chae-Kyu, morgen fährst du nach Hause."

Der Vetter, der tief geschlafen hat, fährt erschrocken hoch. Die Kusine, die mit dem Gesicht zur Wand lag, ebenso.

„Bitte, fahr weg, bitte!"

Die Stimme des ältesten Bruders klingt fest.

Bei Tagesanbruch zieht sich der Vetter Chae-Kyu um und verläßt das abgelegene Zimmer, während sich der älteste Bruder auf der Dachterrasse aufhält. Die Kusine folgt ihm. Der älteste Bruder fragt, als er vom Dach zurückkommt, wohin alle gegangen seien. Ich erzähle ihm, der Cousin Chae-Kyu sei weggegangen, um nach Hause aufs Land zu fahren, und die Kusine habe ihn begleitet. Daraufhin schreit der älteste Bruder erbost.

„Und deswegen muß er unbedingt ohne Frühstück gehen?"

Ich bin seit heute nacht ganz ängstlich und habe Tränen in den Augen, worauf mich der Bruder erneut heftig anfährt.

„Ist etwa jemand gestorben? Warum heulst du?"

Die Kusine, die ihren Bruder beim Abschied begleitet hat, ist auch kurz vor

Mittag noch nicht zurück. Da der älteste Bruder wütend herumschreit, wie der Kerl so einfach verschwinden könne, ohne sich anständig verabschiedet zu haben, und wieso die Kusine nicht zurückkomme, hocke ich, die verängstigte Siebzehnjährige, neben dem Küchentisch. Obwohl das Frühstück fertig ist, ißt der wütende Bruder nichts. Als ich die unterste Schublade des Küchentisches herausziehe, fällt mir der Schnaps in der gelben Tüte ins Auge. Ich nehme die Flasche heraus, gieße eine Reisschale halbvoll ein und nippe daran. Etwas später ruft mich der Bruder: „Komm mal herein!"
Aber ich bleibe trotzig sitzen. Da ich nicht ins Zimmer komme, stößt er die Tür wütend auf. Er hat sie so heftig aufgestoßen, daß sie gegen den Warmwasserbehälter auf dem Brikettherd knallt, dadurch zufällt und dann gleich wiederum aufspringt.
„Warum kommst du nicht herein?"
Ich stehe auf, aber sofort wird mir schwindelig. Ich gehe ins Zimmer, setze mich hin und drücke den Rücken gegen die Wand. Der älteste Bruder sitzt am Schreibtisch und spricht über die Schulter.
„Nicht auf dich bin ich böse."
Bei diesen Worten werde ich sogleich von Gram überwältigt und fange an zu weinen. Der Bruder schaut mich erschrocken an.
„...?"
Nachdem ich einmal angefangen habe zu weinen, kann ich nicht mehr aufhören. Außerdem bekomme ich auch noch einen Schluckauf. Der Bruder steht vom Schreibtisch auf und kommt zu mir auf den Boden, um mich zu schütteln.
„Was ist das für ein Geruch?"
„..."
„Hast du Schnaps getrunken?"
Der verblüffte Bruder holt ein nasses, ausgewrungenes Tuch und wischt mein Gesicht ab.
„Du bist wohl verrückt geworden."
Vor Weinen und Übermüdung schlafe ich ein.
„So was Verrücktes!"
Ich werde kurz von meinem eigenen Schluckauf wach, um aber gleich wieder einzuschlafen. Das wiederholt sich einige Male. Der älteste Bruder hält die Kusine, die nachts zurückkommt, in der Küche auf, und sagt zu ihr: „Ich habe es nicht etwa gesagt, weil ich böse auf Chae-Kyu war."
„..."
„Es war einfach unerträglich heiß."
„..."
„Ich hätte es nie gesagt, wenn wir wenigstens zwei Zimmer hätten."

Seitdem sagt der Bruder nichts, wenn ich unauffällig zu Hi-Chae gehe, um dort zu übernachten und morgens zurückkomme. Die Kusine, die Hi-Chae nicht mag, geht nie zu ihr. Wenn ich sie nach dem Grund frage, sagt sie, Hi-Chae rieche unangenehm.

„Riecht? Wonach?"

Die Kusine kann es aber nicht erklären, sondern weicht aus, so etwas gebe es halt...

Ich erinnere mich an das Zimmer, in dem Hi-Chae wohnte.

Wenn man die Küchentür aufmacht, an der zwei Leute von meiner Statur nicht aneinander vorbeigehen können, sieht man gleich ein Wandbrett. Die rotbraunen Schuhe mit den hohen Absätzen, die auf dem Brett stehen. Wahrscheinlich trug Hi-Chae diese Schuhe, als sie noch keine Schülerin war. Jedes Mal, wenn ich in ihr Zimmer will, stoße ich mit meinem Kopf gegen das Wandbrett, auf dem die rotbraunen Schuhe stehen. Allmählich hätte ich eigentlich vorsichtiger werden können, aber ich stoße weiterhin jedesmal mit dem Kopf an das Brett. Beim ersten Mal lächelte Hi-Chae vage und sagte: „Du bist ja groß." Doch das Wandbrett hat nichts mit der Körpergröße zu tun. Denn auch Hi-Chae, die eine Spanne kleiner ist als ich, stößt hin und wieder gegen das Brett. Wenn ich meinen Kopf dort stoße, sagt sie jedesmal: „Du wirst dich daran gewöhnen. Anfangs bin ich auch ständig dagegengerannt, aber jetzt passiert es nur noch ab und zu."

Das Fensterbrett ist ihr Toilettentisch. Schaut man hinaus, sieht man nichts als die rote Ziegelmauer des Nachbarhauses. Hi-Chae macht das Fenster nicht auf. Nachdem ich ihr Zimmer gesehen habe, weiß ich, daß unser Zimmer von den siebenunddreißig wohl immerhin das hellste ist. Wenn ich bei uns das Fenster öffne, sehe ich den unbebauten Platz, die Endstation des Linienbusses 118, die Schornsteine der Fabriken, die Bahnstation und nicht zuletzt den Himmel, aber bei Hi-Chae steht vor dem Fenster gleich die Mauer. Eines Tages sehe ich, daß sie die Lotionflasche vom Fensterbrett auf den niedrigen, kleinen Eßtisch aus Holz gestellt hat und daß das Fenster offen ist. Ich beuge mich hinaus. Wahrscheinlich leiten die Regenrohre an der Mauer der beiden Häuser das Wasser ab, denn unterhalb der Mauer ist es feucht. Wenn man hier entlangginge, würde man wie in einem Sumpf bis zu den Schienbeinen einsinken. Auf dem Boden liegen Zigarettenstummel, Fertignudeltüten, Kaugummihüllen und ähnliches verstreut umher.

„Hier hat man wohl noch nie saubergemacht."

Das sage ich so vor mich hin, und daraufhin kommt sie her und sagt, mit dem Finger auf den Boden unter dem Fenster zeigend: „Schau mal da!" Ich blicke auf die gezeigte Stelle und sehe im Boden ein Eßstäbchen stecken.

„Was ist das für ein Stäbchen?"

Ich schaue Hi-Chae verblüfft an.

„Der Boden kam mir so schlammig vor, da habe ich das Stäbchen hineingeworfen, um mal zu sehen, wie tief der Matsch ist. Und da siehst du es."

Sie schließt, vage lächelnd, das Fenster und stellt Lotion und Gesichtswasser wieder auf das Fensterbrett, ebenso die runde Dose mit der Gesichtscreme.

Ein Plastikkleiderschrank, auf dem das Meer abgebildet ist, ein niedriger, kleiner Eßtisch aus Holz, ein kleines Radio und eine Muschelkette, die an der Wand hängt. Und ein Bügeleisen, das sie gekauft hat, um den Kragen der Schuluniform zu bügeln, in einer ganz neuen Schachtel.

Wenn ich an Hi-Chaes Zimmer denke, fällt mir weniger der Mensch ein, der es bewohnt hat, als die Dinge, die sozusagen fester Bestandteil des Zimmers waren. Zum Beispiel das an die Wand geklebte Foto ihres jüngeren Bruders oder eine handgroße Plastikschachtel voll Stecknadeln. Der gelbgewachste Zimmerboden oder der Zuckerlöffel. Wahrscheinlich deswegen, weil sie sehr neu waren. Am deutlichsten aber erinnere ich mich an das Bügeleisen. 'Ich habe es gekauft, um den Kragen der Schuluniform zu bügeln' - Hi-Chaes damalige Stimme ist mir ebenfalls so deutlich in Erinnerung geblieben, als ob sie jetzt neben mir spräche.

Während ich das Wort 'deutlich' schreibe, wundere ich mich, daß dieses Wort zu ihrer Beschreibung nötig geworden ist. Sie kam mir immer irgendwie verschwommen und vage vor. All das Alltägliche war bei ihr so unauffällig wie Sommersprossen, die unter dem Kiefer oder hinter den Ohren versteckt sind. Daß die ansonsten so aufgeschlossene Kusine sich in Hi-Chaes Gegenwart nicht wohlfühlen konnte, hing wohl mit ihrer Ruhe zusammen. Ihre Ruhe war derart überwältigend, daß sie von Zeit zu Zeit den anderen auf die Nerven ging.

...Ja, so war es. Wenn sie auf der Dachterrasse in der Sonne oder reglos im Zimmer saß, mußte ich sie manchmal schütteln. Heute denke ich, daß gerade diese Ruhe ihr geholfen hat, ihr seelisches Gleichgewicht zu bewahren. Aber wenn ich damals den zierlichen Körper Hi-Chaes sah, die von der Ruhe wie überwältigt dasaß, kam es mir vor, als habe ihr Geist sie verlassen, so daß ich nichts anderes tun konnte, als sie aufzurütteln.

Danach machen wir zusammen das 'Richtig-Spiel'.

„Ich möchte Telefonistin werden."
„Richtig."
„Mit dem Zertifikat als Telefonistin möchte ich in einer Bank arbeiten."
„Richtig."
„Und was möchtest du werden?"
„Richtig."
„Nein, ich meine, was du werden möchtest."
„..."
„Also?"
„Romanschreiberin."

„...Roman?" wiederholt sie und schlummert in der Hitze der Sommernacht ein. Vom Schlummer erwacht, murmelt sie: „Weißt du, die erste Fabrik, in der ich gearbeitet habe, lag in Pongchon-Dong. Ich war wohl fünfzehn. Die Fabrik war auch klein. Dort wurden Taschen hergestellt, und wir waren alle zusammen weniger als vierzig. Wir hatten unsere Zimmer in einem Fabrikanbau, und dort haben wir auch geschlafen und gegessen. Dort habe ich So Yong-Tak getroffen, der in Chindo zu Hause war. Ich war froh, daß es ihn gab. Ich hab auf dem Dachboden Näharbeiten gemacht, und er hat im Zimmer an der Nähmaschine gearbeitet. Obwohl er ein Mann war, konnte er großartig mit der Nähmaschine umgehen. Er sah weiblich aus. Er war klein und hatte Grübchen. Mir gefiel das, aber er litt wahrscheinlich unter seinem weiblichen Aussehen. Er versuchte, sich betont männlich zu verhalten, aber ich wußte, daß er litt. Auf dem Dachboden, wo ich arbeitete, stieß mein Kopf an die Decke, wenn ich aufstand. Als der Sommerurlaub vorbei war, weißt du, kam er auf den Dachboden hinauf und gab mir etwas, das in weißes Papier gewickelt war. Ich packte es aus und fand eine Muschelkette. Er hatte die Muscheln am Meer vor Chindo gesammelt und zur Kette aneinandergereiht. Ganz oben auf dem Berg im Hüttennest Pongchon -Dong haben wir ein Zimmer gemietet und etwa vier Monate lang zusammengelebt."
„..."
„Bist du erstaunt?"
„Ja."
Sie unterbricht die Geschichte und schweigt.
„Und wie ging es weiter?"
„..."
„Na?"

„Ich bin ihm weggelaufen."

„Weggelaufen? Warum?"

„Ich hab zu Hause auf dem Land einen jüngeren Bruder. Er sollte zu uns kommen. Ich hatte Angst. Ich wollte ihm nicht zeigen, wie ich lebe. Nein, das war eine Ausrede. Es war erstickend. Ich hatte das Gefühl, wenn ich weiter mit dem Jungen aus Chindo dort zusammenlebte, würde ich nie wieder von diesem Hüttenberg herunterkommen können. Und so sagte ich an einem Sonntag, als er gerade seinen Mittagsschlaf halten wollte, ich gehe Lamyons kaufen und verließ das Zimmer, um nie wieder dorthin zurückzukehren."

„..."

„Ich hab nichts mitgenommen. Nur die Kette da hab ich in die Tasche gesteckt."

Ich betrachte die Muschelkette an der Wand.

„Hast du ihn nicht wiedergesehen?"

„Nein. Vermutlich hat der Junge sehr viel geweint. Er war ja nur so groß wie ich."

„Vermißt du ihn nicht?"

„Es ist schon einige Jahre her."

...Hi-Chae, die so leise geredet hat, als sei sie allein und führe Selbstgespräche, schaut mich mit festem Blick an und fragt: „Kann so eine Geschichte auch zu einem Roman werden?"

Es ist gegen Ende der Sommerferien. Plötzlich heißt es, ein paar tausend Stereoanlagen seien bis Ende des Monats zu liefern. Überstunden und Nachtarbeit dauern an. Bevor wir noch etwas zu Abend essen, sage ich zur Kusine, ich könne heute beim besten Willen nicht die ganze Nacht durcharbeiten.

„Nun, wo die Sommerferien doch auch gleich enden... Was können wir machen, wo alle anderen die ganze Nacht durcharbeiten... Man wird wohl auf dich keine Rücksicht nehmen."

„Ich stell mich nicht an, Ältere Schwester. Ich halte es nicht mehr aus."

„Wo tut es dir weh?"

„Die Hüften schmerzen so, es zerreißt mich fast, und Bauchschmerzen hab ich auch."

„So plötzlich, was könnte das sein?"

„Es ist nicht plötzlich. Schon gestern und vorgestern war es so, ließ sich aber noch aushalten. Nun geht es einfach nicht mehr."

Die Kusine steht auf, geht zum Vorarbeiter und kommt dann wieder zurück.

„Er läßt sich nicht einmal ansprechen."

„..."

„Halt noch etwas durch. Sie haben gesagt, nach dieser Nacht ist das Dringendste erledigt."

Es ist bei Tagesanbruch. Ich drücke die Hand auf den Bauch, der wahnsinnig schmerzt, stehe auf und gehe zur Toilette. Da läuft mir die Kusine nach.

„Du!"

Ich drehe mich um. Obwohl sie mich gerufen hat, sagt sie nichts weiter, sondern folgt mir einfach.

„Was willst du?" frage ich die Kusine, die schmerzenden Hüften an die Toilettenwand gedrückt. Sie kichert.

„Du, das kommt bestimmt von der Monatsblutung."

„...Wie?"

„Du bleibst hier. Ich geh zum Ankleideraum und hole etwas zum Wechseln und eine Damenbinde."

Nachdem sie weg ist, drehe ich mich um, um das Gesäß im Toilettenspiegel zu betrachten. Erschrocken sinke ich auf den Boden. Aus Angst, daß jemand hereinkommen könnte, schließe ich mich in der Toilette ein.

Obwohl die Sommerferien vorbei sind, erscheint Kim Sam-Ok nicht in der Schule. Beim Verlesen der Namen schaut Herr Choi Hong-Ih immer zu ihrem Platz. Er sagt, wer mit Kim Sam-Ok im selben Betrieb arbeite, möge die Hand heben. Statt die Hand in die Höhe zu halten, sagt jemand, der Betrieb habe Bankrott gemacht.

„Welcher Betrieb ist das?"

„Es ist YH."

In dem Moment wird die Klasse still. Herr Choi Hong-Ih ruft die Klassensprecherin Mi-Seo zu sich. Ob er auch bei Kim Sam-Ok einen Hausbesuch machen wird? Aus dem Lehrerzimmer zurückgekommen, nimmt Mi-Seo wieder Hegel heraus und liest darin.

„Was hat er gesagt?"

„Ich soll herausfinden, was mit Kim Sam-Ok los ist."

„Kannst du das?"

„Mal sehen, bei uns gibt es eine ältere Mitschülerin, die früher bei YH gearbeitet hat, die könnte ich fragen."

„Was für ein Betrieb ist das?"

„Ein Perückenhersteller. Hast du nicht von Kim Kyongsuk gehört, die sich vom Gebäude der Sinmin-Partei gestürzt hat? Sie hat ja den gleichen Namen wie du."

„Hat Kim Sam-Ok auch dort gearbeitet?"

„Ja."

„Wie ist Kyongsuk gestorben?"

„Nach dem Absturz stellte man fest, daß die Schlagader am linken Arm durchgeschnitten war. Sie soll es mit einer Sodawasserflasche gemacht haben."

Mi-Seo, die ich am nächsten Tag auf dem Weg zur Schule treffe, schlägt mir vor, mit ihr an den Schulkiosk zu gehen, um süßes Brot zu essen.

„Du, die Sache mit Kim Sam-Ok..."

Ich höre mit dem Wassertrinken kurz auf und schaue Mi-Seo fragend an.

„Sie soll spurlos verschwunden sein."

„Was soll das heißen?"

„Es muß in den Sommerferien fürchterlich zugegangen sein. Es heißt, auch Kim Sam-Ok sei mit im Gebäude der Sinmin-Partei gewesen. Wie schrecklich muß es den demonstrierenden Arbeitern ergangen sein, wo doch auch unter den Parlamentariern und Journalisten ein Blutbad angerichtet worden ist."

„Wie schrecklich war es?"

„Die Polizei soll sogar ins Zimmer des Parteivorsitzenden eingedrungen sein. Sie werde alle krepieren lassen, wenn sie sich weiter so blöd anstellten, soll sie gedroht haben. Auch Kim Sam-Ok wurde geschlagen und blutüberströmt abgeführt. Und als sie dann herauskam..."

„Was dann?"

„Jeden Tag soll sie bittere Tränen geweint und geklagt haben: Ich hätte anstelle von Kyongsuk sterben sollen, sie war doch so jung..."

„..."

„Nach der Entlassung wurde sie anscheinend mit Gewalt nach Hause gebracht."

„Dann ist sie wohl daheim?"

„Eben nicht."

Mi-Seo legt das süße Brot, das sie in der Hand hält, weg.

„Warum ißt du nicht?"

„Wenn ich an Kim Sam-Ok denke, mag ich nicht mehr essen. Man sagt, sie habe sich am Bein verletzt, als sie aus dem Fenster des Polizeibusses springen wollte, um nicht eingesperrt zu werden, und seither habe sie gehinkt."

„..."

„Der jüngere Bruder Kim Sam-Oks ist nach Seoul gekommen und sucht wahrscheinlich überall nach seiner Schwester. Sie soll nach der Zwangsheimkehr jeden Tag auf dem Dachboden gehockt haben, und dann ist sie irgendwann verschwunden."

„Wo kann sie hingegangen sein?"

„Die ältere Schülerin, die mir die ganze Geschichte erzählt hat, hat gesagt, das alles sei streng geheim. Eine ehemalige YH-Arbeiterin, egal, ob sie an der Geschichte beteiligt war oder nicht, scheint nirgendwo mehr Arbeit finden zu können, wenn ihr ehemaliger Arbeitsplatz bekannt wird. Sie soll sich auch bei anderen Betrieben beworben haben, aber jedesmal ohne jede Begründung abgelehnt worden sein. Der Grund war wohl, wie sich später herausstellte, daß nicht nur die Namen der Leute, die sich zu jener Zeit im Gebäude der Sinmin-Partei aufhielten, sondern auch die der an der Demonstration Beteiligten an die anderen Betriebe weitergegeben worden waren."

„Wie kann sie dann bei euch Arbeit gefunden haben?"

„Sie hat wahrscheinlich ihre Tätigkeit bei YH geheimgehalten und bei der Personalabteilung vorsichtshalber die Papiere ihrer jüngeren Schwester vorgelegt."

Als wir vom Schulkiosk zurückkommen, liest Mi-Seo wieder Hegel. Ich beuge mich mit langgezogenem Hals zu ihr und flüstere ihr zu: „Wie alt war die verstorbene Kim Kyongsuk?"

„Einundzwanzig."

An manche Augenblicke, die gar nicht so wichtig gewesen sind, erinnere ich mich in allen Einzelheiten, an andere, die mir eigentlich deutlich haftengeblieben sein müßten, jedoch überhaupt nicht; sie bleiben in meinem Gedächtnis so leer wie eine verlassene Straße. Was ist danach aus Kim Sam-Ok geworden? Trotz aller Bemühungen, mich an sie zu erinnern, ist sie aus meinem Gedächtnis gestrichen, spurlos verschwunden.

Heute kann ich nur noch ins Archiv der Tageszeitung *Dong-A* oder *Hankook* gehen und folgendes nachlesen:

'...Es hupte dreimal lang. Mit diesem Signal wurde die sogenannte Operation Nummer 101 eingeleitet. Während man die Scheinwerfer der sechs Feuerwehrautos auf das Parteigebäude richtete und Matratzen auslegte, für den Fall, daß einige der Arbeiterinnen sich aus dem Fenster stürzen sollten, drang eine Abteilung der Polizei durch den Haupteingang ins Gebäude ein, eine andere kletterte auf der anderen Seite des Gebäudes mit Hilfe zweier hoher Wagenleitern über die Mauer, um gleichzeitig in die Aula im dritten Stock, in das Zimmer des Parteivorsitzenden im ersten Stock und in das Journalistenzimmer einzudringen. Als die Polizei mit den Angestellten im Sekretariat der Sinmin-Partei, die zur Verteidigung mit Stühlen und Schreibtischen eine Barrikade errichtet hatten, zusammenstieß, wurde das Parteigebäude zum Schlachtfeld. Dann drang die Polizei unter Einsatz von Tränengasgeschossen in den ersten Stock ein. In die Aula im dritten Stock, in der die Arbeiterinnen demonstrierten, gelangten zuerst Polizeibeamte in Zivilkleidung. Sie verrammelten die Fenster und versperrten den Leuten den Rückzug. Anschließend stürzten ein paar hundert Polizisten des Kommandos herein, zerrten, Polizeiknüppel schwingend, die Arbeiterinnen nacheinander die Treppe hinunter und transportierten sie in Polizeibussen ab, die vor dem Parteigebäude in Bereitschaft standen. Die Arbeiterinnen, die sich alle zusammen aus den Fenstern hatten stürzen wollen, dann von Kim, dem Vorsitzenden der Sinmin-Partei, überredet worden waren, dies nicht zu tun, hatten, verwirrt durch den Polizeieinsatz, Sodawasserflaschen zerschmettert und sich aus Leibeskräften schreiend gegen die Polizisten gewehrt. Einige Arbeiterinnen hatten versucht, die Fenster mit der Faust zu zerschlagen und hinauszuspringen, was jedoch von den Polizisten verhindert werden konnte. Diese zerrten alle innerhalb von etwa 10 Minuten aus dem Parteigebäude heraus. Indessen versuchte ein Teil der Arbeiterinnen, mit den zerschlagenen Fensterscheiben oder mit Scherben von zerbrochenen Flaschen Selbstmord zu begehen. Die verstorbene Kim Kyongsuk lag mit aufgeschnittener Schlagader hinter dem Parteigebäude vor dem Kellereingang und wurde ins Hospital Grünes Kreuz gegenüber dem Gebäude eingeliefert. Die Polizisten, je vier bildeten eine Einheit, hielten die sich widersetzenden Arbeiterinnen an Armen und Beinen fest und führten innerhalb von etwa 10 Minuten alle ab... Am 13. 8. wurde die nur drei Minuten dauernde Totenfeier für Kim Kyongsuk in Anwesenheit ihrer Mutter und zweier weiterer Familienangehöriger sowie der Angestellten der YH-Handelsfirma und der Polizei in der Aufbahrungskammer des städtischen Kangnam-Krankenhauses abgehalten, und der Leichnam wurde eingeäschert.'

Auf dem unbebauten Platz, den ich sehe, wenn ich das Fenster unseres abgelegenen Zimmers öffne, wächst Chinakohl. Wer könnte ihn gesät haben? Unbekümmert um die Welt wachsen die Kohlköpfe. Sie werden groß, füllen sich jedoch nicht. Die grünen Blätter sind schwarz vom Staub der Fabrik.

Der Monat Oktober, in dem der Chinakohl draußen vor dem Fenster unseres Zimmers im Abseits tiefgrün war. Die von niemandem gepflegten Kohlköpfe waren im Staub der Fabriken handgroß geworden. Die Kusine flüstert jedesmal, wenn sie sie betrachtet, da müsse einer sehr reich sein.
„Da man Strafe zahlen muß, wenn man den Platz unbenutzt läßt, hat man wohl die Chinakohlsamen einfach in den Wind gestreut, damit es nach einem Feld aussieht."
„Nächstes Jahr werden wahrscheinlich da vorne und dort drüben Häuser stehen. Dann können wir den freien Platz nicht mehr sehen."

Eines Tages im Oktober stehen wir auf dem Sportplatz, der in der Dämmerung liegt, und hören die belehrende, von Schluchzen unterbrochene Rede des alten Schuldirektors. Er sagt, der Präsident sei gestorben. Der große Mann, der es uns ermöglicht habe, zur Schule zu gehen, sei erschossen worden. Die Stimme des alten Direktors erstickt in Tränen, er schluchzt, hinter ihm geht die Sonne unter. Unter Tränen sagt er, was für ein großartiger Mann der verstorbene Präsident gewesen sei: „In einer so schweren Zeit war er durchdrungen vom Willen, die Nation zu retten..." Wir stehen bewegungslos da, sehr diszipliniert, in der soldatischen Haltung: *Rührt Euch*. Wir sind Zeugen der Trauer des alten Direktors, der sich mit dem Taschentuch die Tränen abwischt. Er spricht, das Taschentuch in der Hand haltend, weiter von dem gestorbenen Präsidenten, schluchzt wieder, setzt dann seine Rede fort, um sich kurz darauf erneut Tränen abzuwischen. Zuerst bleiben wir ungerührt, schauen dem schluchzenden Direktor zu, doch dann beginnt eine von uns zu schluchzen. Dann eine zweite. Eine dritte... Hie und da vermischt sich das Schluchzen.

Ich habe keine Tränen, ich betrachte bloß meine Fußspitzen. Es tut mir leid, daß ich nicht mitweinen kann, wo doch alle weinen. Als die Frau des Präsidenten vor einigen Jahren bei den Feierlichkeiten zum Unabhängigkeitstag am 15. 8. erschossen wurde, bin ich in Tränen zerflossen. Aber diesmal nicht, ich habe nur die Schüsse von damals im Ohr. Damals hörte ich in der Mittagshitze die Nachricht von der erschossenen Frau des Präsidenten. Jemand sagte, Yuk Yong-Su soll erschossen worden sein. Die Nachricht kam so überraschend, daß ich sie kaum glauben konnte und zuerst dachte, das müsse ein Scherz sein. Ein solch anmutiger Mensch kann doch nicht sterben! Für den Präsidenten fühlte ich nichts Besonderes, aber seine Frau fand ich sympathisch. Ich mochte ihre stets anmutig aufgesteckten Haare, ihren langen Hals, der dem des Kranichs glich, ihre Hanbok-Jacke, die sie an der Spitze fein zusammenzuhalten verstand, ihr Lächeln, das mich an eine Hortensie erinnerte... Mir war, als würde sie immer in einem solchen Habitus und einem solchen Bild existieren. Aber nun erschossen? Die Frau des Präsidenten, die einer Magnolie glich, soll Chrysanthemen geliebt haben. Chrysanthemen häuften sich an der Aufbahrungshalle, aus dem Radio ertönte tagelang Trauermusik von Händel in der Art von Sarabanden. Die Bewohner im Dorf ließen die Arbeit liegen und flüsterten sich zu: 'Die Frau Präsidentin soll tot sein. Ein nordkoreanischer Spion soll sie ermordet haben.' Auf dem Hof des Müllers, der am Dorfende wohnte und der einen Fernsehapparat besaß, wurde eine Strohmatte ausgebreitet. Die Bewohner im Dorf hockten in mehreren Reihen auf der Matte und starrten auf den Bildschirm, der in der Diele stand. Das Bild zeigte den Präsidenten, wie er, sich die Tränen abwischend, dem mit Chrysanthemen bedeckten Leichenwagen seiner Frau nachblickte, der gerade die Residenz verließ. Der Mann, der seine Frau durch einen tödlichen Schuß verloren hatte, wirkte mitleiderregend. Die Leute im Dorf weinten. Ich war jung und weinte mit. Später sah ich ab und zu die Tochter des Präsidenten, Kun-Hye, statt der Mutter neben dem Vater stehen. Ihr feines, schönes Profil gefiel mir. Ich war den Tränen nahe, wenn ich daran dachte, daß dieses schöne Mädchen seine Mutter verloren hatte. Sie war ihrer Mutter, die ich gemocht hatte, sehr ähnlich. Auch ihr Lächeln erinnerte an eine Magnolie, auch ihr langer Hals glich dem eines Kranichs. Und nun hat diese junge Frau auch noch den Vater verloren. Sie ist eine Waise geworden. Ich blicke auf meine Füße und denke an den Menschen, der nun verwaist ist.

Zurück vom Sportplatz, sitzen wir im Klassenzimmer. Herr Choi Hong-Ih sagt mit erstauntem Gesicht zu den Schülerinnen, die sich nach dem Beispiel des alten Direktors die Augen rot geweint haben: „Warum weinen Sie denn?"
Im Klassenzimmer ist es totenstill. Herr Choi Hong-Ihs Stimme klingt leise, aber fest: „Das Regime, das mit einem Putsch begonnen hat, ist durch eine Schießerei, in der einer der eigenen Gefolgsleute auf seinen Herrn losging, gestürzt. Das heißt, die korrupte, achtzehn Jahre dauernde Diktatur ist beendet. Nun wird das Yushin-System sein Ende haben, und eine bessere Zeit wird kommen. Ich meine, eine Zeit, in der sich ein Fall wie der von Kim Sam-Ok nicht wiederholen wird, eine Zeit, in der Ihre Menschenrechte geachtet werden. Die Diktatur eines einzigen Menschen war zu lang, achtzehn Jahre hat sie gedauert."

Achtzehn Jahre, wiederhole ich, die Siebzehnjährige. Achtzehn Jahre. Bereits ein Jahr vor meiner Geburt war er schon Präsident dieses Landes.

Deswegen also. Noch heute fällt mir das Gesicht des Präsidenten Park Chung-Hee ein, wenn ich das Wort ‘Präsident’ höre. Weil er immer der Präsident war, gab es für mich Zeiten, in denen ich mir nicht vorstellen konnte, daß ein anderer auch Präsident werden könnte.

Der Präsident, der von Kim Chae-Kyu erschossen wurde und um den der alte Schuldirektor trauert, soll, in den Armen einer Sängerin verblutend, selbst gesagt haben, es sei mit ihm alles in Ordnung. Das gleiche soll er zwei Jahre vor meiner Geburt gesagt haben, am 16.5.1961, bei Tagesanbruch, als seine Truppen über die Hangang-Brücke marschierten. Damals beschossen die Gendarmen aus dem Lager der Antiputschisten von der Nordseite der Ersten-Hangang-Brücke aus seine Truppen, die über diese Brücke nach Norden ziehen wollten, und er soll dem stellvertretenden Generalmajor, der ihn vom Vormarsch abhalten wollte, gesagt haben, es sei alles in Ordnung. In Ordnung, es sei mit ihm alles in Ordnung.

Geängstigt durch die Nachricht, der Präsident sei tot, können wir auf dem Nachhauseweg nicht über den Markt gehen, um etwas für die Frühstückssuppe am nächsten Morgen zu kaufen, sondern kommen gleich in unser abgelegenes Zimmer zurück. Niemand sagt etwas. Ob die Schule wohl geschlosssen wird, weil der Präsident gestorben ist, der, wie der Schuldirektor behauptete, uns den Schulbesuch ermöglicht hat? Zuerst schleicht Hi-Chae in das Erdgeschoß, die Kusine und ich in das zweite. Ich lege am frühen nächsten Morgen ein Messer in die Plastikschüssel, in der der Reis gewaschen wird, und verlasse, ohne daß mich jemand sieht, das Haus. Vorsichtig um mich schauend, gehe ich hinaus auf das freie Feld, wo der Chinakohl wächst. Die Kohlblätter sind vom Nacht-tau benetzt. Obwohl meine nassen Fingerspitzen ganz kalt sind, bekomme ich rote Backen. Ich ducke mich, wegen der frühen Stunde sind kaum Menschen zu sehen, aber ich fürchte, daß bald jemand auftauchen und mich beschimpfen könnte, weil ich in ein fremdes Chinakohlfeld eingedrungen bin. Ich fürchte, der Besitzer des Feldes, den ich noch nie gesehen habe, könnte plötzlich auftau-chen und schreien: da, eine Diebin! Ich unterdrücke die Angst und schneide so viele Kohlblätter ab, wie ich für die Morgensuppe brauche. Die Schüssel voll Kohlblätter in der linken Hand, gehe ich durch die Haustür, im gleichen Mo-ment kommt Hi-Chae heraus. Ich verstecke schnell die Schüssel hinter meinem Rücken und gehe die Treppe hinauf. Die Kusine kommt gerade aus dem Zim-mer und lächelt dann.
„Wir hatten den gleichen Gedanken. Ich wußte nicht, was ich in die Suppe tun sollte, und dann fiel mir der Chinakohl ein. Ich wollte gerade welchen holen." Erst nachdem ich die Schüssel mit dem heimlich geernteten Chinakohl auf den Boden gestellt habe, beruhige ich mich.
„Du, der Präsident ist schon etwas Besonderes. Wir konnten ja seinetwegen nicht auf den Markt gehen. Der Präsident ist dafür verantwortlich, daß wir Chinakohl geklaut haben, nicht wahr?"

Wenn ich auf die Zeit, die ich lange vergessen habe, zurückblicke, würde ich mich am liebsten verstecken, in der Grobheit, Wildheit, Unordentlichkeit und Schwäche in mir, diesem schrecklichen inneren Chaos, das mich so sehr quälte, daß ich es kaum ertragen konnte. Wenn diese Arbeit fertig ist, könnte ich mich endlich anderen Dingen zuwenden. Sollte jemand mich darüber befragen, wür-de ich ihn mit irgendeiner leicht dahingesagten Antwort abwimmeln, aber wenn er mir eine Frage stellen würde, müßte ich mich bereits irgendwo versteckt haben, wo niemand mich findet, und ich mich, schon alles überwunden, anderen Leidenschaften hingegeben habe.

Nach dem Tod des Präsidenten wird der Ausnahmezustand ausgerufen. Der dritte Bruder kommt nun auch nachts nicht mehr ins abgelegene Zimmer zurück. Mi-Seo, die Hegelleserin, flüstert, es gelte schon als verbrecherisch, wenn mehr als fünf Menschen zusammenkämen und miteinander redeten. Wenn wir in der Fertigungshalle zu dritt oder zu viert miteinander reden, trennen wir uns gleich. Die Straßen sind wie ausgestorben, als sei eine Horde wilder Schakale durchgezogen. Sobald der älteste Bruder mit seiner Perücke spätabends nach Hause kommt, sucht er mit den Augen den dritten Bruder und hofft, daß er keinen Ärger bekommen hat.

Als der älteste Bruder eines Tages mit seiner Perücke zum frühmorgendlichen Unterricht gegangen ist, kommt der dritte Bruder heim. Vielleicht hat er nachts im Tau gestanden, denn seine Schultern sind ganz feucht. Gerade als ich etwas sagen will, fängt er an, Kleidung und ein paar Bücher in seine Tasche zu packen.

„Wo willst du hin, Bruder?"

Die Nase des Bruders, der an dem niedrigen, kleinen, von der Kusine gedeckten Eßtisch sitzt, ist eine scharfe Linie.

„Sagt dem großen Bruder, daß ich eine Weile auf dem Land bleiben werde."

„Aber die Uni?"

„Die ist geschlossen worden."

„Fährst du nach Hause?"

„Nein."

„Wohin dann?"

Der dritte Bruder antwortet nicht. Auf meine wiederholten Fragen sagt er nur: „Sag dem älteren Bruder, er soll sich keine Sorgen um mich machen." Dann schiebt er die Haustür auf, durch die er kurz vorher eingetreten war.

Die zwanzigjährige Kusine betet einen gutaussehenden Schüler aus der Technischen Oberschule an, der in der Inspektionsabteilung sein Praktikum macht. Hinter der Kusine sitzend, die nun nur noch an den Schüler denkt, schreibe ich den Roman *Der Zwerg* ins Heft ab:

'Weine nicht, Yong-Hi.
Der älteste Bruder versuchte, mich zu trösten.
Bitte weine doch nicht, man könnte dich hören.
Ich konnte aber nicht damit aufhören.
Ältester Bruder, bist du denn nicht böse?

141

Hör doch auf zu weinen!
Bring die Banditen um, die den Vater 'Zwerg' nennen.
Ja, ich bring sie um.
Bestimmt?
Ja, bestimmt.

Der neue Präsident, der durch die 'Nationalversammlung für die Wiedervereinigung Koreas' gewählt wurde, heißt Choi Kyu-Ha. An der Frontwand in der Verwaltung der Fertigungshallen, an der das Bild des Präsidenten Park Chung-Hee hing, wird nun das Bild des neuen, eine Brille tragenden Präsidenten aufgehängt. Der Präsident Choi Kyu-Ha. Choi Kyu-Ha, der Präsident. Es klingt komisch. Da der Präsident bis dahin Park Chung-Hee hieß und Park Chung-Hee 'der Präsident' bedeutete, hören sich 'der Präsident Choi Kyu-Ha' sowie 'Choi Kyu-Ha, der Präsident', seltsam an. Der neue Präsident wirkt weichlich. Sein Kinn ist nicht scharf wie das seines Vorgängers, und auch seine Ohren, die das Gestell der Brille stützen, sind nicht spitz wie die des verstorbenen Präsidenten. Er sieht aus wie der Onkel von nebenan. Und so jemand ist Präsident! Sollte sich der folgende Vorfall gerade deswegen zutragen, weil er nicht hart wirkt, weil sein Kinn weich ist? Es ist in einer Dezembernacht, als er erst knapp sieben Tage im Amt ist, und da knallen plötzlich Schüsse über ganz Hannam-Dong, Samgakji und durch den Kyongbok-Palast. Hinter unserem Rücken gehen wahrscheinlich zwei Gruppen aufeinander los. Gibt es wieder Mord und Totschlag? Am nächsten Tag erklärt das Verteidigungsministerium kurz, daß der Gemeinsame Untersuchungsausschuß bei der Untersuchung des Präsidentenmordes den Kommandeur der Belagerungstruppen, Chung Sung-Hwa, unter dem Verdacht der Verschwörung habe abführen lassen.

Was bedeuteten dann die Schüsse?

An einem Sonntag. Ich saß mit der Familie des dritten Bruders beim Abendessen. Auf dem Holzkohlenfeuer wurden Kalbi-Stücke gebraten. Der fünfjährige Neffe spielte mit seinem mitgebrachten Ball, den er immer wieder gegen die Wand warf. Als die fertiggebratenen Fleischstücke von der Bedienung mit der Schere zerschnitten wurden, fragte der dritte Bruder unvermittelt: „Handelt es sich bei dem Roman, an dem du zur Zeit schreibst, um Geschichten aus unserer Zeit in Karibong-Dong?" Mir stieg das Blut zu Kopf, mein Gesicht wurde augenblicklich heiß wie die Fleischstücke auf dem Holzkohlenfeuer. Mein Herz klopfte vor Angst, er werde weiterfragen. Aber dann erzählte er etwas, was ich nicht vermuten konnte.

„Was den Fall vom 12.12. betrifft, sie haben ihn zum Militärputsch, der von Untergebenen angezettelt wurde, erklärt, aber wollten keine Anklage erheben. Stell dir das vor!"

„Ach du, jetzt fängst du auch noch mit deiner Schwester an."

Die Schwägerin hatte die Geschichte wohl schon zu oft gehört, weshalb sie ihn unterbrach, als wollte sie ihm sagen: Schon wieder diese alte Geschichte!

„Die Sache ist sowieso gescheitert, aber..."

Er schenkte sich aus der Schnapsflasche ein, die neben ihm stand.

„Ich wollte eigentlich Schriftsteller werden."

Das überraschte wohl die Schwägerin. Sie fragte: „Warum hast du dann Jura studiert, wenn du Schriftsteller werden wolltest?"

Der Bruder kippte den Schnaps in einem Zug hinunter.

„Ich habe festgestellt, daß man mit Literatur nichts verändern kann."

„Was wolltest du denn verändern?"

„Die Gesellschaft."

Ich löffelte die Flüssigkeit aus der Tongchimi-Schale auf dem Tisch.

„Weil jene Zeit der Hintergrund des Romans, den du gerade schreibst, ist, will ich dir das eine sagen: Da der Widerstand der Untergebenen gegenüber ihren Vorgesetzten möglich ist, wie die Ereignisse vom 12.12. gezeigt haben, kann sich das Land nicht verändern. Wie kann man Ordnung schaffen, wenn so etwas sogar beim Militär, das ja als die Institution mit der strengsten Zucht gilt, möglich ist? Chun Doo-Hwan war es, den Park als seine eigene Stütze groß gemacht hatte, um das Yushin-System aufrechtzuerhalten. Und Chun hat den Putsch durchgeführt, weil ein Teil des Militärs nach dem 26.10. für die Beseitigung der politischen Militärs war und weil Chung Sung-Hwa zudem nach seinem Amtsantritt als Kommandeur der Belagerungstruppen sofort die wichtigsten Kommandanten in der Region um die Hauptstadt durch eigene Leute ersetzt hatte. Damals war Chun Doo-Hwan nur Generalmajor. Und so jemand hat ohne Zustimmung des Oberbefehlshabers den Generalstabschef des Heers beseitigt. Was hätte nicht noch alles passieren können, wenn schon so etwas möglich war. Wenn die Regierung den Fall vom 12.12. nicht nach Recht und Gesetz vor Gericht bringt, wird sie die Bürger mit keinem Argument überzeugen können. Es wird weiter so chaotisch zugehen, daß man von unten putscht, sich gegenseitig betrügt und verrät."

„..."

„Über solche Dinge solltest du schreiben."

Ich sage kein Wort, höre nur zu.

„Wenn du Schriftstellerin bist, darfst du über solche Probleme nicht hinweggehen. Der Putsch hat schließlich Kwangju verursacht."

Ich wende die Kalbi-Stückchen auf dem Holzkohlenfeuer mehrmals mit den Stäbchen.

„Die Zivilregierung taugt doch gar nichts. Sie spricht von dem Militärputsch, in dem Vorgesetzte durch ihre Untergebenen beseitigt wurden, kann aber die Beteiligten gar nicht bestrafen... Wozu taugt denn auch die Ära des Zivilpräsidenten? Der Mann, der den Feuerbefehl bei dem Massaker in Kwangju gegeben hat, sitzt doch noch in Amt und Würden im Parlament. Er hätte sich zumindest aus schlechtem Gewissen nicht mehr im öffentlichen Dienst betätigen sollen, meinst du nicht?"

„...Ich weiß es nicht, Bruder. Mir scheint es wichtiger zu sein, ob damals das Brikett gut brannte, und ob nicht der Bruder, der mit seiner Tasche weggegangen war, irgendwo auf der Straße übernachtet hat. Es war ja damals so fürchterlich kalt. Wenn ich Kimchi holte und es kleingeschnitten auf einem Teller auf den kleinen Eßtisch stellen wollte, rutschte der Teller wegen des dünnen Eises herunter, zerbrach, und das Kimchi lag überall herum. Bruder, was mir damals wirklich zu schaffen gemacht hat, war nicht das Gesicht des Präsidenten, sondern etwas ganz anderes, zum Beispiel, daß der Rettich, den ich für die Suppe gekauft hatte, völlig gefroren und daher mit dem Messer nicht durchzuschneiden war. Und, weißt du, als ich morgens, wenn es geschneit hatte, den Wasserhahn aufdrehte, war ich richtig froh, wenn das Wasser nicht auch gefroren war, sondern herausfloß, und ich war unendlich unglücklich, wenn es nicht so war. Ich wollte schreiben, aber nicht, weil ich etwa dachte, die Literatur würde irgendwas verändern. Nein, ich liebte die Literatur einfach. Allein aufgrund der Tatsache, daß es sie gibt, konnte ich träumen. Und wo kam der Traum her? Ich denke schon, daß ich ein Mitglied der Gesellschaft bin. Wenn ich nun träumen kann, weil ich die Literatur liebe, kann die Gesellschaft doch auch träumen, oder?"

Es ist an einem Novembersonntag. Hi-Chae rührt Kleister an. Auf dem mit einem Brikett geheizten Herd brodelt der Mehlkleister.

„Wozu ist das?"

„Zum Tapezieren."

„Tapezieren?"

„Die Decke ist zu fleckig."

Sie bittet mich, ihr einen Stuhl zu leihen. Sie legt ein Kissen auf den Stuhl des Bruders und stellt sich darauf, um zu tapezieren. Auch wenn ich ihr helfe, gibt es Stellen, die wir nicht erreichen können.

„Warte einen Augenblick!"

Ich laufe in unser Zimmer und hole den ältesten Bruder. Er nimmt die klebrige Tapete, stellt sich auf den Stuhl, drückt die Tapete einige Male einfach mit der Handfläche an die Decke und geht wieder in den zweiten Stock. Hi-Chae neigt zweifelnd den Kopf zur Seite und fragt.

„War das dein Bruder?"

„Ja."

„Aber das ist nicht der, den du mir einmal kurz vorgestellt hast."

„Wann?"

„Damals, nachts."

Ich schmunzle. Als ich ihr gesagt hatte, er sei mein ältester Bruder, war er wie ein Lehrer gekleidet gewesen, aber der Mann, der ihr gerade beim Tapezieren half, muß für sie ein Angehöriger der Schutztruppe gewesen sein, der irgendwo im obersten Stock wohnte. Als ich ihr die Sache mit der Perücke und dem Anzug erkläre, kann ich Hi-Chae zum erstenmal ein strahlendes Lachen abgewinnen.

„Das ist ja lustig!"

...Seitdem kichert Hi-Chae häufig. Wenn wir etwa mit dem Bus nach Hause unterwegs sind, kichert sie plötzlich auf dem Marktplatz vor sich hin. Ich frage sie dann immer, was los sei, und dann kichert sie nochmals und sagt, sie denke gerade an meinen Bruder.

...Eines Tages im Dezember. Ich hole aus dem Briefkasten eine Karte von Chang: 'Ich saß allein im Klassenzimmer, und da schneite es in dicken Flocken. Ich ging ans Fenster und schaute auf den Sportplatz der Schule hinaus. Da schien es mir, als ob du durch den Schnee herkämst.' Ich lese die Karte immer wieder. Wenn ich an Chang denke, werde ich fröhlich und möchte ihm etwas Schönes schenken. Das Wichtigste für mich ist das Heft, in das ich *Der Zwerg* abschreibe. Ich habe vor, es ihm zu geben. Ich schreibe den Roman immer schneller ab.

'Ich habe eine Frage, Herr Lehrer.

Es war ein Schüler in der letzten Reihe.

Und zwar?

Ich habe einmal gehört, daß jemand, der sich in einer sozialen Problemsituation befindet, manchmal in seiner Wahrnehmung getäuscht wird und Außerirdische oder fliegende Untertassen sieht. Wie sollen wir das in Ihrem Fall verstehen?

Wenn der Himmel im Westen aufleuchtet und die Flammen in den Himmel schießen, dann könnt ihr glauben, daß ich mit den Außerirdischen zu einem Planeten geflogen bin. Man muß es nicht lange erklären. Nur weiß ich noch nicht, was ich im Augenblick des Abflugs erleben würde. Was wird es sein? Wird es die Friedhofsstille sein? Oder nicht? Schreien immer nur die Toten? Es ist

Zeit. Ob wir auf der Erde leben oder auf einem anderen Planeten, unser Geist ist immer frei. Ich hoffe, daß ihr alle mit guten Noten die Aufnahmeprüfung an der gewünschten Universität schafft. Mehr wollen wir uns zum Abschied nicht sagen.

Achtung!

So rief der Klassensprecher, der von seinem Platz aufspringt.

Salut!

Der Lehrer erwiderte die Verneigung, indem er sich seinerseits verbeugte und kam vom Podest herunter. Er verließ das Klassenzimmer mit seltsam ausholenden Schritten. Die Schüler dachten, daß seine Schritte denen der Außerirdischen gleichen müßten.

Die Wintersonne neigte sich bereits nach Westen, und im Klassenzimmer wurde es immer dunkler.'

Ich schlage das Heft zu und kaufe eine Karte für Chang: 'Ich will dir dieses Heft geben. Heb es bitte statt des Briefs von deinem Vater auf, den ich damals verloren habe.' Ich packe das Heft ein, in das ich den Roman *Der Zwerg* abgeschrieben habe, und schicke es zusammen mit der Karte an Chang.

An dem Tag, an dem ich das Heft wegschicke, nehme ich, einer Eingebung folgend, aus dem untersten Fach des Küchentisches die Schnapsflasche und gieße den Rest auf den Küchenboden.

Weihnachten... Die Geliebte des ältesten Bruders, die ihm zufolge bis elf Uhr kommen wollte, kommt doch nicht. Es wird Nachmittag, und der Bruder schlägt mir und der Kusine vor, ins Kino zu gehen. Kino? Als wir gehen, werfe ich einen Blick auf das Zimmer Hi-Chaes. Es ist verschlossen. Ob sie auch an Weihnachten arbeitet? Wir nehmen die Bahn. Sie ist übervoll. Die Kusine sucht zwischen all den Menschen nach meinem Arm, um mich an der Hand zu fassen. Wir steigen vor dem Rathaus aus, laufen durch die Unterführung und gehen die Straße entlang. Zum ersten Mal in meinem Stadtleben geh ich ins Kino. Myong-Dong. Korea-Kino neben dem Kaufhaus *Kosmos. Das verbotene Spiel.* Der älteste Bruder schaut auf die Karten, die er gerade gekauft hat und sagt dann, daß wir noch etwas Zeit hätten. Er nimmt die Kusine und mich mit in die Konditorei im Souterrain des Kaufhauses *Kosmos.* Die Kusine sucht sich ein längliches süßes Brot heraus und ich einen Windbeutel mit Sahne.

„Und du? Ißt du denn nichts, Älterer Bruder?"

„Ich nehme nur ein Glas Milch."

Kurz danach sitzen der Bruder, die Kusine und ich im Kino.

Auf der Leinwand fahren Kutschen und Autos einen Fluß entlang. Es scheint Krieg zu sein. Das kleine Mädchen, Paulette, weiß nicht, daß seine Eltern durch Bomben umgekommen sind, und jammert, als sein Hündchen stirbt. Michel, der Bauernsohn, findet Paulette, und sie werden gleich Freunde. Michel hört immer auf Paulette und tut alles, was sie will.

Da der älteste Bruder so still ist, schaue ich nach ihm. Irgendwann ist er eingeschlafen.

Paulette, die von Michel gelernt hat, daß man eine Totenfeier hält und ein Grab gräbt, wenn ein Mensch stirbt, findet Gefallen am Spiel mit Grab und Kreuz. Michel sagt, daß die, welche am Leben sind, kein Grab brauchen. Paulette erwidert, dann könnten sie doch jemanden töten, und sie töten Insekten und anderes Getier, um Beerdigung zu spielen. Als sie ein echtes Grabkreuz haben will, geht Michel zum Friedhof und stiehlt eines.

Nun ist die Kusine so still, daß ich auch nach ihr sehe. Auch sie ist irgendwann eingeschlafen.

Weil Michels Eltern der Meinung sind, daß die Anwesenheit Paulettes in ihrem Haus Unheil bringen könnte, kommen Leute, um Paulette abzuholen. Paulette, auf deren Brust ein Namenschild angebracht ist und die von einer Nonne zum Bahnhof gebracht wird, hört im Gedränge ein Kind 'Mama!' rufen. Paulette erschrickt und verzieht den Mund. Michel! Sie vermißt Michel. Michel! Michel! Ihr Ruf 'Michel' wird auf einmal zum Ruf 'Mama!'

Als wir das Kino verlassen haben, sagt der älteste Bruder zur Kusine und mir, dort drüben gehe man zur Myongdong-Kathedrale, und wir sollten zuerst dorthin und dann nach Hause gehen. Die katholische Kirche. Die Mutter ging auf dem Land mit ihrem Ältesten, als er noch klein war, in die katholische Kirche im Dorf. Die Myongdong-Kathedrale. Wir gehen die Treppen hinauf und sehen eine Darstellung von Christi Geburt. Der Stall, der aus Stroh errichtet ist, sieht warm und gemütlich aus. Die Muttergottes hält das neugeborene Jesuskind im Arm. Es ist niedlich, und Maria ist sehr schön.
„Bruder, wer sind die knienden Leute?"
Die Kusine, die neben mir steht, schmunzelt.
„Was du alles nicht weißt. Das sind doch die drei Weisen aus dem Morgenland."
„Die drei Weisen aus dem Morgenland?" Der älteste Bruder ist nicht zu sehen. Auf der Suche nach ihm entdecke ich eine Schülerin mit einem weißen Spitzen-

tuch auf dem Kopf, die vor der Madonna betet. Neben ihr steht der älteste Bruder. Mein ältester Bruder. Der junge Mann, der anstatt mit seiner Geliebten, die zu Weihnachten ihre Verabredung nicht eingehalten hat, mit seinen Schwestern ins Kino gegangen ist, steht mit gesenktem Kopf vor der Muttergottes. Um was mag er zur heiligen Mutter Maria gebetet haben? Da er so einsam wirkt, fühle auch ich mich einsam. Ich werde immer ein Herz für ihn haben, was immer die Zukunft bringen wird. Der Kusine scheint das weiße Spitzentuch der Schülerin zu gefallen.

„Darf man ohne ein solches Tuch nicht beten?"

„Hm, keine Ahnung."

Die Kusine stellt sich mit gefalteten Händen hinter die Schülerin und bedeutet mir mit den Augen, daß ich es auch tun soll. Aber ich betrachte nur den Rücken der betenden Kusine und stehe unbeholfen da.

Als ich aufwachte, fiel mir gleich das Klingeln vom frühen Morgen ein, und ich öffnete die Haustür. Nur die Zeitung lag auf dem Boden: 'Der unglückselige Ringer Song Sung-Il ist gestorben.' Wer ist aber Song Sung-Il? Ich hielt die Zeitung näher an die Augen und las weiter: 'Der Ringer Song nahm im Oktober letzten Jahres an den Asienspielen in Hiroshima als Ringer im Griechisch-Römischen Stil in der 100 Kilogramm-Klasse teil und wußte nichts davon, daß Krebszellen bereits damit begonnen hatten, seinen Körper zu zerfressen. Er überwand die fürchterlichen Bauchschmerzen und gewann eine Goldmedaille, so daß er als Symbol für unglaublichen Kampfgeist galt.' Es hieß weiter, daß er jedoch die Krankheit selbst nicht überwunden habe und im jugendlichen Alter von sechsundzwanzig Jahren zur ewigen Ruhe eingegangen sei. Ich starrte das Bild des unglückseligen Ringers lange an. Ausgerechnet am Tag vor Neujahr!

Der älteste Bruder bringt am letzten Dezembertag einen kleinen Fernseher in unser abgelegenes Zimmer. Nachdem er das Gerät für uns eingeschaltet hat, fährt er zum Yongdungpo-Bahnhof, um mit dem Nachtzug nach Hause weiterzufahren. Die Firma gibt den Arbeitern nur einen Tag für das Neujahr nach dem Sonnenkalender frei, mit der Begründung, daß sie ihnen zum Neujahr nach dem Mondkalender dafür ein paar freie Tage geben werde. Die Kusine, die nun mit dem Praktikanten aus der Technischen Oberschule befreundet ist, wäscht sich mit warmem Wasser die Haare, zerstäubt hinter dem Ohr einen Tropfen Parfüm, das sie sparsam benutzt, und zieht zum Ausgehen statt der Schülerinnenschuhe ihre Langschäfter an.

„Wo gehst du hin?"

„In sein Zimmer, wir wollen etwas zusammensitzen. Du, aber er scheint Yun Sun-Im sehr zu mögen. Ist es dir nicht aufgefallen?"

„Aber denk doch an ihr Alter, sie ist dreiundzwanzig, oder?"

„Na ja, aber er spricht jedenfalls nur noch von Sun-Im, wenn er mit mir zusammen ist."

Die Kusine stupst mich an der Schulter an.

„Sag ganz ehrlich. Wer sieht hübscher aus, ich oder Sun-Im?"

„Du siehst hübscher aus."

„Ehrlich?"

„Und Sun-Im ist auch hübsch, nicht wahr?"

„Das stimmt. Sie sieht schon ganz nett aus. Sie hat lange Haare, und ihre Augen lächeln immer anmutig. Da selbst ich mich wohlfühle, wenn ich sie sehe, muß es doch den Männern noch eher so gehen, nicht?"

Zusammen mit Hi-Chae sehe ich den ganzen Tag über im Zimmer fern. Es gibt ein Sonderprogramm zum Neujahrsfest. Darsteller kriegerischer Künste treten auf und zeigen phantastische Dinge. Sie sammeln geistige Energie, um mit dem Blick das elektrische Licht auszulöschen, oder sie reihen etwa drei Eierkartons aneinander und legen sich drauf. Auch wenn ein kräftig gebauter Mann auf den liegenden Künstler ein Brett legt und sich mit seinem ganzen Gewicht darauf stellt, zerbrechen die Eier unter diesem nicht. Auf einmal stößt Hi-Chae ein kurzes, verblüfftes „Ah!" aus.

„Der Mann ist doch..."

Ich betrachte den Mann, auf den sie zeigt. Auf die Frage des Showmasters, wie er zu solch einem gefährlichen Sport komme, antwortet dieser: „Man hat sich oft über mich lustig gemacht, ich sei zu klein und sähe sehr weiblich aus."

Er lächelt, als er das sagt, und auf seinen Wangen bilden sich Grübchen.

„So habe ich mit dieser Kunst angefangen, um männlich zu wirken, und das hat mich bis hierher gebracht."

Ich stoße einige Male mit dem Ellenbogen Hi-Chae an, die gedankenverloren auf den Bildschirm starrt.

„Wer ist das denn?"

„Das ist er."

„Wer?"

„Der, von dem ich dir mal erzählt habe."

Ohne etwas Besonderes zu wollen, schaltete ich eines Tages den Fernseher an und hörte eine Sängerin namens Park Mi-Kyong mit einem Beat-Song: 'Deine Worte, du habest mich geliebt, empfinde ich nur als Täuschung.' Am unteren Bildschirmrand wurde eine Schrift eingeblendet: *Unglaubhafter Entschuldigungsgrund.* Das schien der Titel des Schlagers zu sein. 'Wenn dein Herz nicht mehr für mich schlägt, versuch doch auch nicht, etwas zu deiner Entschuldigung anzuführen.' Wie Park Mi-Kyong, die mit wilder Leidenschaft tanzte, bewegte auch ich den Kopf hin und her, ließ dann den Fernseher allein laufen und ging aus dem Zimmer, um im Kühlschrank nach etwas Eßbarem zu sehen. Außer Äpfeln gab es nichts zu essen. Immerhin ist aber morgen Neujahr, also sollte man sich zumindest Tokguk kochen, dachte ich mir und suchte den Geldbeutel. Und noch immer sang Park Mi-Kyong: 'Auch ich komme nie wieder zurück.' Ich lief die Treppen hinunter und fand eine Karte in meinem Briefkasten im Erdgeschoß. Ich nahm sie heraus und las den Absender. Er war mit Feder und Tinte geschrieben. Es war die Handschrift der Frau, die mir im letzten September ihr Testament geschickt hatte. Sie kann sich doch nicht umgebracht haben, wenn sie mir eine Neujahrskarte schickt. Noch im Stehen öffnete ich den Briefumschlag. Von dem Testament, das sie mir geschickt hatte, schrieb sie kein Wort mehr. Da stand lediglich: 'Es war mir angenehm, daß ich ein Jahr lang spüren durfte, daß es Sie gibt; ich wünsche Ihnen viel Glück.' Ich steckte die verspätete Neujahrskarte in die Tasche und ging hinaus, wobei ich meine Hände noch in der Tasche ruhen ließ. Der kalte Wind wehte meine herunterhängenden Haare nach hinten. Mir wurde auf einmal ganz feierlich zumute: spüren durfte, daß es mich gibt? Mich?

Drittes Kapitel

Wir, die wir atmen, jeder mit einer von anderem Wind
aufgerissenen Haut.
Wir, die wir aus Einsamkeit den Schlaf suchen,
Wir, die wir uns selbst im Schlaf nicht finden können.
Wir, die wir nur ab und zu irgend jemandes Scheitel
sehen und gesehen werden.
Wir, die wir uns mit wundgelaufenen Fußsohlen
berühren, dann wieder,
jeder mit abgewendetem Kopf, erschöpft und
einsam liegend atmen.

Hwang In-Suk, Reihentanz

Jene Gasse, in welcher der Schnee selten schmolz. Die Gasse, in welcher der Schnee über Nacht zu Eis wurde. Die Welt versteckt viele solcher Gassen. Das unbeleuchtete Fenster. Der kalte Telegrafenmast. Der zerbrochene Ziegel. Das Labyrinth der kleinen Zimmer hinter der Mauer. Der Gestank aus dem Abflußgraben. Der Geruch der chinesischen Pfannkuchen mit Zuckerfüllung. Der lange, offenstehende Korridor der einfachen Pension. Der Geruch des Öls, das aus dem Petroleumkocher ausläuft. Ein junger, betrunkener Arbeiter wankt vorüber, das Gesicht von Furunkeln entstellt. Die Lebensangst, die seinen lauten, traurigen Singsang durchdringt. Die Haustüren, die stets offen sind, weil ständig jemand ein- oder ausgeht. Die angehäuften, ausgebrannten Briketts. Der gefrorene Müll. Der junge, betrunkene Arbeiter hält sich am Telegrafenmast fest und fällt auf die Knie. Sein Erbrochenes, das schwer und tief aus den Eingeweiden hochkommt.

Die Freundin des ältesten Bruders hat diese Gasse wohl nicht ertragen können. Und ebensowenig die Perücke, die er auf dem kahlen Kopf tragen mußte, wie auch mich, die ich wie ein Geschwulst an ihm haftete.

Vielleicht ist es im Leben so, daß die Frauen die Männer enttäuschen und die Männer die Frauen.

Außerdem mißfallen der Mutter die schlanken Hüften der jungen Frau. Und diese stört sich ihrerseits an den dicken Hüften der Mutter. Vor der Mutter, die nach Seoul zu Besuch kommt, macht sie eine Anstandsverbeugung. Die Mutter wendet sich jedoch im Sitzen ab. In ihren Augen wirkt die zarte, junge Frau nicht besonders häuslich. Während der Bruder die Freundin begleitet, schlägt sich die Mutter wiederholt mit der Faust auf die Brust.

„Kommt die öfter hierher?"

„...Nein."

Die Frau kommt wirklich nicht öfter. Seit einiger Zeit kommt sie häufig sogar selbst an dem Tag nicht, zu dem sie zu kommen versprochen hat.

„Mit solch schmalen Hüften kann die niemals unseren Haushalt führen!"

Unseren Haushalt? Ich denke an zu Hause auf dem Land. In der Tat gibt es dort keine Frau, die so schmale Hüften hat. Und auch keine Frau, die so zarte Finger hat wie sie, so glänzendes, fließendes Haar, so große, schwarze Augen.

Die Mutter sagt zum Bruder, als er zurückkommt: „Du bist doch der Stammhalter in unserem Haus. Mit solchen Hüften kann sie doch nicht einmal für die Mahlzeiten sorgen!"

„Sie kann gut kochen, Mutter."

Die Kusine kichert kurz.

„Das Kochen allein macht's aber nicht."

Die Mutter denkt gar nicht daran, das Geschenk, das die Frau mitgebracht hat, auszupacken. Als der Bruder sie darum bittet, schiebt sie es trotzig weit von sich.

„Sie ist eine gute Frau, Mutter."

Die Mutter, die den Worten ihres ältesten Sohnes sonst Glauben schenkt, auch wenn dieser einen Bus einen Zug nennt, läßt sich diesmal kein bißchen überreden.

„Du scheinst ihr dein Herz geschenkt zu haben, weil du hier in der Fremde einsam gewesen bist und sie dann getroffen hast. Aber es geht nicht. Ja, wenn du mein zweiter Sohn wärst, würde ich zuerst abwarten, wie die Sache sich entwickelt, aber du bist nun mal mein erster. Wenn ich das Mädchen in mein Haus aufnehmen würde, müßte ich bestimmt für den Rest meines Lebens ihre Krankenpflegerin spielen! Also schlag sie dir aus dem Kopf!"

Chang schreibt nicht mehr. Immer, wenn ich nachts beim Nachhausekommen den Briefkasten öffne, werde ich enttäuscht.

Es gibt zu jeder Zeit Geheimnisse, tiefe Erinnerungen, auch wenn man damals mehr tot als lebendig war. Etwa daran, daß selbst in einer unablässig stinkenden Gasse ein rundliches Kind mit leuchtenden Augen aufwächst, und daß selbst unter der blauen Arbeitskleidung auf dem müden Körper unser Herz wie weiße Taros restlos gefüllt wurde.

'Würdest du dich an mich erinnern, daß ich mit dir zusammen war, auch wenn wir irgendwann verschwinden sollten? Schönes Du, die du im Winter geboren bist...' Als Hi-Chae in dem Haus mit dem Labyrinth von siebenunddreißig Zimmern, das in der Mitte der Gasse steht, zwei- oder dreiundzwanzig wird und ich drei Tage danach achtzehn, lädt die einundzwanzigjährige Kusine Hi-Chae ein und singt vor dem Napfkuchen, in den sie Streichhölzer gesteckt hat. 'Schönes Du, die du im Winter geboren bist... Liebliches Du... Herzlichen Glückwunsch zum Geburtstag. Herzlichen Glückwunsch zum Geburtstag...' Danach blasen wir die falschen Kerzen aus.

Das Kultusministerium gibt einen Erlaß heraus, der den Schülern und Schülerinnen erlaubt, ihre Frisur selbst zu bestimmen. Bislang trugen wir Zöpfe. Wie zeitraubend war es doch gewesen, sich jeden Morgen die Haare zu kämmen und zu flechten! Die Kusine und ich, wir lassen uns sofort nach Bekanntgabe des Erlasses beim Friseur am Markt von Karibong-Dong die Haare schneiden. Sie zu einem Bubikopf, ich zu einem Pagenkopf. Wieder zu Hause, sehen wir in den Spiegel. Obwohl wir nur eine neue Frisur haben, erkennen wir uns kaum wieder. Die Kusine schmollt verdrossen, sie sehe wie ein Mann aus.

Ich rief J. an.
„Hast du Lust, zu mir zu kommen?"
„Hast du dein Manuskript fertig geschrieben?"
„...Nein."
„Dann komm ich besser nicht zu dir."
„Wenn du kommst, koch ich dir gedämpfte Blaukrabben."
„Ich komm aber nicht."
„Ich mach dir Pfannkuchen mit Schnittlauch."
„Laß es."
„Dann gehen wir aus, treffen wir uns zum Mittagessen?"
Schweigen.
„Du, nur zum Essen, ich geh dann sofort heim."
In der Leitung kichert J. kurz und leise.
„Such nicht nach einem Vorwand und schreib an deinem Manuskript weiter."
„Nach dem Essen geh ich wirklich sofort nach Hause."
„Ich hab eine Verabredung."
„Mit wem?"
„Du kennst die Person nicht."
„Wann denn?"
„Ich muß gleich los."

Ich legte den Hörer auf und rief sie nach einer halben Stunde nochmals an. Ich sagte, ich bin's, worauf sie plötzlich brüllt: „Ruf mich gefälligst nicht mehr an!" Schweigen. Weich geworden, versucht sie nun, mich zu beschwichtigen: „Wenn du dein Manuskript abgegeben hast, dann ruf mich an, einverstanden?" Ich legte den Hörer auf. Die starke J.

...Das Jahr 1980.

Wichtig ist, daß man lebt. Daß man am Leben ist. Auch wenn wir in jener Gasse wie in einem billigen Logierhaus gelebt haben, wichtig ist eben, daß man noch am Leben ist. Daß im Notizbuch eine alte Telefonnummer steht, auch wenn man, vom Alltagsleben überfordert, diese Nummer kein einziges Mal im Jahr anruft. Wichtig ist, daß ich meine Hand ausstrecken und jemanden an der Hand fassen kann. Auch wenn ich mich nicht erinnern könnte, daß Hi-Chae überhaupt auf dieser Welt existiert hat, wäre es gut, wenn sie jeden Morgen unter irgendeinem Himmel dieser Welt aufwachte, Atem holte und lachend und schimpfend am Leben wäre. Dann hätte ich vielleicht der Erinnerung an Zeiten und Räume zwischen meinem sechzehnten und zwanzigsten Lebensjahr nicht ausweichen müssen. Aber auch wenn ich mich erinnere, mich immer an sie erinnere, ja auch wenn, was bringt das? Was kann ich verändern, wenn ich mich erinnere?

Was danach geschah, konnte ich nicht wissen; es dauerte noch lange, bis das Leben zu Ende ging; ich sah sie mit jemandem schwankend entlang der langen Mauer gehen. Solche Schilderungen sind nur dann möglich, wenn sie am Leben bleibt.

Von dem Ort, an dem der oberste Machthaber des Yushin-Systems ermordet worden ist, dringen ständig Nachrichten in die Welt vom ausschweifenden Leben der Mächtigen, von Zechgelagen, von Frauengeschichten und heimlichen Streitereien, die den Intrigen an einem alten Königshof gleichen. Die Blüten der Bäume in Seoul 1980 müssen sich wundern, wenn sie sich öffnen. Ein politischer Frühling, der schon vor ihnen überall ist, als sie mit Mühe die zugefrorene Erde durchdringen und auf die Welt kommen: der Seouler Frühling. Das Gefühl der Freiheit, das der Tod des Diktators überall auslöste und sich dann, einen nach dem anderen ansteckend, in Windeseile verbreitet. Obwohl für das Notstandsgebiet der Belagerungszustand verhängt worden ist, vergleicht man den Seouler Frühling mit dem Prager Frühling, und er läßt mit den herrlichen Blumen des Frühlings in der Natur auch die Hoffnungen aller Menschen aufblühen. Die unaufhaltsame Demokratisierungswelle, die wie ein Fluß über die Ufer tritt, erfaßt alle, trägt den Pfarrer Mun Ik-Hwan aus dem Gefängnis zurück in sein Haus in Suyuri. Blumen, Wind, Zweige - sie alle sind überrascht.

...Selbst mitten im Winter, in beißender Kälte, blühen die Forsythien wie verrückt.

Unter dem Telegrafenmast in jener Gasse, die auch im Frühling nicht auftaut, wartet die Frau auf den ältesten Bruder. Ich will gerade zur Tür hinaus, um ein brennendes Brikett zu kaufen, muß aber augenblicklich zurückweichen. Von vorn kommt der ermüdete Bruder mit seiner Perücke. Die Schritte des müden ältesten Sohns. Die Schritte eines jungen, armen Mannes, der erst fünfundzwanzig Jahre alt ist und schon die Verantwortung für eine Familie auf sich genommen hat. Als er die Frau sieht, bleibt er stehen.
Schweigen.
Schließlich nimmt sie die Kette von ihrem Hals und hält sie dem Bruder hin, der mit gesenktem Kopf vor ihr steht.
„Ich wollte dir das zurückgeben."
„Das brauchst du doch nicht."
„Ich hab sie aber von dir bekommen."
Gegen seinen Willen drückt die Frau ihm die Kette in die Hand und dreht sich um. Ich stehe mit der Brikettzange hinter ihnen und senke unwillkürlich den Kopf. Der arme Bruder. Der Bruder mit der Perücke läuft der schmalhüftigen Frau, die, kaum daß sie sich umgedreht hat, mit hell klingenden, gleichmäßigen Schritten fortgeht, nach und hält sie fest.
„Muß es unbedingt sein?"
„Ich kann nicht mehr."
Sie geht weiter. Der Bruder sieht jener Frau, die der Nachtwind fortweht, lange nach. Mit hängenden Schultern, aber mit aufrechtem Kopf. Lange verharrt er in dieser Haltung, dann wendet er sich zum Zimmer im Abseits um, und ich verstecke mich schnell hinter der Haustür. Vielleicht würde er ärgerlich, wüßte er, daß die achtzehnjährige Schwester ihn heimlich beobachtet hat.

Während in jener Gasse die Freundin des Bruders mit hell klingenden, gleichmäßigen Schritten fortging, um ihn für immer zu verlassen, sind wir morgens und abends durch sie gegangen, um zu leben. Die Kusine, Hi-Chae und ich.

Der dritte Bruder, der mit gepackter Tasche unser abgelegenes Zimmer verlassen hat, kommt mit der Bahn zurück. Die Kusine und ich gehen nun in die zweite Klasse. Wir sind von der Arbeit nach Hause gekommen und gerade dabei, Kimchi zuzubereiten.

„Wie geht's euch?"

„Älterer Bruder!"

Die Kusine zieht schnell ihre mit Chilisoße verschmierte rote Hand, mit der sie Zutaten für Kimchi vermischt, aus der Schüssel heraus und springt vor Freude auf. Ich säubere gerade das Zimmer und schaue, durch ihre Aufregung angesteckt, in die Küche. Die Haare des dritten Bruders, der vor der Tür steht, sind sehr kurz.

„Wo warst du denn?"

Ohne zu antworten fragt der dritte Bruder, wo der ältere Bruder sei.

„In der Nachhilfeschule!"

„Da geht er doch schon frühmorgens hin."

„Er gibt auch abends Unterricht und kommt erst gegen Mitternacht zurück."

Die Kusine schiebt die Kimchischüssel beiseite, damit der Bruder ins Zimmer gehen kann. Auch im Zimmer steht er bloß herum. Sein Kahlkopf glänzt unter dem Licht der Neonröhre. Er denkt nicht daran, sich hinzusetzenl, und bleibt stehen. Auch die Tasche setzt er erst nach einer Weile ab. Er sieht wie einer aus, der gleich wieder aufbrechen will.

„Hast du gegessen?"

Der Bruder bleibt immer noch stehen, wie wenn ihm das Zimmer ganz fremd wäre. Vor dem Plastikkleiderschrank stehend, betrachtet er den Schreibtisch.

„Soll ich dir das Essen bringen?"

Er antwortet noch immer nicht, zieht die Turnschuhe wieder an, die er gerade erst ausgezogen hat und geht fort.

„Aber wo willst du denn hin?"

Die dumpf tönenden Schritte, mit denen er, ohne ein Wort zu sagen, in der Dunkelheit die Treppe hinuntergeht. Ich lausche zuerst diesen Schritten, doch dann renne ich dem Bruder Hals über Kopf nach. Ich überspringe zwei oder drei Stufen. „Älterer Bruder!" Verwundert schaut der Bruder die Schwester an, die ihn atemlos verfolgt.

„Was ist denn?"

„Wo gehst du hin?"

„Ich geh dem großen Bruder entgegen."

„Stimmt das auch?"

„Natürlich stimmt das."

„…"

„Was hast du? Willst du auch mit?"

Ich bin mit der Zubereitung von Kimchi noch nicht fertig, muß noch die

Küche aufräumen und das Zimmer saubermachen, und da der Bruder zurück-gekommen ist, muß ich außerdem Reis kochen, auch wenn es spätabends ist.

„Du willst doch nicht wieder verschwinden, oder?"

„..."

„Wenn du nur wüßtest, wie besorgt der älteste Bruder ist..."

„Nein, ich geh nirgendwohin. Ich geh ihm nur entgegen."

„Du kommst aber ganz bestimmt mit dem ältesten Bruder zurück, ja?"

„Aber sicher."

Der dritte Bruder streicht mir übers Haar. Er sagt, er komme gleich wieder, ich solle nun hineingehen, er habe mit dem ältesten Bruder zu reden. Immer noch etwas unsicher, gehe ich hinein. Nach einer Weile kommen der älteste Bruder in Anzug und Perücke und der kahlköpfige dritte zusammen zurück. Der älteste Bruder strahlt. Erst jetzt bin ich beruhigt.

„Habt ihr Kimchi gemacht?"

„Ja."

„Das riecht aber gut."

Bei seinem Lob lächelt die Kusine, die das Kimchi zubereitet hat. Der älteste Bruder meint, Kimchi von der Kusine schmecke immer gut, genauso gut wie Kimchi von der Mutter, die Kusine werde sicher einmal eine gute Hausfrau.

„Wollt ihr das hier würzen und braten?"

In das Zeitungspapier, das er uns gibt, ist ungefähr ein halbes Kun Schweine-bauch gewickelt. Der dritte Bruder nimmt aus der gelben Tüte, die er in der Hand hält, eine Flasche Schnaps und stellt sie auf den Zimmerboden. Während die Kusine das Schweinefleisch würzt, nimmt der älteste Bruder seine Perücke ab, hängt sie an die Innenseite der Dachbodentür, wäscht sich die Füße und dann die Socken und hängt sie auf. Ich will vom Laden ein brennendes Brikett kaufen. Aber der dritte Bruder hält mich zurück und bietet sich an, es selber zu tun.

„Aber wenn wir, die Kusine und ich, es nicht holen, muß man lange warten!"

Dennoch kommt der dritte Bruder mit. Hi-Chae im ersten Stock, die von der Nachtarbeit zurückgekommen ist und sich gewaschen hat, will gerade die Tür zumachen und sieht dabei mich und den dritten Bruder, wie wir ein brennen-des Brikett holen gehen.

„Wer ist er?"

„Mein dritter Bruder."

Hi-Chae schaut dem Bruder nach, der vor mir durch die Haustür geht, und flü-stert mir ins Ohr: „Du hast aber viele Brüder."

„Er ist Student."

Das sage ich, obwohl sie nicht danach gefragt hat und verwundere mich selbst über meine Worte. „Du hast es gut", meint Hi-Chae und tippt mir, die stolz auf den Bruder ist, leicht auf die Schulter. Erst dann wird es mir peinlich, und ich lächle verlegen. Als der Mann von dem Laden mich sieht, gibt er mir ein brennendes Brikett, das sicher schon jemand anders bestellt haben muß. „Vielen Dank!" Der gute Mann sieht mich, da ich mich ungewöhnlich lebhaft bedanke, verwundert an: „Hast du heute gute Laune?"

Das Kinn des dritten Bruders, der den Kopf gesenkt hat, um mit der Zange das brennende Brikett zu packen, wirkt scharf geschnitten.

„Wo warst du, Bruder?"

Der kalte Februarnachtwind läßt die Flammen rot auflodern und streicht eisig über unsere Beine.

„Der älteste Bruder hat sich solche Sorgen um dich gemacht, wo du bloß sein könntest, da du weder in Seoul noch auf dem Land zu finden warst."

Ohne Erwiderung geht der dritte Bruder, der etwas ungeschickt das Brikett trägt, vor mir her.

„Du hättest es besser etwas früher holen sollen."

„Nun, da es zur Zeit weniger kalt ist, reicht ein Stück bis morgen früh, wenn es jetzt in den Herdschacht reingesetzt wird... Aber wo warst du denn?"

Während wir durch die Gasse gehen, frage ich ihn immer wieder. Aber der dritte Bruder gibt keine Antwort.

Es ist lange her, daß wir zu viert nachts im abgelegenen Zimmer saßen. Das durch eine Marinade aus geschnittenem Lauch, zerdrücktem Knoblauch und Chilipaste gut gewürzte Fleisch liegt nun gebraten auf dem Teller mit dem Blumenmuster. Der älteste Bruder gießt den Schnaps in das Schnapsglas, das vor dem dritten steht. Dieser trinkt es in einem Zug leer.

Als der dritte Bruder das Glas zurückstellt und sich Kimchi nehmen will, legt der ältere das fertig gebratene Fleisch in seine Schüssel.

„Iß, Bruder, bevor es kalt wird."

Der Kahlkopf des ältesten Bruders, der die Perücke abgesetzt hat, und der Kahlkopf des dritten mit dem scharfgeschnittenen Kinn glänzen bläulich unter dem Licht der Neonröhre.

„Es wird eine bessere Zeit kommen. Jetzt kannst du studieren. Vergiß nicht, daß du Jurastudent bist."

Der älteste Bruder, der dem dritten das leere Schnapsglas füllt, macht ein Gesicht, dem man nicht ansieht, ob er gut gelaunt oder traurig ist.

„Jedenfalls ist es Glück im Unglück."

Mit verständnisloser Miene sieht die Kusine mich an. Ich verstehe aber auch nicht, was Glück im Unglück sein soll.

...Das Frühjahr. Die Erde des Waldpfads, auf dem ich ab und zu spazierengehe, ist leicht und weich geworden.

Gestern war ich in Chunchon. Der Sonderartikel der Vierteljahreszeitschrift für Literatur, *Welt der Dichter*, scheint 'der' Autorin in Chunchon gewidmet zu sein. Als ich den telefonischen Auftrag erhielt, in der Rubrik *Beim Dichter* einen Artikel zu schreiben, habe ich zunächst abgelehnt.
Die Liebe hat viele Gesichter.
Da ich diese Autorin bewundere, habe ich mir ein Bild von ihr gemacht, obwohl ich kaum etwas von ihr weiß. Als ich zum erstenmal ihren Roman las, war ich zwanzig. Sie war für mich wie ein aufblitzender Lichtstrahl. Das unerwartete, tiefsinnige Licht der Dinge, die durch ihre Augen erfaßt werden, zog mich magisch an. Ich will werden, was sie ist, dachte ich. Ich werde auch gut werden, wie sie, um zu ihr zu gehen. Meine Verehrung wurde immer stärker. Doch heute wie damals ist es gerade diese Verehrung, die mich daran hindert, so einfach zu ihr zu gehen.

Aber schließlich saß ich gestern in dem Auto, das der Redakteur fuhr.

Es war an einem Frühlingstag wie gestern oder heute, als ich zum erstenmal nach Chunchon kam. Damals fand ich mich nach dem Studienanfang an der Hochschule auf dem Nam-Berg in der neuen Umgebung nur schwer zurecht und saß meistens auf einer Bank. Ich war zwanzig und als einzige Studentin aus jener Gasse herausgekommen. Wir waren damals bereits nach Tongsung-Dong umgezogen, und der älteste Bruder hatte geheiratet, hatte also eine Frau. Und war es ein Zufall, daß das Büro, in dem er nach der Beendigung seiner Beamtenlaufbahn seinen neuen Arbeitsplatz hatte, in dem Daewoo-Building war, das sich vor mir wie ein riesiges Tier aufgebäumt hatte, als ich zum erstenmal im Seoul-Bahnhof ankam? Und die Kusine hatte ihren Dienst im Dong-Haus aufgegeben und arbeitete dann im Büro einer Handelsfirma im zweiten Stock des Café *Echo* in Namyong-Dong. In diesem Frühling konnte ich mich in der neuen, plötzlich so veränderten Umgebung nicht zurechtfinden und saß nur herum. Die Frau des ältesten Bruders wusch auch meine Socken und ließ sie in der Sonne schön weich trocknen. Plötzlich hatte ich nichts mehr zu tun. Und in der Hochschule sprechen sich wildfremde, bunt gekleidete Menschen lebensprühend gegenseitig an, wie ich sie zuvor nicht einmal von fern hatte beobachten können. Sie schienen im Begriff zu sein, bald einen Ausflug zu machen. Wenn ich sie sah, konnte ich kaum glauben, daß es irgendwo in diesem Land die Fabriken, ein Haus mit siebenunddreißig Zimmern und den dunklen Markt gibt. Auf einmal kam ich mir ganz verlassen vor. Ich hatte so lange im Zimmer im Abseits gewohnt, daß es für mich allmählich zum einzigen Ort geworden war, an dem ich mich sicher fühlte. Wenn ich es nach dem unbeholfenen Herumsitzen auf einer Bank in der Hochschule, in die zu kommen mit soviel Mühe verbunden gewesen war, satt hatte, ging ich zur Kusine in Namyong-Dong. Ich wartete im Kaffeehaus *Echo*, bis sie Feierabend hatte.

Eines Tages in diesem März. Ich kam aus dem Haus, in dem die Frau des ältesten Bruders nun wirtschaftete, und wollte eigentlich zur Schule. Aber meine Schritte strebten irgendwie nicht zur Hochschule. Es war jedoch unmöglich, schon morgens im Kaffeehaus *Echo* auf die Kusine zu warten. So lief ich ziellos hin und her. Dann fuhr ich irgendwann mit dem Bus, stieg in die U-Bahn um und landete auf dem Chongnyangni-Bahnhof. Dort kaufte ich mir eine Fahrkarte nach Chunchon. Eine ziellose Reise nach einer Stadt, in der ich noch nie gewesen war. Der Zug raste dahin, draußen tauchten Hügel, Flüsse und Häuser auf und verschwanden wieder. Mir wurde übel. Die Sonne schien grell.
Auf dem Bahnhof in Chunchon suchte ich gleich eine Apotheke, kaufte ein Mittel gegen Reisekrankheit und nahm es auf der Stelle ein. Dennoch verschwand die Übelkeit nicht. Nachdem ich eine Weile auf dem Bahnhofsgelände hin- und hergegangen war, schaute ich auf die Uhr. Ich konnte noch rechtzeitig zum Feierabend der Kusine wieder in Seoul sein. Ich ließ mir schnell, wie wenn ich dringende Geschäfte zu erledigen hätte, eine Fahrkarte nach Chongnyangni geben.

An diesem Tag geschah es, daß mich die Kusine laut ausschalt, als wir im Café *Echo* saßen. Ihre Stimme übertönte die Stimme des Leadsängers der Gruppe Smokie, der aus vollem Hals *What Can I Do* sang - einen Schlager, den sie beim Diskjockey bestellt hatte. Sie sagte, ich solle nicht mehr zu ihr kommen und mich gefälligst nur um mein Studium kümmern. Doch als ich eingeschnappt plötzlich aufstand, hielt sie mich fest und kaufte mir auf dem Eßmarkt neben dem Sungnam-Kino in Namyong-Dong eine Schüssel Zolmyon. Während sie für mich in einer Schüssel die Nudeln mit der roten Soße vermischte, berichtigte sie sich: „Ich meine, komm nur noch ab und zu, damit du Zeit zum Studieren hast. Ich wär froh, wenn ich mich nur im Traum vor den Toren einer Universität stehen sehen könnte."

... Mir fiel die Übelkeit ein, die ich verspürte, wann immer von Chunchon die Rede war, noch bevor ich jene Autorin kannte. Und auch die traurigen Worte der Kusine, sie wäre froh, wenn sie sich nur im Traum vor den Toren einer Universität sehen könnte. Aber als ich begann, den Namen jener Autorin im Herzen zu tragen, verlor Chunchon diesen üblen Beigeschmack und wurde zu dem Ort, in dem sie lebte. Sie leuchtete seit meinem zwanzigsten Lebensjahr als blauer Edelstein in meinem Herzen. Jedesmal, wenn ich nachts in ihr Buch versunken war, fand ich morgens unter der Lampe ein weißes Häuflein toter Nachtfalter. Erst dann überfiel mich die Müdigkeit der vergangenen Nacht. Es gab auch eine Zeit, in der ich mir ausmalte, wie es sei, sie zu entführen. Wenn ich es nur könnte, dachte ich, würde ich sie, ohne zu zögern, einfangen.

...Ich denke darüber nach, welche Richtung mein Leben eingeschlagen hätte, wenn ich ihr nicht begegnet wäre, nachdem ich den trostlosen Ort Yongdungpo verlassen hatte.

Sie tröstete mich in meiner inneren Leere, ließ mich diese leichter ertragen, aber auch mein Mitgefühl für sie stärker werden. Sie war für mich der Schimmer eines Leuchtturms, mit dessen Hilfe ich durch den dunklen Tunnel der achtziger Jahre durchgekommen bin.
Sie sagte mir einmal, sie sei sich oft tagelang sehr verlassen vorgekommen, im Zweifel, ob ihre Leidenschaft für das Schreiben erloschen sein könnte. Sie habe nur noch zerstreut dagesessen, voll Unsicherheit, ob es vielleicht bis zu ihrem Lebensende nur bei dem Vorsatz zu schreiben bleiben werde.

Ihre Einsamkeit.

Am frühen Morgen las ich die Erzählung *Der alte Brunnen*, die sie fünf Jahre nach ihrem letzten Werk in der Literaturzeitschrift *Munye-Joong-Ang* veröffentlichte. Sie, die aus der Einsamkeit zurückgekehrt war, kam mir nun wie eine Koralle mit Wassertropfen vor. Wenn Niedergeschlagenheit und Furcht der Schreibenden *Der alte Brunnen* hervorgebracht haben, dann waren sie für sie ein notwendiges Werkzeug, dachte ich. Indem sie einfühlsam die Einsamkeit der Menschen schilderte, machte sie aus den zerlumpten Frauen dieser Geschichte mythische Gestalten. Die Strahlen, die durch das Leben blitzten, die vielen blauschimmernden Gedankenbilder, die sich im Brunnen widerspiegelten. Sie war voll Geist, Leben und auch voll Leidenschaft. Die unbekannten Frauen, denen sie Gewänder aus Sprache webte, werden im Brunnen geboren, erheben sich weit über ihre Weiblichkeit und ihr Menschsein hinaus und werden zu goldenen Karpfen. Darf ich mich erdreisten, den Aufruhr in meinem Innern, der mich in der Morgendämmerung überkam, nachdem ich *Der alte Brunnen* gelesen hatte, vielleicht als Neid zu bezeichnen? Wie kann sie nur so unverändert bleiben? Ich ging im Zimmer auf und ab. Sie erschien mir wie jemand, der in einem vom Seil abgeschnittenen Schöpfeimer in den Abgrund des blauen Brunnens gestürzt war und dann doch wieder zurückgekommen ist.

„Der alte Brunnen", sagte sie, „war das Ergebnis meiner verzweifelten Bemühungen, zum Schreiben zurückzufinden."

...Ich sehe das Bild vor mir: Ein goldener Karpfen springt aus den unermeßlichen Abgründen der Dunkelheit, aus tiefer, durch Verlust ausgelöster Wunde, blaue Wassertropfen verspritzend, wieder hinauf ins Leben.

Es ist Sonntag. Der älteste Bruder ruft mich.
„Hol vom Markt ein paar Pfund grobes Salz. Und besorg auch so einen Sack, so einen wie für Reis, du weißt doch, was ich meine."
„Wozu brauchst du das?"
„Frag nicht, tu, was ich sage."
Der Bruder, der aus dem Haus will, nachdem er seine Socken angezogen hat, zieht Geld aus der Tasche und legt es in die Hand der Schwester.
„Und bring ein paar von diesen großen Pflastern mit."
„Hast du dich etwa verletzt, Bruder?"
„Und sei so gut, drück sie deinem dritten Bruder auf die Hüfte. Er konnte kaum schlafen."
Ich gehe mit der Kusine, die zum Wäscheaufhängen auf der Dachterrasse war, die Treppen der Überführung hinauf, die zum Markt führt. Als ich ihr erzähle, was der älteste Bruder gesagt hat, fragt sie sich nachdenklich: „Vielleicht deswegen?"
„Was meinst du?"
„Ich meine den dritten Bruder. Vor uns wirkt er doch ganz in Ordnung, nicht? Aber gestern hab ich ihn auf der Dachterrasse hinken sehen."
„Hinken?"
„Ich hab ihn gefragt, was ihm fehlt, aber er sagte, es sei alles in Ordnung und ist dann, ohne zu hinken, hinuntergegangen. Doch ich glaub, er hatte Schmerzen."
Als wir mit diesen großen Pflastern zurück sind, schläft der dritte Bruder bäuchlings auf der Wandseite des abgelegenen Zimmers. Der älteste Bruder ist nicht da. Ich ziehe die großen Pflaster ab und schiebe das Hemd des schlafenden Bruders hoch. Obwohl ich ganz vorsichtig bin, schreckt er auf und schreit zugleich laut: „Wer ist da?" Seine Augen sind wie die eines kleinen Rehs, das vom Jäger verfolgt wird. Sein Rücken ist übersät mit blauen Flecken. Die Kusine ist entsetzt bei diesem Anblick und bedeckt ihr Gesicht mit den Händen. Ich fahre bei seinem schrecklichen Aufschrei zurück, wobei ich mich auf den Arm stütze. Erst

jetzt sagt der Bruder: „Ach, du bist es", und seine vor Schrecken geweiteten Augen blicken sanfter.

„Der älteste Bruder hat gesagt, ich soll sie dir auf die Hüfte drücken."

Der dritte Bruder legt sich wieder auf den Bauch und überläßt der Schwester den Rücken voller blauer Flecken. Woher er diese Verletzungen bloß hat? Allein um die Hüfte ist alles blau. Der Anblick tut mir weh. Ich drücke ihm die großen Pflaster um die Hüfte und massiere ihn. Obwohl ich sehr behutsam bin und ganz sanft massiere, zuckt er, wahrscheinlich vor Schmerz, zusammen.

„Tut es dir weh?"

Der Bruder drückt sein Gesicht wieder in den Arm und sagt kein Wort. Wer hat ihn bloß dermaßen zugerichtet? Mir fällt ein, was der älteste Bruder in der Nacht sagte, als der dritte Bruder zurückkam. Als er sagte, es sei immerhin Glück im Unglück, meinte er damit diese Verletzungen? Der dritte Bruder, der auffallend groß ist und einen breiten Brustkorb hat, ist übersät mit blauen Flecken und liegt nun mit angsterfülltem Gesicht und geschlossenen Augen vor der achtzehnjährigen Schwester, zusammengekauert wie ein Adlerjunges. Ich habe Tränen in den Augen, des Pflastergeruchs wegen.

Als der älteste Bruder das grobe Salz vom Markt sieht, sagt er, ich solle es erhitzen, in einen Sack füllen und diesen dem dritten Bruder unter die Hüfte legen.

„Aber was ist nur mit ihm passiert?"

Der älteste Bruder antwortet nicht. Verwundert schaut die Kusine mich an. Ich schüttle den Kopf: „Ich weiß es auch nicht."

„Aber wer kann ihn nur so zugerichtet haben?" fragt die Kusine, setzt nach Anweisung des ältesten Bruders die metallene Waschschüssel auf den Petroleumkocher und zündet ihn an. Sie schüttet das Salz hinein und hockt neben dem Kocher, um das Salz mit einem Spachtel zu verrühren. Es knistert beim Erhitzen.

Der dritte Bruder war Marathonläufer. In unserem heimatlichen Dorf fand jährlich im Mai das Tonghak-Sportfest statt. Der Bruder wurde drei Jahre hintereinander dazu gewählt, den legendären Volkshelden Chun Bong-Jun zu spielen und durfte das Geschütz tragen. Ebenso gewann er in drei aufeinanderfolgenden Jahren den Marathonlauf und brachte als Preis eine Menge Schulhefte nach Hause. Wo mag nun dieser stolze Bruder gewesen sein, daß er mit derart fürchterlichen Striemen zurückkam? Voller Sorge sehe ich, daß seine Fußknöchel unter den langen Waden, mit denen er einst wie ein Pferd lief, reglos an der Türschwelle liegen.

Die Sonderklasse für Industriearbeiterinnen, in der wir allein saßen, nimmt die

163

Erstkläßlerinnen auf. Unser Jahrgang zieht vom ersten in den zweiten Stock um. Die Klassen werden neu zusammengestellt, und so verabschiede ich mich von den einen und lerne die anderen kennen. Mi-Seo, die Hegel liest, die Linkshänderin An Hyang-Suk und Ha Kye-Suk, die immer eine Stunde zu spät kam und vorsichtig die Klassentür aufmachte, sind wieder mit mir in derselben Klasse. Die Kusine ist aber nach wie vor in einer anderen. Hi-Chae kommt nicht mehr in die Schule. Seit Neujahr sehe ich sie selten. Nach der Schule im Bus oder auf der Überführung, über die wir vom Markt aus zum abgelegenen Zimmer gehen, fragt die Kusine: „Hast du Hi-Chae gesehen?"

Ich schüttle den Kopf. „Will sie etwa nicht mehr die Schule besuchen?" Die Worte der Kusine bleiben in meinen Ohren haften. Eine beträchtliche Anzahl von Schülerinnen hat auf die Versetzung verzichtet. Bereits nach den Sommerferien des ersten Schuljahrs kamen viele nicht mehr zum Unterricht. Nachts sehen wir auf dem Weg zu unserem entlegenen Zimmer, daß an Hi-Chaes Zimmertür ein Schloß hängt.

Herr Choi Hong-Ih... Seit Beginn des neuen Schuljahrs ist er Klassenlehrer einer anderen Klasse. Als ob ich nur deshalb in die Schule gegangen wäre, um ihn zu sehen, vergeht mir beim Wechsel des Klassenlehrers gleich der Spaß an der Schule.

Die Linkshänderin An Hyang-Suk schenkt mir eine Schachtel Bonbons. „Wieso auf einmal Bonbons?" Ich schaue sie verwundert an. Sie flüstert wie zur Entschuldigung: „Du, wir wollen weiter Banknachbarinnen bleiben, ja?"

An Hyang-Suk ist vier Jahre älter als ich. Ich gebe ihr keine Antwort, weil ich lieber Mi-Seo, die nur ein Jahr älter ist als ich, als Banknachbarin hätte.

„Es ist mir halt peinlich, weißt du? Ich meine, wenn ich mit einer anderen die Bank teile, muß ich jedes Mal beim Schreiben an sie stoßen, und dann wird sie mich dumm anschauen. Dagegen haben wir uns doch inzwischen aneinander gewöhnt, nicht?"

Der neue Klassenvorstand ist für den Physikunterricht zuständig. Er legt die Plätze der Schülerinnen nicht fest. Die kleineren sollen vorne sitzen und die größeren hinten, so könne sich jede ihren Platz selber suchen. Ganz hinten, direkt neben der Tür, sitzt Ha Kye-Suk. So wird es in der zweiten Klasse weniger peinlich für sie, denn auch wenn sie erst nach Unterrichtsbeginn kommt, bleibt der Platz frei. Hin und wieder läßt auch jemand unauffällig die hintere Tür halb offen, damit sie unbemerkt hereinkann. Als ich mich auf den letzten Platz setze, der am weitesten von der Tür entfernt ist und von dem aus man das Blumenbeet sehen kann, kommt An Hyang-Suk, etwas verschämt, und setzt sich neben mich.

Auf dem Platz, von dem aus ich weit draußen das Auto des Musiklehrers, die Bank und die Statue einer Schülerin in weißer Sommeruniform sehen kann, denke ich an Herrn Choi Hong-Ih. Nun kann ich ihn nur noch in der Koreanischstunde sehen. Ab und zu gehe ich in der Pause zum Lehrerzimmer und mache vorsichtig die Tür einen Spalt auf. Ich werfe einen Blick auf Herrn Choi Hong-Ih, der etwas entfernt mit dem Rücken zur Tür sitzt, und komme ins Klassenzimmer zurück.

Eines Tages will der Klassenlehrer Hi-Chaes mit mir sprechen. Er fragt mich, was mit Hi-Chae los sei. Nach Aussage einer Schülerin, die im selben Betrieb arbeite, verlasse sie um fünf Uhr nachmittags mit dieser zusammen in der Schuluniform die Fabrik, um zur Schule zu gehen, erscheine jedoch in Wirklichkeit hier gar nicht. Aber es ist auch lange her, daß ich sie zuletzt gesehen habe. Was mit ihr los ist, hätte ich auch gerne gewußt.

„Ihr wohnt doch im selben Haus, oder?"

Es ist klar, daß er es nicht versteht. Ich selber begreife auch nicht, warum wir uns nicht häufiger sehen können, obwohl wir im selben Haus wohnen. Auch entsinne ich mich kaum, den anderen Mitbewohnern unseres Hauses direkt begegnet zu sein. Vor meinem inneren Auge taucht nur das Bild irgendeines Menschen auf, der entweder gerade aus seinem Zimmer tritt oder es zuschließt. Von ihnen bleiben mir lediglich schwache Spuren wie etwa die Töne aus einem Radio, die ab und zu von irgendwoher zu hören waren, oder ein paar heitere Gesprächsfetzen, der Geruch der Lamyons, die man am späten Abend kocht, das morgendliche Warten vor der Toilette, wobei alle schweigend und mit gesenktem Kopf dastehen, das aus den Zimmern fallende weiche Licht oder aber dunkle Fenster. Unter den vielen, nach außen sich öffnenden Küchentüren ist Hi-Chaes Tür die einzige, durch die ich gern ein und aus ging. Aber seit einiger Zeit bleibt diese Tür zu. Komme ich nachts aus der Schule, sehe ich, daß sie verschlossen ist, und morgens beim Aufbruch zur Arbeit ebenfalls.

„Glaubst du, daß sie überhaupt nach Hause kommt?"

Ich weiß es auch nicht. Das an ihrer Tür hängende Schloß ist ja das einzige, was ich sehe. Der Lehrer sagt, er müsse die Firma informieren, wenn Hi-Chae weiter unentschuldigt fehlen sollte. In der Satzung für die Sonderklasse für Industriearbeiterinnen gibt es eine Klausel, die besagt, daß die Schülerinnen ihren Arbeitsplatz nicht kündigen dürfen, solange sie in die Schule gehen. Anders gesagt, sie dürfen nur dann die Schule besuchen, wenn sie in einem bestimmten Betrieb arbeiten. Wenn sie dort kündigen und trotzdem die Schule besuchen, reagieren die Betriebe mit einem Schreiben, in dem sie die Entlassung der betreffenden Schülerin aus der Schule fordern.

Als die Kusine von meinem Gespräch mit Hi-Chaes Klassenlehrer hört, macht sie ein besorgtes Gesicht.

„Er scheint streng nach Prinzipien zu handeln. Wahrscheinlich ist er einer, der dafür sorgt, daß die Schülerinnen entlassen werden, ganz wie die Firmen es verlangen."

Seitdem gehe ich drei Tage lang nach Mitternacht hinunter in den ersten Stock, um nachzusehen, ob Hi-Chae dann vielleicht zurückgekommen ist. Aber auch um diese Zeit bleibt die Tür Hi-Chaes verschlossen.

Zu meinem Erstaunen höre ich vom ältesten Bruder, er habe Hi-Chae gesehen. Er sagt, und dabei verzieht er das Gesicht, sie sei im Morgengrauen in Schuluniform nach Hause gekommen. Er habe sie eigentlich anders eingeschätzt, aber vielleicht sei sie ein leichtes Mädchen.

„Aber nein."

Ich mache sofort mit der Hand eine abwehrende Geste.

„So eine ist sie nicht."

Die Kusine sieht mich, die so steif und fest Hi-Chae verteidigt, böse von der Seite an. Eines Tages bleibe ich die ganze Nacht über wach, um herauszufinden, wann die Haustür geöffnet wird. Es könnte gegen vier Uhr sein, als ich sie leise aufgehen höre. Vorsichtig stehe ich auf und gehe in den ersten Stock hinunter. Hi-Chae, die gerade den Schlüssel ins Schloß steckt, hätte erschrecken können, aber sie lächelt mich lediglich vage an. Ihre geflochtenen Haare, die sie wohl lange nicht mehr gewaschen hat und die daher fettig wirken, kleben hinter den Ohren. Im Schein der Lampe merke ich, daß ihr Gesicht wie Mehlteig aussieht, der durch ein Treibmittel aufgegangen ist. An ihren Haaren haften weiße Garnfäden. Wird der Betrieb ihr kündigen, wenn die Schule ihn darüber informiert, daß sie dort nicht mehr erscheint? Jetzt, als ich sie endlich vor mir habe, weiß ich plötzlich nicht, was ich ihr sagen soll, und schaue ihr nur von hinten zu, wie sie sich das Gesicht wäscht.

Am nächsten Morgen steht sie da, von der Luft des frühen Morgens verhüllt. Sie trägt Zöpfe, die Schuluniform und die Schultasche und wartet auf die Kusine und mich. Wir gehen nach langer Zeit wieder zusammen durch die Gasse. Erst an der Überführung erzähle ich ihr, was ihr Klassenlehrer gesagt hat.

„Mir ist die Schule völlig egal."

Sie atmet die Morgenluft tief ein und tritt auf die erste Treppenstufe der Überführung.

„Willst du etwa nicht mehr zur Schule?"

„Nein."

„Warum?"

„Ich muß Geld verdienen."

„Geld?" wiederholt die Kusine. Sie fragt, wieso Hi-Chae dann noch immer in Schuluniform sei.

„Weil ich zu einer bestimmten Zeit die Fertigungshalle verlassen muß."

„Wie willst du denn Geld verdienen?"

„Ich hab eine Stelle."

Ich bleibe auf der Überführung stehen. Der trübe, feuchte Himmel. Eine Stelle? Sie arbeitet doch bereits in einem Betrieb.

„Du... wirst doch nicht...?"

Aber Hi-Chae unterbricht die Kusine. Ich verstehe die Kusine erst nachträglich und stoße sie in die Seite. In der Fertigungshalle gibt es manchmal Leute, die ihren Arbeitsplatz am Fließband verlassen, um eine neue Stelle zu suchen. Sie gehen dann in Kaffeehäuser oder in Bars. Das meint die Kusine mit 'Du... wirst doch nicht...?' Sie will dazu noch etwas sagen, aber Hi-Chae unterbricht sie.

„Es ist in der Schneiderei Chinhi vor dem Zweiten Industriekomplex. Eigentlich haben wir abgemacht, daß ich nur von sechs Uhr nachmittags bis elf Uhr arbeite, aber in der letzten Zeit gab es soviel zu tun, daß ich oft die Nacht durchmachen mußte. Auch wenn ich gegen zwei Uhr nachts mit der Arbeit fertig war, konnte ich oft wegen der Sperrstunde nicht nach Hause."

...Ihre Stimme, die im leichten Schlaf umherzuirren scheint.

Ich kann mich nicht mehr erinnern, was für Konsequenzen die Schule damals aus Hi-Chaes Verhalten gezogen hat. Warum sie auf die Schule verzichten und zwei Stellen annehmen mußte, habe ich auch vergessen. Ich hatte zwar einmal von ihr gehört, sie wolle mit dem Bruder, der beim Stiefvater auf dem Land lebte, zusammenwohnen, müsse ein Zimmer für beide mieten, doch genau weiß ich das auch nicht mehr. Kann sein, sie sprach einmal von 'so etwas wie Telefonistin...' Es ist seltsam, daß mir von dieser für sie so schweren Zeit hauptsächlich ihre Stimme in Erinnerung bleibt, nur ihre kraftlose Stimme, einem Blumenblatt gleich, das man vor langer Zeit beim Lesen in ein Buch gelegt hat und das so vertrocknet ist, daß es in dem Moment zerfällt, wenn man es wiederfindet.

'Eines Tages...', so habe ich einmal geschrieben, und weiter heißt es dort lediglich wie folgt: Eines Tages sah ich sie im öffentlichen Bad. Es muß am Dienstag oder Mittwoch frühmorgens gewesen sein, nach der Woche, in der ich wegen Sonderschichten nicht rechtzeitig ins Bad hatte gehen können. Ich war wohl mit dem Bruder, der die Tür zum Dachboden aufmachte und seine Perücke holte, aufgestanden, um etwa eine Stunde für das ungeplante Bad bei Tagesanbruch Zeit zu haben. Als ich mich unter der Dusche einseifte, berührte ihr ausgestreckter Arm meine Schulter. Ich glaube, daß sie dabei wieder vage lächelte. Dieses vage, verhaltene Lächeln, das in meiner ebenso vagen Erinnerung geblieben ist...

„Ich bin eingedöst und hab mir dabei auf den Handrücken genäht... Es war frühmorgens."

Sie hielt ihre rot geschwollene Hand ins Waschbecken und lächelte wieder vage. Mir wurde plötzlich furchtbar schwindlig. Als ich ihre geschwollene Hand sah, war mir, als mische sich das Rattern der Nähmaschine, die ein Zickzackmuster in ihren Handrücken nähte, in das Geräusch des aus der Dusche fließenden Wassers, und als seien die auf meinen Körper spritzenden Wassertropfen zu hervorquellenden Blutstropfen geworden. Als ich ihr den schmalen Rücken wusch, sah ich einen bläulichen Fleck, der zur Hüfte hin immer größer wurde. Wie eine unbewohnte namenlose Insel auf dem Atlas, zog sich der tintenfarbige Fleck fast bis zum Bauch hin und verlor sich in ein schwaches Ende.

„Weißt du, wie man mich als Kind nannte?"

Vielleicht hatte sie meinen Blick auf ihrem Fleck gespürt, denn sie drehte sich um, als sie das fragte.

„Wie haben sie zu dir gesagt?"

„...Flecki."

Obwohl das eigentlich nicht besonders zum Lachen war, kicherten wir derart, daß wir dabei das Wasser aus dem Wascheimer verschütteten. „Flecki..."

„Flecki..." Zuerst brachen wir alle beide gleichzeitig in Gelächter aus, dann lachte ich wieder los, als sie aufgehört hatte zu lachen, und schließlich fing sie wieder an, als ich aufgehört hatte. Als ob es nichts Lustigeres auf der Welt gäbe, kicherten wir, bis unsere Kinnladen anfingen steif zu werden, als bekämen wir kaum noch Luft. Auf dem Heimweg trug sie ihre Schuluniform. Wahrscheinlich war sie von der Schneiderei Chinhi gleich ins Bad gegangen. Während ich zum Frühstück Reis kochte, schlief sie noch in der Schuluniform in ihrem Zimmer. Als ich sie aufweckte, um zusammen mit ihr zur Arbeit zu gehen, waren ihre Augen rot wie ihr Handrücken, den die Nähmaschine verletzt hatte.

Seouler Frühling... Der Vorsitzende der Gewerkschaftszweigstelle strahlt. Miss Lee, die gewöhnlich mit ihm zusammen zu Mittag ißt, strahlt ebenso. Die Gewerkschaftsmitglieder tragen den Anstecker mit der Aufschrift 'Hört endlich auf, die Gewerkschaft zu vernichten!' und demonstrieren in den Fertigungshallen. Die Kusine macht ein langes Gesicht, wenn sie sieht, wie manche Leute nach dem Händewaschen im Waschraum oder nach dem Haarekämmen vor dem Toilettenspiegel auf den Anstecker, den sie tragen, aufmerksam werden und über ihn streichen. Der Seouler Frühling bewirkt, daß der Vorsitzende der Gewerkschaftszweigstelle wieder gegen die Leute wettert, die dank unserer Unwissenheit in dicken, schwarzen Autos herumfahren können, er kämpft für die Möglichkeit einer freien Entscheidung, ob man Überstunden machen will oder nicht, für bezahlte Urlaubstage, den Acht-Stunden-Tag, die Auszahlung des Rentenausgleichs und für die Erhöhung der Löhne. Das Gesicht Miss Lees wird besorgt, als sie uns sieht. Sie erklärt, daß wir einfach zu wenig informiert seien, daß unsere Unwissenheit für die Leute, die mit den schwarzen Autos herumfahren, nur gut sei. Miss Lees Stimme ist zwar traurig, aber klar. Ihre Stimme drückt ihre Überzeugung, aber auch ihre Verzweiflung aus. Sie sagt, solange ihr euch nicht selbst schützt, werdet ihr immer große Opfer bringen müssen.

Ein älterer Kollege rief mich an.
„Geht's dir gut?"
„Ja."
„Wie gut muß es dir gehen, wenn du so lustig bist?"
„Soll ich denn etwa heulen?"
„Was machst du?"
„Ich telefoniere gerade."
Er lacht herzlich. Ich lache mit. Irgend etwas scheint er mir sagen zu wollen, zögert aber, was nicht seine Art ist.
„Schieß los!"
„Was?"
„Du hast mir doch was zu sagen, oder?"
„Ja, aber nur wenn du mir vorher versprichst, nicht ärgerlich zu werden."
„Worum geht es denn? Wenn es wirklich etwas Ärgerliches ist, werde ich mich auch darüber ärgern."
„Dann sag ich lieber nichts."
„Das gilt nicht, jetzt hast du mich neugierig gemacht."
„Na, dann versprich mir doch, daß du dich nicht aufregen wirst."
„Reg ich mich denn so schnell auf?"
„..."
„Sag schon!"
„Du ärgerst dich doch jedesmal, wenn ich etwas über dein Buch sage, und bist dann kaum noch ansprechbar."
„Geht es um mein Buch?"
„Ja."
„Aber das ist doch kein Ärger. Das ist nur Verlegenheit."
„Was auch immer!"

„Schieß endlich los, ich will mich zusammennehmen und weder ärgerlich noch unansprechbar werden."

„Weißt du, eben gerade habe ich das zweite Kapitel des *Zimmers im Abseits* in der Zeitung gelesen."

Ich werde trotzig. Schon bin ich unansprechbar. Was du nicht alles liest, will ich sagen, aber die Worte bleiben mir im Hals stecken, und ich versuche vergeblich, irgendwas zu sagen.

„Denk mal genau nach. War der Film, den du damals angeschaut hast, wirklich *Das verbotene Spiel*?"

Der Film hieß nicht *Das verbotene Spiel*, sondern *Bumerang* mit Alain Delon. *Bumerang*. Worum es darin genau ging, habe ich vergessen. Immerhin weiß ich noch, daß es sich um eine Geschichte von Vater und Sohn handelte. Der Vater holt seinen Sohn aus dem Gefängnis, der dort für ein Verbrechen büßt, und bringt ihn über die Grenze. Alain Delon spielte den Vater, dem es trotz aller gefährlicher Situationen gelang, seinem Sohn mit einem Flugzeug zur Flucht zu verhelfen.

„Es war *Bumerang*."

„Wieso hast du dann *Das verbotene Spiel* geschrieben?"

„Aber das ist doch ein Roman!"

Auf meinen trotzigen Ton hin verharrt er kurz in Schweigen. Er weiß es doch. Wie sollte er denn nicht wissen, daß die Sätze, die in einem Roman stehen, nie schneller sein können als die Blitze, die im Leben aufzucken und wieder verschwinden? Wie sollte er von den Grenzen der Sätze nicht wissen, daß sie jene Blitze übermäßig blockieren und bloß einseitig zeigen können?

Der Film, den ich damals mit dem ältesten Bruder und der Kusine sah, hieß *Bumerang*, aber er gefiel mir überhaupt nicht. Und das mag heute noch ein Problem für mich sein; daß ich vor etwas, das ich nicht mag, einfach davonlaufe, daß ich weder erklären will, warum ich etwas nicht mag, noch mich von irgend jemandem zu einer anderen Ansicht überreden lassen will. Die Ausschließlichkeit dieser Einstellung mag mich daran hindern, das Leben auch aus einer anderen Perspektive als der meinen zu betrachten. Daß ich den *Bumerang* in *Das verbotene Spiel* umwandelte, lag allein daran, daß ich den Film nicht mochte, daß er mir einfach nicht gefiel. Der ältere Kollege merkte, daß ich mich doch ärgerte, und verhedderte sich mehr als ich zuvor, als er versuchte, mich zu beruhigen.

„Na gut, ich meine ja nur. Soviel ich weiß, lief *Das verbotene Spiel* nur einmal in den sechziger Jahren im Kino. Damals warst du ja noch gar nicht geboren. Und nun soll es auf einmal *Das verbotene Spiel* gewesen sein, das du gesehen hast, was in meinen Augen überhaupt nicht in die Geschichte hineinpaßt. Wenn es sich um einen anderen Roman handelte, wäre es mir egal gewesen. Ich kann es nicht genau erklären, aber in *Das Zimmer im Abseits*, an dem du gerade arbeitest, stört mich eine solche Unstimmigkeit doch sehr, weißt du... Du solltest nicht über etwas schreiben, was du nicht mit eigenen Augen gesehen hast... Denk aber deswegen bitte nicht, daß ich von dir wirklichkeitsgetreue Literatur verlange. Du verstehst mich doch, oder?"

Nach dem Telefongespräch kochte ich als Beilage zum Abendessen Spinat. Frischen Spinat. Ich streute etwas Salz ins siedende Wasser, damit der Spinat seine natürliche Farbe beim Kochen nicht verliert und schreckte den gekochten Spinat zweimal mit kaltem Wasser ab. Ich presse ihn mit den Händen aus. Ja, ich kann nur so schreiben: Ich presse ihn mit den Händen aus. Aber dieses Gefühl, wenn man ihn vor dem Auspressen noch in der Hand hält, und sein Duft lassen sich keineswegs mit Worten ausdrücken. Auch wenn das, was den Spinat ausmacht, vielleicht gerade das ist, wofür ich keine Worte finden kann. Die grüne Farbe des Spinats beruhigte mein aufgewühltes Herz. Ich lockerte ihn gut in der Schüssel, die ich gewöhnlich für kalte Nudeln benutze. Ich zerdrückte zwei Knoblauchzehen darin, holte aus dem Gewürzschrank Sesamöl und geröstete Sesamsamen und schnitt den Lauch in länglichrunde Stücke.

...Länglichrund?
Die Frau des dritten Bruders war eine echte Seoulerin. Die Frau, die an derselben Universität wie der Bruder Modedesign studiert und dann eine Zeitlang als Stewardeß gearbeitet hatte, war von optimistischer Natur und lachte gern. Sie war so nett, daß ich zunächst annahm, sie hätte vielleicht ihre berufsbedingte Freundlichkeit beibehalten. Aber sie ist noch heute genauso wie damals, obwohl sie schon ein sechs Jahre altes Kind hat. Als sie nach ihrer Heirat zum erstenmal der Mutter beim Zubereiten des Festmahls für die Ahnen half, passierte Folgendes: Die Mutter schob ihr einen Korb voll Lauch hin und sagte wohl, sie solle den Lauch länglichrund schneiden. Ich steckte gerade kleine Stücke gekochter Tarostiele auf Spießchen nebeneinander, um Pfannkuchen auf Tarostielen zu machen. Die Schwägerin kam zu mir und fragte leise: „Schwägerin, was bedeutet länglichrund?"
Die genaue Bedeutung des Wortes kannte ich zwar auch nicht, aber ich wußte, wie etwas aussieht, das länglichrund geschnitten ist. So legte ich eine Stange Lauch auf das Küchenbrett, schnitt sie in schräge Streifen, um ihr zu zeigen, was ich meinte, und schob ihr das Brett hin.
„Das ist länglichrund."
Sie bemühte sich, es genauso zu machen, und lächelte mich an, wenn unsere

171

Blicke sich trafen. Dabei waren ihre Augen rot durch den scharfen Duft des Lauchs.

Wir leisten Überstunden. Die Kusine ist gerade im Begriff, die Preßluftpistole zu sich herunterzuziehen, senkt aber dann gleich den Kopf.
„Was hast du?"
„Ich seh nicht mehr richtig."
Nur verschwommen könne sie die kleinen Löcher für die Schrauben sehen. Ich gehe zur Kusine, die auf ihrem Arbeitsstuhl sitzt und den Kopf hängen läßt.
„Ich mach für dich weiter, und du gehst zur Toilette und schließt für eine Minute die Augen."
„Ja, das muß ich machen", sagt sie und steht auf.

Feierabend... In der Pförtnerloge durchsucht der Pförtner die Arbeiter, um sie daran zu hindern, irgendein Zubehörteil am Körper zu verstecken und aus der Fertigungshalle mitzunehmen. Seo Sun-Ih aus der Verpackungsgruppe schlägt resolut die Hand des Pförtners weg, der ihr beim Durchsuchen in die Brusttasche ihrer Bluse greifen will. Wir sind ʼAngestellte erster Klasseʼ. Die Verwaltungsangestellten heißen ʼOrdentliche Angestellteʼ. Sie werden nicht durchsucht. Sie stempeln die Uhrzeit auf die Stechkarte und gehen einfach an der Pförtnerloge vorbei. Nur die Angestellten erster Klasse werden samt ihren Taschen kontrolliert. Seo Sun-Ih, die das Durchsuchen verweigert, wird daran gehindert, ihre Karte zu stempeln. Doch nach ihrem Beispiel läßt eine Angestellte erster Klasse nach der andern zwar ihre Tasche kontrollieren, verweigert aber die körperliche Durchsuchung.
Der stellvertretende Leiter Ha aus der Abteilung für Allgemeine Angelegenheiten eilt herbei.
„Sieh mal einer an, heißt es nicht von alters her, die Diebe verraten sich selbst? Demnach habt ihr also etwas versteckt!"
Vor dem Hintergrund des Seouler Frühlings ruft Seo Sun-Ih jedoch würdevoll aus: „Der Pförtner ist ein Mann, also wenn es sein muß, kann er meine Tasche durchsuchen, aber auf keinen Fall mich selbst!"

Der Seouler Frühling bewirkt immerhin, daß zum Feierabend nun eine Frau aus der Kantine in die Pförtnerloge herunterkommt. Die weiblichen Angestellten erster Klasse werden nicht mehr von dem Pförtner kontrolliert. Seo Sun-Ih strahlt. Die anderen weiblichen Angestellten erster Klasse, die jetzt von einer Frau durchsucht werden, strahlen auch.

Der dritte Bruder bleibt häufig die ganze Nacht aus. Zwei oder drei Tage, aber manchmal auch eine Woche lang kommt er nicht zurück. Was der älteste Bruder am wenigsten dulden kann, ist unter anderem, daß man außerhalb schläft. Man könne essen, wo man sich gerade befinde, aber schlafen müsse man schon an einem festen Platz. Familienangehörige hießen eben diejenigen, die zusammen schlafen. Doch der dritte Bruder bleibt immer wieder weg. Die Kusine macht sich Sorgen um seine Hüfte: „Sie ist doch noch nicht ganz in Ordnung."

Es ist an einem Sonntag. Der älteste Bruder stellt den jüngeren, der nach einigen Tagen abgezehrt wieder auftaucht, zur Rede.

„Wo hast du übernachtet?"

Seine Stimme klingt kalt.

„Im Garten des Changkyong-Palasts."

Eine Mauer trennt seine Universität vom Garten des Changkyong-Palasts. Nieder mit der Diktatur, nieder mit dem Yushin-System! Der dritte Bruder scheint über die Mauer zu klettern und sich im Gebüsch des Parks zu verstecken, wenn er von der Polizei verfolgt wird. Der älteste Bruder springt vom Stuhl auf.

„Muß das unbedingt sein? Wie deutlich muß ich es dir denn noch sagen, damit du mich endlich verstehst? Du kannst dir doch jetzt keine Demos leisten!"

Der dritte Bruder, der sich dem ältesten bisher nie widersetzt hat, schreit jähzornig zurück: „Und was kann ich mir dann leisten, bitte schön?"

„Du bist Jurastudent!"

„Und soll ich deswegen wie der feige Bruder fliehen und nur noch im Versteck lernen, oder wie?"

Plötzlich brüllt der älteste auf wie ein Tier und drängt den jüngeren an die Wand.

„Du Hund!"

Der Kopf des dritten Bruders prallt hart gegen die Wand.

„Schlag doch, schlag mich doch, schlag mich tot!"

Mit weit aufgerissenen Augen trotzt der dritte Bruder dem älteren. Seine Stimme, seine Bewegungen drücken seine Wut aus. Wahrscheinlich will er richtig geschlagen werden, nicht unbedingt vom älteren Bruder, sondern einfach von irgend jemandem. Der älteste hebt den Stuhl und schleudert ihn gegen das Fenster. Die Gesetzessammlung der sechs wichtigen Gesetze sowie die Bücher über Straf- und Zivilrecht fliegen gefährlich dicht am Gesicht des dritten Bruders vorbei.

„Warum muß ich so leben?"

Seine lang unterdrückte Wut explodiert. Ja, warum muß er so leben? Obwohl er doch noch so jung ist, lastet sein Verantwortungsbewußtsein als ältester Sohn des Hauses wie der Zorn Gottes auf seinen Schultern. Die Wut des ältesten

Sohns, der sich anstelle der fernen Eltern um die jüngeren Geschwister kümmern, als Angehöriger der Schutztruppe noch nebenbei Geld verdienen und im engen Zimmer mit den jüngeren Schwestern unbequem übernachten muß, bewirkt schließlich, daß die Nase des dritten Bruders nun blutet. Der älteste schreit die Kusine und mich an: „Verschwindet alle! Haut ab!"

Durch sein Gebrüll eingeschüchtert, flüchtet die Kusine auf die Dachterrasse. Ich kann mich aber nicht bewegen.

„Du auch, geh mir aus den Augen!"

„…"

„Aber ein bißchen plötzlich."

Der dritte Bruder, dessen Nase blutet, schreit den älteren an.

„Laß sie doch in Ruhe!"

Der älteste schlägt den dritten mit der geballten Faust ins Gesicht.

„Du verdammter Kerl, du verschwindest als erster! Hau ab!"

Doch ebenso wie der dritte Bruder nicht auf den ältesten, ist auch dieser nicht wirklich auf den jüngeren wütend. Sie machen in diesem Moment einfach nur ihrem Ärger Luft. Da sie ihre Wut so lange verdrängen mußten, haben sie sich nicht mehr unter Kontrolle. Der Plastikkleiderschrank fällt um. Die Tür zum Dachboden droht zu zersplittern. Ich packe das Bein des ältesten Bruders, der nun den ganzen Schreibtisch hochheben und auf den dritten Bruder schleudern will.

„Bruder, bitte beruhige dich, bitte!"

…Ich öffne die Augen. Alle schlafen.

Durch das zerbrochene Fenster des entlegenen Zimmers fällt der warme Sonnenschein des Frühlings auf die Gesichter der Brüder und auf den Rücken der Kusine, die auf dem Bauch liegt. Sie schlafen so friedlich, daß mir der Wutausbruch von vorhin wie ein Traum vorkommt. Die Hand des ältesten Bruders ist verbunden, die aufgeplatzten Lippen des dritten sind rot ange-schwollen. Auf meiner Stirn liegt ein kaltes Handtuch. Im Mund der Geschmack eines Medikaments. Leise geht die Tür auf, und Hi-Chae schaut herein. Ihr Blick schweift über die schlafenden Brüder und die Kusine und bleibt an mir hängen. Ich schließe, von ihr unbemerkt, die Augen und öffne sie erst wieder, als sie ihren Blick, der auf meinen geschlossenen Augen lag, abwendet. Sie macht die Tür wieder zu und geht leise die Treppen hinunter. Ich setze mich erst auf, als ich höre, wie unten Hi-Chae ihre Zimmertür öffnet. Die Kusine, die durch meine Bewegung wach wird, setzt sich auch auf und fragt mich: „Geht's wieder?"

„…"

„Es war fürchterlich, nicht?"

„..."

„Aber deswegen brauchtest du doch nicht gleich ohnmächtig zu werden."

...Mai.

...Der Seouler Frühling ist vorbei. Ein Frühling, der zweihundertdrei Tage dauerte.

Ich ging mit dem siebenjährigen Neffen zum Mittagessen. Der Junge, der während des Winters regelmäßig schwimmen gegangen war, überstrahlte in seiner Frische den Frühling. Zur Zeit schien er die Nervensäge der Familie zu sein. Er fragte allen Familienmitgliedern ständig die Seele aus dem Leib, und sie nahmen es wohl mal mit Humor, gerieten mal aber auch in richtige Verlegenheit. Mir wurde folgendes erzählt: Einmal warnte seine Mama ihn, der ohne Rücksicht auf seine Umgebung Wind ließ, er solle sich gefälligst zusammennehmen. Danach rüttelte er eines Tages seine Mama beim Mittagsschlaf wach und fragte ganz ernsthaft, ob er nun Wind lassen dürfe. Als die Mama, die es ihm erlaubte, weiterschlafen wollte, schob er mit dem Daumen ihr Augenlid auf und fragte sie, warum er aufs Klo müsse, wenn er Wind gelassen habe.

Der Junge, der gerade silbenweise lesen lernte, ging morgens mit seinem Papa im Wald spazieren und fragte diesen auf einmal, was 'Fsk' sei. 'Fsk'? Als sein Papa, mein dritter Bruder, ihn begriffsstutzig ansah, sagte der Knirps, da steht doch 'Fsk'. Sein Finger zeigte auf die Speisekarte einer Garküche an dem Waldpfad.

Fleisch

Schweinsfuß

Kalbi

Diese Wörter hatte er von oben nach unten gelesen. Als ich auf die Erzählung meines Bruders hin in Gelächter ausbrach, machte der Kleine eine Miene, die seine immer noch nicht gesättigte Neugier ausdrückte, was denn 'Fsk' sei.

In der Hand des kleinen Neffen, der mich fest an der Hand hielt, sammelte sich die Feuchtigkeit des Frühlings. Die Weiden auf der Straße schwankten leicht im Wind, das helle Grün der fernen Berge war weich. Als wir unter dem Ginkgobaum standen, der sich mit frischem Grün satt geschmückt hatte, schaute er mich an.

„Du, Tante?"

„Ja?"

„Sind die Kleider der Bäume die Blätter?"

Ich führte den Knirps nur leicht an der Hand und interessierte mich eher für die vom nächtlichen Regen beinahe heruntergefallenen Blüten. Bei seiner Frage wurde ich einfach verlegen. Nun geht's wohl mit seiner Fragerei los. Als ich nicht antworten konnte, warf er meine Hand in die Luft und wiederholte die Frage: „Tante! Sind die Blätter die Kleider der Bäume?" Ich stammle unsicher: „Baumblätter? Kleider? Naja, die ersten Kleider der Menschen müßten tatsächlich Baumblätter gewesen sein." Und zögernd gab ich ihm recht. Der Knirps, der wie die Sonne strahlte, glich fast einer Seifenblase. Wir gingen noch lange zusammen weiter. Wenn er schlafen sollte, pflegten seine Eltern wahrscheinlich zu sagen, 'jetzt wird das Licht ausgemacht und geschlafen'; deshalb haben sich ihm die Worte 'Licht ausmachen' wohl tief eingeprägt. Eines Tages hatte ich nämlich mit geschlossenen Augen auf dem Sofa gesessen, als er mich geschüttelt hatte.

„Tante! Warum machst du die Augen aus?"

Ich lächelte bei diesem Gedanken vor mich hin. In diesem Augenblick griff er wieder nach meiner Hand und fragte erneut wie ein Philosoph: „Aber warum ziehen die Bäume im Winter die Kleider aus?"

Der Kleine war sehr ungeduldig. Als ich seine Frage nicht gleich beantworten konnte, sondern unsicher ein paarmal wiederholte, „also, weißt du...", ließ er einfach nicht locker und wollte unbedingt wissen, warum die Bäume trotz der Kälte ihre Kleider auszögen. „Also, weißt du..." Aber ich war mit meinem Latein am Ende, und auf einmal hörte ich den Knirps, der die Antwort ganz allein gefunden hatte, mit seiner indigoblauen Stimme kreischen: „Um ins Schwimmbad zu gehen, was?"

'Schwimmbad?' Da die Blätter der Bäume in seinen Augen ihre Kleider sind, und da er sich auszieht, bevor er ins Wasser springt, schien er daraus die logische Antwort auf seine Frage gezogen zu haben. Ich wußte nicht, was ich sagen sollte, zögerte überhaupt mit der Antwort und lächelte ihm nur zu. Doch der hartnäckige Knirps verlangte eine Bestätigung: „Es ist doch so, oder? Die Bäume wollen ins Schwimmbad gehen, stimmt's? Ja?"

Auf einmal stellte sich vor meinem inneren Auge ein Baum auf den Kopf.

Ich ließ die Hand des Kleinen los und lief schmunzelnd voraus. Er trippelte mir eifrig nach und wiederholte: „Stimmt's, stimmt's?" Ich drehte mich um und polterte auf einmal: „Du kleiner, hartnäckiger Kerl! Hör mal, du 'Fsk'! Keine Ahnung, ich hab einfach keine Ahnung."

...In jedem Jahr gibt es den Monat Mai. Auch zu der Zeit des Dichters Yong-rang, der dreihundertsechzig Tage lang vor Traurigkeit geweint haben soll, weil die Blätter der Pfingstrosen abgefallen waren, und genauso im Jahr 1980, als ich achtzehn war.

...Der Monat Mai, der Name der grausamen Wunde.

Der Mai jenes Jahres, der all seine Frische verloren hat, der nur noch als Wunde erscheint. Wo auch immer wir damals waren, was immer wir taten, dieser Mai bleibt, solange ich auf dieser Welt weile, der Mai des Jahres 1980.

Im Mai jenes Jahres... Die Linkshänderin An Hyang-Suk, die aus Hwasun, dem Ort der liegenden Buddhastatue, stammt, nimmt an einem Wochenende im Mai den Zug nach Kwangju, um von dort nach Hwasun weiterzufahren. Sie wollte am Montag zurück sein, was jedoch nicht der Fall war. Ein Tag, zwei Tage, drei Tage... Erst am siebten oder achten Tag kommt sie zur Schule, in Privatkleidern statt in Uniform.
„Was sollen die Privatkleider?"
Der Klassenlehrer, der gerade die Namensliste durchgeht, sieht sie an.
„Komm ins Lehrerzimmer!"
Als An Hyang-Suk aus dem Lehrerzimmer zurückkommt, sieht sie blaß aus. Man sieht auch, daß sie im Gesicht und am Körper sichtlich abgenommen hat. Wir haben Unterricht in Rechnen mit dem Rechenbrett. Der Lehrer läßt uns aus dem Rechenheft zehn Aufgaben der dritten Schwierigkeitsstufe lösen und geht mit auf dem Rücken gekreuzten Händen zwischen uns auf und ab. Das Klassenzimmer wird ruhig, und nur die hin- und hergeschobenen Kügelchen des Rechenbretts rascheln ununterbrochen. Nachdem der Lehrer, der zwischen unseren Tischen langsam hin und her schlendert, an uns vorbeigegangen ist, flüstert mir An Hyang-Suk zu.
„Es hat fürchterliche Unruhen gegeben, ganz schrecklich."
„..."
„Unzählige Menschen sind ums Leben gekommen!"
„...?"
„Die Telefonleitungen wurden zerstört, die Züge sind nicht mehr gefahren und man hat scharf geschossen, es war schrecklich."
„Wo?"
„In Kwangju."
Sie fährt fort: „Niemand will das glauben. Auch der Lehrer nicht. Meine Schuluniform ist im Menschengedränge komplett zerrissen worden... Ich konnte mich gerade noch in Sicherheit bringen, verstehst du."
Der Lehrer kreist um den Katheder und tritt gerade wieder in den Gang zwi-

schen unseren Tischreihen. An Hyang-Suk verstummt und rechnet linkshändig mit dem Rechenbrett. Als der Lehrer sich wieder entfernt, flüstert sie weiter.

„Ich hab solche Angst."

„Wie bist du hergekommen, wenn die Züge nicht mehr fuhren?"

„Auf der Ladefläche eines Traktors."

„Traktor?"

„Mein Onkel hat mich auf seinem Traktor auf Nebenwegen bis Ihri gefahren und dort am Bahnhof abgesetzt."

„...?"

„Kwangju ist gänzlich abgeriegelt. Ein Blutbad. Man darf weder aus der Stadt heraus noch in die Stadt gehen."

„Wer bringt wen um?"

„Die Soldaten töten die Zivilisten."

„Aber warum die Soldaten?"

„...Weiß ich nicht. Der Onkel sagte, ich solle niemandem davon erzählen... Also halt bitte den Mund."

Mit aufgerissenen Augen höre ich An Hyang-Suk zu, und die schaut mir lang in die Augen und fragt: „Wie kann es in Seoul nur so ruhig sein?"

Seouler Frühling... Die Forsythien in der schneidenden Kälte des tiefen Winters, die auf einmal blühten, werden von den Panzerwagen des neuen Militärs vernichtet. Wurden die Panzerwagen erfunden, um den Frühling zu zermalmen? Es waren ja auch die sowjetischen Panzerwagen, die den Prager Frühling zerstörten.

Die Bahn donnert an unserem abgelegenen Zimmer vorbei. Pst! Die Menschen legen den Finger auf den Mund und zerstreuen sich ängstlich. Der dritte Bruder verläßt in Begleitung des ältesten das Haus, um mit einer Tasche, vollgestopft mit Gesetzesbüchern, zu einem Bauernhof in den Bergen zu fahren.

Das Fließband bewegt sich langsam. Seitdem der Seouler Frühling niedergeschlagen wurde, gibt es keine Überstunden mehr, und das Arbeitstempo in der Vorbereitungsgruppe der Fertigungshalle für Stereoanlagen verlangsamt sich sichtlich. Es kommt auch vor, daß man zwei bis drei Stunden gar nichts zu tun hat. Die Schritte des Vorarbeiters, der zwischen den Produktionsreihen hin und her geht, sind ebenfalls schleppend. Hier und da hört man, die Fertigungshalle für Stereoanlagen werde wohl geschlossen. Der Export sei gestoppt. Der Schüler der Technischen Oberschule, der in der Inspektionsabteilung sein Praktikum macht, sitzt in der gegenüberliegenden Reihe und kritzelt auf dem Fließband.

Die Kusine betrachtet heimlich seinen Nacken. Erst als er gelangweilt gähnt und seinen Kopf hebt, wendet die Kusine ihren Blick schnell ab und senkt ihn. Der Blick des Schülers ruht schon auf Yun Sun-Im. Die Augen der Kusine, die die lockigen Haare Yun Sun-Ims betrachtet, stehen voll Tränen.

Wenn ich eine Frau mittleren Alters sehe, die an ihrem dicken Finger einen Ring mit einem Amethyst trägt, fällt mir die Vermieterin des Hauses mit den siebenunddreißig Zimmern ein. Sie wohnt nicht dort. Man sieht sie nur am letzten Wochenende des Monats, etwa drei Tage lang. Sie schaut vorbei, um die Miete und die Nebenkosten zu kassieren. Das schwarze Auto, das in der Gasse geparkt ist, signalisiert ihr Auftauchen. Der Chauffeur, der sie hergefahren hat, parkt das Auto immer in der Gasse und döst darin ein. Deswegen müssen wir uns seitwärts durchschieben, wenn wir an dem Auto vorbeigehen wollen. Der weiß gepuderte Nasenrücken der Frau glänzt wie ihr Amethystring an ihrem Finger. Eine Frau, die es mit dem Rechnen zu ihrem Vorteil genau nimmt. Auf der Abrechnung der Nebenkosten, die sie getrennt von der Miete unter den Mietern aufteilt, steht der zu zahlende Betrag peinlich genau bis auf das letzte Komma.

Ich habe nur ein einziges Mal gesehen, daß Hi-Chae sich ärgerte.

Sie ärgert sich über die Vermieterin, die an drei Fingern Edelsteinringe einschließlich des Rings mit dem Amethyst trägt. Hi-Chae, die auf das Auto in der Gasse deutet, sagt verärgert, sie würde am liebsten die Luft aus den Reifen lassen.

„Also weißt du, sie hat gesagt, ich müsse für den Strom zweitausendzwanzig Won zahlen. Ich hab ihr zweitausend Won gegeben, dann hat sie erklärt, daß noch zwanzig Won fehlen. So habe ich ihr noch hundert Won gegeben. Die achtzig Won zuviel wollte sie mir aber nicht herausgeben."

Ich schmunzle. Hi-Chae hat vor Ärger rote Backen bekommen.

„Du, letzten Monat hat sie es genauso gemacht, und vorletzten auch."

Die resolute Kusine macht das ganz anders. Sie wechselt vorher in Zehner und gibt der Vermieterin die genaue Summe.

Ich erinnere mich an die Worte des Vorsitzenden der Gewerkschaftszweigstelle: „Ich wollte Ihnen klarmachen, daß es in diesem Land Menschen gibt, die bequem im warmen Wasser der Badewanne liegen, während Sie Nachtarbeit leisten. Ich wollte, daß Sie zumindest die Tatsache erkennen, daß man Sie zwingt, für solche Leute Opfer zu bringen. Ich wollte erreichen, daß Sie dann aus Gründen der Selbstachtung versuchen, Ihre Rechte einzufordern." Der Vorsitzende bedauert unser Schweigen. Wir, die es nicht fertigbringen, unsere Rechte einzufordern. Wir, die davor zurückschrecken, gegen den niedrigen Lohn oder die niedrigen Zuschüsse zu kämpfen. Wir machen uns statt dessen Sorgen, daß es keine Überstunden und Sonderschichten mehr geben soll und wir dann auch keine Zuschüsse mehr verdienen können. Wir haben keine Selbstachtung. Wir denken nicht daran, daß gerade wir die Menschen sind, die als Opfer mißbraucht werden, wie er zu Recht meint.

Miss Lee sagt mit völlig übermüdetem Gesicht: „Es ist alles aus."

Seo Sun-Ih, die im Seouler Frühling die körperliche Durchsuchung verweigert hat, kündigt von sich aus und stellt fest: „Das sind Leute, die in unser sauer gewordenes Kimchi sogar noch kleingeschnittene Regenwürmer hineinwerfen würden, wenn es ihnen nötig erschiene."

Die Kusine flüstert: „Die Leute haben gesagt, es sei gefährlich geworden. Man wird schon weggeschleppt, wenn man nur den Mund aufmacht. Man wird irgendwohin zur Umschulung geschickt. Auch den Vorsitzenden der Gewerkschaftszweigstelle sollen sie fortgeschleppt haben."

Auf dem Informationsbrett der Firma werden die Namen der Leute ausgehängt, die vom Personalabbau betroffen sind. Die meisten sind Gewerkschaftsmitglieder in der Fertigungshalle für Stereoanlagen. Der Name der fleißigen Miss Lee steht unter den ersten. Sowohl der stellvertretende als auch der erste Leiter der Fertigungshallen sind verschwunden. Der Vorarbeiter wird zum stellvertretenden Hallenleiter befördert. Er führt als stellvertretender Leiter die Morgenversammlung durch. Er sagt, da der Export zusammengebrochen sei, würden die gegenwärtigen drei Produktionsreihen zu einer einzigen zusammengelegt, und so seien Personalabbau und eine Umstrukturierung der Fertigungshallen unvermeidbar. Auf dem Platz der Kusine und auf meinem sitzen nun jeweils Nummer eins der Reihe B und Nummer zwei der Reihe C. Durch die Umstrukturierung der Fertigungshallen verlieren die Gewerkschaftsmitglieder und die Schülerinnen ihre Plätze. Man kommt zur Arbeit, hat aber keinen eigenen Arbeitsplatz mehr. Der Vorarbeiter läßt als neuer stellvertretender Hallenleiter die Leute, die ihre Plätze verloren haben und nun herumstehen, zusammenrufen und hält eine Rede. Je nach Arbeitsplan würden die Arbeitsplätze jeden Morgen neu festgelegt. Die Kusine und ich waren jeweils Nummer eins und Nummer zwei der Reihe A, aber nun können wir nicht mehr immer zusammensein. Die Kusine sitzt einmal in der Vorbereitungsgruppe, und ich bohnere neben dem Angestellten der Inspektionsabteilung das Gehäuse der Stereoanlagen mit einem gewachsten Flanelltuch. Ein anderes Mal lötet die Kusine mit ihren ungeübten Händen. Über ihrem Kopf steigt der Bleidampf auf. Einmal gehen wir beide zur Aushilfe in die Fertigungshalle für Fernsehgeräte im anderen Gebäude. Es heißt zwar Aushilfe, aber es gibt kaum etwas auszuhelfen. Die Leute schauen uns schief an, und wir stehen unsicher herum.

Wenn ich am Fließband der Reihe A vorbeigehe, schmerzt es mich. Mein Platz, der mir in die Augen springt, auch wenn ich jedesmal auf dem Weg zur Toilette mit gesenktem Kopf daran vorbei gehe. Meine Arbeitsecke. Mein Arbeitstisch. Der Platz, an dem ich Chang immer Briefe schrieb, wenn das Fließband stillstand. Der Platz, an dem ich das in Zeichenpapier gehüllte Buch *Der Zwerg* liegen ließ. Seit dem Verlust des Platzes sind die Kusine und ich trübsinnig. Wir laufen extra auf Umwegen durch den Industriekomplex zur Arbeit. So kommen wir natürlich häufig mit Verspätung an. Unsere unsicheren Bewegungen gleichen denen alter Tagelöhner, die nach einer abgeschlossenen Bauarbeit keine Arbeit mehr haben und nutzlos um die Feuerstelle des Bauplatzes herumstehen. Da war es früher doch besser, als wir noch darüber klagen konnten, daß das Fließband zu schnell laufe und daß wir doch keine Maschinen seien. Wenn wir damals Muskelkater bekamen, massierten wir ihn weg. Aber nun, wo wir unseren Platz verloren haben und nur herumstehen, überwältigt uns immer mehr das Gefühl, daß das Leben der Menschen gemein sei. Früher dachten wir am Arbeitsplatz weniger an die anderen Dinge, wenn wir pausenlos die Preßluftpistole herunterzogen und Teile zusammenschraubten. Nun haben wir nur den einen Wunsch: in der Fertigungshalle an unserem eigenen Platz sitzen zu können.

Die innere Wunde, die die Unsicherheit, wo denn mein Platz sei, hinterließ. Deswegen ist auch, selbst nach so vielen Jahren, mein erster Gedanke, wenn ich irgendwohin komme, wo viele Menschen sind: Wird es dort einen Platz für mich geben? Das Unterbewußtsein bleibt, das bewirkt, daß ich lieber gar nicht erst hingehe, wenn ich damit rechne, daß es mich nur noch mehr quälen wird.

Meine Kusine, die Frostbeulen an den Zehen und rotgefrorene Hände hatte, die schnell einschnappte, aber auch schnell wieder lustig wurde, die jedem gegenüber trotzig herumschrie, aber dann wiederum hilflos den Kopf senkte und in das gelbliche Urinloch im Boden unter dem Telegrafenmast starrte; diese Kusine scheint plötzlich nicht mehr zu wissen, wie sie weitermachen soll. Sie wirft die Kamera in ihrem Herzen ins Urinloch und flüstert mir zu: „Ich will Telefonistin werden."
„Telefonistin? Das ist doch der Traum von Hi-Chae, das war doch nicht deiner. Hast du deinen schon vergessen? In der Nacht, als wir unser Zuhause verließen,

als ich mich von der Tante, die nach Fisch roch, verabschiedete, hast du mir doch gesagt, einmal würdest du zu den im Wald schlafenden weißen Vögeln gehen, um sie zu fotografieren."

„Das schaffe ich nie. Diejenigen, die so etwas tun können, sind anders geboren."

„Nein, das stimmt nicht. Du kannst es schaffen, wenn du es nicht vergißt. Verlierst du deinen Traum, dann ist alles vorbei. Du kannst es schaffen, wenn du nicht aufhörst, dich deinem Traum zu nähern. Wenn du immer weiter gehst, dann wirst du irgendwann in diesem Wald ankommen. Und wenn nicht, wirst du doch wenigstens in seiner Nähe sein."

Die Kusine ist verärgert und schreit mich an: „Spiel dich bloß nicht so auf, verdammt noch mal! Du hast ja so wahnsinnig viel gelesen, was? Ich kann dich nicht mehr sehen, du dumme Nuß!"

Sie, meine Kusine. Selbst im Sommer, in dem man ärmellose Kleidung trägt, bekam sie an den Armen eine Gänsehaut. Die Arme der Einundzwanzigjährigen, die immer zu frieren schien. Kaum sehe ich ihren Arm sich in die Luft schwingen, verpaßt sie mir eine Ohrfeige.

„Was weißt du schon überhaupt?"

Auch ich schreie sie an: „Wenn du nicht mehr in die Schule gehst, werde ich es dem ältesten Bruder sagen!"

„Sag es ihm doch, sag es ihm doch! Er ist dein Bruder und nicht meiner!"

„Er wird dich übers Knie legen."

Die Kusine starrt mich böse an und atmet erregt.

„Er wird dich samt deinen Sachen aufs Land zurückschicken!"

Meine Kusine drückt sich an die Mauer und weint bitterlich.

„Er hat doch gesagt, er mag mich nicht, weil ich nur ein kleines Fabrikmädchen sei."

„…!"

Ich habe ihr zwar mit heftigen Worten widersprochen, aber nun stehe ich hilflos da.

„Yun Sun-Im sei zwar auch ein kleines Fabrikmädchen, aber sie sei wenigstens hübsch, ich aber dazu noch häßlich."

Dieser unverschämte Kerl aus der Technischen Oberschule!

„Und er ist nichts als ein kleiner Fabrikhansel!"

„Er sagt, er sei bloß wegen eines Praktikums hier, und er werde auf die Hochschule gehen. Auch ich will nun Telefonistin werden und eine Feststellungsprüfung für den Oberschulabschluß ablegen und danach zur Uni gehen."

Sie wischt sich trotzig die Tränen ab und beißt sich auf die Lippen.

„Du wirst mich doch dem Bruder nicht verraten?"
Ich schüttle den Kopf. Sie hat sich bereits zu Kursen in einer Telefonistenschule in der Chongno angemeldet.
„Ich hab gehört, wenn man nach der Prüfung das Zertifikat erhält, kann man auch in einer Bank angestellt werden, auch bei der Post oder so."

...Ja ja, in einer Bank und bei der Post oder so.

Die entlassenen Angestellten, einschließlich Miss Lee, kommen weiterhin morgens zur Arbeit. Sie fordern die Firmenleitung auf, sie wieder einzustellen, weil die Entlassung ungerecht gewesen sei, und führen in der Fabrik Demonstrationen durch. Jeden Morgen gehen die entlassenen Arbeiter, die durch den Haupteingang gehen wollen, und die Pförtner, die versuchen, sie daran zu hindern, aufeinander los.
„Was heißt hier, 'zur Arbeit', wo ihr doch keine Stechkarte mehr habt?"
Wer sich mit denen, die wieder eingestellt werden wollen, solidarisiert, wird ebenfalls entlassen. Miss Myong steht mit verschränkten Armen vor dem Haupteingang und beobachtet Miss Lee. Die Kusine wirft Miss Myong einen verächtlichen Blick zu, als sie zur Arbeit geht, und wendet sich somit von den Leuten ab, die wieder eingestellt werden wollen, jedoch bereits von den Pförtnern zurückgedrängt werden.

Ich bin nun allein. Sowohl Hi-Chae als auch die Kusine bleiben der Schule fern. Wenn wir um fünf Uhr aus der Fertigungshalle kommen, gehe ich zur Oberschule und die Kusine zur Telefonistenschule. Nachts komme ich allein mit dem Bus ins abgelegene Zimmer zurück. Unterwegs war ich auf dem Markt.

Der älteste Bruder weiß nicht, daß die Kusine anstatt zur Oberschule zur Telefonistenschule geht, um das Zertifikat als Telefonistin zu bekommen. Nach wie vor fährt er frühmorgens in seiner Perücke mit der Bahn zur Nachhilfeschule, wird aber täglich dünner. In der Schublade liegt noch immer die glänzende Goldkette, die seine frühere Freundin ihm zurückgegeben hat.
„Die Kette gehört Mi-Yong, nicht?"
Eines Tages öffnet die Kusine aus irgendeinem Anlaß die Schublade, nimmt dabei die Halskette heraus und schwenkt sie hin und her.
„Wieso liegt sie da drin?"
Die Kusine probiert die Kette an und schaut in den Spiegel.
„Leg sie wieder hinein!"
Mir mißfällt ihr Benehmen, weil ich an die Frau denke, die in jener Nacht dem

Bruder die Halskette zurückgab, um ihn zu verlassen. Immer wieder bin ich auf die Frau wütend. Ihr weißes Gesicht, ihre bezaubernde Nase, ihre Augen, die glänzten. Ich kann den Gedanken nicht verjagen, daß gerade ihre Schönheit den ältesten Bruder elend gemacht hat. Wenn ich mir vorstelle, welch große Hoffnungen er in die Zukunft gesetzt haben muß, als er ihr diese Kette schenkte, empfinde ich heftiges Mitleid mit ihm. Der älteste Bruder ist kein Mann, der irgend jemandem gleich eine Halskette schenkt. Er ist keiner, der sein Herz leicht verschenkt.

Die Kusine strahlt wie die Halskette.

„Dürfte ich sie nur ein einziges Mal beim Ausgehen tragen?"

Ich sehe sie böse an. Doch sie scheint wirklich die Kette einmal beim Ausgehen tragen zu wollen, bittet mich, ein Auge zuzudrücken: „Nur ein einziges Mal! Eine böse Frau. Warum hat sie die Kette nicht behalten oder sie in den Fluß geworfen? Was soll der Bruder damit machen? Und warum hebt er sie hier auf? An einem so leicht zugänglichen Platz, wo man sie gleich sieht, wenn man die Schublade nur herauszieht?" Ich bin irgendwie so verärgert, daß ich der Kusine die Kette wegnehme und dorthin zurücklege, wo sie sie gefunden hat, um dann die Schublade heftig zuzuschieben.

Seitdem die Kette in der Schublade liegt, schläft der älteste Bruder nicht mehr gut. Er wälzt sich herum. Ab und zu geht er nachts aus dem Zimmer. Die Schritte des Bruders, der zur Dachterrasse geht. Einmal gehe ich ihm nach. Er nimmt die Wäsche von der Leine, die jemand noch nicht abgenommen hat, setzt sich auf das Dachgeländer und sitzt nur so da.

Der älteste Bruder, der seinen Kummer nicht einmal mit Rauchen betäuben konnte. Was mag er in diesem Augenblick gedacht haben? Was kann er dort gesehen haben? Meine Angst, der in den Nachthimmel aufragende Fabrikschornstein des Design-Verpackungs-Centers könne auf ihn stürzen. Wenn ich die Möglichkeit dazu gehabt hätte, wäre ich bereit gewesen, die Frau aufzusuchen und ihr von seinem Schmerz zu erzählen.

Mitten in der Nacht fahren die Kusine und ich, durch einen Klageruf des ältesten Bruders erschreckt, aus dem Schlaf auf. In der Dunkelheit sitzt er einsam und zerstreut da. Als ich das Licht anmachen will, sagt er: „Du kannst es lassen." „Was hast du, Älterer Bruder?"

Er habe Herzschmerzen, bekomme kaum Luft. In der Dunkelheit sitzt er verwirrt und reibt sich die Brust. Die Kusine, wohl den Ernst seiner Beschwerden fürchtend, macht das Licht an, geht aus dem Zimmer und kommt mit einer

Schale voll kaltem Wasser zurück, um ihn trinken zu lassen. Der Bruder versucht, ein Schlückchen zu nehmen, schafft es jedoch nicht. Er stellt die Schale an der Stirnseite des Zimmers ab. Obwohl er sich immer wieder über die Brust streicht, sagt er, es sei nun wieder alles in Ordnung, und wir sollten weiterschlafen.

Im Radio, das man in der Inspektionsabteilung eingeschaltet hat, ist von in Lattich eingehülltem Reis die Rede. Es ist die Sendung *Wunschkonzert am Mittag*. Man glaubt fast, die ländliche Szene vor sich zu sehen: Es wird erzählt, wie man vom Feld gerade den frischen Lattich holt, die dazu passende Soße macht und den in die Lattichblätter gewickelten Reis ißt. Wenn man noch nicht ausgereifte, in große Stücke geschnittene Chilis in die Soße gebe, verstärke deren erfrischende Schärfe den Geschmack des Lattichs. Die Kusine, die das mit anhört, ergänzt: „Auch frische rohe Knoblauchzehen!" Aber weder die unreifen Chilis noch die frischen rohen Knoblauchzehen interessieren mich besonders, sondern etwas anderes. „Aber Sie sollten vielleicht nicht zu viel Lattich essen. Das macht einen schläfrig!" sagt nämlich der Mann am Mikrofon. Schläfrig? Wenn man viel Lattich ißt, wird man schläfrig!

Eines Tages macht der älteste Bruder Augen wie ein gestochenes Kalb, als er vor dem gedeckten Eßtisch sitzt. Dieser gleicht einem Lattichfeld: gewürzte Lattichblätter, Lattich zum Einhüllen des Reises und Lattichsuppe.
„Warum kriege ich zur Zeit fast nur Lattich?"
Der älteste Bruder löffelt versuchsweise die Lattichsuppe und fragt, was das sei.
„Lattichsuppe!"
„Daß man mit Lattich Suppe kochen kann, ist mir ganz neu."
„…"
„Ist das Geld für die Lebensmittel alle?"
Erst dann schmunzelt die Kusine.
„Nein, weißt du, wir haben gehört, viel Lattich macht schläfrig… Du schläfst ja sehr schlecht."
„Deswegen habt ihr Lattichsuppe gekocht?"
„Ja."
Der älteste Bruder lacht vergnügt. Dann hüllt er Reis in Lattichblätter und will sie gerade in den Mund schieben. Vorher aber fragt er unvermittelt die Kusine:
„Übrigens, wo bist du gestern gewesen?"
„Ich?"
„Ich hab dich aus der Bahn aussteigen sehen… Ich hab dich gerufen, aber du hast mich wohl nicht gehört und bist weitergegangen."

Die Telefonistenschule, welche die Kusine statt der Schule besucht, um das Zertifikat als Telefonistin zu erlangen, liegt in Chonggak. Dorthin fährt sie von der Firma aus mit dem Bus und kommt mit der Bahn zurück.

„Ge... gestern... hatte ich etwas zu erledigen."

„Seid nachts nicht getrennt unterwegs. Auch wenn eine von euch etwas später aus der Schule kommt, soll die andere auf sie warten. Und wenn eine was zu erledigen hat, geht die andere mit."

Die Kusine sagt gleich: „Ja, das werden wir tun", wobei mir das Herz klopft.

Mein verehrter ehemaliger Lehrer lebte in den Bergen, in Murung. Ich war im April vergangenen Jahres dort, nach dem Erscheinen meines ersten Romans. Dort schlief ich überall und bei jeder Gelegenheit ein, während meine Freundin, die mit mir zusammen dorthin gegangen war, auf dem Hof Unkraut jätete, dem alten, alleinstehenden Lehrer die Beilagen auf Vorrat zubereitete, um sie im Kühlschrank für ihn aufzuheben. Als ich einmal auf dem Stuhl eingeschlafen war, von dem man den Fluß sehen konnte, wurde ich dabei ertappt, ebenso beim Schlummern - in hockender Haltung - vor der Hundehütte, um die der Chindo-Hund herumschlich, und schließlich döste ich sogar beim Gespräch mit dem Lehrer ein.

Zudem kam es auch vor, daß ich den Hügel zum Fluß hinunterging, mich auf die Wiese setzte, dann einschlief und erst aufwachte, als eine junge Ziege neben mir ihr Geschäft verrichtete. Der Schlaf überfiel mich mit solcher Macht, daß ich keine Kontrolle mehr über meinen Körper hatte. Schließlich sagte der alte Lehrer, nicht er, sondern ich sei wohl diejenige, die Ruhe brauche. Fast schlafend kehrte ich in die Stadt zurück.

Der Lehrer rief mich später an.

„Ach... Herr Lehrer!" stotterte ich fast schreiend. Ich war gerade beim Haarewaschen. Von den nassen Haaren, die ich schnell mit dem Handtuch umwickelt hatte, tropfte Wasser auf den Hörer. Daß er mich höchstpersönlich anrief! Mir fiel ein, daß ich ihn seit jenem Tag in Murung weder besucht noch angerufen hatte. Lungenemphysem. Der alte Lehrer hatte wegen eines Lungenemphysems in der gebirgigen Gegend ein Haus gemietet und war noch auf einer Kur.

„Sind Sie in Seoul?"

„Nein, ich rufe aus Murung an. Vorgestern habe ich schon einmal angerufen, aber niemand hat sich gemeldet."

Schon vorgestern hat er angerufen. Was bedeutet das? Ich bin ganz gespannt:

„Ich war zu Besuch auf dem Land."

„Ah so, das ist gut. Wie lange?"

„Etwa zehn Tage."

„Wahrscheinlich hat es dir gut gefallen?"

„Nun, es ging, ich habe es ausgehalten."

„Sehr gut. Ich wollte dir eigentlich empfehlen, hierher zu kommen und dich ein paar Tage auszuruhen, aber nun brauchst du es wohl nicht mehr."

„…?"

Nach einer Weile sagte er.

„Du schreibst zur Zeit zuviel."

„…"

„Ich hatte auch mal solche Zeiten. Da habe ich nur noch geschrieben, als hinge mein Leben davon ab."

„Hab ich soviel geschrieben?"

Das rutschte mir so heraus, wobei meine Stimme ein bißchen trotzig klang. Er, am anderen Ende der Leitung, verstummte. Er hatte den Trotz gespürt.

„Natürlich sollte man als Schriftsteller viel schreiben, aber für dich gilt das nicht. Dein Schreiben ist, als ob du deinen Körper zerfleischen würdest. Wenn du übertreibst, wirst du dir selber weh tun."

Von meinen nassen Haaren tropft noch immer Wasser.

„Schreiben tust du noch dein Leben lang. Laß dir also mehr Zeit."

„…"

„Tun dir meine Worte weh?"

„…"

Mitten in der Nacht höre ich Schritte in der Gasse, wie wenn jemand in großen Sprüngen davonrennen würde. Ich höre auch, wie man Türen zuschlägt. Die Kusine wird zuerst vom Krach geweckt.

„Was ist das für ein Lärm?"

Sie rüttelt mich wach.

„Was ist denn?"

„Hör doch, dieser Lärm!"

Der älteste Bruder wird auch wach.

Die flehende Stimme der alten Frau von dem Laden: „Was habt ihr, um Gottes willen, vor?" Ein Wutschrei: „Laß mich los!" Das Krachen der Toilettentür. Ein Geräusch, das entsteht, wenn man eilig den Rolladen herunterläßt.

„Was soll denn das!"

Aufgeregtes Gepolter. Hier und da ein furchterregender Schrei. Niemand traut sich, auf die Gasse hinauszusehen. Im abgelegenen Zimmer sitzen die Kusine und ich dicht aneinander. Was geschieht da? Angst. Auf einmal absolute Stille, die mit dem Verhallen der bedrohlich klingenden Schritte von Soldatenstiefeln einsetzt.

Die Kusine, die am Morgen Tofu holen gegangen ist, kommt mit leeren Händen zurück. Der Mann von dem Laden, der bei Tagesanbruch gewöhnlich mit dem Fahrrad ein Brett Tofu zum Engrospreis holt, soll heute nacht von jemandem verschleppt worden sein.

„Warum?"

„Das weiß eben niemand."

„Aber man muß doch was verbrochen haben, wenn sie einen abholen."

„Die Leute sagen, nicht nur der Mann von dem Laden, sondern auch einer, der in der Gasse gerade beim Urinieren war, soll verschleppt worden sein."

„Wohin?"

„Keine Ahnung. Aber eine Messerwunde unter einem Auge hatte er gehabt. Und auf dem Arm eine Tätowierung. Irgendwie konnte er einem schon Angst machen."

„Was heißt 'Angst machen', er hat uns doch immer zuerst das brennende Brikett gegeben."

„Das stimmt schon."

Der Mann von dem Laden, der meiner Mutter derart mißfiel, daß sie mich damals bat, nicht zu vertraulich mit ihm umzugehen, ist in jener Nacht verschwunden und nicht mehr zurückgekommen. Seine alte Mutter, die einige Zeit nur verwirrt herumsaß, schließt den Laden. Sie sucht überall nach den Leuten, die mitten in der Nacht in Stiefeln ihren Sohn brutal überfielen und wegschleppten. Als der Laden wieder geöffnet ist, liegt auf dem Wandregal eine Madonnenstatue, die er in seiner freien Zeit aus Gips geformt hat und die nun aber zerbrochen ist.

„Und Ihr Sohn?"

„Sie sagen bloß, er besuche irgendeinen Umerziehungskurs. Ich soll also abwarten, er werde schon wiederkommen."

Die alte Frau, die nun allein zu Hause ist, denkt auch im Winter nicht daran, brennende Briketts zu verkaufen. Sie stellt die Kohlenpfanne, in der die weiße Asche angehäuft ist, auf die Gasse und sitzt geistesabwesend da, wobei ihr Blick auf das Ende der Gasse gerichtet ist.

...Das Blutbad, das die Aufhebung von Recht und Ordnung mit sich brachte.

'Als ich eines Tages auf der Straße ging... Es war am 9. August 1980 um acht Uhr, und ich war unterwegs zur Arbeit, wurde ich auf der Straße vor Tadaepo in Pusan von sechs mit Karabinern bewaffneten Polizisten im Kampfanzug mit Gewalt abgeführt. Nachdem sie mich mit Knüppeln und spitzen Bambusstücken sowie durch Tritte mit ihren Soldatenstiefeln fast umgebracht hatten, wurde ich mit schwer verletztem Hüftbein ins Samchong-Umerziehungslager einer Division in Changwon geschleppt...' So beginnt ein Mann seine Aufzeichnungen, der damals durch die *Bewegung zur Läuterung der Gesellschaft* weggeschleppt wurde und heute Pfarrer ist: '...Eines Tages habe ich zufällig unterwegs ein Plakat mit der Aufschrift *Vorführung der Videoaufzeichnung des Kwangjuer Aufstand* gesehen. Der Ort, zu dem ich mit klopfendem Herzen hinging, war die Vor-dem-Tor-Kirche im Stadtteil Yongdungpo.

Ich weiß nicht, wie lang ich habe weinen müssen, als ich das schreckliche Geschehen, über das man nie etwas Genaues erfuhr, nun auf dem Bildschirm sah. Die verzerrten Gesichter vieler toter Menschen, die während der Straßenkämpfe, in denen der Aufstand von den Belagerungstruppen brutal niedergeschlagen worden war, ein schreckliches Ende gefunden hatten...

Samchong-Umerziehungslager, Samchong-Arbeitslager, das Überwachungslager in der Kaserne und das Dritte Bewährungslager in Chongsong, in die ich, obwohl ich nichts verbrochen hatte, nur wegen meiner längst verbüßten Vorstrafen, mit Gewalt geschleppt wurde und in denen ich etwa zweieinhalb Jahre verbringen mußte, glichen einem Schlachthof für Menschen, wie man ihn sich in einem demokratischen Land nicht einmal vorstellen kann.

Der schreckliche, unverzeihliche Tod Namhongs, der mit siebzehn Jahren verschleppt worden war. Dessen Körper von Maschinengewehrsalven durchlöchert wurde, als er gegen den unbefristeten Dauerarrest in einem unbekannten Tal an der Front in der Provinz Kangwondo protestierte, und der mit tränenerstickter Stimme nach seiner Mutter rief, ehe er mit heraushängenden Eingeweiden verendete. Der Lagerinsasse Kim, der aus kürzester Entfernung von einer Kugel in den Kopf getroffen wurde und ohne einen Klagelaut für immer aus dieser Welt ging. Die erbarmungslosen Tritte mit Militärstiefeln, die Schläge mit dem Stiel von Spitzhacken und Baseballschlägern, die maßlos, ohne jeden Grund verübt wurden. Die Schreie der Eingesperrten, die brutal am ganzen Körper geschlagen wurden und die, sich in ihrem Blut wälzend, verzweifelt um ihr Leben betteln: In der Heimat würden doch Eltern und Geschwister, Frau und Kinder auf sie warten. Solche schrecklichen Erinnerungen...

Als ich aus jenem Tal, das wohl der Hölle ähnlich war, durch die Güte Gottes lebendig wieder herauskam, hatte ich nur den einen Wunsch, diese Zeit, die einem entsetzlichen Alptraum glich und an die ich mich nie wieder erinnern wollte, aus meinem Gedächtnis zu tilgen und in der Liebe unseres Herrn Jesus Christus alles vergeben und vergessen zu können.'

Er schrieb weiter: 'Aber dann... Die Bilder der Videoaufzeichnung über den Kwangjuer Aufstand, die ich an diesem Tag zufällig gesehen hatte, versetzten mir einen tiefen Schock und ließen mich noch einmal erkennen, was ich heute in Hinblick auf mein Volk im Zusammenhang mit seiner langen Geschichte und auf dem jetzigen Weg zur Demokratisierung tun kann. Das Samchong-Umerziehungslager mit dem beschönigenden Namen *Bewegung zur Läuterung der Gesellschaft*, in das unzählige Menschen ohne Prozeß verschleppt wurden, wo sie drei oder fünf Jahre lang gegen den Tod kämpfen mußten, war ein blutiger Ort des Schreckens und des Todes, den ein Regime während seiner Machtübernahme durch seine zusammengehauenen Verordnungen einrichtete, um die Menschen das Fürchten zu lehren. Ich bete aus ganzem Herzen, etwas wie diese furchtbare 'Umerziehung' in den achtziger Jahren, als in entsetzlichen Lagern Menschlichkeit, Moral und Demokratie mit Füßen getreten wurden, möge es in diesem Land nie wieder geben. Mein innigster Wunsch ist es, daß dieses Buch von vielen Menschen in diesem Land gelesen werde, damit nie wieder Unschuldige der Machtbesessenheit eines einzelnen zum Opfer fallen müssen. Möge dieses Buch auch zur Rehabilitierung vieler meiner Mitgefangenen beitragen, die ohne Prozeß verurteilt wurden, die man als Mitglieder einer Verbrecherorganisation abstempelte und die die Qualen im Tal an der Front nicht überlebt haben. Möge es ein Anlaß zur Rehabilitierung der Mitgefangenen sein, die einen blutigen Widerstand wagten und dabei erschossen wurden, und nicht zuletzt der über hunderttausend Mitgefangenen aus dem Samchong-Umerziehungslager, die gezwungen wurden, über alle diese Untaten zu schweigen... Der Student Kim an der Kyongnam Universität, der wegen seiner Forderung nach Demokratie wie ein Hund abgeführt worden war; der Büroangestellte Shin, der, nur einen Monat nach seiner Hochzeit, in leicht alkoholisiertem Zustand daheim herumgeschrien hatte und deshalb verhaftet wurde; ein Schüler namens Lee, der bei der Aufnahmeprüfung zum Studium durchgefallen war, der die Prüfungsvorbereitungen wiederholte und beim Spaziergang für einen Straßenlümmel gehalten und verschleppt wurde; der Arbeiter Song, der wegen seiner Forderung, man solle ihm den rückständigen Lohn auszahlen, bei der Polizei angezeigt und dann abgeführt wurde; der achtzehnjährige Schüler Nam, der seiner heimkehrenden Mutter entgegenging und dabei ohne jeden Grund verschleppt wurde; der Chefkoch Lee, der lediglich wegen einer Tätowierung am Arm auf seinem Weg zur Arbeit verhaftet wurde; der Straßenverkäufer Park, den sie verschleppten, als er auf dem Markt seine Ware verkaufte; der entlassene Jounalist Lee, der, schrecklich blutend, wie ein Hund abgeführt worden war; der alte Junggeselle Hwang, der verschleppt wurde, als er seine Eltern beschuldigte, ihm keine Frau gesucht zu haben; der alte, sechzigjährige Mann Kim...'

Ist der Mann von dem Laden zurückgekehrt, der abgeführt wurde, als er den Gips für die Figur der Madonna anrührte? Als ich die Gasse verließ, war er immer noch nicht wieder da.

Ich putze mit einem Lumpen das abgelegene Zimmer. Als ich den Schreibtisch des ältesten Bruders saubermache, ziehe ich vorsichtig die Schublade heraus. Gott sei Dank, nun ist sie weg. Die Kette jener Frau ist nicht mehr da. Erst jetzt fühle ich mich erleichtert.

Vor den Sommerferien macht der älteste Bruder einen neuen Plan. Da die Zahl der Schüler in der Nachhilfeschule gestiegen sei, werde er während der Sommerferien mehr verdienen können. Er ist ganz aufgekratzt, der Chef habe versprochen, ihm während der Ferien noch zusätzlich eine Stunde Unterricht zu überlassen. Doch woher soll er die Zeit nehmen, wo er bereits morgens wie abends Unterricht gibt?
„Es ist abends von halb sieben bis acht, und es wird schon klappen, wenn ich gleich nach dem Dienst in der Schutztruppe hingehe."
„Und das Abendessen?"
„Der nächste Unterricht beginnt um neun Uhr, in der Zwischenzeit kann ich etwas essen."
Der älteste Bruder meint, wenn der Sommer vorbei sei, werde er auch seine Zeit als Angehöriger der Schutztruppe hinter sich haben und wieder eine Arbeitsstelle suchen und damit auch ein weiteres Zimmer mieten können.

Die Auszahlung des Monatslohns wird verschoben. Am nächsten Zahltag wird nur der rückständige Lohn für den vergangenen Monat ausgezahlt. Ich vermisse den Vorsitzenden der Gewerkschaftszweigstelle, Miss Lee und Seo Sun-Ih. Die Gesichter derjenigen, die ihren Reis in die nichtrostenden Metallschalen voll kalter Suppe mit Sojabohnenkeimlingen füllten, dazu sauer gewordenes Kimchi aßen und dabei immer über etwas diskutierten. Die Gesichter derjenigen, die sagten, niemand von euch darf um den Direktor weinen, selbst wenn er gestorben sein sollte. Wenn sie noch da wären, hätte man die Auszahlung des Monatslohns nicht verschoben.

Auf einmal wird es still in den Fertigungshallen. Da heißt es, die Fertigungshalle für Stereoanlagen werde ganz geschlossen. Es heißt auch, die Firma werde den Besitzer wechseln und in die Hände einer Bank übergehen. Als wollte sich diese Meldung bestätigen, steht auch das Fließband der Reihe A still, das letzte, an dem gearbeitet wurde. Man kommt in den Betrieb, hat jedoch nichts zu tun. Man räumt auf, setzt sich zusammen und plaudert. Mittags geht man nicht mehr zur Kantine hoch, um Schlange zu stehen. Einer nach dem andern verläßt den Betrieb, und die meisten der Zurückbleibenden gehören der Fertigungshalle für Fernsehgeräte an.

Es ist vor den Sommerferien. Ich komme aus der Schule zurück und sehe den ältesten Bruder an seinem Schreibtisch sitzen.

„Ältester Bruder, wieso bist du schon da?"

Ohne auf meine Frage zu antworten, sagt er mir, als ich zum Umziehen auf den Dachboden gehen will, daß ich mich zu ihm setzen soll.

„Was ist das?"

Er legt mir den Kursausweis vor, den die Kusine bei sich hätte tragen müssen. Wahrscheinlich ist er ihr aus der Tasche gefallen, und so hat der Bruder ihn gefunden.

„Ich habe dich gefragt, was das ist."

Ich spiele verlegen mit den Knöpfen der Schuluniform herum.

„Warum bist du allein zurückgekommen?"

„...Das ist..."

Ich zögere weiter, so daß der älteste Bruder seine Stimme erhebt.

„Was macht ihr bloß? Wie könnt ihr nur so eigensinnig sein?"

„..."

„Sag schon, was hat das zu bedeuten?"

„Telefon... Sie will Telefonistin..."

„Seit wann geht sie nicht mehr in die Schule?"

„Etwa... seit einem Monat."

„Du hättest mir aber Bescheid sagen sollen, oder nicht?"

„Sie wollte nicht, daß ich etwas sage."

„Und deswegen hast du geschwiegen! Du bist ja eigentlich alt genug, um zu wissen, was wichtiger ist!"

Ich sitze in der Klemme und wische hilflos die Tränen aus den Augen. Die ahnungslose Kusine, die unbekümmert zur Zimmertür hereinkommt und ihre Schultasche hinstellt, begegnet dem Blick des verärgerten Bruders, schlägt aber sogleich erschrocken die Augen nieder. Ich breche nun beim Anblick der Kusine hemmungslos in Tränen aus, die ich bis dahin mit Mühe zurückhalten konnte.

„Hör auf damit!"

Ich will aufhören, aber es gelingt mir einfach nicht. Nun zerfließt auch die Kusine in Tränen. Der Bruder schaut mich und die Kusine verblüfft an.

„Wenn euch jemand sehen würde, könnte er meinen, daß ich euch geschlagen hätte."

Gegen unsere Erwartung, daß er uns noch mit ein paar harten Worten andonnern würde, geht er zum Schreibtisch und setzt sich, mit dem Rücken zu uns, hin. Doch dieser Rücken strahlt Unnachgiebigkeit aus.

„Wenn du nicht in die Schule willst, pack deine Sachen und geh aufs Land zurück!"

Die Tränen der Kusine fließen heftiger.

„Also, willst du in die Schule oder nicht?"

Die Kusine weint wortlos. Der Bruder dreht sich wieder um, seine Miene ist kalt.

„Nun, willst du in die Schule oder nicht?"

„Ja, ich geh wieder hin."

Die Kusine hört auf zu weinen, denn seine Worte sind endgültig. Er macht ein Gesicht, als wolle er sie sofort zum Bahnhof bringen und ihr eine Fahrkarte nach Hause kaufen, wenn sie sich weiterhin weigert. Nachdem sie sich die Tränen abgewischt hat, geht sie auf den Dachboden, um sich umzuziehen.

Es ist Zeit zum Schlafen, nachdem wir uns schweigend das Gesicht und die Füße gewaschen haben. Die Kusine liegt zusammengekauert da, mit zur Wand gedrehtem Gesicht. Drüben auf der anderen Seite spricht der älteste Bruder auf einmal die Kusine an. Sie antwortet von Niedergeschlagenheit ergriffen.

„Hältst du so viel von Telefonistinnen?"

„Nein."

Ihre Antwort scheint den Bruder zu wundern, er fragt, warum sie dann statt in die Schule in den Ausbildungskurs gegangen sei.

„Ich mag nicht mehr in die Fabrik."

Das sagt die Kusine klipp und klar. Der Bruder ist vorsichtiger, als er fragt: „Wirklich nicht?"

„Nein."

Der Bruder, der vielleicht an etwas Bestimmtes denkt, fragt erneut.

„Wie würde es dir dann im Dong-Haus gefallen?"

„Gut!"

Die Kusine, die zusammengekauert dalag, setzt sich sofort auf.

„So gut ist es nun auch wieder nicht. Meiner Meinung nach ist es in der Fabrik besser."

„Ist eine Stelle im Dong-Haus frei?"

„Eine Botenstelle. Man bringt die Akten ins Bezirksamt und holt dort welche ab, man nimmt Telefongespräche entgegen und dergleichen."

„Gut, mir ist alles recht außer der Arbeit in der Fabrik."

Die Kusine bittet den Bruder, ihr unbedingt eine Stelle im Dong-Haus zu besorgen. Zur Zeit habe sie noch weniger Lust, in die Fabrik zu gehen. Es gebe für sie keinen eigenen Arbeitsplatz mehr, die Auszahlung des Monatslohns bleibe auch aus, und die Firma werde bald bankrott gehen. Wenn sie im Dong-Haus arbeiten könne, werde sie sich auch in der Schule anstrengen. Meine zwanzigjährige Kusine, die endlich die Fabrik verlassen kann, strahlt vor

Lebensfreude. Nun fährt sie morgens mit der Bahn zum Yongsan-Dong-Haus. Ich vermisse immer etwas, wenn ich auf dem Weg zum Ersten Industrie-komplex, vor dem Eingang zum Markt oder auf der Überführung unbewußt versuche, mich wie früher bei der Kusine einzuhängen.

'Schließung des Betriebs' höre ich zum erstenmal. Schließung des Betriebs? Es war besser zu der Zeit, als wir jeden Tag Überstunden und Sonderschichten machten; besser, als das Fließband so schnell in Bewegung war, daß wir uns abhetzen mußten. Hinter mir ärgert sich jemand: „Verdammt, warum endet jede Firma, in der ich gerade arbeite, immer mit einem Bankrott!"
Abends treffe ich die Kusine wieder in der Schule.
„Ist mein Rentenausgleich da?"
Ich schüttle den Kopf.
„Wenn ich schon für die bis zum Verrecken gearbeitet habe, müssen sie mir doch zumindest den Ausgleich geben."
„Um den Betrieb scheint es recht wackelig zu stehen."
„Haben sie was gesagt?"
„Sie wollen den Betrieb schließen."
Selbst der Kusine fehlen die Worte, wenn sie von 'Schließung des Betriebs' hört. Mi-Seo, die Hegel liest, schickt mir einen Zettel: 'Gibt es bei euch vielleicht eine freie Stelle?' Es gibt keine. Nicht einmal eine Stelle für mich, geschweige denn eine freie. An Hyang-Suk liest Mi-Seos Zettel.
„Ist was mit der Firma, in der Mi-Seo arbeitet, passiert?"
„Keine Ahnung."
An Hyang-Suk geht zu Mi-Seo.
„Willst du zu uns kommen? Bei uns werden zur Zeit Arbeitskräfte gesucht."
Mi-Seo, die schon immer auf An Hyang-Suk herabgesehen hat, steckt ihr Gesicht tief in den Hegel, als wollte sie zeigen, wie gleichgültig ihr An Hyang-Suk sei.
„Sie muß sich immer so aufspielen!"
Gekränkt murrt An Hyang-Suk, die zu ihrem Platz zurückgekommen ist. Mi-Seo versteckt ihr Gesicht weiter im Buch und rührt sich nicht.
„Hör dich bitte trotzdem um. Immerhin scheint eure Firma die einzige in unse-rer Klasse zu sein, in der es ein Wohnheim gibt."
„Wieso? Muß Mi-Seo ins Wohnheim? Sie wohnt doch bei ihrer Schwester."
„Sie kann ihren Schwager nicht leiden."
„Warum?"
„Er soll jeden Tag mit ihrer Schwester streiten."
„Na, hör mal, trotzdem kann sie von Glück reden, daß sie nicht im Industrie-

komplex zu wohnen braucht. Ich beneide sie jedes Mal darum, daß sie nach der Schule nicht mit uns zusammen auf den Bus warten muß, sondern allein auf der anderen Seite der Straße fährt. Jedenfalls kann sie doch wenigstens morgens und abends eine andere Gegend sehen, oder?"

„Du wirst dich doch mal umhören, ja?"

„Warum kümmerst du dich eigentlich so darum?"

„Du wirst dich doch mal umhören, ja?"

„Schon gut!"

Als ich am nächsten Tag An Hyang-Suk frage, wie die Sache aussehe, schüttelt sie den Kopf.

„Bloß keine Studentinnen, haben sie gesagt."

Ein Brief kam von dem Verlag. Ich öffnete ihn und fand im Umschlag einen weiteren Brief. Offensichtlich hat der Verlag einen Brief, den jemand an mich gerichtet hat, weitergeleitet. Der Umschlag war dick, es mußten viele Blätter darinstecken. Ich las den Absender: Han Kyong-Sin, Lehrerin an der Yongdungpo-Mädchenoberschule, Shinkil-Dong, Yongdungpo-Gu, Seoul. Han Kyong-Sin? Ah, ja! Herr Choi Hong-Ih, nein, Frau Han Kyong-Sin. Herzklopfen; mir wurde mulmig zumute. Ich hatte ihrer Bitte, zu den jüngeren Schülerinnen meiner ehemaligen Schule, der Yongdungpo-Mädchenoberschule, zu kommen, nicht entsprechen können, und zudem hatte ich, ohne sie um ihre Erlaubnis zu bitten, ihren Brief wörtlich in meinem Roman zitiert. Neben der Postleitzahl stand der säuberlich geschriebene Nachsatz, man möge diesen Brief bitte an mich weiterleiten. Wenn sie so sauber und schön schreibt, wird sie mich nicht rügen wollen, versuchte ich mich zu beruhigen.

den 6. 3. 1995

Sehr geehrte Frau Sin,

Vor einigen Tagen habe ich das zweite Kapitel Ihres Romans *Das Zimmer im Abseits* gelesen. Da es mehr Handlung enthält als das vorige und es mir auch Spaß machte, habe ich alles in einem Zug gelesen.

...Spaß machte?

Der Ausdruck 'Spaß machen' könnte mißverständlich sein. Ich meine damit nicht, daß die Geschichte lediglich etwas Unterhaltsames wäre, sondern drückt auf meine Weise die Erfahrung aus, daß sie mich in Bann gehalten und mich zum Nachdenken über viele Dinge gebracht hat.

Cho Se-Hui hat nach der Veröffentlichung des Buches *Der Zwerg* ein paarmal in *Munye-Joong-Ang* ähnliche Geschichten geschrieben, dann aber mit dem Schreiben ganz aufgehört. Von den Gründen, die er dafür genannt hat, bleibt mir ein Ausspruch in Erinnerung: „Viele Leute haben mir gesagt, daß mein Roman sie erschüttert habe. Aber dabei sahen sie unwahrscheinlich heiter und glücklich aus."

Mir fällt plötzlich ein, daß auch Sie einen solchen Eindruck bekommen könnten, wenn Ihnen die Leser des *Zimmers im Abseits* sagen, Ihr Roman habe ihnen Spaß gemacht.

Ich leite erst seit zwei Jahren die Sonderklasse für Industriearbeiterinnen, aber seitdem ich *Das Zimmer im Abseits* lese, fällt mir vieles ein, was ich Ihnen sagen möchte. Zum Beispiel etwas über den Unterschied zwischen Ihrer Fabrik Anfang der achtziger Jahre und den Arbeitsplätzen meiner Schülerinnen von heute. Oder etwas über die Unterschiede zwischen der damaligen Atmosphäre in der Klasse und der jetzigen, und über das Minderwertigkeitsgefühl, unter dem die Schülerinnen trotz allem immer noch leiden. Etwas über ihr schwieriges Verhältnis zu den Schülerinnen im Tageskurs, über die Fabriken meiner Schülerinnen, bei denen ich mich umgesehen habe, und über die Art und Weise, wie viele Betriebe mit den Schülerinnen umgehen.

Der Monat März 1979, in dem Sie im Alter von siebzehn Jahren in die Sonderklasse für Industriearbeiterinnen (wir nennen sie abgekürzt 'SI') der Yongdungpo-Mädchenoberschule eintraten, ist für mich auch ein wichtiges Datum. Damals erhielt ich gleich nach dem Abgang von der Universität in der Changchung-Mädchenmittelschule eine Stelle. Auch dort wurden ein oder zwei SI-Klassen eingerichtet. Aber die Schülerinnen der SI-Klassen kamen nach Feierabend der Lehrer des Tageskurses in die Schule, so daß ich sie nur einmal im Jahr beim Sportfest sehen konnte. Die Arbeiterinnen, die offensichtlich um zwei oder drei Jahre älter als die Tagesschülerinnen und auch größer waren, wurden wenigstens an diesem Tag von den Betrieben freigestellt, um am Sportfest teilnehmen zu können, und sie zeigten sich dabei sehr begeistert.

Was mich vor allem an die SI-Schülerinnen erinnert, ist das 'Zwei-Mann-mit-drei-Beinen-Laufen', Sie kennen doch das Spiel? Da laufen zwei Personen, die jeweils mit einem Bein aneinandergebunden sind. Bei diesem Spiel braucht man nur nach dem Takt Eins-Zwei, Eins-Zwei Schritt zu halten, aber die SI-Schülerinnen kamen immer aus dem Tritt und waren erheblich langsamer als die jüngeren und kleineren Tagesschülerinnen, was uns Lehrer sehr wunderte. „Das ist eben die Wirkung der Erziehung. Was man im Gemeinschaftsleben lernt, das hat mit dem Alter nichts zu tun!" sagten wir alle. Ansonsten war ich mir in meinem Schulalltag der Existenz der SI-Klassen kaum bewußt, und nach Tätigkeiten in verschiedenen Schulen wurde ich vor drei Jahren an die

Yongdungpo-Mädchenoberschule versetzt. Nach einem Jahr wollte ich mich für ein Jahr beurlauben lassen, weil ich damals wegen meines nachträglich angefangenen Promotionsstudiums sehr belastet war, aber dann empfahl mir der Konrektor die SI-Klasse, wo eine Stelle für Englisch frei war. Er meinte, daß ich dort neben meiner Tätigkeit auch an meiner Promotion weiterarbeiten könne. So kam ich zufällig mit der SI in Berührung.

Als ich für diese Schülerinnen zuständig wurde, war ich voreingenommen, hielt sie für 'arm und übermüdet' und glaubte, ihnen deswegen bei vielen Dingen helfen zu müssen. Allein bei dem Gedanken, daß sie den ganzen Tag arbeiten und abends lernen mußten, taten sie mir schon irgendwie leid. Aber als ich die Aufsätze las, in denen sie sich selbst darstellten, änderte sich meine Einstellung. Ihre Aufsätze sprachen von den gleichen Hoffnungen und Enttäuschungen im Leben, von Ambitionen sowie kleinen Alltagsvergnügungen wie bei jeder Tagesschülerin. Ich hatte vorher in einer sogenannten 'guten' Mädchenoberschule und ein Jahr lang auch in dem Tageskurs der Yongdungpo-Mädchenoberschule gearbeitet und konnte daher die Schülerinnen dieser drei Gruppen miteinander vergleichen. Nun bestätigte sich die Binsenweisheit, daß Träume, Hoffnungen und Verzweiflung der Schülerinnen aus unterschiedlichen Verhältnissen sich in keiner Weise voneinander unterscheiden.

Natürlich geht es vielen Schülerinnen aus reichen Familien finanziell und materiell besser. Doch ihre Wünsche „ich möchte Spitzendesignerin werden" oder „ich möchte Ärztin werden" sind nicht ernster gemeint als die der SI-Schülerinnen, die sagen „ich möchte das Friseurhandwerk erlernen" oder „ich will Geld verdienen und einen kleinen Geschenkladen eröffnen" oder auch „ich will unbedingt wenigstens das zweijährige Studium an der Fachhochschule absolvieren." Es gibt Schülerinnen, die angesichts der Gleichgültigkeit ihrer Eltern im materiellen Überfluß krank werden, und dagegen gibt es die SI-Schülerinnen, die schreiben, „ich bin von zu Hause weggelaufen, um nach Seoul zu gehen, weil mein Vater ein schlimmer Säufer war, aber zur Zeit ist er wieder lieb, und deswegen fahre ich zu Chusok heim und bringe allen Geschenke mit."

Mir fallen die Mienen der Schülerinnen aus reichem Elternhaus auf, die zwar über alles verfügen können, aber wegen des elterlichen Drucks, unbedingt die Aufnahmeprüfung zur Universität zu bestehen, immer übermüdet aussehen. Eine Schülerin, die eigentlich ein Puppengesicht mit glänzenden runden Augen hatte, sah immer ganz ängstlich und ungeduldig aus. Ihre Mutter klage ständig über Herzklopfen und darüber, daß sie sich nicht mehr getraue, unter Menschen zu gehen, weil die Tochter wahrscheinlich die Aufnahme an eine angesehene Universität nicht schaffe, obwohl ihre Eltern doch gute akademische Zeugnisse besäßen.

Bei dem Sporttest stehen die Schülerinnen, die schon dreimal die Aufnahme-prüfung nicht bestanden haben, niedergeschlagen hinter den Schülerinnen aus der dritten Klasse. Sie gehören zu dem Jahrgang, wo ein bestandener Sporttest drei Jahre lang gilt. Wie anständig und zahm sie aussehen! Meistens haben sie die schlechtesten Noten. Doch ihre Eltern schicken sie nach dem Schulabgang in die Nachhilfeschule, weil es ihnen zu gefährlich erscheint, ihre Tochter zu einem Auslandsstudium zu schicken, sie sich aber auch nicht damit abfinden können, daß ihr Nachwuchs nur den Abschluß der Oberschule vorweisen kann. Ich meine, ohne ihre reichen Eltern könnten diese Schülerinnen ein viel gesünderes Berufsleben führen. Sie, liebe Frau Sin, haben geschrieben, daß Sie die Gewohnheit, im abgelegenen Zimmer in zusammengekauerter Stellung zu schlafen, bis heute beibehalten haben. Jene Schülerinnen können in ihren großen Zimmern auf ihren bequemen Betten einschlafen. Aber wie verkrümmt mögen ihre Seelen am Morgen sein, wenn sie aufstehen?

Nun, ich kann vielleicht diesen Vergleich wagen, weil die heutigen Arbeitsbedingungen und Verhältnisse am Arbeitsplatz wesentlich besser sind als in den achtziger Jahren. Letztes Jahr hatte ich Gelegenheit, einige Industriebetriebe aufzusuchen, in denen meine Schülerinnen arbeiten. In einem Betrieb, in dem die meisten von ihnen tätig sind, waren die Vertreter der Arbeiterschaft an den Verhandlungen über die Löhne beteiligt, und unter ihnen saß eine Schülerin von mir. Das Klima am Arbeitsplatz war ebenfalls angenehm und die Automatisierung viel weiter fortgeschritten. An Wochentagen arbeitet man von halb neun bis siebzehn Uhr, und am Sonnabend bis dreizehn Uhr. Je nach Abteilung hat man sogar alle zwei Wochen samstags frei. Wenn Sie sehen könnten, wie man mit Hilfe von Computern Stoff zuschneidet und wie man ein fertiggenähtes Hemd einfach nur einer Kleiderpuppe überzuziehen braucht, um es im Nu automatisch zu bügeln, würden Sie die gewaltigen Unterschiede zwischen damals und heute erkennen.

In den anderen Betrieben sind die Arbeitsbedingungen etwas ungünstiger als dort, aber in den meisten Fabriken arbeitet man samstags bis dreizehn Uhr. Das schlimmste Vorkommnis, an das man sich in den Neunzigern erinnern kann: Der Lehrkörper und die Schülerinnen waren darüber 'wütend', daß man in einigen Betrieben freitags die Schülerinnnen, die ins Heim zurückgekommen waren, wieder von zehn Uhr abends bis zwölf Uhr arbeiten ließ, nachdem der Unterrichtsbeginn samstags von sechs Uhr auf vier Uhr nachmittags vorgezogen worden war.

Einmal blieben die Schülerinnen aus Protest gegen das Geschimpfe eines Firmenvorstandes im mittleren Rang allesamt auf eigene Faust dem Betrieb fern, und die Schule mußte den Streit schlichten, indem sie die Vertreter der Schülerinnen und die der Firma zu einer Unterredung bat und dadurch einen Dauerkonflikt vermeiden konnte.

Die Mittel, mit denen die Betriebe versuchen, die Schülerinnen am Fortgehen zu hindern, sind recht unterschiedlich. Der Vertreter eines der 'niederträchtigsten' Betriebe wartet vor der Schule auf die Schülerinnen, um sie fast unter Zwang mitzunehmen. Wenn die Schülerinnen wegen der unmenschlichen Behandlung ihre Arbeitsplätze kündigen, versuchen manche Betriebe, auf die Schule einzuwirken, indem sie diese schriftlich auffordern, die Schülerinnen von der Schule auszuschließen. Es gibt aber auch Betriebe, die den Schülerinnen gut zureden, wenn diese leichtsinnig sind und gegen die Heimordnung verstoßen, und die nur die hoffnungslos rückfälligen entlassen. Sie versprechen auch: „Wir werden der Schule Ihre Entlassung nicht mitteilen, Sie können also weiter lernen, wenn Sie wollen." Solche Nachsicht können sich die größeren Betriebe eher leisten. Allerdings bedeutet der Reichtum eines Betriebs keineswegs, daß seine Menschlichkeit diesem immer entspricht, wie dies ja auf der individuellen Ebene auch der Fall ist. Die SI-Schülerinnen, die ich kennengelernt habe, und vor allem die in der ersten Klasse, strahlten voller Zukunftshoffnungen. Es gab viele Schülerinnen aus ländlichen Gegenden, die hofften, Geld zu verdienen und zugleich die Schule besuchen zu können. Mit der Zeit werden ihre Mienen jedoch immer enttäuschter. Auch verlassen etwa dreißig Prozent die Schule ohne einen Abschluß. Harte Arbeit, Einsamkeit und körperliche Erschöpfung, all das, was das völlig neue Leben in der Fremde mit sich bringt, ist oft zu viel für sie, weshalb viele von ihnen in ihre Heimat zurückkehren. Aber noch bedauernswerter sind die Schülerinnen, die vom Luxus, den sie um sich herum sehen, verführt werden, die auf die schiefe Bahn geraten, die Schule aufgeben und in den Vergnügungsvierteln landen. Die Eltern, die sie beaufsichtigen könnten, sind weit weg, und die Mädchen sind zu zerbrechlich, sie haben es zu schwer. Auch wenn sich die Arbeitsbedingungen im Vergleich zu den achtziger Jahren sehr verbessert haben, ist das gesellschaftliche Umfeld aber ebenfalls viel genußsüchtiger und reicher geworden, so daß sie sich vielleicht um so ärmer und benachteiligter vorkommen.

Aber die anderen, die geblieben sind, kommen meistens ganz gut mit diesem Leben zurecht. Zwar fehlen häufig Schülerinnen, die an Magenbeschwerden oder Hüftschmerzen leiden, aber es gibt auch nicht wenige, die drei Jahre lang keinen einzigen Unterrichtstag versäumen. Wenn ich die Schülerinnen ansehe, die in keiner Hinsicht den gut erzogenen Kindern einer wohlhabenden Familie nachstehen, bin ich glücklich.

Bei meinem letzten Brief an Sie hatte ich das Gefühl, daß Sie wohl eher nicht kommen würden. Ich dachte, Ausdrücke wie 'Arbeit' oder 'die jüngeren Schülerinnen aus Ihrer früheren Schule, die tagsüber arbeiten und nachts lernen' könnten bei Ihnen vielleicht Anstoß oder Ablehnung erregen und Sie dann von einem Besuch bei uns abhalten. Daher habe ich mich meinerseits bemüht, Sie 'herzulocken', indem ich versuchte, weniger ein Gespräch zwischen einer älteren ehemaligen Schülerin und den jüngeren Schülerinnen aus der gleichen Schule, sondern eins zwischen einer Autorin mit ihren Leserinnen anzuregen und somit die Schriftstellerin in Ihnen anzusprechen. Aber als ich ein paar Tage später nach dem Verschicken meines Briefs das erste Kapitel des *Zimmers im Abseits* las, dachte ich, 'sie wird wohl nicht kommen', und ich hätte meinen Brief auch gar nicht geschrieben, wenn ich diesen Roman vorher gelesen hätte.

Während ich das erste Kapitel Ihres Buches las, wunderte ich mich etwas, daß Sie selbst nach so langer Zeit so schmerzliche Erinnerungen an jene Jahre haben. Deshalb fragte ich die Schülerinnen, ob auch sie Gefühle von Minderwertigkeit und Scham kennen, weil sie die Abendschule besuchen. Etwa die Hälfte deuteten an, solche Gefühle seien ihnen fremd, doch die andere Hälfte bejahte meine Frage. Unerwartet war ihre Reaktion auf die Frage, warum sie denn Minderwertigkeitsgefühle hätten, wo sie doch ihr Leben so gut meisterten, weil sie arbeiteten und zugleich lernten.

„Nicht alle Menschen denken wie Sie, Frau Lehrerin. Wenn jemand erfährt, daß ein Mädchen die Abendschule besucht, sieht man auf sie herab, und das erst recht, wenn es sich dabei um eine Abendschule für Industriearbeiterinnen handelt."

„Wenn man mit einem Jungen näher befreundet sein will, ist es besser, man sagt ihm nicht, daß man arbeitet, sondern, daß man eben zu Hause wohne und nichts tue. Denn wer nichts zu tun hat, auch ein Faulpelz, der ist angesehener als ein kleines Fabrikmädchen."

„Die Lehrer sagen ständig 'Sie, die tagsüber arbeiten und nachts lernen', aber wir können diese Worte nicht mehr hören."

Ich konnte ihnen lediglich erwidern, auch drei Viertel der Tagesschülerinnen schafften den Übergang zur Universität nicht, aber dagegen hätten sie wenigstens etwas gelernt, ein Handwerk, das ihnen eine Zukunft sichere. Ich zitierte noch die Worte von Eleanor Roosevelt: „Niemand kann dir ohne dein Einverständnis das Gefühl einreden, du seist minderwertig."

Ein Lehrer, der lange in den SI-Klassen unterrichtet hatte, sagte mir, das Minderwertigkeitsgefühl der Schülerinnen sitze viel tiefer als man denke. Sie glaubten sogar, sie hätten auch die schlechtesten Lehrer bekommen. In Wirklichkeit besitzen die SI-Lehrer eher einen höheren akademischen Grad, weil sie meistens noch an ihrer eigenen Weiterbildung arbeiten.

Freilich mußten wir lachen, als wir erfuhren, daß die Frau eines Lehrers von ihrer Freundin zu hören bekam, „was, dein Mann arbeitet immer noch in der Abendschule? Sag ihm doch, er soll weiterlernen, damit er sich in die Tagesschule versetzen lassen kann."

Die Lehrer geben sich große Mühe, daß die Abendschülerinnen sich nicht benachteiligt fühlen. Um jede Reibung mit den Tagesschülerinnen zu vermeiden, organisiert man bei Schulfesten, bei denen die Schülerinnen bis spät in die Nacht in der Schule bleiben, extra für die SI-Klassen auch Veranstaltungen außerhalb des Schulgebäudes. Dort wird traditionelle koreanische Musik gespielt, oder es werden Filme gezeigt. So kann niemand den Abendschülerinnen vorwerfen, sie würden die Klassenzimmer nach solchen Festen in unordentlichem Zustand zurücklassen.

Einmal habe ich den Schülerinnen der dritten Klasse gesagt, „kritzelt nicht auf den Tisch, ihr benutzt ihn ja gemeinsam mit den anderen", aber daraufhin haben sie plötzlich geschrien: „Wir kritzeln doch nicht. Wir waren immer geduldig und haben nichts gesagt. Aber wissen Sie, was die Tagesschülerinnen kritzeln? Ausdrücke wie ‘Schlampe' oder ‘Ziege' sind bei denen ganz normal. Oder auch: ‘Wenn du schon so anmaßend bist, als kleines Fabrikmädchen die Schule zu besuchen, dann heb gefälligst die Papierfetzen auf; wenn ich ein kleines Fabrikmädchen wär, würd ich mich lieber umbringen.'"

Das hat mich sehr getroffen. Ich versuchte verzweifelt, die Schülerinnen zu beruhigen: „Es gibt überall auch unvoreingenommene Menschen. Bestimmt auch in euren Betrieben, oder? Ich bin ganz sicher, daß es den übrigen Schülerinnen sehr leid täte, daß sie sich schämen würden, wenn sie wüßten, daß einige von ihnen so etwas auf die Tische gekritzelt haben." Ich fuhr fort: „Wenn man unterwegs über einen Stein stolpert, sollte man sagen, ‘so ein Pech', und einfach weitergehen. Wenn man aber den Stein anschreit, ‘du blöder Stein, warum bist du überhaupt da?', was würden die anderen dazu sagen?"

Die Mädchen stimmten ein Gelächter an und antworteten: „Verrückt! würden wir sagen." Ich dachte, sie reagieren nur darum so gelassen, weil sie immerhin schon die dritte Klasse besuchen. In der ersten hätten sie sich durch solche Kritzeleien wohl sehr verletzt gefühlt.

Das Leistungsniveau der heutigen Schülerinnen ist viel niedriger als zu Ihrer Zeit. Damals wollten viele zur Schule gehen, deswegen wurden sie ausgewählt, wobei sie auch noch eine ein- bis zweijährige Fabriktätigkeit nachzuweisen hatten. Da die Zahl der Schülerinnen heute aber insgesamt niedriger ist als damals, und da die Mädchen gleich nach ihrer Arbeitsaufnahme im Betrieb in die Schule eintreten, sind sie jünger, weshalb ihr Wille noch nicht so ausgeprägt ist wie der der Mädchen von damals.

‘Ob es heute noch eine Schülerin gibt, die Hegel liest?' Ich habe heute meine

Schülerinnen gefragt, ob sie Hegel kennen. Die meisten haben geantwortet, „den Namen haben wir schon mal gehört, vielleicht im Ethikunterricht oder so, ist das ein Wissenschaftler oder ein Philosoph?" Allerdings kann man eine solche Antwort nicht nur in einer Abendschule für Industriearbeiterinnen bekommen. Vor einigen Jahren hatte ich in einer angesehenen Mädchenoberschule gefragt, „wer ist Simone de Beauvoir?", aber keine wußte es. Ich hatte dann weitergefragt, was der Satz bedeute: „Man wird nicht als Frau geboren, sondern zur Frau gemacht." Alle schauten sie nur dumm drein, bis schließlich eine Schülerin meinte: „Das bedeutet, daß die Frau sich schminken und pflegen muß, oder?" Sie haben, Frau Sin, die schwere und mühselige Zeit nicht vergessen können und leiden noch heute unter der Erinnerung. Aber als Lehrerin halte ich Sie für einen unwahrscheinlich 'gesegneten' Menschen. Denn unter Hunderten von meinen SI-Schülerinnen kenne ich keine einzige, die Brüder hatte wie Sie - Brüder, die Ihnen einen fruchtbaren Nährboden für Ihre geistige Entwicklung bieten konnten. Und auch die Begegnung mit Herrn Choi Hong-Ih bedeutete einen Segen für Sie, was wohl nur deswegen möglich war, weil sie sich gerade zu jener Zeit und an jenem Ort ereignete. Heute kann ich mir eine Schülerin, egal in welcher Schule und in welcher Klasse, kaum vorstellen, die während des Unterrichts einen Roman abschreibt. Wissen Sie, in den neunziger Jahren legt man in der Schule den größten Wert darauf, daß alle Schülerinnen lernen, sich, wie in einem Massenspiel, diszipliniert in die Gesellschaft einzuordnen.

In diesem Jahr haben wir keine neue Schülerin aufnehmen können. Die Zahl der Bewerberinnen ist in den letzten Jahren drastisch gesunken. Denn heute hat sich die finanzielle Lage der Eltern so weit verbessert, daß sie sich in den meisten Fällen die Erziehung ihrer Kinder bis zur Oberschule leisten können. Die Geschichte der SI, die Sie verdrängen und vergessen wollten, wird nun in zwei Jahren zu Ende sein. Selbst wenn man die Schülerinnen der zweiten und der dritten Klasse zusammenrechnet, sind es nur noch hundertzehn Mädchen. Wenn es diese Klassen nicht mehr gibt, werde auch ich nächstes Jahr die Schule verlassen.

Ich glaube, es fällt weder Erwachsenen noch Kindern leicht, sich einer neuen Umgebung anzupassen. An meinem ersten Arbeitstag hier in der Schule machte mich der auf einmal ganz andere Lebensrhythmus ängstlich und unsicher, ich war es ja nicht gewohnt, nachts in der Schule zu sein. Obwohl die Arbeitszeit kürzer war, fühlte ich mich viel erschöpfter, und ich dachte, ich hätte mich doch lieber beurlauben lassen sollen. Als ich nach dem Unterricht, der um fünf nach neun Uhr abends endete, nach Hause ging, schaute ich von der Großen-Yanghwa-Brücke über den Fluß. Die aneinandergereihten Lichter entlang des Flusses strahlten in traumhaft schönem Glanz, und der Fluß war ruhig, tief und verträumt. In diesem Moment, ich erinnere mich ganz deutlich, wurde mein Herz ebenfalls ruhig, und ich dachte „Ja, es ist auch eine neue Welt, die ich erleben werde; zwar wird es mit meinem Studium etwas langsamer gehen, aber die neuen Erfahrungen mit diesen Schülerinnen werden mir zu einem erweiterten Blick verhelfen und mich somit bereichern." Daß ich Ihnen einen Brief wie diesen schreibe, könnte auch eine kleine Schicksalsfügung sein, die mir die Begegnung mit diesen Schülerinnen beschert hat.

Sie können sich immer an mich wenden, wenn Sie vielleicht Ihre innere Ruhe gefunden haben und doch noch Mut und Lust bekommen, noch vor Abschaffung der SI-Klasse 'die Schülerinnen der Mädchenoberschule in ihrer weißen Schuluniform' noch einmal zu sehen. Aber fühlen Sie sich auf keinen Fall dazu verpflichtet. Sie werden diesen Brief doch nicht etwa ein Jahr lang mit sich herumtragen?

Ich wünsche Ihnen viel Gesundheit. Sowohl körperlich als auch seelisch.

Han Kyong-Sin

Ich las den Brief noch einmal von vorne bis hinten. Ich steckte ihn wieder in seinen Umschlag, legte ihn auf den Tisch und schaute ihn lange an. Ich wollte ihn beantworten. Aus dem Stapel Druckpapier zog ich einige Blätter heraus, legte sie auf den Tisch und füllte den Füllhalter mit Tinte. Dann schrieb ich so, wie mir Frau Han Kyong-Sin geschrieben hatte: 'Sehr geehrte Frau Han.' Nach einer Stunde stand auf dem Papier immer noch nichts anderes als 'Sehr geehrte Frau Han'. Ich richtete meine Blicke bloß auf die getrocknete Spitze des Füllfederhalters und schraubte ihn dann zu. Den Brief steckte ich in das Album aus jener Zeit, das ich auf den Tisch gelegt hatte, und stand auf.

Der Satz 'In diesem Jahr haben wir keine neue Schülerin aufnehmen können' scheint aus dem Brief geronnen zu sein und fängt an, mich zu beschäftigen, als ich vom Schreibtisch aufstehe. Nächstes Jahr wird die Schule nun geschlossen werden, sie wird dann nur noch in der Erinnerung, in einer Geschichte lebendig sein.

...Ich holte mir das Buch mit den Schlagern, legte mich bäuchlings auf den Zimmerboden und rief J. an. Sie lachte aufgekratzt.

„Du hast wohl dein Manuskript abgegeben."

„Nein."

Schweigen.

„Ich sing dir einen Schlager vor."

„Nur los!"

„Dingdengdong, sie, die ich letzten Sommer zufällig am Strand traf... ich hatte ihr soviel sagen wollen aber... Dingdengdong, die Nacht mit ihr war zu kurz."

Was heute Frau Han Kyong-Sin an der Schule ist, war für uns damals Herr Choi Hong-Ih. Der Lehrer, der mir vorschlug, es mit dem Romanschreiben zu versuchen. Herr Choi, der nicht mehr mein Klassenlehrer ist, läßt die Schülerinnen etwas von der Tafel abschreiben, geht zwischen den Tischreihen auf und ab, und im Vorbeigehen legt er ein Buch vor mich hin. Es ist rot. Ich betrachte lange den Buchdeckel. Ganz oben steht: *Fragen an die Geschichte.* Darunter eine schwarze Linie, dann der ebenfalls schwarze, großgedruckte Buchtitel: *Engagierte Literatur.* Noch etwas weiter unten lese ich zum erstenmal das Wort Volk: 'Publikation in unregelmäßigen Abständen (MOOK), die an der Front des Volkes die neueste Literaturbewegung praktiziert. Erste Nummer. Enthält Gedichte, Erzählungen, Sonderartikel und Rezensionen. Erster Band, 1980, Chonyewon.' Ich blättere in dem Buch, aber ich verstehe kaum etwas. Ich schlage eine Erzählung auf: *Herr Kang in unserem Dong* von Lee Mun-Gu.

Noch bevor der Betrieb, in dem ich arbeite, zumacht, wird die Nachhilfeschule, in der der Bruder mit der Perücke jobbt, geschlossen. Von amtlicher Seite aus wird es nun plötzlich strengstens verboten, Nachhilfeunterricht zu erteilen. Durch diesen Erlaß wird der älteste Bruder arbeitslos, der sich so gefreut hatte, ein weiteres Zimmer mieten zu können, wenn er während der Sommerferien ein paar Stunden länger arbeiten würde.

„Nun werdet ihr mich ernähren müssen."

Der älteste Bruder sagt es mit gespielter Lustigkeit, während er seine Perücke an die Innenseite der Dachbodentür hängt.

Der Sommerurlaub... Ich bin zu Hause auf dem Land und schlafe. Der Vater hat den Laden geschlossen und arbeitet nun auf dem Feld. Aber der Vater, der nicht einmal richtig mit der Sichel umzugehen versteht, der kaum imstande ist, einen Dungkorb zu flechten, stellt bei Tagesanbruch das Radio an und hört die Informationen über den Ackerbau. Er notiert, was ihm wichtig erscheint, in den Kalender an der Wand, den die landwirtschaftliche Genossenschaft herausgegeben hat. Das Geräusch aus der Küche, wo die Mutter das Frühstück zubereitet. Als ich aufstehe, ruft mich der Vater leise. Ich wollte gerade zur Mutter in die Küche gehen, setze mich aber zu ihm. Er holt eine Schachtel von der Kommode. Zu meiner Überraschung sind darin die Briefe, die ich Chang geschickt habe. Ich spüre, wie mir das Blut zu Kopf steigt.

„Anfangs hab ich gar nicht richtig zugehört, wenn deine Mutter immer wieder über Chang und dich gesprochen hat, aber..."

Der Vater schiebt der achtzehnjährigen Tochter die Briefe hin.

„Ich glaube nicht, daß ihr, du und Chang, etwas Schlimmes getan habt, es ist nur so, daß ihr durch diese Briefschreiberei allmählich Zuneigung zueinander fassen werdet, und dann..."

„..."

„Kind, wenn nur deine Mutter sich nicht solche Sorgen machen würde!"

Der Vater, der seinen Kindern noch nie etwas Unangenehmes gesagt hat, stammelt: „Ich meine, deine Mama!"

Er nimmt schon wieder die Mutter als Vorwand.

„Wenn es Zeit ist, daß der Briefträger vorbeikommt, wartet deine Mama auf der *Neuen Straße* auf ihn und läßt sich deinen Brief an Chang geben. Inzwischen liefert er schon von sich aus deiner Mama die Briefe ab."

„..."

„Ich dachte halt, weil du das nicht weißt, wartest du umsonst auf seine Antwort..."

Ich bin so beschämt, wütend und enttäuscht zugleich, daß ich vor dem Vater in Tränen ausbreche.

„Keine Eltern tun so etwas, um ihren Kindern zu schaden."

Ich sage kein Wort, lege die Briefe aufeinander und gehe in das andere Zimmer. Ich habe nichts davon gewußt, ich wartete jeden Tag auf eine Antwort von Chang. Während ich wartete, warf ich ihm auch hin und wieder vor: Auch dir macht es wohl etwas aus, daß ich in der Fabrik arbeite. Wenn ich mich wieder beruhigt hatte, schrieb ich den nächsten Brief. Den ganzen Frühling und Sommer war das so gegangen. Und nun die Mutter!

Die Mutter, die nicht weiß, daß mir der Vater alles über die Briefe erzählt hat, fragt mich den ganzen Urlaub über wiederholt: „Was hast du?" Aber ich rede kein Wort mit ihr. Auch wenn sie mich ruft, antworte ich nicht. Und als sie einmal ein Huhn aus dem Hof holt und für mich kocht, rühre ich das Essen nicht an. Die verärgerte Mutter macht beim unschuldigen Vater ihrem Ärger Luft: „Schau nur dieses Mädchen an, man sollte die Kinder eben doch zu Hause erziehen. Sie pfeift einfach auf meine Worte! Wohl deswegen, weil wir ihr nicht auf die Beine helfen können. Wenn sie sich schon jetzt so benimmt, wie wird das erst später werden, wenn sie etwas älter ist? Wird sie mich überhaupt noch grüßen, wenn sie mich mal irgendwo unterwegs sieht? Ach, sie ist kalt, wie ein Stück Eis! Wo hat sie das bloß her?"

Allerdings meint die Mutter das nicht so, und da ihr Kind schon morgen wieder mit dem Zug zurück in die Stadt fahren muß, bleibt sie stets in der Nähe der Tochter und versucht sie zu bewegen, einen Leckerbissen zu essen. Doch kalt wende ich das Gesicht ab, als sie mir Kürbispfannkuchen anbietet. Die Mutter, die am Ende ihrer Geduld ist, zischt mich schließlich an: „Na, sag mal, was für ein Benehmen ist das bloß?"

„Wer sonst tut so was, wer? Wer sonst steht da und verschlingt fast die eigene Mutter mit solchen großen, bösen Augen!"

Ich sehe der Mutter nun direkt in die Augen und schreie sie an: „Du hast überhaupt keine Ahnung!"

Doch sie versteht mich völlig falsch.

„Ja ja, ich bin dumm und ungebildet."

Der Mutter treten die Tränen in die Augen.

„Aber was hab ich dir deswegen bloß getan?"

Ihre schwarzen Augen schwimmen in Tränen.

„Daß ich ein sündhaftes Leben führe, weiß ich schon, seit ich dich nach Seoul gebracht hab!"

Der kleine Bruder, der neben mir stand, schiebt mich beiseite und geht zur Mutter: „Mama, bitte wein doch nicht, Mama."

„Das halbflügge Ding hab ich unter den schwierigen Brüdern gelassen... Hab immer dran gedacht, ob sie wohl gut auskommen miteinander oder ob sie streiten... Ob sie genug zu Essen haben... Der Weg ist ja so weit, daß ich kaum einmal vorbeischauen kann... Immer, wenn ich am Herd stand, hab ich dich vor mir gesehen, und dann wurden meine Beine ganz schwach. Der Gedanke, ich wär daran schuld, daß meine Kleine, mein halbflügges Ding, zum Küchenmädchen für die Brüder geworden ist, hat mir jeden Tag das Herz schwer gemacht."

Ich stehe vor Changs Hoftür. Vermutlich war er am Fluß und hat sich am Abend gewaschen, denn in der Hand hält er noch die Seifendose. Wir gehen in Richtung der Eisenbahngleise. Wir setzen uns auf den Damm. Sommernacht. Unzählige Sterne sind zu sehen. Ein Zug rast in die Finsternis. Die langen beleuchteten Wagen sehen wie ein blumengeschmückter Damm aus. Die Briefe, die nicht in die Hände Changs gelangten, sind in meiner Tasche. Jedes Mal, wenn ein Wind aufkommt, schwebt Seifenduft von ihm zu mir. Er sagt, er habe mit dem Malen angefangen. Auf die Kunsthochschule werde er gehen. Malen? Er hat noch nie etwas von Malen erzählt. Plötzlich sagt er: „Wir wollen unbedingt auf die Hochschule gehen." Ich finde keine Antwort, spiele mit meinen Briefen in der Tasche, die nicht zu Chang gelangt waren und die ich ihm nun geben will.

„Was für Bilder malst du denn?"

„Asiatische Malerei."

Er erzählt, er fahre nach der Schule ins Dorf, um dort in einem Atelier Nachhilfestunden für die Aufnahmeprüfung der Kunsthochschule zu nehmen. Nach dem Studium wolle er Maler werden. Ich solle unbedingt auch auf die Hochschule gehen und dann Schriftstellerin werden. „Wir wollen unbedingt auf die Hochschule!" sagt Chang. Es klingt wie eine Beschwörung. Hochschule? In dem Augenblick, als ich dieses Wort höre, nehme ich den Seifenduft nicht mehr wahr, der von ihm ausging. Bis zuletzt kann ich Chang die Briefe nicht geben und nehme von ihm Abschied.

Ich erinnere mich an den regnerischen Herbsttag, an dem die Auszahlung der bereits rückständigen Monatslöhne um noch einen Monat verschoben wurde. Im Betrieb, in dem die Kusine nicht mehr arbeitet, fühle ich mich im Ankleideraum am wohlsten. Beim Gedanken an den Herbstregen zittre ich vor Kälte. Der Ankleideraum, in den ich mich schleiche, wenn mir morgens kein Arbeitsplatz zugeteilt wird und ich daher den ganzen Tag nur herumstehen muß. Die Leute, die nicht mehr zur Arbeit kommen, ließen ihre Arbeitskleidung auf dem Kunststoffbügel hängen. Eigentlich sollte man sie bei der Kündigung zurückgeben, aber der Betrieb ist gar nicht mehr imstande, die Leute darauf hinzuweisen. Da er weder die rückständigen Löhne noch den Rentenausgleich auszahlt, hat niemand ein Interesse daran, sich an die Ordnung zu halten. Leute, die eines Tages zum Feierabend nach Hause gehen und nicht mehr wiederkommen. Die blaue Arbeitskleidung, die sie zurückgelassen haben. An diesem regnerischen Tag bekomme ich zwar im Kesselraum einen Arbeitsplatz, habe aber dort nichts anderes zu tun, als zuzusehen, wie eine Kreissäge einen Baumstamm in Stücke zerlegt, oder ich betrachte die Schutzmasken der Männer im Kesselraum, die sie gegen den ununterbrochen aufsteigenden Holzstaub tragen. Mit schleppenden Schritten gehe ich in den dunklen Ankleideraum hinauf und nehme, weil mir kalt ist, eine Arbeitskleidung, die mit herabhängenden Schultern auf einem Kunststoffbügel baumelt, herunter und ziehe sie über meine Kleidung. Weil mir kalt ist, stecke ich dann auch die Hände in die Taschen. Dabei spüre ich aber etwas in der Hand. Ein weißer Umschlag. Erst jetzt sehe ich auf das Namensschild der Arbeitskleidung. Yun Sun-Im. Es ist nicht irgendeine Arbeitskleidung, die eine gekündigte Arbeiterin zurückgelassen hat, sondern die von Yun Sun-Im. Ob sie früher nach Hause oder nur kurz weggegangen ist? Ich sehe in der Dunkelheit des Ankleideraums in den Umschlag. Ein ganz neuer Zehntausendwonschein liegt darin. Plötzlich klopft mir das Herz. Die unheimliche Stille im Ankleideraum. Yun Sun-Im, die der Praktikant der Technischen Oberschule anbetete, in den wiederum die Kusine verliebt war. Ich ziehe die Arbeitskleidung aus, hänge sie vorsichtig wieder auf und verlasse den Ankleideraum. Ich gehe in den Kesselraum zurück und sitze im Dröhnen der Maschine, die den Baumstamm zersägt. Danach gehe ich ins kalte Büro der Produktionsabteilung und lasse mir einen Schein ausstellen, mit dem man vor Arbeitsschluß gehen darf. Ich komme in den Ankleideraum zurück und lege schnell meine Arbeitskleidung ab. Ich nehme meine Schultasche, die auf dem Schließfach liegt. Ich greife schnell in die Tasche der Arbeitskleidung von Yun Sun-Im, ziehe den Umschlag heraus und flüchte beinahe aus dem Betrieb. Mein Herz will fast zerspringen auf dem mir unendlich lang vorkommenden Nachhauseweg im Herbstregen, bis ich zur ungewohnten Mittagszeit durch die Straßen des Industriekomplexes in unser abgelegenes Zimmer zurückkomme und die Tür hinter mir zuziehe.

Ich muß eingeschlafen sein. Jemand weckt mich auf, der älteste Bruder, der nun arbeitslos ist.
„Du bist nicht in die Schule gegangen?"
„…"
„Fehlt dir was?"
Der Bruder legt seine Hand auf meine Stirn, weil ich noch immer liegenbleibe, und fragt noch einmal, ob es mir nicht gut gehe. Eine Weile schaut er auf mich herunter, dann geht er wieder weg und kommt mit Medikamenten zurück.
„Du hast hohes Fieber. Du hättest die Wattematratze nehmen sollen, bevor du eingeschlafen bist."
„…"
„Das kann von den Strapazen kommen. Wenn du dich richtig ausschläfst, wird es dir schon besser gehen."
Ich versuche, mich aufzusetzen, aber er will, daß ich ruhig liegenbleibe. Dann holt er aus dem Plastikkleiderschrank die Wattematratze, um sie der achtzehnjährigen Schwester unterzulegen, und schiebt mir das Kissen unter den Kopf.

Die Suppe mit Sojabohnenkeimlingen. Der älteste Bruder kocht sie für mich. Er muß unwahrscheinlich viel Chilipulver in die Suppe, die er nicht mag, getan haben, daß sie dermaßen rot ist.

Als die Kusine, die nachts allein von der Schule zurückkommt, mich daliegen sieht, fragt sie mich, wie schon der älteste Bruder, ob es mir nicht gut gehe. Da ich nicht in der Schule war, habe sie sich Sorgen gemacht, was mit mir los sei. Während sie das sagt, hält sie einen weißen Umschlag in der Hand.
„Der Brief steckte in dem Türspalt, und nur dein Name steht in großen Buchstaben darauf."

„Ein Brief...?"

Der Bruder sieht fragend vom Stuhl auf mich herunter. Nachdem ich den Brief von der Kusine bekommen habe, halte ich ihn nur in der Hand. Der Bruder kommt von seinem Platz am Schreibtisch auf den Boden herunter und schaltet den Fernseher ein. Die Kusine geht auf den Dachboden, um sich umzuziehen, und dann in die Küche.

Plötzlich schiebt die Kusine, die auf dem Küchenboden hockt, um Reis zu spülen, ihren Kopf ins Zimmer, um zu fragen: „Von wem ist denn der Brief?" Es mag ihr seltsam vorkommen, daß ich ihn immer noch nicht aufgemacht habe, sondern nur so in der Hand halte, denn sie fragt mich, weil ich einfach liegenbleibe, erneut, was mit mir los sei. Auch der Bruder, der vor dem Fernseher sitzt, wendet den Kopf zu mir und schaut mich an, wobei er mit der Handfläche seinen wahrscheinlich steifen Nacken massiert. Patsch, patsch. Das Geräusch, das entsteht, als die Kusine sich beim Waschen in der Küche Wasser auf die Füße gießt. Die müden Bewegungen des Bruders, der fernsieht. Ich habe Angst, der Frieden im abgelegenen Zimmer könnte zerstört werden, sobald ich den Brief öffne. Meine Hände zittern, als ich langsam den Briefbogen aus dem Umschlag herausziehe.

'Bitte gib mir den Umschlag zurück, den du aus meiner Kleidung genommen hast. Das Geld brauche ich unbedingt... Yun Sun-Im.'

Ich ziehe unauffällig die Decke über das Gesicht und zerknülle den Brief in meiner Hand.

Ich gehe neben der Kusine aus der Haustür, und als ich sie zur Bahnstation gehen sehe, gehe ich ins abgelegene Zimmer zurück. Als verfolge mich jemand, verschließe ich von innen die Tür. Den ganzen Tag über rühre ich mich nicht. Mir ist, als würde mich jemand am Kragen packen, wenn ich hinaus gehe. Mir ist, als würde ich fortgeschleppt und könne nie wieder zurückkommen. Gegen Mittag klopft jemand an der Tür. „Bist du da?" Es ist die Stimme von Yun Sun-Im. Meine Schülerinnenschuhe vor der Tür verraten ihr sicher meine Anwesenheit. Ich schließe die Tür auf, vor mir steht Yun Sun-Im. Ich hole schnell den weißen Umschlag aus der Tasche und übergebe ihn ihr. „Ich danke dir!" sagt Yun Sun-Im lächelnd und nimmt den Umschlag entgegen.

Gehämmer, Gedröhn der Bohrmaschine... Nebenan oder unter mir arbeiteten die Handwerker schon frühmorgens. Krach - wahrscheinlich bohrte man Löcher in die Wand. Bum, bum - man schlug wohl den Verputz herunter. Dabei war die Abgabefrist des Manuskripts bereits verstrichen; ich konnte es mir einfach nicht leisten, auch nur einen halben Tag lang die Arbeit zu unterbrechen... Ich beugte den Hals zurück und sah hinüber zum Berg. Die roten Blüten der Azaleen, die den Hügel gefärbt hatten, waren teilweise schon abgefallen. Völlig ratlos... Die Augen angestrengt. Für einen Augenblick schwieg die Bohrmaschine. Die unwahrscheinliche Stille nach dem unwahrscheinlichen Lärm. Ist nun endlich Ruhe? Als ich mit den müden Augen zwinkerte, setzte das Gedröhn der Bohrmaschine wieder ein, als wollte sie die Wand, ja auch den Berg zum Einsturz bringen. Meine Güte, man will wohl das ganze Haus abreißen! Ich ging hinüber ins Nebenzimmer. Das Geräusch scheint nicht von nebenan zu kommen, sondern von unten.... Auch als ich aus dem Zimmer, das an die Wohnung der Nachbarn grenzt, kam, verfolgte mich der Lärm hartnäckig, als wollte er meine Ohren ganz betäuben. Was machen die denn bloß?

Ich war eigentlich relativ unempfindlich gegen Lärm, konnte ihn ignorieren, wenn ich wollte. Wo immer ich auch war, konnte ich mich zumeist konzentrieren. So konnte ich auch unter vielen Menschen meinen Gedanken nachhängen. Ich war Nummer eins einer Produktionsreihe, und mir gegenüber saß jemand, der das Endprodukt zuletzt zu prüfen hatte. Die Angestellten der Inspektionsabteilung drehten den ganzen Tag über am Lautstärkeregler hin und her, um sich zu notieren, welche Leistung die Stereoanlagen brachten. Meine Ohren waren ununterbrochen dem lauten, kreischenden und dumpfen Lärm, dem Zischen der Preßluftpistole, dem Dröhnen des Fließbands und nicht zuletzt dem Zischen der Lötmaschine ausgesetzt.

Seit ich jenen Ort verlassen habe, bin ich relativ lärmunempfindlich.

...Aber das ergründliche, unerbittliche Leben. Weder gibt es alles her, noch nimmt es alles zurück. Sogar durch den Lärm hindurch ließ es mich die zärtliche Nähe eines Menschen spüren, indem es mich bei diesem Lärm mein Heft aufschlagen und Chang einen Brief schreiben ließ.

...Doch dieses Gedröhn des Bohrers, und das eben war wohl der Hammer. Man will wohl die ganze Welt durchbohren! Ich ging ins Bad, preßte die Zahnpasta auf die Bürste, schrubbte mir die Zähne, wusch mir heftig die Hände und ebenso das Gesicht. Krach, bum, bum, bum! Der Lärm von damals war dagegen ein Wiegenlied gewesen. „Wer einen solchen Krach macht, der hätte vorher wenigstens um Entschuldigung bitten können, oder?" schleuderte ich gereizt dem unsichtbaren Gegenüber ins Gesicht. Mir war, als würde mein Kopf zertrümmert, meine Beine durchbohrt. Ich wollte wenigstens wissen, wann die Bauarbeiten beendet sind. Ich zog die Schuhe an und klingelte bei den Nachbarn. Die Frau von nebenan schob das Gesicht aus der Tür.

„Das kommt nicht von uns, sondern von unten."

Das sagte sie gleich, noch ehe ich überhaupt fragen konnte. Wie ich hatte auch sie sich wahrscheinlich furchtbar geärgert. Ich ging hinunter und fand die Tür offen. Ich schaute in die Wohnung hinein und sah, daß die beiden Schwellen, über die man zu den beiden Balkons, vorne und hinten, gelangt, völlig zerbrochen waren.

„Ist jemand da?"

Die Arbeiter hörten wohl nichts, sie drehten sich nicht einmal um.

„Hallo!"

Der Wohnungsbesitzer war nicht da, nur die Arbeiter. Erst nach mehrmaligem Rufen drehte sich der mit dem Bohrer um, sein Gesicht war voll von Ziegelstaub.

„Wo ist der Herr des Hauses?"

„Er ist im Moment nicht da!"

„Ich wohne hier oben."

Ich deutete über mich.

„Wann werden die Bauarbeiten beendet sein?"

„Es dauert noch etwa drei Tage."

„Drei Tage? Um Gottes willen." Ich ging in meine Wohnung zurück und wusch mir erneut die Hände.

Am Samstag fragt mich der älteste Bruder: „Warum gehst du nicht arbeiten, hast du etwa gekündigt?"

„..."

„Auch du magst die Fabrik nicht mehr, oder wie?"

„..."

„Du brauchst nur noch etwas Geduld zu haben, ich meine, bis ich vom Militärdienst befreit werde."

„..."

„Sag doch irgendwas!"

Ich presse die Lippen zusammen.

„Hast du einen Bienenstock verschluckt?"

Wie kann ich ihm sagen, daß es mir unmöglich wäre, Yun Sun-Im in die Augen zu sehen?

„Wenn du mir solche Sorgen bereiten willst, dann pack deine Sachen und geh nach Hause!"

Der Bruder knallt die Tür hinter sich zu und geht. Ich ziehe die Schuluniform an, nehme statt meiner Sachen die Schultasche und trete hinaus auf die Gasse. Ich habe nicht einmal Fahrgeld. Erschöpft gehe ich zur Chinhi-Schneiderei, die am Eingang zum Zweiten Industriekomplex liegt. Neben Hi-Chae schneidet ein Mann, der einen handgroßen, blauen Fleck im Gesicht hat, mit der Schere grünen Stoff zurecht. Aber weder den blauen Fleck noch den grünen Stoff nehme ich besonders wahr.

„Du hier?"

Die blasse Hi-Chae in der Schneiderwerkstatt macht große Augen. Der enge Gang. Die auf dem Fußboden herumliegenden Stoffetzen. Nicht einmal einen Stuhl hat sie, ihr kleiner Körper sitzt auf einer länglichen Holzkiste, die nach einem billigen Warenkasten aussieht.

„Bitte borg mir etwas Geld."

„Wieviel?"

„Fünftausend Won."

Hi-Chae fragt nicht, wozu ich das Geld brauche, drückt mir fünftausend Won in die Hand. Ich gehe nicht zur Schule, sondern zum Seoul-Bahnhof. Immer wieder höre ich die wütende Stimme des ältesten Bruders: Pack deine Sachen und geh nach Hause! Und sie schneidet mir ins Herz.

Mama... Aber was soll ich der Mutter sagen, wenn ich zu Hause bin? Nein, ich gehe nicht. Nicht dorthin, wo du mich finden kannst. Ich gehe irgendwohin und werde nie wieder zurückkommen. Bitte, meinetwegen, streich mich aus deinem Leben, wenn du das willst. Ich lasse mir eine Fahrkarte für den Nachtzug nach Pusan geben. Ich schwöre mir selbst, nie wieder zu ihm zurückzugehen, nie wieder ins abgelegene Zimmer zurückzukehren.

Doch sobald der Zug den Seoul-Bahnhof verläßt, möchte ich schon aussteigen. Die hängenden Schultern des ältesten Bruders schweben im Fenster. Seine Perücke, die an der Dachbodentür hängt. Die Hand des Bruders, der in der engen Küche steht und, wie gewöhnlich, seine Socken wäscht. Das Geräusch, das er machte, als er sich, nachdem jene Frau ihn verlassen hatte, in der Dunkelheit erhob, um auf die Dachterrasse zu gehen. Der kühle Geruch des Nachtwindes, der an seinen Kleidungsstücken haftete, als er nach langer Zeit zurückkam. Der Geruch der Wunde.

Aber seine Worte, ich solle meine Sachen packen und nach Hause gehen, lassen mich halsstarrig werden. Nein, ich will nicht zurückkehren. Der Zug läßt stets die Lichter am Fuß der fernen Berge hinter sich. Er fährt durch einen Tunnel. Bruder... Im Waggon vermischen sich die unterschiedlichsten Gerüche. Ein Kind heult, und eine Frau versucht, es zu beruhigen, schreit es dann aber wütend an. Ein alter Mann schnarcht, ein paar Mädchen kauen getrockneten Tintenfisch und plaudern lustig. Fremde Männer spielen ein koreanisches Kartenspiel und poltern dabei ständig. Ich bin durch das Menschengewimmel eingeschüchtert, betrachte mein Spiegelbild im Fenster. Pusan? Wo liegt das? Der säuerliche Geruch aus der Toilette, der mit dem Windzug in den Waggon hereindringt, wenn die Tür ab und zu aufgeht. Mir schlägt das Herz, weil das Bedürfnis, zum Bruder zurückzugehen, immer stärker wird. Bei Tagesanbruch steige ich im Pusan-Bahnhof aus, gehe aber nicht aus dem Gebäude, sondern kaufe mir auf der Stelle eine Rückfahrkarte nach Seoul und steige nach kurzem Warten wieder in den Zug. Der Tag bricht an. Draußen kreist eine Schar kleiner Vögel über den Stromleitungen. Das Rattern der Stahlräder des Zugs, der mit höchster Geschwindigkeit auf das Zimmer im Abseits zurast.

Am Seoul-Bahnhof nehme ich die Bahn, steige an der Karibong-Station aus, gehe am Fotostudio vorbei, lasse auch den kleinen Laden hinter mir und stehe vor der Haustür zum Zimmer im Abseits. Als ich hineingehe, kommt der älteste Bruder vom zweiten Stock heruntergerannt.
„Wo warst du?"
Er scheint heute nacht kein Auge zugetan zu haben. Die Augen des Bruders, der wissen will, wo ich gewesen sei, sind blutunterlaufen. Er ohrfeigt die achtzehnjährige Schwester.
„Du, was hast du dir eigentlich gedacht?"
Mir treten die Tränen in die Augen, und da umarmt er mich heftig.
„Ich habe solche Angst gehabt, es könnte dir etwas zugestoßen sein!"
Ich höre auf, vor Anspannung zu zittern, und fange nun richtig an zu weinen. Der älteste Bruder schiebt meinen Kopf von seiner Brust und donnert mich an:
„Wenn das nochmal vorkommt, dann kannst du was erleben!"

Yun Sun-Im... Sie kommt zu mir, als ich am hellichten Tag im abgelegenen Zimmer liege. Ich setze mich schnell auf. Das Geräusch des Radios, das aus irgendeinem Zimmer dringt. Warum ist sie zu mir gekommen? Ich bleibe sitzen und weiß nicht, was ich tun soll. Was will sie von mir?
„Soll ich dir was erzählen?"
Wenn Yun Sun-Im lacht, schieben die etwas vorstehenden Zähne die Lippen nach oben, so daß man dabei das rote Zahnfleisch, das ihre Munterkeit ausdrückt, sehen kann.
„Ich habe die Oberschule mittendrin verlassen."
„..."
„Weißt du, warum? Ich habe zufällig den Bleistiftbehälter meiner Banknachbarin geöffnet, und darin lagen zwei Scheine zu je tausend Won. Ich hätte mir nie träumen lassen, einmal Geld zu stehlen. Aber schon griff meine Hand

danach. Ich dachte, ich könnte mir mit dem Geld einen Hüfthalter kaufen, den ich gern haben wollte. Ich wünschte mir nämlich einen, weil mein Bauch immer mehr zu hängen schien. Die ganze Klasse wurde verrückt. Man untersuchte die Sachen und Taschen jeder einzelnen. Das Geld hatte ich in meiner Unterwäsche versteckt. Der Lehrer schickte den Wochendienst zum Hügel hinter der Schule mit dem Auftrag, so viele Kiefernadeln zu bringen, wie es Schülerinnen in unserer Klasse gab. Er verteilte dann die Kiefernadeln an uns. Jede sollte eine Nadel in die Hand nehmen, diese dann fest zusammendrücken und die Augen schließen. Alle Kiefernadeln seien gleich lang. Nach zehn Minuten sei die Kiefernadel in der Faust der Diebin um fünf Zentimeter länger geworden. Dann werde man Bescheid wissen. Es sei also vernünftiger, diejenige, die das Geld genommen habe, würde gleich die Hand heben. Heute denken wir natürlich, das ist doch Quatsch, nicht? Die Kiefernadel kann ja in der Faust nicht wachsen. Damals aber kam es mir vor, als werde sie tatsächlich in meiner Faust immer länger. Als ich an die Folgen dachte, schlug mir das Herz wahnsinnig, und mein Kopf wäre beinahe zersprungen. Mir war, als hörte ich die Kiefernadel in meiner Hand raschelnd wachsen. Vor lauter Angst fing ich schließlich an zu heulen. Ich machte sogar meine Unterhose naß. Nun wußten alle, daß ich das Geld gestohlen hatte. Danach konnte ich nicht mehr in die Schule gehen. Seitdem ist mein Leben irgendwie schiefgelaufen. Ich ging morgens aus dem Haus, angeblich, um zur Schule zu gehen, saß jedoch statt in der Schule auf dem Deich herum und streunte dann herum. Aber schließlich erfuhren auch meine Eltern von dem Diebstahl, und ich wurde fürchterlich geschlagen. Die Mutter, die die Peitsche in der Hand hielt, schrie, wie um alles in der Welt ich auf die Idee gekommen sei, einen Diebstahl zu begehen, wo ich doch so viel anderes tun könne. Als ich aus ihrem Mund das Wort 'Diebstahl' hörte, dachte ich, ich werde mich einfach umbringen. Und um weit weg von zu Hause sterben zu können, hab ich ihr wirklich Geld gestohlen und sie verlassen. Dann bin ich ganz zufällig hier gelandet. Ich zeigte mich erst nach fünf Jahren wieder zu Hause."

„···"

„Ich brauch das Geld unbedingt, sonst hätt ich dir den Brief nicht geschrieben. Komm morgen wieder in den Betrieb."

„···"

„Ich halte dich nicht für eine Diebin. Und niemand weiß davon. Als ich an jenem Tag von einer auswärtigen Angelegenheit in den Betrieb zurückkam, sah ich dich früher weggehen. Ich hatte zuerst nur eine Vermutung. Du hättest tun können, als wüßtest du nichts von dem Geld."

„···"

„Man sagt, der Betrieb werde bald liquidiert. Vielleicht wird ihn die Bank übernehmen, oder sonst jemand. Also, komm wenigstens bis dahin. Dann werden wir nachträglich auch den Rentenausgleich und die rückständigen Löhne bekommen. Wenn du jetzt nicht zur Arbeit gehst, ist dein Anrecht darauf unsicher, und vielleicht bekommst du dann diese Nachzahlungen nicht."

„..."

„Du kommst ab morgen wieder in den Betrieb, einverstanden?"

„..."

„Wenn nicht, komme ich morgen wieder hierher."

Am nächsten Tag gehe ich in den Betrieb. Ich stemple auf die Stechkarte meine Ankunftszeit. Yun Sun-Im lacht über das ganze Gesicht. Der Vorarbeiter, nein, der neue stellvertretende Hallenleiter ruft mich zu sich.

„Du glaubst wohl, du kannst in den Betrieb kommen, wann du willst, was?"
Ich starre lediglich auf den kalten, zementierten Boden. Im Betrieb hat sich nichts geändert. Die Arbeiterinnen, die noch immer keinen Platz zugeteilt bekommen haben, sitzen da und dort herum. Auf der Dachterrasse, auf der Bank und an der Waschstelle. Auch Chae Un-Hi, die junge Frau in der Verwaltung der Fertigungshallen, sitzt müßig auf dem Stuhl im leeren Büro herum. Es gehört zu ihren Aufgaben, nach Arbeitsschluß immer aufzuschreiben, wieviel produziert wurde. Aber es wird ja kaum mehr etwas produziert. Es wird immer leerer im Betrieb.

...Rings umgeben von Lärm, versuchte ich, meine kochende Wut zu unterdrücken, indem ich die Blätter der Bücher nervös durch die Finger laufen ließ, Gedichte aufschlug und sie mir selbst laut vorlas:

Alle Kinder dieser Welt/ nennen mich Mutter... Wie durstig muß nun mein Kleines nach Milch sein/ Plötzlich erinnere ich mich, daß ich unter Tränen die Brust auspressen mußte/ Sie denken gar nicht an Flucht/ Die vollblütigen Augen/ Ohne dich kann ich nirgendwohin gehen/ Ich kann es nicht/ Ich steige den Berg wieder hinunter, über den ich gehen wollte/Oh, die immer noch heilen winzigen Fischchen in der Wasserlache.

...Du liebes Gedicht, übertöne doch den Lärm - den Lärm, der entsteht, wenn die Tür eines Hauses zerschlagen wird.

Die liebe alte Emily Dickinson/ Sie trug mich auf ihrem Nacken und brachte mich zu einer fernen Küste/ Auf fremdem Sandstrand/ Nicht einmal ein müdes

Tier war zu sehen/ Und in der Schale lebten/ Zufrieden die Muscheln/ Die liebe Alte/ Benetzte den blauen Ärmel/ Wusch mir die verwundeten Füße/ Und wie sie lautlos Tränen rinnen ließ/ So setzte sie sie ruhig ab.

...Du liebes Gedicht, komm bitte zu mir über den Lärm jener Dinge... Bohrer... Hammer hinüber... Komm schnell zu mir, die ich das Außen und das Innen der Geschichte verloren habe und die ich ganz durcheinandergebracht werde.

Die Blätter der Bäume fallen sanft hernieder auf das Straßenpflaster/ Es gab einmal einen Menschen, der dem Schatten der Blätter folgen wollte.

...Der Schlaf kommt, wie Flutwellen kommt der Schlaf. Der Mensch, der mir jetzt übers Haar streicht, wird mich bald verlassen.

Das Getöse des Wasserfalls weckt den Berg/ Der Fasan springt erschrocken auf, ein Kiefernzapfen fällt herunter./ Unglaublich! Vollkommenes Pansori des bekannten Meistersingers.

...Ja, so wird es sein. Bald wird man gehen.

Wenn ich mich dir nähere, treten mir Tränen in die Augen/ Als ich an deine Tür klopfte/ Wankten mir die Füße... Du, der du einem Tränen in die Augen treibst, wenn man sich dir nähert... Auch wenn ich den Kopf gesenkt hatte, vor ein paar Schritten/ Sah ich deine Finger beim Schließen der Tür/ Ab und zu waren sie zu sehen.

Unerwartet finde ich im Briefkasten einen Brief von Chang. Oh! Ein kurzer Freudenschrei. 'Ich habe deine jüngere Schwester getroffen.' 'Und sie hat mir von Deinen Briefen erzählt. Ich dachte, Du schreibst mir wegen meines Vaters nicht mehr.' Liebevoll nennt Chang meinen Namen. 'Mir macht es im Grunde nichts aus, daß ich Dir nicht schreiben darf. Wenn ich Dir etwas sagen möchte, werde ich es immer in mein Heft schreiben. Wenn ich Dich dann sehe, werde ich es Dir geben. Du könntest es ja ebenso machen. Du kommst doch zu Chusok nach Hause?'

Zu Chusok kann ich jedoch nicht nach Hause. Die Kusine borgt sich eine Kamera. Wir packen das Mittagessen in eine kleine Holzschachtel und fahren zusammen mit Hi-Chae mit dem Bus zum Kwanak-Berg. Die Kusine, die die Kamera in der Hand hält, ist begeistert. Sie scheint Hi-Chae und mich für jene

Vögel im Wald zu halten, knipst uns andauernd. „Unter den Ahorn bitte."
Knips! „Auf den Stein." Knips! „Dreht euch mal um." Knips! „Setzt euch mal
hin. Nein, du bleibst stehen... So jetzt mal einander bei der Hand fassen! Etwas
lockerer... Hi-Chae, lächle bitte doch mal!" Die Kusine, die uns geradezu lei-
denschaftlich fotografiert, als seien wir Vögel, fährt beim Mittagessen auf dem
Berg entsetzt hoch: „Iiiiih! Das gibt's doch gar nicht!"
Ich springe auf, wie wenn jemand geschrien hätte: Iiiiih! Da, eine Schlange! Erst
nach dem Aufspringen frage ich sie: „Was ist los?"
„Ich hab den Film vergessen. Die Kamera war leer!"
„...Was?"
Sie legt den Film ein und knipst wieder. Aber auch daraus wird nichts. Die
Kusine sieht ganz niedergeschlagen aus, als sie vom Fotoladen zurückkommt.
„Das Licht. Der ganze Film war überbelichtet."
„Das Licht?"

...Wir, die wir zuviel Licht geschluckt haben und nicht mehr zu sehen waren.

An einem nassen Herbsttag. Ich erinnere mich an die Kangnam-Sungsim-Klinik
in Taerim-Dong. Ich suche zum erstenmal die sogenannte Aufbahrungskammer
auf. Das Bild Choi Yang-Nims, die bei Kumho Elektron arbeitete, lächelt aus
dem blumengeschmückten Rahmen. Rauchgasvergiftung. Die sonnenverbrann-
te Mutter, die vom Land gekommen ist, starrt geistesabwesend auf ihre Tochter.
Der kleine Bruder von Choi Yang-Nim schläft, nachdem er seinen Kopf auf das
Knie seiner völlig verzweifelten Mama gelegt hat. Mi-Seo, unsere Klassensprech-
erin, legt als Zeichen unseres Mitgefühls ein Geldgeschenk vor die Mutter hin.
„Warum mußte meine Tochter allein sterben, wo doch drei Mädchen im selben
Zimmer geschlafen haben sollen?"
Der Bruder der Toten, der seinen Kopf auf das Knie der sonnenverbrannten
Mama gelegt hatte und dann einschlief, schlägt verschlafen die Augen auf.
„Ist es wirklich wahr?... Es ist doch ein Traum, oder?"
Völlig überwältigt von dem schrecklichen Schicksal der Tochter, kann die son-
nenverbrannte Mutter nicht einmal weinen. Sie starrt nur ihre Tochter an, die
vor ihr in die Ewigkeit gegangen ist, und redet vor sich hin. Als diese kurz vor
ihrem Tod noch zu Chusok nach Hause gekommen sei, seien ihre Hände von
der schweren Fabrikarbeit ganz aufgerissen und ihre Fingerspitzen entzündet
gewesen, und wo sie nun mit solchen Händen gestorben sei, wie schrecklich
müsse sie dann wohl auch noch auf dem ganzen langen Weg ins Jenseits gelitten haben.

Hi-Chae läßt sich die Haare wellen. Jetzt trägt sie die Schuluniform nicht mehr. Und statt der flachen Schülerinnenschuhe geht sie in den rotbraunen Schuhen mit den hohen Absätzen, die wie irgendein Symbol auf dem Wandregal in der Küche standen. Dafür stehen nun ihre Schülerinnenschuhe wie ein anderes Symbol dort. Sie hat sich verändert. Anstatt der Schuluniform mit dem weißen Hemdkragen trägt sie eine bis zum Hals zugeknöpfte Bluse, die in einem karierten Faltenrock steckt. Bei jedem Windstoß flattert ihr Glockenrock. Ab und zu sehe ich sie zufällig, wie sie anstatt der rotbraunen Schultasche eine flache Handtasche über der Schulter hängen hat. Ich sehe ihren Rücken, als sie am Ende der Gasse um die Ecke biegt, ihre Schuhspitzen, als sie auf der anderen Seite der Überführung die letzte Stufe gerade genommen hat, ihre kleine Gestalt, als sie eilig im Markt verschwindet.

Ob sie etwa in einer Bar arbeite, fragt der älteste Bruder wieder. Ich fahre erschrocken auf, als hätte ich etwas Unerhörtes vernommen, verneine energisch: „Nein, das hab ich doch schon einmal gesagt."
Wie wenn ich in Schluchzen ausgebrochen wäre, schaut der Bruder mich verwundert an, auch wenn er etwas unsicher bloß Mutmaßungen anstellt: „Warum kommt sie dann erst bei Tagesanbruch ins Haus zurück? Einmal hab ich übrigens auch einen Mann frühmorgens aus ihrem Zimmer kommen sehen."
„Einen Mann...?"
Als ich zurückfrage, denkt der Bruder wohl, das hätte er lieber nicht sagen sollen, und fügt gleich hinzu: „War es vielleicht ihr Bruder?" Dann sagt er nichts mehr.

Auch ich sehe den Mann aus dem Zimmer Hi-Chaes kommen. Er senkt den Kopf so tief, als wollte er seine Nase in den Boden stecken, und verschwindet durch die Haustür. An seiner Wange ist ein handgroßer, bläulicher Fleck zu sehen, ganz ähnlich dem Fleck auf Hi-Chaes Rücken. Fleck? Wo habe ich den Fleck schon mal gesehen? Chinhi-Schneiderei. Ah, der Mann. Der Schneider, der neben Hi-Chae stand, als ich sie aufsuchte, um Geld von ihr zu borgen. Der Mann hat seine Hände tief in die Tasche gesteckt, er geht in Gedanken versunken, weicht dem Telegrafenmast erst aus, als seine Nase ihn fast berührt, und läuft die lange Gasse hinunter.

Die Kusine spricht zum ältesten Bruder.
„Ich möchte in Yongsan ein Zimmer mieten."
Der Bruder, Angehöriger der Schutztruppe, schweigt. Die Kusine fährt fort, sie könne sowieso nicht weiter bei uns wohnen. Ihre jüngere Schwester werde nun

bald die Mittelschule hinter sich haben, und noch vor ihrem offiziellen Abgang, zu Beginn der Winterferien, werde sie die Schwester nach Seoul holen und mit ihr zusammenwohnen. Ein Bekannter im Bezirksamt habe ihr gesagt, daß er sich nach einer Stellung für die Schwester umsehen wolle, so werde sie die Schwester zu sich nehmen und ihr wenigstens die Aufnahme in eine Private Handelsschule ermöglichen.

Mambo... Unser Mambo in einer Winternacht. Als ich am Samstag von der Schule zurückkomme, brennt in Hi-Chaes Zimmer Licht. Die Kusine geht, die Schultasche in der Hand, gleich zu ihr.
„Ich ziehe morgen aus."
Hi-Chae, die so spät noch ihre Sachen wäscht, schaut mich mit großen Augen an. Das bedeutet, sie will wissen, ob ich auch wegginge.
„Ich nicht. Nur die Kusine zieht aus."
„Dann müssen wir Abschied feiern."
Wir wollen uns in einer halben Stunde auf der Dachterrasse treffen. Wir, die Kusine und ich, ziehen uns um, waschen uns, sagen dem Bruder Bescheid und gehen auf die Dachterrasse. Hurra! Wir sind begeistert und lachen unaufhörlich. Hi-Chae hat bereits eine Binsenmatte auf der Dachterrasse ausgebreitet. Auf dem niedrigen kleinen Tisch brennt eine Kerze, auf dem Teller liegen fingerförmige, in Chilipaste gebratene Reisklößchen. Wartet mal einen Augenblick, sagt Hi-Chae, geht noch einmal in ihr Zimmer und kommt dann mit einem Kassettenrekorder zurück. Sie drückt auf den Knopf *play*, und es erklingt *La Cumparsita*.

Pampampampam bambambam pampampampam - bambambam - bararara - ahahah - ahahahah pampampam - bam...

Die Kusine, die gerade noch das letzte Reisklößchen in den Mund gesteckt hatte, bevor sie aufstand, legt die Arme an, streckt sie dann mit geballten Fäusten nach vorne, trällert ulkig pampampam und verläßt die Dachterrasse. „Wo gehst du hin?" Die Kusine verschwindet tänzelnd. Als sie zurückkommt, zieht sie aus ihrer Tasche eine Flasche Schnaps.
„Aber wenn der Bruder dahinterkommt?"
„Wir feiern Abschied, das haben wir ihm doch gesagt."
Der starke, billige Schnaps versetzt die Kusine, Hi-Chae und mich bald in Hochstimmung. Hi-Chae hält der Kusine eine Papiertasche hin.
„Was ist das?"
„Ein Abschiedsgeschenk."

In der Papiertasche liegt eine Jeanshose.

„Probier sie mal an. Sie wird dir passen."

Die Kusine, die Hi-Chae bisher nie so richtig gemocht hat, bleibt zunächst sitzen, während weiter das Pampampam erklingt. Die Flamme der Kerze zittert und erlischt. Trotzdem ist es hell auf der Dachterrasse.

„Oh, der Mond!"

Zwischen den Fabrikschornsteinen hängt der Mond hoch oben am Himmel. Ob man in der Fabrik Nachtdienst macht? Die Fenster im Design-Verpackungs-Center sind beleuchtet. Die ratternde Bahn fährt vorbei. Der letzte Bus verläßt gerade die Endstation des Linienbusses 118. Im Mondschein probiert die Kusine die Jeanshose an, die ihr Hi-Chae zum Abschied geschenkt hat. Sie paßt genau.

„Ich hab sie gemacht."

„Um sie mir zu schenken?"

„Nun ja, das nicht gerade..."

„Sondern?"

„Ein jüngerer Bruder zu Hause auf dem Land ist ungefähr so groß wie du."

„Aber ich bin doch kein Junge."

„Bei Jeans gibt es keinen Unterschied zwischen Jungen und Mädchen. Außerdem ist das eine Diskohose."

„Aber wenn du sie mir schenkst, hast du keine mehr."

Hi-Chae lächelt vage.

„Ich kann ja wieder eine nähen."

Die lustige Kusine, die beim Zimmerputzen gern den Kopf im Rhythmus der Musik wiegt, trällert, nun in Jeanshosen, wieder 'Pampampam!' Die Bewegungen der Kusine, deren Schatten auf der Binsenmatte im Mondschein einem Baum gleicht, den der Wind bewegt.

„Mach doch mit!"

Mit halbem Herzen läßt Hi-Chae sich von der Kusine an der Hand hochziehen, ich stehe mit ihr auf. Wie Krebse, die auf dem Land umherirren, gehen wir seitwärts Schritt für Schritt und machen 'pampampam...' Die Kusine, die hübsch aussieht, und Hi-Chae, die wegen ihrer Ungeschicklichkeit und Verlegenheit unsicher lächelt. Der Mond am Himmel bleibt auf dem hohen Schornstein des Design-Verpackungs-Centers sitzen. Er saugt den schwarzen Rauch in sich auf und wird davon immer dunkler. Die Kusine, die als erste zu tanzen begonnen hat, schnappt nach Luft und fällt auf die Binsenmatte. Ich setze mich zu ihr und Hi-Chae zu mir. Der Nachtwind wischt uns den Schweiß von der Stirn. Daß wir uns die Hände gegenseitig auf die Schultern legen und zusammenrücken, als umarmten wir uns, liegt wohl daran, daß uns kalt ist. So sitzen wir lange.

Schulter an Schulter bleiben wir sitzen, und nicht weit von uns donnern die Stahlräder der letzten Bahn vorbei. Der schwarze Mond, der auf dem Schornstein des Design-Verpackungs-Centers hockt, zeigt nun sein klares Gesicht. 'Der Schatten des gefrorenen Mondes... fällt auf die Wellen... Eine kleine Insel, gegen die die wilden Wogen im Winter anbranden... Denkt an die große und herzliche Liebe des Leuchtturmwärters... Wir sind drei Monde.' Als wir singen, steigt in uns ein warmes Gefühl auf, das Gefühl, etwas Wunderbares miteinander geteilt zu haben.

Die Kusine, die in jenem Winter auf der Dachterrasse unseres abgelegenen Zimmers Mambo tanzte, verläßt diese Gasse. Wie ein Zugvogel. Wie mein ältester Bruder, nämlich als die älteste Schwester ihrer jüngeren Geschwister.

Ich sehe mir das Zimmer an, das die Kusine in Yongsan gemietet hat. Die unendlich lange Gasse. Die niedrigen Häuser schmiegen sich eng aneinander. Der kalte Wind hat den Müll gefrieren lassen. Die schmale Tür zwischen den Mauern und das kaputte Schloß. Aus der Tür nebenan taucht plötzlich eine Frau mit gelb gefärbten Haaren auf, die sich mit schwarzem Lederrock, rotgeschminkten Lippen und Lederstiefeln herausgeputzt hat. Bald danach folgt ihr in stark gebeugter Haltung ein Schwarzer mit riesigen flamboyanten Augen. Die beiden gehen Arm in Arm durch die eisige Gasse. Obwohl ein kalter Wind bläst, sind ihre Beine fast nackt.
„Komm herein."
Ich betrete das Zimmer der Kusine und frage kurz angebunden: „Warum brennt bei euch kein Brikett?"
„Wenn es etwas kälter wird..."
Auf einmal sieht die einundzwanzigjährige Kusine ganz alt aus. Sie macht ein Gesicht, als gebe es auf der Welt nichts mehr, was sie wundern könne. Ein weiteres Zimmer im Abseits, ein Zimmer, zu dem man einen weiten Weg hat. Mich friert an den Füßen.

Der Mann in hoher Position, der das Blutbad in Kwangju verursacht hat, der unter dem schönen Vorwand, die Gesellschaft läutern zu wollen, das ganze Land in Schrecken versetzte, liebt es, nächtliche Besuche vorzunehmen. Er meldet sich vorher nicht an. Urplötzlich taucht er auf der Inchoner Polizeistation oder in Arbeitskleidung im Rathaus auf. Die Beamten erschrecken dann zu Tode.

Wir haben gerade Buchhaltung. Auf dem Korridor erscheinen auf einmal unbekannte finstere Gesichter. Die Hintertür des Klassenzimmers öffnet sich wie von selbst. Der Präsident tritt ein, nachdem der Unterricht bereits begonnen hat, als wäre er so einer wie Ha Kye-Suk. Anders als diese ist er weder vorsichtig, noch entschuldigt er sich. Das Gesicht des Lehrers, der gerade etwas über Doppelte Buchführung an die Tafel schreibt, wird gelblich. Die breite Stirn des Präsidenten glänzt unter der Neonröhre. Seine Frau steht neben ihm. Und ob der da sein Sekretär ist? Der hagere Mann im schwarzen Anzug, der gleich hinter dem Präsidentenpaar steht, hat einen stechenden Blick. Als der Präsident meiner linkshändigen Banknachbarin An Hyang-Suk übers Haar streicht, blitzt etwas auf. Die Kamera. Sofort wende ich den Kopf nach unten ab. Daß seine Frau mein Heft aufschlägt, wird auch geknipst. Mir klopft das Herz schrecklich. Auf dem Heftdeckel steht zwar 'Buchhaltung', aber darin steht nichts, was mit Buchhaltung irgend etwas zu tun hat, es sind lauter Briefe an Chang oder Sätze und Gedichte, die ich aus Zeitschriften wie *Saemteo* abgeschrieben habe. Es ist das Heft für Chang. Zum Glück legt die Frau mein Heft auf den Tisch zurück und folgt dem Präsidenten, der zwischen den Sitzreihen langsam auf und ab geht. Jener Mann im schwarzen Anzug, der als letzter der Inspektionsgäste den Raum verläßt, hält die Schuhe in der Hand. Nachdem sie, die durch die hintere Tür eingetreten waren, durch die vordere Tür wieder hinausgegangen sind, kommt der Buchhaltungslehrer zu mir. Er blättert in dem Heft, das die Präsidentengattin aufgeschlagen hatte. Diesmal klopft mein Herz noch schrecklicher als vorhin. Denn ob Einfache oder Doppelte Buchführung - in meinem Heft steht nichts davon. Der Lehrer scheint verblüfft zu sein, blättert im Heft herum und fragt, ob es dasselbe sei, das die Präsidentengattin vorhin aufgeschlagen habe. Ich kann nicht antworten.

„Ist es dasselbe Heft?"

„Ja."

Der Lehrer macht ein verständnisloses Gesicht.

„Wieso hat sie dann nichts dazu gesagt? Wollte sie bloß fotografiert werden?"

Der Lehrer blättert noch längere Zeit im Heft, dann legt er es auch auf den Tisch und entfernt sich. Ein Stein fällt mir vom Herzen. Die Linkshänderin An Hyang-Suk ist die dritte, die nach der Präsidentengattin und dem Buchhaltungslehrer in das Heft schaut.

Blumenschlange

Es ist auf dem hinteren Weg mit _ _ _ _.

Schöne Schlange...

In welcher Traurigkeit muß sie geboren worden sein,

Wenn sie einen derart abstoßenden Körper hat!

Einem blumigen Band zum Halten des Hosenbeins gleicht sie.
Dank des roten Mauls,
Aus dem die Zunge von _ _ lautverloren ragt,
Mit der dein Großvater Eva verführte,
Ist der Himmel blau. ... Beiß zu! Beiß zu mit Groll, und

Flieh. Der verfluchte Schädel!

Man verfolgt, Stein um Stein nach ihm werfend,
Das Tier auf dem Weg mit _ _ _ _,
Doch nicht, weil die Frau unseres Großvaters Eva heißt,
Es ist der schwere Atem - schwer, schwer
Als hätte man Erdöl getrunken...

Ich könnte dich mit der Nadel durchbohren und um den Hals winden. Farben,
die prächtiger als die jenes blumigen Bandes sind...

Die schönen Lippen Kleopatras, die rot auflodern, als hätten sie Blut geleckt...
Schleich herbei, Schlange!
Unsere Sonne ist eine zwanzigjährige Jungfrau, ihr Mündchen gleicht dem eines
Kätzchens... Schleich herbei, Schlange!

An Hyang-Suk starrt das Heft und dann mich an.
„Hast du das geschrieben?"
„Nein."
„Wer dann?"
„Seo Chung-Chu."
„Der, der *Neben den Chrysanthemen* geschrieben hat?"
„Ja."
An Hyang-Suk liest das Gedicht noch einmal. Sie fragt, was die vier leeren
Striche nach 'auf dem hinteren Weg' bedeuten.
„Eigentlich sollten da chinesische Zeichen stehen, aber die waren für mich
schwer nachzuschreiben, deswegen habe ich einfach Striche gemacht."
Ach so, sagt An Hyang-Suk lediglich, als sei es nicht so wichtig.
„Was bedeutet eigentlich 'Blumenschlange'?"
„Das weiß ich auch nicht."
„Warum hast du es dann aufgeschrieben?"

„Weil es mir gefällt."
„Verstehst du das Gedicht?"
„Nein."
„Und trotzdem gefällt es dir?"
Die Linkshänderin An Hyang-Suk starrt mich verblüfft an.

War ich auch so? Wie Mi-Seo, die Hegel las? Habe ich mich nicht für etwas besseres als die andern in meiner Klasse gehalten, nur weil ich die Werke von großen Persönlichkeiten wie Proust oder Seo Chung-Chu, Kim Yu-Chung oder Na Do-Hyang, Chang Yong-Hak oder Son Chang-Sop oder Francis Jammes las und ihre wunderbaren Sätze an den Rand des Hefts für Buchhaltung schrieb, obwohl ich sie nicht einmal richtig verstand? Habe ich nicht gedacht, daß mir die Bücher, vor allem Romane oder Gedichte, dabei helfen würden, aus jener Gasse zu entfliehen?

Während des langen Mittagsschlafs fiel ich vom Bett. Als ich mich aufrappelte und wieder ins Bett kletterte, war mir die Sonne zu grell. Die Stelle am Berg, wo die Azaleen verblühten, war hellgrün. Dort vorne sah ich die Blüten der weißen Wildkirsche. Hellgrün war die Stelle, an der die Azaleen verblüht sind, aber dunkel die Melancholie, die mich ergriff, als ich an meinen Fuß dachte. Warum waren wir damals so schrecklich arm? Wieso hatten wir so wenig Geld? Wieso? Mir war, als drang ein Schrei aus dem Spiegel, der neben dem Bett hing: War es nicht so, daß deine Erinnerung dich trügt? Wäre das so unmöglich? Ich konnte das nicht glauben. Na, trotzdem, sag mir nichts. Ich konnte das selbst nicht glauben. Ich rief die unschuldige J. an.
„Hast du dein Manuskript fertig geschrieben?"
„...Ja."
„Willst du mir Pfannkuchen mit Schnittlauch machen?"
„Nein."
„Oder willst du mir Blaukrabben kochen?"
„Nein."
„Dann wollen wir uns treffen und essen gehen."
„Nein."
Schweigen. J. ist es etwas peinlich geworden, sie sagt aber großmütig:
„Hey, ich finde, wir sollten uns zuerst mal treffen."
„Nein!"
„Warum hast du mich dann eigentlich angerufen?"
„Um das zu sagen."
„Was?"

„Das Nein."
J., immer noch am Apparat, ist betrübt.

Ich schaltete den Fernseher an. 'Aaah - Oooh - Uuuh -', es drangen unnachahmliche Töne heraus, die wohl durch alle Räume der Welt hindurch gekommen waren. Zöpfe, Jaderinge und langer Bindfaden. Eine Szene vor etwa zehn Jahren, in der die Meistersängerin Kim So-Hi, Künstlername Manchung, inmitten ihrer Schülerinnen *Ponghwa-Arirang* singt: 'Arirang, arirang, arario', man geht über den Arirang-Paß. Ein Bündel auf dem Rücken tragend, geht man über den Arirang-Paß.
Vor zwei Tagen war ihre Totenfeier auf dem Marronnier-Park in Tongsung-Dong unter der Leitung des Instituts für Traditionelle Koreanische Musik begangen worden. Als das Lied vom Arirang-Paß zu Ende war, war die Künstlerin bereits längst ins Reich der Toten unterwegs gewesen. Aber im diesseitigen Fernsehen war sie noch lebendig, ein Bild hielt sie fest, ihre hochgezogenen Brauen, die trauerumflorten Augen. 'Mit bitterem Herzen geht man über den Paß des Kaepung-Bergs. Arirang, arirang, arario, man geht über den Arirang-Paß.' Ich hatte den Apparat ganz zufällig eingeschaltet, wurde aber von dem Lied angezogen und setzte mich vor den Fernseher. An Suk-Sun, Shin Yong-Hi und andere Schülerinnen von ihr, die sich nach ihr zurücksehnten, saßen mit dem Moderator zusammen und erinnerten sich an die Lehrerin. Das ist also An Suk-Sun. Ihre Augen waren feucht. Ja, die Lebenden leben vom Tod. Auch auf An Suk-Sun trifft das wohl zu. Vom Tod Kim So-His inspiriert, wird sie wohl deren Lebenswerk vollenden.
Wieder zeigte man das Bild der Meisterin, als sie noch lebte. Sie saß im Studio, zwar etwas blaß, doch sie war eine elegante Erscheinung. 'Ich habe die Aufnahme gemacht, aber zufrieden bin ich damit nicht. Wenn ich meine Gesundheit zurückgewinnen könnte, würde ich die Aufnahme noch einmal und besser machen, aber da ich nun mal zu alt geworden bin... Ich wollte es besser machen, aber ich konnte einfach nicht, wie ich wollte. Eine koreanische Jacke aus Ramiefasern und Kamelienöl. Wer singt, der muß Charme zeigen können. Selbst wenn man auf der Bühne lediglich einen Fuß vorsetzen will, muß man das mit Charme tun. Erst dann kommt der Gesang. Heute schaut man, wenn man auf der Bühne steht, zuerst nach, wieviel Publikum da ist, aber man sollte immer daran denken, daß man allein hier oben steht, allein mit dem Trommler, ganz allein.'
Eine einsame Frühjahrsnacht. Ich stellte den Ton des Fernsehers lauter: 'Die Vögel fliegen herbei, allerlei Vögel fliegen herbei. Chinesische Phönixe und Vögel, die Zehntausendjahre Fruchtbarkeit verkünden. Alle Vögel fliegen paarweise hin und her, singen sich frühlingsfrisch und wunderbar harmonisch zu.

Der geschwätzige Papagei, der anmutig tänzelnde Reiher und der rußschwarze Sukguk... Die Gesangsstimme kommt gleichermaßen aus dem Körper und aus der Seele. Wenn man nur die Lippen hübsch bewegt, den Mund auf- und zumacht, ist das noch längst kein Gesang. Die Stimme muß aus dem Herzen kommen, sie muß durch das Zwerchfell verstärkt werden, durch den Bauch, das alles muß man können und durchhalten. Die Bachstelze, die zu verhungern droht, auch wenn man sie ständig mit zwölf Mall Reis füttern würde, trippelt wackelnd hierhin, trippelt schwänzelnd dorthin und rollt auf dem Boden umher. Die verhungernde Bachstelze zwitschert, während sie hin- und hertrippelt. Die Taube fliegt in jenes Haus dort. Der Kleine soll kommen und den Vogel mit Bohnen füttern... So etwa. Die Gesangsstimme kommt gleichermaßen aus dem Körper und aus der Seele. Wenn man nur die Lippen hübsch bewegt, den Mund auf- und zumacht, ist das noch längst kein Gesang...' Die Stimme der Meisterin wurde schwächer, dann wieder lauter, was sich ein paarmal wiederholte. Das Haar mit Kamelienöl gepflegt, den Chilipastentopf auf dem Kopf, so kam sie aus dem Fernsehbild heraus und schlich sich singend in mein Herz: 'Es zwitschert ein Ibis, zwitschert ein Ibis..., daß man sich erschrickt, aus tiefster Seele erschrickt...'

Viertes Kapitel

*Ich habe gesprochen mit der Stimme, die du mir
schenktest, und geschrieben mit den Worten, die du
meine Mutter und meinen Vater gelehrt hast und die
sie mir weitergaben. Nun trotte ich auf dem Weg wie
ein Esel, der unter dem Lachen der Spötter den Kopf
hängen läßt und seine Last schleppt.*

Francis Jammes

Für Samstag und Sonntag organisiert die Schule eine Klassenfahrt für die dritte Klasse. Eine Fahrt, bei der freilich viele Schülerinnen aus den Betrieben fehlen, in denen sonntags Sonderschichten geleistet werden müssen. Eine erste und
letzte Reise mit den Mädchen. Ich erinnere mich an den Gesichtsausdruck von
Ha Kye-Suk in der Touristenstadt Kyongju - die, die mich anrief und fragte,
warum ich nicht unsere Geschichte niederschriebe. Auch an den der Linkshänderin An Hyang-Suk, der Hegel-Leserin Mi-Seo und an den von Min-Suk, die
in einer Pelzfirma arbeitete. Die gelblichen Gesichter, die sich in den blauen
Mausoleen widerspiegelten. Hyang-Kyu, Myong-Hae, Min-Sun und Hyuk-
Kyu. Als der Zug durch den Tunnel fährt, jubeln wir übermütig. Hurra! Wir
verstecken, wie es zu einer solchen Fahrt gehört, die Schuhe und die Jacke des
schlafenden Lehrers und tun dann so, als ob wir nichts davon wüßten. Nur zum
Spaß stolzieren wir frech in anständigen, engen Jeanshosen und T-Shirts spätabends durch die Stadt Kyongju. Wir gefallen uns in unseren roten Mützen und
spielen die Wilden. Doch auch die Verlegenheit bleibt nicht aus. Es ist wegen
der Sonne. Die unausweichliche Verlegenheit, wenn wir unsere Gesichter, die
wir nur abends im Licht der Neonröhren kennen, plötzlich im hellen Sonnenschein sehen. Wir waren nie tagsüber zusammen und wissen nicht, wie wir miteinander umgehen sollen. Befangen besichtigen wir das Chonmachong, ebenso
die Chomsongdae und besteigen den Nam-Berg. Meine Kusine. Nur sie hat
eine Kamera bei sich. Meine Kusine, die Fotografin werden will, ist mit ihrer
Kamera überall. Die Hegel-Leserin Mi-Seo und ich sollen uns lächelnd Gesicht
an Gesicht aufstellen. Wir würden zwar gerne lächeln, aber da wir das Tageslicht
nicht gewöhnt sind, verzerren sich unsere Gesichter eher. Die Kusine ruft An
Hyang-Suk herbei, sie soll ihr Gesicht über eine Buddhastatue halten, welcher
der Kopf fehlt, dann guckt die Kusine durch die Kamera.
„Bitte lächeln."

An Hyang-Suk, die täglich mehr als zwanzigtausend Bonbons in Folie einwickeln muß, kommt mit der plötzlichen Reise auch nicht zurecht. Sie versucht zu lächeln, aber es wird eine weinerliche Grimasse daraus.

„Ihr armen Herzchen."

Die Kusine, die so gern fotografieren möchte, wird ihrer blassen Modelle, die ihre Wünsche nicht erfüllen können, überdrüssig.

„Ich werde die Vögel fotografieren."

„..."

„Nicht euch, ihr Jammergestalten, sondern die Vögel werde ich aufnehmen."

Überall und in jeder Nacht gibt es Menschen, die an Liebeskummer leiden. Lee Ae-Sun, die in einer Textilfabrik arbeitet und in ein Gewerkschaftsvorstandsmitglied verliebt ist, seufzt in der Nacht tief auf. Aus ihrem Mund dringt das Wort 'Benutzer'. Auf einmal werden wir still. Die Leute, die unsere Arbeitskraft benutzen.

„Ich möchte nicht wieder zurück."

Dingdongdeng, der letzte Sommer... - Abrupt bricht der Gesang, der noch hier und da zu vernehmen war, ab.

„Die Stimmung im Betrieb ist völlig vergiftet. Nach einem Zwangsverhör durch die Leitung der Belagerungstruppen hat man ihn sogar vors Kriegsgericht gestellt. Ist das nicht schrecklich? Kriegsgericht, bloß wegen der Forderung nach Lohnerhöhung!"

„Und was ist aus ihm geworden?"

„Er ist freigekommen, aber man will ihn zur Kündigung zwingen, weil er als zu läuternde Person auf der Schwarzen Liste steht, doch bis jetzt hält er stand."

„Was ist eine zu läuternde Person?"

„Das weiß ich auch nicht. Es soll irgendeine Bewegung zur Läuterung geben."

Die Nacht auf dieser Reise ist von unruhigem Geflüster erfüllt.

„Man teilt den Gewerkschaftsleuten einfach keine Arbeit mehr zu. Sie wollen sie auf diese Weise zur Kündigung zwingen. Heimlich vergeben sie Aufträge an einen Subunternehmer. Den Gewerkschaftlern drücken sie einen Besen in die Hand und lassen sie die Fabrik kehren."

„Bei uns geht es auch so zu. Die Polizei ist mittlerweile einfach ständig da. Wenn es keinen Seouler Frühling, oder wie das immer heißt, gegeben hätte, wäre die Unterdrückung nicht so brutal. Von den Leuten, die damals die Überstunden verweigert und für eine Lohnerhöhung gekämpft haben, wird einer nach dem andern ins Hauptquartier für Gemeinsame Untersuchung, oder wie das heißt, abgeführt und verhört."

„Bei uns auch. Es herrscht nur noch Schrecken. Im letzten Winter haben sie die

Räume, in denen die Gewerkschaftler arbeiten, nicht einmal geheizt. Vor dem Frühjahr haben mehr als zweihundert Leute gekündigt, und nur weniger als neunzig sind geblieben. Die Betriebsleitung hatte insgeheim vor, die Fabrik zu schließen, und brachte die Leute raffinierterweise dazu, von sich aus zu kündigen. Wie auch immer, wenn die Fabrik geschlossen wird, muß ich mir woanders Arbeit suchen, also hört euch bitte mal um."

Die Nacht, in der ich von der Reise zurückkam... Nachdem wir uns bereits zum Schlafen hingelegt haben, ruft der älteste Bruder meinen Namen. Da weder der dritte Bruder noch die Kusine mehr da sind, kommt mir das Zimmer leer vor. Ich werde unruhig, weil der Bruder nicht weiterspricht. Ob er wie beim letzten Mal Herzschmerzen hat?
„Was ist, Ältester Bruder?"
„..."
„Was hast du denn, hast du wieder Herzschmerzen?"
Mir fällt ein, wie der Bruder sich ans Herz gegriffen und gestöhnt hat, so wickle ich mich aus meiner Decke und blicke den Bruder an. Ich gerate in Angst, nicht einmal die Kusine ist da!
„Die Hochschule, möchtest du wirklich so gern auf die Hochschule?"
Völlig überrascht reiße ich in der Dunkelheit die Augen auf. Mir ist, als fiele für einige Sekunden ein Mond- oder Sternenstrahl auf mich. Ich krieche wieder unter die Decke und lege mich hin.
„Willst du noch immer Schriftstellerin werden?"
Ich schäme mich. Ich habe ihm noch nie gesagt, daß ich auf die Hochschule möchte. Nicht nur ihm nicht, sondern überhaupt niemandem.
„Wenn man schreiben will, muß man viel lesen und auch viel wissen."
Aha, er muß während meiner Reise in meinem Heft gelesen haben.
„Aber auch diejenigen, die drei Jahre lang nur gebüffelt haben, schaffen die Aufnahmeprüfung nicht ohne weiteres."
Seine Stimme ist voll Sorge. Ich hebe die Decke, strecke das Gesicht heraus und sage zum Bruder, der drüben mit dem Rücken zu mir müde daliegt: „Mach dir keine Sorgen, Bruder. Ich will nicht auf die Hochschule."

Im Morgengrauen, ehe ich darangehe, den Reis für das Frühstück zu kochen, mache ich noch rasch die Tasche auf, um das Heft zu suchen. Was kann ich bloß geschrieben haben, wenn der Bruder glaubte, mir heute nacht so etwas sagen zu müssen? Aber das Heft ist nicht drin. Überall, wo ich es gewohnheitsmäßig versteckt haben könnte, suche ich umsonst. Vorsichtig steige ich vom Dachboden herunter und gehe zum Schreibtisch des Bruders. Dort liegt es. Unter dem Roman *Der Zwerg*, dessen Einband ich in Papier gehüllt habe, liegt mein Heft. In der Nacht vor der Klassenfahrt, als ich am Tisch des Bruders noch etwas hineinschrieb, habe ich wohl vergessen, es vor der Abreise anderswo zu verstecken. Ich habe es also dem Bruder geradezu zum Lesen hingelegt. Ich ziehe mein Heft heraus und gehe auf die Dachterrasse. Morgendämmerung. Die Sterne am Himmel verschwinden einer nach dem andern. Unter den verblassenden Sternen sitzt jemand am Geländer, als wolle er gleich wegfliegen. Es ist Hi-Chae. Sie sitzt wie ein Vogel am Geländer der Dachterrasse und schaut in die Morgendämmerung, die sich nicht zwischen Pfirsich- oder Apfelbäumen, sondern zwischen den wirr ragenden Fabrikschornsteinen auszubreiten beginnt. Trotz des Ölgeruchs ist das Licht der Morgendämmerung blau. Bei Tagesanbruch duftet alles auf der Welt wie weiche und glänzende Sprossen. Sogar die Schornsteine der Fabriken.

„Ältere Schwester."

Ich nähere mich Hi-Chae und tippe ihr kurz auf die Schulter. Sie schrickt zusammen.

„Was machst du denn hier?"

„Ich habe die Wäsche aufgehängt."

Wie früh muß sie aufgestanden sein, wenn sie schon um diese Zeit gewaschen hat. Auf der Leine hängen eine Tischdecke, ein Männerarbeitsanzug, Socken und dergleichen mehr. Bei meinem langen Blick auf die Männerkleidung lächelt Hi-Chae etwas verlegen.

„Und was suchst du hier so früh?"

Ich verstecke das Heft hinter dem Rücken.

„Was hast du denn da?"

„Nichts."

„Warum versteckst du es dann vor mir?"

Da sie gekränkt zu sein scheint, halte ich ihr das Heft hin.

„Ein Heft?"

Sie läßt die Blätter schnell durch die Finger laufen.

„Möchtest du auf die Hochschule?"

Sie fragt das leise und vorsichtig, als ihr Blick auf einer Seite hängenbleibt. 'Ich möchte auf die Hochschule', die Wörter sind je mehrmals untereinander geschrieben worden, so daß sich dieses 'Ich möchte auf die Hochschule' vom übrigen Text fett und klar abhebt. Auch der Bruder hat es wohl gelesen. Auf jeder Seite steht 'Ich möchte auf die Hochschule, ich möchte auf die Hochschule...' wie ein Flehen. Ich habe es geschrieben, seit ich im letzten Sommer von Chang hörte, wir sollten beide unbedingt auf die Hochschule. Nun fühle ich mich aber schuldig und beschämt gegenüber Hi-Chae, die am Geländer der Dachterrasse sitzt, und dem Bruder, der noch erschöpft schläft.

„Nein, ich gehe nicht auf die Hochschule."

Ich sage das wie eine, die eigentlich auf die Hochschule gehen könnte, aber darauf verzichtet. Ich nehme das Heft wieder und will von der Dachterrasse hinuntergehen, als Hi-Chae mir nachruft.

„Weißt du, ich..."

Ich drehe mich um, und Hi-Chae starrt mir ins Gesicht. Sie sieht blaß aus.

„Ja bitte, Ältere Schwester?"

„Nun..."

Sie zögert.

„Na, was hast du denn?"

„Äh, also... ich meine..."

Ich starre unverwandt Hi-Chae an, die nicht aussprechen kann, was ihr auf dem Herzen liegt, und nur 'äh, also, ich meine' wiederholt.

„Also, ich habe mich entschieden, mit ihm zusammenzuleben..."

„Mit ihm? Der mit dem Fleck auf dem Gesicht, der Schneider von der Chinhi-Schneiderei?"

„Ich sage es dir halt, irgendwie denke ich, dir muß ich doch Bescheid sagen... Ich will noch zwei Millionen Won für meinen jüngeren Bruder zusammensparen und dann heiraten."

Heiraten. Ja, man sollte heiraten.

Ich, die Neunzehnjährige, schaue zerstreut auf den Männerarbeitsanzug an der Wäscheleine.

Nachdem ich die ganze Nacht hindurch im Verlag meinen Prosaband korrigiert hatte, kam ich morgens müde mit dem Taxi nach Hause und versuchte, mit nervös zitternden Fingern den Schlüssel in das Schloß der Tür zu meiner leeren Wohnung zu stecken. Ich wollte die Tür aufschließen, ließ es dann aber und blieb eine Weile davor stehen. Als ich aus dem Taxi ausstieg, hatte ich nur noch den einen Wunsch im Herzen, so schnell wie möglich in meiner Wohnung zu verschwinden und mich hinzulegen, aber irgend etwas beunruhigte mich trotz meines müden Herzens noch hartnäckig.

Ich trat in die Wohnung und ging ins Bad. Ich nahm die Tasche von der Schulter und legte sie auf das Waschbecken. Ich drehte den Wasserhahn auf, so daß das Wasser über die Tasche spritzte. Ich legte sie auf den Rand der Badewanne. Was für ein Satz war es, der mich trotz meines müden Herzens beunruhigte? Ich breitete die Hand aus und hielt sie vor den Spiegel. Was habe ich mit dieser Hand gemacht? Meine Hand und meine Augen trafen im Spiegel aufeinander. Schnell zog ich die Hand weg und tauchte sie ins fließende Leitungswasser.

Das fließende Wasser... Die Finger schienen sich unter dem Wasser zu vergrößern. Meine Hände, die nervös wirken, wenn sie nicht etwas zu berühren, festzuhalten oder zu schreiben haben. Die Einsamkeit, die jeden der zehn Finger umhüllt. Und warum sie sich nur so dicht aneinanderdrücken und nicht aufhören zu zucken?

Das Wasser lief über das Becken. Ich drückte auf den Abflußknopf. Das Rauschen, mit dem das gestaute Wasser durch den Abfluß lief, weckte ein Gefühl unsagbarer Verlassenheit. Ich drehte den Wasserhahn zu und sah eine Weile in den Spiegel. Auch innerlich fühlte ich mich unendlich einsam. Ich hatte keine Lust mehr, auch nur einen Schritt zu machen. Gegen die Badewanne gelehnt, auf der die Tasche lag, setzte ich mich mit ausgestreckten Beinen auf den Boden. Das enge Badezimmer kam mir wie ein weites Feld vor. Ich stieß mit der Zehenspitze gegen die offenstehende Tür, die zufiel, und es wurde dunkel.

Welche verborgenen Sätze waren das, die vorhin, als ich die Wohnungstür aufschließen wollte, ihre Spitzen gegen mein Herz gerichtet hielten?

...Das verfremdende Schweigen.

Das Rauschen von Wasser, das in dieses Schweigen fließt... Die Schritte, die sich mit dem nach Verlassenheit klingenden Rauschen des Wassers vermischen, das durch das Rohr in die Dunkelheit zurückkehrt. Patsch, patsch... Nackte Füße?... Patsch, patsch... Zurück auf den Mondstrahl, zurück in die Tiefsee, zurück in das Netz, zurück ins Wattenmeer... Patsch, patsch... Diese anmutige Wade, die ich schon irgendwo gesehen habe... Patsch, patsch... Der Glockenrock mit dem kleinen Blumenmuster... Patsch, patsch.

Warum hast du mich gerufen? Was wolltest du mir sagen?
Ich habe etwas zu erledigen.
Was?
Das ist das letzte Mal. Ich bin jetzt nicht mehr neunzehn, sondern dreiunddreißig. Als ich an dieser Arbeit zu schreiben begann, hoffte ich, am Schluß sagen zu können, ich habe eine Geschichte von früher erzählt, und jetzt ist es mir leichter ums Herz. Aber es ist anders gekommen.
...
Es hängt von dir ab. Erzähl bitte von jenem Morgen.
...
Warum hast du mich die Tür absperren lassen?
...

Warum ausgerechnet mich?
...
Auch nachdem ich jenen Ort verlassen hatte, schlug mir das Herz und stockte mir fast der Atem, wenn ich jemanden sah, der dir ähnlich war, oder ein ähnliches Zimmer wie das von damals. Ich wurde zerstreut und nervös. Ich war in jedem Moment voll Unruhe und konnte nicht mehr einschlafen, wenn ich nachts aufwachte. Als wäre ich plötzlich wieder ein Kind geworden, konnte ich die Dinge um mich herum manchmal nicht mehr richtig einschätzen, und hin und wieder hatte ich das Bedürfnis, mich auf irgend jemanden zu stützen und mich in ihm zu verlieren... Es kam auch vor, daß ich beim Lesen eines Buches plötzlich schwermütig wurde... Und wenn ich über eine Brücke ging, überfiel mich manchmal der Drang hinunterzuspringen... Es war, als verfinge ich mich im Vorhang oder in der Wäscheleine. Weißt du was? Du bist ein Hindernis für mich gewesen. Ein Hindernis in meiner Beziehung zu anderen - ein Hindernis, weswegen ich sie zurückstieß, obwohl ich mit ihnen glücklich war... Du kennst doch am besten die Müdigkeit, die aus ständiger Überwachheit erwächst... Ich habe jenen Ort nie wieder aufgesucht. Nicht einmal die Gegend. Doch in meinem Kopf stauten sich wie vor einem Deich Gedankenbilder von den Wörtern: Fabriken, Arbeiter, Bahnstation, Karibongdong-Markt, Toksan-Dong vor dem Eingang des Industriekomplexes oder Kuro-Dong... Schau nun, es hängt von dir ab... Warum war es ausgerechnet ich?... Sag es mir bitte... Warum?
...
Warum mußte ich es sein?
...
Ich war doch erst neunzehn.

Puh!

Ich löste mich in der Dunkelheit von der Badewanne. Das war es. Der Tod, dem ich begegnete. Schnell ergriff ich die Tasche, ging ins Zimmer und rief den Verlag an, von dem ich gerade gekommen war. Die Sätze, die nach der Rückkehr zur leeren Wohnung beim Aufschließen der Tür ihre scharfen Spitzen gegen mein Herz gerichtet hielten, waren die aus dem Text *Der Tod, dem ich begegnete*, den ich zur Komplettierung meines Essaybandes neu geschrieben hatte. Obwohl ich immer wieder an ihnen gefeilt habe, behielten die Spitzen ihre Schärfe. Spitzen, die sich gegen mein Herz richten.
Ich bestand unerbittlich darauf, den Text *Der Tod, dem ich begegnete* wegzulassen.
„Was haben Sie bloß? Was stört Sie denn?"
Was mich stört? Ich nahm wieder ein Taxi und fuhr zum Verlag. Das Layout war

bereits bis zur Seitennummerierung fertig. Da ich auf die Streichung bestand, machte sich zwischen mir und dem Chefredakteur des Verlags ein unangenehmes Schweigen breit.

„Wenn es Stellen gibt, die Sie so sehr stören, könnten Sie sie dann nicht umschreiben?"

Das Manuskript wurde mir wieder vorgelegt. Ich nahm den Kugelschreiber zwischen die Finger.

Die Finger. Vielleicht waren sie früher irgendwo einmal einzeln und einsam gewesen. Deswegen könnten sie darauf gekommen sein, sich zusammenzutun und eine Hand zu bilden. Und dann als eine Hand zum Menschen zu gehen. Die Hand, die beim Menschen noch einsamer geworden ist.

Ich bewegte die Finger und korrigierte 'der ältere Vetter mütterlicherseits war gestorben' in 'ein älterer Verwandter war gestorben'. Ich strich 'die Tante mütterlicherseits' und ersetzte es durch 'die Verwandte'. Die Tante mütterlicherseits liest zwar keinen Roman, aber es ist ja auch kein Roman, sondern ein Essay. Wenn etwa die Kusine den Essayband entdecken würde und der Tante daraus vorläse, wie sehr würde sie das Ereignis von vor zehn Jahren aufs neue schmerzen. Ich korrigierte die 'Familie der Tante mütterlicherseits' in 'seine Familie'. 'Der zerschmetterte, zerstückelte, verblutete... Vetter' in 'der Vetter, den ich nicht mehr wiedererkannte...', 'vor der Leiche des Vetters mütterlicherseits' in 'vor der Leiche des vom Zug überrollten Mannes.' Doch das war es nicht, weswegen sich die inneren scharfen Spitzen gegen mein Herz richteten.

Bei der Begegnung mit ihr an jenem Morgen machte ich ein Tilgungszeichen für die gesamte Passage. Sätze, die kurz vor dem Druck gerade noch getilgt wurden.

In den getilgten Sätzen tritt sie auf.

Ich sage Hi-Chae, ihr Freund komme mir wie einer vor, der nicht sprechen könne, und frage sie dann, warum er denn kein Wort rede. Sie versteht mich nicht, fragt mich zurück: „Warum glaubst du, daß er kein Wort redet? Er kann doch sogar sehr gut singen!"

„Aber ich habe ihn nie reden hören. Und gar singen?"

„Doch, er redet gern. Und er singt auch gern."

Das Reden zwischen den beiden kann die Arbeit in der Chinhi-Schneiderei gewesen sein. Er, der den Stoff nach Maß zuschneidet, und sie, die den von ihm zugeschnittenen Stoff näht. Ihr Gespräch mag zwischen dem zugeschnittenen Stoff und dem genähten Kleid stattgefunden haben. Und während der Pause, wenn er sich eine Zigarette in den Mund steckt und sie sie ihm anzündet, oder als er ihr den Faden aus den Haaren zieht, während sie ins Nähen vertieft ist. ...Es gab zwischen ihnen schon Worte, die die Welt nicht zu kennen braucht.

...Es ist schwer, von ihm, den ich nie richtig angesehen habe, zu erzählen. Denn mir ist er nur als der Männerarbeitsanzug auf der Wäscheleine und als die fremden Schuhe auf dem Wandregal von Hi-Chae gegenwärtig geblieben. Sie verteidigt ihn, der sein Gesicht wegdreht, wenn er mir ab und zu begegnet. Er sei eben so, weil sich seit seiner Kindheit niemand um ihn gekümmert habe.

„Er hat mir erzählt: Keine Seele hat sich um ihn gesorgt. Schon als kleiner Junge hatte er gewußt, daß es niemanden gibt, der sich um ihn kümmern würde. So ist er, weißt du, mit seinen Freunden auf einen Berg gestiegen und hat sich an einen Baumstamm festbinden lassen, um sich Mut anzuerziehen. Und er hat sie gebeten, ihn erst nach drei Tagen wieder loszumachen."

„Warum?"

„Ich sagte doch, weil er sich Mut anerziehen wollte..."

„Mut?"

„Man muß großen Mut haben, um sich vor dem Leben nicht zu fürchten."

„Und so ist er wirklich drei Tage lang auf dem Berg geblieben?"

„Ja, er hat gesagt, das hat er wirklich gemacht."

„Wirklich?"

„Wieso, hört es sich wie eine Lüge an?"

„Nein, das nicht gerade... weniger eine Lüge als vielmehr etwas, was man kaum glauben kann..."

„In den drei Nächten auf dem Berg wurde er noch ängstlicher, erzählte er. Wenn irgendwas raschelte, wurde es ihm schon unheimlich, und wenn die Sonne unterging und es dunkel wurde, bekam er aus Angst eine Gänsehaut an den Armen. Und das ist heute noch immer so, weißt du."

„Heute noch?"

„Ja, deswegen läßt er auch beim Schlafen das Licht brennen."

Hi-Chae lächelt und schaut mich an.

„Auch mein jüngerer Bruder wäre so wie er, wenn ich mich nicht um ihn kümmern würde. Aber mein Freund wird es schon gut haben. Ich sorge ja für ihn."

Seit die beiden zusammengezogen sind, stehen seine Schuhe auf dem Wandregal neben ihren Schülerinnenschuhen, die sie getragen hat, als sie noch, wie ich, Schülerin war. Ich sehe nur seine Schuhe, seine Arbeitskleidung oder den Fleck auf seinem Gesicht, wenn ich mich an ihn erinnern will. Ich nehme an, daß auch er mich nur als das Mädchen in Erinnerung bewahrt, das eine Plastiktüte mit Fisch in der Hand hält oder sonntags die Schüssel mit der frischgewaschenen Wäsche auf die Dachterrasse trägt. Genauso wie ich glaube, ihn nie sprechen gehört zu haben, könnte er auch geglaubt haben, daß er mich nie reden gehört hat. Wenn es zwischen Hi-Chae und ihm Worte gegeben hat, von denen die Welt nichts erfuhr, dann hat es zwischen ihm und mir so etwas wie eine Fremdheit gegeben, von der die Welt nichts wußte.

...Wenn ich so zurückdenke, haben wir zwar nebeneinander gelebt, aber weder etwa das gleiche Essen gemocht noch viel Zeit zusammen verbracht. Daß wir uns auch mal gestritten haben, glaube ich nicht. Es gab nichts, weswegen wir uns hätten streiten können. Sie hatte keine großen Wünsche. Abgesehen davon, daß sie überzeugt war, sich um ihren Freund und ihren jüngeren Bruder kümmern zu müssen, kann ich mich nicht entsinnen, daß sie mir je erzählt hätte, was sie tun oder was sie einmal werden wolle... oder auch nur, was sie gern hätte. Meine Kusine hat immer gesagt, daß sie Fotografin werden wolle. So wie ich immer gesagt habe, ich würde Schriftstellerin werden. Die Munterkeit der Kusine und meine Schwermut rührten vielleicht daher, daß wir zwar auch dort wohnten, aber immer glaubten, wir wären anders als die anderen. Die Kusine und ich hatten nie daran gedacht, auf Dauer dort zu bleiben. - Die Kusine ist bereits fort, und ich werde auch bald nicht mehr da sein. - Da die Kusine und ich wußten, daß wir dort wieder ausziehen würden, hatten wir viele gemeinsame Vorstellungen von dem, was wir später tun wollten, von unseren Berufswünschen und auch von vielen Dingen, die wir uns zwar nicht kaufen konnten, aber gerne gehabt hätten. Daher gab es zwischen mir und meiner Kusine auch vieles, worüber wir uns stritten. - Aber sie, Hi-Chae, ist anders. Sie ist selbst jene Gasse. Sie ist der Telegrafenmast, das Erbrochene und die einfache Pension. Sie ist der Schornstein der Fabrik, der düstere Markt und die Nähmaschine. Die siebenunddreißig Zimmer im Abseits sind der Schauplatz ihres Lebens.

...Die beiden haben sich wahrscheinlich sehr geliebt. Da ich von ihnen nie das Wort 'Liebe' gehört habe, kann ich auch nur schreiben: wahrscheinlich.

Weil mir keine passende Anrede für ihn einfällt, nenne ich ihn einmal 'Herr Nachbar'. Hi-Chae, die in der Küche Pflaumen wäscht, lacht auf.
„Was, 'Herr Nachbar'? Wenn er das hören würde, müßte er laut lachen!"
Hi-Chae, die die tropfenden Pflaumen in den Korb gefüllt hat, lacht herzlich und spritzt mich zum Spaß mit ihrer nassen Hand an. Die Wassertropfen, die nach den Pflaumen duften, treffen mich ins Gesicht.
„Allerdings nennt er mich ja auch 'Faust'."
Diesmal lache ich herzlich und frage: „Wieso? Du hast doch ganz kleine Hände."

Um 'Faust' genannt zu werden, sind ihre Hände wirklich zu klein. Die kleinen Hände. Die Hände, die ununterbrochen den Stoff unter die Nadel der Nähmaschine schieben. Die zarten Hände, die da und dort von der Nadel zerstochen sind.

„Er sagt, ich würde immer mit geballten Händen schlafen, wie ein Mensch, der in den Kampf zieht."

Die einsamen Hände.

Ein Lied... Eines Nachts saßen wir auf der Dachterrasse über unseren abgelegenen Zimmern, und Hi-Chae, ich und der Mann, den ich 'Herr Nachbar' nannte, sangen: „Vielleicht ist kalter Regen auf den Wald gefallen und hat der Liebe Fußspur ausgelöscht." Wie Hi-Chae schon sagte, kann der Herr Nachbar tatsächlich gut singen. Er kommt mir vor wie einer, der immer lieber gesungen hat, statt zu reden. „An einem Morgen, als sich ein Windhauch erhebt, kommt mir sein rundes Gesicht in den Sinn." Auch die schwierigen hohen Töne meistert er mühelos. Das Lied fließt wie von selbst, als käme es aus seinem roten Fleck auf dem Gesicht. „Soll ich auf der Klippe im kalten Tau wie eine Kamelie glühen und eine Blume werden?" Wenn ein Lied zu Ende ist, stimmt er sofort das nächste an. Schon über eine Stunde hat er gesungen, aber immer wieder fällt ihm ein neues Lied ein. „Ob die Waldvögel zu mir fliegen und meine Liebe in ihrer Seele wiederaufersteht und eine Blume werden wird, wenn ich selbst zur Blume werde?..." Aus der Dunkelheit ruft der älteste Bruder nach mir. Das Lied bricht ab, und unangenehmes Schweigen macht sich breit. Ein Schweigen, das mir bedrückender erscheint als das in der Fabrik.

„Was machst du da?"

„Geh schnell zu ihm."

Hi-Chae gibt mir einen Schubs. Ich komme in das Zimmer zurück, aber der Bruder wendet mir abweisend und kalt den Rücken zu.

„Warum hältst du dich nicht an meine Worte... Habe ich dir nicht gesagt, du sollst dich von dieser Frau fernhalten?"

Seine Stimme wird laut. Er möge doch bitte leise reden... Wenn sie seinen kalten Ton gehört hat, müssen ihr die Tränen gekommen sein.

Es war gegen sechs Uhr nachmittags. Ich mußte beim Lesen kurz eingeschlafen sein. Der jüngere Bruder, der in Inchon auf die Universität geht, rief an und klingelte mich wach. Völlig unvermittelt sagte er: „Gott sei Dank, du warst nicht dort." Ich fragte ihn, was er meine. Er erzählte, er sei gerade in einer Garküche vor der Uni und rufe wegen der Nachricht im Fernsehen an, daß ein Kaufhaus eingestürzt sei. Man könne ja nie wissen...

„Ein Kaufhaus? Das kann doch nicht sein!"
Ich hielt den Hörer in der einen Hand und schaltete mit der anderen den Fernseher ein. Der Bildschirm zeigte das Kaufhaus noch vor dem Einsturz. Zwar berichtete der Ansager in gehetztem Ton vom Einsturz des Kaufhauses, aber der Unfallort wurde nicht gezeigt, so daß ich mir nicht richtig vorstellen konnte, was eigentlich los war. Es handelte sich um das Kaufhaus Sampung in Socho-Dong im Stadtteil Kangnam. Als man die Namen von Toten und Verletzten zu verlesen begann, wurde ich unruhig und brach das Gespräch mit dem jüngeren Bruder ab, um gleich den ältesten Bruder in Kangnam anzurufen. Denn auch ich dachte, man könne ja nie wissen. Mir verschlug es die Sprache, als der Unfallort auf dem Bildschirm erschien. Wie kann so etwas passieren? Es ist wie im Krieg. Bei der ersten Nachricht, ein Kaufhaus sei eingestürzt, dachte ich, es handle sich um einen kleinen Gebäudeteil. Aber nein, das ist nicht der Fall. Das ganze fünfstöckige Gebäude des Kaufhauses samt den drei Untergeschossen ist völlig zerstört, als hätte man es nach einem genau berechneten Plan zum Einsturz gebracht. Ich kann mir kaum mehr vorstellen, daß es dort je ein Kaufhaus gegeben hat. Auf der Straße liegen Berge von Trümmern, und blutende Menschen werden herausgetragen. Schmerzensschreie. Es ist wie auf einem Schlachtfeld. Ich war wie vor den Kopf geschlagen. Ein Augenzeuge sagte aus, vor dem Einsturz des Gebäudes sei eine laute Detonation zu hören gewesen. Detonation? Terror? Da es ein vielbesuchtes Kaufhaus war, zudem ein erstklassiges, inmitten der Luxusappartments und Gebäude des Stadtteils Kangnam, konnte ich mir so etwas wie Schlamperei bei den Bauarbeiten oder Sicherheitsmängel nicht vorstellen. Die Zustände am Unfallort wurden immer schrecklicher. Unter den Trümmern des fünfstöckigen Gebäudes waren Menschen verschüttet. Bis zum dritten Untergeschoß. Giftige Gaswolken stiegen hoch. Es hieß, obwohl noch Menschen lebend eingeschlossen seien, könne man sich wegen der Gefahr von Gasexplosionen und des möglichen Einsturzes der noch stehenden Reste des Gebäudes nicht einmal mit der Kamera näher heranwagen. Es war gegen sechs Uhr nachmittags gewesen, als das Kaufhaus einstürzte. Und im Untergeschoß eines Kaufhauses befindet sich meist die Lebensmittelabteilung. Dort, wohin die Rettungsmannschaften am schwersten vordringen können, mußten also die Hausfrauen, die für das Abendessen einkaufen wollten, eingeschlossen sein. Die Nachrichten gingen weiter.

'...Aus der Abteilung für Kinderbekleidung im ersten Untergeschoß sind viele Kinder tot geborgen worden.
...Im Restaurant des Untergeschosses sollen etwa fünfzig Menschen eingeschlossen sein.

...Ein linkes Frauenbein wurde zum Krankenhaus gebracht. Sollte man die Verunglückte finden, will man versuchen, es wieder anzunähen.'

Es ist Samstag, der Geburtstag des ältesten Bruders. Die Mutter kommt aus Chongup. Ich laufe gerade von der Schule zur Bushaltestelle, als mich die Kusine mit keuchender Stimme ruft. Seitdem sie nach Yongsan umgezogen ist, nimmt sie nicht mehr den Bus, mit dem ich fahre. Die meisten Schülerinnen nehmen nach der Schule in Shinkil-Dong im Stadtteil Yongdungpo-Gu den Nachtbus, der wieder zum Industriekomplex zurückfährt, aber die Kusine schlägt die Gegenrichtung ein und fährt mit einem Bus, der ganz aus unserem Stadtteil hinausführt.

„Hey! Übst du für einen Wettlauf? Wie kannst du bloß so rennen? Hast du mich nicht rufen hören?"

„Hast du mich gerufen?"

„Was?... Gerufen? Selbst ein Tauber hätte mich hören können."

„O... tut mir leid. Es ist wegen der Mama, sie müßte schon da sein."

„Die Tante?"

„Ja."

„Also dann, gehen wir schnell."

„Kommst du auch mit?"

„Ja, heute hat doch der große Bruder Geburtstag."

„Du hast es nicht vergessen?"

„Was heißt vergessen... Wenn es morgen wäre, wäre es schöner... Hat er heute früh seine Suppe mit dem braunen Seetang gekriegt?"

„Die ißt er doch nicht."

„Ach ja, richtig. Apropos, warum ißt er keine Seetangsuppe? Und Sojabohnenkeimlinge mag er auch nicht."

„Auf einer Klassenfahrt, als er in die sechste Klasse ging, soll er gesehen haben, wie die Wirtin einer Garküche in Gummistiefeln in der Wanne stand und mit der Schaufel die Sojabohnenkeimlinge durcheinandergemischt hat."

„Mit der Schaufel?"

„Ja."

„Du lieber Himmel, was für eine Menge Keimlinge muß die Frau zu mischen gehabt haben, wenn sie schon die Schaufel dazu nehmen mußte!"

„Eben."

„Aber wenn schon. Das ist doch eine Ewigkeit her, und er will immer noch keine Sojabohnenkeimlinge essen?"

„Kennst du ihn immer noch nicht, wo du ihn doch so lange erlebt hast? Bei seinem Charakter wird er wohl nie mehr welche essen wollen, nachdem er einmal ge-

sehen hat, daß man sie in Gummistiefeln mit der Schaufel in der Wanne mischt!"
„Na gut, aber warum mag er keine Seetangsuppe?"
„Das weiß ich auch nicht. Vielleicht ist man in Gummistiefeln in den Suppen-
kessel gestiegen, um sie auszuschöpfen?"
Die Kusine und ich brechen in Gelächter aus. Der älteste Bruder, der weder Seetangsuppe noch Sojabohnenkeimlinge noch Tofu ißt. Und wir, die deswegen so
gut wie nie braunen Seetang, Sojabohnenkeimlinge und Tofu einkauften; wir,
die vor Spinat oder Makrelen stehenblieben, weil wir sonst kaum noch etwas zu
kaufen fanden.

Es ist schon lange her, daß ich mit der Kusine zusammen durch die Gasse gegangen bin. Als wir das Schild der einfachen Pension hinter uns haben, wird es dunkel. Wenn wir früher nachts hier durchkamen, hat uns das Licht aus dem Laden
auch noch nach Mitternacht den Weg erhellt.

„Macht der Laden seitdem immer noch so früh zu?"
„Die alte Frau ist krank."
Als wir nach dem Telegrafenmast an dem geschlossenen Laden vorbeigehen,
sieht die Kusine den Stuhl, der vor der Ladentür steht.
„Und von ihrem Sohn gibt es immer noch keine Nachricht?"
„Keine."

Der Mann von dem Laden, der Gips anrührte, um Madonnenfiguren daraus zu
gießen, kommt nicht zurück. Die alte Frau, der urplötzlich mitten in der Nacht
fremde Eindringlinge den Sohn weggenommen haben und die seitdem keine
Nachricht von ihm mehr erhielt, fragt einfach an der Bahnstation irgendwelche
Passanten nach ihrem Sohn.
„Entschuldigen Sie bitte. Sagen Sie mir nur, wo mein Sohn ist. Ich mache mir
doch solche Sorgen."
Die Passanten, die von der alten Frau am Arm festgehalten werden, bleiben verlegen stehen. Eines Tages wird der älteste Bruder von ihr angehalten.
„Sie sind wahrscheinlich ein gebildeter Mann, so müssen Sie es doch wissen,
nicht wahr? Mein Junge hat zwar manche Dummheit gemacht, aber dann hat
er sich gefangen und mit einem anständigen Leben begonnen. Für seine Fehler
hat er bereits am eigenen Leib gebüßt. Warum haben sie ihn plötzlich mitten in
der Nacht weggeschleppt und schicken ihn mir nicht zurück?"
Die alte Frau, in deren Sprache der nordkoreanische Dialekt noch deutlich
durchklingt, zieht zweiteilige Ringe vom Finger und gibt sie dem ältesten
Bruder.

„Das hier, wissen Sie, müßte gut siebzig Gramm wiegen... Ich gebe sie Ihnen, und Sie sagen mir nur, ob mein armer Junge tot oder lebendig ist, und wenn er lebendig ist, wo er bloß bleibt, ja?"

„..."

„Was der Arme auch immer verbrochen haben mag, es ist doch alles vorbei, nicht wahr? Er hat doch bereits seinen Teil abbekommen... Deswegen hat er in seinem Alter noch nicht heiraten und Kinder haben können. Woran kann ich mich in meinem Alter noch halten? Und wenn er wirklich ein Taugenichts wäre, so ist er doch mein einziges Kind, das mir noch geblieben ist. Ich war auch einmal wohlhabend, als ich noch im Norden lebte. Ich hatte meinen Mann und fünf Kinder. Im Krieg mußte ich sie alle sterben sehen, und nur den Jungen habe ich gerade noch retten können... Wo wir sogar damals überlebt haben, kann es doch einfach nicht wahr sein, daß ich nun nicht einmal wissen soll, ob er noch am Leben ist oder schon tot."

„Auch ich kann es nicht wissen, gnädige Frau. Man muß einfach warten."

„Wie soll ich denn noch warten, wo es doch schon so lange her ist. Er hätte doch etwas von sich hören lassen, wenn er noch am Leben wäre, oder? Sie haben doch einmal bei der Behörde gearbeitet, also müssen Sie so etwas einfach wissen, oder? Meinen Sie, daß diese Ringe nicht gut genug sind?"

„Aber ehrwürdige Frau!"

Die alte Frau wirft die beiden Ringe, die sie dem Bruder geben wollte, auf den Boden.

„Was können die mir noch nützen. Ach, wenn mir doch jemand etwas über mein Kind sagen würde!"

Die alte Frau verkauft keine Waschseife mehr. Sie verkauft auch keine Sando-Kekse und kein Toilettenpapier. Sie sitzt nur noch vor dem Laden auf einem Stuhl und schaut die Gasse hinunter. Wenn ein junger Fabrikarbeiter Zigaretten verlangt, sagt sie bloß, hol sie dir. Ob das Geld stimmt oder nicht, zählt sie nicht nach. Sie sitzt nur herum, jetzt, da ihr Sohn fort ist, der in der Morgendämmerung den Laden aufgesperrt und unermüdlich Bretter mit Tofu und den Eimer voll Sojabohnenkeimlinge herbeigeschleppt hat.

Schau bloß die Mutter! Sie hält einen prächtigen Hahn mit stolz hervorragendem Kamm und glänzenden, roten Federn einfach in der Küche des abgelegenen Zimmers gefangen. Der Hahn, der an den Beinen mit einem Strohstrick gefesselt und noch dazu in ein blaues Tuch eingewickelt ist, schlägt vor Schreck mit den Flügeln, als die Kusine und ich mit dem Ruf 'Mama!' und 'Tante!' die Küchentür aufreißen. Die Kusine und ich stehen mit der Schultasche in der

Hand da, ohne einzutreten, und haben keinen Blick für die strahlende Mutter, sondern starren nur den Hahn an.

„Woher ist denn der Hahn?"

Das Tier ist äußerst aufgeregt. Mit bösen Augen gurrt es, als wolle es sich sofort auf meine Wade stürzen, wenn nur der Strohstrick aufginge.

„Aber Mama, hast du den Hahn lebendig mitgebracht?"

„Siehst du nur den Hahn und nicht deine Mama?"

Die Mutter scheucht die Kusine und mich ins Zimmer und richtet das späte Abendessen für uns. Der Betrieb bietet den Schülerinnen kein Abendessen mehr an. Da wir nichts gegessen haben und mehr als hungrig sind, kauen wir gierig mit vollen Backen.

Der Bruder, der gerade nach Hause zurückkommt, ist draußen vor der Zimmertür auch entsetzt über den Hahn.

„Was ist denn das?"

Die Mutter macht die Tür auf, um nach ihrem Sohn zu sehen, und sagt: „Ihr seid komisch. Euch fällt nicht eure Mama, sondern zuerst der Hahn auf!"

Erst jetzt strahlt der Bruder die Mutter herzlich an. Wegen ihres gurrenden Hahns in der Küche können wir nicht schlafen. „Das blöde Tier", murrt der Bruder, der immer wieder wach wird, und dreht sich von einer Seite auf die andere. „Auch der Hahn fühlt sich wahrscheinlich in der Stadt fremd", entgegnet die Mutter unbeirrbar. Sie schnarcht sogar leise, als wäre der Krach, den der Hahn veranstaltet, Musik für sie. Als der Bruder sich wieder einmal herumgewälzt hat, klopft mir die Kusine auf die Schulter.

„Was ist?"

„Komm mit."

„Ich möchte schlafen."

„Nun komm schon raus..."

Die Kusine nimmt den Hahn, der in der Küche mit den Flügeln schlägt, in den Arm und geht mit ihm hinaus.

„Wo willst du hin?"

Wie eine Hühnerdiebin setzt die Kusine vorsichtig einen Schritt vor den anderen. Von ihr angesteckt, folge ich ebenso vorsichtig. Die Kusine hält den Hahn, der mit dem Strohstrick gefesselt und in ein Tuch gewickelt ist, im Arm und steigt zur Dachterrasse hoch. Dort angekommen, schmeißt sie den Hahn auf den Boden. Gurrr! jammert das Tier entsetzt in der Dunkelheit.

„So, jetzt gehen wir wieder runter."

„Und der Hahn?"

„Dem gefällt es hier sicher besser als in der engen Küche, und wir wollen schließlich auch mal schlafen."

Als ich dennoch unentschlossen auf den Hahn blicke, knöpft die Kusine das Tuch auf, in das er eingewickelt ist.

„So kriegt er leichter Luft."

Wir binden den Strick, mit dem der Hahn an den Beinen gefesselt ist, an die Wäschestange und gehen hinunter.

Am nächsten Tag sagt die Mutter zum Bruder: „Jetzt schlachte mal den Hahn."

„Aber Mutter, ich hab doch noch nie einen Hahn geschlachtet."

„Ich auch nicht."

„Ja, siehst du, deswegen hättest du eben keinen lebendigen Hahn mitbringen sollen."

„Ich wollte frisches Fleisch für euch kochen."

„Jedenfalls kann ich keinen Hahn schlachten."

„Na, hör mal, Junge, verlange ich etwa, daß du eine Kuh oder ein Schwein schlachten sollst? Ein junger Kerl wie du wird doch so einen kleinen Hahn schlachten können? Du hast doch schon so oft zugeschaut, wie dein Vater das macht, oder?"

„Zuschauen ist etwas anderes. Auf jeden Fall kann ich es nicht."

„Ich hab dich wohl umsonst großzogen!"

Enttäuscht über den Bruder, schaut die Mutter nun die Kusine an.

„Aber Tante! Ich kann es auch nicht!"

Die Kusine fährt entsetzt auf, wobei sie mit den Armen rudert. Ich finde es lustig, daß die Mutter mit dem lebendigen Hahn nicht zurechtkommt. Schau, schau, es gibt also auch etwas, was die Mutter nicht kann.

Ja, den Hahn hat immer der Vater geschlachtet. Während die Mutter auf der Feuerstelle im Hinterhof den großen Kessel aufsetzte, schälten die jüngere Schwester und ich den weißen Knoblauch. „Und du, kleiner Bruder..., komm, leg deinen Kopf auf mein Knie und mach ein Nickerchen. Wenn ich deinen Kopf vorsichtig auf den Zimmerboden schiebe, legst du ihn wieder auf mein Knie und machst dein Nickerchen weiter." Der Vater ruft mir vom Hof aus zu: „Wenn das Wasser kocht, bring es her."

Die Mutter gießt mir dann das heiße Wasser in den Eimer.

„Sei vorsichtig."

Neben dem Vater liegen drei Hühner mit umgedrehten Hälsen. Der Vater taucht sie ins Wasser und fängt an, sie zu rupfen. Der kleine Bruder, der mir nachgelaufen ist, hockt neben dem Vater und zupft mit. Nachdem der Vater mit dem Rupfen fertig ist, zieht er Streichhölzer aus der Tasche und sengt den Flaum ab. Der Geruch nach verbrannten Federn breitet sich im ganzen Hof aus.

Die Mutter versteht es, aus Hühnerfleisch die verschiedensten Gerichte zuzubereiten. Das Fleisch in Stücke schneiden und die kleingeschnittenen Kartoffeln daruntermischen und Doritang daraus machen, oder die geschnittenen Stücke abtropfen lassen und fritieren oder das Huhn in Wasser kochen, in längliche Streifen zupfen und kalten Salat daraus zubereiten... Was immer sie auch kocht, seit ich in die Stadt gezogen bin, macht sie meinen Teller und meine Schüssel besonders voll. Auch als sie diesmal Reisbrei mit Huhn und weißem Knoblauch gemacht hat, füllt sie meine Schüssel bis zum Rand. Wenn sie beim Ausschöpfen des Breis einen Hühnerschenkel im Kessel entdeckt, tut sie ihn in meine Schüssel.

„Iß tüchtig, Kind, bevor es kalt wird."

Der kleine Bruder nimmt dann aus seiner Schüssel auch einen Schenkel, um ihn in die meine zu legen, und sagt wie die Mutter: „Iß tüchtig, Kind, bevor es kalt wird."

„Du Knirps", die jüngere Schwester tippt den kleinen Bruder an den Kopf.

Das Essen... Mamas Methode, die Familienangehörigen aufzumuntern, besteht darin, daß sie in der alten Küche unseres Hauses für sie kocht. Wenn sich etwas Tieftrauriges in der Familie ereignete, zog sie sich immer in die altmodisch eingerichtete Küche zurück. Wenn der Vater, den sie zwar liebte, aber hin und wieder nicht ganz verstehen konnte, oder ihre heranwachsenden Söhne die Mutter enttäuschten, suchte sie resigniert wieder in der Küche Zuflucht. Dies tat sie auch, als sie über ihre Tochter entsetzt war, die ihr trotzig widersprach und erklärte, sie verstehe doch nichts.

Die Herdkante in der altmodischen Küche und der Platz vor der Ablageleiste an der Küchenwand, auf der das Geschirr lag, waren für die Mutter der einzige Ort im Haus, an dem sie mit ihrem Kummer fertigwerden konnte. Als hätte der Küchengeist ihr Kraft eingehaucht, schöpfte sie hier wieder Mut. Ob Freude oder Trauer, ob Abschied oder Wiedersehen, die Mutter bereitet das Essen zu, deckt den Eßtisch, läßt die Familie sich um den Tisch versammeln und stellt dem, der von Zuhause wegmuß oder nach Hause zurückkehrt, als Erstem die Schüssel voll Essen hin. Und unermüdlich sagt sie: „Iß noch was, nimm das hier, iß nur, bevor es kalt wird, nimm auch von dem da."

Die Mutter, die Kusine und ich hüllen den Hahn auf der Dachterrasse wieder in sein Tuch und gehen über die Überführung zu einem Hühnerladen auf dem Markt. Wir wollen den Hahn dort schlachten lassen. Aber auf dem Markt scheint Ruhetag zu sein. Nicht nur der Hühnerladen, auch die Garküche mit Mehlspeisen, die Stände mit Fischen und die mit Gemüsen, die die Kusine und ich so oft aufgesucht haben, sind geschlossen. Erst an einem kleinen Verkaufsstand vor dem Markteingang können wir ein paar gesalzene Makrelen und ein neues Silbergestell für Dampfreiskuchen erstehen. Die Mutter, die für den Bruder etwas Gutes kochen wollte, ist sehr enttäuscht. Sie bindet den Hahn wieder auf der Dachterrasse fest und sagt: „Ich muß heute mit dem Nachtzug nach Hause, also sobald ihr Zeit habt, geht ihr mit dem Tier zum Hühnerladen auf dem Markt und laßt es schlachten, kocht es gut aus und eßt es dann mit dem Bruder."

„Ich habe viele geschälte Knoblauchzehen mitgebracht, und wenn der Hahn geschlachtet ist, füllt ihr den Bauch mit reichlich Knoblauchzehen und laßt ihn gründlich auskochen. Dann wascht ihr den Reis und gebt davon etwa ein Schälchen dazu. Dann laßt ihr den Brei lange aufquellen. Habt ihr alles verstanden?"

„Ja, Mama."

„Es ist ein einheimischer Hahn vom Land, nicht zu vergleichen mit dem, was man auf dem Markt kaufen kann. Ich habe ihn so gut gefüttert, wie es nur ging. Also, macht es bestimmt so, wie ich es euch gesagt habe, ja?"

„Ja, Mama."

Der Mutter bleibt nichts anderes übrig, als mit den Dingen, die sie selbst mitgebracht hat, das Geburtstagsessen für ihren Sohn zuzubereiten. Sie wäscht die Erbsen, um sie mit dem Reis zu kochen. Sie schneidet den Rettich in große Stücke und dünstet ihn zusammen mit den Makrelen. Sie kocht die Mungobohnen als Belag für den Dampfreiskuchen, den sie dann aus dem von zu Hause mitgebrachten Mehl aus klebrigem Reis zubereitet. Aus den jungen Rettichen sowie dem Chinakohl, die die Mutter ebenfalls mitgebracht hat, macht sie Kimchi. Dann richtet sie auch etwas Salat her, in den der Reis gewickelt werden wird. Sie schneidet die Kürbisse, die sie aus ihrem eigenen Garten geholt hat, in große Stücke, um sie der Suppe mit Sojabohnenpaste zuzusetzen, füllt einen großen Korb mit jungen Chilis, ebensolchen Kürbissen, Sesamblättern, Rettichsprossen und gelben Chinakohlblättern und stellt ihn auf den niedrigen Eßtisch. Ebenso die Erbsen, die sie in der Schale gekocht hat. Die Mutter setzt das Gestell mit dem fertigen Dampfreiskuchen auf den Eßtisch und stellt eine Schüssel voll Wasser daneben. In den Kuchen steckt sie die Kerzen und zündet sie an. Auch zu Hause machte sie Dampfreiskuchen, sorgte für frisches Wasser und zündete Kerzen an, selbst wenn das Geburtstagskind weit weg von daheim war.

Die Kusine schenkt dem Bruder ein weißes Herrenhemd.

„Du wirst ja bald aus dem Militärdienst entlassen. Dann kannst du es tragen."

Der Eßtisch, den die Mutter gedeckt hat, riecht nach Zuhause. Der Geruch nach den Brettern der Holzdiele am Mittag, auf denen manchmal Hühnerdreck lag, nach dem Hasenstall, dem Schweinekoben und den Rosen am Brunnen. In der gewürzten Paste für den eingewickelten Reis, die die Mutter mit Chilipaste, Knoblauchzehen und geschnittenen jungen Chilis vermischt hat, steckt ihr ganzer Gemüsegarten. In den Geruch nach Zuhause mischen sich auch die schattenhaften Bilder der Familienangehörigen: Die verrotzten Ärmel des kleinen Bruders, der Vater, der auf dem Rost gewürztes Fleisch für uns brät, die älteren Brüder, die mir der leichteren Handhabung wegen einen Bleistiftstummel in die Kugelschreiberhülse stecken, und der leicht fliegende Pagenkopf der jüngeren Schwester, die mich ruft: Ältere Schwester. Ja, zu diesem Haus gehört der Schuppen, an dessen Wand die Arbeitsgeräte hängen. Die Sichel, der Spaten, die Hacke und die Mistgabel, die nach Erde riechen. Die Mistgabel. Auf einmal glaube ich, Schmerzen im Fuß zu spüren, so daß ich das Löffeln der Sojabohnensuppe unterbreche, um mir über den Fuß zu streichen.

Auf dem Hof dieses Hauses gibt es einen Brunnen. Es gibt ein sechzehnjähriges Mädchen, das die Mistgabel, die sich ihr in den Fuß gebohrt hatte, von der Wand des Schuppens herunterzerrte, sich mit ihrem mit Rinderkot umwickelten Fuß an den Brunnen schleppte und sie in den Schacht hineinwarf.

Am Nachmittag geht als erste die Kusine mit etwas Dampfreiskuchen für ihre Schwester nach Hause. Abends packt auch die Mutter die Einwickeltücher und die leere Tasche zusammen, um sich auf den Weg nach Hause zu machen. Der älteste Bruder geht mit, um die Mutter zum Yongdungpo-Bahnhof zu begleiten. Am Ende der Gasse, ehe sie in die Bahn nach Yongdungpo steigt, schärft sie mir noch einmal ein, daß ich bestimmt den Hahn auf der Dachterrasse zum Markt bringen und ihn von dem Mann im Hühnerladen schlachten lassen und dann mit dem Bruder essen soll.
„Hast du mich verstanden?"
„Ja, Mama."

Nachdem die Mutter fort ist, wirkt die Küche des abgelegenen Zimmers öde, die vor kurzem noch so stark nach Daheim roch. Als ich allein auf der Schwelle des Zimmers sitze, treten mir die Tränen in die Augen. Ich schaue mit etwas Reiskuchen bei Hi-Chae vorbei, aber das Zimmer ist verschlossen. Ich putze das Küchenregal und spüle Reisschälchen, Besteck, Schneidebrett, Messer, Kochtopf und was es sonst noch gibt in klarem Wasser. Als ich damit fertig bin, steht nur noch das Silbergestell verwaist da, das die Mutter für den Dampfreiskuchen gebraucht hat. Das glänzende Gestell will gar nicht in unsere Küche passen. Ich spüle es, trockne es mit dem Tuch ab und deponiere es auf dem Regal.

Ich bringe ein Schälchen mit Wasser auf die Dachterrasse. Der Hahn liegt erschöpft da. Ich stelle ihm das Wasserschälchen vor den Schnabel hin. In seinem Durst zerhackt der Hahn das Schälchen, was mir leid tut. Ich gehe wieder hinunter, um eine Handvoll Reis zu holen, und streue ihn vor den Hahn.

Ich bringe den Hahn nicht zum Hühnerladen auf dem Markt. Hi-Chae sieht, wie ich den großen Kunststoffeimer, der auf der Dachterrasse umgestülpt lag, aufrecht hinstelle und den Hahn hineinzubringen suche, um ihn dann von seinen Fesseln zu befreien.
„Wie kann man einen Hahn im Kunststoffeimer halten? Willst du vielleicht noch den Deckel zumachen?"
„Was soll ich denn tun?"
„Wir haben in der Schneiderei ein großes Brett übrig. Soll ich meinem Freund sagen, daß er es mitbringt und hier drüber legt?"
Hi-Chae zeigt auf eine Ecke am Geländer der Dachterrasse.
„Ein Brett?"
„Damit der Hahn vor dem Regen geschützt ist."
Am nächsten Tag sehe ich auf dem Geländer der Dachterrasse ein Brett liegen und den Hahn darunter. Statt des kurzen Strohstricks, mit dem der Hahn gefesselt war, hat er nun eine längere gelbrosa Schnur um ein Bein, mit der man ihn durch ein Loch im Brett festgebunden hat. Dank der langen Schnur kann er zumindest unter dem Brett frei herumlaufen.

In der Fabrik wie in der Schule muß ich immer wieder an den Hahn unter dem Brett auf der Dachterrasse denken. Es macht mir Spaß, ihm das Wasser und das Futter zu bringen. Der Hahn scheint meinen Schritt zu erkennen, er macht gock gock gock, wenn ich auf die letzte Stufe der Treppe zur Dachterrasse trete.

Seitdem der Hahn auf der Dachterrasse ist, begegne ich dort häufig dem Freund von Hi-Chae. Der Hahn scheint auch ihn am Schritt zu erkennen. Manchmal spielt er ihm auf der Mundharmonika etwas vor. Und Hi-Chae legt dann ihren Kopf in seinen Schoß. Eines Tages sehe ich neben dem Hühnerstall einen Blumentopf aus Styropor stehen, der dicht mit rotblühenden Blumen bepflanzt ist. An einem anderen Tag entdecke ich neben dem Blumentopf eine große Apfelkiste voll Erde. Ich sage Hi-Chae, eine Holzkiste voll Erde sei da, und frage, woher die Kiste komme. Sie erwidert, ihr Freund habe Lattichsamen in die Erde gesät. Nach einigen Tagen schieben sich die hellgrünen Lattichblätter tatsächlich aus der Erde und neigen sich vorsichtig zu dem Hahn hin. Die beiden scheinen sich auf der Dachterrasse wohl ein Heim einrichten zu wollen. Neben dem Hühnerstall, dem Blumenbeet und dem Gemüsegarten breiten sie die Matte aus, und manchmal übernachten sie auch darauf.

Als ich eines Tages das Hühnerfutter auf die Dachterrasse bringe, ist der Freund von Hi-Chae bereits vor mir da. Er füttert den Hahn und spricht dabei vor sich hin. Ich weiß wohl, wie peinlich es sein kann, wenn man von jemandem beim Selbstgespräch ertappt wird. Manchmal habe auch ich, wenn ich bei meinen Monologen mit Chang in der fernen Heimat jemanden kommen hörte, die Laute in die Länge gezogen, damit es klang, als ob ich sänge: Ah ah ah, ah ah ah, wo mag er wohl sein, und was macht er? Als ich von hinten sehe, wie der Freund von Hi-Chae mit dem Hahn spricht, mache ich kehrt und gehe wieder nach unten.

Irgendwann ist der Hahn praktisch ihr Haustier geworden. Ohne es zu wissen, hat die Mutter ihnen ein großes Geschenk gemacht.

In dem Brief von Chang, der Student geworden ist, findet sich die Bezeichnung 'Bibliotheksausweis'. Mit diesem Ausweis habe er sich in der Bibliothek eine 'Einführung in die Ästhetik' ausgeliehen. Auf dem Buch liege der Bogen, auf dem er im Moment an mich schreibe. Da mir die Bezeichnung 'Bibliotheksausweis' fremd ist, stehe ich lange an die Tür des Hauses gelehnt, das sieben-unddreißig Zimmer hat. Pädagogische Kunsthochschule, erstes Semester. Ich studiere aufmerksam Changs neue Adresse auf dem Briefumschlag.

Alle verlassen die Heimat, damit etwas aus ihnen wird. Um auf die Hochschule zu gehen, muß auch Chang das Dorf, in dem wir zusammen aufgewachsen sind, verlassen haben. Bei dem Gedanken, daß es in diesem Dorf jetzt keinen Chang mehr gibt, gehen für mich die Lichter des Dorfes mit einem Schlag aus.

Der Geburtsort der Frau, die ich heute traf, soll das chinesische Yongan-Hyun in Hukyonggang-Sung sein. Ihr Name ist Kim Youn-Ock. Der Titel des Buches, das bei uns in Korea veröffentlicht wurde, heißt *Die Verrückte*. Die Autorin wird darin wie folgt vorgestellt:

'...Kim Youn-Ock, die 1971 im chinesischen Yongan-Hyun in Hukyonggang-Sung geboren wurde, gewann bereits im Alter von elf Jahren (in der vierten Grundschul-Klasse) beim Wettbewerb im Aufsatzschreiben für koreanisch-stämmige Jugendliche in ganz China den ersten Preis und wurde schon früh als 'literarisch hochbegabtes Mädchen', als 'junges literarisches Talent' bezeichnet. Im Alter von fünfzehn Jahren (in der dritten Klasse der Mittelschule) zählte sie zu den zwölf jugendlichen Genies in China, die von der angesehenen chinesischen Tageszeitung *Hanam* ausgewählt wurden. Mit siebzehn gehörte sie zu den sechsundfünfzig 'Jugendsternen', die die chinesische Regierung benannte, und überraschte damit zwölfhundert Millionen Menschen in China. Zumal sie die einzige koreanischstämmige unter ihnen war, und so festigte sie denn auch den Nationalstolz der Koreaner. Nach dem Abgang von der Mittelschule übersprang sie die Oberschule und immatrikulierte gleich an der Fakultät für koreanische Sprache und Literatur der Yonbyon-Universität. Nach dem Abschluß des Studiums arbeitete sie als Journalistin für Literatur bei der Tageszeitung *Yonbyon*. Seit April 1994 absolviert sie in Korea einen Magisterstudiengang an der Graduate School für Koreanistik, einer mit dem 'Institut für koreanisches Geistesleben' in Verbindung stehenden Hochschule. Ihr Spitzname ist 'Talnyo', das bedeutet 'eine vielbeschäftigte Frau'.'

Als ich vor ein paar Tagen nach einem von der Kyobo-Buchhandlung veranstalteten Autorenbesuch für die Zuhörer mein Buch signierte, stand plötzlich 'Talnyo' mit einem Journalisten, den ich einmal irgendwo getroffen hatte, vor mir. Sie hatte einen Pagenkopf, trug ein himmelblaues Twinset und einen enganliegenden Rock. Sie hielt mir mein Buch hin und sagte: „Ich möchte Sie gern mal allein treffen." Nach vier Tagen, also heute, haben wir uns dann wieder getroffen. In Sogong-Dong aßen wir zusammen Wangmandu. Nachdem wir im Coffeeshop des Pressecenters Tee getrunken hatten, verabschiedete sich der Journalist, der uns begleitet hatte. Ich schlug ihr vor, zur Kyobo-Buchhandlung zu gehen, damit ich ein Buch von ihr kaufen könne. Sie genierte sich, aber ich sagte: „Während Sie meine Sachen gelesen haben, kenne ich gar nichts von Ihnen, und das ist mir unangenehm." Mit ihrem Buch liefen wir dann nach Insa-Dong. Wir setzten uns in eine Ecke des Teehauses *Bolga*, und ich bat sie, ihr Buch zu signieren.

Sie erzählte, sie sei seit fast anderthalb Jahren in Korea. Auf meine Frage, ob es ihr nicht fremd oder unangenehm erscheine, erwiderte sie, davon könne sie nichts spüren. Sie habe überhaupt nicht das Gefühl, sich im Ausland zu befinden. Vielleicht deshalb, weil sie im Essen oder in den Gebräuchen nichts Fremdes entdecke. Es habe für sie zwei Möglichkeiten gegeben, entweder in Japan oder in Korea zu studieren, und daß sie dann schließlich nach Korea gekommen sei, habe sich als richtige Entscheidung erwiesen. Wir kamen natürlich auch auf den Einsturz des Sampung-Kaufhauses zu sprechen. Sie sei sehr überrascht gewesen, sagte sie. Natürlich muß sie überrascht gewesen sein, dachte ich zuerst. Aber sie meinte, sie sei nicht darüber überrascht gewesen, daß ein Kaufhaus eingestürzt sei, sondern darüber, daß man den Bürgern den Unfallort in allen Einzelheiten gezeigt habe und daß diese ihrer Empörung Luft gemacht hätten. Ich verstand sie nicht gleich.

„Wenn so etwas in China passiert wäre, hätten sie das nicht in den Nachrichten gebracht. Als ich hier sah, wie empört und wütend die Menschen über die Verantwortlichen und ihr Verhalten waren, spürte ich Hoffnung auf eine Veränderung. Die Chinesen bleiben gleichgültig, was immer auch neben ihnen passiert. Selbst wenn eine hochschwangere Frau am hellichten Tag auf der Straße von Männern vergewaltigt wird, stehen sie darum herum und schauen bloß zu. Das kann drei Stunden lang so gehen, ohne daß irgend jemand eingriffe. So etwas ist hier doch kaum denkbar."

„..."

„In Hukyonggang-Sung, wo ich herkomme, war einmal eine Frau in den Fluß gefallen. Bis ihre Familie herbeigerannt kam, rührte sich kein Mensch, um ihr zu helfen. Alle schauten mit verschränkten Armen der Frau zu, die verzweifelt um ihr Leben kämpfte. Als die Familie am Unfallort eintraf und den Leuten Geld bot, fingen sie erst an, um die Höhe der Summe zu feilschen, doch inzwischen war die arme Frau bereits ertrunken."

„..."

„In China geht es so zu. Selbst wenn jemand nebenan im Sterben liegt, kümmert das niemand. Dagegen spielt das Geld eine immer größere Rolle. Es darf natürlich nicht sein, daß ein Kaufhaus einstürzt, aber als ich sah, wie das ganze Land auf das Geschehen aufmerksam wurde und wütend auf die Schlamperei reagierte, spürte ich eine Hoffnung für den Reformwillen der Menschen hier."

„..."

Sie verteidigte energisch die Koreanischstämmigen in China. Es gehöre zum Charakter unseres Volkes, seine Eigenart zu bewahren, wo immer es sich auch niederlasse. Ob in den Vereinigten Staaten, in Japan, in Australien oder auch in Sakhalin, das koreanische Volk bilde immer eine Gemeinschaft. Wieviel Zeit auch immer vergehe, das koreanische Volk bleibe koreanisch und werde niemals chinesisch.

Sie fuhr fort: „Wissen Sie, was für ein glücklicher Mensch Sie sind? In Ihren Arbeiten zeigt sich das unbeschädigte Empfinden unseres Volkes. Es ist etwas, was mir auf immer verwehrt bleiben wird. Denn ich bin als eine Koreanischstämmige in China geboren. Ich war von Anfang an ein Mensch, für den das Vaterland weit weg lag. Wenn ich Ihre Bücher lese, spüre ich das starke Gefühl eines Menschen, der in diesem Land aufgewachsen ist. Ganz gleich, ob es dabei um den Tod oder um die Liebe oder auch um den Abschied geht. So etwas kann man sich nicht willkürlich zulegen. Sie haben keine Vorfahren, die dieses Land wider Willen verlassen mußten, nicht wahr? Sie haben auch keine Verwandten in Nordkorea, oder?"

„Meine Vorfahren?"

Ich höre auf, den Omija-Tee zu trinken, und schaue der Frau, die mich nach meinen Vorfahren fragt, ins Gesicht. Ja, richtig. Ich habe keine Vorfahren, die dieses Land verlassen mußten. Unsere Sippe, die einst blühte und daher auch viele Verpflichtungen hatte. Während Kolonialherrschaft, Epidemien und Kriege das Land überzogen, ist das hohe Haustor brüchig geworden, aber es gibt noch immer den Patriarchen, der die Familienbücher führt. Die Familiengrabstätte unserer Vorfahren liegt seit jeher im Süden, und dort liegen auch die Reisfelder der Sippe. Uns blieben auch die Schmerzen einer Familientrennung durch die Spaltung des Landes erspart. Unsere Vorfahren haben also den Süden nie verlassen. Wie man unzählige Ortsnamen nur aus Büchern kennt, so habe ich auch 'Sinuiju' oder 'Hamhung' nur in Büchern gelesen. Unsere Familie, selbst die direkten und entfernten Vettern, leben heute noch zumeist in der Region. Es ist schon viel, wenn sie sich in einer Stadt im Umkreis oder gar in Chonju niederlassen. Meine Verwandten sind weder nach Japan noch in die Vereinigten Staaten und auch nicht nach China ausgewandert. Was die Sippe am weitesten von der Heimat fortzog, ist diese Stadt, und die Hauptfiguren der Auswanderung sind wir.

Sie fuhr fort: „Sie und ich unterscheiden uns insofern voneinander, als Ihre Familie in diesem Land, und noch dazu im Süden, auf ihrem eigenen Grund und Boden blieb, wohingegen meine Familie weit weg von hier in China immer in dem Bewußtsein lebt, nicht seßhaft zu sein. Wenn ich in China bin, bin ich koreanischstämmig und hier doch nur eine Frau aus Hukryongkang-Sung. Aber Sie sind sowohl in Hukryongkang-Sung als auch hier ganz und gar Koreanerin. Deshalb können Sie den Menschen unbefangen begegnen, wo immer Sie auch sind."

Beim Abschied schob sie mir ein Cloisonné-Armband über den Arm, das sie aus China mitgebracht hatte. Das bläulichgrüne Armband mit seinen Baumblättern und Blumen glänzte im Sonnenlicht. Da sie irgendwie traurig aussah, schlug ich ihr vor, daß wir uns wieder treffen sollten, wenn der Juli vorbei sei und der August beginne. Ich sagte, dann könnten wir zusammen auf den Kaya-Berg steigen: zum Haein-Tempel.

Yun Sun-Im sagt eines Tages zu mir, daß wir einen Krankenbesuch machen sollten.
„Bei wem?"
„Bei Miss Lee."
„Ist sie krank?"

„Pst!" Yun Sun-Im legt den Finger an die Lippen. „Was ist los", frage ich mit ängstlichem Blick, und Yun Sun-Im flüstert mir ins Ohr: „Du darfst niemandem sagen, daß wir einen Krankenbesuch bei Miss Lee machen."

„Wieso nicht?"

Yun Sun-Im blickt sich noch einmal um und legt wieder den Finger an die Lippen. Ihre Vorsicht trifft mich wie ein plötzlicher kalter Windhauch. Obwohl es Frühling ist, scheint der Flieder auf den firmeneigenen Beeten keine Blüten zeigen zu wollen. Wir gehen in die Verwaltung, um uns einen Ausgangsschein zu holen. Entgegen meiner Erwartung gehen wir nicht zum Krankenhaus, sondern zum Zimmer von Miss Lee. Als wir am Eingang zum Industriekomplex vorbeikommen, werfe ich, wie von fremder Hand geleitet, einen Blick auf die Ausbildungsstätte, in der ich meine erste Seouler Zeit verbrachte. Dort schrieb uns, die wir löten lernten, einer auf die Tafel: 'Wie schön ist der Rücken eines Menschen, der mit klarer Einsicht geht, wenn es zu gehen an der Zeit ist.' Da war die Mutter, die mich in diese Stadt brachte und sich nicht von mir trennen konnte. Da war der älteste Bruder, der jeden Sonntag zu Besuch kam, mir süßes Brot kaufte und wieder ging. Seitdem sind drei Jahre vergangen. Ich habe fleißig gearbeitet, aber in diesen drei Jahren hat sich kaum etwas geändert. Abgesehen davon, daß ich in die Schule aufgenommen wurde und nun die dritte Klasse beginne. Abgesehen davon, daß das heiße Blei, das mir in der Ausbildungsstätte beim ersten Lötversuch auf den Daumen spritzte, eine Wunde hinterlassen hat, die nun vernarbt ist.

Auf dem steilen Weg in Toksan-Dong ist der Schnee noch nicht ganz geschmolzen. Ich habe flache Schuhe an, aber Yun Sun-Im trägt Stöckelschuhe. So wie sie ihren Finger an die Lippen gelegt hat, sind auch ihre Schritte vorsichtig.

„Sollen wir ihr ein paar Mandarinen mitbringen?"

In einem winzigen Laden am Weg kaufen wir Mandarinen, die in einer Ecke herumliegen, und gehen weiter den steilen Weg hinauf. Nachdem wir eine ebensolange Strecke wieder hinuntergegangen sind, kommen wir in eine Gasse, in der reihenweise Kaminröhren stehen.

„Das ist das Haus."

Yun Sun-Im zeigt auf etwa das vierte Haus in der Gasse. Es ist einstöckig. Wir treten durch die offenstehende Haustür ein und sehen die numerierten Zimmertüren, 101, 102 usw. Ungefähr zehn Zimmer liegen an einem Gang nebeneinander. Auf dem Gang haben die Bewohner ihre Petroleumkocher stehen. Daneben liegen Kochtöpfe, Reissiebe zum Aussondern der Steinchen, Körbe mit gespültem Geschirr herum, lauter Kochutensilien, für die es keine Küche gibt. Wir öffnen eine der vielen Zimmertüren. Miss Lee liegt auf dem Zimmerboden. Sie versucht, sich aufzurichten, doch Yun Sun-Im hält sie zurück.

„Bleib ruhig liegen."

Miss Lee scheint auch gar nicht in der Lage zu sein, sich aufzusetzen, selbst wenn sie es gerne wollte. Sie verzieht das Gesicht und sinkt wieder nach hinten.

„Wie geht es dir heute?"

Ohne auf die Frage Yun Sun-Ims zu antworten, versucht Miss Lee ihr verzerrtes Gesicht zu entspannen, lächelt mir zu und sagt: „Du bist auch gekommen." Yun Sun-Im sagt zu mir, da ich noch stehen bleibe: „Setz dich hier hin", und dann zu Miss Lee: „Ich habe sie mitgebracht, weil du sie vermißt hast." Sie hat mich vermißt? Ich lasse beschämt den Kopf hängen. Ich war immer auf der anderen Seite, auf der, gegen die Miss Lee gekämpft hat. Als die Gewerkschaft die Überstunden verweigerte, saß ich am Fließband, und als sie die Anstecker mit der Aufschrift 'Wir wollen unsere Rechte zurück' verteilte, steckte ich ihn in die Tasche. Und nun soll sie mich vermißt haben? Miss Lee fragt Yun Sun-Im, ob sie nicht etwas vom Vorsitzenden der Gewerkschaftszweigstelle gehört habe. Yun Sun-Im schüttelt den Kopf.

„Er darf sich nicht erwischen lassen. Sonst stecken sie ihn in ein Umerziehungslager. Ich selbst bin in die D-Klasse eingestuft worden und mit knapper Not davongekommen. Aber der Vorsitzende wird ja wohl kaum die D-Klasse bekommen."

Yun Sun-Ims Gesicht ist bekümmert.

„Mach dir keine Sorgen. Dir wird er schon eine Mitteilung zukommen lassen." Auf die Worte von Miss Lee versucht Yun Sun-Im schnell, in meinem Gesicht zu lesen. Ah so, Yun Sun-Im und der Vorsitzende der Gewerkschaftszweigstelle!

„Das sind doch keine Menschen mehr. Leute wie wir sollen das ganze Land in Unordnung gestürzt haben?"

Miss Lee sagt es deprimiert, und Yun Sun-Im schlägt ihre Decke zurück. Darunter liegen die eingegipsten Beine von Miss Lee. Die Beine, die immer so geschäftig im Trippelschritt hin und her liefen.

„Was macht die Schulter?"

„Schon viel besser."

„Was haben die bloß mit dir gemacht, daß du so aussiehst?"

„...Auf der Treppe zum Keller haben sie mich mit Fußtritten traktiert, und ich bin dann hinuntergestürzt. Der Verhörraum war nämlich im Keller. Der Aufprall war so heftig, weil sie mich an Händen und Füßen gefesselt hatten."

„Um Gottes willen, wie kann man nur so brutal sein! Man fesselt einen an Händen und Füßen und stößt ihn die Treppe hinunter. Also, soll man gleich sterben, oder was?"

„Ich bin ja trotzdem noch am Leben."

„Ach, du siehst das ja einfach!"

„Immerhin hab ich es überstanden. Wenn sie den Vorsitzenden der Gewerkschaftszweigstelle erwischen, kommt er nicht mehr frei. Also, wenn er sich irgendwie bei dir meldet, sag ihm unbedingt, daß die Leute da sehr, sehr gefährlich sind. Ich habe gehört, wer einmal kahlgeschoren ist, wird von diesem Augenblick an nur noch fertiggemacht. Es soll auch vorkommen, daß sie manchmal die Leute so schlagen, daß ihnen die Därme platzen."

Yun Sun-Im drückt die Augen fest zu und macht sie dann wieder auf.

„Du mußt etwas zu Mittag essen."

Yun Sun-Im geht aus dem Zimmer und zündet auf dem Flur den Petroleumkocher an. Sie kommt mit zwei Schüsseln Lamyons zurück. Die warme Suppe mit den Fertignudeln schmeckt wohl gerade angesichts der Kälte im Zimmer besonders gut. Yun Sun-Im schält für Miss Lee, die die Eßstäbchen gleich wieder hingelegt hat, die Mandarinen.

„Wie kannst du bloß in dem Zustand für dein Essen sorgen?"

„Neben mir wohnt ja Seo Sun-Ih... Die ist sehr tapfer."

Als Miss Lee Seo Sun-Ih erwähnt, schaut sie zu mir herüber.

„Du mußt das auch sein, du mußt tapfer sein... Laß dich auf keinen Fall einschüchtern. Nun sag mal, schreibst du immer noch?"

„..."

„Wenn ich dich am Fließband etwas in dein Heft schreiben sah, habe ich mich auch gut gefühlt."

„Es war nicht von mir selbst, ich habe es nur von jemandem abgeschrieben."

„Wenn du später Schriftstellerin bist, kannst du auch über uns schreiben."

Miss Lee lächelt und streicht mir übers Haar.

Im Betrieb sieht man weniger die Leute, die zum Arbeiten kommen, als vielmehr die, die ihren Rentenausgleich oder ihre rückständigen Löhne einfordern. Allem Anschein nach denkt die Firmenleitung nicht daran, die Produktion fortzusetzen. Die Menschen, die unsere Arbeitskraft benutzt haben, scheinen sie nun nicht mehr benutzen zu wollen. Die Menschen, die unsere Arbeitskraft benutzt haben, haben die Zeit, in der unsere Arbeitskraft benutzt wurde, vergessen und wünschen sich, daß wir irgendwohin verschwinden. Man vermißt die Zeit, wo man die Überstunden verweigerte, um für kürzere Arbeitszeit, Wohlfahrtspflege beziehungsweise hygienische Einrichtungen und die Erhöhung des Zuschlags für Sonderschichten zu kämpfen. Die Hände, die nichts mehr zu produzieren haben, sind unruhig. Die Benutzer unserer Arbeitskraft entlassen uns nicht mehr. Denn bei der Entlassung entstehen Ansprüche auf Entlassungsgeld. In der Pförtnerloge, in der man jeden Morgen so peinlich genau kontrolliert hat, wann die Arbeiter eintrafen, ist es nun auch ruhig. Kaum zu denken, daß das derselbe Ort war, an dem man sich einst gestritten hat, weil eine einzige Minute Verspätung gleich zum Abzug eines ganzen Stundenlohns führte.

Eines Morgens fragt der älteste Bruder beim Frühstück.
„Kann man weiter in die Schule gehen, auch wenn man die Arbeitsstelle gekündigt hat?"
„…?"
„Man muß doch die Schule abschließen, wenn man auf die Hochschule will."
„…?"
Der Bruder denkt kurz nach und fragt: „Bei der Kusine hat es für die Schule doch nichts ausgemacht, daß sie im Betrieb gekündigt hat, also müßte es bei dir eigentlich auch so gehen, oder?"
„Wie immer die Regelung sonst auch genau lautet, du bist doch bereits in der dritten Klasse, also werden sie dich doch nicht von der Schule schicken, oder?"
„…"
„Dann kündigst du jetzt deine Stelle."
„Kündigen?" Das wäre das, was die Betriebsleitung möchte. Sie wünscht sich, daß wir von selbst gehen. Drei Monatslöhne sind noch rückständig. Daher wäre es praktisch für den vorvorletzten Monat, wenn man in diesem Monat Lohn ausgezahlt bekäme. Was heißt aber kündigen, wo doch der Bruder selbst durch die Schließung der Nachhilfeschule arbeitslos geworden ist?
„Ich werde ja demnächst aus dem Militärdienst entlassen. Dann werde ich aus dem Beamtenstand ausscheiden und in einem Unternehmen arbeiten."
„Unternehmen?"
„In einem großen Unternehmen werde ich arbeiten. Hast du das Hochhaus vor dem Seoul-Bahnhof gesehen?"
Das habe ich gesehen. Das Gebäude, das wie ein riesiges Untier aussah, als ich mit der Mutter zum erstenmal mit dem Nachtzug in diese Stadt kam. Das Gebäude, von dem die Mutter sagte, es sei bloß ein Stahlblock, nichts weiter.
„Ich werde dort anfangen zu arbeiten."
In dem Stahlblock?
„…"
„Halte nur noch etwas durch. Wenn ich aus dem Beamtenstand ausscheide, bekomme ich eine Abfindung. Dann ziehen wir hier aus."
„Ausziehen?"
„Richtig, ausziehen."
Der älteste Bruder lächelt wieder mühsam.
Abends fragt der Bruder.

„Hast du gekündigt?"

„Nein."

„Du sollst aber kündigen!"

Am nächsten Tag fragt der Bruder noch einmal, ob ich gekündigt hätte. Ich verneine, und er starrt mich verständnislos an.

„Selbst wenn du von jetzt an Tag und Nacht nur noch büffeln würdest, steht es in den Sternen, ob du die Aufnahmeprüfung schaffst oder nicht." Ich aber muß gerade ihn verständnislos anstarren. Auch wenn er bald in einem Unternehmen arbeiten wird, wovon sollen wir die Miete für diesen Monat zahlen, wenn ich jetzt kündige und...? Doch der Bruder will davon nichts wissen, zeigt bloß auf seinen Schreibtisch. Drei Tüten voller Bücher stehen dort.

„Ich habe zuerst nur die Bücher gekauft, die du am dringendsten für die Vorbereitung der Aufnahmeprüfung brauchst. Mit so was wie Mathe oder Englisch fängst du gar nicht erst an. Wähle nur solche Fächer, in denen es genügt, daß du etwas auswendig lernst."

Der älteste Bruder zieht ein paar Geldscheine aus der Tasche und gibt sie mir.

„Als Wahlfach nimmst du Hauswirtschaftslehre. Ich habe kein Lehrbuch dafür besorgen können, weil ich nicht wußte, welches ich nehmen sollte. Wenn du in die Buchhandlung vor der Schule gehst, kauf dir das Lehrbuch, das von den Prüfungskandidatinnen aus dem Tageskurs am meisten verlangt wird."

Ich bin einfach überrascht, lege das Besteck hin und starre den Bruder bloß noch an. Ohne den Reis im Mund gekaut zu haben, schlucke ich ihn hinunter.

„Es ist zwar schon ziemlich spät, aber wenn du fleißig büffelst, kommst du vielleicht in einer Fachhochschule unter."

Die Stimme des Bruders erfrischt mich wie ein Wasserstrahl. Mir ist, als blühten irgendwo an einem mir unbekannten Ort alle meine Lieblingsblumen auf einmal auf.

„Wir wollen jetzt essen."

Der älteste Bruder greift mit seinen Stäbchen nach dem Spinat auf dem kleinen niedrigen Eßtisch. Er schaut mich an, als ich noch immer reglos sitzen bleibe.

„Was hast du?"

Ich lege den Löffel hin und rücke näher zum Bruder.

„Älterer Bruder!"

Der Bruder blickt die neunzehnjährige Schwester, die mit dem Essen aufhört und näher zu ihm rückt, fragend an.

„Ist es wirklich wahr?"

„Was?"

„Daß ich studieren darf?"

„Ja."

„Wirklich?"

„Ja."

Der älteste Bruder legt seinen Löffel hin und lächelt wieder mühsam.

Das Mädchen hieß Yu Chi-Hwan. Am dreizehnten Tag nach dem Einsturz des Kaufhauses wurde es wie durch ein Wunder gerettet. Es bewegte seine Zehen. Aus der pechschwarzen Dunkelheit, aus dem gefährlichen Gewirr von Eisen und Beton trug man das gerettete Mädchen auf einer Tragbahre heraus. Sie zog zaghaft das gelbe Tuch ab, das man ihr auf die Augen gelegt hatte, um eine mögliche Erblindung durch das plötzliche Sonnenlicht zu vermeiden. Mit angstvollen Augen schaute sie um sich. Ich konnte meinen Blick nicht vom Bildschirm des Fernsehers lösen. Ein Gesicht, das ich schon einmal irgendwo gesehen haben könnte. Ein Gesicht, das ich geliebt hatte. Plötzlich stockte mir das Herz.

Ich möchte Eiskaffee.

Mir ist, als ob ich ungefähr fünf Tage lang durchgeschlafen hätte.

Ich habe an die Worte meiner Mutter gedacht, daß man in keiner Situation die Hoffnung aufgeben darf.

Dieses Gesicht, das ich geliebt hatte. Sie ist es. Das Gesicht, das lebendig aus der Dunkelheit, aus der pechschwarzen Finsternis zurückkam. Ich saß wie gelähmt vor dem Fernseher. Das Mädchen rührte mich. Ich habe mir aus verschiedenen Zeitungen ihr Gesicht ausgeschnitten. Wie lieblich sie ist! Seit das Kaufhaus eingestürzt war, hatte ich ein Gefühl der Leere in mir, als wären alle meine Gedanken jäh abgeschnitten worden: Auch wenn kein Krieg ist, können so viele Menschen in einem Augenblick ihr Leben verlieren... Ein tiefes Bewußtsein der Niederlage dem Leben gegenüber - ein Bewußtsein, das auch den Sinn jeder Anstrengung für das Leben in Frage stellte, zum Einsturz brachte: Wofür soll man leben? Der plötzliche Schock hatte mir jede Unternehmungslust geraubt, ich konnte die Dinge nur noch unter einem zynischen Blickwinkel sehen, und ich machte mir immer weniger Gedanken über die Menschen.

Aber nun dieses Mädchen...

Das Mädchen, sein Arm war verbunden, wachte gerade auf und wurde von seinem älteren Bruder gefragt: „Möchtest du nicht was essen?"

Das Mädchen lächelte den Bruder herzlich an und antwortete: „Ich hätte Lust auf Sollongtang, aber ich kann nichts essen, iß du, älterer Bruder, mit den Freunden, und nehmt auch meine Portion."

Ich dachte über das Mädchen nach, als wollte ich jedes seiner Worte, jede seiner Bewegungen in mich aufnehmen. Je tiefer ich über sie nachdachte, desto ruhiger wurde mein Herz, und ich empfand eine Vertrautheit, als würde ich es schon seit langem kennen. Liebe Chi-Hwan, ich danke dir, daß du überlebt hast, ja, daß du überlebt hast.

Es ist Sommer, wieder Sommer, wie in jenem Jahr.

Ich kann mich nicht erinnern, ob ich die ausstehenden Monatslöhne und den Rentenausgleich bekommen habe oder nicht. Wenn ich nur schreiben könnte, daß ich mich auch an den Sommer jenes Jahres nicht erinnern kann! Nicht an jenen Sommer...

Ich suche Herrn Choi Hong-Ih auf, der nicht mehr unser Klassenlehrer ist. Als ich ihm sage, ich wolle mich auf die Aufnahmeprüfung für die Universität vorbereiten, wird er nachdenklich. Von diesem Jahr an werden die Zensuren von der Oberschule berücksichtigt, meint er besorgt.
„Du hast doch sowohl in Buchhaltung als auch im Rechnen mit dem Rechenbrett ganz schlechte Noten, oder?"
„..."
„Zum Glück werden die Noten nicht von der ersten, sondern erst von der zweiten Klasse an berücksichtigt, also streng dich zuerst in der Schule an. Dann werden auch die Zensuren etwas besser. Es gibt vierzehn Leistungsstufen, und zumindest eine mittlere müßtest du erreichen."
Erst daraufhin schlage ich das Lehrbuch für Buchhaltung auf. Debet, Kredit und Bilanz. Mir tut der Kopf so weh, als wollte er zerspringen. Mit verzerrtem Gesicht sitze ich da. Die Kusine kommt zu mir und fragt, was mit mir los sei.
„Ich verstehe so gut wie nichts."
„Na, verstehen tu ich's auch kaum."
„Aber ich muß doch jetzt etwas verstehen!"
„Nimm dir tagsüber etwas Zeit und belege einen Buchhaltungskurs in der Nachhilfeschule."
„Die Nachhilfeschulen haben doch alle schließen müssen."
„Nur die für Schüler, und die Buchhaltungsschulen für die Allgemeinheit werden auch von vielen Schülern besucht."
Als ich deprimiert dasitze, will mir die Kusine das Geld für einen Kurs geben.
„Wenn du einen Monat lang lernst, bist du bestimmt so weit wie die anderen. Das Dumme ist eben, daß du nicht von Anfang an gelernt hast, aber wenn du die Grundlagen begreifst, wird es schon gehen. Es heißt ja, daß sie einem das, wofür man in der Schule drei Jahre lang lernt, in der Buchhaltungsschule in nur einem Monat beibringen... Es gibt sicher einen Schnellkurs, und in den läßt du

dich eintragen. Dann wirst du mit so was wie den Prüfungsaufgaben in der Schule keine Probleme haben."

Die Kusine drückt mir, da ich noch immer bekümmert dasitze, das Geld in die Hand.

„Nimm das und laß dich damit für einen Kurs eintragen."

Meine Kusine verschwindet samt ihrer Tasche so schnell, daß ich nichts erwidern kann.

Meine Kusine, die immer gesagt hat, sie wolle alles werden, bloß kein Mädchen, das zu nichts nutze sei. Meine Kusine, die ihre jüngere Schwester, die auf dem Land die Mittelschule besucht hatte, in die Stadt holte und auf eine Private Handelsschule schickte.

„Daß das keine reguläre Schule ist, spielt doch keine Rolle. Ich will auf keinen Fall, daß meine jüngere Schwester in die Fabrik geht... Auch du solltest alles werden, bloß kein Mädchen, das zu nichts nutze ist."

...Ich erinnere mich an den Sommer jenes Jahres. Auch an jenen Sommer gibt es nicht bloß unentschlüsselte Erinnerungen. Es gibt auch Momente, die ich geliebt habe. Auch jene Nacht, in der ich lange mit Chang unterwegs war, gehört zum Sommer jenes Jahres...

Der kleine Bruder steckt mir einen Zettel zu. Was ist das? will ich ihn fragen, aber er schaut zuerst zur Küche, in der die Mutter ist, und legt zugleich den Finger auf den Mund. Es ist ein Zettel von Chang. Darin heißt es, daß wir uns abends an den Bahngleisen treffen sollen. Nach dem Abendessen wasche ich mir das Gesicht. Auch die Haare wasche ich mir. Ich reibe mein Gesicht mit der Gesichtslotion der Mutter ein. Ich tue so, als wollte ich bloß auf dem Hof frische Luft schnappen und entwische dann durch die Hoftür. Chang steht an den Bahngleisen und pfeift vor sich hin. Als ich näherkomme, hört er mit dem Pfeifen auf. Am Himmel stehen die Sterne dicht beieinander. Auf der Erde hält sich noch die Wärme des Tages. Neben Chang laufe ich die Bahnschienen entlang, die nach Süden führen. Wir verlassen die Schienen, gehen über den Bach und setzen uns nebeneinander auf die Bachböschung. Chang ist schweigsam geworden, seit er auf die Hochschule geht. Er ist schwermütig geworden. Er ist wortkarg geworden. Er sieht nun dem dritten Bruder ähnlich, der auf Veranlassung des ältesten Bruders mit seinen Gesetzesbüchern auf einen Bauernhof gegangen ist. Wir laufen ununterbrochen um das Dorf herum.

„Hast du schon mal von dem 'Fall Kwangju' gehört?"

Die Hochschule, die er besucht, ist in Kwangju.

„Das ist weniger ein Fall, sondern vielmehr eine Revolution."

Schweigen.

„Ich habe im Studentenzirkel unzählige Bilder gesehen... In Kwangju sind Dinge geschehen, die wir uns kaum vorstellen können. Kannst du dir zum Beispiel vorstellen, daß die Soldaten einfach die Bürger mit dem Bajonett niederstechen, wo man sich doch nicht einmal im Krieg befindet? Und sogar schwangere Frauen?"

Schweigen.

Ich kann das Schweigen plötzlich nicht mehr ertragen. Irgend etwas müßte ich doch sagen. Wieso bloß alle ein solches Gesicht machen, sobald sie auf die Universität gehen...

„Ich arbeite jetzt nicht mehr in der Fabrik."

Warum ich das so unvermittelt gesagt habe, weiß ich nicht. Nach langem Laufen sind wir bis zu einer Bachböschung gelangt, die vom Dorf ziemlich weit entfernt ist.

„Wir wollen eine Pause machen."

Chang streckt sich auf der Bachböschung aus. Die Frische der Sommernacht dringt in unsere Körper ein. Der Mondschein, die Gräser, die Lichter des fernen Dorfes und das Wasserrauschen.

„Es gab einmal einen Tag, an dem ich bei einer Studentendemonstration von der Einsatztruppe der Polizei verfolgt wurde und mich hinter den Töpfen mit Chili- und Sojabohnenpasten einer einfachen Pension in einer Sackgasse versteckt habe. Sie sind mir aber bis dahin gefolgt und haben mich erbarmungslos zusammengeschlagen."

„An dem Tag habe ich mit einer wildfremden Frau geschlafen. Als ich bei Tagesanbruch aufwachte, überkam mich die Lust, ihre Brust zu streicheln, und ich streckte meine Hand danach aus, aber dann bin ich auf der Stelle davongelaufen. Es war eine faltige, verdorrte Brust. Als ich mich gefaßt hatte, habe ich gesehen, daß die Frau fast so alt war wie meine Mutter."

„Als ich wieder in der Schule war, habe ich mir fast die Seele aus dem Leib gekotzt. Tut mir leid, daß ich über so was rede."

Chang grinst verlegen, dann sucht er, als sei ihm plötzlich ein Gedanke gekommen, in seiner Tasche herum und zieht etwas heraus.

„Da, das ist für dich."

Das daumengroße Ding glänzt auf seiner Handfläche wie ein Stern. Es ist ein kleines, ein winziges Bärenmaskottchen. In Leuchtfarbe. Er will sich wohl in dem weich wehenden Nachtwind aufsetzen, dachte ich kurz. Doch ehe ich es merke, kniet er vor mir. - Tu das bitte nicht.

Ich spüre Traurigkeit in meinem Herzen aufsteigen. Ich halte das Leuchtbärchen fest in der Hand. Dennoch schwindet die Traurigkeit nicht: Irgendwann würde ich von Chang Abschied nehmen müssen. Es kommt mir wie ein Traum vor, daß wir hier zusammen sind. In diesem Traum, der jeden Moment zu Ende gehen kann, habe ich mit Chang unendliches Mitleid. Vor herzinnigem Mitleid treten mir die Tränen in die Augen. Ich taste nach der Hand von Chang, der, seinen Blick auf irgendwas gerichtet, neben mir kniet.

„Willst du sie einmal berühren?"

Ich führe seine Hand an meine Brust. „Wenn wir einmal Abschied genommen haben und dieser Traum in meinem Herz zerbrochen ist, wo werde ich dann sein? Und du? Wo werden wir uns an diese Stunde erinnern?"

...Welch langen Umweg ich auch immer machen sollte, in meinem Schreiben blieb der Sommer jenes Jahres gegenwärtig. Wie hartnäckig ich es auch unterdrückt habe, jener Sommer ist in meinem Inneren immer wieder lebendig geworden. Selbst in dem Moment, als ich mich mit meinen Freunden lustig unterhielt, schlich sich jener Sommer ein. Ganz und gar unvermutet, wie der Nachtwind, die Flut und der Nebel.

...Die Einsamkeit des Schreibenden fängt wohl da an, wo jenes heimliche Eindringen aufhört. Die Einsamkeit, in der er dann von sich aus unweigerlich zum Anfang zurückkehrt, wo alles am schwersten war.

Eines Tages fragt mich der älteste Bruder, der spät nach Hause gekommen ist, ob ich auch allein bleiben könnte. Seit der Entlassung aus dem Militärdienst kommt er noch später nach Hause.

„Und du? Mußt du weg?"

„Ich werde wahrscheinlich nach Chungmu geschickt."

„Chungmu?"

„Ich habe mit allen Mitteln versucht, in Seoul zu bleiben, aber ich muß wohl nach Chungmu. Es wird allerdings nicht für lange sein. In zwei Monaten etwa könnte ich wieder da sein. Kannst du so lange allein bleiben?"

Mir wird schwer ums Herz. Daß ich in dieser Gasse, in dem Zimmer im Abseits allein sein soll...

„Ich sehe keinen anderen Weg."

Das weiß ich wohl. Wenn er einen anderen Weg sähe, ließe er mich nicht hier zurück und zöge allein nach Chungmu. Denn er behütet mich wie einen Edelstein.

„Mir macht es nichts aus. Ich werde schon allein zurechtkommen."

„Halte dich aber von der Frau da unten fern!"

Seit Hi-Chae mit ihrem Freund zusammenlebt, hegt der Bruder eine Abneigung gegen sie. Statt 'Fräulein Hi-Chae' nennt er sie nun die 'Frau da unten'. Sie weiß auch, wie er über sie denkt, obwohl er es ihr nie direkt gesagt hat. Wenn sie Nudeln mit Chilisoße vorbeibringt, dabei aber den Bruder hört, stellt sie das Essen in der Küche ab und flieht fast die Treppe hinunter.

„Gibt es in der Schule eine Bibliothek?"

„Ja."

„Dann lerne dort."

„...?"

„Die Atmosphäre muß stimmen... Hier gibt es doch kaum etwas, was dir hilfreich sein könnte... Nimm lieber das Essen in der Dose mit und geh morgens zum Lernen in die Schule."

Der Bruder weiß nicht, daß ich mit dem Geld der Kusine die Hallym-Buchhaltungsschule hinter der Yongdungpo-Station besuche. Er weiß nicht, daß ich bereits die beste in der Klasse bin, obwohl ich noch nicht einmal einen Monat Buchhaltung gelernt habe. Der Bruder weiß auch nicht, daß Hi-Chae jeden Abend für uns einkaufen geht, seit ich angefangen habe, mich auf die Prüfung vorzubereiten. Der Bruder hat einmal gesagt, wenn einer eine Sache gleich aufgebe, ohne sie überhaupt richtig angepackt zu haben, sei er feige. So kann ihm Hi-Chae, die den Schulbesuch abgebrochen hat, allein schon deshalb nicht gefallen. Für den ordentlichen Bruder ist sie, die erst bei Tagesanbruch nach Hause kommt und unverheiratet mit einem Mann zusammenlebt, keinesfalls akzeptabel. Und daran, daß seine Schwester gerade mit einer solchen Frau befreundet ist, nimmt er immer wieder Anstoß.

Der älteste Bruder kauft sich auf dem Markt einen Koffer mit Rädern, und ich lasse die gelben Honigmelonen im kalten Wasser schwimmen. Der Bruder packt die Hemden, die Unterwäsche, die Socken, die Taschentücher und bequeme Kleidung für zu Hause in den Koffer. Auch Zahnpasta, Zahnbürste, Seifenschachtel und Rasiergerät kommen dazu. In der letzten Nacht vor seiner Abreise essen wir zusammen die gelben Honigmelonen. Während ich den innersten Teil der Honigmelonen mit dem Messer herausschabe, sagt er zu mir,   gerade das Innerste schmecke bei den Honigmelonen am süßesten.

„Du verstehst dich wohl nicht aufs Honigmelonenessen."

„Ich habe bloß Angst, daß ich vielleicht Durchfall bekomme."

„Was heißt Durchfall! Erst das Innerste schmeckt richtig süß."

Der Bruder schärft mir auch beim Schlafengehen noch einmal ein, daß ich mit der Frau da unten nicht zu vertraulich verkehren solle.

„Sie ist aber kein schlechter Mensch, Älterer Bruder."

„Ich will das nicht hören!"
„Wirklich, sie ist kein schlechter Mensch!"
„Ich habe gesagt, daß ich das nicht hören will!"
Bei Rostropowitschs Interpretation der Bachschen Solo-Suiten für Cello zog ich den Telefonstecker heraus.

Nun kann ich es nicht länger aufschieben. Ich muß diese Arbeit zu Ende bringen. Alle Vorbereitungen sind getroffen. Ich habe jede Verabredung abgelehnt und dafür gesorgt, daß ich mich auf keine andere Arbeit als auf diese zu konzentrieren brauche. Auf dem Tisch ist alles in Ordnung, und sogar das Bad habe ich geputzt. Es gibt keine Wäsche zu waschen, den Kühlschrank habe ich mit allem Nötigen bestückt, und ich sehe keinen Anlaß, mich mit jemandem anzulegen. Dennoch kann ich mich nicht an den Schreibtisch setzen und höre den ganzen Tag nur noch das Cellospiel Rostropowitschs. Im Begleittext sagt der alte Cellist, Bach sei ihm seit langem heilig. Ich starre nur noch mit großen Augen das Foto des Menschen an, der schreibt, daß er Bach seit der ersten Begegnung mit ihm in seinem sechzehnten Lebensjahr aus tiefstem Herzen verehre und es deshalb bislang nie gewagt habe, die ganzen Solo-Suiten für Cello aufzunehmen.

'...Ich habe bislang nur zweimal eine Suite von Bach aufgenommen. Vor vierzig Jahren habe ich in Moskau die zweite Suite aufgenommen und 1960 in New York die fünfte. Wenn ich an die beiden Platten denke, kann ich es mir selbst nicht verzeihen. Aber wenn man auf sein Leben zurücksieht, wird jeder selbstkritisch, und es gibt wohl manche Dinge, die man lieber nicht gemacht hätte. Doch was geschehen ist, ist geschehen, und das unergründliche Leben fließt unaufhaltsam weiter. So muß ich nun Mut fassen und Bachs gesamte Solo-Suiten für Cello aufnehmen, mit denen mein ganzes Dasein so eng verbunden ist. Es gibt nichts, was für mich wertvoller wäre als diese Suiten. Jedesmal, wenn ich diese Stücke höre, entdecke ich darin wieder etwas Neues. Auch Sie werden in jeder Stunde, jeder Sekunde, in der Sie an diese Suiten denken, ein noch tieferes Verständnis dieser Stücke erlangen. Selbst wenn Sie eines Tages glauben, alles über sie zu wissen, würden Sie am nächsten Tag doch wieder etwas Neues darin finden.'
...Er sagt an derselben Stelle weiter, Bach seien oberflächliche oder flüchtige Gefühle und jäher Zorn völlig fremd gewesen, und er habe es nicht einmal übelgenommen, wenn sich Menschen, die seine Freunde gewesen seien, von ihm getrennt hätten.

Bewundere ich das Cellospiel von Rostropowitsch, oder bin ich durch die Bach-Interpretation Rostropowitschs, der völlig in Bach aufgeht, absorbiert? Ich weiß es nicht. Das Gesicht des Cellisten strahlt die Kraft aus, die dem Cello eigen ist. Teilweise ist sie so stark, daß sie regelrecht pathetisch wirkt.

Er sagt, er müsse nun Mut fassen und Bachs gesamte Solo-Suiten für Cello aufnehmen.

Rostropowitsch scheint sich auf Leidenschaft, Traurigkeit und Strenge dem Leben gegenüber gleichermaßen zu verstehen. Denn er war unermüdlich auf der Suche nach dem besten Ort, um die gesamten Bachschen Solo-Suiten für Cello aufzunehmen, bis er ihn schließlich in der neunhundertjährigen Kathedrale einer kleinen Stadt entdeckte.

'...In diesen Suiten gibt es eine großartige Sarabande... Es gibt außerordentliche Offenheit, Ernsthaftigkeit und musikalische Empfindsamkeit. Diese Werke kann man nicht für ein Publikum, sondern nur für sich ganz allein spielen. Das Publikum schaut lediglich dem Künstler zu, der sich in die Musik vertieft, und kann nur einen flüchtigen Blick in seine kühle und zugleich glühend strenge Einsamkeit werfen. Manchmal habe ich diese Sarabande für traurige Menschen gespielt.'

Ich stellte die Ziffer des CD-Players auf die zweite Suite.

...Für traurige Menschen? Unwillkürlich sah ich erneut das Gesicht Rostropowitschs an. Der soll für traurige Menschen gespielt haben?
Hi-Chae sitzt vor dem toten Hahn. Ihre Miene ist kalt. Der, der den Hahn am meisten liebt, ist ihr Freund, aber der ist nicht zu sehen. Ich sage, daß jemand den Hahn vergiftet haben könnte, und daraufhin wird ihr Gesichtsausdruck im Profil noch kälter.

Auch im Dauerregen sind die Bauarbeiten auf dem leerstehenden Platz voll im Gang. Der Kran reißt die Wurzeln des Chinakohls aus der Erde. Das Stahlgerüst wächst in die Höhe, und Ziegel werden herbeigeschleppt. Jetzt ist die Bahnstation nicht mehr zu sehen, wenn man das Fenster aufmacht. Die Arbeiter, die die provisorischen Treppen des neu entstehenden Gebäudes hinauf- und hinuntergehen, die Männer mit ihren roten Helmen aus Kunststoff, fallen zuerst ins Auge. Nach einem Tag ist das Gebäude sichtbar höher geworden und nach einem weiteren Tag noch höher. Ich erinnere mich an einen Sonntag, an dem die wie eine Flut aus der Bahn strömenden Menschen überhaupt nicht mehr zu sehen waren und der Brikettvorrat im Keller des Hauses mit den siebenunddreißig Zimmern einstürzte. Wenn der Brikettberg nicht in sich zusammengefallen wäre, hätte ich nicht einmal gewußt, daß es in diesem Haus überhaupt einen Keller gab.

Aus dem Keller schleppt Hi-Chae mit kohleverschmiertem Gesicht die nassen Briketts herauf.
„Ich weiß nicht, wo die Leute bloß alle bleiben, dabei steigt das Wasser hier immer höher..."
„Wo ist der Herr Nachbar?"
Hi-Chaes schwarzes Gesicht wird noch finsterer. Sie steigt wieder in den Keller hinunter. Mit einem Eimer voll schwarzer Brühe kommt sie hoch.
„Du kannst das doch nicht allein machen. Laß das sein."
„Die Hälfte von den Briketts im Keller gehört mir."
„Und wo bleibt der Herr Nachbar?"
„Er ist weg."
Hi-Chae geht wieder in den Keller. Weg? Wohin? Ich kann nicht bloß dastehen, gehe ihr also in den Keller nach. Das Wasser geht bis zu den Knöcheln. Durch das Zusammenstürzen der Briketts ist das Wasser schwarz.
„Wohin ist er denn gegangen?"
Hi-Chae bleibt kurz stehen und streicht sich die Haare, die über ihr Gesicht gefallen sind, hinter das Ohr. Ihr Gesicht wird noch mehr vom Kohlenstaub verschmiert.
„Sprich nicht mehr von ihm."
„Warum?"
„Er kommt nie wieder."
Ich finde keine Worte mehr. Hi-Chae schöpft nur stumm das schwarze Wasser aus. Aber ich kann sie nicht alleinlassen. Obwohl sie mir ab und zu sagt, geh jetzt und lerne was, bringe ich es nicht fertig. Irgendwann hockt sich Hi-Chae plötzlich auf den Kellerboden und erbricht sich.
„Ältere Schwester, das kannst du doch alles später machen, geh jetzt hinauf!"
Sie läßt sich nicht anmerken, ob sie mich gehört hat oder nicht, und schleppt weiter die nassen Briketts hinauf. Als sie damit fertig ist, ist es bereits nachmittags. Sie krümmt sich in der Küche und erbricht sich fürchterlich. Sie scheint fast umzufallen, und so mache ich auf dem Petroleumkocher Wasser heiß und wasche sie. Auch nach mehrmaligem Waschen riecht sie immer noch nach Erbrochenem. Dann muß ich eingeschlafen sein. Ich habe das Gefühl, daß jemand mir die Fingernägel schneidet. Ich öffne die Augen und sehe, wie Hi-Chae kauernd meine Hand auf ihrem Knie hält und mir die Nägel schneidet.
„Deine Nägel sind ganz schwarz von den Briketts."
Ich empfinde es als angenehm und lasse mir ruhig die Nägel schneiden.

„Und was macht dein Magen?"

„Es geht schon."

Als ich denke, daß sie wohl bald mit dem Nagelschneiden an meinen beiden Händen fertig sein wird, kommt sie, wieder mit diesem kalten Gesicht, auf den toten Hahn zu sprechen.

„Was den Hahn betrifft..."

Ich glaube, ich kann ihr nachfühlen, wie sehr sie über den toten Hahn bekümmert sein muß und gehe deshalb gleich darauf ein: „Wer kann so was getan haben?"

„Ich habe es getan."

Ich bin verblüfft und denke: ‚Ich muß mich verhört haben.'

„Ich habe ihm Gift gegeben."

Ich zucke zusammen, so daß die Nagelschere, die sie in der Hand hält, ein wenig Haut an der Fingerkuppe abschneidet. Sie bleibt ruhig. In diesem Moment scheint sie mir nicht die zu sein, die ich kenne. Sie wirkt entschieden und hart.

„Aber warum hast du das getan?"

„Es ist doch das, was er am meisten liebt!"

„Er?" Ich ziehe meine Hand von ihrem Knie. Was er am meisten liebt? Der Geruch nach dem nassen Keller hat sich überall an uns festgesetzt.

Nachmittags scheint die Sonne. Ich wasche die Kleider, hänge sie auf der Dachterrasse auf und schaue dann bei Hi-Chae vorbei. Sie liegt auf dem Bauch und schläft. Aus Sorge, daß sie aufwachen könnte, mache ich leise die Tür zu. Später schaue ich wieder bei ihr vorbei. Nun müßte sie aber aufgewacht sein. Noch drei- oder viermal schaue ich nach ihr. Ohne sich zu bewegen, schläft sie weiter. Die Sonne geht unter. Ich hole die Wäsche von der Dachterrasse. Zum Abendessen koche ich auch für sie mit, und als ich mit dem Tablett nach ihr schaue, liegt sie immer noch da. Ich stelle das Tablett auf dem Fußboden ab und will die Tür zumachen, aber dann sind meine Augen plötzlich voller Angst. Ich mache die Tür wieder auf und drücke den Knopf für die Neonröhre. Angst, die einem ihr daliegender Körper einjagt, der in dem flackernden Licht erscheint und wieder verschwindet. Ich starre verwirrt auf die Arme und Beine der hingekauert Schlafenden. Ich stelle mir vor, daß die Haut an ihrer Schulter, die der eines Vogels ähnelt, vielleicht erkaltet sein könnte. Ich sinke plötzlich nieder und schlage die Decke zurück. Hi-Chae liegt zusammengekauert und mit geballten Fäusten da. Über die gelblich aufgedunsene Seite ihres Gesichts sind ihre schwarzen Haare gefallen. Ich schüttle sie.

„Ältere Schwester, Ältere Schwester?"

Ich schüttele sie zuerst vorsichtig, dann aber sehr heftig. Sie atmet schwer durch die Nase und dreht sich um. Ich kann mich dennoch nicht beruhigen, gebe ihr eine leichte Ohrfeige und schreie laut.

„Wach doch auf!"

Sie schlägt die Augen auf. Trübe Augen. Sie setzt sich auf.

„Was ist los...?"

Sie schaut mir in die angsterfüllten Augen. Sie sieht nicht aus wie ein Mensch, der lange geschlafen hat.

„...Was ist denn los?"

„...Nichts, nur so."

Ich bringe es nicht fertig zu sagen, sie habe wie tot ausgesehen.

„Na, du bist ja lustig."

Sie macht die Tür auf und erschrickt: „Ach, schon so dunkel!" Sie scheint nicht zu wissen, daß sie den ganzen Nachmittag mit geballten Fäusten geschlafen hat, daß ich sie voller Angst gerüttelt und ihr eine Ohrfeige verpaßt habe... Nur die Tatsache, daß es dunkel geworden ist, scheint sie zu überraschen und ihr peinlich zu sein. So preßt sie lediglich ihre Handflächen gegen die Hüfte. Sie hat wieder ihre eigentümliche, undurchschaubare Miene aufgesetzt.

Wahrscheinlich arbeitet Hi-Chae nicht mehr in der Schneiderei.

Jetzt ist sie keine Arbeiterin mit einer heimlichen Doppelstelle mehr. Wenn ich, weil ich während der Sommerferien den ganzen Tag in der Schulbibliothek zubringe, spätabends heimkomme, ist Hi-Chae auch zu Hause und schläft in ihrem abgelegenen Zimmer.

Seit einiger Zeit sehe ich sie nunmehr schlafen. Schlafen mit fest zusammengeballten Fäusten.

Chang ist nach Seoul gekommen. Ehe ich die nasse Wäsche auf der Dachterrasse aufhänge, schüttle ich die letzten Tropfen der Wäsche über dem Geländer ab, und gerade in diesem Moment sehe ich, wie mir von unten jemand zuwinkt. Es ist Chang. Er ist nicht allein. Ein hübsches Mädchen, dem die schwarzen Haare anmutig bis auf die Schultern hängen, steht neben ihm. Ich rufe Chang jedoch zu, daß er unten warten soll. Ich möchte ihn nicht in das Zimmer im Abseits führen. Ich ziehe mich in aller Eile um und laufe zu ihm hinunter. Da ich nicht die Schuluniform anhabe und Chang bereits Student ist, gehen wir in das Cho-won-Café auf der Seite des Karibongdong-Markts.

„Ich muß zum Militär."

Ich schütte mir unachtsam den Kaffee auf den Rock.

„Warum erschrickst du denn so?"

„Was heißt erschrecken..."

Chang bittet mich, ihm Seoul zu zeigen. - Seoul zeigen? Ich kenne von Seoul nur den Stadtteil Yongdungpo ein bißchen. Außerhalb von Yongdungpo kenne ich nur noch den Seoul-Bahnhof, die Myongdong-Kathedrale und das Korea-Kino, wohin mich der älteste Bruder zu Weihnachten mitgenommen hat, die Chongno-Buchhandlung, zu der man an der Station Chonggak aussteigen muß, sowie die Gasse in Yongsan, in der die Kusine wohnt. Aber ich möchte Chang eine Freude bereiten. „Bleib kurz hier sitzen", sage ich zu ihm und rufe die Kusine an, um von ihr Rat zu holen. „Chang ist da und bittet mich, ihm die Stadt zu zeigen, also wo soll ich ihn hinführen?" Die Kusine schlägt mir vor: „Geh mit ihm auf den Nam-Berg." Ich schreibe mir die Nummer des Linienbusses auf, die die Kusine mir nennt. Auf dem Nam-Berg leihen wir uns Schläger aus und spielen Federball. Das Mädchen, das Chang mitgebracht hat, kann gar nicht Federball spielen. Da Chang und ich schon seit der Grundschule Federball spielen, ergibt es sich ganz von selbst, daß nur Chang und ich miteinander spielen. Das Mädchen bleibt etwas entfernt ruhig sitzen. Ab und zu fragt Chang das Mädchen: „Es ist langweilig für dich, nicht?" Aber sie winkt mit der Hand ab und sagt: „Nein." Sie sieht nett aus. Als die Sonne untergeht, fragt mich Chang, ob ich nicht in die Schule müsse. Ich sage: „Nein." Nach dem Abendessen gehen wir wieder in ein Café. Diesmal ist es am Fuß des Nam-Bergs. Chang zieht ein Heft und Bilder aus seiner Tasche. Es ist das Heft, in das ich für ihn *Der Zwerg* abgeschrieben habe. Chang gibt mir das Heft und dem Mädchen die Bilder. Ich schlage das Heft auf und sehe, daß die freien Stellen des Hefts, das meine Handschrift trägt, mit Bildern von Chang ausgefüllt sind.

„Immer wenn ich an dich gedacht habe, habe ich etwas gemalt."

Das, was mich die ganze Zeit irgendwie bedrückt hat, legt sich mit einem Mal bei diesen Worten. Als es später Abend geworden ist, bittet mich Chang, für ihn ein Telefonat zu führen.

„Mit wem?"

Das Mädchen senkt stumm den Kopf. Chang streckt mir einen Zettel hin, es sei die ältere Schwester des Mädchens. Und ich solle ihr sagen, daß das Mädchen heute nacht bei mir bliebe.

„Bei mir?"

Völlig überrascht schaue ich Chang an. Das Mädchen senkt wieder den Kopf, und Chang lächelt verlegen. Er schreibt mir ihren Namen auf den Zettel. „Ach so, ihr Name ist Hae-Sun." Da Chang sie Suni nannte, dachte ich, sie müsse entweder Sun-Ih oder Sun-Hi heißen. Ich stehe auf, um zu telefonieren. Eine Frau mit hoher Stimme meldet sich.

„Hallo, hier spricht eine ältere Schulfreundin von Hae-Sun. Da es so spät geworden ist, würde ich sie gern bei mir übernachten lassen."
„Und wo sind Sie?"
„Hier... wir sind hier in Karibong-Dong."
„Ist Hae-Sun jetzt zu sprechen?"
„Ja."
„Ich möchte sie sprechen."
Ich übergebe den Hörer dem Mädchen, das neben Chang steht. Während es mit seiner Schwester spricht, frage ich Chang, wann er aufs Land fahren würde.
„Morgen... Hae-Sun wollte zu ihrer Schwester fahren, und da habe ich sie begleitet."
„Hast du schon eine Bahnkarte?"
„Ich nehme den Fernreisebus."
„Wann mußt du beim Militär einrücken?"
„Übermorgen."

Nachdem ich mich von Chang und dem Mädchen verabschiedet habe, kehre ich in das Zimmer im Abseits zurück, ziehe die Decke über die Ohren und bleibe lange im Dunkeln liegen. Alle meine Gedanken kreisen um Chang. Ich stehe auf, mache das Licht an und schlage das Heft auf, das Chang mir gegeben hat. Ich streichle das Leuchtbärchen in der Tasche. Was mag er in dieser Nacht machen? Ich schaue die kleinen Bilder von Chang an und gehe dann mit meinem Kissen zu Hi-Chae.
„Ich möchte bei dir schlafen, Ältere Schwester."
Hi-Chae hat nichts dagegen.
„Ist etwas passiert?"
„Nein."
„Na los, schütte dein Herz aus, dann wird es dir schon besser gehen."
Ich rede aber nicht. Auf mein hartnäckiges Schweigen hin wickelt sich Hi-Chae aus der Decke, geht in die Küche und setzt einen Topf mit Wasser auf den Petroleumkocher.
„Was machst du da?"
„Ich koche dir Nudeln. Wenn du was ißt, wirst du dich gleich besser fühlen."

Am Morgen fahre ich mit der Bahn bis zum Seoul-Bahnhof und von dort mit dem Bus zum Fernbusbahnhof. Vor dem Schalter, an dem es Fahrkarten nach Chongup gibt, warte ich auf Chang. Auf der Uhr ist es bereits nach zwölf, aber er erscheint nicht. Erst nach drei Uhr nachmittags sehe ich ihn mit herabhängenden Schultern kommen. Er macht große Augen, als er mich sieht.

„Seit wann wartest du denn schon?"

„Ich bin erst vor kurzem gekommen."

„Du weißt doch gar nicht, wann ich abfahre."

„Ich habe mir gedacht, ich würde dich schon treffen, wenn ich hier bin."

Wir sitzen im Wartesaal.

„Geht's gut mit der Schule?"

„Ja."

Über das Mädchen verlieren weder Chang noch ich ein einziges Wort. Ich hätte ihm gern etwas Freundliches gesagt, aber ganz ungewollt rutscht mir die Bemerkung heraus: „Ich werde dir nicht schreiben!"

„Das weiß ich."

„Wieso denn?"

„Du hast mir schon lange nicht mehr geschrieben."

Je mehr ich mich bemühe, unbefangen mit ihm zu reden, desto schwerer wird mir ums Herz. Es ist mir zu fremd, eine Miene aufzusetzen, die meinem Empfinden nicht entspricht. Ich denke, ich muß vielleicht von nun an ganz anders leben, als ich es eigentlich will; es könnte sein, daß ich lachen muß, wo ich doch eigentlich weinen möchte, daß ich sagen muß, ich sei nicht ärgerlich, obwohl ich wütend bin, und daß ich auch sagen muß, ich sei erst vor kurzem gekommen, obwohl ich doch schon so lange gewartet habe. Als die Abfahrtszeit naht, steht Chang auf. An der Bahnsteigsperre dreht er sich zu mir um und sagt, ich komme bald wieder. Er sagt es, als ob er nicht zum Militär müßte, sondern nur einen Botengang für seine Mutter machen würde.

Eine Sommernacht mit Gewitter... Der Taifun droht, die Dachterrasse wegzureißen. Getrieben von der Angst vor den Blitzen, die das abgelegene Zimmer von Augenblick zu Augenblick erhellen, gehe ich mit meinem Kissen zu Hi-Chae runter. Sie sitzt gedankenverloren bei offener Tür da. Auch als ich in das Zimmer eintrete und die Tür hinter mir schließe, bewegt sie sich nicht. „Hallo." Ich lege ihr die Hand über die Augen. Die Nässe an der Handfläche: Sie weint. „Warum muß das Leben so schwer sein?"

Ich, die Neunzehnjährige, halte das Kissen unterm Arm und stehe stumm da. „Geht es nur mir so? Geht es den andern auch so?"

Der älteste Bruder schickt mir aus Chungmu Geld. Er schreibt so, als ob er allein auf der Welt wäre, um für mich zu sorgen: 'Mit dem Geld zahlst du die Miete, und spare nicht zu sehr, kauf dir auch Honigmelonen, das ist gut gegen den Durst bei dieser Hitze.' Seit ich an dieser Arbeit schreibe, sind Herbst, Winter und Frühling vorbeigegangen, und nun ist es Sommer. Ich werde diese

Arbeit in diesem Sommer beenden. Als ich damit anfing, habe ich mir eigentlich gewünscht, daß sie bald fertig würde, aber nun bin ich verwirrt, als hätte ich nie an das Ende gedacht. Es sind bereits mehr als zehn Tage vergangen, seit ich das Telefon herausgezogen habe. Aber erst jetzt sitze ich am Schreibtisch. Die ganze Zeit ohne Telefon habe ich Tag und Nacht vor dem Schreibtisch gelegen oder gestanden. Um die Unruhe über die verfliegende Zeit zu überspielen, las ich bei andauerndem Regen ständig Zeitung oder sah fern. Der Taifun war vorbei, und ein Tankschiff lief im Südmeer auf ein Riff auf. Auf dem Bildschirm sah man einen Gürtel aus schwarzem, ausgelaufenem Öl. Die vernichteten Austern im Zuchtgebiet und die toten Fische trieben in Massen umher. Mit starrem Blick sah ich zu, wie der Hubschrauber über dem schwarzen Gürtel im Meer Mittel zum Binden des Öls verstreute, und fragte mich dann plötzlich, ob ich die Zeitungsberichte und Fernsehnachrichten nicht langsam auswendig kennen würde.

In dem Wattenmeer wird es wohl kein Leben mehr geben.
Warum haben sie auf die Bevölkerung geschossen, die doch mit weißen Fahnen gewinkt hatte? Die Staatsanwaltschaft hat die Anklage gegen alle achtundfünfzig Personen fallenlassen, die im Zusammenhang mit dem Volksaufstand von Kwangju vom 18.5. angezeigt worden waren. Die Staatsanwaltschaft teilte mit, sie strebe keinen Prozeß an. Ihre Lösung im Fall vom 18.5. hieß 'Keine Anklageberechtigung': 'Nach einem gelungenen Putsch kann niemand zur Rechenschaft gezogen werden.' Der Regierungschef führte bei jeder Gelegenheit das Wort 'Zivilregierung' im Munde und hatte bei seinem Aufgeben der Oppositionsrolle beziehungsweise der Fusion dreier Parteien pathetisch davon gesprochen, daß man sich in die Höhle des Tigers wagen müsse, wenn man den Tiger fangen wolle. Nun plädierte er dafür, den Fall vom 18.5. dem Urteil der Geschichte zu überlassen.

Auf meine Frage, warum man denn den Tiger nicht fange, lächelte mein Begleiter bitter, als wollte er mir sagen, daß das doch nichts Neues sei. Auf meine weitere Frage, warum es keine Mörder geben solle, wo es doch so viele Ermordete gebe, verharrte er gedankenschwer.
„In den Köpfen der höchsten Machthaber dieses Landes ist die Einstellung verankert, daß das Volk nichts weiter sei als eine Herde willenloser Mitläufer. Vor solchen braucht man keine Angst zu haben. Dagegen würden sie die, die ihre Herrschaft nicht anerkennen wollen, am liebsten vor ein Militärgericht bringen. Es gibt eine Hörspielserie im Radio, die *Die fünfte Republik* heißt...“
Als er sagte, *Die fünfte Republik*, spitzte ich die Ohren.

„Da es kurz nach der Machtübernahme durch die fünfte Republik eine Miß-
ernte gab, mußte man 1982 große Mengen von Reis importieren, hieß es in
einer Folge. Und da gibt es eine Szene, in der sich der Präsident der fünften Republik an jene Zeit erinnert..."
Er unterbrach seine Rede, um seine Stimme zu erheben. Dabei ahmte er die
Stimme jenes Machthabers nach: „Ich habe damals einen psychologischen Krieg
geführt. Es war eine unruhige Zeit, in der die Bevölkerung infolge des Hungerjahrs Angst wegen der Versorgungsprobleme hatte. Ich habe angeordnet, daß
man in Kwangju jeden Lastwagen voll Reis fünf- bis sechsmal durch die Stadt
fahren läßt, ehe man ihn am Bahnhof ablädt. Die gleiche Prozedur habe ich
auch in Taegu durchführen lassen. Ich habe eben einen psychologischen Krieg
geführt."
Ich kicherte, weil mein Begleiter plötzlich wie ein Possenreißer wirkte, aber er
verzog keine Miene.
„Man hat wegen des Hungerjahrs Reis importiert, aber wieso führt man deswegen einen psychologischen Krieg? Das heißt also, der Mann, der im Mai 1980
über seinen glorreichen Sieg in Kwangju an die Macht gekommen war, führte
auch nach seiner Machtübernahme als Präsident immer noch einen Krieg gegen
das Volk. Es mag ja in Ordnung sein, so etwas im Krieg beim Militär, das kaum
noch Proviant hat, anzuordnen, um die Kampfmoral der Truppe nicht zu schwä-
chen, aber ein Präsident, der unter normalen Umständen einen psychologischen
Krieg gegen das Volk führt... Da kann ich beim besten Willen nur sagen, daß er
das Land als eine Kaserne und das Volk als seine willenlosen Mitläufer angesehen haben muß."

Ich habe schon einmal gedacht, ob ich nicht doch wieder auf die Insel Cheju
fliegen sollte, auf der ich mit dieser Arbeit anfing. Aber als ich mich dazu entschlossen hatte, brachte ich es dann doch nicht fertig loszufahren. Vielleicht
könnte ich dann dorthin fahren, wenn man mir für die Fertigstellung des
Manuskripts mehr Zeit einräumen würde. Das wünschte ich mir im Moment
jedenfalls.

Ich ging nirgendwohin und goß bloß immer wieder, in meinem Zimmer
schwitzend, heißen Kaffee in mich hinein.

Wenn ich so wie jetzt am Schreibtisch sitze, wird diese Arbeit bald fertig sein.
Ich will sie zu Ende bringen. Noch mehr werde ich wohl nicht zu sagen haben.
Wenn ich nachts alle Lichter in der Wohnung ausmachte und auf dem Stuhl
saß, war durch das Fenster der Wald zu sehen. Wenn der Wind wehte, bogen

sich die Kiefern rauschend. Wenn es regnete, meckerten die Elstern auf den Wipfeln der Pinien. Hat jemand schon einmal den Wald, der im Regen rauscht, lange betrachtet? Hat jemand schon einmal die Kiefern, die Pinien, die Kuksu- und die Perong-Bäume rauschen hören? Nachts scheinen sich die Bäume in beseelte Wesen zu verwandeln. Sie scheinen auch die verlorenen Menschen zurückzubringen. Ja sogar die Finger, an die ich mich noch erinnere, den Nacken und das Muttermal unter dem Auge. Hat jemand schon einmal gespürt, daß der Mensch, dem man nicht mehr begegnen kann, der verstummte, auf dem engen Pfad zwischen den Bäumen zu einem herunterkommt? Wenn jemand behaupten wollte, daß ihm beim Anblick des nächtlichen Waldes, der in Wind und Wetter rauscht, niemals das Herz gezittert habe, würde er lügen. Ich habe Angst. Dennoch machte ich jede Nacht alle Lichter in der Wohnung aus und saß auf dem Stuhl, um nach dem Wald hinüberzuschauen. Wenn die Angst kam, setzte ich mich gerade hin, legte die Arme auf die Fensterbank und sprach vor mich hin: „Bitte hilf mir, es ist nun das letzte Mal."

Ja, ich will die Geschichte von jenem Morgen erzählen, einfach erzählen.

An jenem Morgen bin ich ihr in der Gasse begegnet. Wenn ich heute zurückdenke, kann es keine zufällige Begegnung gewesen sein. Sie muß auf mich gewartet haben. Als wir zusammen am Ende der Gasse angelangt waren und uns trennen wollten, sagte sie, so als fiele es ihr beiläufig ein, daß sie ab morgen Urlaub habe und nachmittags heim aufs Land fahren wolle, daß sie aber vergessen habe, das Zimmer abzuschließen. Da sie ein paar Tage auf dem Land bleiben werde, solle ich doch das Zimmer für sie abschließen, wenn ich abends nach Hause zurückkäme. Das Schloß hänge an der Klinke. Da das nichts Schwieriges war, sagte ich ja. Nein, ich kann auch gesagt haben, was denn tagsüber sei, ob sie sich nicht sicherer fühlen würde, wenn sie gleich zurückginge und die Tür abschlösse. Sie erwiderte, bei ihr gebe es sowieso nichts zu stehlen. Damit hatte sie recht. Wir hatten keine Sachen im Haus, auf die jemand hätte scharf sein können. Als ich nachts von der Schule zurückkam, sperrte ich mit dem Schloß, das an der Klinke hing, ihr Zimmer im Erdgeschoß ab, bevor ich zu dem unseren in den zweiten Stock hochging. Tatsächlich hing das Schloß im geöffneten Zustand an der Klinke. Bevor ich das Schloß richtig in die übereinander angebrachten Bügel einzuhängen versuchte, habe ich wohl auch einen Blick in die Küche geworfen. Wie immer standen die Waschschüssel und die Seifenschale ordentlich an ihrem Platz. Auf dem ausgewaschenen und ausgewrungenen Wischtuch konnte ich noch die Abdrücke ihrer Hände erkennen, und der Topf, den sie bestimmt mit der Metallbürste kräftig geschrubbt hatte, stand glänzend, wie es sich gehört, auf dem Petroleumkocher. Ich könnte auch ihre Schüler-innenschuhe, die sie nur so kurz getragen hatte, auf dem Wandbrett gesehen haben. Aber das war schon alles. Ich habe lediglich auf ihre Bitte hin das Schloß an der Klinke in die Bügel geschoben und zuschnappen lassen.

Laß dich nicht vom Schreibtisch vertreiben... Wenn du jetzt weggehst, kommst du nicht mehr zurück.

...Laß dich nicht vertreiben, nicht vertreiben, nicht vertreiben...

Einige Tage vergehen. Ihre Zimmertür mit dem eingeschnappten Schloß ist immer noch unberührt. Ungeachtet der geschlossenen Tür im Erdgeschoß koche ich, die Neunzehnjährige, jeden Morgen Reis, um ihn zum Mittag mitzunehmen, und überquere die Bahnstation. Vom Dritten Industriekomplex aus fahre ich mit dem Linienbus 109 zur Schule. In der Bibliothek beschäftige ich mich mit Fragen der Hauswirtschaftslehre und komme dann nach Hause zurück. Dem Rat des Bruders folgend, fange ich mit Englisch und Mathematik gar nicht erst an. Zur Vorbereitung auf den Sporttest trainiere ich ab und zu im Sportanzug allein auf dem leeren Sportplatz für den Hundertmeterlauf. Ich übe auch mal, mit angewinkelten Armen am Reck lange zu hängen und zugleich den Kopf über der Stange ruhig zu halten.

Bei Dämmerung komme ich aus dem Schultor, sitze dann im Bus, mit dem ich zu dem abgelegenen Zimmer zurückkehre, und denke an Hi-Chae. Nun müßte sie doch endlich zurück sein. Ich warte mit Sehnsucht auf sie, weil alle weg sind: die Kusine in Yongsan, der dritte Bruder auf dem Bauernhof und der älteste in Chungmu. Weil alle fort sind, weil ich allein bin.

Ich steige beim Dritten Industriekomplex aus, überquere die Bahnstation, lasse den unbebauten Platz hinter mir und trete durch die Haustür, und dabei schaue ich aus Gewohnheit auf Hi-Chaes Zimmertür. Sie ist verschlossen, immer noch. Dauert der Urlaub so lang? Als ich es langsam ungewöhnlich finde, kommt ihr Freund vorbei. Ich grüße ihn mit einem kurzen Kopfnicken, und er fragt mich verlegen nach ihr.
„Sie ist in Urlaub gefahren.“
„In Urlaub? Wohin denn?“
„Sie sagte, nach Hause aufs Land.“
„Nach Hause? Sie hat doch gar kein Zuhause auf dem Land.“
Erst da kommt mir das Ganze etwas seltsam vor. Seit ich mit ihr zusammen im

selben Haus wohne, hat sie nie gesagt, sie gehe nach Hause aufs Land. Selbst an den Feiertagen blieb sie allein in ihrem Zimmer. Und nun soll sie zum Urlaub nach Hause aufs Land gefahren sein? Ihr Freund sitzt vor der verschlossenen Tür und geht dann wieder.

Nachts schnarrte die Klingel an der Wohnungstür lange laut. Jemand hielt seinen Finger einfach auf die Klingel. Das Schnarren nahm kein Ende. Auf meine ärgerliche Frage an der Tür, wer denn da sei, erwiderte die Stimme auf der anderen Seite der Tür: „Ich bin's." Es war meine jüngere Schwester. Was kann mit ihr los sein, um diese Uhrzeit? Ich machte die Tür auf, und die Schwester, die ihr Kind auf dem Arm trug, fauchte mich an.

„Du meine Güte, warum nimmst du bloß den Telefonhörer nicht ab, wo du doch zu Hause bist?"

„Telefon? Es hat aber gar nicht geklingelt."

Ah, ja...

Meine Erklärung, daß ich den Stecker herausgezogen hätte, erboste sie wohl noch mehr, und kaum war sie im Zimmer, steckte sie das Kabel wieder ein, drückte ärgerlich auf einige Ziffern und hielt mir den Hörer vors Gesicht.

„Wer ist denn dran?"

„Das wirst du gleich erfahren!"

Sie ist unversöhnlich. Die Stimme am anderen Ende der Leitung ist die der Mutter.

„Warum nimmst du denn tagelang den Hörer nicht ab? Ich habe mir schon das Schlimmste ausgemalt und deine Schwester vorbeigeschickt!"

Beim Gespräch mit der Mutter schaue ich zur Schwester und sehe, daß sie die Kaffeetassen und die Reisschälchen spült, die sich im Spülbecken häufen.

„Kochst du dir überhaupt was?"

Die Schwester schaut in den elektrischen Reiskocher und den Suppentopf auf dem Gasherd hinein. Sie ist enttäuscht, weil nichts darin ist. Ihr Kind wirft die Zuckerdose um. Der Mann der Schwester, der nun ebenfalls in meine Wohnung getreten ist, verpaßt dem Kind einen Klaps, und es fängt sofort an zu weinen.

Ich begleitete die Familie der Schwester zum Auto, und als ich zurückkam, zog ich den Stecker wieder heraus.

Vor sechs Jahren schrieb ich auf, was einige Tage nach jener Begegnung mit Hi-Chaes Freund passiert ist: Zehn Jahre später... Ich habe mich plötzlich an diese Geschehnisse wie an eine Sage erinnert. Als ich zufällig wegen irgend etwas an der Bahnstation vorbeiging, haben die Schmerzen... die wehenden Schmerzen die Bahn überholt. Sie ist nicht zurückgekommen, und ihr Freund hat die Tür aufgebrochen. Wegen des Geruchs, wegen des Wartens.

...Niemand habe das Zimmer betreten können...

Ich, die Neunzehnjährige, zittere vor Aufregung und laufe zur Kusine. In der Tasche raschelt das Leuchtbärchen von Chang. - Ob das Bärchen auch in der Tasche geleuchtet hat? - Die Kusine holt mir, da ich kreidebleich vor der Tür stehe, einen Becher Wasser.

„Was ist los?“

Ich kann nicht reden und vergieße bloß Tränen. Meine Kusine, immer noch eine meiner Beschützerinnen, versucht zunächst, mich zu beruhigen, ist dann selbst den Tränen nahe und ruft meinen Namen. Bei ihrer von Tränen erstickten, warmen Stimme breche ich in bitteres Schluchzen aus und drücke mein Gesicht in ihren Schoß. Ohne zu wissen, was passiert ist, streicht mir die Kusine ununterbrochen über den Rücken.

Nachdem ich so aus jener Gasse und dem abgelegenen Zimmer weggelaufen bin, wage ich es nicht, wieder dorthin zurückzugehen. Die Kusine bringt meine Tasche und meine Sachen in ihr Zimmer, da ich auf keinen Fall noch einmal in dieses Haus gehen kann. Sie sagt, es sei kein Problem, es sei in Ordnung. Doch sie zittert selbst dabei.

Noch bevor das Gebäude auf dem unbebauten Platz fertig wird, kommt der älteste Bruder aus Chungmu zurück und zieht, ohne die Perücke an der Dachbodentür mitzunehmen, nach Taerim-Dong um.

Wie man mit dem namenlosen Tod umging? Das Geheimnis, daß die Tür von außen zugeschlossen war, auch wenn man ein Testament in ihrem Zimmer fand? Ich schrieb es auf: Seither träumte ich oft, daß die Decke zum Dachboden herunterstürze..., erinnerte mich an die zwischen Angst und Traurigkeit schwankende Verzweiflung jenes Mannes und vergaß sie wieder. - Ich habe ihr gesagt, sie soll das Kind abtreiben. Damit habe ich nicht gemeint, daß wir auseinandergehen sollten, ich meinte nur... noch nicht... noch nicht... - Aber ich glaubte nicht, seine Worte trügen Schuld daran, daß ihr Körper den Maden zum Opfer fiel. Ihr vages Lächeln... Ihre schmale, kaum mehr handbreite Taille... Die Summe von einer Million und soundsoviel Won in ihrem hinterlassenen Sparbuch... Der Mann hatte gesagt, daß sie das Kind abtreiben solle... Ich ließ sie, die vage lächelte oder zu dieser Zeit vielleicht leise geweint haben könnte, in ihrem Zimmer, ihre Schülerinnenschuhe, die sie nicht einmal sechs Monate getragen hatte, auf dem Wandbrett, ich ließ sie da drin und schloß das Zimmer ab.

Wir geben das abgelegene Zimmer auf und ziehen in das Uchin-Apartmenthaus in Taerim-Dong ein. Es ist ein altes Haus, das elektrisch geheizt wird. Der älteste Bruder muß die Wohnung mit der Abfindung und dem Kredit, den er von seiner Firma erhalten hat, gemietet haben. Die Wohnung hat sogar zwei Zimmer. Das Telefon ist auch schon bestellt. Nachdem der Bruder den ganzen Haushalt aus dem abgelegenen Zimmer in die neue Wohnung gebracht hat, holt er mich bei der Kusine ab. Der dritte Bruder kommt auch vom Bauernhof zurück und meldet sich wieder an der Universität an. Seit dem Einzug in diese alte Mietwohnung habe ich, abgesehen von dem abendlichen Schulbesuch, Angst vor dem Ausgehen bekommen. Ich kann es auch nicht aushalten, daß jemand sich mir zu nähern sucht. Ich will niemanden sehen. Den ganzen Tag sitze ich allein zu Hause, decke dann abends für die Brüder vorsorglich den Tisch, bedecke ihn mit einem Tuch und fahre mit dem Bus zur Schule. Die Kusine ist die einzige, die von meiner Vorbereitung auf die Aufnahmeprüfung an einer Hochschule weiß.

Ich, die Neunzehnjährige, sitze den ganzen Tag entweder am Schreibtisch in der leeren Wohnung oder liege bäuchlings auf dem Zimmerboden. Es regnet und hört dann wieder auf. Das klare Sonnenlicht des Herbstes dringt durch das Fenster herein. Ich ziehe den Vorhang zu, weil es im Zimmer zu hell ist. Aus Müdigkeit bin ich unversehens eingeschlafen, fahre aber erschrocken auf. In einem kurzen Traum sah ich sie, ihren erschlafften Körper, der von Maden wimmelt. Ich bin von oben bis unten von kaltem Schweiß bedeckt. Ich komme mir vor wie eine Teichschnecke. Ich stehe mit Mühe auf, schiebe den Vorhang beiseite und öffne das Fenster. Das klare Sonnenlicht nach dem Regen bescheint die Fassade vom fünften Stock bis zum Erdboden. Als ich diese Helligkeit sehe, presse ich irgendwann unbewußt die Kiefer zusammen. Sofort schießt mir ein Gedanke eiskalt durch den Kopf, und schon sehe ich mich auf dem Boden ausgestreckt. Vor Schreck schließe ich hastig das Fenster.

Ich werde plötzlich extrem schweigsam. Es gibt Tage, an denen ich kein Wort rede. Die Linkshänderin An Hyang-Suk und die Hegel-Leserin Mi-Seo versuchen vergeblich, mich zum Sprechen zu bringen und ärgern sich - unverständlicherweise - über mich. Meine Kusine versucht nicht, mich gegen meinen Willen zum Reden zu bringen. Lieber schweigt sie selbst. Obwohl sie neugierig sein muß, stellt sie keine Fragen über Hi-Chae. Ebenso der älteste Bruder. Er mag gedacht haben, selbst eine flüchtige Erwähnung ihres Namens könnte mir wehtun, weil ich sie so sehr gemocht hatte.

Einmal saß ich auf einer Hochzeit von Verwandten neben der Kusine beim Nudelessen, und sie wollte aus Gewohnheit ihr Ei in meine Schüssel tun (zu unserer gemeinsamen Zeit mochte ich das hartgekochte halbe Ei auf normalen Nudeln, Zolmyon oder kalten Nudeln besonders gern), ließ es aber versehentlich auf den Boden fallen. In dem Augenblick rief sie kurz „ah", und nannte mich sogar zweimal liebevoll beim Namen. Die Kusine, die inzwischen die Frau eines Piloten geworden ist, sah mich an, als ob sie sich spontan an etwas erinnere, wandte aber den Blick zurück und sagte bloß: „Essen wir jetzt." Ich schaute aber zerstreut in die Nudelschüssel. Schon spürte ich, wie mir die Zeit von damals näherrückte. Jene Zeit, in der wir zu dritt in der Garküche für Mehlspeisen auf dem Markt in Karibong-Dong auf die bestellten Nudeln mit Chilisoße gewartet hatten. Als die drei Portionen gebracht wurden, hatten die Kusine und Hi-Chae gleichzeitig mit den Eßstäbchen ihr Ei in meine Schüssel tun wollen. Nicht, weil sie das Ei nicht gemocht hätten, sondern, weil ich es so gerne aß. Die Arme der beiden, die gewohnheitsmäßig ihr Ei in meine Schüssel legen wollten, hatten sich berührt, und die Eihälften waren auf den Boden gefallen.

In der alten Mietwohnung, in der wir bis zur Heirat des ältesten Bruders bleiben sollten, schleiche ich mit meinem Kissen in das Zimmer der schlafenden Brüder, wenn ich mitten in der Nacht aufwache. Unter den Atemgeräuschen der Brüder versuche ich, wieder einzuschlafen. Nur wenn ich ihren Atem höre, kann ich Unruhe und Einsamkeit, die sich jeden Tag immer deutlicher bemerkbar machen, vergessen. Erst wenn das Atemgeräusch meiner Blutsverwandten, die mich niemals verlassen würden, mein Herz erfüllt, kann ich wieder einschlafen.

In der Gruppe der Tagesschülerinnen lege ich den Sporttest ab. Der Herbsttag ist wunderbar klar. Ich, die Neunzehnjährige, trage einen blauen Sportanzug mit V-Ausschnitt. Das Lüftchen, das mir übers Gesicht streicht, ist erfrischend und weich. Der Geruch der Baumblätter, der sich mit dem Wind vermischt, ist sogar süß. Wir sind gerade bei den Rumpfbeugen. Sechs Schülerinnen, die jeweils eine Gruppe bilden, legen sich nebeneinander auf die Turnmatte. Los! Die Arme hinter dem Kopf verschränkt, müssen wir mit den Ellbogen in rascher Folge die angewinkelten Knie berühren.

Nach dem sechsten Mal konnte ich meinen Oberkörper nicht mehr hochbekommen.

Irgendwann taucht Hi-Chaes Gesicht aus durchsichtigen und klaren, weißen Wolken auf. Es nähert sich, wenn ich meinen Oberkörper vom Boden aufrichte, und entfernt sich, wenn ich mich wieder hinlege. Ich gebe es schließlich auf, den Oberkörper schnell aufzurichten, bleibe auf der Turnmatte liegen und schaue in die weißen Wolken. Unwillkürlich rollen mir die Tränen herunter. Der Lehrer, der die Leistungen der Schülerinnen für den Protokollführer festzustellen hat, mochte denken, ich weine, weil ich mit meiner Leistung nicht zufrieden sei. Denn er setzt meine Zahl herauf und ruft aus: „Zwölfmal!"

Vielleicht habe ich deswegen 18 von 20 erreichbaren Punkten für den Test bekommen.

Die Studienberechtigungsprüfung muß ich zusammen mit Leuten machen, von denen ich niemanden kenne. Es gibt mehr Fragen, deren Lösung ich nicht weiß, als solche, die ich beantworten kann. Die letzte Prüfung ist in Mathematik. Ich, die Neunzehnjährige, liefere das Lösungsblatt ab, ohne die Fragen auch nur gelesen zu haben. Als ich als erste aus dem Prüfungszimmer komme, warten die Begleiter der Prüflinge vor dem Schultor. Da ich mit niemandem gerechnet habe, der meinetwegen da sein könnte, komme ich gar nicht auf die Idee, unter den Leuten nach meinem Beschützer zu suchen, doch da ruft eine vertraute Stimme meinen Namen. Es ist der dritte Bruder.
„Älterer Bruder!"
Begeistert renne ich zu ihm hin. Der dritte Bruder hat sich sogar von irgendwoher eine Thermosflasche besorgt und steht mit Kaffee da.

So tauchten die Brüder in unerwarteten Augenblicken oder an unvermuteten Orten auf und riefen meinen Namen. Dann streichelten sie mir das Gesicht und die Hände, die seit dem Weggang aus dem abgelegenen Zimmer vorzeitig zu altern schienen.

Seit ich an dieser Arbeit schreibe, überkam mich ab und zu das Gefühl, von jemandem beobachtet zu werden. Dann drehte ich mich in unheimlicher Anspannung um. Eine Zeitlang kam es mir vor, als ob mich der gewisse Blick fast zu einer bestimmten Uhrzeit heimsuchen würde. Dann war ich zu manchen Handlungen nicht mehr imstande. Ich konnte nicht schlafen, die Wohnung nicht sorgfältig abschließen, wurde der Tatsache überdrüssig, daß man für andere offen sein muß, und konnte den Menschen nicht mehr freundlich begegnen. Jetzt, wo ich hinter diese Arbeit einen Schlußpunkt zu setzen gedenke, wird mir klar, daß die Person, von der ich mich beobachtet fühlte, ich selbst war, daß ich mich selbst mit dauernder Zurückhaltung angesprochen habe.
Der August hat angefangen. Ich habe nichts mehr zu sagen. Ich müßte diese Arbeit nun dem Verlag abliefern, aber mein anderes Ich flüstert mir zu: von Anfang an neu, von Anfang an neu... Hartnäckig flüstert es: von Anfang an neu. Von Anfang an neu... Von Anfang an... Von Anfang an... neu... Von Anfang an neu...
Beim Niederschreiben gewisser Ereignisse gelingen manche Stellen nicht so, wie man es sich wünscht. Die wichtigen Teile für eine Offenlegung der Dinge sind verkürzt, die nebensächlichen geraten wiederum breit und lang. Obwohl ich es

bin, die etwas schreibt, läßt es sich nicht durch meinen Willen steuern. Wegen der unaufhörlich auftauchenden oder wieder verschwindenden Bilder. Doch nun denke ich, was ich auch immer erzähle, es darf von jetzt an nicht mehr lediglich auf mich bezogen sein.

In Wahrheit möchte ich noch einmal an jenen Ort gehen, bevor ich diese Arbeit beende. Als ich sie begann, wußte ich nicht, daß ich je zu diesem Punkt gelangen würde. Seitdem ich einzig mit dem Leuchtbärchen von Chang von jenem Ort weglief, habe ich die Gegend nicht einmal auch nur gestreift. Ich habe mich derart bemüht, nicht an das Zimmer im Abseits zu denken, daß Zeit und Raum von damals irgendwann wirklich in meinem Inneren verblaßt zu sein schienen. Aber wenn ich einmal von Hi-Chae träumte, wurde in mir alles wieder lebendig. Das Herz klopfte, der Atem ging mir fast aus, und das jähe Erwachen verwirrte mich. Nun aber ruft mich in meinem Inneren jener dunkle, feuchte Schuppen. Er flüstert, man brauche nur vom Seoul-Bahnhof oder Chonggak die Bahn nach Suwon zu nehmen und an der Karibong-Station auszusteigen. Wenn man nicht den direkten Weg zum Dritten Industriekomplex einschlägt, sondern die Treppen zum Design-Verpackungs-Center hinuntergeht, gelangt man an den unbebauten Platz. Ob es das Fotostudio noch gibt, in dem meine Kusine sich die Kamera auslieh? Ob es die Garküche noch gibt, in der mir der älteste Bruder Schweinebauch kaufte? Ist die alte Frau von dem Laden wohl noch am Leben? Befindet sich die Endstation des Linienbusses 118 immer noch neben dem unbebauten Platz? Was mag aus dem Hochhaus geworden sein, das auf diesem Platz gebaut wurde? Ob das Haus mit den siebenunddreißig Zimmern noch steht? Ob der Kunststoffeimer noch immer auf der Dachterrasse umgestülpt liegt? Und die Wäscheleine?

Ich rief einen Bekannten an, um dem wie eine Lawine anwachsenden Gedanken zu entkommen, bei jenem abgelegenen Zimmer vorbeischauen zu müssen: „Ich will heim aufs Land fahren, kannst du mich zum Fernbusbahnhof bringen?" Er nahm bereitwillig mein Gepäck und brachte mich hin. Als wir dort ankamen war es 10:20 Uhr, und am Schalter wurden die Fahrkarten für den 10:40 Uhr-Bus verkauft. Ich holte mir zunächst eine Karte für die Abfahrt um 10:40 Uhr, tauschte sie aber dann gegen eine um 11:00 Uhr um. Es hätte mir leid getan, mich einfach so von meinem Begleiter zu verabschieden. Im Bahnhofscafé, wo man die Tische unordentlich herumstehen ließ, tranken wir noch einen Kaffee. Als ich in den Bus einstieg, rief er mir nach: „Gute Reise!" und winkte mit der Hand. Und als der Bus gerade die Raststätte hinter sich hatte, passierte etwas. Obwohl es bis zur Ausfahrt nach Chongup noch lange dauern würde, hielt der Fernbus auf der Autobahn an. Die Tür ging auf, und Leute stiegen schweißbedeckt ein. Wahrscheinlich hatte der Bus vor uns einen Unfall gehabt. Ich dachte mir nicht viel dabei, aber als ich dann die Glasscherben auf der Autobahn sah, schoß es mir durch den Kopf: der Bus vor uns? Es war der Bus um 10:40 Uhr. Es war der Bus, den ich übersprungen hatte, weil es mir leid getan hätte, mich so unvermittelt von meinem Begleiter zu verabschieden. Ohne dieses Empfinden hätte ich also den Unfallbus genommen. Am hellichten Tag stand der stark beschädigte Bus auf der Autobahn. Menschen sollen verletzt und ins Krankenhaus eingeliefert worden sein. Ich sah plötzlich das Gesicht meines Bekannten vor mir.

Wenn ich im Sommer in meinem Elternhaus auf dem Land bin, gibt es die Gerichte, die ich am liebsten mag: die zarten Stiele der Batatenpflanzen, die man einzeln geschält und wie Kimchi zubereitet hat, und die Sojabohnenpaste mit Teichschnecken. Das sind die Gerichte, die die Mutter im Sommer häufig auf den Tisch brachte, bevor ich von zu Hause fortging. Die Mutter schien sie für nichts Besonderes zu halten, die Zubereitung machte ihr offenbar keinerlei Mühe, doch als ich später in der Stadt versuchte, es selber genauso zu machen, wollte das Essen nicht so richtig schmecken. Wie wunderbar es geschmeckt hat, wenn man die Teichschnecken aus dem Sumpf in der Soße aus Sojabohnenpasten weich kochte, die grob geschnittenen jungen Rettiche dazu gab, alles zusammen einfach mit gekochtem Reis vermischte und aß! Was ich fürchtete, waren junge Chilis. Wenn die Brüder eine große Schote in die deftig gewürzte Paste tauchten und einfach davon abbissen, schaute ich sie an. Ihr werdet gleich in Tränen ausbrechen, dachte ich dabei. Doch es zeigte sich keine Spur von Tränen, vielmehr griffen sie mit der anderen Hand schon nach einer weiteren Chili.

Die Mutter war damals wie heute eigensinnig. Ich hätte wirklich gern Kimchi aus den zarten geschälten Stielen der Batatenpflanze und die Soße aus Sojabohnenpasten mit Teichschnecken gegessen, doch die Mutter ließ sich nicht davon abhalten, den Vater zum Fleischholen ins Dorf zu schicken. Er brachte mit dem Motorrad reichlich davon. Für Bulgogi und Rinderknochenbrühe. Die Mutter stellte im Hinterhof einen weißen Topf auf den Gaskocher und zündete die Flamme an, um die Knochen gründlich auszukochen. Dann erklärte sie voll Bedauern, an den Ranken der Kürbispflanze, die sie am Rand des kleinen Reisfeldes gezogen hatte, sei so ein Kürbis (sie beschrieb dabei mit ausgestreckten Armen einen Kreis) jeden Tag größer und schöner geworden, aber nun habe ihn jemand mitgenommen.
„Unsere Ranken und die am Reisfeld der Nachbarn sind ineinandergewachsen, könnte es da nicht sein, daß sie die Ranken verwechselt und so unseren Kürbis mitgenommen haben?"

„Wenn du meinst, kannst du doch hinübergehen und fragen: Haben Sie vielleicht die Ranken verwechselt und versehentlich unseren Kürbis mitgenommen?" Als ich bei ‚mitgenommen' den Mund nach vorne schob und die Silben dehnte, vergaß die Mutter ihren leider verschwundenen Kürbis und lachte so herzlich, daß ihre großen Augen zu Schlitzen wurden.

„Wenn es nicht gerade der erste reife Kürbis für dieses Jahr gewesen wäre. Ich habe doch bei jeder Gelegenheit nach ihm geschaut und mir gesagt, wenn das Prachtding richtig reif ist, werde ich es für mein liebes Töchterchen ordentlich kochen, aber sieh einer an, da hat ihn einfach jemand mitgenommen!"

Die Mutter machte sich Sorgen um mich, weil ich häufig ein geschwollenes Gesicht und einen geschwollenen Fuß bekam, und kochte jedes Jahr nach der Ernte dicke Kürbissuppe, um mir einen Kessel voll in die Stadt zu bringen.

Nach dem Abendessen saßen die Mutter und der Vater um die aufgeschnittene, rote Wassermelone herum und sprachen lange über das Haus. Der Vater sagte, er wolle ein neues Haus bauen. Da man das alte immer wieder umgebaut habe, sei es hier und da schief, so daß man sich nicht mehr so recht behaglich fühle, beinah als wohne man bloß vorübergehend darin. Und wenn ein Gast da sei, habe man noch nicht einmal ein geeignetes Zimmer für ihn. Die Mutter war aber gegen ein neues Haus. Unser Haus gehöre doch zu den ansehnlichen Häusern im Dorf, da würden die Leute es uns übelnehmen, wenn wir das Haus niederrissen und ein neues bauten. Allein die kurze Holzdiele lasse die Sonne direkt ins Zimmer dringen, so wäre es besser, nur die Holzdiele etwas zu verlängern. Ich schwankte ständig, indem ich zuerst der Mutter, dann aber wieder dem Vater recht gab. Die Mutter meinte, wozu er denn bloß ein neues Haus bauen wolle, wo sie doch nun ihr Leben fast hinter sich hätten. Sollten sie soviel Geld haben, wollten sie es lieber dafür ausgeben, ihrem jüngsten Kind, wenn es nach dem Schulabschluß heiraten würde, eine Wohnung mit einer hohen Kaution zu besorgen, um es von monatlichen Mietzahlungen zu befreien. Der Vater meinte wiederum, er könne sich nicht vorstellen, von diesem Haus wegzugehen und irgendwo anders zu wohnen. Wenn er jetzt das Haus nicht neu baue, würde es niemand haben wollen, nachdem er sich einmal aus diesem Leben verabschiedet habe. Ich neigte immer mehr zur Ansicht des Vaters. Nur zum Schein fragte er die Mutter nach ihrer Meinung, innerlich schien er sich bereits entschlossen zu haben. Er ist eine schweigsame Natur. Ich sah ihn zum erstenmal bei einem so langen Gespräch mit der Mutter. Er wollte im Grunde nicht ihre Meinung hören, sondern versuchte nur, sie zu überreden.

„Ich meine, wir wollen doch nicht nur für uns allein bauen. Für uns reicht es, wenn wir ein Dach über dem Kopf haben. Solange wir noch hier wohnen, kommen auch die Kinder noch zu Besuch, aber glaubst du vielleicht, daß sie auch nach unserem Tod kommen? Nur wenn wir ihnen ein neues Haus hinterlassen, kommen sie mal her, auch wenn wir nicht mehr da sind."

„Meine Güte, wer würde hier schon leben wollen, wenn wir nicht mehr da sind?"

„Was macht es denn aus, wenn das Haus leer bleibt? Wir wollen nur, daß jedes von unseren Kindern einen Schlüssel dafür hat. Das älteste, das zweite, das dritte, das vierte, das fünfte und das sechste..."

Als zähle der Vater die Sterne, zählte er uns Geschwister einzeln auf.

„Es sind schon sechs. Wenn sie also nacheinander hierherkommen, dann ist das bereits sechsmal im Jahr. Und sie würden auch gern kommen, wenn hier ein neues Haus stünde. Wenn sie sich nicht in Seoul treffen können, könnten sie sich hier sehen."

Mein Herz neigte sich immer mehr dem Vater zu. Er überredete nicht die Mutter, sondern er veränderte mich, während ich den beiden zuhörte.

Als ich im Nachtwind den langen Überlegungen des Vaters lauschte, stiegen Fragen in mir auf: Was wohl mein erstes Spielzeug gewesen war, wem mein erstes Lächeln gegolten haben mag, an welcher Kante ich mich beim ersten Schritt festgehalten hatte und von welcher Farbe die Schuhe gewesen waren, in denen ich zum erstenmal vor die Hoftür getreten bin.

Mitten in der Nacht wachte ich auf.. Vielleicht wegen der Wassermelone, die ich noch vor dem Schlafengehen gegessen hatte, spürte ich ein dringendes Bedürfnis. Ich öffnete die Tür des Gemeinschaftszimmers, kam durch den Flur, ging über den Hof bis zur Toilette, und erst da fiel mir ein, daß die alte Toilette verriegelt worden war, weil man vor dem Platz für die Töpfe mit Sojabohnen- und Chilipasten nun einen neuen Waschraum gebaut und dort ein Wasserklosett eingerichtet hatte. Obwohl der Umbau schon lange zurücklag, konnte ich mich an die neuen Dinge im Haus nur schwer gewöhnen. In meiner Not hockte ich mich unter den Persimonenbaum und betrachtete dabei die Sommersterne, die dicht nebeneinander am Nachthimmel standen. Von wem stammt der Satz, daß die unausgesprochenen Worte aus dem Herzen zum Himmel steigen und zu Sternen werden? Kleine Dinge wirken traurig, wenn sie eng beieinander sind: Kieselsteine, Sandkörner, Reiskörner und Muschelschalen. Auch mit den Sternen ist es nicht anders! Doch im Unterschied zu Kies, Sand, Reis und Muscheln leuchtet jeder Stern auf seine eigene Art.

Ich konnte nicht gleich ins Zimmer zurück, sondern blieb auf der Holzdiele sitzen, wobei mein Blick auf den Brunnen weiter vorne fiel. - Nun gibt es keinen Eimer mehr am Brunnen. Ein Motor pumpt das Wasser herauf und läßt es in kräftigem Strahl durch den Wasserhahn ins Spülbecken der Küche laufen. - Der Brunnen drängte sich immer mehr in mein Blickfeld. Mit schleppenden Schritten ging ich über den Hof zum Brunnen. Ich zog die Schieferplatte vom Brunnenschacht herunter und schaute bedächtig hinein. Es war nur finster. Weil der Brunnen dauernd abgedeckt war, stieg einem der feuchte Moosgeruch sofort in die Nase. Als wir das Wasser noch mit dem Eimer heraufgezogen hatten, wären wir nie auf die Idee gekommen, den Brunnen zuzudecken. Damals hatte man bereits auf dem Weg zum Brunnen die Kühle des Wassers spüren können. Ich setzte mich hin und legte meinen Arm auf den Brunnenrand.

Als Kind fand ich den Brunnen sehr tief. Wenn ich heulte, schüchterte mich die Mama mit der Geschichte ein, das Brunnengespenst würde gleich aus dem Brunnen kommen und mir nachlaufen mit dem Ruf: 'Komm mit, komm mit.' Ich hatte allerdings keine Angst vor diesen Worten. Da ich den Brunnen mochte, konnte ich mir vorstellen, auch mit dem Brunnengespenst gut Freund zu sein, wenn es wirklich ein solches geben sollte. Ich dachte, ein Gespenst in einem Brunnen, der in seinem tiefen Abgrund den Himmel versteckthält, müßte dem Brunnen wesensverwandt sein. Lebhaft stieg die Erinnerung in mir auf, wie ich beim Wasserschöpfen den triefenden Schöpfeimer abstellte und dann, so wie jetzt, dahockte und ruhig in den Brunnen hinunterschaute, um den von ihm versteckten Himmel zu sehen. Als ich noch in diesem Haus wohnte, liebte ich den Brunnen und den Schuppen am meisten. Dort konnte ich nämlich etwas oder mich selbst verstecken. Was ich nicht an meinem Körper verstecken konnte, versteckte ich in dem Brunnenschacht. Die Mundharmonika des älteren Bruders oder die Broschen der Mutter. Den Goldfisch, den der Vater aus dem Sumpf geholt hatte, oder die Azaleenblätter vom Frühlingsberg.

Ich legte mein Gesicht auf den Arm am Brunnenrand und schaute lange in den Brunnenschacht hinein.

Wenn man am Flußufer entlanggeht, stößt man überall an Kiesel. Während ich in den Brunnen schaute, stieß ich ständig wie an die Kiesel auf alle möglichen Gedanken.

Die Miene von Yun Sun-Im, als ich sage, ich wolle kündigen. Sie meint, ich solle doch noch warten und nicht auf meinen Lohn und meinen Rentenausgleich verzichten.

„Ich habe aber keine Zeit."

„Keine Zeit? Wieso?"

„Ich darf studieren."

„Du willst auf die Hochschule?"

„Wenn ich die Aufnahmeprüfung schaffe."

Yun Sun-Im versucht nicht mehr, mich von meinem Vorhaben abzubringen. Im Ankleideraum nehme ich meine rotbraune Winterarbeitskleidung vom Bügel, um sie zu waschen. Denn man muß die blaue Sommerkleidung und die rotbraune Winterkleidung abgeben, wenn man kündigen will.

Beim Zusammenlegen der gewaschenen und in der Sonne getrockneten Arbeitskleidung stecke ich, die Neunzehnjährige, die Hand in die Taschen. Wer hat wohl die Taschen in der Kleidung erfunden? Die Taschen der Arbeitskleidung, die mich die vier Jahre lang getröstet hat, in denen ich auf meiner Stechkarte der Dongnam Elektro AG die reguläre Arbeitszeit blau und die Überstunden und Sonderschichten rot abstempeln ließ. Die Taschen, in die ich gewohnheitsmäßig meine Hände steckte, als ich nach der Erklärung meines Austritts aus der Gewerkschaft aus dem Büro kam, wenn ich die Überstunden nicht verweigern konnte, wenn mich der Vorarbeiter ausschimpfte und wenn ich auf die Dachterrasse essen ging.

Als ich nach der Kündigung und Rückgabe der Arbeitskleidung den Haupteingang der Dongnam Elektro AG passiere, läuft mir Yun Sun-Im nach.

„Was hältst du davon, wenn du hier lernst?"

„…"

„Du brauchst doch nicht unbedingt zu Hause zu lernen. Ich meine, es ist doch schade um deinen Monatslohn und deinen Rentenausgleich. Deine Kusine hat ja auch nichts bekommen."

„Bitte, kümmere du dich für mich darum."

„Na, du bist gut. Du weißt doch über die Lage der Firma Bescheid. Was glaubst du, warum die gekündigten Arbeiter jeden Tag hierherkommen? Sie fürchten, daß ihnen die Firma ihr Geld nie mehr auszahlt, wenn sie sich nicht ständig blicken lassen. Da es der Firma derart schlecht geht, können sich die Bank oder die Regierung nicht mehr lange ahnungslos stellen. Die Bank oder die Regierung werden zumindest den Rentenausgleich auszahlen, wer auch immer die Verwaltung übernehmen wird. Also, was hältst du davon, wenn du bis dahin hier lernst?"

„…"

„Nur eine Zeitlang bräuchtest du noch auszuhalten…"

Yun Sun-Im beteuert noch einmal, daß man nicht unbedingt zu Hause lernen müsse. Ich, die Neunzehnjährige, sage ihr, ich würde es schon so machen, wie sie sage.

Am nächsten Tag will ich aus alter Gewohnheit die Stechkarte stempeln. Die Hand, die wie von selbst danach an die Stelle greift, wo die Karte nun nicht mehr ist, wirkt überflüssig. Nur in der Fertigungshalle für Fernseher wird noch gearbeitet. Auch dort ist allerdings von zwei Produktionsreihen nur noch eine in Betrieb. Ich sitze auf der Dachterrasse, auf der Bank, in der Kantine oder an einem ruhigen Ort, um aus dem Fragenheft für Koreanisch zu lernen, ehe ich wieder heimgehe. Hin und wieder schaue ich bei den gekündigten Leuten vorbei, die herumstehen und diskutieren.

Eines Abends fragt der älteste Bruder, warum ich noch immer zum Betrieb ginge, obwohl ich doch bereits gekündigt hätte. Auf meine Antwort, ich ginge, um meinen Rentenausgleich nicht zu verlieren, seufzt er und fügt hinzu: „Geh nicht mehr hin. Um das Geld ist es sicher schade, aber für dich ist es nun wichtiger, Zeit zu sparen und zu lernen." Dennoch gehe ich in den Betrieb, und der Bruder wird wütend, der schäbige Ausgleich könne doch nicht so wahnsinnig viel bedeuten.

Ich gehe heimlich noch einen Tag in den Betrieb, um Yun Sun-Im zu sagen, daß ich nun nicht mehr kommen könne.

„Dein Bruder hat unrecht. Für uns ist der Rentenausgleich doch wichtig. Unabhängig davon, wieviel er ausmacht."

Ich fühle mich ihr gegenüber irgendwie schuldig und lasse schweigend den Kopf hängen. „Wir sehen uns bestimmt wieder", sagt Yun Sun-Im und läuft mir lächelnd nach, als ich mich verabschiede: „Früher hätte man den Abschied gefeiert." Ihre Stimme, die mir im Ohr geblieben ist.

Yun Sun-Im... Seitdem habe ich sie nie wieder gesehen.

Sie ist bestimmt nicht in jenes Genrebild der Fabrik eingeschlossen. Irgendwo in diesem Land wird sie wohl in den Besitz eines Hauses gelangt sein. Denn auch wenn sie am Fließband saß, roch es bei ihr nach einem Zuhause. Auch wenn sie die völlig verknoteten Kabel einer noch so komplizierten Stereoanlage stundenlang durch neue Kabel ergänzte, sie miteinander verband, änderte und lötete, konnte man sie Sellerie ernten oder Knoblauchzehen schälen sehen. Sie muß sich irgendwo ihr Zuhause als gemütliche Höhle eingerichtet haben. Sie wird wohl die sich anhäufende Wäsche einsammeln, waschen, auswringen, an der Luft trocknen und zusammenlegen. Sie muß die Säuglingskleidchen ihres ersten Kindes in weißes Baumwollzeug eingewickelt, gut aufgehoben und dann dem zweiten angezogen haben. Im Sommer wird sie in den Keller, in dem die Haushaltsgegenstände gestapelt sind, hinuntersteigen, um den Ventilator zu holen, und halb hockend mit schweißbedecktem Nacken ins Bügeln vertieft sein. Nachdem sie abends den Tisch gedeckt hat, muß sie die noch nach Gewürzen riechenden Hände an der Schürze abreiben und vors Haus treten, um ihr Kind zu rufen. Sie muß mit ihren etwas schmalen, halbgeschlossenen Augen manchmal auf den Kreislauf der Natur gehört haben, eines Tages gar mit dem Fahrrad die Straße hinuntergerast sein und sich inzwischen mit ihrer inneren Ruhe und Kraft ein schönes Heim geschaffen haben. Sie kann bisher niemandem oberflächlich begegnet sein. Und auch jetzt bemüht sie sich bestimmt irgendwo, die anderen zu verstehen und somit die Leere unverbindlicher Begegnungen zwischen Menschen zu vermeiden. Die Tätigkeiten der Frauen zu Hause... So war es. Selbst am Fließband waren ihre Bewegungen von der Sehnsucht nach dem traditionellen Familienleben und nach Friedfertigkeit durchdrungen.

Es war Herr Choi Hong-Ih, der mich auf die Seoul-Kunsthochschule am Nam-Berg hinwies. Es gebe dort das Fach Literarisches Schreiben. Meine Noten bei der Studienberechtigungsprüfung sind sehr schlecht. Für die universitären Aufnahmeprüfungen des ersten und auch des zweiten Termins bewerbe ich mich erst gar nicht. Ich, die Neunzehnjährige, habe die Kandidatennummer hundertfünfundfünfzig. Die praktische Klausur besteht aus dem Verfassen eines Textes. Das vorgegebene Thema heißt Traum. Jeder kann zwischen Prosa oder Lyrik wählen. Ich schreibe über die Lehrerin, für die ich in der vierten Klasse der Grundschule geschwärmt habe. Die Lehrerin, die in Naturkunde endlos von den traurigen Sternzeichen erzählt habe, sei ein trefflicher Mensch gewesen, und mein Traum sei es, ein Mensch zu werden, der wie die Lehrerin anderen solche Geschichten erzählt. Bei der mündlichen Prüfung sagt der Prüfer, der später mein Lehrer werden sollte, zu mir, der Neunzehnjährigen: „Hm, Ihre Noten bei der Studienberechtigungsprüfung sind mäßig." Als ich den Prüfungsraum verlasse, gehen mir diese Worte nicht aus dem Kopf. Nun ist wohl alles vorbei, sage ich mir, während ich den Nam-Berg hinunterlaufe und vergeblich gegen die Tränen ankämpfe. Vor dem Kaufhaus *Lotte* muß ich den Bus nach Hause nehmen. Ich finde den Weg von der Toegyero zum Kaufhaus *Lotte* nicht, sondern laufe in der Gegend des Namdaemun-Markts, wie in einem Labyrinth, ständig im Kreis herum. Aus der Unterführung kommend, stelle ich fest, daß ich genau wieder dort bin, wo ich vorhin schon war. Ich gehe wieder in die Unterführung zurück und komme heraus, um mich wiederum an der Stelle zu finden, die ich gerade verlassen habe. Zu Hause weine ich unter der Decke. Als mich der dritte Bruder fragt, ob es bei der mündlichen Prüfung gut gegangen sei, versetze ich ihn in Erstaunen, indem ich ihn giftig anfauche: „Laß mich in Ruhe!"
Es ist der dritte Bruder, der zur Hochschule geht, wo die Namen der Kandidaten, die bestanden haben, aushängen. Denn jedesmal, wenn ich in der fremden Gegend bin, verlaufe ich mich hoffnungslos und finde nicht so leicht zurück. Der Bruder teilt mir per Telefon mit, ich hätte bestanden. Er gratuliere mir.

Als ich eine frischgebackene Studentin geworden bin, sagt der älteste Bruder eines Tages zu mir, er mache eine Geschäftsreise. Am nächsten Tag ruft er, der eigentlich auf seiner Geschäftsreise sein sollte, von der Mutter in Chongup aus an. - Es muß an einem Samstag gewesen sein. - Er sagt, er werde sich morgen verloben und ich solle nach Hause kommen. Verloben? Obwohl ich es kaum glauben kann, scheint es auch nicht gerade ein Witz zu sein, und so fahre ich mit dem Nachtzug nach Hause. Mir bleibt keine Zeit, der Kusine Bescheid zu sagen. Am nächsten Tag sitze ich in einem Lokal in Chongup zum erstenmal der Frau gegenüber, die die Verlobte des Bruders werden soll. Es ist der Verlobungsort, wir betrachten uns also von Anfang an beinahe als Familienangehörige. Sie hat große Augen, eine weiße Haut und ist klein und zierlich. Selbst der älteste Bruder scheint von seiner Verlobten kaum mehr zu wissen als dies. Darüber hinaus weiß er nur, daß sie in Seoul studiert hatte und nach dem Abschluß daheim bei ihrem Vater gelebt hat und so einfühlsam ist, daß sie sogar ihren äußerst schwierigen Vater so gut zu nehmen wußte, daß es niemals zu Spannungen kam. Was hätte er sonst auch wissen können, wo er sie doch erst am Freitag durch eine Partnervermittlung kennengelernt hat und sich nun am Sonntag schon verlobt. Mir gefällt seine Verlobte auf den ersten Blick. Aber bis zum zeremoniellen Anschneiden der Festtagstorte kann ich an die Verlobung des ältesten Bruders nicht glauben und stehe bloß herum. Als er ihr dann den Verlobungsring an den Finger steckt, fange ich an zu schluchzen. Da die Tränen nichts mit meinem Willen zu tun haben, kann ich auch nicht damit aufhören. Die Anwesenden schauen mich an. Die Mutter kommt zu mir und sagt, ich solle doch bitte damit aufhören. Aber ich habe keine Kontrolle über mein Schluchzen. Auch die trostspendende Mutter bekommt langsam rote Augen. Unter solchen Umständen verloben sich die beiden und heiraten genau einen Monat später. Bei der Hochzeit des ältesten Bruders schluchzt nun die Kusine, so wie ich bei seiner Verlobung. Sie schluchzt dermaßen, daß ich sie nun trösten muß.

Die Frau des Bruders ist fleißig, hat klare Augen und ein gutes Herz.
Auf einmal werde ich von ihr mit 'Gnädige Schwägerin' angesprochen. Sowohl das Schneidebrett wie auch das Küchenmesser gehören nun ihr. Erst da wird mir bewußt, wie gern ich eigentlich das stumpfe Messer geduldig auf dem kleinen Schleifstein wetze, den uns der Vater gegeben hat, oder den Reis gründlich wasche, um ihn im Topf zu kochen, oder auch den Rettich schön gleichmäßig schneide, um ihn dann zu würzen. Mir wird bewußt, daß es mich eigentlich über die tiefe, innere Einsamkeit hinweg tröstet, wenn ich geschäftig mit der Hand die Spelzen aus dem Reis lese. Liegt es daran, daß mein Zimmer der Küche am nächsten liegt? Ich darf nun keine Küchenarbeit mehr erledigen und fange an,

die kleinste Bewegung der Schwägerin in der Küche wahrzunehmen. Das Geräusch, das entsteht, wenn sie sich die Hand an ihrer Schürze abwischt oder wenn ihr Kleid den Kühlschrank streift. Ich kann von meinem Zimmer aus sogar erraten, ob sie von der Leiste, an der die Küchengeräte in einer Reihe hängen, nun den Suppenschöpfer, das Reissieb oder den Reisspachtel nimmt. Eines Tages klebe ich im Morgengrauen mein Fenster mit schwarzem Zeichenpapier zu. Das Licht wird hinter das Papier zurückgedrängt, und das Zimmer wirkt wie eine Höhle. Wenn ich aus dem Haus bin, nimmt sie das Papier vom Fenster ab. Sobald ich zurück bin, klebe ich es wieder an. Sie nimmt es erneut ab. Ich klebe es wieder an. Sie kann es wahrscheinlich nicht ertragen. Ausgerechnet in der Wohnung des frischgebackenen Ehepaars, in die hellrote Bettwäsche oder eine schneeweiße Schürze passen würde, ein schwarzes, höhlenartiges Zimmer? Eines Tages hat sie das Papier wieder abgenommen. Ich gehe zu ihr, die gerade die Waschmaschine in Gang setzt, und sage mit zaghafter Stimme, sie möge doch nie wieder mein Zimmer betreten. Sie dreht den Oberkörper zu mir hin.
„Ich kann dich nicht verstehen, Gnädige Schwägerin, was hast du gesagt?"
„Daß du mein Zimmer nicht mehr betreten sollst!"
Diesmal schreie ich brüsk. Ihr, die nach Pijon-Waschpulver riecht, treten die Tränen in die Augen. Der älteste Bruder eilt herbei und führt sie in ihr Zimmer. Etwas später kommt er zu mir herüber. Während er mich mit festem Blick anblickt, sagt er, er möchte mir zur Immatrikulation ein Geschenk machen und fragt, was ich mir wünsche.
Ich antworte, ich hätte gern ein Buch.
„Was für ein Buch?"
„Einen Roman."
Am nächsten Tag kommen die gesammelten Werke der modernen koreanischen Literatur vom Samsung-Verlag. Ich stelle die Bücher, deren Umschlagillustrationen in Beige und Rot gehalten sind, eines nach dem anderen ins Regal, zähle sie dabei und komme auf hundert Bände.

Der Konflikt zwischen der Schwägerin und mir nimmt dank der Bücher schnell ein Ende. Da ich sie lesen will, klebe ich das Fenster nicht mehr mit Zeichenpapier zu, und während ich sie lese, vergesse ich auch die Sache in der Küche.

Als ich mich an die Finsternis in dem Brunnen gewöhnt hatte, wurde das schwarze Wasser sichtbar. Und als ich mich an das schwarze Wasser gewöhnt hatte, wurden die unzähligen Sterne sichtbar, die sich im Wasser widerspiegelten. Sie schwammen auf dem Wasser wie weise Lehrsätze. Auf einmal gerieten die Sterne im Brunnen in Bewegung, als wehte der Wind am Himmel.

Die Sätze, zu deren Tilgung ich kurz vor dem Druck des Essaybands in den Verlag geeilt war, lauteten folgendermaßen:

Ihr Tod, an dem ich unwissentlich mitschuldig war, hinterließ in mir eine tiefe Wunde, die mich regelrecht betäubte. Seine Spuren sind immer noch in mir lebendig. Seither habe ich große Angst davor, mich auf zwischenmenschliche Beziehungen einzulassen. Sie, die mich davon abhielt, mich rasch mit jemandem anzufreunden oder mich enger an jemanden zu binden, ließ die Leere in meinem Herzen entstehen. Ich dachte, wenn ich eine Beziehung zu jemandem aufbauen würde, dann müßte ich ihm sagen, daß ich es war, die jene Zimmertür abgeschlossen hatte. Ich fürchtete auch, eine solche Beziehung könnte mir wiederum und ohne jede Wahlmöglichkeit die Rolle zuteilen, die ich noch heute nicht begreifen kann. Dann dachte ich daran, daß mein Geheimnis irgendwann nach meinem Tod bekannt würde. Daß es bekannt werden könnte, machte mir nichts aus, aber ich hatte Angst davor, daß es verdreht würde. Ich dachte, wenn das Geheimnis nicht verdreht werden sollte, dann müßte mein Leben unangreifbarer als das der bösen Zunge sein, oder ich würde erst gar niemandem etwas davon sagen. Ich entschied mich für letzteres: Sag niemandem etwas, verbinde dich also dann mit niemandem. Was muß ich in meinem Leben Schlimmes verbrochen haben, daß ausgerechnet ich... Klage, Herzensqual und Sehnsucht ließen mich zehn Jahre lang schweigen. Auch danach sprach ich mit keinem Menschen darüber, sondern gestand in einer Erzählung, daß ich das Schloß an jenem Zimmer abgeschlossen hatte. Nun sind noch mehr Jahre vergangen. Jetzt kommt mir das Ganze wie ein Traum vor, weil ich so lange nicht darüber gesprochen, sondern es nur in meinem Innern umhergewälzt habe. Vielleicht könnte es bloß ein Traum gewesen sein..., denke ich auch manchmal. Ja... es kann ein Traum gewesen sein... Wenn meine Gedanken sich darauf versteifen wollen, straft meine Hand sie Lügen. Sie erinnert sich an das Gefühl beim Zumachen des Schlosses und an das Geräusch, mit dem es einschnappte. Ich schaue auf meine Hand. Und ich spreche leise vor mich hin: Auch wenn du dich daran erinnerst, werde ich es niemals aussprechen. Niemals.

Die Erinnerungsfähigkeit des Körpers ist anders als die des Gedächtnisses, kälter, genauer und hartnäckiger. Vielleicht weil er ehrlicher ist.
Als ich vor mehr als zwanzig Jahren in diesem Haus wohnte, lernte ich radfahren. Bis ich auf die Pedale treten und den Hang hinunterfahren konnte, hatte ich mir die Nase verletzt und unzählige Male das Knie aufgeschlagen. Als ich nach derartiger Vorbereitung zum erstenmal mit dem Fahrrad zur Schule fuhr und dann auf dem Rückweg den Hang hinunter mußte, war ich so aufgeregt,

daß ich das Bremsen vergaß. Das Fahrrad geriet ins Schleudern, ich hielt mich vor Angst zitternd am Lenker fest und landete in meiner weißen Schuluniform im Reisfeld am Ende des Hangs. An dem Tag wurden die Schulbücher in der Tasche naß vom Wasser des Reisfeldes, so daß ich ein Jahr lang aus gelb verfärbten Büchern lernen mußte. Aber seitdem trat ich rechtzeitig auf die Bremse und fuhr drei Jahre lang mit dem Fahrrad zur Mittelschule, wobei ich die Schultasche auf dem Gepäckträger hatte. Später nahm ich sogar die Hände von der Lenkstange und ließ mir den Wind ins Gesicht wehen, während ich in die Pedale trat. Nachdem ich in die Stadt gezogen war, hatte ich keine Gelegenheit mehr, mit dem Fahrrad zu fahren. Nicht einmal die, ein Fahrrad auch nur zu sehen. In meinem Gedächtnis schien es in Vergessenheit geraten zu sein. Nur mein Körper, der beim Fahrenlernen so zerschrammt worden war, vergaß das Fahrrad nicht. Ein Jahr, vielleicht auch zwei, fuhr ich nicht mit dem Fahrrad, aber wenn ich dann zufällig eins in die Hand bekam, brauchte ich nur in die Pedale zu treten, und es ging auf und davon.

Ich habe immer und immer wieder darüber nachgedacht. Wäre die Sache anders ausgegangen, wenn ich vor dem Zumachen des Schlosses die Tür geöffnet hätte? Wäre sie dann anders ausgegangen?

Der Nachtwind wehte in den Brunnen, und der Himmel versank in ihm. Ist es der Morgenstern? Ein unbekannter, frischer Geruch drang in mein Inneres. Was ist das für ein Geruch? Ich vergaß, daß ich gerade dabei war, in den Brunnen hinunterzuschauen und sah mich neugierig um, woher der Geruch käme. Ich hatte das Gefühl, daß ich es lange bereuen würde, wenn es mir nicht gelänge, das Wesen dieses mein ganzes Inneres durchdringenden Geruchs auf der Stelle zu erfassen. Es riecht nach Wasser. Ein Geruch nach Moos. Ah... Ich schaute wieder in den Brunnen hinein. Das Wasser und die Moose, die wegen des lang nicht mehr abgenommenen Schieferdeckels nach Moder gerochen hatten, schienen jetzt die frische Luft und den Morgenstern eingesaugt zu haben. Der Wind im Brunnen legte sich. Die Sterne verschwanden. Auf der klaren Wasseroberfläche im Brunnen spiegelte sich Hi-Chaes Gesicht wie weise Lehrsätze wider. Mit der spröden Miene, die sie machte, wenn sie einem ihr Herz ausschüttete.

Bedauere mich bitte nicht. Ich habe doch lange in deinem Herzen gelebt. Öffne dein Herz und denk lieber an die Lebenden. Der Schlüssel für das, was geschehen ist, liegt nicht in meiner Hand, sondern in der deinen. Bring die Trauer und die Freude der Menschen, denen du einst begegnet bist, unter die Lebenden. Ihre Wahrheit wird dich verändern.

Vielleicht wehte wieder der Wind, das Wasser im Brunnen bewegte sich. Sie blickte forschend auf das frisch duftende Wasser.

„Suchst du etwas?"

„Die Mistgabel, die du hineingeworfen hast."

„Wozu?"

„Ich will sie dir heraufholen... Dann wird dir dein Fuß nicht mehr weh tun."

Sie richtet die Mistgabel auf, die in die entlegenste Spalte des Brunnens gesunken war. Die Tiefe scheint unendlich. Die Mistgabel kommt in ihrer Hand schleppend nach oben. Der Wasserstaub. Die im Wasser versunkenen Dinge wirbeln auf. Wohin sie nun von meinem Herzen aus gehen mag? Wohin auch immer, es wird kein Strudel, kein Abgrund, keine Finsternis sein. Denn in meinem Herzen steigen nun andere, hoffnungsvolle Geschichten auf.

Nur einmal noch habe ich Hi-Chaes Freund gesehen. Es ist nachts in einer belebten Straße in Myong-Dong, und ich fahre mit dem Bus. Ich halte mich im Stehen hin- und herschwankend am Haltegriff fest und sehe draußen an der Fahrbahn einen Mann unter einem Baum stehen. Da alle anderen in einer Gruppe zusammenstehen, um auf den Bus zu warten, fällt er auf, wie er da allein an der Fahrbahn unter dem Baum steht - eine Figur, die gar nicht zur nächtlichen Straße in der Stadtmitte passen will. Deswegen schaue ich nach ihm, eher gedankenlos, bis ich ihn dann erkenne. Er steht einfach so da. Weder will er den Bus nehmen noch zu Fuß gehen, sondern er steht einfach an der Fahrbahn, den Rücken an den Baum bei der Straße gelehnt. Wenn ein Taxi vorbeifährt, kneift er die Augen zusammen, vielleicht weil es ihn blendet.

Ein kalter Wind kommt auf. Obwohl es eine Sommernacht ist, friert mein Gesicht. Sogar ein Zittern überfällt mich. Ich lasse den Brunnen offen und wende mich ab. Ich gehe durch den Hof, steige auf die Holzdiele und mache die Zimmertür auf, drehe mich aber dabei um und sehe das Sternenlicht in den Brunnen stürzen. Wasser und Moose, die mit Sternenlicht gefüttert werden, würden einen noch viel frischeren Geruch ausströmen. Ich gehe ins Zimmer und drücke mein Gesicht ins Kissen. Die Atemgeräusche der schlafenden Eltern, die nah beieinander liegen, erfüllen den Raum.

Nachmittags geht die Mutter aufs Feld und kommt mit einem Korb voll junger Batatenstengel zurück.

Der Zug in die Stadt fährt um 6:40 Uhr. Die Mutter hat die Batatenstengel sorgfältig Stück für Stück geschält. Erst kurz bevor ich aus dem Hause gehe, hat sie

Kimchi daraus gemacht, weil sie sonst bald nicht mehr frisch geschmeckt hätten, und einen ganzen Reisbehälter voll in meine Tasche gesteckt. Der Vater holt das Motorrad und läßt es an, um mich zum Bahnhof zu bringen. Nachdem das Dorf hinter uns liegt, erhöht er auf der Landstraße die Geschwindigkeit. Um nicht herunterzurutschen, umschlinge ich mit den Armen fest seine Taille, an die ich bis dahin nur nachlässig die Hände gelegt hatte. Der Vater wird wohl bald ein neues Haus bauen. Wenn er sich damit schwertut, die Familienangehörigen zu überzeugen, werde ich für ihn stimmen. Ich werde versuchen, die unschlüssigen anderen Familienangehörigen zu überreden. Denn zu dem zukünftigen neuen Haus, das der Vater sich vorstellt, gibt es sechs Schlüssel. Wir werden durch die Schlüssel miteinander verbunden bleiben und uns nicht aus den Augen verlieren. Der Vater holt sich eine Bahnsteigkarte, um mir die Tasche bis auf den Bahnsteig zu tragen. Wenn du angekommen bist, ruf uns gleich an. Als der Zug eingefahren ist, verstaut er meine Tasche in der Gepäckablage über meinem Sitz und steigt aus. Neben mir liegt ein Junge in tiefem Schlaf. Um nicht herunterzurutschen, hält er sich an der Lehne des Sitzes fest. Seine Fingernägel sind schmutzig. Sie scheinen von Öl verschmiert oder einfach lange nicht mehr gesäubert worden zu sein. Sein Profil wirkt abweisend, und die wirren Haare verdecken seine Stirn. Er schläft auch noch, als der Zug in Suwon ankommt. Als angesagt wird, daß die nächste Station der Yongdungpo-Bahnhof sei, rüttele ich ihn wach.
„War das schon Yongdungpo?"
Erschrocken reißt der Junge die verschlafenen Augen auf. Im Gegensatz zu seinem schmächtigen Körper hat er riesige glänzende Augen. Ich erkläre dem verwirrten Jungen, der Zug habe längst die Suwon-Station hinter sich und komme gleich in Yondungpo an, und erst da sagt er beruhigt: „Ach so", und kauert sich wieder auf seinem Sitz zusammen.

Wenn ich ebenfalls in Yongdungpo aussteige, kann ich mit der Bahn zu jenem Ort fahren.

Ich schlage mir den wieder aufkommenden Gedanken aus dem Kopf. Mit der schweren Tasche? Die große Tasche mit dem Batatenstengel-Kimchi liegt unberührt oben in der Gepäckablage und schaut mich an. Als ich aufstehe und die schwere Tasche herunterholen will, sagte der Junge: „Lassen Sie mich das machen." Insgeheim mache ich mich über ihn lustig: 'Du, die Tasche?' Doch er hebt meine Tasche ohne Anstrengung herunter und stellt sie geschickt auf den Boden. Einen Augenblick lang strömt sein Körper den Geruch eines geübten Stahlarbeiters aus.
„Danke."

Der Junge lächelt verlegen und zeigt dabei seine Zähne, die wie Granatapfelsamen aussehen. Er setzt sich nicht wieder hin, sondern geht zur Abteiltür. Er hat nicht einmal eine Tasche dabei, wie sie heute jeder mit sich herumschleppt, aber sein Rücken ist muskulös. Während ich noch zögere, mein Herz klopfen spüre und schließlich resigniere, kommt der Zug in der Yongdungpo-Station an. Ich rücke auf den Platz am Fenster, auf dem der Junge gesessen hat. Wie schnell er ist! Er hat bereits einen großen Teil des Bahnsteigs hinter sich gelassen. Als er vorhin auf dem Sitz zusammengekauert ununterbrochen schlief, hatte er mitleiderregend gewirkt, aber wie er jetzt auf dem Bahnsteig läuft, sieht er geradezu elegant und vital aus. 'Vielleicht ist er gar kein Junge mehr', denke ich mir. Als sich der Zug wieder in Bewegung setzt, beginnt der Junge aus Übermut zu rennen, als liefe er mit dem Zug um die Wette. Mit seinen nach hinten anliegenden Haaren erinnert er von der Seite irgendwie an eine Giraffe - sein langes Profil, das vorhin irgendwie abweisend gewirkt hatte.

Ah... Ich reiße die Augen auf.

Ist es eine Luftspiegelung? Es sind wirklich schöne Beine. Sie sind schneller als die stählernen Räder des Zugs. Es sind durchtrainierte Beine, die mühelos siebzig Meilen in der Stunde hätten laufen können. Ehe der Zug die Yongdungpo-Station ganz hinter sich gelassen hat, verschwinden die schönen Beine des Jungen vom Bahnsteig. Unwillkürlich atme ich beruhigt auf. Ich lege meine Hand an das Fenster des ratternd dahinrasenden Zuges. Bei dieser natürlichen Geste spüre ich, wie ein gewisses Versprechen, das immer mehr verblaßt, das Versprechen des Herzens, sich neu zu regen beginnt.

Der Zug wird an der Karibong-Station halten, bevor er in der Endstation Seoul-Bahnhof ankommt.

Was ich oft an den einsamen Tagen in jenem Genrebild in meiner Erschöpfung von den Erlebnissen wiederaufleben ließ, waren die Vögel aus dem Fotobuch, das mir die Kusine in der Nacht unserer Fahrt in die Stadt gezeigt hatte - Vögel, die hoch oben unter dem unendlich weiten Nachthimmel saßen und, den Sternen zugewandt, anmutig schliefen. Ich hielt die Tage in jenem Genrebild nur durch, indem ich mir, völlig übermüdet, immer wieder den Tag versprach, an dem ich hingehen würde, um mit eigenen Augen die Vögel zu sehen. Auch später, wenn mich Alltagsmüdigkeit und Beziehungslosigkeit schrecklich einsam werden ließen, gab ich mein Herzensversprechen nicht auf, die Vögel, die weißen Reiher aus dem Fotobuch, das die Kusine in jener Nacht vor sich gehalten hatte, mit meinen eigenen Augen zu sehen. Die Schar jener weißen Reiher, die sich im Wald, in dem nächtlichen Wald, aneinanderschmiegen und den Wald so anmutig mit Schlaf erfüllen, als hätten sie allem und jedem in der Welt vergeben. Je trauriger und einsamer die Tage waren, desto fester versprach ich mir heimlich, eines Tages den Arm aus dem Zugfenster baumeln zu lassen und den Bergrücken, der meine Sicht abschneidet, zu überschreiten. Siebzehn Jahre sind seit dem Versprechen vergangen. Noch immer konnte ich mich nicht aufmachen, um die Vögel zu sehen.

Ist es irgendwo hier?
Die Stelle, an der der älteste Bruder mit seiner Perücke auf die Bahn nach Anyang wartete und die Kusine anstatt in die Schule nach Chonggak fuhr, um Telefonistin zu werden. Die Stelle, an der der dritte Bruder mit der Tasche voller Bücher stand, um zum Bauernhof zu fahren. Ob An Hyang-Suk noch immer mit der linken Hand schreibt?
Ich schaue mit großen Augen aus dem Fenster.
Ganz vorne ragen die Schornsteine der Fabriken ungleichmäßig empor. Wenn doch der Zug langsamer führe. Wenn doch da draußen die Lichter angehen würden. Ich sehe auch meinen Arm auf dem Fensterrahmen. Durch die Schwingung des Zugs baumelt der Arm hin und her. In dem Augenblick, als ich denke, hier wird es wohl sein, schlägt in meinem Herzen ein weißer Reiher mit den Flügeln.

Nun, zögere nicht, flieg fort, in jenen Wald. Flieg über den Bergrücken, der deine Sicht abschneidet. Schlafe anmutig, hoch oben unter dem weiten Nachthimmel, den Sternen zugewandt.
Ich werde dich nie vergessen, komm also irgendwann in neuen Sätzen wieder. Und dann erzähl mir von der Wahrheit, die jenseits meines Atems entstand und wieder erlosch. Nun wollen wir uns verabschieden. Damals haben wir uns ja nicht ordentlich verabschiedet. Ich nehme den Arm vom Fensterrahmen und stehe auf. Als folge ich dem Jungen, gehe ich zum Ausgang. Er scheint über das Grasfeld zu rennen. An der Stelle, welche die durchtrainierten Beine des Jungen, der unbekümmert über den Bahnsteig hinausläuft, kurz gestreift haben müssen, stoße ich die Ausgangstür mit aller Kraft auf. Ich strecke die Hand aus, greife eine Handvoll Luft und lasse sie dann frei.

Ade... Ich werde nie vergessen, wie behutsam du mich behandelt und gepflegt hast.
Ich wußte in jeder Situation, in jeder Beziehung nie so recht, was ich tun und sagen sollte. Wenn ich in dem Entschluß, meinem Gegenüber irgendwas zu sagen, den Kopf hob, war es bereits weit weg. Was ich ihm nicht sagen und tun konnte, ist zurückgeblieben und zum Roman geworden. Deshalb hatte es wahrscheinlich meine Worte nie gehört. Nun aber bin ich sehr verwirrt. Ich möchte

in die Zeit zurück, in der meine unausgesprochenen Worte und mein nie vollzogenes Tun noch nicht zum Roman geworden waren, sondern noch eine Zukunft vor sich hatten. In die Zeit, in der Korrekturen, Hinzufügungen und Fragen an mich noch möglich waren... Am 8. 8. 1995.

Ich bin wieder auf der Insel Cheju. Damit bin ich zu dem Ort zurückgekehrt, an dem ich diese Arbeit begonnen habe... Am 26. 8. 1995.

Ich erinnere mich daran, daß ich vor einem Jahr an diesem Platz geschrieben habe: 'Ich bin hier auf der Insel Cheju. Es ist das erste Mal, daß ich fern von zu Hause schreibe.' Ja, das war bereits vor einem Jahr. Das letzte Jahr habe ich mit dieser Arbeit verbracht. Es war ein Jahr, in dem ich mich außer mit dieser Arbeit mit keinen anderen literarischen Vorhaben beschäftigen konnte. Manchmal spürte ich den Drang, mit einer Erzählung anzufangen, aber es wurde nichts daraus. Während ich an dieser Arbeit schrieb, habe ich manches, was mir am Herzen lag, immer wieder unterdrückt, so daß ich mir nun sogar Sorgen mache, ob ich je wieder diejenige werden kann, die ich zuvor gewesen bin. Während ich hier die Zeit damit verbringe, in Ruhe diese Arbeit durchzulesen und letzte Verbesserungen anzubringen, wünsche ich mir, daß meine Seele in ihrem Innersten geheilt werde. Ich habe auch das Gefühl, meine Gewohnheit, den einmal eingeschlagenen Weg immer zu unterbrechen und an den Anfang zurückzukehren, könnte vielleicht lebensfremde Eitelkeit sein... Am 26. 8. 1995.

Nachts bin ich an den Hyopchae-Strand schwimmen gegangen. Es ist das erste Mal, daß ich im Meer geschwommen bin. Ab und zu quälen mich starke Kopfschmerzen. Jetzt kommt das nur noch manchmal vor, aber früher hatte ich jeden Tag damit zu kämpfen. Wenn die Schmerzen einmal angefangen hatten, wurde mir alles zuviel, und ich konnte nur noch in die Knie gehen. Als mir tagelang so schwindlig wurde, daß ich kaum mehr vom Bett bis zur Tür kam, hat mir der Arzt das Schwimmen empfohlen. Ich habe seinen Rat befolgt. Damals glaubte ich, mir alles zutrauen zu können, wenn ich bloß die Kopfschmerzen loswürde. Deswegen bin ich fleißig ins Schwimmbad gegangen und habe schwimmen gelernt. Freistil-, Rücken- und Brustschwimmen. Im Wasser konnte ich alles vergessen. Das Wasser beschützte mich vor den Kopfschmerzen. Besonders beim Rückenschwimmen fühlte ich mich so wohl, daß ich richtig schläfrig wurde. Als wäre das Schwimmen das Allheilmittel schlechthin, ging ich seither immer ins Schwimmbad, etwa wenn ich ein Stechen in der Hüfte spürte oder wenn mich die Schulter schmerzte. Ich hätte nie gedacht, daß aus dem Schwimmen, das ich nur gelernt hatte, um die Kopfschmerzen loszuwerden, in dieser Nacht und in diesem Meer ein Spiel werden würde. Und auch nicht, daß mein erstes Bad im Meer ein nächtliches sein würde. Auf dem Rücken liegend, ruderte ich mit den Armen so weit hinaus, wie ich konnte. Das Wasser am Rücken zu spüren beruhigte mich. - Während ich mich auf dem Meerwasser treiben lasse, scheint mir die Stadt, von der ich erst vor ungefähr zehn Stunden losgefahren bin, weit entfernt. Ich kann kaum glauben, daß es in der Stadt meine Wohnung gibt und daß dort bis gestern mein geschäftiger Alltag herrschte. Der Schreibtisch wird leer sein, und der Gasherd wird sich verlassen fühlen. Das Telefon wird klingeln, und der Anrufbeantworter wird die Anrufe für mich entgegennehmen. - Die Sterne am Nachthimmel stürzten mir in die Augen. In dem Moment, in dem mir ihr Licht bewußt wurde, verlor ich auf einmal das Gleichgewicht und zappelte im Wasser. Das salzige Meerwasser drang in die Augen und in den Mund. Wer hat das gesagt? Das Wasser, das mit dem Fruchtwasser die größte Ähnlichkeit habe, sei das Meerwasser... Am 26. 8. 1995.

Ich habe den ganzen Vormittag am Meer gesessen... Am 28. 8. 1995.

Mit dem Bus bin ich in das Hallim-Dorf gefahren. Auf der Straße habe ich ein Nadelkissen mit Garn gekauft, zu dem verschiedenfarbige Garne und große wie kleine Nadeln gehörten. Die Dinge, die in der Stadt bei allen meinen Suchaktionen - außer diesem oder jenem für den einmaligen Gebrauch - nicht aufzutreiben gewesen waren, wurden hier einfach auf der Straße feilgeboten. Als Kind spielte ich gern mit dem Nähkasten der Mama, in dem alles mögliche lag. Die farbigen Garne, die zerbrochenen Knöpfe, der Reversbesatz, Stoffreste, der Fingerhut, die Schere, die Sicherheitsnadel, die große Nadel und die kleine Nadel... Wenn mich jemand manchmal fragte, ob ich vor der Niederschrift eines Romans bereits dessen ganze Konstruktion im Kopf hätte oder nicht, dachte ich an den Nähkasten der Mutter, mit dem ich als Kind gespielt hatte. Ich schreibe nicht mit einer fertigen Konstruktion. Ich habe auch nicht die Gewohnheit, mir vorher Notizen zu machen. Wenn ich etwas notierte, verlor der Gedanke seine Flexibilität und konnte sich nicht mehr entfalten. Häufig bringen die Gedanken, die spontan in mein Unterbewußtsein oder das Unbewußte eindringen, die Sätze hervor. Manchmal sind sie so explosiv, daß ich, ohne es zu merken, vom vorhergehenden Satz abweiche. So kann es vorkommen, daß ich selber nicht weiß, was für eine Geschichte herauskommen wird. Ich mache bloß den Nähkasten auf und gucke die farbigen Garne oder die Schere an, die Nadel oder die zerbrochenen Knöpfe und dergleichen. Es gibt auch farbige Garne oder zerbrochene Knöpfe, die nach dem vorhergehenden Satz zum Vorschein kommen, aber nur, um sich noch tiefer in der tiefsten Schicht des Herzens zu verstecken.

So wie die Sumpfschildkröte ihren Hals tief in ihrem Rumpf versteckt. Ich kann das, was sich um jeden Preis verstecken will, nicht willkürlich hervorzerren. Aber gerade die Dinge, an denen ich voll Liebe hänge, verstecken sich hartnäckig. Ich denke, aus der Wahrheit der Dinge, die sich nicht leicht hervorzerren lassen, sondern sich verstecken, wird sich eines Tages ein Blick für das Schöne ergeben, mit dem man das Leben aus einer anderen Perspektive betrachten kann. Ich denke, daß die Literatur den Adel der Wahrheit nicht vergessen wird, wo und hinter welchem Leben sie sich auch immer verbirgt.

Ich habe mir mitten auf dem Markt ein großes Handtuch gekauft. Auch einen Bergsteigerkocher, dazu eine Gaskartusche und dann noch einen Teekessel und eine Schachtel *Coffee-Mix* von Maxwell. In einem anderen Laden erstand ich zwei Einwegbecher mit Lamyons und eine Tüte Biskuit, und als ich draußen war, ging ich noch einmal in den Laden zurück, um mir zwei Dosen Bier von Hite zu holen... Am 29. 8. 1995.

Mitten in der Nacht gab ich meine ganzen Münzen aus, um da und dort in der Stadt anzurufen. P. sagte, ich hätte es einfach am besten, und J. fragte: „Hast du zu Abend gegessen?" H. erzählte, sie werde zum Grab ihres Vaters fahren. Sie sei seit drei Jahren nicht mehr dort gewesen. Die jüngere Schwester fragte, ob ich allein sei. Ich sagte ja, worauf sie unnötigerweise mit einsam klingender Stimme fragte: „Soll ich zu dir kommen, Ältere Schwester?" Ich fühlte mich nun meinerseits unnötig einsam und fragte zurück: „Willst du wirklich kommen?" Vor der Telefonzelle wälzte sich das nächtliche Meer... Am 30. 8. 1995.

Als ich beim Essen im Vorsaal in der Zeitung blätterte, blieben mir auf einmal die Reiskörner im Hals stecken. In der Zeitung war mein Gesicht zu sehen. Wann werde ich endlich nicht mehr erschrecken, wenn ich plötzlich ein Bild von mir entdecke? Neben meinem Foto stand in großer Schrift: 'Die sechzehnjährige Fabrikarbeiterin vom Land lebte mit dem Traum, Schriftstellerin zu werden.' Mir stieg das Blut in den Kopf. Ich fürchtete, daß mich an der Rezeption jemand erkennen könnte, nahm deswegen die Seite mit meinem Foto heraus, faltete sie zusammen und ging damit auf mein Zimmer... Am 31. 8. 1995.

Auf dem Spaziergang bog ich bei dem Schild mit der Aufschrift *Hallim-Park* ab und betrat die Anlage. Als ich drinnen war, gingen mir die Augen über. Es war kein gewöhnlicher Park. Tausende von seltenen subtropischen Pflanzen dufteten. Zur Einrichtung dieses botanischen Gartens habe man mit Hilfe von zweitausend Lastwagenladungen Erde auf der einst unfruchtbaren Sandwüste eine Anbaufläche geschaffen und ihn nach der Aussaat der subtropischen Pflanzensamen mehr als zwanzig Jahre lang intensiv gepflegt. Das war nicht alles. Wie unvorstellbar war die Größe der Höhle dort! Die Blüten der subtropischen Pflanzen waren prachtvoll. Ihre Grundfarben waren von einer Intensität, die selbst durch künstliche Farbstoffe nicht zu erreichen wäre. So ungewohnt, daß man unwillkürlich neugierig die Hand ausstreckt: Sind die Blumen echt? Um in der Wüste existieren zu können, muß es wohl so sein, daß die Blätter mancher Pflanzen so hart sind, daß sie einem in die Handfläche stechen. Als ich an der mexikanischen Agave vorbeiging, stach mir ein Blatt in den Arm, der so zu bluten anfing, daß ich später im Quartier Salbe auf die Wunde tun mußte. Mir wurde wieder einmal klar, wie weich und zart die Pflanzen unseres Landes doch sind. Eine Sumpfschildkröte ruhte, den Kopf gen Himmel gereckt, auf einem Stein am Ufer eines Teichs, in dem Dutzende von Karpfen schwammen, und stürzte ins Wasser, als ich mich ihr nähern wollte. Kann das keine Sumpfschildkröte, sondern eine Seeschildkröte gewesen sein? Heute ebenso wie früher kann ich die beiden nicht so recht unterscheiden. Für den Besuch der Hyopchae-Höhle und der Ssangyong-Höhle schloß ich mich einer Führung an. Bereits in der Nähe der Höhle breitete sich kühle Luft aus. Beim ersten Schritt in die Höhle wurde mir kalt. Der Führer beleuchtete mit der Handlampe eine Stelle in der Hyopchae-Höhle und erklärte, der Stalagmit, der sonst in einer Lavahöhle nicht vorkomme, wachse hier doch. Das Wort Stalagmit verstand ich erst nicht. Wörtlich heißt es 'Sproß des Steins'. Aber soll der Stein wachsen? Der Stalagmit, der sich gebildet haben soll, als die dicke Muschelkalkschicht an der Erdoberfläche vom Regenwasser ausgewaschen wurde und in die Höhle sickerte, soll das Kalkwasser aufnehmen und in hundert Jahren um einen Zentimeter wachsen. In hundert Jahren um einen Zentimeter? Für mich hatten die großen und kleinen Stalagmiten, die im Licht der Handlampe des Führers sichtbar wurden, nichts Mystisches, sondern etwas Angsterregendes. Der Führer beleuchtete einen Stalagmiten und sagte: „Der ist ungefähr zwanzig Zentimeter, er wächst also seit zweitausend Jahren." Der Boden der Ssangyong-Höhle bestand nicht aus einfachem Sand, sondern aus Muschelkalk. Das deutet wohl darauf hin, daß er früher unter dem Meer lag. Welche Prozesse müssen auf die Muschelschalen eingewirkt haben, bis sie zu einer so dünnen Schicht wurden? Der Führer richtete seine Handlampe zur Decke und sagte: „Schauen Sie bitte mal nach oben." Er zeichnete mit dem Lampenstrahl einen fliegenden Drachen nach; es sei die Stelle, durch die der Drache mit dem Lavastrom geflogen sei. Es war nicht ein Drache, sondern es waren zwei. Das Lampenlicht zeichnete die langen Flanken zweier Drachen nach. Bei dem einen drang der Kopf und bei dem anderen der Schwanz ins Licht der Außenwelt. Es waren flinke Bewegungen. Nur durch die Stelle der Decke, durch die die Drachen emporflogen, sickerte das Tageslicht in die Höhle ein. Bei dem Gedanken, daß hier Drachen gelebt haben sollten, fröstelte es mich. Mit welchem Geheul und welchem Herzensbedürfnis müssen die Drachen in dem heißen Lavastrom aus dieser Höhle zum Licht geflogen sein? Ich hatte Angst vor der Naturkraft, die in der Höhle spürbar wurde. Die Steine, zu denen die brodelnde Lava erkaltet sein soll, waren wie gedrechselt oder kräftig gewunden, und das Kalkwasser, das ständig heruntertropfte, hatte unzählige, tiefe Löcher in den Boden gebohrt. Ab und zu tropfte auch mir das kalte Kalkwasser auf den Kopf. Was mein ängstliches Herz etwas beruhigte, waren die Natursteine. Wie konnten sie nur solche Figuren gebildet haben! An einem erkannte man deutlich das Bild einer Mutter mit ihrem Sohn. Die Mutter hielt den Sohn in den Armen und stand wehmütig da. Vor der Gestalt eines kleinen Bären, der sich mit nach vorn gebeugtem Oberkörper wusch, und vor einem Stein, der so aussah, als trüge eine Schildkröte einen Hasen auf dem Rücken, ließ ich mich mit einer Sofortbildkamera fotografieren. Das Bild zeigte mich mit großen Augen... Am 1. 9. 1995.

Die jüngere Schwester und ihr Mann sind mit ihrem Kind gekommen. Es ist noch nicht einmal zwei Jahre alt. Es hält etwa einen Meter Abstand zu mir. Ich würde es gerne in die Arme nehmen, aber es sucht nur die Nähe seiner Mama. Nur wenn ich in die Hände klatsche oder mit komischen Augen 'wau wau' mache oder ihm zu dem Lied *Wollen wir ans Meer fischen gehn?* etwas Lustiges vorspiele, bleibt es bei mir. Aber selbst das ist nur dann möglich, wenn die Mama danebensitzt. Sein Instinkt, mit dem es selbst die kaum merklichen Regungen seiner Mutter registriert, ist rührend. Das Kind scheint sich auf die Person namens Mama ganz und gar zu verlassen. Selbst wenn es im Schlaf aufwacht, ruft es: „Mama!" Wenn die Mama von irgendwoher antwortet, schläft es wieder ein. Aber wenn sie auf sein Rufen nicht antwortet, weil sie draußen ist, schlägt es sofort die Augen auf, schaut unruhig um sich und ruft: „Mama?" Wenn es dann die Gestalt der Mama nicht vor Augen sieht, wird es gänzlich wach. Dann wackelt es zur Tür, klopft und ruft unter Tränen: „Mama!" Obwohl er ein Junge ist, heult er hinter den Händen, mit denen er sein Gesichtchen verdeckt. Alle meine Versuche, ihn zu beruhigen, sind vergeblich, wogegen sein Kummer sofort verschwindet, wenn die Mama kommt und ihn einmal in die Arme nimmt. Dann lächelt er sogar vergnügt, während er mit seinen tränennassen, schwarzen Augen zwinkert. Ich muß auch einmal eine solche Zeit gehabt haben. Eine Zeit, in der ich nur an den Körpergeruch der Mama glaubte, nur den kaum merklichen Bewegungen der Mama folgte und mich nur mit der Mama zufriedengab... Am 2. 9. 1995.

Ich schaue ins Wasser und sehe dabei die kleinen spiralförmigen Schnecken. Sie rollen nicht nur einzeln, sondern zu mehreren hin und her, und ich nehme eine heraus, gucke in die Schale und finde einen Einsiedlerkrebs darin. In einer anderen ebenso. Der Krebs ist in die Muschel eingedrungen, hat sie leergefressen und dann zu seinem Haus gemacht... Am 3. 9. 1995.

Am frühen Morgen sind die jüngere Schwester und ihr Mann mit ihrem Kind abgefahren. Die Worte, die es bei seiner Ankunft ausprechen konnte, waren „Tüt-Tüt", „Funkel-Funkel", „Mama" und „Pa-" ohne „A" davor. Während der drei Tage, die es hier war, flüsterte ich ihm bei jeder Gelegenheit „Bada" ins Ohr und deutete dabei auf das Meer. Und gestern sagte es endlich mit starker Betonung auf dem „Pa" „Pa-Da". Ob es damit wirklich das Meer oder die Spitze meines Fingers meinte, konnte ich nicht beurteilen, aber jedenfalls streckte es beim Abschied seinen Finger nach mir aus und rief „Pa-Da". Nachdem ich sie zum Flughafen begleitet hatte, kam ich allein zurück, wobei ich noch deutlich das „Pa-Da" im Ohr hatte. Alles an einem kleinen Kind ruft in uns Mitleid und Liebe hervor: der zarte Popo, die glänzenden Augen und die süßen Fingerchen. Sanftheit scheint die Lebensart des Kindes zu sein. Seine instinktiven Bewegungen, die den Beschützerinstinkt der Großen wecken. Als wir Erwachsene im Skulpturenpark prächtige Kunstwerke betrachteten, trippelte das Kind auf der Wiese hinter einem gelben Schmetterling her. In der Bonsai-Halle bückte es sich nach den krabbelnden Hornameisen auf dem Boden, während wir die in unermüdlicher Schneidearbeit gestutzten Bonsai bewunderten. Wenn wir am Strand aufs weite Meer hinausschauten, entdeckte es direkt vor seinen Füßen die kleinen, plötzlich auseinanderschwärmenden Fische und trippelte ihnen wieder nach. Das Kind interessierte sich nur für das, was nicht gepflegt wurde und sich bewegte... Ich kam ins Hotel zurück und schlief den ganzen Tag durch. Auf der Decke die Flecken von *Pocari Sweat*, welches das Kind verschüttet hatte. Der Geruch des Kindes in dem Kissen. Das Kind, das mir jedesmal vor den Augen schwebte, wenn ich durch den Sonnenschein kurz aus dem Schlaf gerissen wurde... Am 5. 9. 1995.

Daß es in unserem Land die Insel Cheju gibt, ist wirklich eine beglückende und dankenswerte Sache... Am 6. 9. 1995.
Morgen ist Chusok. Beim letzten Chusok, an dem ich mit dieser Arbeit anfing, war ich auch auf dieser Insel. Daß ich zwei Jahre hintereinander, warum auch immer, hier Chusok verbringe... Am 8. 9. 1995.

Soll das heißen, daß ich älter werde? Bei dem Gedanken an Chusok empfand ich auf einmal das Alleinsein hier auf der Insel als Einsamkeit. Gegen Mittag bestellte ich unten im Vorsaal ein Essen, aber die Suppe war vielleicht schon von gestern, denn sie schmeckte verdorben. Ich legte das Besteck hin und ging wieder nach oben ins Zimmer. Ich schaltete den Fernseher ein und sah, wie Frauen in einem Reiskuchenladen in Nakwon-Dong um die Wette Songpyon machten. Die Songpyon glänzten, während sie unter den Händen der Frauen schnell ihre Form annahmen. Ich wartete den ganzen Tag auf irgend etwas. Aber auf was? Auf einen Anruf? Auf einen Besuch? Ich schaute aus dem Fenster und sah die Bewohner des Dorfes auf dem Campingplatz am Strand Volleyball spielen. Ich ergriff für einen jungen Mann mit starkem Aufschlag Partei, indem ich ihm mit den Augen folgte. Das Telefon klingelte nicht. Am späten Nachmittag zog ich mir eine Jacke über und ging ans Meer. Die Ebbe hatte über tausend Meter Watt freigelegt. Im Schlick am Wasserrand suchten die Kinder nach Sandkrebsen, und ein ausländisches Paar saß mit entblößtem Rücken auf seinen Klappstühlen. Ein Mann stand mit ausgeworfener Angelrute im seichten Wasser. Ein Mädchen, das ebenfalls nach Sandkrebsen suchte, erkannte mich. Vor einigen Tagen hatte es mit seinem jüngeren Bruder an diesem Wattenmeer Muscheln ausgegraben, und ich hatte mit ihr fleißig im Sand gewühlt. „Schauen Sie mal." Ich sah in die Plastiktüte, die mir das Mädchen hinhielt. Darin zappelten mehr als zehn Sandkrebse. Ihre sandfarbenen Rückenschalen glänzen. Es ist das erste Mal, daß ich sandfarbene Krebse sehe. Zum Spaß stecke ich meinen Finger in die Tüte und werde kräftig gebissen. Ich wollte für das Mädchen auch einen Krebs fangen, grub fleißig Löcher in den Sand, es ließ sich aber keiner erwischen. Auf einer anderen Stelle am Wasserrand fotografierten sich zwei junge Frauen. Ich gab das Krebsefangen auf und ging am seichten Wasser entlang, wobei die jungen Frauen mich baten, sie zusammen zu knipsen. Das ferne Meer, das durch den Sucher zu sehen war. Vor lauter Ergriffenheit vergaß ich, die Füße im Wasser, für einen Moment, auf den Auslöser zu drücken. Die jungen Frauen nahmen ihre Kamera wieder und gingen weiter. Aus irgendeinem Grund lachten sie ein gurrendes Lachen, wobei sie einander anschauten, nahmen sich mal bei der Hand und gaben sich auch mal einen Klaps auf den Rücken. Vor ihnen spielten zwei Hunde, über und über voll Sand waren. Der Mann, der im seichten Wasser stehend seine ausgeworfene Angelrute hielt, warf mir einen kurzen Blick zu. Nach einigen Schritten drehte ich mich gedankenlos um und merkte, daß der Mann mich erneut musterte. Mit schnellerem Schritt entfernte ich mich. Jedesmal, wenn ich an der Küste bin, merke ich, daß es sich besser macht, wenn man nicht allein ist, sei es bei den Tieren oder den Menschen. Auch bei den Muscheln oder den Sandkrebsen. Selbst ein Fels im Meer zieht die Blicke auf sich, wenn er allein abseits steht. Ich um so mehr, denn ich bin doch ein Mensch. Als ich aus dem

Watt zurückkomme, will das Volleyballspiel auf dem Campingplatz immer noch nicht enden, obwohl es bereits dämmert... Am 9. 9. 1995.

Der Herbst ist nun wohl gekommen. Morgens und abends bekomme ich eine Gänsehaut an den Armen. Auch der Seewind ist stärker geworden. Ich habe keine Sachen für den Herbst eingepackt. Die Zeit zur Heimkehr scheint gekommen... Am 10. 9. 1995.

Erst jetzt nenne ich die Mädchen, die damals namenlos und ohne jede Teilhabe am materiellen Wohlstand ihre zehn Finger rühren mußten, um ununterbrochen etwas Materielles herzustellen, meine Freundinnen. Ich werde den sozialen Willen, den sie in mir weckten, nicht verraten. Ich werde nicht vergessen, daß namenlose Menschen eine Seite meines Inneren gebaren, so wie meine Mutter mein Wesen geboren hatte... Daß auch ich ihnen deswegen durch meine Worte einen würdigen Platz in dieser Welt schaffen muß... Am 10. 9. 1995.

Bei Tagesanbruch wusch ich eine weiße Bluse, hängte sie über einen Bügel, trug sie auf den Balkon und ging dann zum Meer. Das Wasser, das sich nachts zurückgezogen hatte, kam von ferne bereits wieder heran. Man hörte das Rauschen des blauen Wassers, das in das weiße Watt eindrang. Das Wasser und der Sand. Was für ein Verhältnis kann so vollkommen sein wie das zwischen Wasser und Sand bei Flut und Ebbe, wenn es um Eindringen und Auseinandergehen geht? Wie können sie sich nur so durchdringen, um sich dann so plötzlich wieder zu trennen! Der weiße Sand hier ist so fein, daß der Boden hart geworden ist. Der Flut entgegenschauend, stand ich im Watt und zog dann die Schuhe aus. Ich dachte, das Wasser wäre kalt, aber es war wider Erwarten warm. Ich empfand den Sand unter den Fußsohlen als so angenehm, daß ich hin und her ging. Auf dem sauberen Sand sah man den Abdruck meiner Füße. Um zu schauen, was passieren würde, lief ich blind dem ins weiße Watt eindringenden Wasser entgegen, schaute dann zurück und sah, daß auch meine Fußspuren mir blindlings nachgelaufen waren und plötzlich hinter mir aufhörten. Ich setzte mich auf die weiße Sandbank. Ich hatte das Gefühl, als setze sich gleichzeitig jemand neben mich, so daß ich verwirrt um mich blickte. Es würde noch lange dauern, bis die Flut mich erreichte. Während ich auf sie wartete, mußte ich immer wieder zur Seite schauen. Wieso spüre ich jemanden, obwohl es doch nur die Sandbank gibt? Die Flut kam näher. Das Wasser, das ich an den Fußsohlen spürte, war sanft. Während die Flut kitzelnd zum Fußrücken, zu den Waden, zur Hüfte und zur Taille stieg, hatte ich Lust, den Namen meines Geliebten auszurufen. Ich kenne seinen Namen, oder auch nicht. Ich möchte ihn voller Liebe ausrufen, aber sein Name ist mir kaum gegenwärtig. Mir kommt es so vor, als ob er ganz nah bei mir ist, aber auch ganz fern von mir sein könnte. Darunter habe ich häufig gelitten. Er war immer am anderen Ende der Telefonleitung. Nachdem die Leidenschaft mein Bewußtsein wie ein Sturm hinweggefegt hatte, blieb die tödliche Einsamkeit zurück, wie jetzt die weiße Sandbank. Dennoch empfand ich durch das Gefühl seiner Gegenwart eine Freude, als wäre ich einen Schritt tiefer in mein eigenes Ich vorgedrungen. Die Flut ging über mich hinweg. Auch er ging über mich hinweg. Selbst wenn ich nicht mit der Zeit fließen kann, sondern so still stehe, wie ich jetzt auf der Sandbank sitzen bleibe, ging er wie die Flut über mich hin. Hinter meinem Rücken wurden er und die Flut eins. Ich wandte mich um und sah, wie sie meine Fußspuren auf dem Sand auslöscht.

In der Abenddämmerung ging ich wieder ans Meer. Das Wasser zog sich erneut zurück. Das Watt, das den ganzen Tag unter dem Wasser lag, gab jetzt bei Ebbe wieder wie am frühen Morgen den weißen Boden preis. Die Flut und die Ebbe haben entgegengesetzte Rollen, aber sie wirken gänzlich gleich, wenn man sie nur für die Dauer eines Sekundenbruchteils betrachtet. Wenn der Augenblick vorbei ist, übernehmen sie wieder ihre entgegengesetzten Rollen von Zurückweichen und Eindringen, aber der eine Augenblick zuvor zeigt ein gänzlich gleiches Bild.
Er und sie, Flut und Ebbe, Hoffnung und Verzweiflung sind... Wäre nicht das Leben und der Tod ein und dasselbe?

In der Abenddämmerung sammelten auf dem weißen Watt zwei Kinder und ihre Mutter Muscheln. Wie weit käme man, wenn man immer der Ebbe folgte? Ich drehte mich um und sah, daß sich meine Fußspuren, wie schon frühmorgens, auf dem Sand abzeichneten. Ich lief wie verrückt über die weiße Sandbank. Auch meine Fußspuren verfolgten mich wie verrückt und blieben hinter mir auf der Sandbank liegen. Ich lief der Ebbe nach, überholte sie und warf mich lang ins Wasser. Es stand mir bis zur Brust. Dem Jungen, der auf dem weißen Watt hinter seiner Mama Muscheln ausgrub, kam ich wohl etwas seltsam vor, denn er richtete sich auf und schaute zu mir hin. Das Wasser zog sich langsam weiter zurück. Zuerst von meiner Brust, dann nach und nach von meiner Hüfte, meinem Gesäß und den Füßen. Es ließ mich auf dem weißen Watt allein zurück und entfernte sich immer mehr. Als es weit weg war, drehte ich mich um und sah, daß nur noch meine Fußspuren im Sand klar zu sehen waren. Anders als am Morgen schien das Meer zurückgewichen zu sein, um meine Fußspuren im Sand zu bewahren. Ja, so war es. Ich habe meine Jugendzeit mit Schweigen übergangen. Da ich sie selbst nicht mochte, mußte ich von der Fünfzehnjährigen in einem Sprung zur Zwanzigjährigen werden. Egal, ob ich von der Vergangenheit herkam oder von der Gegenwart aus zurückschritt, meine Fußspuren hörten immer an derselben Stelle auf. Ich wurde entweder von der Fünfzehnjährigen plötzlich zur Zwanzigjährigen oder von der Zwanzigjährigen wieder zur Fünfzehnjährigen. Da ich von der Vergangenheit aus sechzehn, siebzehn, achtzehn und neunzehn totschweigen und gleich auf zwanzig springen und von der Gegenwart her wiederum neunzehn, achtzehn, siebzehn und sechzehn totschweigen und gleich auf fünfzehn springen mußte, blieben mir die betreffenden Zeiten immer etwas Undurchschaubares, wie das grelle Sonnenlicht oder ein Brunnen, dessen Boden man nicht sehen kann. Lange gab es für mich keine Verbindung zu meiner Jugendzeit, außer der zu meinen Familienangehörigen. Ich bemühte mich, nicht an jene Mädchen, an Hi-Chae zu denken. Wenn ich allerdings auch nur etwas klar im Kopf war, wurden mir die Verbindungen derart deutlich, daß ich mich verhielt, als litt ich an Amnesie.

Ich folgte mit den Augen meinen Fußspuren im Sand. Sie nahmen kein Ende. Wo und wie jene Mädchen nun wohl lebten? Wenn ich an sie dachte, empfand ich lange eine Einsamkeit, in der ich das Leben nicht als etwas Schönes betrachten konnte. Doch ohne daß ich es merkte, wirkten sie in meinem Inneren als stets gegenwärtige Realität. Sie gaben mir den Mut, die Armseligkeit des Lebens nach meinem zwanzigsten Jahr zu umarmen, und wurden mir auch zu einem Spiegel, der mir nach den Momenten unsinniger Begierden meinen eigenen Platz zuwies. Ich stand von der Sandbank auf und ging zurück, indem ich meinen Fußspuren folgte. Meine Fußspuren, die sich heute in diesen Sand eingeprägt haben, scheinen zu dem Zimmer im Abseits zu führen. Zu dem Ort, den ich fluchtartig verlassen habe und zu dem ich nie wieder zurückkehren konnte. Wenn ich heute, aus der unmittelbaren Gegenwart, diese meine Fußspuren zurückverfolgen würde, müßte ich nicht mehr bei meinem zwanzigsten Jahr stehenbleiben, sondern könnte gleich in mein neunzehntes eintreten. Und ich könnte auch aus dem fünfzehnten wieder ins sechzehnte zurückkehren. Dies ist der Weg, auf dem ich dem Zimmer im Abseits ganz entrinnen kann. Dieser Weg ließ mich stets jemanden spüren. Festen Fußes setzte ich im Sand Schritt vor Schritt. Lange Zeit nahm alles, was in meinem Schicksal für mich wichtig war, die Gestalt Hi-Chaes an. Sie war für mich Flut und Ebbe. Sie war für mich die Hoffnung und die Verzweiflung. Sie war für mich das Leben und der Tod... Und all dies war die Liebe... Am 11. 9. 1995.

Wie ein Mensch, der gerade gehen gelernt hat, kam ich vom Strand zur Straße und ging den ganzen Tag, solange ich nur konnte. An einer Stelle der Küste saßen Seevögel in einer Reihe. Als ich ihnen näher kam, erhoben sich alle gleichzeitig in die Luft und kamen etwas weiter vorn wieder herunter. Und wenn ich ihnen wieder nahe kam, flogen sie alle erneut gleichzeitig hoch. Ich schaute zum Strand und sah auch am Wasserrand Tausende von Vögeln mit zusammengefalteten Flügeln sitzen. Der Horizont des Meers, das ich beim Verfolgen der Vogelspuren überschaute, und der Himmel darüber, der mir vorkam wie ein Kind. Ich spürte, daß die vergangenen Erlebnisse, die ich in mir verschlossen gehalten hatte, mit den auseinandertreibenden Wolken verschmolzen; daß am Ende der befreiten Erinnerungen neue Wesen mit einem neuen Körpergeruch ins Leben traten. Auf dem Rückweg sah ich an der Küste ein weinendes Kind. Es schien noch auf den Steinen am Wasserrand weiterspielen zu wollen, aber seine Mama drängte es zum Heimgehen. Etwas entfernt von ihnen hupte der Papa in seinem Auto. Das Kind barg den Kopf heulend im Arm der Mama und ging mit ihr weg. Ob es sich daran erinnern würde? Daß es einst an diesem Strand geweint hat? Daß es an dieser Küste gewesen ist? Ich ahne, daß dieser Strand eines Tages in mein Schreiben treten wird.

Ich fühle mich unbeschreiblich müde, aber in meinem Kopf wird es immer klarer... Am 13. 9. 1995.

Mir scheint, daß diese Geschichte weder Realität noch Fiktion geworden ist, sondern eher etwas dazwischen. Ob man das aber Literatur nennen kann? Ich will einmal versuchen, über das Schreiben nachzudenken: Was ist für mich Schreiben?

Anmerkungen/Sachregister:

Seite 215/216 Zitate aus:
Nam Hi-Dok, *Eo-rin-got*
Lee Sang-Hi, *Dickinson-eu-pureun-otsomae*
Lee Si-Young, *Mu-ni*
Chun Yang-Hi, *Chiksopo-e-deulda*
Cho Un, *Pa-kot*

Bada: Meer

Bataten: süße Kartoffeln

Bulgogi: am Tisch gegrilltes, mariniertes Rindfleisch mit vielen Beilagen

Chapchae: Glasnudelsalat mit verschiedenem gebratenen Gemüse, Pilzen und Rindfleisch etc.

Chesa: Der Ritus der Ahnenverehrung, den man begeht, indem man zu bestimmten Anlässen wie einem Todestag verstorbener Vorfahren oder Neujahrsfest den Ahnen Opfer bringt. Auf dem Tisch in der Empfangshalle ordnet die Familie nach genau geregelten Platzbestimmungen Reis, Suppe, Fisch, Fleisch und Früchte an und macht vor dem Tisch zeremonielle Verbeugungen.

Chomsongdae: 'Terrasse zum Betrachten der Sterne'

Chonmachong: 'Grab des Himmlischen Pferdes'

Chusok: Herbstmondfest, wird am 15. August nach dem Mondkalender gefeiert und gilt zunächst einmal als Erntedankfest, das früher das ganze Dorf mit Tanzen und viel Musik gemeinsam feierte. Es ist aber auch ein Fest der Ahnenverehrung und als solches eines der größten Familienfeste, an dem die Familie mit vielerlei Essen aus neuer Ernte die Gräber aufsucht, um dort einen Ritus der Ahnenverehrung durchzuführen.

Dong: ein Verwaltungsgebiet. Seoul hat zum Beispiel heute 25 Stadtteile, die wiederum in 14 bis 92 Dong unterteilt sind.

Doritang: ein Gericht aus kleingeschnittenem Hühnerfleisch und Kartoffeln

Genrebilder von Kim Hong-Do: Genrebilder sind Sittengemälde. Kim Hong-Do war ein berühmter, repräsentativer Maler der Sittengemälde in der Yi- Dynastie.

Hanbok: eine koreanische Tracht

Hwangsegi: eine Sorte eingesalzener Fische

Kartoffel-Tang: Brühe mit kleingeschnittenen Kartoffeln

Kimchi: typisch koreanisches, sauer eingelegtes Gemüse. Scharf gewürzt, kleingeschnitten. Hauptbestandteile Chinakohl und Rettich. Ständige Beilage jeder Mahlzeit. Viele verschiedene Sorten. Wurde früher in bauchigen, fast anderthalb Meter hohen Tonkrügen aufbewahrt, die halb in die Erde eingegraben waren.

Kimchizigae: Kimchisuppe

ein Kun: koreanische Gewichtseinheit für 600 Gramm

Lamyon: Chinesische Fertignudeln

ein Mall: koreanische Einheit für 18.039 Liter

Mungobohnenmus: gestampfte und gezuckerte Mungobohnen

Odeng: Fischklößchen

Omija: chinesische Heilmedizin

Pansori: koreanische theatralische Lieder

Perilla: Aus grünen Perilla gewinnt man Öl, das in Korea neben Sesamöl zum Grundgewürz gehört.

Pollak: ein Fisch, gefrorener Pollak wird auch 'Kalmueck' genannt

Saemaul-Bewegung: 'Bewegung der neuen Gemeinde'. Mit dieser Bewegung sollte 1970 nach Präsident Park Chung-Hee die Eigeninitiative der Bauern geweck werden. 'Fleiß, Selbsthilfe und Zusammenarbeit' lauteten die Leitworte. Mit praktischen Ideen und finanzieller Unterstützung brachte die Regierung Parks die Bauern dazu, sich größeren Wohlstand selbst zu erwirtschaften und somit ihr geringer ausfallendes Einkommen im Vergleich zu der Bevölkerung in den industrialisierten Städten zu verbessern. Zunächst wurden die einzelnen Bauernhäuser renoviert und durch sanitäre Einrichtungen modernisiert, und in den Gemeinden wurden neue Straßen, Bewässerungsanlagen, Brücken usw. gebaut. Die Bauern betrieben gemeinschaftliche Feldbestellung, Vieh-, Seidenraupen-, und Muschelzucht, genossenschaftliches Marketing, kleine Werkstätten usw. Die Aktion war sehr erfolgreich.

Sebae: 'Neujahrsverbeugung'. Zum Neujahrstag, den man frühmorgens mit dem Ritus der Ahnenverehrung (Chesa) beginnt, machen die Kinder vor ihren Eltern bzw. Großeltern eine zeremonielle Verbeugung; im Laufe des Tages zelebrieren die Jüngeren dasselbe vor den Älteren in der Verwandtschaft und Bekanntschaft.

Sollongtang: Rindfleischsuppe mit Reis

Songpyon: ovaler Reiskuchen mit Füllung aus Eßkastanien, süßem Bohnenmus

Taro: Zehrwurzel

Tokguk: Eintopf mit dünngeschnittenen Reisklumpen

Toklamyon: Tokguk mit gekochten Lamyon

Tongchimi: scheibenweise geschnittener und in Salzwasser eingepökelter Rettich

Tukbegi: unglasierte Töpferware für einfaches 'volkstümliches Eintopfessen'

Wangmandu: eine chinesische Maultasche

Won: koreanische Währungseinheit

Yot: Reisgallerte. In Korea ißt man gewöhnlich vor einer wichtigen Prüfung Reisgallerte - mit dem Wunsch, man möge an der Prüfung 'kleben', sie bestehen.

Yuja-Tee: Bergamottzitronentee

Yukgaejang: Fleischeintopf mit scharf gewürzten Adlerfarnen

Yushin: 'Erneuerung'. Das Wort bezeichnet ein konstitutionell abgesichertes Herrschaftssystem unter dem Regime des Präsidenten Park Chung-Hee. Der Ex-Generalmajor, der 1961 durch einen Militärputsch an die Macht kam, 1963 zum Staatspräsidenten berufen und 1967 wiedergewählt wurde, erzwang 1972 mit einer Verfassungsänderung bzw. dem neuen Yushin-Gesetz die Errichtung einer autoritären Herrschaftsordnung.

Zajangmyon: Nudelgericht mit chinesischer Sojasoße

Zolmyon: Nudelgericht mit extra nicht weich gekochten Nudeln

Kurze Erläuterung zur Zeitgeschichte:

Die Rahmengeschichte spielt in der Zeit zwischen 1979 und 1982 in Südkorea. 1979 ist das letzte Jahr an der Spitze für den Präsidenten Park Chung-Hee, der das von der 36jährigen japanischen Kolonialherrschaft und den Verwüstungen des Koreakriegs im Jahr 1950 gezeichnete Land zu einem Entwicklungsland mit 'Wirtschaftswunder' gemacht hatte, allerdings auf Kosten der arbeitenden und bildungshungrigen Bevölkerung. Er starb am 26.10.1979 bei einem Attentat durch den Geheimdienstchef Kim Chae-Kyu. Der Premierminister Choi Kyu-Ha wurde am 6.12. zum neuen Präsidenten gewählt und verordnete sogleich Reformen sowie die Rehabilitierung vieler politischer Dissidenten. Seine Reformen waren allerdings der Opposition zu gering, während sie den Militärs zu weit gingen. Den allgemeinen Tumult, besonders am 18.5.1980 in Kwangju, nutzte der Chef des Militärischen Sicherheitsdienstes, der Generalleutnant Chun Doo-Hwan, zu seiner Machtübernahme. Von den Militärs gedrängt, dankte Präsident Choi am 19.8.1980 ab, und Generalleutnant Chun schied aus dem Militärdienst aus, um sich am 27.8. von dem unter dem Yushin-Prinzip aufgestellten Wahlmännergremium zum Staatschef wählen zu lassen. Das hatte er zum Teil der wirtschaftlichen Stabilität des Landes zu verdanken, das von einem Entwicklungsland zu einer Industrienation avanciert war. Aber umso weniger brauchte nun das Land einen militärischen Gehorsamkeitsethos. Wegen ständiger Demonstrationen, vor allem durch die Studenten, sah Präsident Chun keinen anderen Weg mehr, als seinen Rücktritt für das Jahr 1988 anzukündigen. Danach konnten sich die beiden angesehensten Oppositionsführer, genannt die 'zwei Kims', nämlich Kim Young-Sam und Kim Dae-Chung, nicht auf eine gemeinsame Kandidatur einigen und spalteten somit die Stimmen nach einem neuen Beginn: Ro Tae-Uh, ein Freund Chuns aus dem Militärdienst, gewann die direkte Wahl. Erst 1993 übernahm Kim Young-Sam die Staatsgeschäfte. In den letzten Jahren unter der Regierung von Kim zeigten sich jedoch alle Anzeichen einer bröckelnden Wirtschaft, obwohl er die Jahre zuvor den Staat florieren ließ. Ende 1997 mündete diese Krise beinahe in eine wirtschaftliche Katastrophe, und 1998 übernahm Kim Dae-Chung die Macht, der sich mit dem Erbe dieser Wirtschaftskrise konfrontiert sah.

Nachwort der Übersetzerin

Sin Kyongsuk wurde 1963 auf einem Bauernhof im Südwesten von Korea geboren und erlebte dort eine einfache, aber durchaus heile Welt, die von der traditionellen Familie geprägt wurde, und in der sie Geborgenheit und auch ungestörte Naturverbundenheit empfinden konnte - ein Urerlebnis, aus dem sie zweifelsohne ihre literarischen Bilder schöpft. Bald tat sich aber eine völlig neue, ja bedrohliche Welt vor ihr auf, als sie mit sechzehn im Zuge der rasanten Industrialisierung des Landes und der darauf folgenden zunehmenden Landflucht keine Zukunft mehr in ihrem angestammten Lebensraum sah und wie viele junge Frauen auf dem Land in die Hauptstadt Seoul zog. Dort arbeitete sie tagsüber unter sehr schlechten Bedingungen als Fabrikarbeiterin und besuchte gleichzeitig die Abendschule. Sie bestand dann noch die Aufnahmeprüfung einer Fachhochschule, um dort die 'Kunst des literarischen Schreibens' zu studieren. Für eine junge Arbeiterin, die aufgrund ihrer von Benachteiligung geprägten Situation nicht einmal eine Oberschule besuchen durfte, ist dies ein durchaus ungewöhnlicher Erfolg. Diese Lebensgeschichte der Autorin ist später in ihrem hier vorliegenden, autobiographischen Roman *Das Zimmer im Abseits*, ihrem bislang erfolgreichsten Werk, realitätsnah verarbeitet worden.

Sin Kyongsuk gehört wohl zu den Autorinnen, deren Talent in dem teilweise gegen den literarischen Nachwuchs etwas abgeschotteten koreanischen Literaturbetrieb vergleichsweise früh Anerkennung fand. Im Jahre 1985 stellte sie sich beim lesenden Publikum mit ihrer Erzählung *Wintergeschichte* und dem daraufhin empfangenen Literaturpreis der Seouler Literaturzeitschrift *Munyejungang* vor. In dieser Erzählung beschreibt sie die Geschichte zweier Frauen: der Mutter eines Studenten, der infolge des Studentenaufstands gegen das Regime aus der Universität exmatrikuliert wurde, und seiner Geliebten. Schon hier zeichnet sich die Interessensrichtung der Autorin ab, die weniger die 'Hauptfiguren' der aktuellen gesellschaftlich-politischen Ereignisse, sondern vielmehr die 'kleinen', von den Geschichtsschreibern leicht übergangenen Leute in den Mittelpunkt stellt. Auch ihre vielzitierte bildreiche, fast schon 'lyrische' Sprache ist hier bereits prägnant. Solche ruhigen Töne konnten jedoch in den stark politisierten 80er Jahren kaum Aufmerksamkeit auf sich ziehen. Hierbei handelt es sich um eine Dekade, die für die koreanischen Kulturschaffenden grundsätzlich eine schwere Zeit darstellte, besonders aber für die AutorInnen, die nicht mit einem politisch-sozialen Engagement auftraten. Erst mit der langsam einsetzenden Demokratisierung in den 90er Jahren wurden solche Werke mit 'lyrischen' Elementen wieder gelesen. Auch für Sin Kyongsuk begann ein neuer Abschnitt in ihrer Laufbahn als Schriftstellerin, als 1990 ihr erster Erzählband *Bis es zum Fluß wird* erschien. In diesem ist ihre Vorliebe für phantastische Bilder des Übernatürlichen und Untergründigen sehr deutlich zu erkennen. Allerdings blieb das Interesse der Leserschaft dafür noch mäßig. Da die Autorin wie ihre meisten KollegInnen nicht allein vom Schreiben leben konnte, arbeitete sie auch als Mitarbeiterin für Literaturzeitschriften oder Verlage. Aus solchen 'Seitensprüngen' habe sie, so die Autorin später, sehr viel gewonnen; sie habe vor allem aus ihrer sozialen Isolation herausgefunden und viele Kontakte zu anderen knüpfen und ihre Scheu vor Menschen abbauen können.

Ihren Durchbruch erlebte die Autorin 1993 mit ihrem zweiten Erzählband *Der Platz, an dem die Orgel war,* die gleichnamige Erzählung wurde mit dem 'Literaturpreis der Hanguk-Tageszeitung' ausgezeichnet, später auch zu einem Drama verarbeitet und auf der Bühne aufgeführt. Hier zeichnet sich der Versuch der Autorin ab, nunmehr selbstbewußt zu ihrem lyrischen Stil zu stehen, ihr Interesse für das zuweilen melancholische Innenleben des Individuums offener zu zeigen und ihre zurückhaltende Sympathie für die Umwelt zu entwickeln. Seitdem erweist sie sich als produktive und erfolgreiche Schriftstellerin, was auch mit vielen renomierten Literaturpreisen gewürdigt worden ist. Bereits 1993 wurde ihre literarische Leistung mit dem 'Preis für junge Künstler von heute' ausgezeichnet. Im folgenden Jahr erschien ihr erster Roman *Tiefe Trauer* und fand eine positive Resonanz beim Publikum. In diesem Roman stellt die Autorin die Dreierbeziehung zwischen einer Frau und zwei Männern dar, die von Liebe und Verrat gekennzeichnet ist. Manche Kritiker wollen den Roman - wohl im Hinblick auf die zeitspezifischen Debatten über die Frauenfrage - als ein Beispiel 'feministischer' Literatur verstanden wissen. Allerdings besteht genug Anlaß, darin das frauenpolitische Problembewußtsein eher zu vermissen; denn hier geht es weniger um den Konflikt zwischen den Geschlechtern, sondern vielmehr um die Unmöglichkeit der zwischenmenschlichen Kommunikation, also zwischen dem Ich und der Welt.

Ihren bisher größten Erfolg erlebte Sin Kyongsuk ein Jahr später mit ihrem zweiten Roman *Das Zimmer im Abseits,* der erstmals in einer Zeitschrift als Fortsetzungsroman erschien und sofort ein Publikumserfolg wurde. Dieses Werk ermöglichte es der Autorin nun, die Schriftstellerei zum Beruf zu machen. Im selben Jahr kam auch ihr einziger Essayband *Schöne Schatten* auf den Markt. Darin reflektiert die Autorin über das Verhältnis zwischen Mensch und Natur, die Literatur, die Familie und Gesellschaft, erinnert sich aber auch an die eigenen literarischen Lehrjahre zurück. Ebenfalls in diesem Jahr erhielt die Autorin für die Erzählung *Bei jedem tiefen Atmen* den 'Hyundae-Literaturpreis'; das Werk wurde drei Jahre später in dem Erzählband *Als ich damals von zu Hause fortging* (1996) aufgenommen. Ihr Hauptwerk *Das Zimmer im Abseits* wurde 1996 mit dem 'Manhae-Literaturpreis' und 1997 mit dem 'Tongin-Literaturpreis' ausgezeichnet. 1999 folgte der Roman *Der Zug fährt um sieben Uhr ab*, in dem die Geschichte einer jungen Frau erzählt wird, die schwere Schicksalsschläge erlebt und ihr Gedächtnis verliert. Mit der Wiedererinnerung an die Vergangenheit söhnt sie sich schließlich mit ihrem unglücklichen Leben aus. Diese 'Vergangenheitsbewältigung' kommt mit Hilfe einer älteren Frau zustande, die ihrerseits in dem Leben der jüngeren ihr eigenes wiedererkennt. Hierin läßt sich eine Entwicklung in der Lebenseinstellung der Autorin feststellen: weg von der Passivität und Resignation zum verstärkten Vertrauen auf das eigene Ich und damit auch zu mehr Bereitschaft, die anderen so anzunehmen, wie sie sind. Mit diesem Werk, in dem die Autorin auch einen neuen epischen Stil erprobt, versöhnt sich, so könnte man sagen, die autobiographische Hauptfigur von *Das Zimmer im Abseits* mit ihrer traumatischen Vergangenheit. In dieser 'Vergangenheitsbewältigung' wendet sich die Autorin nunmehr dem 'epischen Geist' zu, indem sie versucht, in einer offeneren, konkreteren und dynamischeren Sprache zu schreiben. So entstand der kürzlich erschienene Erzählband *Erdbeerfeld* (2000).

Mit der vorliegenden Übersetzung, die von *The Daesan Foundation* in Seoul unterstützt worden ist, wird die Autorin, eine der bedeutendsten in der koreanischen Gegenwartsliteratur, erstmals in größerem Umfang den deutschen Leserinnen und Lesern vorgestellt. In ihrem Heimatland genießt Sin Kyongsuk heute großes Ansehen bei einer breiten Leserschaft. Was an ihrem Werk am meisten bewundert wird, ist ihre bereits angesprochene 'lyrische' Sprache, mit der sie als Prosaistin wie wenig andere ins tiefste Innere des Lesers einwirkt. So sagte etwa die koreanische Dichterin Chun Yang-Hi, in dem erzählerischen Werk von Sin Kyongsuk gebe es Töne, die in der Seele widerhallen. Wenn sie Sins Werk lese, fühle sie sich, als hätte sie den Kreis von Finsternis und Licht, Verwirrung und Verzweiflung, Entstehen und Absterben sowie Schönheit und Traurigkeit durchlaufen. Hier spricht man im Grunde von einer 'typisch' koreanischen Gefühlslage: einer innigen, in sich gekehrten Empfindsamkeit, die beinahe an das Melancholisch-Selbstgenügsame grenzt. Dies ist ein Grundton, der auch seit Jahrhunderten schon in der koreanischen Literatur erklingt. Nicht zuletzt daher liebt die Bevölkerung des Landes zwischen dem chinesischen Riesenreich und der japanischen Insel auch seit eh und je die Literatur. Spätestens seit dem Jahr 958, in dem Staatsprüfungen chinesischen Stils am Hof eingeführt wurden und die wichtigen Staatsposten grundsätzlich nach den Leistungen bei diesen Prüfungen besetzt wurden, spielt Literatur in Korea eine kulturtragende Rolle. Nicht von ungefähr haben im Koreanischen die Bezeichnungen für 'Literatur', 'Gebildeter' beziehungsweise 'hoher Beamter', der die obere Schicht repräsentierte, den gleichen Wortstamm: Mun. Wer etwas auf sich hält, muß auch heute noch nicht nur lesen, sondern auch literarisch schreiben können. So können die Dichter beziehungsweise die Schriftsteller in der heutigen kapitalistischen Gesellschaft zwar nicht mehr mit einem gesicherten Einkommen rechnen, können aber sicher sein, ungebrochenes Ansehen zu genießen. Dadurch haben sie ihr großes Selbstbewußtsein, ihre traditionell gehobene Stellung in der Gesellschaft und somit ihre gewisse Weltfremdheit und melancholische Selbstgenügsamkeit bewahrt. Und so gesehen steht Sin Kyongsuk von ihrer Grundstimmung her durchaus in der Tradition der koreanischen Literatur und Weltanschauung, was sie allen Schichten und Altersgruppen der lesenden Bevölkerung schnell vertraut gemacht haben dürfte. Und die unmittelbare Quelle für ihr Lebensgefühl, das in ihrem Werk reich zum Ausdruck kommt, liegt auf dem Land, in dem das literarische Ich in diesem weitgehend autobiographischen Roman zu Hause ist und wo die Welt - das heißt für die traditionelle koreanische Sippengesellschaft - noch in Ordnung ist. Die enge Verbundenheit mit den Familienangehörigen und das unerschütterliche Gefühl von Geborgenheit lassen in dem literarischen Ich einen gesunden festen Glauben an den eigenen Wert entstehen, mit dem es sich auch in einer gänzlich anderen Welt, seinem späteren Stadtleben, behaupten kann. Allerdings bleibt dieses Ich auch nicht ganz in der altherkömmlichen Welt verhaftet. Sein Wunsch nach einem neuen, eigenen Leben ist so groß, daß es sich - wie es in dem Roman *Das Zimmer im Abseits* heißt - mit einer Mistgabel den Fuß durchbohrt. Der Roman zeigt uns nicht nur eine 'Entwicklungsgeschichte' dieses Ichs, sondern vielmehr einen Prozeß der Selbstfindung und des Selbstbekenntnisses des erwachsenen Ichs als einer erfolgreichen Schriftstellerin, die eines Tages plötzlich durch einen unerwarteten Anruf einer ehemaligen Mitschülerin mit der Frage nach ihrem Selbst konfrontiert wird: ein Prozeß der Selbstfindung. Auf der Suche nach einer Antwort erkennt die Protagonistin, daß sie ihr jugendliches Ich nicht in ihr erwachsenes Ich integriert hat und daß dieses gegenwärtige Ich ohne jenes vergangene nicht stabil sein kann, ja daß ihr gegenwärtiges Ich im Grunde kein anderes als das vergangene ist. Bei dem Versuch, sich dann an das letztere zu erinnern, es beim Namen zu nennen, stößt sie immer wieder auf ein Trauma in ihrer Jugend, das sie schon seit jeher von einer wirklichen Bewältigung ihrer Vergangenheit abhielt: den Tod einer engen Freundin, an dem sie unwissentlich beteiligt war. Das schreibende Ich versucht diesem Dilemma dadurch zu entgehen, indem es immer wieder seinen Blick von der Vergangenheit zur Gegenwart und umgekehrt wechselt. Zudem beschreibt die Erzählerin die Geschichte ihres jugendlichen Ich im Präsens, während sie die Erfahrungen ihres gegenwärtigen Ich im Präteritum, also in der Form der gelebten Vergangenheit darstellt. Damit hebt sie die Aktualität des vergangenen Ich hervor und läßt dahingegen das gegenwärtige eher als etwas Fiktionales, Veränderbares erscheinen.

Für den offen gelassenen Prozeß dieser Suche nach dem Selbst ist bezeichnend, daß Romananfang und -schluß bis auf einige Worte gleich lauten und somit aufeinander hinweisen: „Ich ahne, daß diese Geschichte weder Realität noch Fiktion sein wird, sondern irgend etwas dazwischen. Ob man das aber Literatur nennen kann? Ich will einmal versuchen, über das Schreiben nachzudenken: Was ist für mich Schreiben?" und „Mir scheint, daß diese Geschichte weder Realität noch Fiktion geworden ist, sondern eher etwas dazwischen. Ob man das aber Literatur nennen kann? Ich will einmal versuchen, über das Schreiben nachzudenken: Was ist für mich Schreiben?" Nur zwischen Wirklichkeit und Fiktion kann das Ich als schreibende Existenz sein Selbst finden, und deswegen ist auch das Ich, an das sich das schreibende Ich erinnern möchte, nicht ganz Wirklichkeit, sondern ihr nachempfunden. Das Ich ist also auf allen Ebenen, in jedem Lebenabschnitt, kein definitives, sondern ein werdendes. Auch das Vergangene entsteht durch die Erinnerung und das Sprechen darüber neu und öffnet sich. Zweifelsohne macht eine solche Frage nach dem Selbst im Werk Sin Kyongsuks überhaupt den thematischen Kernpunkt aus. Worüber die Autorin schon immer erzählt hat, ist das Private, das Individuelle, die menschliche Seele, sind Wünsche und Ängste. Für sie vollzieht sich das menschliche Leben am einzelnen Ich oder es verfehlt sein Ziel. Wenn das erwachsene Ich (und damit die Autorin) auch ihre früheren Schwierigkeiten in und mit der Zeitgeschichte beschreibt, kommt es ihm in erster Linie auf eine Reflexion über seine Selbstfindung an, die mit den Fragen nach Inhalt, Sinn und Wirksamkeit der Literatur, des Schreibens, verbunden ist. An einer Stelle des vorliegenden Romans sagt ihr literarisches Ich seinem Bruder, der auf soziales Engagement der Literatur pocht: „Ich wollte schreiben, aber nicht, weil ich etwa dachte, die Literatur würde irgendwas verändern. Nein, ich liebte die Literatur einfach. Allein aufgrund der Tatsache, daß es sie gibt, konnte ich träumen. Und wo kam der Traum her? Ich denke schon, daß ich ein Mitglied der Gesellschaft bin. Wenn ich nun träumen kann, weil ich die Literatur liebe, kann die Gesellschaft doch auch träumen, oder?" Allerdings würde die Leserschaft, die mit den Umständen Koreas in den letzten dreißig Jahren vertraut ist, einräumen, daß es der Autorin durchaus gelungen ist, mit einer persönlichen, individuellen Lebensgeschichte auch eine aufschlußreiche allgemeine Zeitgeschichte und besonders weibliche Lebenserfahrungen in der jüngsten Vergangenheit Koreas darzustellen. In dem Roman tauchen manche historische Daten und Fakten auf, die uns auf kaum oder wenig beachtete Aspekte der schwindelerregend raschen Entwicklung des Landes in den letzten Jahren aufmerksam machen. Dennoch ginge man zu weit, wenn man, wie manche Interpreten, den Roman als 'Arbeiterroman' verstanden wissen will oder der Autorin 'feministisches' Bewußtsein zusprechen möchte. Der Roman ist in erster Linie ein Portrait eines Menschen, den die Frage nach dem eigenen Selbst am intensivsten bewegt. Auch wenn Sin Kyongsuk in dem Roman von dem Leben einer Frau erzählt, erweist sie sich nicht als eine vehemente Vertreterin der 'feministischen' Literatur, die insbesondere in den 90ern (auch) den koreanischen Literaturmarkt zu beherrschen schien. Dazu ist ihre geistige und seelische Heimat doch zu tief in der traditionellen patriarchalischen Welt verwurzelt: Man denke nur in *Das Zimmer im Abseits* an die Bedeutung des ältesten Bruders, der sogar stärker als sein Vater eine patriarchale Autoritätsfigur ist, aber nichtsdestoweniger von dem erzählenden Ich liebe- und respektvoll beschrieben wird. Überhaupt wird fast nur von den Brüdern des jugendlichen Ich erzählt, wohingegen seine Schwester kaum erwähnt wird und bis zum Ende des Werkes eine unklare Gestalt bleibt.

Das entstehende Selbstbild des erzählerischen Ich weist darauf hin, daß dieses nicht nur auf seine eigene Existenz konzentriert, sondern auch an dem allgemeinen zwischenmenschlichen Leben interessiert ist, daß es also offen ist. Aber ein solches Selbst ist auch labil. Und diese Labilität schlägt sich nicht zuletzt im Stil der Autorin nieder: Da das jugendliche Ich in seinem ständig werdenden Prozeß nie völlig der Wirklichkeit entsprechend zu rekonstruieren ist, kann das sich erinnernde Ich nicht mit herkömmlichen Darstellungsmitteln erzählen: Wiederholungen, überraschende Tempuswechsel und Wortschöpfungen erweisen sich nicht bloß als stilistische Merkmale des Romans, sondern vielmehr als eine substantielle Strategie bei der Suche nach dem Selbst.

Zum Schluß sei noch an dieser Stelle Ragni Maria Gschwend, Eva Berberich, Elisabeth Michels und Armin Kohz für ihr kritisches Durchlesen während des Übersetzens gedankt.

Kim Youn-Ock

Helga Picht/Heidi Kang

Am Ende der Zeit

Moderne koreanische
Erzählungen Band 1

Aus dem Koreanischen
von Picht/Kang u.v.a.
200 Seiten, Festeinband
Format 14,5 x 20,5 cm
DM 29,80
ÖS 218/SFr 27,-
ISBN 3-929096-84-6

Diese Anthologie moderner koreanischer Erzählungen, soll im Rahmen der „Edition moderne koreanische Autoren", einen Beitrag dazu leisten, daß auch Koreas „beste Schätze, seine Bücher" in Deutschland noch stärker zur Kenntnis genommen werden. Kann doch die koreanische Literatur auf eine mehr als zweitausendjährige Geschichte mündlicher Überlieferung und eine tausendjährige Geschichte schriftlich festgehaltenen literarischen Schaffens zurückblicken. Zudem beweisen uns die vorliegenden Übersetzungen und Sammlungen koreanischer Literatur eine hohe Qualität geistiger Auseinandersetzung nicht nur mit koreanischen, sondern auch allgemeinmenschlichen Problemen. Im heutigen Südkorea sind alte und moderne Belletristik von einer Popularität, um die sie die gesamte deutsche Literaturwelt nur beneiden kann. Eine weitere Besonderheit der koreanischen Gegenwartsliteratur besteht darin, daß weibliche Autoren eine herausragende Rolle spielen. Mit Beiträgen von Pak Wanso, Choe Inhun, Ho Kunuk, Hyon Kiyong, Sin Kyongsuk, Im Choru und Oh Jung-Hee.

YANG Guija

Die Leute von Wonmidong

Roman

Aus dem Koreanischen
von CHUN Yonguhn,
CHANG Chiyeon
und Andreas Heinrich
296 Seiten, Festeinband
Format 14,5 x 20,5 cm
DM 36,-/ÖS 262/SFr 36,-
ISBN 3-929096-75-7

YANG Guija wurde 1955 in Chonju geboren und studierte an der Universität Wonkwang koreanische Literatur. Ihre Romane und Erzählungen begleiten den Leser oft an den Rand des mühsam von Tag zu Tag sich schleppenden kleinbürgerlichen Lebens. Sie läßt in ihren Werken erkennen, daß ein Hauch von Hoffnung bleibt, der es möglich macht, dieses Leben zu ertragen. In ihrem Roman „Die Leute von Wonmidong", für den sie 1988 den Yu Chu-Hyun-Literaturpreis erhalten hat, schildert YANG Guija einfühlsam das harte Leben in Womnidong, einer Vorstadt Seouls, das die Autorin selbst als Bewohnerin kennengelernt hat. Die Bewohner der Stadt vergessen bei all diesen wirren Verhältnissen nie das Prinzip des Überlebens, das die Autorin auf groteske Weise beschreibt. Wie der Kohlenverkäufer Herr Im, der im Winter die Kohlen liefert und sich im Sommer als Handwerker versucht, oder der Dichter Herr Mongdal, der sich mit seinen Gedichten gegen die Gemeinheiten der Nachbarn wehrt. YANG Guicha beobachtet die „Leute von Wonmidong" mit einem einfühlsamen und einem lächelndem Auge. Die bizarren Strategien der Figuren, diesen Ort wieder verlassen zu können, bringt den Leser oftmals zum Schmunzeln.